王力全集

汉语诗律学 上册

王力著

中華書局

图书在版编目(CIP)数据

汉语诗律学/王力著.—2版.—北京:中华书局,2021.6(2023.6重印)
(王力全集)
ISBN 978-7-101-14488-8

Ⅰ.汉… Ⅱ.王… Ⅲ.诗律-文学研究-中国 Ⅳ.I207.21

中国版本图书馆CIP数据核字(2020)第058664号

书　　名　汉语诗律学(全二册)
著　　者　王　力
丛 书 名　王力全集
责任印制　陈丽娜
出版发行　中华书局
　　　　　(北京市丰台区太平桥西里38号　100073)
　　　　　http://www.zhbc.com.cn
　　　　　E-mail:zhbc@zhbc.com.cn
印　　刷　大厂回族自治县彩虹印刷有限公司
版　　次　2015年3月第1版
　　　　　2021年6月第2版
　　　　　2023年6月第5次印刷
规　　格　开本/880×1230毫米　1/32
　　　　　印张32　插页4　字数827千字
印　　数　12001-13500册
国际书号　ISBN 978-7-101-14488-8
定　　价　136.00元

《王力全集》出版说明

王力(1900—1986),字了一,广西壮族自治区博白县人,我国著名语言学家、教育家、翻译家、散文家和诗人。

王力先生毕生致力于语言学的教学、研究工作,为发展中国语言学、培养语言学专门人才作出了重要贡献。王力先生的著作涉及汉语研究的多个领域,在汉语发展史、汉语语法学、汉语音韵学、汉语词汇学、古代汉语教学、文字改革、汉语规范化、推广现代汉语普通话和汉语诗律学等领域取得了杰出的成就;在诗歌、散文创作和翻译领域也卓有建树。

要了解中国语言学的发展脉络、发展趋势,必须研究王力先生的学术思想,体会其作品的精华之处,从而给我们带来新的领悟、新的收获,因而,系统整理王力先生的著作,对总结和弘扬王力先生的学术成就,推动我国的语言学及其他相关学科的发展,具有重要的意义。

《王力全集》完整收录王力先生的各类著作三十余种、论文二百余篇、译著二十余种及其他诗文等各类文字。全集按内容分卷,各卷所收文稿在保持著作历史面貌的基础上,参考不同时期的版本精心编校,核订引文。学术论著后附"主要术语、人名、论著索引",以便读者使用。

《王力全集》的编辑出版工作,得到了王力先生家属、学生及社会各界人士的帮助和支持,在此谨致以诚挚的谢意。

中华书局编辑部

2012 年 3 月

本卷出版说明

本卷收入王力先生的专著《汉语诗律学》。

《汉语诗律学》写成于1947年，1958由新知识出版社出版（后称"新知识本"），1962年由上海教育出版社出版时，删去了第五章。1979年上海教育出版社出版增订本，又恢复了第五章，并在书后增加了作者对该书修订补充的附注（后称"上教本"）。2002年上海教育出版社将之收入"世纪文库"；1989年山东教育出版社出版的《王力文集》第十四卷收入《汉语诗律学》、十五卷则收录了第四、第五两章（后称"文集本"），将原来的繁体字改为简体字，改正了引文的讹误和一些文字上的错误，同时编制了名词术语索引。这两卷均由程湘清先生负责编校。

此次收入《王力全集》，我们以文集本为底本，同时参以新知识和上教本进行了整理和编辑，重新核对了部分引文，为方便读者，将附注由书后移至文中相关地方。

中华书局编辑部

2013年8月

目　　录

序

1944 年，我在写完了有关语法的三部书——《中国现代语法》《中国语法理论》《中国语法纲要》——之后，想要研究“诗法”。当时我把“诗法”了解为“诗的语法”，包括诗的韵律在内。我一方面进行研究，一方面就在昆明西南联合大学（这是北大、清华、南开三大学在抗日战争期间的联合组织）为高年级学生开设一门课程，这个课程也就叫做“诗法”。这是一学期的课程。课程结束了之后，直到 1945 年 8 月 1 日才着手写这一部书。因此，这一部书的内容和当时讲授的内容大不相同；它的范围扩大得多，在某些地方的观察也深入些。

本书的导言和第一章（近体诗）、第二章（古体诗）、第五章（白话诗和欧化诗）是 1945 年 8 月 1 日到 1946 年 4 月 28 日写的。第三章（词）和第四章（曲）是 1946 年下半年到 1947 年春天写的。在开始的时候，本来不打算谈到词曲，后来考虑，如果不讲词曲，从律古跳到白话诗会令人感到突然。实际上，词和曲也都是诗之一种。所以我补写了有关词曲的两章。

叶圣陶先生说“诗法”这个名称不妥当。于是我改称“中国诗律学”；在付印以前，又改称“汉语诗律学”。这里所谓诗律学，大致相当于英语的 versification 和俄语的 стихосложение。《后汉书 · 钟皓传》：“皓避隐密山，以诗律教授门徒千余人。”杜甫诗：“诗律群公问。”这是“诗律学”命名的由来。

这是十年前的旧稿，在付印前只作了小小的修改。十年以前，我认为它是未定稿，想再作更深入的研究，并博访通人，然后敢拿来和广大的读者见面。不料一搁就是十年，始终没有能够重理旧业;解放以前,虽然也请教过几位朋友,但是,解放以后,前辈和朋友们都忙起来了,博访通人成了虚愿。现在变了一个主意:就拿这一本未定稿印出来给广大的读者批评吧。这样,通人就不限于我所认识的前辈和朋友了;领教的范围更加扩大了。

这一部书把汉语诗律的一般常识和作者自己的研究成果杂糅在一起,有些朋友觉得这是一个缺点。我因此曾经考虑改写。经过长时间的考虑以后,我觉得改写也有困难。我写这一部书的动机本来是为了教学,所以首先介绍常识。大学高年级的同学们虽然年级很高了,由于从前各种功课都没有讲到诗律,也许还有不少人不懂什么是平平仄仄仄平平。从常识讲起似乎还是有必要的。

除了一般常识之外,还有比较高深的知识;这是前人研究的成果,不是作者自己研究的成果。但是,一般人是不知道汉语诗律有那么多的讲究的。举例来说,在没有看见董文涣的《声调四谱图说》以前,我自己就不知道诗律中有所谓拗救(更正确地说,我从前只知有拗而不知有救),有所谓上尾等等。而拗救之类正是前人所研究出来的可靠的诗律。再说,常识和非常识之间也很难划清界限。记得我在童年的时候,我的舅父教我做诗不要犯孤平。他是一个老童生,可见避免孤平是科举时代的一般常识。而现在呢,许多喜欢做旧诗的人也犯起孤平来了。本书所介绍的这一类非常识的东西要比一般常识多得多,可以说是书中的一个主要部分。

书中可以算是作者研究成果的,主要是句式和语法。此外,关于韵律方面,也有作者自己的一些意见,例如"平平仄平仄"名拗而实非拗(第一章第九节),律诗首句用邻韵是宋代诗人的风尚(第一章第五节),曲的声调平上为一类,去声自成一类,上声常常可以代替平声(第四章第七节),等等。这是书中另一个主要部分。

全书的内容是这样的:从一般常识到比较高深的知识;从前人研究的成果到作者自己的一些心得。这样的一部教学参考用书,对于大学高年级的专门化课程（有关汉语诗律学的），也许还不无小补。

我在这里谢谢冯至教授、浦江清教授、卞之琳教授、梁宗岱教授；我在写书的时候曾受到他们的教益。

王　力

1957 年春节后五日，北京大学

重版自序

此书原由新知识出版社出版，1962 年改由上海教育出版社出版，删去了第五章。现在恢复第五章（白话诗和欧化诗），仍由上海教育出版社出版。这次重印，没有作大的修改，只增加了一些附注（原有附注五个，现在增加三十二个）。新加的附注就是对此书的修订和补充。

王　力

1978 年 2 月 21 日，北京大学

导　言

第一节　韵语的起源及其流变

1.1　诗歌起源之早，是出于一般人想象之外的。有些人以为先有散文，后有韵文。这是最靠不住的说法。因为人类创造了文字之后，文化的发展已经达到了相当的程度，当然韵文和散文可以同时产生。韵文以韵语为基础，而韵语的产生远在文字的产生之前，这是毫无疑义的。相传尧帝的时候有一首《康衢歌》（《列子·仲尼篇》）：

> 立我蒸民，莫匪尔极；
> 不识不知，顺帝之则。

又有一首《击壤歌》（《帝王世纪》）：

> 日出而作，日入而息；
> 凿井而饮，耕田而食。
> 帝力何有于我哉？

我们当然不相信这两首诗是尧时的民歌。前者是凑合《诗经·周颂·思文》的两句和《大雅·皇矣》的两句而成的，且不要管它。后者的风格似乎也在战国以后；不过，它也不会太晚，因为它用的韵是古韵之部字，以“息、食、哉”为韵，这种古韵决不是汉以后的人所能伪造的。依我们的猜想，它也许是战国极乱的时代，仰慕唐虞盛世的人所假托的。同样假托的诗还有一首《南风歌》（《圣证论》引《尸子》，又《家语》），相传为帝舜所作：

南风之薰兮，
可以解吾民之愠兮；
南风之时兮，
可以阜吾民之财兮。

我们不必因为它的出典不古，就怀疑到它的本身不古；这种诗歌很可能是口口相传下来的。试看它以“时、财”为韵，这种古韵也决不是汉以后的人所能伪造的（伪造古韵最难，因为直至明末陈第以前，并没有人意识到古今音韵的不同）。总之，尧舜时代虽不一定能有这种风格的诗，却一定已经有了诗歌的存在，假使这尧舜时代本身存在的话。

1.2 至于韵语，它在上古时代的发达，更是后代所不及的。这里所谓韵语，除了诗歌之外，还包括着格言、俗谚，及一切有韵的文章。譬如后代的汤头歌诀和六言告示，它们是韵语，却不是诗歌。古人著理论的书，有全部用韵语的，例如《老子》。有部分用韵语的，如《荀子》《庄子》《列子》《文子》《吕氏春秋》《淮南子》《法言》等。文告和卜易铭刻等，也掺杂着韵语，例如《尚书》《易经》，和周代的金石文字。许多“嘉言”，是借着有韵而留传下来的，例如《孟子·滕文公上》所引放勋（尧）的话：

劳之，来之，
匡之，直之，
辅之，翼之，
使自得之；
又从而振德之。

“来、直、翼、得、德”是押韵的。至于格言、俗谚之类，就更以有韵为常了，例如《左传·文公十七年》：

畏首畏尾，

身其余几！

又如《孟子·公孙丑上》：

虽有智慧，
不如乘势；
虽有镃基，
不如待时。

兵法如《三略》《六韬》，医书如《灵枢》《素问》，都有大部分的韵语。这些书虽不是先秦的书，至少是模仿先秦的风格而作的，于此可见韵语在上古是怎样的占优势了。

1.3　诗歌及其他韵文的用韵标准，大约可分为三个时期，如下：

唐以前为第一期。在此时期中，完全依照口语而押韵。

唐以后，至五四运动以前为第二期。在此时期中，除了词曲及俗文学之外，韵文的押韵，必须依照韵书，不能专以口语为标准。

五四运动以后为第三期。在此时期中，除了旧体诗之外，又回到第一期的风气，完全以口语为标准。

1.4　现在先说第一期。所谓完全依照口语来押韵，自然是以当时的口语为标准。古今语音的不同，是清代以后的音韵学家所公认的。所以咱们读上古的诗歌的时候，必须先假定每字的古音是什么，然后念起来才觉得韵脚的谐和，例如《诗·秦风》：

蒹葭采采，
白露未已；
所谓伊人，在水之涘。
溯洄从之，道阻且右；
溯游从之，宛在水中沚。

咱们假定"采"字念 tsʻə、"已"字念 dǐə、"涘"字念 ʤʻə、"右"字念

ɣĭwə,“沚”字念 ȶɕiə,然后这首诗才念得和谐。当然,您也可以假定这五个字的古音是 ʦʻai、diai、ʤʻiai、ɣiai、tiai,或别的读音,总之,这些字在上古的主要元音一定相同(至少是相近),如果照今天的语音念起来,那简直是没有韵脚的诗了。

1.5 汉代用韵较宽。这有两个可能的原因:第一是押韵只求近似,并不求其十分谐和;第二是偶然模仿古韵,以致古代可押的也押,当代口语可押的也押,韵自然宽了。到了六朝,用韵又渐渐趋向于严。这是时代的风气,和实际口语韵部的多少是没有关系的。

现在说到第二期。六朝时代,李登《声类》、吕静《韵集》、夏侯该《韵略》一类的书,虽然想作为押韵的标准,但因为是私家的著作,没法子强人以必从。隋陆法言的《切韵》,假使没有唐代的科举来抬举它,也会遭遇《声类》等书同一的命运。后来《切韵》改称《唐韵》,可说是变成了官书,它已经成为押韵的标准,尤其是近体诗押韵的标准。《唐韵》共有二百零六个韵,但是,唐朝规定有些韵可以同用,凡同用的两个或三个韵,做诗的人就把它们当做一个韵看待,所以实际上只有一百一十二个韵。到了宋朝,《唐韵》改称《广韵》,其中文韵和欣韵、吻韵和隐韵、问韵和焮韵、物韵和迄韵,都同用了,实际上剩了一百零八个韵。到了元末,索性泯灭了二百零六韵的痕迹,把同用的韵都合并起来,又毫无理由地合并了迥韵和拯韵、径韵和证韵,于是只剩下一百零六个韵。这一百零六个韵就是普通所谓“诗韵”,一直沿用至今。

1.6 唐朝初年(所谓初唐),诗人用韵还是和六朝一样,并没有以韵书为标准。大约从开元天宝以后,用韵才完全依照了韵书。何以见得呢?譬如《唐韵》里的支脂之三个韵虽然注明“同用”,但是初唐的实际语音显然是脂和之相混,而支韵还有相当的独立性,所以初唐的诗往往是脂之同用,而支独用(盛唐的杜甫犹然)。又如江韵,在陈隋时代的实际语音是和阳韵相混了,所以陈隋的诗人有以江阳同押的;到了盛唐以后,倒反严格起来,江阳绝对不能相混,这显然是受了韵书的拘束。其他像元韵和先仙、山韵和先仙,在六朝是相通的,开元天宝以后的近体诗也不许相通了。这一切都表示唐以后的诗歌用韵不复是纯任天然,而是以韵书为准绳。虽然有人反抗过这种拘束,终于敌不过科举功令的势力。

1.7 词曲因为不受科举的拘束,所以用韵另以口语为标准。词是所谓诗余,曲又有人称为词余。本书所讲的诗律指的是广义的诗,所以对于词律和曲律也将同样地讨论到。

1.8 末了说到第三期。新诗要求解放,当然首先摆脱了韵书的拘束。但是,这上头却引起了方音的问题。从前依据韵书,获得了一个武断的标准,倒也罢了。现在用韵既然以口语为标准,而汉语方音又这样复杂,到底该以什么地方的语音为标准呢? 在今天,我们肯定了普通话以北京语音为标准音,但是在当时并没有这个规定。

遇到作者不是北方人的时候,他的诗常常不知不觉地用了一些方音来押韵,我们用北京音读去就不免有些不大谐和的地方,例如真韵和庚韵,依照西南官话和吴方言,是可以同用的,若依北方话就不大谐和。屋韵和铎韵、歌韵和模韵,依照大部分的吴语是可以通用的,若依北方话也不谐和。

1.9 由此看来,除非写方言的白话诗,否则还应该以一种新的诗韵为标准。这种新诗韵和旧诗韵的性质并不相同:旧的诗韵是武断的(最初也许武断性很小,宋以后就大大地违反口语了),新的诗韵是以现代的北京实际语音为标准的。这样,才不至于弄成四不像的韵语。

第二节 平仄和对仗

2.1 平仄和对仗,是近体诗中最讲究的两件事;古体诗中,也不能完全不讲究它们。新诗虽然是一切都解放了,但是,就汉语来说，有了字音就不可能没有平仄，单音词多了也很容易形成整齐的对仗。新诗虽然不受它们的约束，却也还有许多诗人灵活地运用它们。因此，在未谈诗律以前，先谈一谈什么叫做平仄和对仗，也不是没有用处的。

2.2 平仄是一种声调的关系。相传沈约最初发现在汉语里共有四个声调，就是平声、上声、去声和入声。又相传"仄声"这个名称也是沈约起的。有人说，"仄"就是"侧"，"侧"就是不平。仄声和平声相对立，换句话说，仄声就是上去入三声的总名。依近体诗的规矩，是以每两个字为一个节奏，平仄递用。假定一句诗的第一第二字是平声，那么，第三第四字就应该都是仄声；如果第一第二字都是仄声，第三第四字就应该都是平声(详见第一章第六节)。

2.3 现在咱们要讨论的，有两个问题：第一，为什么上去入三声合成一类(仄声)，而平声自成一类？第二，为什么平仄递用可以构成诗的节奏？

2.4 关于第一个问题，咱们应该先知道声调的性质。声调自然是以音高(pitch)为主要的特征，但是长短和升降也有关系。依中古声调的情形看来，上古的声调大约只有两大类，就是平声和入声。中古的上声最大部分是平声变来的，极小部分是入声变来的；中古的去声大部分是入声变来的，小部分是平声变来的(或者是由平声经过了上声再转到去声)。等到平入两声演化为平上去入四声这个过程完成了的时候，依我们的设想，平声是长的，不升不降的；上去入三声都是短的，或升或降的。这样，自然地分为平仄两类了。"平"字指的是不升不降，"仄"字指的是不平(如山路之险仄)，也就是或升或降("上"字应该指的是升，"去"字应该指的是降，"入"字应该指的是特别短促。古人以为"平、上、去、入"只是代表字，没有意义，现在想来恐不尽然)。如果我们的设想不错，平仄递用也就是长短递用，平调与升降调或促调递用。

2.5 关于第二个问题，和长短递用是有密切关系的。英语的诗有所谓轻重律和重轻律。英语是以轻重音为要素的语言，自然以轻重递用为诗的节奏。如果像希腊语和拉丁语，以长短音为要素的，诗歌就不讲究轻重律或重轻律，反而讲究短长律或长短律了（希腊人称一短一长律为 iambus，一长一短律为 trochee，二短一长律为 anapest，一长二短律为 dacty1，英国人借用这四个术语来称呼轻重律和重轻律，这是不大合理的）。由此看来，汉语近体诗中的“仄仄平平”乃是一种短长律，“平平仄仄”乃是一种长短律。汉语诗律和西洋诗律当然不能尽同，但是它们的节奏的原则是一样的。

2.6　五言古诗虽然不很讲究平仄，但五平调或四平调仍是尽可能地避免的，否则就嫌单调了。五仄调或四仄调比较地常见，因为仄声还有上去入的分别，它们或升，或降，或特别短促，就不十分单调（参看第二章第六节）。

2.7　近体诗喜欢用平声做韵脚，因为平声是一个长音，便于曼声歌唱的缘故。这恰像英诗里轻重律多于重轻律，希腊拉丁诗里短长律多于长短律。在英诗或希腊拉丁诗里，有些诗虽然本来是用重轻律或长短律的，也喜欢用重音或长音收尾，叫做不完全律（catalectic），大约也是使它较便于曼声歌唱的缘故。

跟着历史的变迁，近代的声调的实际音高也不能和中古相同，所以人民口头创作只能依据实际语音，不能再沿用中古的平仄。现代新诗如果要运用平仄，自然也只能以现代的实际语音为标准，例如北京语音里没有入声，平声分为阴阳两类，又有一种轻声，是否仍应该另行发现节奏的规律，这却是现代诗人所应研究的了。

*　*　*　*

2.8　对仗，大致说起来，就是语言的排偶，或骈俪。“仗”字的意义是从仪仗来的；仪仗两两相对，所以两两相对的语句叫做对仗。对仗既是排偶的一种，让我们先谈排偶。自从有了语言，也就有了排偶，因为人事和物情有许多是天然相配的。古今中外，都有许多排偶的语言，例如下面所引的英文诗：

One shade the more, one ray the less,
…
The smiles that win, the tints that glow. Byorn

My boat is on the shore,
And my bark is on the sea. Byron

Some had shoes, but all had rifles. Henley

2.9 但是,汉语的排偶却有一种特性:因为汉语是单音语,所以排比起来可以弄得非常整齐,一音对一音,不多不少。有了这种特性,汉语的骈语就非常发达。无论韵文或散文,都有无数的例子,例如:

就其深矣,方之舟之;
就其浅矣,泳之游之。(《诗·邶风》)
谁谓尔无羊,三百维群;
谁谓尔无牛,九十其犉。(《诗·小雅·无羊》)
用之则行,舍之则藏。(《论语·述而》)
食不厌精,脍不厌细。(《论语·乡党》)

这可以称为不避同字的骈语,古书中不胜枚举。其后渐渐倾向于避同字,尤其是近体诗的对仗必须避同字。不过,避同字的骈语在上古也不乏其例,例如:

喓喓草虫,趯趯阜螽。(《诗·召南》)
觏闵既多,受侮不少。(《诗·邶风》)
青青子衿,悠悠我心。(《诗·郑风》)
南山崔崔,雄狐绥绥。(《诗·齐风》)
在其板屋,乱我心曲。(《诗·秦风》)
乘肥马,衣轻裘。(《论语·雍也》)

草木畅茂，禽兽繁殖。（《孟子·滕文公上》）

上食槁壤，下饮黄泉。（《孟子·滕文公下》）

2.10　到了六朝，骈俪的风气更盛。赋和骈体文，是避同字的骈语和不避同字的骈语同时并用的。但当其不避同字的时候，只能限于“之、而、以、于”一类的虚字了，例如：

遵四时以叹逝，瞻万物而思纷；悲落叶于劲秋，喜柔条于芳春；心懔懔以怀霜，志眇眇而临云；咏世德之骏烈，诵先人之清芬。（陆机《文赋》）

夫百节成体，共资荣卫；万趣会文，不离辞情。（刘勰《文心雕龙·镕裁篇》）

汉魏六朝的古诗，也像赋和骈体文一样，有时避同字，有时不避同字，例如：

齐心同所愿，含意俱未伸。（《古诗十九首》）

去者日以疏，来者日以亲。（同上）

昔为鸳与鸯，今为参与商。（苏子卿诗）

长裾连理带，广袖合欢襦。（辛延年《羽林郎》）

君若清路尘，妾若浊水泥。（曹植诗）

著论准《过秦》，作赋拟《子虚》。（左思《咏史》）

孤鸿号外野，朔鸟鸣北林。（阮籍《咏怀》）

唐以后的古体诗，自然都依照这个规矩（参看第二章第十一节）。但是，近体诗里的对仗，却和古体诗里的骈语颇有不同。

2.11　近体诗的对仗之所以不同于普通的骈语，因为它有两个特点：第一，它一定要避同字，不能再像“去者日以疏，来者日以亲”；第二，它一定要讲究平仄相对（平对仄、仄对平），不能再像“著论准《过秦》，作赋拟《子虚》”，例如：

共载皆妻子，同游即弟兄。（白居易《江州赴忠州至江陵

已来舟中示舍弟五十韵》)

门前巷陌三条近,墙内池亭万境闲。(刘禹锡《题王郎中宣义里新居》)

2.12 对仗有宽对和工对的分别:宽对只要以名词对名词、动词对动词、形容词对形容词,就成;工对必须把事物分为若干种类,只用同类的词相对(参看第一章第十三节)。

讲到近体诗的对仗,我们应该顺带谈一谈对联(普通所谓对子)。对联其实就是来自近体诗的对仗,不过对联更趋向于工对。再者,对联的节奏也有更多的变化,字数也可任意延长,也可偶然不避同字,例如前人集王羲之《兰亭序》字的对联:

丝竹放怀春未暮;
清和为气日初长。
静坐不虚兰室趣;
清游自带竹林风。

以上是依照近体诗的节奏的。

得趣—在—形骸—以外;
娱怀—于—天地—之初。
寄兴—在—山亭—水曲;
怀人—于—日暮—春初。
清气—若兰,—虚怀—当竹;
乐情—在水,—静趣—同山。

以上是超出近体诗节奏之外的。

又相传有妇人挽其夫云:

二十年贫病交加,纵我留君生亦苦;
七千里翁姑待葬,因君累我死犹难。

上半"年、里"二字顿,"病、姑"二字顿,超出近体诗节奏之外,下半完全依照近体诗的节奏。

又如韦苏州祠联：

> 唐史传偏遗，合循吏儒林，读书不碍中年晚；
> 苏州官似谥，本清才明德，卧理能教末俗移。

上半和下半都完全依照近体诗的节奏，只有中半“吏、才”二字顿，超出了近体诗的节奏之外。

2.13　上节所讲的韵语，是人类诗歌的共性；本节所讲的平仄和对仗，是汉语诗歌的特性。再看了下节所讲诗句的字数，对于汉语的诗律，已经得到一个轮廓了。

第三节　诗句的字数

3.1　汉语每字只有一个音节，所以汉语诗句的字数也就是诗句的音数。在西洋，诗句的音数极为人们所重视：英诗每句普通是八个音或十个音，法诗每句往往多至十二个音。严格地说，西洋诗里不该论句，只该论行，因为每句不一定只占一行（句未完而另起一行者，叫做跨行 enjambement），每行也不一定只容一句。每行的末一个音节才押韵，所以西洋诗论句是没有意义的。汉语的诗押韵总在句末，没有跨行；虽然也有合两句意义始足的例子，但依汉人的心理，仍然可以当作两句看待，所以汉语的诗是可以论句的。

3.2　依普通的说法，汉语的诗是由四言、五言，而演变至于七言。虽然汉语诗句的字数有少至二言，多至十一言的，不过，少于四言或多于七言的句子只是偶然插入于四言诗、五言诗或七言诗中，并不能全篇一律用二言或三言、九言或十一言。全篇用三言的诗歌，只有汉代的歌谣，如郊祀歌等，例如《汉书》里的《天马歌》：

> 太一贶，天马下。
> 沾赤汗，沫流赭。
> 志俶傥，精权奇。

籥浮云，晻上驰。
体容与，泄万里。
今安匹，龙为友。

但是，如果我们不把帮助语气的虚字计算在内，《诗经》里头还可以找得出一篇三言诗的例子：

月出皎兮；
佼人僚兮。
舒窈纠兮，
劳心悄兮！

月出皓兮；
佼人懰兮。
舒忧受兮，
劳心慅兮！

月出照兮，
佼人燎兮。
舒夭绍兮，
劳心惨（懆）兮！ （《陈风》）

至于四言诗里掺杂着二言、三言的，《诗经》里可就多了，例如：

鱼丽于罶，
鲿鲨；
君子有酒，
旨且多。 （《小雅·鱼丽》）

冬之夜，夏之日；
百岁之后，归于其室。 （《唐风》）

墙有茨，不可埽也；

中冓之言，不可道也。
所可道也，言之丑也。 （《鄘风》）

祈父，亶不聪；
胡转予于恤，有母之尸饔。 （《小雅·祈父》）

椒聊之实，蕃衍盈升；
彼其之子，硕大无朋。
椒聊且，
远条且！ （《唐风》）

3.3 《诗经》以四言为主，但是有些地方已经掺杂着五言、六言和七言，例如：

扬之水，不流束薪；
彼其之子，不与我戍申。
怀哉，怀哉，
曷月予还归哉！ （《王风》）

哀哉为犹，匪先民是程，
匪大犹是经；
维迩言是听，
维迩言是争。
如彼筑室于道谋，是用不溃于成。 （《小雅·小旻》）

在《楚辞》中，我们看见了许多五言、六言和七言（八言以上的都可以分为两句读）；如果“兮”字不算，则五言可认为四言，六言可认为五言，七言可认为六言，八言可认为七言。我们不能说《楚辞》就是五言诗和七言诗的开始：第一，因为有这“兮”字的难题；第二，因为大多数的诗篇都未能全篇一律，如七言中杂有五言，八言中杂有六言，等等。

3.4 一般人以为五言诗始于李陵《与苏武诗》，换句话说，就是始于西汉。《古诗十九首》,有人说是枚乘所作,也是始于西汉。但是又有人疑心李陵的诗是伪托,《古诗十九首》也不是枚乘所作。这样,真正全篇五言的五言诗也许是出于东汉,大约在公元第一世纪至第二世纪之间。

3.5 至于七言诗,也有人说是始于西汉,相传《柏梁诗》是汉武帝和群臣联句,原文是:

日月星辰和四时。骖驾四马从梁来。
郡国士马羽林材。总领天下诚难治。
和抚四夷不易哉!刀笔之吏臣执之。
撞钟伐鼓声中诗。宗室广大日益滋。
周卫交戟禁不时。总领从宗柏梁台。
平理清谳决嫌疑。修饰舆马待驾来。
郡国吏功差次之。乘舆御物主治之。
陈粟万石扬以箕。徼道宫下随讨治。
三辅盗贼天下危。盗阻南山为民灾。
外家公主不可治。椒房率更领其材。
蛮夷朝贺常舍其。柱枅欂栌相枝持。
枇杷橘栗桃李梅。走狗逐兔张罘罳。
啮妃女唇甘如饴。迫窘诘屈几穷哉!

这诗也有人疑心是伪作。但从押韵上说,之咍同部,正是先秦古韵,可见这即使不出于武帝时代,也不会相差太远。其中只有一个"危"字出韵;"危"字在先秦是支部或脂部字。这适足以证明支脂之三部在汉代的音值已渐渐接近,可以勉强同用了。此外,汉代的七言诗还有一些例子:

秋素景兮泛洪波,
挥纤手兮折芰荷;
凉风凄凄扬棹歌,

云光开曙月低河，
万岁为乐岂云多！　　（汉昭帝《淋池歌》）

天长地久岁不留，俟河之清只怀忧。
愿得远渡以自娱，上下无常穷六区。
超逾腾跃绝世俗，飘遥神举逞所欲。
天不可阶仙夫稀，柏舟悄悄吝不飞。
松乔高跱孰能离，结精远游使心携。
回志朅来从玄谋，获我所求复何思！
（张衡《思玄赋·系辞》）

近世双笛从羌起，羌人伐竹未及已。
龙鸣水中不见己，截竹吹之声相似。
剡其上孔通洞之，裁以当簻便易持。
易京君明识音律，故本四孔加以一。
君明所加孔后出，是谓商声五音毕。
（马融《长笛赋·赞词》）

这几篇诗也很合于古韵：除"娱、区、离、携"可认为汉韵外（"娱"属古韵鱼部，"区"属古韵侯部，"离"字属歌部，"携"字属支部），其余都是和先秦韵部相符的（"稀、飞"属微部，"谋、思"属之部，"稀、飞、离、携、谋、思"应认为转韵，不可认为通韵；"起、已、己、似、之、持"属之部，"律、出"属物部，"一、毕"属质部）。歌微通韵，在《楚辞》中已是常见，可见这两篇诗一定不是伪作。

3.6　由此看来，七言诗的起源，似乎比五言诗更早，至少是和五言诗同时，这是颇可怪的一件事。其实这上头有一个很重要的问题，是必须分辨清楚的。原来韵文的要素不在于句，而在于韵。有了韵脚，韵文的节奏就算有了一个安顿；没有韵脚，虽然成句，诗的节奏还是没有完。依照这个说法，咱们研究诗句的时候，应该以有韵脚的地方为一句的终结，若依西洋诗式，就是一行的终结（在本书里，我们录引诗歌的时候，就以此为分行的标准[①]；惟在六十字以上的长篇，则两句或数句一行，以省篇幅）。那么，像《古诗十九首》隔句为韵，就等于以十个字为一句（诗句），例如：

涉江采芙蓉，兰泽多芳草。
采之欲遗谁，所思在远道。
还顾望旧乡，长路漫浩浩。
同心而离居，忧伤以终老！

汉代的七言诗句句为韵，就只有七个字一句，比隔句为韵的五言诗倒反显得短了。这种七言诗即使出于五言诗以前，也毫不足怪。事实上，从《柏梁诗》直到魏文帝的《燕歌行》，都是句句为韵的，例如魏文帝《燕歌行》：

秋风萧瑟天气凉，草木摇落露为霜，
群燕辞归雁南翔；念君客游思断肠，
慊慊思归恋故乡。何为淹留寄他方？
贱妾茕茕守空房，忧来思君不敢忘，
不觉泪下沾衣裳。援琴鸣弦发清商，
短歌微吟不能长。明月皎皎照我床，
星汉西流夜未央，牵牛织女遥相望；
尔独何辜限河梁！

依现存的史料观察，直到鲍照，才有隔句为韵的七言诗，例如《拟行路难》：

奉君金卮之美酒，瑇瑁玉匣之雕琴，
七彩芙蓉之羽帐，九华蒲萄之锦衾；
红颜零落岁将暮，寒光宛转时欲沉。

---

① 编者注：因为版面原因，有时会不完全遵守此标准。

愿君裁悲且减思，听我抵节行路吟；

不见柏梁铜雀上，宁闻古时清吹音！

由此看来，真正的七言诗（如唐代七言诗的常体）是起于南北朝，约在公元第五世纪。

3.7　西洋诗普通是每行八个音至十二个音，汉语的诗每句是四言至七言，比较起来，似乎西洋诗的气比汉语诗的气长些。实际上恰恰相反：若依一韵为一行的说法，隔句为韵的汉语诗，四言即等于八个音一行，五言即等于十个音一行，七言即等于十四个音一行，七言诗的气比西洋十二音诗（亚历山大式）的气还要长些呢。

3.8　末了，我们要谈一谈杂言诗，也就是长短句。无论汉语诗或西洋诗，每句或每行音数相等者总算是正体，音数不相等者（长短句）总算是变体。但是汉语诗的长短句来源很早，《诗经》里就有了，例如上面所举的《鱼丽》《葛生》《墙有茨》《祈父》《椒聊》《扬之水》《小旻》等篇都是，此外又如《邶风》：

式微，式微，

胡不归？

微君之故，

胡为乎中露？

唐以后的杂言诗大致可分为两种：一种是在七言诗中偶然掺杂着少数的五言或三言；另一种是在七言诗中随意运用三言、四言、五言、六言，甚至于少到二言，多到八言、九言、十一言，极错综变化之妙，颇可称为有韵的散文（参看第二章第一节）。有一点应该注意的，就是在许多分类的诗集中，并没有杂言这一个项目：像上面所述的两种杂言诗也一律都称为七言。

3.9　以上所说算是导言；下文将是本论。本论将分为四章，分别叙述近体诗、古体诗、词、曲。

第一章　近体诗

第一节　律　诗

1.1　近体诗又名今体诗，它是和古体诗对立的。唐代以后，大约因为科举的关系，诗的形式逐渐趋于划一，对于平仄、对仗和诗篇的字数，都有很严格的规定。这种依照严格的规律来写出的诗，是唐以前所未有的，所以后世叫做近体诗。近体诗可以大致分为三种：律诗、排律、绝句。现在我们分别加以叙述。本节先谈律诗。

1.2　律诗的意义就是依照一定的格律来写成的诗。律诗的格律最主要的有两点：尽量使句中的平仄相间，并使上句的平仄和下句的平仄相对（即相反）；尽量多用对仗，除首两句和末两句外，总以对仗为原则。依照这两个要点看来，齐梁的诗已经渐渐和律诗接近了，例如：

奉和山池　　　　庾　信

乐官多暇豫，望苑暂回舆。
鸣笳陵绝浪，飞盖历通渠。
桂亭花未落，桐门叶半疏。
荷风惊浴鸟，桥影聚行鱼。
日落含山气，云归带雨余。

若把第二、三、四行的任何一行删去，就很像初唐的一首五言律诗了。律诗分为五言律诗和七言律诗两种，现在分述如下：

1.3　五言律诗——五言律诗除了平仄和对仗的规律之外，还有两个规律：

a. 每句五个字，每首八句，全首共四十个字。

b. 第一、三、五、七句不入韵，第二、四、六、八句入韵，这是正例；但首句亦有入韵者，这是变例（这正变之分是从唐人五言律诗统计出来的，以多见者为正，少见者为变）。

下面试举几个实例来看：

（子）首句不入韵者

游少林寺　　沈佺期

长歌游宝地，徙倚对珠林。
雁塔风霜古，龙池岁月深。
绀园澄夕霁，碧殿下秋阴。
归路烟霞晚，山蝉处处吟。

狱中咏蝉　　骆宾王

西陆蝉声唱，南冠客思侵。
那堪玄鬓影，来对白头吟。
露重飞难进，风多响易沉。
无人信高洁，谁为表予心！

正月十五夜　　苏味道

火树银花合，星桥铁锁开。
暗尘随马去，明月逐人来。
游妓皆秾李，行歌尽落梅。
金吾不禁夜，玉漏莫相催。

侍宴长宁公主东庄应制　　李　峤

别业临青甸，鸣銮降紫霄。
长筵鹓鹭集，仙管凤凰调。
树接南山近，烟含北渚遥。
承恩咸已醉，恋赏未还镳。

夏日过郑七山斋　　杜审言

共有尊中好，言寻谷口来。
薜萝山径入，荷芰水亭开。

日气含残雨,云阴送晚雷。
洛阳钟鼓至,车马系迟回。

(丑)首句入韵者

从军行 杨　炯

烽火照西京,
心中自不平。
牙璋辞凤阙,铁骑绕龙城。
雪暗凋旗画,风多杂鼓声。
宁为百夫长,胜作一书生。

月夜忆舍弟 杜　甫

戍鼓断人行,
秋边一雁声。
露从今夜白,月是故乡明。
有弟皆分散,无家问死生。
寄书长不达,况乃未休兵!

1.4　七言律诗——七言律诗除了平仄和对仗的规律之外,也还有两个规律:

a. 每句七个字,每首八句,全首共五十六个字。

b. 第一、二、四、六、八句入韵,第三、五、七句不入韵,这是正例;但首句亦有不用韵者,这是变例。

下面试举几个实例来看:

(子)首句入韵者

古　意 沈佺期

卢家少妇郁金香,
海燕双栖玳瑁梁。
九月寒砧催木叶,十年征戍忆辽阳。
白狼河北音书断,丹凤城南秋夜长。
谁为含愁独不见,更教明月照流黄。

奉和春日幸望春宫应制　　苏　颋

东望望春春可怜，
更逢晴日柳含烟。
宫中下见南山尽，城上平临北斗悬。
细草偏承回辇处，飞花故落舞觞前。
宸游对此欢无极，鸟弄歌声杂管弦。

万岁楼　　储光羲

江上巍巍万岁楼，
不知经历几千秋。
年年喜见山长在，日日悲看水独流。
猿狖何曾离暮岭，鸬鹚空自泛寒洲。
谁堪登望云烟里，向晚茫茫作旅愁。

送韩十四江东觐省　　杜　甫

兵戈不见老莱衣，
叹息人间万事非。
我已无家寻弟妹，君家何处访庭闱。
黄牛峡静滩声转，白马江寒树影稀。
此别应须各努力，故乡犹恐未同归。

（丑）首句不入韵者

敕借岐王九成宫避暑应教　　王　维

帝子远辞丹凤阙，天书遥借翠微宫。
隔窗云雾生衣上，卷幔山泉入镜中。
林下水声喧语笑，岩间树色隐房栊。
仙家未必能胜此，何事吹箫向碧空？

阁　夜　　杜　甫

岁莫阴阳催短景，天涯霜雪霁寒宵。
五更鼓角声悲壮，三峡星河影动摇。
野哭千家闻战伐，夷歌几处起渔樵。

卧龙跃马终黄土，人事音书漫寂寥。

1.5 五言律诗首句，和七言律诗首句恰恰相反：前者以不入韵为常，后者以入韵为常。但是，这两种相反的情形都各有其背景：五言诗自古是隔句为韵的，譬如《古诗十九首》的首句就都不入韵；七言诗在古代却是句句为韵的，唐人普通的七言诗虽已演变为隔句用韵，但是首句仍沿着古代入韵的遗规。依我们的大致的观察，五言的变例要比七言的变例多些（五律首句入韵者比七律首句不入韵者多些）。

1.6 五律和七律中，都偶然有一种三韵小律。三韵就是六句（首句就是入韵也不计）。这样，五言小律就只有三十个字，七言小律就只有四十二个字，例如：

李员外寄纸笔 韩 愈

题是临池后，分从起草余。
兔尖针莫并，茧静雪难如。
莫怪殷勤谢，虞卿正著书。

送羽林陶将军 李 白

将军出使拥楼船，江上旌旗拂紫烟。
万里横戈探虎穴，三杯拔剑舞龙泉。
莫道词人无胆气，临行将赠绕朝鞭。

1.7 五律和七律之外，偶然又有些六言律诗，每首四十八个字，例如：

送万巨 卢 纶

把酒留君听琴，
谁堪岁暮离心？
霜叶无风自落，秋云不雨空阴。
人愁荒村路细，马怯寒溪水深。
望尽青山独立，更知何处相寻！

五、七言三韵小律和六言律诗都是很罕见的形式，因为它们既然自成一格,不能不略为提及罢了。

1.8　在这里我们附带提及诗人们的几个术语。凡两句相配,叫做一联,譬如第一句和第二句叫做首联(在这种意义之下,不一定成为对仗才称为联);第三句和第四句叫做颔联;第五句和第六句叫做颈联;第七句和第八句叫做尾联。每联的上句叫做出句;下句叫做对句。下文有时为方便起见,我们将应用这些术语。

第二节　排　律

2.1　排律就是十句以上的律诗。它也是律诗之一种,本来不必自归一类;但为方便起见,也不妨如此分开。依常理推测,五言排律的起源应该是比普通的五律更早;因为律诗是由五言古诗逐渐演变而来,而五言古诗又多数是超过八句的。上节所举的庾信《奉和山池》,已经很像排律;其实,在庾信以前,如谢灵运有些诗也已经和排律相类似了,例如:

于南山往北山经湖中瞻眺

朝旦发阳崖,景落憩阴峰。舍舟眺回渚,停策倚茂松。
侧径既窈窕,环洲亦玲珑。俯视乔木杪,仰聆大壑淙。
石横水分流,林密蹊绝踪。解作竟何感,升长皆丰容。
初篁苞绿箨,新蒲含紫茸。海鸥戏春岸,天鸡弄和风。
抚化心无厌,览物眷弥重。不惜去人远,但恨莫与同。
孤游非情叹,赏废理谁通!

2.2　但是,相类似并不就是相同。这一首谢诗因为差不多处处对仗,所以像排律(排律就是一直排比下去的意思,只有末两句不必用对仗,首两句也偶然可以不对);但是因为不合近体诗的平仄(参看本章第六节),所以到底不能认为排律。总之,排律就是普通律诗的延长,它的一切规律都应该以普通律诗为标准。

2.3　关于排律的韵数,普通总喜欢用整数,例如十韵、二十韵、三十韵、四十韵、五十韵、六十韵等;六十韵以上,往往索性凑成一百韵(二百句,一千字)。

【附注】杜甫有一首百韵排律,题为《秋日咏怀奉寄郑监李宾客一百韵》。仇兆鳌曰:“诗有近体,古意衰矣。近体而有排律,去古益远矣。考唐人排律,初惟六韵左右耳。长篇排律,超于少陵,多至百韵,实为后人滥觞。元白集中,往往叠见,不免夸多斗靡,气缓而脉弛矣。”

单就这一种求整齐的风气而论,也是五言诗所没有的,例如:

河南严尹弟见宿弊庐访别人赋十韵 王 维

上客能论道,吾生学养蒙。贫交世情外,才子古人中。
冠上方簪豸,车边已画熊。拂衣迎五马,垂手凭双童。
花醥和松屑,茶香透竹丛。薄霜澄夜月,残雪带春风。
古壁苍苔黑,寒山远烧红。眼看东候别,心事北川同。
为学轻先辈,何能访老翁?欲知今日后,不乐为车公。

上韦左相二十韵 杜 甫

凤历轩辕纪,龙飞四十春。八荒开寿域,一气转鸿钧。
霖雨思贤佐,丹青忆老臣。应图求骏马,惊代得麒麟。
沙汰江河浊,调和鼎鼐新。韦贤初相汉,范叔已归秦。
盛业今如此,传经固绝伦。豫樟深出地,沧海阔无津。
北斗司喉舌,东方领搢绅。持衡留藻鉴,听履上星辰。
独步才超古,余波德照邻。聪明过管辂,尺牍倒陈遵。
岂是池中物,由来席上珍。庙堂知至理,风俗尽还淳。
才杰俱登用,愚蒙但隐沦。长卿多病久,子夏索居频。
回首驱流俗,生涯似众人。巫咸不可问,郑鲁莫容身。
感激时将晚,苍茫兴有神。为公歌此曲,涕泪在衣巾。

赠李八秘书别三十韵 杜 甫

往时中补右,扈跸上元初。反气凌行在,妖星下直庐。
六龙瞻汉阙,万骑略姚墟。玄朔回天步,神都忆帝车。
一戎才汗马,百姓免为鱼。通籍蟠螭印,差肩列凤舆。

事殊迎代邸，喜异赏朱虚。寇盗方归顺，乾坤欲晏如。
不才同补衮，奉诏许牵裾。鸳鹭叨云阁，麒麟滞玉除。
文园多病后，中散旧交疏。飘泊哀相见，平生意有余。
风烟巫峡远，台榭楚宫虚。触目非论故，新文尚起予。
清秋凋碧柳，别浦落红蕖。消息多旗帜，经过叹里闾。
战连唇齿国，军急羽毛书。幕府筹频问，山家药正锄。
台星入朝谒，使节有吹嘘。西蜀灾长弭，南翁愤始摅。
对扬抚士卒，干没费仓储。势藉兵须用，功无礼忽诸？
御鞍金騕褭，宫砚玉蟾蜍。拜舞银钩落，恩波锦帕舒。
此行非不济，良友昔相于。去旆依颜色，沿流想疾徐。
沉绵疲井臼，倚薄似樵渔。乞米烦佳客，钞诗听小胥。
杜陵斜晚照，潏水带寒淤。莫话清溪发，萧萧白暎梳。

夔府书怀四十韵　　杜　甫

昔罢河西尉，初兴蓟北师。不才名位晚，敢恨省郎迟。
扈圣崆峒日，端居滟滪时。萍流仍汲引，樗散尚恩慈。
遂阻云台宿，常怀《湛露》诗。翠华森远矣，白首飒凄其。
拙被林泉滞，生逢《酒赋》欺。文园终寂寞，汉阁自磷缁。
病隔君臣议，惭纡德泽私。扬镳惊主辱，拔剑拨年衰。
社稷经纶地，风云际会期。血流纷在眼，涕洒乱交颐。
四渎楼船泛，中原鼓角悲。贼壕连白翟，战瓦落丹墀。
先帝严灵寝，宗臣切受遗。恒山犹突骑，辽海竞张旗。
田父嗟胶漆，行人避蒺藜。总戎存大体，降将饰卑词。
楚贡何年绝？尧封旧俗疑。长吁翻北寇，一望卷西夷。
不必陪玄圃，超然待具茨。凶兵铸农器，讲殿辟书帷。
庙算高难测，天忧实在兹。形容真潦倒，答效莫支持。
使者分王命，群公各典司。恐乖均赋敛，不似问疮痍。
万里烦供给，孤城最怨思。绿林宁小患，云梦欲难追。
即事须尝胆，苍生可察眉。议堂犹集凤，正观是元龟。

处处喧飞檄，家家急竞锥。萧车安不定，蜀使下何之？
钓濑疏坟籍，耕岩进奕棋。地蒸余破扇，冬暖更纤絺。
豺遘哀登楚，麟伤泣象尼。衣冠迷适越，藻绘忆游睢。
赏月延秋桂，倾阳逐露葵。大庭终反朴，京观且僵尸。
高枕虚眠昼，哀歌欲和谁？南宫载勋业，凡百慎交绥。

武陵书怀五十韵 刘禹锡

西汉开支郡，南朝号戚藩。四封当列宿，百雉俯清沅。
高岸朝霞合，惊湍激箭奔。积阴春暗度，将霁雾先昏。
俗尚东皇祀，谣传义帝冤。桃花迷隐迹，楝叶慰忠魂。
户算资渔猎，乡豪恃子孙。照山畬火动，踏月俚歌喧。
拥楫舟为市，连甍竹覆轩。披沙金粟见，拾羽翠翘翻。
茗折苍溪秀，蘋生枉渚暄。禽惊格磔起，鱼戏噞喁繁。
沈约台榭故，李衡墟落存。湘灵悲鼓瑟，泉客泣酬恩。
露变蒹葭浦，星悬橘柚村。虎咆空野震，鼍作满川浑。
邻里皆迁客，儿童习左言。炎天无冽井，霜月见芳荪。
清白家传远，诗书志所敦。列科叨甲乙，从宦出丘樊。
结友心多契，驰声气尚吞。士安曾重赋，元礼许登门。
草檄嫖姚幕，巡兵戊己屯。筑台先自隗，送客独留髡。
遂结王畿绶，来观衢室樽。鸢飞入鹰隼，鱼目俪玙璠。
晓烛罗驰道，朝阳辟帝阍。王正会夷夏，月朔盛旗旛。
独立当瑶阙，传呵步紫垣。按章清犴狱，视祭洁蘋蘩。
御历昌期远，传家宝祚蕃。繇文光夏启，神教畏轩辕。
内禅因天性，雄图授化元。继明悬日月，出震统乾坤。
大孝三朝备，洪恩九族惇。百川宗渤澥，五岳辅昆仑。
何幸逢休运，微班识至尊。校缗资筦榷，复土奉山园。
一失贵人意，徒闻太学论。直庐辞锦帐，远守愧朱幡。
巢幕方犹燕，抢榆尚笑鲲。邅回过荆楚，流落感凉温。
旅望花无色，愁心醉不惛。春江千里草，暮雨一声猿。

问卜安冥数，看方理病源。带赊衣改制，尘涩剑成痕。
三秀悲中散，二毛伤虎贲。来忧御魑魅，归愿牧鸡豚。
就日秦京远，临风楚奏烦。南登无灞岸，旦夕上高原。

春六十韵　元　稹

节应寒灰下，春生返照中。未能消积雪，已渐少回风。
迎气邦经重，斋诚帝念隆。龙骧紫宸北，天压翠坛东。
仙仗摇佳彩，荣光答圣衷。便从威仰座，随入大罗宫。
先到璇渊底，偷穿玳瑁栊。馆娃朝镜晚，太液晓冰融。
撩摘芳情遍，搜求好处终。九霄浑可可，万姓尚忡忡。
昼漏频加箭，宵晖欲半弓。驱令三殿出，乞与百蛮同。
直自方壶岛，斜临绝漠戎。南巡暖珠树，西转丽崆峒。
度岭梅甘坼，潜泉脉暗洪。悠悠铺塞草，冉冉着江枫。
蚕役投筐妾，耘催荷莽翁。既蒸难发地，仍送懒归鸿。
约略环区宇，殷勤绮镐酆。华山青黛扑，渭水碧沙蒙。
宿露清余霭，晴烟塞迥空。燕巢才点缀，莺舌最惺憁。
腻粉梨园白，胭脂桃径红。郁金垂嫩柳，罯画委高笼。
地甲门阑大，天开禁掖崇。层台张舞凤，阁道架飞虹。
曲糵调神化，鹓鸾竭至忠。歌钟齐锡宴，车服奖庸功。
俊造欣时用，闾阎贺岁丰。倡楼妆爠爠，农野绿芃芃。
贵主骄矜盛，豪家倚赖雄。偏沾打球彩，频得铸钱铜。
专杀擒杨若，殊恩赦邓通。女孙新在内，婴稚近封公。
游衍关心乐，诗书对面聋。盘筵饶异味，音乐斥庸工。
酒爱油衣浅，杯夸玛瑙烘。挑鬟玉钗髻，刺绣宝装拢。
启齿呈编贝，弹丝动削葱。醉圆双媚靥，波溢两明瞳。
但赏欢无极，那知恨亦充。洞房闲窈窕，庭院独葱茏。
谢砌萦残絮，班窗网曙虫。望夫身化石，为伯首如蓬。
顾我沉忧士，骑他老病骢。静街乘旷荡，初日接曈昽。
饮败肺常渴，魂惊耳更聪。虚逢好阳艳，其那苦昏懵。

僶俯还移步，持疑又省躬。慵将疲悴质，漫走倦羸僮。
季月行当暮，良辰坐叹穷。晋悲焚介子，鲁愿浴沂童。
燧改鲜妍火，阴繁晻澹桐。瑞云低㿉㿉，香雨润濛濛。
药溉分窠数，篱栽备幼冲。种莎怜见叶，护笋冀成筒。
有梦多为蝶，因搜定作熊。漂沉随坏芥，荣茂委苍穹。
震动风千变，晴和鹤一冲。丁宁搴芳侣，须识未开丛。

代书诗一百韵寄微之　　白居易

忆在贞元岁，初登典校司。身名同日授，心事一言知。
肺府都无隔，形骸两不羁。疏狂属年少，闲散为官卑。
分定金兰契，言通药石规。交贤方汲汲，友直每偲偲。
有月多同赏，无杯不共持。秋风拂琴匣，夜月卷书帷。
高上慈恩塔，幽寻皇子陂。唐昌玉蕊会，崇敬牡丹期。
笑劝迂辛酒，闲吟短李诗。儒风爱敦质，佛理尚玄师。
度日曾无闷，通宵靡不为。双声联律句，八面对宫棋。
往往游三省，腾腾出九逵。寒销直城路，春到曲江池。
树暖枝条弱，山晴彩翠奇。峰攒石绿点，柳惹曲尘丝。
岸草烟铺地，园花雪压枝。早光红照耀，新溜碧逶迤。
幄幕侵堤布，盘筵占地施。征伶皆绝艺，选伎悉名姬。
粉黛凝春态，金钿耀水嬉。风流夸堕髻，时世斗啼眉。
密坐随欢促，华尊逐胜移。香飘歌袂动，醉落舞钗遗。
筹插红螺碗，觥飞白玉卮。打嫌调笑易，饮讶卷波迟。
残席喧哗散，归鞍酩酊骑。酡颜乌帽侧，醉袖玉鞭垂。
紫陌传钟鼓，红尘塞路岐。几时曾暂别，何处不相随？
荏苒星霜换，回环节候推。两衙多请假，三考欲成资。
运偶千年圣，天成万物宜。皆当少壮日，同惜盛明时。
光景嗟虚掷，云霄窃暗窥。攻文朝矻矻，讲学夜孜孜。
策目穿如札，毫锋锐若锥。繁张获鸟网，坚守钓鱼坻。
并受夔龙荐，齐陈晁董词。万言经济略，三策太平基。

中第争无敌，专场战不疲。辅车排胜阵，犄角搴降旗。
双阙分容卫，千僚俨等衰。恩随紫泥降，名向白麻披。
既在高科选，还从好爵縻。东垣君谏诤，西邑我驱驰。
再喜登乌府，多惭侍赤墀。官班分内外，游处遂参差。
每列鹓鸾序，偏瞻獬豸姿。简威寒凛冽，衣彩绣葳蕤。
正色摧强御，刚肠嫉喔咿。常憎持禄位，不拟保妻儿。
养勇当除患，输忠在灭私。下鞲惊燕雀，当道慑狐狸。
南国人无怨，东台吏不欺。理冤多定国，切谏甚辛毗。
造次行于是，平生志在兹。道将心共直，言与行兼危。
水暗波翻覆，山藏路险巇。未为明主识，已被倖臣疑。
木秀遭风折，兰芳遇霰萎。千钧势易压，一柱力难支。
腾口因成痏，吹毛遂得疵。忧来吟贝锦，谪去咏江蓠。
邂逅尘中遇，殷勤马上辞。贾生离魏阙，王粲向荆夷。
水过清源寺，山经绮里祠。心摇汉皋佩，泪堕岘亭碑。
驿路缘云际，城楼枕水湄。思乡多绕泽，望阙独登陴。
林晚青萧索，江平绿渺瀰。野秋鸣蟋蟀，沙冷聚鸬鹚。
官舍黄茅屋，人家苦竹篱。白醪充夜酌，红粟备晨炊。
寡鹤摧风翮，鳏鱼失水鬐。暗鸡啼渴旦，凉叶坠相思。
一点寒灯灭，三声晓角吹。蓝衫经雨故，骢马卧霜羸。
念涸谁濡沫，嫌醒自歠醨。耳垂无伯乐，舌在有张仪。
负气冲星剑，倾心向日葵。定知身是患，应用道为医。
想子今如彼，嗟予独在斯。无憀当岁杪，有梦到天涯。
坐阻连襟带，行乖接履綦。润销衣上雾，香散室中芝。
念远缘迁贬，惊时为别离。素书三往复，明月七盈亏。
旧里非难到，余欢不可追。树依兴善老，草傍静安衰。
前事思如昨，中怀写向谁？北村寻古柏，南宅访辛夷。
此日空搔首，何人共解颐？病多知夜永，年长觉秋悲。
不饮长如醉，加餐亦似饥。狂吟一千字，因使寄微之。

2.4　当然也有些排律的韵不是整数的，例如刘禹锡《送陆侍御归淮南使府》用五韵，杜甫《风疾舟中伏枕书怀》用三十六韵，元稹《泛江玩月》用十二韵，《酬东川李相公》用十六韵，《酬段丞与诸綦流会宿弊居见赠》用二十四韵，等等。但这些到底占少数，而且像三十六和二十四之类，在古人的心目中仍旧是另一类的整数。有人误会，以为凡在题目上写明韵数的就是排律。其实像杜甫的《奉赠韦左丞丈二十二韵》、柳宗元的《游南亭夜还叙志七十韵》、白居易的《游悟真寺诗一百三十韵》等等，都是古风，不是排律。

2.5　自唐以后，试帖诗都是五言排律，而且都是限定用十二句的，例如：

赋得花发上林　　　　王　表

御苑春何早，繁华已绣林！
笑迎明主仗，香拂美人簪。
地接楼台近，天垂雨露深。
晴光来戏蝶，夕景动楼禽。
欲托凌云势，先开捧日心。
方知桃李树，从此别成阴。

华州试月中桂　　　　张　乔

与月转鸿濛，
扶疏万古同。
根非生下土，叶不坠秋风。
结蕊圆时足，低枝缺处空。
影超群木外，香满一轮中。
未种丹霄日，应虚白兔宫。
如何同片玉，散植在堂东。

五言排律也像五言律诗，首句以不入韵为正例，入韵为变例。但是，其变例比五言律诗的变例更少。

【附注】但十二句的五言排律不都是试帖诗。杜甫《伤春》五首、《春归》一首都是十二句的五言排律。

2.6　就通常说，排律只限于五言。有人把杜甫的《寄岑嘉州》认为七言排律（见董文涣《声调四谱图说》）：

不见故人十年余，不道故人无素书。
愿逢颜色关塞远，岂意出守江城居。
外江三峡且相接，斗酒新诗终自疏。
谢朓每篇堪讽咏，冯唐已老听吹嘘。
泊船秋夜经春草，伏枕青枫限玉除。
眼前所寄选何物，赠子云安双鲤鱼。

这是一种误解。《寄岑嘉州》的对仗虽颇像排律，却没有排律的对仗那样工整。最重要的是它的平仄和律诗的平仄不合，所以它只是一首七言的古风。不过，真正的七言排律也并不是没有，杜甫本人就有两首，兹录一首（另一首为《寒雨朝行视园树》）：

题郑十八著作虔　　　　杜　甫

台州地阔海冥冥，云水长和岛屿青。
乱后故人双别泪，春深逐客一浮萍。
酒酣懒舞谁相拽？诗罢能吟不复听。
第五桥东流恨水，皇陂岸北结愁亭。
贾生对鵩伤王傅，苏武看羊陷贼庭。
可念此翁怀直道，也沾新国用轻刑。
祢衡实恐遭江夏，方朔虚传是岁星。
穷巷悄然车马绝，案头干死读书萤！

【附注】而且，五言排律只限于平韵，没有仄韵的。仇兆鳌《杜诗详注》于杜甫《行官张望补稻畦水归》引张远注，以为此系仄韵排律，那是错误的。此诗不用律句，不用对仗，不能称为排律。

2.7　到了中唐（约在公元 780 至 840），白居易和元稹也有七言排律，例如：

泛太湖书事寄微之　　白居易

烟渚云帆处处通，飘然舟似入虚空。
玉杯浅酌巡初匝，金管徐吹曲未终。
黄夹缬林寒有叶，碧琉璃水净无风。
避旗飞鹭翩翻白，惊鼓跳鱼拨剌红。
涧雪压多松偃蹇，岩泉滴久石玲珑。
书为故事留湖上，吟作新诗寄浙东。
军府威容从道盛，江山气色定知同。
报君一事君应羡，五宿澄波皓月中。

酬乐天雪中见寄　　元　稹

知君夜听风萧索，晓望林亭雪半糊。
撼落不教封柳眼，埽来偏尽附梅株。
敲扶密竹枝犹亚，煦暖寒禽气渐苏。
坐觉湖声迷远浪，回惊云路在长途。
钱塘湖上蘋先合，梳洗楼前粉暗铺。
石立玉童披鹤氅，台施瑶席换龙须。
满空飞舞应为瑞，寡和高歌只自娱。
莫遣拥帘伤思妇，且将盈尺慰农夫。
称觞彼此情何异，对景东西事有殊。
镜水绕山山尽白，琉璃云母世间无。

和乐天重题别东楼　　元　稹

山容水态使君知，楼上从容万状移。
日映文章霞细丽，风驱鳞甲浪参差。
鼓催潮户凌晨击，笛赛婆官彻夜吹。
唤客潜挥远红袖，卖垆高挂小青旗。
剩铺床席春眠处，乍卷帘帷月上时。
光景无因将得去，为郎抄在和郎诗。

遭风二十韵　　　　元　稹

洞庭弥漫接天回，一点君山似措杯。
暝色已笼秋竹树，夕阳犹带旧楼台。
湘南贾伴乘风信，夏口篙工厄溯洄。
后侣逢滩方拽䉶，前宗到浦已眠桅。
俄惊四面云屏合，坐见千峰雪浪堆。
罔象睢盱方逞怪，石尤翻动忽成灾。
胜陵岂但河宫溢，块轧浑忧地轴摧。
疑是阴兵致昏黑，果闻灵鼓借喧豗。
龙归窟穴深潭漩，蜃作波涛古岸隤。
水客暗游烧野火，枫人夜长吼春雷。
浸淫沙市儿童乱，汩没汀洲雁鹜哀。
自叹生涯看转烛，更悲商旅哭沉财。
樯乌斗折头仓掉，水狗斜倾尾缆开。
在昔讵惭横海志，此时甘乏济川才。
历阳旧事曾为鳖，鲧穴相传有化能。
闭目唯愁满空电，冥心真类不然灰。
那知否极休征至，渐觉宵分曙气催。
怪族潜收湖黯湛，幽妖尽走日崔嵬。
紫衣将校临船问，白马君侯傍柳来。
唤上驿亭还酩酊，两行红袖拂樽罍。

但是，在元、白诗集中，七言排律也只占极小的部分（白氏尤少）。因此，许多分类的诗选总集里只有五言排律，没有七言排律的类目。

2.8　近代的文人联句，多喜欢联成长篇的排律（当然是五言的），相传联句始于《柏梁诗》（见导言第三节），唐中宗景龙三年也模仿《柏梁》，君臣联句（那些却是七言）。那时是每人一句的。近代的联句颇有不同：第一个人先说第一句，以后每人说两句（例如第二第三两句)，最后的人说一个单句作收。这样，后面的人所说的要和前面的人所说的成为对仗，更见巧思。

第三节 绝 句

3.1 绝句字数恰等于律诗的一半：律诗八句，绝句只有四句。这样，五言绝句共是二十个字；七言绝句共是二十八个字，例如：

渡汉江 宋之问

岭外音书断，经冬复历春。
近乡情更怯，不敢问来人。

春夜洛城闻笛 李 白

谁家玉笛暗飞声？
散入东风满洛城。
此夜曲中闻折柳，何人不起故园情？

3.2 “绝句”的意义，不像“律诗”的意义那样易于索解。关于绝句的起源，也有各种不同的看法，譬如《岘佣说诗》以为：

> 绝句，盖截律诗之半：或截首尾两联，或截前半首，或截中二联而成。(《带经堂诗话》有类似的说法)

这是说“绝”者截也，所以绝句又称为截句。它是产生在律诗之后的。但是《声调四谱》却说：

> 绝句之名，唐以前即有之。徐东海撰《玉台新咏》，别为一卷，实古诗之支派也。至唐而法律愈严；不惟与律体异，即与古体亦不同。或称截句，或称断句(力按：或又称短句)。世多谓分律诗之半即为绝句，非也。盖律由绝而增，非绝由律而减也。绝句云者：单句为句，句不能成诗；双句为联，联则生对；双联为韵，韵则生粘(力按：粘见本章第六节)；句法平仄各不相重，无论律古，粘对联韵必四句而后备，故谓之绝。由此递增，虽至百韵可也；而断无可减之理。

这是说减至无可再减就叫做绝句,它是产生在律诗之前的。我们对于这相反的两说,都不能完全赞同;但是我们倾向于采用前一说。现在依照“分律诗之半即为绝句”这个说法,把绝句分析一番,然后说明我们所持的理由。

【附注】仇兆鳌《杜诗详注》引范梈曰:“绝句者截句也。或前对,或后对,或前后皆对,或前后皆不对,总是截律之四句。”参看第二章 6.10 附注。

3.3　关于《岘佣说诗》的话,我们想加上“或截后半首”一句,因为那也是实际上有的。这样,我们可以把绝句分为四类:

(一)截取律诗的首尾两联的;

(二)截取律诗的后半首的;

(三)截取律诗的前半首的;

(四)截取律诗的中两联的。

第一类的绝句最为常见:律诗的首尾两联都可以不用对仗,而绝句正是不用对仗者居多,尤其是七绝。第二第四两类次之,第三类最少。此外,为什么不可以截取第一第三两联,或第二第四两联呢?这些本来也是可能的;但是,依照近体诗的平仄规律而论,这样就会变为失粘(见本章第六节)。除非不顾失粘,才可以这样做;原则上这是应该避免的。现在分别举例如下:

3.4　(一)截取律诗的首尾两联而成的(全首不用对仗)。

五绝

山中寄诸弟妹　　王　维

山中多法侣,禅诵自为群。
城郭遥相望,唯应见白云。

武陵田太守席送司马卢溪　　王昌龄

诸侯分楚郡,饮饯五溪春。
山水清晖远,俱怜一逐臣。

七绝

新息道中作 刘长卿

萧条独向汝南行，
客路多逢汉骑营。
古木苍苍离乱后，几家同住一孤城！

军城早秋 严 武

昨夜秋风入汉关，
朔云边月满西山。
更催飞将追骄虏，莫遣沙场匹马还。

从军行 李 白

百战沙场碎铁衣，
城南已合数重围。
突营射杀呼延将，独领残兵千骑归。

听张立本女吟 高 适

危冠广袖楚宫妆，
独步闲庭逐夜凉。
自把玉钗敲砌竹，清歌一曲月如霜。

注意：这一类以七绝为较多；因为五绝首句以不入韵为正例（见下文），而其首联又是以用对仗为较常见的。

3.5 （二）截取律诗的后半首而成的（首联用对仗）。

五绝

南中咏雁诗 韦承庆

万里人南去，三春雁北飞。
未知何岁月，得与尔同归。

逢雪宿芙蓉山主人 刘长卿

日暮苍山远，天寒白屋贫。
柴门闻犬吠，风雪夜归人。

独坐敬亭山 李 白

众鸟高飞尽，孤云独去闲。

相看两不厌,惟有敬亭山。

八阵图　　杜　甫

功盖三分国,名成八阵图。

江流石不转,遗恨失吞吴。

七绝

访韩司空不遇　　李嘉祐

图画风流似长康;

文词体格效陈王。

蓬莱对去归常晚,丛竹闲飞满夕阳。

旧　房　　白居易

远壁秋声虫络丝,

入檐新影月低眉。

床帷半故帘旌断,仍是初寒欲夜时。

注意:这一类以五绝为较多;因为七绝首句以入韵为正例(见下文),而其首联又是以不用对仗为正例的。

3.6 (三)截取律诗前半首而成的(末联用对仗)。

五绝

九日龙山饮　　李　白

九日龙山饮,黄花笑逐臣。

醉看风落帽,舞爱月留人。

客儿亭　　〔宋〕郭祥正

翻经人已去,谁为立幽亭?

一望野云白,半藏山骨青。

七绝

南　园(第八首)　　李　贺

春水初生乳燕飞,

黄蜂小尾扑花归。

窗含远色通书幌,鱼拥香钩近石矶。

注意:这一类五绝和七绝都颇为罕见。

3.7 (四)截取律诗的中两联而成的(全首用对仗)。

五绝

封丘作 高 适

州县才难适,云山道欲穷。

揣摩惭黠吏,栖隐谢愚公。

绝句二首(录一) 杜 甫

迟日江山丽,春风花草香。

泥融飞燕子,沙暖睡鸳鸯。

华子冈 王 维

落日松风起,还家草露稀。

云光侵履迹,山翠拂人衣。

登鹳雀楼 王之涣

白日依山尽,黄河入海流。

欲穷千里目,更上一层楼。

七绝

登楼寄王卿 韦应物

踏阁攀林恨不同,

楚云沧海思无穷。

数家砧杵秋山下,一郡荆榛楚雨中。

喜闻盗贼蕃寇总退 杜 甫

萧关陇水入官军,

青海黄河卷塞云。

北极转愁龙虎气,西戎休纵犬羊群!

注意:在这一类中,五绝颇为常见,其数量差不多和第二类的五绝相等;七绝较为少见。有些七绝属于这一类的,首句便不入韵(见下文)。

3.8 五绝的首句也像五律的首句一样,以不入韵为正例,所以较宜于对仗,而第二类和第四类的五绝比七绝较多(因为这两类的首联是用对仗的)。本节上面所举的五绝,都是正例;这里我们试举两个首句入韵的变例来看:

塞下曲　　卢　纶

月黑雁飞高,
单于夜遁逃。
欲将轻骑逐,大雪满弓刀。

观放白鹰　　李　白

八月边风高,
胡鹰白锦毛。
孤飞一片雪,百里见秋毫。

3.9　七绝的首句也像七律的首句一样,以入韵为正例,不入韵为变例。不过,七绝的变例比五绝的变例较多。这因为绝句虽不一定要用对仗,但当其用对仗的时候,总喜欢用于首联(第二第四两类);若首句入韵,则为韵所拘,对仗不容易,所以大家倾向于不使首句入韵,例如:

江南逢李龟年　　杜　甫

岐王宅里寻常见,崔九堂前几度闻。
正是江南好风景,落花时节又逢君。

叹白发　　王　维

宿昔朱颜成暮齿,须臾白发变垂髫。
一生几许伤心事,不向空门何处销?

蓝桥驿见元九诗　　白居易

蓝桥春雪君归日,秦岭秋风我去时。
每到驿亭先下马,循墙绕柱觅君诗。

袁江口忆王司勋　　李嘉祐

京华不啻三千里,客泪如今一万双。
若个最为相忆处,青枫黄竹入袁江。

石头城 刘禹锡

山围故国周遭在，潮打空城寂寞回。
淮水东边旧时月，夜深还过女墙来。

以上属第二类。

漫　成 杜　甫

江月去人只数尺，风灯照夜欲三更。
沙头宿鹭联拳静，船尾跳鱼拨剌鸣。

灵云池送从弟 王　维

金杯缓酌清歌转，画舸轻移艳舞回。
自叹鹡鸰临水别，不同鸿雁向池来。

宣城见杜鹃花 李白（一作杜牧）

蜀国曾闻子规鸟，宣城还见杜鹃花。
一叫一回肠一断，三春三月忆三巴。

以上属第四类。

偶然也有不因对仗，而首句亦不入韵者，但比较地少得多了，例如：

九月九日忆山东兄弟 王　维

独在异乡为异客，每逢佳节倍思亲。
遥知兄弟登高处，遍插茱萸少一人。

樱　桃 张　祜

石榴未拆梅犹小，爱此山花四五株。
斜日庭前风袅袅，碧油千片漏红珠。

3.10　现在我们回到刚才保留下来的问题：到底绝句先于律诗呢还是后于律诗呢？解决了这先后的问题，“绝”字的意义也就容易决定了。依我们的意见，绝句应该分为古体绝句和近体绝句两种：

（一）古体绝句产生在律诗之前，有平韵，有仄韵（仄韵也许比较多些），句中的平仄不受律诗平仄规律的限制。

（二）近体绝句产生在律诗之后，在原则上只用平韵（仄韵罕见），句中的平仄受律诗平仄规律的限制。

由此看来，古体绝句只是最简短的古诗，唐以后的诗人依照古体所作的绝句，可以称为短篇的古风，亦称古意（参看第二章第十节）。依孙楷第先生的说法，绝句最初只是乐府的一解。一篇乐府有若干解，现在只取一解，所以谓之绝句（《学原》第一卷四期）。至于近体绝句，则显然受了律诗的深切影响。姑勿论"绝"字的原意是否截取半首的意思，至少唐以后的诗人有这样的一个感觉。

3.11　实际上，近体诗和古体诗的界限是相当清楚的；但若不认清近体诗的主要条件，就把那界限泯没了。这主要条件就是它那平仄的严格的规律。譬如古风也常有对仗，但若不依近体诗的平仄，就不能认为排律。还有最严重的一种误解，就是为字数所迷惑，例如看见八句四十字就认为五律，五十六字就认为七律。其实四十字的五古和五十六字的七古也未尝不可能（参看第二章第十节）。同理，我们不要看见了二十个字就归入近体诗的五绝，二十八个字就归入近体诗的七绝；有些却是应该归入古风里去的。譬如杜诏《中晚唐诗叩弹集》就把孟郊的《古怨》归入古风：

试妾与君泪，两处滴池水。
看取芙蓉花，今年为谁死？

这是完全合理的。只有这样，才省去许多葛藤。

3.12　《声调四谱》把绝句分为三种：律绝、古绝、拗绝。其所谓拗绝，实在就是失粘失对的古绝和失粘失对的律绝，所以实际上只能分律绝和古绝两种。这种分法，与我们所分的两类（古体绝句和近体绝句）是一样的。所可惜者，著者坚持绝句产生在律诗之前，却没有说明古绝虽先于律诗，律绝却后于律诗。但是他说："至唐而法律愈严。"其实这"法律愈严"就是由古绝转到律绝的枢纽。

3.13　绝句虽可分为古体和近体两种，但是，既然普通都把它归入近体，我们就不妨从权，把近体绝句简称为绝句；至于古体绝句，我们索性就把它归入古风，不为它另立名目了。

第四节　近体诗的用韵

4.1　我们在导言（1.5—1.6）里说过，唐宋诗人用韵所根据的韵书是《切韵》或《唐韵》，凡韵书中注明“同用”的韵就可以认为同韵；到了元末，索性把同用的韵归并起来，稍加变通，成为一百零六个韵。这一百零六个韵就是后代所谓平水韵，也就是明清时代普通所谓诗韵。由此看来，若说唐宋诗人用韵是依照平水韵的，虽然在历史上说不过去，而在韵部上却大致不差。现在我们就把这一百零六个韵列表于下，并附注着《唐韵》原来的韵目：

平声

上平

一东 东	二冬 冬钟	三江 江	四支 支脂之
五微 微	六鱼 鱼	七虞 虞模	八齐 齐
九佳 佳皆	十灰 灰咍	十一真 真谆臻	十二文 文欣
十三元 元魂痕	十四寒 寒桓	十五删 删山	

下平

一先 先仙	二萧 萧宵	三肴 肴	四豪 豪
五歌 歌戈	六麻 麻	七阳 阳唐	八庚 庚耕清
九青 青	十蒸 蒸登	十一尤 尤侯幽	十二侵 侵
十三覃 覃谈	十四盐 盐添严	十五咸 咸衔凡	

上声

一董 董	二肿 肿	三讲 讲	四纸 纸旨止
五尾 尾	六语 语	七麌 麌姥	八荠 荠
九蟹 蟹骇	十贿 贿海	十一轸 轸准	十二吻 吻隐
十三阮 阮混很	十四旱 旱缓	十五潸 潸产	十六铣 铣狝
十七篠 篠小	十八巧 巧	十九皓 皓	二十哿 果哿

廿一马马　廿二养养荡　廿三梗梗耿静　廿四迥迥拯等

廿五有有厚黝　廿六寝寝　廿七感感敢　廿八俭琰忝俨

廿九豏豏槛范

去声

一送送　二宋宋用　三绛　四寘寘至志

五未未　六御御　七遇遇暮　八霁霁

九泰泰　十卦卦怪夬　十一队队代废　十二震震稕

十三问问焮　十四愿愿慁恨　十五翰翰换　十六谏谏裥

十七霰霰线　十八啸啸笑　十九效效　二十号号

廿一箇箇过　廿二祃祃　廿三漾漾宕　廿四敬映诤劲

廿五径径证嶝　廿六宥宥候幼　廿七沁沁　廿八勘勘阚

廿九艳艳㮇酽　三十陷陷鉴梵

入声

一屋屋　二沃沃烛　三觉觉　四质质术栉

五物物迄　六月月没　七曷曷末　八黠黠辖

九屑屑薛　十药药铎　十一陌陌麦昔　十二锡锡

十三职职德　十四缉缉　十五合合盍　十六叶叶怗业

十七洽洽狎乏

4.2　关于某字归某韵，现在除了硬记之外，没有妥善的办法可以知道。但是，有一个方法可以帮助记忆，就是记取字的声符（谐声偏旁）。譬如你知道了“今”字在侵韵，那么，凡从“今”得声的字，如“吟、琴、衾”等，也该都在侵韵。由此类推，咱们可以知道“飢、饑”不同韵：因为从“几”得声的“肌”在支韵，所以“飢”也该在支韵，因为从“幾”得声的“機、磯”在微韵，所以“饑”该在微韵。不过这种类推法也不能百发百中，譬如“庐、胪、驴”在鱼韵，而“卢、炉、芦、鲈、轳、泸”在虞韵；“才、财、材、孩、该”在灰韵，而“豺、骸”在佳韵，这些仍旧是要靠硬记的。

4.3　《广韵》里的和蒸登相配的上声拯等被后人并入迥韵，去声证嶝被后人并入径韵，这是很不合理的。但是，因为近体诗很少用仄韵，所以没有大关系。只有平声欣韵，在《唐韵》里本来注明是独用的，并未认为可以与文韵同用（这是依照戴东原的考证，现在我们看见的《广韵》则注为同用）。中唐以前（约在 780 年以前），诗人因为欣韵字少，大约又因它的声音和真韵较近，所以往往把它和真韵同用（注意，当时并不和文韵同用）。欣韵常用字有“欣、殷、勤、芹、斤、筋、垠、狺”等，试看下面的两个例子：

崔氏东山草堂 杜 甫

爱汝玉山草堂静，高秋爽气相鲜新。
有时自发钟声响，落日更见鱼樵人。
盘剥白鸦谷口栗，饭煮青泥坊底芹。
何为西庄王给事，柴门空闲鏁松筠。

答前篇 刘禹锡

小儿弄笔不能嗔，
涴壁书窗且当勤。
闻彼梦熊犹未兆，女中谁是卫夫人？

大约在晚唐以后，欣韵渐渐游移于真文之间，最后由于《广韵》里的次序是欣近于文，就混入了文韵了。

4.4 近体诗用韵甚严，无论绝句、律诗、排律，必须一韵到底，而且不许通韵。第四节至第六节里所举诸例，都可以作为证明。各韵所包括的字数很不相称，有些韵很宽，有些韵很窄。宽韵可以很自由，窄韵就会令人受窘；但是，有文才的人有时候却故意用窄韵来显本领。依宽窄的程度而论，诗韵大约可以分为四类，如下（举平韵以包括仄韵）：

（1）宽韵：

支 先 阳 庚 尤 东 真 虞

（2）中韵：

元 寒 鱼 萧 侵 冬 灰 齐 歌 麻 豪

(3)窄韵:

微　文　删　青　蒸　覃　盐

(4)险韵:

江　佳　肴　咸

4.5　这种分类自然多少带武断性,未必能得人人的同意。再者,像微文删三韵,字数虽少,却是非常的合用,所以诗人很喜欢用它们。

4.6　出韵是近体诗的大忌;宁可避免险韵,决不能让它出韵。《红楼梦》第四十八回说:

> 探春隔窗笑道:"菱姑娘,你闲闲罢。"香菱怔怔答道:"'闲'字是十五删的,错了韵了。"

从前的人的确受这种严格的拘束。科场中,诗出了韵(又称落韵),无论诗意怎样高超,只好算是不及格。现在我们试举几个险韵诗的例子;险韵也不能出韵,其他的韵更可想而知了,例如:

江韵(注意:勿与阳韵混)

季秋苏五弟缨江楼夜宴　　杜　甫

对月那无酒,登楼况有江。
听歌惊白发,笑舞拓秋窗。
尊蚁添相续,沙鸥并一双。
尽怜君醉倒,更觉片心降。

答刘连州邦字　　柳宗元

连璧本难双,
分符刺小邦。
崩云下漓水,劈箭上浔江。
负弩啼寒狖,鸣桴惊夜狵。
遥怜郡山好,谢守但临窗。

佳韵(注意:勿与灰韵混)

和李仆射雨中寄卢、严二给事 张 籍

郊原飞雨至，城阙湿云埋。
迸点时穿牖，浮沤欲上阶。
偏滋解箨竹，并洒落花槐。
晚润生琴匣，新凉满药斋。
从容朝务退，放旷掖曹乖。
尽日无来客，闲吟感此怀。

襄阳为卢窦纪事 元 稹

风弄花枝月照阶，
醉和春睡倚香怀。
依稀似觉双鬟动，潜被萧郎卸玉钗。

遣悲怀 元 稹

谢公最小偏怜女，自嫁黔娄百事乖。
顾我无衣搜荩箧，泥他酤酒拔金钗。
野蔬充膳甘长藿，落叶添薪仰古槐。
今日俸钱过十万，与君营奠复营斋。

看韵（注意：勿与萧豪两韵相混）

堂 成 杜 甫

背郭堂成荫白茅，
缘江路熟俯青郊。
桤林碍日吟风叶，笼竹和烟滴露梢。
暂止飞乌将数子，频来语燕定新巢。
旁人错比扬雄宅，懒惰无心作《解嘲》。

陪诸公上白帝城头宴越公堂之作 杜 甫

此堂存古制，城上俯江郊。落构垂云雨，荒阶蔓草茅。
柱穿蜂溜蜜，栈缺燕添巢。坐接春杯气，心伤艳蕊梢。
英灵如过隙，宴衎愿投胶。莫问东流水，生涯未即抛。

江边四十韵　　元　稹

官借江边宅，天生地势坳。欹危饶坏构，迢递接长郊。
怪鹏频栖息，跳蛙颇混淆。总无篱缴绕，尤怕虎咆哮。
停潦鱼招獭，空仓鼠敌猫。土虚烦穴蚁，柱朽畏藏蛟。
蛇虺吞檐雀，豺狼逐野麃。犬惊狂浩浩，鸡乱响嘐嘐。
濩落贫甘守，荒凉秽尽包。断帘飞熠耀，当户网蟏蛸。
曲突翻成沼，行廊却代庖。桥横老颠枿，马病裛刍茭。
一一床头点，连连砌下泡。辱泥疑在绛，避雨想经崤。
相顾忧为鳖，谁能复系匏？誓心来利往，卜食过安爻。
何计逃昏垫，移文报旧交。栋梁存伐木，苫盖愧分茅。
金埒排黄荻，琅玕裊翠梢。花砖水面斗，鸳瓦玉声敲。
方础荆山采，修椽郢匠刨。隐锥雷震蛰，破竹箭鸣骹。
正寝初停午，频眠欲转胞。囷圆收薄禄，厨敞备嘉肴。
各各人宁宇，双双燕贺巢。高门受车辙，华厩称蒲捎。
尺寸皆随用，毫厘敢浪抛？篾余笼白鹤，枝剩架青鸡。
制榻容筐篚，施关拒斗筲。栏干防汲井，密室待持胶。
庭草佣工薙，园蔬稚子掊。本图闲种植，那要择肥硗？
绿柚勤勤数，红榴个个抄。池清漉螃蟹，瓜蠹拾斑蝥。
晒篆看沙鸟，磨刀绽海鲛。罗灰修药灶，筑垛阅弓弰。
散诞都由习，童蒙剩懒教。最便陶静饮，还作解愁嘲。
近浦闻归楫，遥城罢晓铙。王孙如有问，须为并挥鞘。

咸韵（注意：原则上咸韵不应与覃盐相通；至于元寒删先四韵，则绝对不能与咸韵同用）

送孙逸归庐山（得帆字）　　刘长卿

炉峰绝顶楚云衔，
楚客东归栖此岩。
彭蠡湖边香橘柚，浔阳郭外暗枫杉。
青山不断三湘道，飞鸟空随万里帆。

常爱此中多胜事，新诗他日伫开缄。

送王校书 韦应物

同宿高斋换时节，共看移石复栽杉。
送君江浦已惆怅，更上西楼看远帆。

4.7 盛唐（约在公元713至779）以前，除上面所说欣韵的情形之外，近体诗绝对不出韵；中唐（约在公元780至840）以后，偶然不免有出韵的情形，例如：

茂 陵 李商隐

汉家天马出蒲梢，
苜蓿榴花遍近郊。
内苑只知含凤嘴，属车无复插鸡翘。
玉桃偷得怜方朔，金屋妆成贮阿娇。
谁料苏卿老归国，茂陵松柏雨萧萧。

“梢郊”属肴，“翘娇萧”属萧。

贞元中，侍郎舅氏…… 刘禹锡

曾作关中客，频经伏毒岩。
晴烟沙苑树，晚日渭川帆。
昔是青春貌，今悲白雪髯。
郡楼空一望，含意卷高帘。

前半首用咸韵；后半首用盐韵。

【附注】不能说得太绝对。杜甫的律诗就有一首出韵的：

雨 晴 杜 甫

天外秋云薄，从西万里风。
今朝好朝景，久雨不妨农。
塞柳行疏翠，山梨结小红。
胡笳楼上发，一雁入高空。

“风红空”属东，“农”属冬。

有些诗似乎出韵，其实不是的，例如：

北　风　　杜　甫

北风破南极，朱凤日威垂。
洞庭秋欲雪，鸿雁将安归。
十年杀气盛，六合人烟稀。
吾慕汉初老，时清犹茹芝。

“垂芝”属支，“归稀”属微。

仇兆鳌《杜诗详注》于《北风》引胡应麟曰：“此诗首尾俱四支韵，中间两用五微。盖古体通用，非出韵也。律诗出韵者，《玉山》诗出‘芹’字，《雨晴》诗出‘农’字；排律出韵者，《赠王侍御契》出‘勤’字。盖检点少疏，即作家亦未能免耳。”力按：胡氏认为《北风》是古诗（不是律诗），这是对的。“北风”句，“鸿雁”句，“十年”句，“六合”句，“吾慕”句，“时清”句都是拗句，所以不是律诗。此外《玉山》诗的“芹”字，《赠王侍御契》的“勤”字，都是欣韵字，不算出韵（说见本书4.3）。只有《雨晴》诗“农”字可以认为出韵。

4.8　他如杜牧《题木兰庙》以“儿眉妃”为韵（支微），李商隐《无题》以“重缝通红风”为韵（冬东），李远《游故王驸马池亭》以“珑通风红浓”为韵（东冬），曹唐《小游仙诗》以“飞稀诗”为韵（微支），崔珏《水晶枕》以“冰胜凝簪襟”为韵（蒸侵），司空图《杨柳枝寿杯词》以“帘函衫”为韵（盐覃咸），刘兼《蜀都春晚感怀》以“披追泥堤啼”为韵（支齐），《晚楼寓怀》以“还阑寒颜竿”为韵（删寒），都是出韵的。宋人也偶然有出韵的例子：

怀嵩楼新开南轩　　欧阳修

绕郭云烟匝几重，
昔年曾此感“怀嵩”。
霜林落后山争出，野菊开时酒正浓。
解带西风飘画角，倚阑斜日照青松。
会须乘醉携嘉客，踏雪来看群玉峰。

“重浓松峰”皆属冬韵，而“嵩”却属东韵。

傅尧俞济源草堂　　　　苏　轼

微官共有田园兴，老罢方寻退隐庐。
栽种成阴百年事，仓皇求买万金无。
先生卜筑临清济，乔木如今似画图。
邻里亦知偏爱竹，春来相与护龙雏。

“无图雏”皆属虞模韵，而“庐”却属鱼韵。

这还可以说是用古风的宽韵来写律诗（苏轼这首诗可认为古风式的律诗）；至于像下面两首诗的用韵，就嫌太离绳墨了：

燕昭王墓　　　　〔晚唐〕罗　隐

战国苍茫难重寻，
此中踪迹想知音。
强停别骑山花晚，欲吊遗墟野草深。
浮世近来轻骏骨，高台何处有黄金？
思量郭隗平生事，不殉昭王是负恩。

“寻音深金”都属侵韵，而“恩”却属元韵。

雨　　　　〔宋〕陈与义

霏霏三日雨，霭霭一园春。
雾泽含元气，风花过洞庭。
地偏寒浩荡，春半客竛竮。
多少人间事，天涯醉又醒。

“庭竮醒”皆属青韵，而“春”却属真韵。

4.9　自唐至清，近体诗固然限用本韵，古体诗也不过偶用邻韵。除了先韵可认为元寒删的邻韵，又江可勉强认为阳的邻韵之外，上平声和下平声绝对没有相通之理（仄声依平声类推）。譬如依照现代北方话，侵可通真，覃可通寒，盐可通先；依照西南官话，真可通庚青蒸；依照皖湘滇方言，阳可通寒；依照吴语，歌可通虞（一部分字如“蒲都孤”等），诸如此类，非但和近体诗的规律绝不相容，而且和古体诗的规律也是不合的。

4.10　总之，宋代以前，近体诗之出韵者，千首中难见一二首，自然不可为训。何况千数百年来，传抄难免有误，例如本章第二节所举白居易的百韵排律，中有一联是："荏苒星霜换，回环节候推。"推，一本作"催"，当系传抄之误，因为决没有能用九十九个支韵字，而偏让一个字出韵的道理。又如杜甫《偶题》中有一联是："漫作《潜夫论》，虚传幼妇碑。"碑，一本作"词"，也是错的。杜甫时代，《唐韵》中的支韵尚未与脂之相混，此诗中连用"知垂斯为规疲奇儿亏碑移枝螭危卑池麾支罴宜陂离"二十二个韵脚都是支韵字，决没有插进一个之韵"词"字的道理。这些都是浅人所擅改，不可不知。

【附注】《切韵》时代，支脂之分为三韵，平水韵合为一韵（支）。杜甫诗中，支韵常独用，脂之则同用，例如《紫宸殿退朝口号》叶"垂仪移知池"，全用支韵字，不杂脂之韵字；又如《夔府书怀》叶"师迟时慈诗其欺缁私衰（仇注：所追切）、期颐悲墀遗旗藜词疑夷茨帷兹持司痍思追眉龟锥之棋绨尼睢葵尸谁绥"，《苏大侍御访江浦赋八韵记异》叶"之诗时丝芝悲迟（实只七韵）"，两诗全用脂之韵字，不杂支韵字。

4.11　近体诗以平韵为正例，仄韵非常罕见。仄韵律诗很像古风；我们要辨认它们是不是律诗，仍旧应该以其是否用律句的平仄为标准。下面是一些仄韵律诗的例子：

五律

湘中纪行十首（录一）　　刘长卿

浮石濑

秋月照潇湘，月明闻荡桨。
石横晚濑急，水落寒沙广。
众岭猿啸重，空江人语响。
清晖朝复暮，如待扁舟赏。

十首之中,有五首是平韵五律,其余五首自应认为仄韵五律。平仄亦合于律诗。

海阳十咏(录一)　　刘禹锡

蒙　池

潆渟幽壁下,深净如无力。
风起不成文,月来同一色。
地灵草木瘦,人远烟霞逼。
往往疑列仙,围棋在岩侧。

十首之中,也有五首平韵,五首仄韵,与刘长卿的《湘中纪行》情形相同。

七律

意　绪　　韩　偓

绝代佳人何寂寞!
梨花未发梅花落。
东风吹雨入西园,银线千条度灵阁。
脸粉难匀蜀酒浓,口脂易印吴绫薄。
娇娆意绪不胜羞,愿倚郎君永相着。

仄韵近体五绝较为常见,例如:

送方外上人　　刘长卿

孤云将野鹤,岂向人间住?
莫买沃洲山,时人已知处。

忆鄱阳旧游　　顾　况

悠悠南国思,夜向江南泊。
楚客断肠时,月明枫子落。

仄韵近体七绝非常罕见,兹不举例。

4.12　仄韵律诗和绝句可以说是近体诗和古体诗的交界处。近体诗和古体诗的界限相当分明,只有仄韵律绝往往也可认为入律的古风(参看第二章第九节),因为近体诗毕竟是以平韵为主的。

4.13　末了，我们顺带谈一谈限韵和和诗。

限韵，有两情形：第一，是试场的限韵；第二，是诗人雅集的限韵。从性质上又可分为两类：第一，是限韵不限字，例如唐贞元进士的试题是《赋得春风扇微和》，大约是限用东韵或真韵（见《全唐诗》卷十三）；第二，是限韵兼限字，此类又可细分为两种：一种是限定一个字，其余的韵脚随便凑用，例如上文所举柳宗元《答刘连州邦字》和刘长卿《送孙逸归庐山（得帆字）》，就是诗中必须用“邦”字、“帆”字做韵脚，凡题目有“得某字”者，都是这一类；另一种是把全首诗的韵脚都预先指定了，例如梁曹景宗凯旋，侍武帝宴，群臣用韵已罄，只余“竟病”二字。景宗作诗云：“去时儿女悲，归来笳鼓竟。借问行路人，何如霍去病？”

【附注】《红楼梦》第三十七回，探春等人咏海棠诗，每人七律一首，限用“门盆魂痕昏”五个字作韵脚。

4.14　和诗，最初的时候是一唱一和，并不一定要用对方的原韵或原韵脚，例如韩察、崔恭、陆瀍、胡证都和张弘靖的《山亭怀古》：张弘靖原诗用的是支韵；韩察用的是先韵；崔恭用的是东韵；陆、胡二人虽也用支韵，而韵脚无一字与原诗相同（《全唐诗》卷十三）。但是，唐人偶然也喜欢用原韵，例如刘禹锡同乐天和微之深春二十首，就注明同用“家花车斜”四韵。宋代以后，和诗就差不多总要依照原韵，叫做次韵或步韵，例如苏轼的《次韵曹辅寄壑源试焙新芽》。这样，和诗的人就变了被限韵脚了。

4.15　此外，尚有所谓用韵，是用古人某诗的原韵，其实等于和古人的诗。又有所谓叠韵，是用自己做的诗的原韵（如果连叠多次，就称为再叠、三叠等），其实等于和自己的诗。这些都不必细述。

第五节　首句用韵问题

5.1　上节郑重地说明，近体诗必须一韵到底，不得通韵；但是，凡读过中晚唐的诗尤其是宋诗的人，都会注意到好些似乎通韵的近体诗，看起来好像是邻韵可以同用似的。其实借用邻韵只限于首句。钱大昕注意到了这一点，他在《十驾斋养新录》里说："五七言近体第一句，借用旁韵，谓之借韵。"现在我们来谈一谈首句用韵的问题。

5.2　原来诗的首句本可不用韵，其首句入韵是多余的。所以古人称五、七律为四韵诗，排律则有十韵、二十韵等，即使首句入韵，也不把它算在韵数之内。诗人们往往从这多余的韵脚上讨取多少的自由，所以有偶然借用邻韵的办法。盛唐以前，此例甚少（下面只举得李颀、杜甫、刘长卿、王维各一首），中晚唐渐多。谁知这样一来，竟成了一种风气！宋人的首句用邻韵似乎是有意的，几乎可说是一种时髦，越来越多了。现在我们依照某韵与某韵为邻韵，分成若干种类，然后依类举例于下。在这些例子中，首句虽入韵而不同韵，只可谓之衬韵，录引时就不必独自为一行了。

【附注】可补李白一例（以东衬冬）：

访戴天山道士不遇　　　　李　白

犬吠水声中，桃花带露浓。
树深时见鹿，溪午不闻钟。
野竹分青霭，飞泉挂碧峰。
无人知所去，愁倚两三松。

5.3　（一）东韵与冬韵

以冬衬东

送李回　　　　李　颀

知君官属大司农，诏幸骊山职事雄。
岁发金钱供御府，昼看仙液注离宫。

千岩曙雪旌门上，十月寒花辇路中。
不睹声明与文物，自伤流滞去关东。

牡　丹　　韩　琮

桃时杏日不争浓，叶帐阴成始放红。
晓艳远分金掌露，暮春深惹玉堂风。
名移兰杜千年后，贵擅笙歌百醉中。
如梦如仙忽零落，暮霞何处绿屏空。

寓　意　　晏　殊

油壁香车不再逢，峡云无迹任西东。
梨花院落溶溶月，柳絮池塘淡淡风。
几日寂寥伤酒后，一番萧索禁烟中。
鱼书欲寄何由达？水远山长处处同。

沧浪亭怀贯之　　苏舜钦

沧浪独步亦无悰，聊上危台四望中。
秋色入林红黯淡，日光穿竹翠玲珑。
酒徒漂落风前燕，诗社凋零霜后桐。
君又暂来还径去，醉吟谁复伴衰翁？

钱塘上元夜祥符寺　　曾　巩

月明如昼露华浓，锦帐名郎笑语同。
金地夜寒消美酒，玉人春困倚东风。
红云灯火浮沧海，碧水楼台浸远空。
白发蹉跎欢意少，强颜犹入少年丛。

寒食许昌道中寄幕府诸君　　司马光

原上烟芜淡复浓，寂寥佳节思无穷。
竹林近水半边绿，桃树连村一片红。
尽日解鞍山店雨，晚天回首酒旗风。
遥知幕府清明饮，应笑驰驱羁旅中。

夏日梦伯兄寄江南 黄庭坚

故园相见略雍容，睡起南窗日射红。
诗酒一年谈笑隔，江山千里梦魂通。
河天月晕鱼生子，槲叶风微鹿养茸。
几度白沙青影里，审听嘶马自搘筇。

霰 杨万里

雪花遣霰作前锋，势颇张皇欲暗空。
筛瓦巧寻疏处漏，跳阶误到暖边融。
寒声带雨山难白，冷气侵人火失红。
方讶一冬暄较甚，今宵敢叹卧如弓。

三峡歌 陆　游

十二巫山见九峰，船头彩翠满秋空。
朝云暮雨浑虚语，一夜猿啼明月中。

宫　词 王　建

罗衫叶叶绣重重，金凤银鹅各一丛。
每遍舞时分两向，太平万岁字当中。

以东衬冬

深　宫 李商隐

金殿香销闭绮笼，玉壶传点咽铜龙。
狂飙不惜萝阴薄，清露偏知桂叶浓。
斑竹岭边无限泪，景阳宫里及时钟。
岂知为雨为云处，只有高唐十二峰！

独游辋川 苏舜钦

行穿翠霭中，绝磵落疏钟。
数里踏乱石，一川环碧峰。
暗林麋养角，当路虎留踪。
隐逸何曾见，孤吟对古松。

成　都　　杨　亿

五丁力尽蜀山通，千古成都绿酎醲。
白帝仓空蛙在井，青天路险剑为峰。
漫传西汉祠神马，已见南阳起卧龙。
张载勒铭堪作戒，莫矜函谷一丸封。

城　上　　彭汝砺

孤城纵目尽南东，山转溪回翠万重。
云际静浮滨汉水，林端清送上方钟。
今时汉北无雏凤，当日襄南有卧龙。
万事废兴无足问，登临吾乐正从容。

秋　思　　张　籍

洛阳城里见秋风，欲作家书意万重。
复恐匆匆说不尽，行人临发又开封。

寄李渤　　张　籍

五度溪头踯躅红，嵩阳寺里讲时钟。
春山处处行应好，一日看花到几峰？

宫　词　　王　建

灯前飞入五阶虫，未卧常闻半夜钟。
看着中元斋日到，自盘金线绣真容。

5.4　（二）江韵与阳韵

寄献润州赵舍人　　王禹偁

南徐城古树苍苍，衙府楼台尽枕江。
甘露钟声清醉榻，海门山色滴吟窗。
直庐久负题红药，出镇何妨拥碧幢。
闻说秋来自高尚，道装筇竹鹤成双。

泛吴松江　　王禹偁

苇蓬疏薄漏斜阳，半日孤吟未过江。
唯有鹭鹚知我意，时时翘足对船窗。

注意:盛唐时江阳绝不相通,虽在首句,亦不能用为邻韵。晚唐以后江阳相通之例亦颇罕见。

5.5 (三)支韵与微韵

以微衬支

广宣上人以诗贺放榜和谢 王 涯

延英面奉入春闱,亦选功夫亦选奇。
在冶只求金不耗,用心空学秤无私。
龙门变化人皆望,莺谷飞鸣自有时。
独喜至公谁是证,弥天上人与新诗。

题宫门 沈亚之

君王多感放东归,从此秦宫不复期。
春景自伤秦丧主,落花如雨泪胭脂。

侍 宴 韩 偓

蜂黄蝶粉两依依,狎宴临春日正迟。
密旨不教江令醉,丽华微笑认皇慈。

梦张剑州 王安石

万里怜君蜀道归,相逢似喜语还悲。
江淮别业依何处? 日月新阡卜几时?
自说曲河犹未稳,即寻湓水去犹疑。
茫然却是陈桥梦,昨日春风马上思。

八月十六日玩月 孔平仲

团团清镜吐清辉,今夜何如昨夜时。
只恐月光无好恶,自怜人意有盈亏。
风摩露洗非常洁,地阔天高是处宜。
百尺曹亭吾独有,更教玉籰倚栏吹。

以支衬微

题卫将军庙 许 浑

武牢关下护龙旗,挟槊弯弓马上飞。

汉业未兴王霸在，秦兵才散鲁连归。
坟穿大泽埋金剑，庙枕长流挂铁衣。
欲奠忠魂何处问？苇花枫叶雨霏霏。

答鄜畤友人同宿见示　马　戴

为客自堪悲，风尘日满衣。
承明无计入，旧隐但怀归。
雪积孤城暗，灯残晓角微。
相逢喜同宿，此地故人稀。

云朔逢山友　张　蠙

会面却生疑，居然似梦归。
寒深行客少，家远识人稀。
战马分旗牧，惊禽曳箭飞。
将军虽异礼，难便脱麻衣。

倡女词　张　籍

轻鬓丛梳阔扫眉，为嫌风日下楼稀。
画罗金缕难相称，故著寻常淡薄衣。

郊行即事　程伯子

芳原绿野恣行时，春入遥山碧四围。
兴逐乱红穿柳巷，困临流水坐苔矶。
莫辞盏酒十分醉，只恐风花一片飞。
况是清明好天气，不妨游衍莫忘归。

乌江东乡往还马上作　贺　铸

悠悠东去欲何之？草草西还可是归。
残日两竿荒戍远，青山满眼故园非。
江田经雨菰蒋熟，石路无风蠛蠓飞。
回羡耕夫闲胜我，蚕收鸡犬闭柴扉。

九日登天湖　朱　熹

去岁潇湘重九时，满城寒雨客思归。

故山此日还佳节，黄菊清樽更晚晖。
短发无多休落帽，长风不断且吹衣。
相看下视人寰小，只合从今老翠微。

5.6 （四）鱼韵与虞韵

以虞衬鱼

秋　野　　杜　甫

秋野日疏芜，寒江动碧虚。
系舟蛮井络，卜宅楚村墟。
枣熟从人打，葵荒欲自锄。
盘餐老夫食，分减及溪鱼。

忆故州　　张　籍

叠石为山伴野夫，自收灵药读仙书。
如今身是他乡客，每见青山忆旧居。

游庐山次韵章传道　　苏　轼

尘容已似服辕驹，野性犹同纵壑鱼。
出入岩峦千仞表，较量筋力十年初。
虽无窈窕驱前马，还有鸱夷挂后车。
莫笑吟诗淡生活，当令阿买为君书。

题湖边庄　　王十朋

十里青山荫碧湖，湖边风物尽难如。
夕阳茅舍客沽酒，明月小桥人钓鱼。
旧卜草庄临水竹，来寻野叟问耕锄。
他年待挂衣冠后，乘兴扁舟取次居。

以鱼衬虞

悟真院　　王安石

野水从横漱屋除，午窗残梦鸟相呼。
春风日日吹香草，山北山南路欲无。

5.7　(五)齐韵与支微

以支衬齐

题古寺　　刘　沧

古寺萧条偶宿期，更深雪压竹枝低。
长天月影高窗过，疏树寒鸦半夜啼。
池水竭来龙已去，老松枯处鹤犹栖。
伤心可惜从前事，寥落朱廊堕粉泥。

和周廉彦　　张　耒

天光不动晚云垂，芳草初长衬马蹄。
新月已升飞鸟外，落霞更在夕阳西。
花开有客时携酒，门冷无车出畏泥。
修禊洛滨期一醉，天津春浪绿浮堤。

以齐衬支

登岳阳楼　　陈与义

洞庭之东江水西，帘旌不动夕阳迟。
登临吴蜀横分地，徙倚湖山欲暮时。
万里来游还望远，三年多难更凭危。
白头吊古霜风里，老木苍波无限悲。

以齐衬微

春　近　　黄庭坚

小雪晴沙不作泥，疏帘红日弄朝晖。
年华已伴梅梢晚，春色先从柳阴归。

春日山行　　王庭珪

缓鞚青丝马不嘶，春山草长静柴扉。
迸林新笋斑斑出，隔水幽禽款款飞。
雨过泉声鸣岭背，日长花气扑人衣。
云藏远岫茶烟起，知有僧居在翠微。

5.8 （六）佳韵与灰韵

内直晨出便赴奉慈斋 欧阳修

凌晨更直九门开，驱马悠悠望禁街。
霜后楼台明晓日，天寒烟雾著宫槐。
山林未去犹贪宠，樽酒何时共放怀？
已觉萧条悲晚岁，更怜衰病怯清斋。

5.9 （七）真韵与文韵

以文衬真

湖上言事 方干

吟霜与卧云，此兴亦甘贫。
吹箭落翠羽，垂丝牵锦鳞。
满湖风撼月，半日雨藏春。
却笑萦簪组，劳心字远人。

次韵曹辅寄壑源试焙新芽 苏轼

仙山灵雨湿行云，洗遍香肌粉未匀。
明月来投玉川子，清风吹破武林春。
要知玉雪心肠好，不是膏油首面新。
戏作小诗君一笑，从来佳茗似佳人。

以真衬文

送孙莹京监擢第归蜀省觐 刘长卿

适贺一枝新，旋惊万里分。
礼闱称独步，太守许能文。
征马望春草，行人看暮云。
遥知倚门处，江树正氛氲。

牡丹 李商隐

锦帏初卷卫夫人，绣被犹堆越鄂君。
垂手乱翻雕玉佩，招腰争舞郁金裙。
石家蜡烛何曾翦，荀令香炉可待熏。

我是梦中传彩笔，欲书花叶寄朝云。

丙辰年鄜州遇寒食　　韦　庄

雕阴寒食足游人，金凤罗衣湿麝熏。
肠断入城芳草路，淡红香白一群群。

酬薛奉礼见赠之作　　姚　合

栖栖沧海一耕人，诏遣江边作使君。
山顶雨余青到地，涛头风起白连云。
诗成客见书墙和，药熟僧来就鼎分。
珍重来章相借问，芳名未识已曾闻。

送辛幼安　　周　孚

西风掠面不胜尘，老欲从君自濯熏。
两意未成还忤俗，一饥相迫又离群。
只今参佐须孙楚，何日公卿属范云？
节物关心那可别？断红疏绿正春分！

赴文德殿听麻仍拜表　　杨万里

苍龙观阙启槐宸，白玉阶除振鹭群。
仗外诸峰献松雪，霜前一雁度宫云。
舍人就日宣麻制，丞相瞻天进表文。
夙退自欣还自笑，素餐便当策殊勋。

5.10　(八)元韵与真文

以真衬元

故　衫　　白居易

暗淡绯衫称老身，半披半曳出宫门。
袖中吴郡新诗本，襟上杭州旧酒痕。
残色过梅看向尽，故香因洗嗅犹存。
曾经烂漫三年着，欲弃空箱似少恩。

有　示　　陆龟蒙

相对莫辞贫，蓬蒿任塞门。

无情是金玉，不报主人恩。

以元衬真

出近村归偶作 陆 游

朝骑小蹇涉烟村，拥路争看八十身。
似我犹为一好汉，问君曾见几闲人。
杨梅线紫开园晚，莼菜丝长入市新。
莫笑坚顽推不倒，天教日日享常珍。

以文衬元

思京口戏周器之 王 令

江南别日醉方醺，贪爱青天带水痕。
忘却碧山归路直，误投浮世俗尘昏。
终期散发江边钓，当有渔舟日系门。
但恨故人犹喜仕，他时胸腹未堪论。

以元衬文

感秋别怨 卢 仝

霜秋自断魂，楚调怨离分。
魄散瑶台月，心随巫峡云。
蛾眉谁共画？凤曲不同闻。
莫似湘妃泪，斑斑点翠裙！

5.11 （九）删韵与元寒

以元衬删

又行次作 欧阳修

秋色满郊原，人行禾黍间。
雉飞横断涧，烧响入空山。
野水苍烟起，平林夕鸟还。
嵩风久不见，寒碧更孱颜。

与述古自有美堂乘月夜归 苏 轼

娟娟云月稍侵轩，潋潋星河半隐山。

鱼钥未收清夜永，凤箫犹在翠微间。
凄风瑟缩经弦柱，香露凄迷着鬓鬟。
共喜使君能鼓乐，万人争看火城还。

以寒衬删

甘露上方　杨　蟠

沧江万景对朱栏，白鸟群飞去复还。
云捧楼台出天上，风飘钟磬落人间。
银河倒泻分双月，锦水西来转几山。
今古冥冥难借问，且持玉爵破愁颜。

暮春上塘道中　范成大

客舍无烟野水寒，竞船人醉鼓阑珊。
石门柳绿清明市，洞口桃花已上山。
飞絮着人春共老，片云将梦晚俱还。
明朝遮日长安道，惭愧江湖钓手闲。

九月十三日始就郊墅拜宝谟阁直学士提举江州　岳　珂

槐影西清舞翠鸾，竹宫高接五云环。
职陪温洛图书地，名在元封卜祝间。
画舫未承龙阁问，晨香犹厕羽衣班。
祠官到处无公事，且听松声老此山。

雪后晚晴四山皆青惟东山全白　杨万里

只知逐胜忽忘寒，小立春风夕照间。
最爱东山晴后雪，软红光里涌银山。

以删衬寒

哭李商隐　崔　珏

成纪星郎字义山，适归黄壤抱长叹。
词林枝叶三春尽，学海波澜一夜干。
风雨已催灯烛灭，姓名长在齿牙寒。
只应物外攀琪树，便着霓裳上降坛。

西　行 孔平仲

缭绕西行入乱山，白云深处据征鞍。
荞花着雨相争秀，枣颊迎阳一半丹。
鞅掌未能逃物役，乾坤何处托身安。
莒台东向情无限，那更秋风作暮寒。

次韵林冲和筠庄 李弥逊

叠叠重重两岸山，钩连秀色上琅玕。
孤亭四壁面烟雨，人与白鸥分暮寒。

5.12 （十）先韵与删寒元

以删衬先

雨后独行洛北 欧阳修

北阙望南山，明岚杂紫烟。
归云向嵩岭，残雨过伊川。
树绕芳堤外，桥横落照前。
依依半荒苑，行处独闻蝉。

寒　食 王禹偁

今年寒食在西山，山里风光亦可怜。
稚子就花穿蛱蝶，人家依树系秋千。
郊原晓绿初经雨，巷陌春阴乍禁烟。
副使官闲莫惆怅，酒钱犹有撰碑钱。

六月二十七日望湖楼醉书 苏　轼

黑云翻墨未遮山，白雨跳珠乱入船。
卷地风来忽吹散，望湖楼下水如天。

以先衬删

伊川独游 欧阳修

绿树绕伊川，人行乱石间。
寒云依晚日，白鸟向青山。
路转香林出，僧归野渡闲。

岩阿谁可访，兴尽复空还。

送谢希深学士北使　欧阳修

汉使入幽燕，风烟两国间。
山河持节远，亭障出疆闲。
征马闻笳跃，雕弓向月弯。
御寒低便面，赠客解刀环。
鼓角云中垒，牛羊雪外山。
穹庐鸣朔吹，冻酒发朱颜。
寒草生侵碛，春榆绿满关。
应须雁北向，方值使南还。

以寒衬先

寄题曾子与竞秀亭　杨万里

老夫上下蓼花滩，每过君家辄系船。
尊酒灯前山入座，孤鸿月底水连天。
暄凉书问二千里，场屋声名三十年。
竞秀主人文似豹，不应雾隐万峰边。

以先衬寒

内直对月寄子华舍人持国廷评　欧阳修

禁署沉沉玉漏传，月华云表溢金盘。
纤埃不隔光初满，万物无声夜向阑。
莲烛烧残愁梦断，蕙炉熏歇觉衣单。
水精宫锁黄金阙，故比人间分外寒。

望湖楼醉书　苏　轼

乌菱白芡不论钱，乱系青菰裹玉盘。
忽忆尝新会灵观，滞留江海得加餐。

以先衬元

山园小梅　林　逋

众芳摇落独暄妍，占尽风情向小园。

疏影横斜水清浅，暗香浮动月黄昏。
霜禽欲下先偷眼，粉蝶如知合断魂。
幸有微吟可相狎，不须檀板共金尊。

竹 阁 苏 轼

海山兜率两茫然，古寺无人竹满轩。
白鹤不留归后语，苍龙犹是种时孙。
雨丛却似萧郎笔，千亩空怀渭上村。
欲把新诗问遗像，病维摩诘更无言！

田 家 欧阳修

绿桑高下映平川，赛罢田神笑语喧。
林外鸣鸠春雨歇，屋头初日杏花繁。

5.13 （十一）萧韵与豪韵

偕陈调翁龙山买舟待夜潮发 刘 过

来逢春雨长鱼苗，去见秋风掰蟹螯。
久矣归心到乡国，依然水宿伴渔舠。
一天如许皆明月，二客所须惟浊醪。
今夜四更潮有信，更须留眼看银涛。

5.14 （十二）麻韵与佳韵

三日赴宴口占 欧阳修

赐宴初逢禊节佳，昆池新涨碧无涯。
九门寒食多游骑，三月春阴正养花。
共喜流觞修故事，自怜霜鬓惜年华。
凤城残照归鞍晚，禁篽无风柳自斜。

按："佳"字与麻韵通押，唐人即有之，例如杜甫《喜晴》及刘禹锡《送蕲州李郎中赴任》。但除"佳"字外，佳韵其他的字未见有与麻通押者。由此看来，也许"佳"字本是分属佳麻两韵，麻与佳是否应认为邻韵，颇成问题。

5.15 （十三）庚韵与青蒸

以青衬庚

送杨少府贬郴州　　王　维

明到衡山与洞庭，若为秋月听猿声！
愁看北渚三湘远，恶说南风五两轻。
青草涨时过夏口，白头浪里出湓城。
长沙不久留才子，贾谊何须吊屈平？

酬朗州崔员外　　刘禹锡

昔日居邻招屈亭，枫林橘树鹧鸪声。
一辞御苑青门去，十见蛮江白芷生。
自此曾沾宣室召，如今又守阖闾城。
何人万里能相忆？同舍仙郎与外兄。

春　游　　罗　邺

芳草和烟暖更青，闲门要路一时生。
年年检点人间事，唯有春风不世情。

成都书事　　陆　游

大城少城柳已青，东台西台雪正晴。
莺花又作新年梦，丝竹常闻静夜声。
废苑烟芜迎马动，清江春涨拍堤平。
尊中酒满身强健，未恨飘零过此生。

春晴怀故园海棠　　杨万里

竹边台榭水边亭，不要人随只独行。
乍暖柳条无气力，淡晴花影不分明。
一番过雨来幽径，无数新禽有喜声。
只欠翠纱红映肉，两年寒食负先生。

送广州刘叔治倅钦州兼守事　　乐雷发

天涯亭畔拥提屏，丹荔蕉黄满去程。
皂盖却迎新别驾，碧幢应忆老先生。

象蹄印雨归蛮国，鲸鬣掀潮撼海城。
曾是乡贤分守处，试寻醉石共题名。

淮中晚泊犊头 苏舜钦

春阴垂野草青青，时有幽花一树明。
晚泊孤舟古祠下，满川风雨看潮生。

和孔密州东栏梨花 苏　轼

梨花淡白柳深青，柳絮飞时花满城。
惆怅东栏一株雪，人生看得几清明？

放歌行 陈师道

春风永巷闭娉婷，长使青楼误得名。
不惜卷帘通一笑，怕君着眼未分明。

水口行舟 朱　熹

郁郁层峦夹岸青，春山绿水去无声。
烟波一棹知何许？鶗鴂两山相对鸣。

以庚衬青

八月六日作 韩　偓

簪裾皆是汉公卿，尽作锋铓剑血腥。
显负旧恩归乱主，难教新国用轻刑。
穴中狡兔终须尽，井上婴儿岂自宁？
底事亦疑惩未了，更疑书罪在泉扃！

桐柏观 赵师秀

山深地忽平，缥缈见殊庭。
瀑近春风湿，松多晓日青。
石坛遗鹤羽，粉壁剥龙形。
道士王灵宝，轻强满百龄。

以庚衬蒸

边　将 马　戴

玉榼酒频倾，论功笑李陵。

红缰跑骏马，金镞掣秋鹰。
塞迥连天雪，河深澈底冰。
谁言提一剑，勤苦事中兴。

病告中怀子华原父　　欧阳修

狂来有意与春争，老去心情渐不能。
世味惟存诗淡泊，生涯半为病侵陵。
花明晓日繁如锦，酒拨浮醅绿似渑。
自是少年豪横过，而今痴钝若寒蝇。

5.16　（十四）蒸韵与侵韵

拟杜子美峡中意　　宋　祁

天入虚楼倚百层，四方遥谢此登临。
惊风借壑为寒濑，落日容云作暝阴。
岘井北抛王粲宅，楚衣南逐女媭砧。
十年不识长安道，九籥宸开紫气深。

按：以蒸衬侵之例颇为罕见。

5.17　（十五）覃韵与盐咸

以盐衬覃

别张自强　　王　铚

燕子低飞入坏檐，柳条轻拂绿毵毵。
故园更在北山北，佳节可怜三月三。
万古愁多凭浊酒，九京事往落清谈。
都门别恨终难写，满眼风光思不堪。

以咸衬覃

垂虹亭　　米　芾

断云一叶洞庭帆，玉破鲈鱼霜破柑。
好作新诗寄桑苎，垂虹秋色满东南。

5.18　上面所举首句用邻韵的近体诗（包括律诗、绝句与排律），其作者除王维、李颀、刘长卿、杜甫是盛唐的人，韩琮、王建、李商隐、张籍、王涯、沈亚之、韩偓、许浑、马戴、张蠙、刘沧、方干、姚合、韦庄、白居易、崔珏、罗邺是中唐或晚唐的人外，其余都是宋代的人，可以证明此风始于盛唐，到中晚唐逐渐成为风气，到了宋代更是变本加厉了。

5.19 所谓邻韵，除江与阳、佳与麻、蒸与侵为罕见的特例之外，大约总依诗韵的次序，以排列相近而音又相似的韵认为邻韵。所谓相近，不因上平声和下平声的界限而有所间隔。这样，我们可以把相近的韵分为八类如下：

（一）东冬为一类。

（二）支微齐为一类，支与微较近，它们与齐较远。

（三）鱼虞为一类。

（四）佳灰为一类。

（五）真文元寒删先六韵为一类，真与文近，元与文近，寒与删近，删与先近，先又与元近；真与元、寒与先、元与删较远；至于真与寒、寒与元、文与删先、先与真文则原则上不能认为邻韵。

（六）萧肴豪为一类。

（七）庚青蒸三韵为一类，庚与青较近，它们与蒸较远。

（八）覃盐咸为一类。

5.20 综上所述，我们得到以下的结论：

（一）近体诗不得通韵，仅首句可用邻韵；现代诗人作律绝任意通韵者，不合于唐宋诗人的格律。

【附注】唐人偶有形似通韵的诗，但是，其中必有特殊的理由。《韵学要指》云："八庚之清，与青部不分，故清部中偏旁多从'青'，从'令'，而今'屏、荧、声'诸字，则清青二部均有之。宋韵以删重之令，删青部'声'字，而唐诗往往多见，此断宜增入者。今但举唐诗'声'韵，如李白短律：'胡人吹玉笛，一半是秦声。五月南风起，梅花落敬亭。'杜甫《客旧馆》五律：'重来梨叶赤，依旧竹林青。风幔何时卷？塞砧昨夜声。'李建勋《留题爱敬诗》五律：'空为百官首，但爱千峰青。斜阳惜归去，万壑鸟啼声。'喻凫《酬王擅见寄》五律：'夜月照巫峡，秋风吹洞庭。竟晚苍山咏，乔桥有鹤声。'裴硎《题石室》七律：'文翁石室有仪刑，庠序千秋播德声。古柏尚留今日翠，高山犹霭旧时青。'类可验。"《缃素杂记》云："郑谷与僧齐己、黄损等共定今体诗格云：'凡诗用韵有数格：一曰葫芦，一曰辘轳，一曰进退。葫芦韵者，先二后四；辘轳韵者，双出双入；进退韵者，一进一退。失此则缪矣。'余按《倦游杂录》，载唐介为台官，廷疏宰相之失，仁庙怒，谪英州别驾。朝中士大夫以诗送行者颇众。独李师中待制一篇为人传诵。诗曰：'孤忠自许众不与，独立敢言人所难。去国一身轻似叶，高名千古重于山。并游英俊颜何厚！未免奸谀骨已寒！天为吾君扶社稷，肯教夫子不生还？'此正所谓进退格也。按《韵略》：'难'字第二十五，'山'字第二十七，'寒'字又在第二十五，'还'字又在二十七。一进一退，诚合体格，岂率尔为之哉？近阅《冷斋夜话》，载当时唐李对答，乃以此诗为落韵诗。盖渠不见郑谷所定诗格有进退之说，而妄为云云也。"力按：此所释进退未必即合郑谷原意，惟《冷斋夜话》以此诗为落韵诗，可见古人认为落韵是严重的过失。

（二）首句用邻韵，仅以本节所举同类之韵为限；现代诗人以真庚通押、删咸通押之类，纵然用于首句，亦不合于唐宋诗人的旧规。

第六节　平仄的格式

6.1　关于近体诗的平仄，普通的格式如下：

（一）五律

（甲）仄起式（如首句入韵，则为"仄仄仄平平"）

仄仄平平仄，平平仄仄平。

平平平仄仄，仄仄仄平平。

仄仄平平仄，平平仄仄平。

平平平仄仄,仄仄仄平平。

(乙)平起式(如首句入韵,则为“平平仄仄平”)

平平平仄仄,仄仄仄平平。

仄仄平平仄,平平仄仄平。

平平平仄仄,仄仄仄平平。

仄仄平平仄,平平仄仄平。

6.2 出句如系仄头,对句必须是平头;出句如系平头,对句必须是仄头。这叫做对。上一联的对句如系平头,下一联的出句必须也是平头;上一联的对句如系仄头,下一联的出句必须也是仄头。这叫做粘(粘有广义,有狭义。广义的粘就是一切的平仄都合式,不合叫做失粘。狭义的粘,如这里所述,违者也叫做失粘。参看本章第十节)。

6.3 上文第二节里说过,五言排律是五言律诗的延长,因此,五言排律的平仄只须依照五言律诗的平仄,注意不违反粘对的规则,延长下去就是了。第三节里说过,五言绝句是五言律诗的减半,因此,五言绝句的平仄只须依照五言律诗的平仄,也注意不违反粘对的规则就是了。

6.4 (二)七律

(甲)平起式(如首句不入韵,则为“平平仄仄平平仄”)

平平仄仄仄平平,仄仄平平仄仄平。

仄仄平平平仄仄,平平仄仄仄平平。

平平仄仄平平仄,仄仄平平仄仄平。

仄仄平平平仄仄,平平仄仄仄平平。

(乙)仄起式(如首句不入韵,则为“仄仄平平平仄仄”)

仄仄平平仄仄平,平平仄仄仄平平。

平平仄仄平平仄,仄仄平平仄仄平。

仄仄平平平仄仄,平平仄仄仄平平。

平平仄仄平平仄,仄仄平平仄仄平。

6.5　七言律诗的粘对，和五言律诗的粘对规则完全相同。七言排律是七言律诗的延长，七言绝句是七言律诗的减半；因此，它们的平仄也就是七律的平仄，只须依照粘对的规则，分别延长或减半就是了。

6.6　为了便于记忆和了解起见，我们对于近体诗的平仄，须要更进一步的分析和更新颖的说明。近体诗的平仄的原则只是要求不单调：为要不单调，所以（一）平声和仄声必须递换；（二）一联之中，平仄必须相对，但若每联的平仄相同，又变为单调了，所以（三）下一联的出句的平仄必须和上一联的对句的平仄相粘，这样，相近的两联的平仄才不至于相同。

6.7　关于平仄递换，咱们不妨先假定两样的四言平仄形式，就是：

1. 平平仄仄。
2. 仄仄平平。

然后，咱们再假定五言律诗有平脚和仄脚两种句子，于是依照下面的四个方法，把上面的四言的句子再加上一个字，使它们变为五言：

（一）"平平仄仄"的四言欲变为仄脚的五言时，须在中间插入一个平声字（以平随平），成为"平平平仄仄"。

（二）"平平仄仄"的四言欲变为平脚的五言时，须在句末加上一个平声字（以平随仄），成为"平平仄仄平"。

（三）"仄仄平平"的四言欲变为平脚的五言诗，须在中间插入一个仄声字（以仄随仄），成为"仄仄仄平平"。

（四）"仄仄平平"的四言欲变为仄脚的五言时，须在句末加上一个仄声字（以仄随平），成为"仄仄平平仄"。简单地说，就是：

仄脚仍仄脚，中插平；仄脚变平脚，尾加平。

平脚仍平脚，中插仄；平脚变仄脚，尾加仄。

6.8　这样，五律虽有八句，其平仄变化，不出于下列的四种形式之外：

（一）仄仄平平仄；（二）仄仄仄平平；

（三）平平平仄仄；（四）平平仄仄平。

如果咱们把第一类认为a，第二类认为A（都是仄头），又把第三类认为b，第四类认为B（都是平头），那么，上文的五律平仄式可以简单地表示如下：

（甲）仄起式

1. 首句不入韵者：aB，bA，aB，bA

2. 首句入韵者：AB，bA，aB，bA

（乙）平起式

1. 首句不入韵者：bA，aB，bA，aB

2. 首句入韵者：BA，aB，bA，aB

6.9 七律的句子就是五律的句子的延长，只在句首加上两个字，仄头加成平头，平头加成仄头，就成为下列的四种形式：

（一）平平仄仄平平仄（a）；（二）平平仄仄仄平平（A）；

（三）仄仄平平平仄仄（b）；（四）仄仄平平仄仄平（B）。

这样，上文的七律平仄式也可以简示如下：

（甲）平起式

1. 首句入韵者：AB，bA，aB，bA

2. 首句不入韵者：aB，bA，aB，bA

（乙）仄起式

1. 首句入韵者：BA，aB，bA，aB

2. 首句不入韵者：bA，aB，bA，aB

6.10 近体诗句的节奏，是以每两个音为一节，最后一个音独自成为一节。平声占时间大致比仄声长一倍，如下：

五言诗每句三节：

仄—仄—‖平——平——‖仄—

平——平——‖仄—仄—‖平——

平——平——‖平——仄—‖仄—

仄—仄—‖仄—平——‖平——

七言诗每句四节：

平——平——‖仄—仄—‖平——平——‖仄—

仄—仄—‖平——平——‖仄—仄—‖平——

仄—仄—‖平——平——‖平——仄—‖仄—

平——平——‖仄—仄—‖仄—平——‖平——

6.11　为叙述的方便起见，我们将把最后一个节奏称为脚节，脚节之上为腹节，腹节之上为头节，头节之上为顶节。五言的诗句只有三节，没有顶节。这些称呼是与上文所说“七律的句子为五律的句子的延长”的理论相配合的。但所谓加长，只是头上加顶，不是脚下加靴。

6.12　下面我们将分别举出一些实例，来证明近体诗的平仄。我们仅举律绝的例子；排律可以由此类推。

6.13　(一)五律

(甲)仄起式

1. 首句不入韵者

江亭晚眺　　王安石

日下崦嵫外，秋生沆砀间。
清江无限好，白鸟不胜闲。
雨过云收岭，天空月上湾。
归鞍侵调角，回首六朝山。

全首仅有一个“回”字不合平仄格式。

2. 首句入韵者

送裴别将之安西　　高　适

绝域眇难跻，
悠然信马蹄。
风尘经跋涉，摇落怨暌携。

地出流沙外，天长甲子西。
少年无不可，行矣莫凄凄！

全首仅“摇少行”三字不合平仄格式。

（乙）平起式

1. 首句不入韵者

春日登楼怀归 寇 准

高楼聊引望，杳杳一川平。
野水无人渡，孤舟尽日横。
荒村生断霭，古寺语流莺。
旧业通清渭，沉思忽自惊。

全首与平仄格式相符。

2. 首句入韵者

答白刑部闻新蝉 刘禹锡

蝉声未发前，
已自感流年。
一入凄凉耳，如闻断续弦。
晴清依露叶，晚急畏霞天。
何事秋卿咏，逢时亦悄然。

全首仅有“何”字不合平仄格式。

6.14 （二）五绝

（甲）仄起式

1. 首句不入韵者

溪 上 罗公升

往岁贪奇览，今年遂考槃。
门前溪一发，我作五湖看。

全首与平仄格式相符。

2. 首句入韵者

野牧园　　张孝祥

秋晚稻生孙，

催科不到门。

人闲牛亦乐，随意过前村。

全首仅“秋随”二字不合平仄格式。

（乙）平起式

1. 首句不入韵者

晚过水北　　欧阳修

寒川消积雪，冻浦暂通流。

日暮人归尽，沙禽上钓舟。

全首无一字不合平仄格式。

2. 首句入韵者

白　鹭　　李嘉祐

江南渌水多，

顾影逗轻波。

落日秦云里，山高奈若何！

全首无一字不合平仄格式。

6.15 （三）七律

（甲）平起式

1. 首句入韵者

使次安陆寄友人　　刘长卿

新年草色远萋萋，

久客将归失路蹊。

暮雨不知涢口处，春风只到穆陵西。

城孤尽日空花落，三户无人白鸟啼。

君在江南相忆否？门前五柳几枝低。

全首仅“不三君”三字不合平仄格式。

2. 首句不入韵者

城上夜宴 白居易

留春不住登城望，惜夜相将秉烛游。
风月万家河两岸，笙歌一曲郡西楼。
诗听越客吟何苦，酒被吴娃劝不休。
从道人生都是梦，梦中欢笑亦胜愁。

全首只有“风万从欢”及第二“梦”字不合。

（乙）仄起式

1. 首句入韵者

题李处士幽居 温庭筠

水玉簪头白角巾，
瑶琴寂历拂轻尘。
浓阴似帐红薇晚，细雨如烟碧草新。
隔竹见笼疑有鹤，卷帘看画静无人。
南窗自有忘机友，谷口徒称郑子真。

全首只有一个“见”字不合平仄格式。

2. 首句不入韵者

寄殷协律 白居易

五岁优游同过日，一朝消散似浮云。
琴书酒伴皆抛我，雪月花时最忆君。
几度听鸡歌白日，亦曾骑马咏红裙。
吴娘暮雨萧萧曲，自别江南更不闻。

全首只有“一消亦骑”四字不合平仄。

6.16 （四）七绝

（甲）平起式

1. 首句入韵者

解闷之十 杜　甫

忆过泸戎摘荔枝，

青枫隐映石逶迤。

京中旧见君颜色，红颗酸甜只自知。

全首只有“红”字不合。

2. 首句不入韵者

南游感兴　　　　窦　巩

伤心欲问当时事，惟见江流去不回。

日暮东风春草绿，鹧鸪飞上越王台。

全首只有“惟鹧飞”三字不合。

（乙）仄起式

1. 首句入韵者

题画卷　　　　范成大

凿落秋江水石明，

高枫老柳两滩横。

君看叠巘云容变，又有中宵雨意生。

全首与平仄格式完全相符。

2. 首句不入韵者

念昔游　　　　杜　牧

十载飘然绳检外，尊前自献自为酬。

秋山春雨闲吟处，遍倚江南寺寺楼。

全首仅有一个“春”字不合平仄格式。

6.17　以上本节所举各诗，在平仄上说，都是近体诗中的标准诗。虽然有少数的字未合平仄格式，但那些地方都是可以通融的。至于通融的条件，将见于下节。

6.18　末了，我们将谈一谈仄韵近体诗的平仄。近体诗用仄韵，本非正例（见本章第七节）；偶然用仄韵时，只把每联的对句改为 a 式或 b 式（不用 AB）就是了。依盛唐人的规矩，在五律仄韵诗里，各联出句的末字须平仄相间。上文第四节所举刘长卿和刘禹锡的仄韵五律，都是合于这个规矩的。现在再举两个例子：

江上别流人 孟浩然

以我越乡客(仄),逢君谪居者。(ab)
分飞黄鹤楼(平),流落苍梧野。(Ba)
驿使乘云去(仄),征帆沿溜下。(ab)
不知从此分(平),还袂何时把?(Ba)

"越"字、"谪"字和"黄"字叫做拗字,首联对句和末联出句为特殊形式,参看下文第七、第八和第九节。

秋云岭 刘长卿

山色无定姿(平),如烟复如黛。(Ba)
孤峰夕阳后(仄),翠岭秋天外。(ab)
云起遥蔽亏(平),江回频向背。(Ba)
不知今远近(仄),到处犹相对。(ab)

首联对句与次联出句皆系特殊形式,参看下文第九节;三联出句"平仄平仄平"系古式,刘长卿喜欢把这个古式用于仄韵五律。这一个平仄相间的规矩,中唐人已不能完全遵守(例如刘禹锡);到了晚唐,出句就索性一律用平脚,使它和对句的仄脚相对,例如:

乾宁三年丙辰在奉天重围作 韩 偓

仗剑夜巡城(平),衣襟满霜霰。(Ab)
贼火遍郊坰(平),飞焰侵星汉。(Aa)
积雪似空江(平),长林如断岸。(Ab)
独凭女墙头(平),思家起长叹。(Ab)

首联对句和末联对句系特殊形式,见第九节。注意:此诗失粘,失对,与古风的界限并不分明。

五 更 韩 偓

秋雨五更头(平),桐竹鸣骚屑。(Aa)
却似春残间(平),断送花时节。(Aa)
空楼雁一声(平),远屏半明灭。(Bb)
绣被拥娇寒(平),眉山正愁绝。(Aa)

三联对句和末联对句系特殊形式。失对，失粘。

6.19　五绝用仄韵，较五律为多见。它的出句用平脚或仄脚，并不一定。但是，比较起来，仍以平仄相间为最多，而且是先仄脚，后平脚，例如：

茱萸湾北答崔载华问　　刘长卿

荒凉野店绝(仄)，迢递人烟远。(ba)
苍苍古木中(平)，多是隋家苑。(Ba)

6.20　七言近体用仄韵，最为罕见。第七节里所举韩偓七言仄律，除第一句因入韵须用仄脚外，其余各联出句都用平脚，这可以说是和他的五言仄律的规矩大致相同。现在再举他的另一首七言仄律来看：

闲　步

庄南纵步游荒野(仄)，独鸟寒烟轻惹惹。(ab)
傍山疏雨湿秋花(平)，僻路浅泉浮败果。(Ab)
樵人相聚指惊麏(平)，牧童四散收嘶马。(Aa)
一壶倾尽未能归(平)，黄昏更望诸烽火。(Aa)

注意：此诗失粘，失对，又歌麻通韵，与古风相混。

6.21　仄韵七绝，非常罕见，现在试举一例如下，请注意第三句系用平脚：

戏赠灵澈上人　　吕　温

僧家亦有芳春兴，
自是禅心无滞境。
君看池水湛然时，何曾不受花枝影？

第七节　关于“一三五不论”

7.1　关于近体诗的平仄格式，相传有两句口诀，就是：

一三五不论；二四六分明。

意思是说，每句的第一字、第三字和第五字的平仄可以不拘；至于第二字、第四字和第六字则必须依照格式，该平不能用仄，该仄不能用平。这是就七言诗而论的；其所以不提及第七字者，因为第七字居于句末，尤其要分明，是不待言的。由此类推，近体的五言诗应该是：一三不论，二四分明。

7.2 这两句口诀不知是谁造出来的（《切韵指南》后面载有这个口诀）。其实这只是很浮浅的观察，和事实颇不相符。事实上，一三五不一定可以不论，二四六不一定要分明。因此，这口诀在表面上虽给予人们一种简单明快的感觉，实际上却极容易引起初学做诗的人的误解。现在我们把不论和分明的规律详加叙述，使大家明了近体诗的平仄并不是那样简单的。

7.3 首先咱们应该记得：七言诗是在五言诗的上面再加两个字而成的；因此，五言的第一字等于七言的第三字，五言的第三字等于七言的第五字。换句话说，五言的第一字可以不论的地方，七言的第三字也可以不论；五言的第三字可以不论的地方，七言的第五字也可以不论。分明的地方由此类推。下文所将要谈到的许多特殊形式，都是由这一个理论的基础产生。这是非常重要的初步认识。

7.4 （一）七言诗句的第一字（顶节上字）的平仄，无论在任何情形之下，都是可以不论的。因为它距离句尾最远，地位最不重要；既不在节奏点（二、四、六各字则在节奏点），而五言诗句里也没有任何字和它的地位相当。于是，该平的也可以用仄，该仄的也可以用平，例如（例句皆已见于上文各节，下仿此）：

1. 宜平而用仄

突营射杀呼延将。（李白）
一生几许伤心事。（王维）
小儿弄笔不能嗔。（刘禹锡）

雪花遣霰作前锋。（杨万里）

2. 宜仄而用平

鱼拥香钩近钓矶。（李贺）
潮打空城寂寞回。（刘禹锡）
彭蠡湖边香橘柚。（刘长卿）
从道人生都是梦。（白居易）

7.5 （二）五言诗句第一字和七言诗句第三字（头节上字）的平仄，除B式外，可以不论，例如：

1. 宜平而用仄

少年无不可。（高适）
暗尘随马去。（苏味道）
隔竹见笼疑有鹤。（温庭筠）
水客暗游烧野火。（元稹）

2. 宜仄而用平

回首六朝山。（王安石）
摇落怨睽携。（高适）
何事秋卿咏。（刘禹锡）
西陆蝉声唱。（骆宾王）
鸬鹚空自泛寒洲。（储光羲）
君家何处访庭闱。（杜甫）
秋山春雨闲吟处。（杜牧）
红云灯火浮沧海。（曾巩）

7.6 但是，在B式诗句里，如系五言，第一字的平仄必须分明；如系七言，第三字的平仄必须分明。换句话说就是B式的头节上字必须依照规定，限用平声，也就是：

1. 五言的“平平仄仄平”不得改为“仄平仄仄平”；

2. 七言的“仄仄平平仄仄平”不得改为“仄仄仄平仄仄平”。

如果近体诗违犯了这一个规律，就叫做犯孤平。因为韵脚的平声字是固定的，除此之外，句中就单剩一个平声字了。孤平是诗家的大忌。由此看来，“一三五不论”的口诀是靠不住的；在这种情形之下，五言的第一字和七言的第三字的平声非论不可。

【附注】赵执信《声调谱》说：“律诗平平仄仄平，第二句是正格。若仄平平仄平，变而仍律者也（这是孤平拗救）。仄平仄仄平，则古诗句矣（不是律句）。此格人多不知者，‘一三五不论’二语误之也。”赵氏这段话说明了四个问题：第一，平平仄仄平是正格；第二，仄平平仄平是变格（拗救）；第三，仄平仄仄平是古诗句，不合律诗的平仄；第四，“一三五不论，二四六分明”这两句话是误人的话。有人试图在杜甫的律诗中寻找一些孤平的例子来作反证。其实有些形似孤平的例子都不是真的孤平，例如《秦州杂诗》的“应门幸有儿”，《独坐》的“应门试小童”，其中的“应”读平声（亦写作“膺”，见《诗韵合璧》蒸韵），并不犯孤平。杜甫《寄赠王十将军承俊》“将军胆气雄，臂悬两角弓”是个孤平的句子，但是首联、颔联都失对，第三句、第五句都失粘，“难为功”连用三个平声，显然是一首古风式的律诗（拗体律诗，不是律诗的正格）。《钱笺杜诗》引李（因笃？）曰：“‘臂’字宜平而仄，应于第三字还之，此未还，且无粘联，拗体也。集中只此一首，人借口不得。”李氏这段话说明了三个问题：第一，第一字宜平，可见五言平起平脚的律句第一字非用平声不可；第二，如果第一字仄声，应在第三字还它一个平声，这就是拗救；第三，这是拗体，虽用孤平，人们不得以此为借口。

7.7 现在试在上文第一、第二两节所举的例子中，把所有一切 B 式的句子都抄录于下，以为例证：

1. 五言

龙池岁月深……山蝉处处吟。（沈佺期）

南冠客思侵……风多响易沉。（骆宾王）

鸣銮降九霄……烟含北渚遥。（李峤）

言寻谷口来……云阴送晚雷。（杜审言）

心中自不平……风多杂鼓声。（杨炯）

秋边一雁声……无家问死生。（杜甫）

分从起草余……虞卿正著书。（韩愈）

吾生学养蒙……车边已画熊……茶香透竹丛……寒山远烧红……何能访老翁？（王维）

龙飞四十春……丹青忆老臣……调和鼎鼐新……传经固绝伦……东方领搢绅……余波德照邻……由来席上珍……愚蒙但隐沦……生涯似众人……苍茫兴有神。（杜甫）

妖星下直庐……神都忆帝车……差肩列风舆……乾坤欲晏如……麒麟滞玉除……平生意有余……新文尚起予……经过叹里闾……山家药正锄……南翁愤始摅……功无礼忽诸……恩波锦帕舒……沿流想疾徐……钞诗听小胥……萧萧白暎梳。（杜甫）

初兴蓟北师……端居涕洟时……常怀《湛露》诗……生逢《酒赋》欺……惭纡德泽私……风云际会期……中原鼓角悲……宗臣切受遗……行人避蒺藜……尧封旧俗疑……超然待具茨……天忧实在兹……群公各典司……孤城最怨思……苍生可察眉……家家急竞锥……耕岩进奕棋……麟伤泣象尼……倾阳逐露葵……哀歌欲和谁？（杜甫）

南朝号戚藩……惊湍激箭奔……谣传义帝冤……乡豪恃子孙……连甍竹覆轩……蘋生枉渚暄……李衡墟落存……星悬橘柚村……儿童习左言……诗书志所敦……驰声气尚吞……巡兵

戊己屯……来观衢室樽……朝阳关帝阁……传呵步紫垣……传家宝祚蕃……雄图授化元……洪恩九族惇……微班识至尊……徒闻太学论……抡榆尚笑鲲……愁心醉不惛……看方理病源……二毛伤虎贲……临风楚奏烦。(刘禹锡)

春生返照中……斋诚帝念隆……荣光答圣衷……偷穿玳瑁栊……搜求好处终……宵晖欲半弓……斜临绝漠戎……潜泉脉暗洪……耘催荷莑翁……殷勤绮镐酆……晴烟塞迥空……胭脂桃径红……天开禁掖崇……鹓鸾竭至忠……闾阎贺岁丰……豪家倚赖雄……殊恩赦邓通……诗书对面聋……杯夸玛瑙烘……弹丝动削葱……那知恨亦充……班窗网曙虫……骑他老病骢……魂惊耳更聪……持疑又省躬……良辰坐叹穷……阴繁晻澹桐……篱栽备幼冲……因搜定作熊……晴和鹤一冲。(元稹)

初登典校司……形骸两不羁……言通药石规……无杯不共持……幽寻皇子陂……闲吟短李诗……通宵靡不为……腾腾出九逵……山晴彩翠奇……园花雪压枝……盘筵占地施……金钿耀水嬉……华尊逐胜移……觥飞白玉卮……归鞍酩酊骑……红尘塞路岐……回环节候推……天成万物宜……云霄窃暗窥……毫锋锐若锥……齐陈晁董词……专场战不疲……千僚俨等衰……还从好爵縻……多惭侍赤墀……偏瞻獬豸姿……刚肠嫉喔咿……输忠在灭私……东台吏不欺……平生志在兹……山藏路险巇……兰芳遇霰萎……吹毛遂得疵……殷勤马上辞……山经绮里祠……城楼枕水湄……江平绿渺漭……人家苦竹篱……鳏鱼失水鬐……三声晓角吹……嫌醒自歠醨……倾心向日葵……嗟予独在斯……行乖接履綦……惊时为别离……余欢不可追……中怀写向谁?……何人共解颐?……加餐亦似饥。(白居易)

2. 七言

海燕双栖玳瑁梁……丹凤城南秋夜长。（沈佺期）

东望望春春可怜……城上平临北斗悬……鸟弄歌声杂管弦。（苏颋）

江上巍巍万岁楼……日日悲看水独流……向晚茫茫作旅愁。（储光羲）

叹息人间万事非……白马江寒树影稀。（杜甫）

卷幔山泉入镜中……何事吹箫向碧空？（王维）

三峡星河影动摇……人事音书漫寂寥。（杜甫）

江上旌旗拂紫烟。（李白）

烟渚云帆处处通……金管徐吹曲未终……惊鼓跳鱼拨剌红……吟作新诗寄浙东……五宿澄波皓月中。（白居易）

晓望林亭雪半糊……煦暖寒禽气渐苏……梳洗楼前粉暗铺……寡和高歌只自娱……对景东西事有殊。（元稹）

楼上从容万状移……笛赛婆官彻夜吹……乍卷帘帷月上时。（元稹）

一点君山似措杯……夏口篙工厄溯洄……坐见千峰雪浪堆……块轧浑忧地轴摧……蜃作波涛古岸颓……汩没汀洲雁鹜哀……水狗斜倾尾缆开……鲧穴相传有化能……渐觉宵分曙气催……白马君侯傍柳来。（元稹）

7.8　以上所举，五言一百六十九句，七言三十八句，都没有犯孤平。除了“李衡墟落存”“二毛伤虎贲”和“东望望春春可怜”三句将在下文第八节里另有解释之外，其余B式诗句都如上文所说，五言第一字和七言第三字必用平声。唐宋诗人们宁愿二四六不论，对于这种五言的第一字和七言的第三字决不肯随便用一个仄声。现在一般人很少知道避孤平；这样重要的规律（几乎可说是铁律）也被忽略了，我们不能不归罪于“一三五不论”的口诀。

7.9 （三）五言诗句第三字和七言诗句第五字（腹节上字）的平仄，以依照平仄格式为正例，不依照平仄格式为变例。现在试举些变例来看：

1. b 式

端居不出户。（王维《登裴迪秀才小台作》）
浮云一别后。（韦应物《淮上喜会梁川故人》）
林花扫更落。（孟浩然《晚春》）
微升古塞外。（杜甫《初月》）
清晨入古寺。（常建《破山寺后禅院》）
亲朋尽一哭。（杜甫《送远》）
孤城向水闭。（刘长卿《余干旅舍》）
春归定得意。（李嘉祐《送张惟俭秀才入举》）
幸因腐草出。（杜甫《萤火》）
妖氛拥白马。（杜甫《观兵》）
秋水才深四五尺。（杜甫《南邻》）
走觅南邻爱酒伴。（杜甫《江畔独步寻花》）
怅望千秋一洒泪。（杜甫《咏怀古迹》）
爽气遥分隔浦岫。（李嘉祐《晚登江楼有怀》）
初过重阳惜残菊。（李嘉祐《游徐城河》）
回首青山独不语。（李嘉祐《晚发咸阳》）
朝罢须裁五色诏。（王维《和贾至舍人早朝大明宫之作》）

2. B 式

禅房花木深。（常建《破山寺后禅院》）
田园春雨余。（韦应物《春日郊居》）
知君才望新。（高适《别刘大校书》）
看随秋草衰。（刘湾《即席赋露中菊》）
余亦扁舟湘水阴。（刘长卿《送宇文迁明府》）

坐卧闲房春草深。(李颀《题璿公山池》)
事简鱼竿私自亲。(李嘉祐《晚登江楼有怀》)
锦里先生乌角巾。(杜甫《南邻》)
处处征胡人渐稀。(李嘉祐《题灵台县东山村主人》)
目极伤神谁为携?(杜甫《野望》)
未厌门前鄱水清。(李嘉祐《承恩量移宰江邑》)
知掩山扉三十秋。(韦应物《答秦十四校书》)

3. a 式

明月隐高树。(陈子昂《春夜别友人》)
白发老闲事。(高适《醉后赠张九旭》)
我有一瓢酒。(韦应物《简庐陟》)
未有桂阳使。(韦应物《对韩少尹所赠砚有怀》)
季弟念离别。(高适《送蔡十二之海上》)
洛城一别四千里。(杜甫《恨别》)

4. A 式

漠漠秋云低。(杜甫《秦州杂诗》)
醉里开衡门。(高适《酬卫八雪中见寄》)
相问良殷勤。(韦应物《路逢崔、元二侍御》)
主人为卜林塘幽。(杜甫《卜居》)
将军帐下来从容。(张谓《送皇甫龄宰交河》)

【附注】诗论家认为,在平平平仄仄这个格式中,当第三字改用仄声的时候,第一字必须用平,不能第一、第三都仄(七言则不能第三、第五都仄)。赵执信《声调谱》云:“平平仄仄仄,下句仄仄仄平平,律诗常用。若仄平仄仄仄,则为落调矣。盖下有三仄,上必二平也。”力按:赵氏的话是对的。盛唐以后的诗,如果依照赵氏的话来检查,极少例外。盛唐以前,仄平仄仄仄的例子也是罕见的。

本书90页所举16个例子中,只有一个例外。

7.10 由上文所举诸例看来,b式和B式的变例颇多,a式和A式的变例则甚少。因为a式句子变了,末三字成为"仄平仄";A式句子变了,末三字成为"平平平",二者都是古体诗的标准平仄,尤其是后者(见第二章第六、七两节),近体诗应该极力避免。杜甫和高适喜欢用古诗的平仄来做律诗,所以他们的A式颇多变例;刘长卿的律诗可认为标准律诗,他的律句是绝对没有a式和A式的变例的。

7.11 凡不合平仄格式的字,叫做拗。前人所谓拗,除了二四六的拗之外,只有五言第三字和七言第五字不合才叫做拗,又B式五言第一字和七言第三字用仄声也叫做拗;普通五言的第一字和七言的第一、第三字既可不论平仄,也就无所谓拗。现在我们为方便起见,不管二四六或一三五,任何地位,不合平仄的都叫做拗。依照本节上文所述,一三五的拗可以分为三种:

(一)七言第一字(顶节上字),及Aab三式的五言第一字,又同式的七言第三字(头节上字)的拗,可称为甲种拗。诗人对此,可以不避,也可以不救。

(二)五言第三字及七言第五字(腹节上字)的拗,可称为乙种拗。诗人对此,尽可能避免,否则尽可能补救。

(三)B式五言第一字和七言第三字(头节上字)的拗(即孤平),可称为丙种拗。诗人对此,绝对避免,否则必须补救。

7.12 关于这些拗句的补救,将见于下节。现在附带谈一谈二四六的拗。二四六正当节奏点,本不应用拗。但是,有两种特殊形式是可以用拗的(见下文第九节);此外,有些诗人有时候不甘受律句平仄的拘束,或故意求取高古的格调,也喜欢在节奏点用拗,例如:

离堂思琴瑟,别路绕山川。(陈子昂《春夜别友人》)

坐阁独成闷,行塘阅清辉。(韦应物《社日寄崔都水》)

郑公经纶日，隋氏风尘昏。（高适《三君咏》）

二月湖水清，家家春鸟鸣。（孟浩然《晚春》）

郑县亭子涧之滨，户牖凭高兴发新。（杜甫《题郑县亭子》）

锦官城西生事微，乌皮几在还思归。（杜甫《将赴成都草堂途中有作》）

梅花欲开不自觉，棣萼一别永相望。（杜甫《至后》）

新亭举目风景异，茂陵著书消渴长。（杜甫《十二月一日》）

三十未有二十余，白日长饥小甲蔬。（李贺《南园》）

7.13　总之，像上面这些二四六用拗的例子并不是律句的正则；它们极近似于古风式的律诗，初学诗的人应该先求平仄分明，决不能因为弄错了平仄而以此为口实。

第八节　拗　救

8.1　诗人对于拗句，往往用救。拗而能救，就不为病。所谓拗救，就是上面该平的地方用了仄声，所以在下面该仄的地方用平声，以为抵偿；如果上面该仄的地方用了平声，下面该平的地方也用仄声以为抵偿。拗救大约可以分为两类：

1. 本句自救，例如在同一个句子里，第一字该平而用仄，则第三字该仄而用平；

2. 对句相救，例如出句第三字该平而用仄，则对句第三字该仄而用平。

下文将叙述诗人对于甲乙丙三种拗的处理。

8.2　（一）诗人对于甲种拗，固然可以不救；但是许多人在有意无意之间，造成了拗救的局面。这样，在声调方面，更觉得铿锵可喜，例如：

1. 本句自救

（1）七言第一字该平而仄，第三字该仄而平

夕阳城上角偏愁。(李嘉祐《同皇甫冉登重玄阁》)
夜钟残月雁归声。(高适《夜别韦司士》)
更吹羌笛关山月。(王昌龄《从军行》)
叶心朱实看时落。(杜甫《院中晚晴怀西郭茅舍》)

(2)七言第一字该仄而平,第三字该平而仄

亭脊太高君莫拆。(白居易《高亭》)
犹赖德全如醉者。(刘禹锡《秘书崔少监见示》)
同作逐臣君更远。(刘长卿《重送裴郎中贬吉州》)
西学已行秦博士。(张籍《送杨少尹赴凤翔》)

注意:此类本句自救只限于七言 Aab 三式。

2. 对句相救

(1)七言第一字相救(顶节上字相救)

(a)平拗仄救

闲遣青琴飞小雪,自看碧玉破甘瓜。(鲍溶《夏日怀杜悰驸马》)

唯对松篁听刻漏,更无尘土翳虚空。(韩偓《雨后月中玉堂闲坐》)

注意:A 式第一字仄,则第三字应平;“自看碧玉”之例绝少。

(b)仄拗平救

瓮头竹叶经春熟,阶底蔷薇入夏开。(白居易《蔷薇正开春酒初熟》)

乍牵玉勒辞金栈,催整花钿出绣闺。(张祜《爱妾换马》)

(2)五言第一字相救及七言第三字相救(头节上字相救)

远山笼宿雾,高树影朝晖。(元稹《早归》)
蝶翎朝粉尽,鸦背夕阳多。(温庭筠《春日野行》)
井转辘轳千树晓,门开阊阖万山秋。(许浑《秋日候扇》)

马上折残江北柳，舟中开尽岭南花。（许浑《南康阻浅》）

注意：此类仅有仄拗平救，因平拗仄救即犯孤平。

3. 本句自救而对句又相救

金阙晓钟开万户，玉阶仙仗拥千官。（岑参《和贾舍人早朝》）

楼上凤皇飞去后，白云红叶属山鸡。（王建《九仙公主旧庄》）

将谓独愁犹对雨，不知多兴已寻山。（白居易《雨中赴刘十九二林之期》）

波上马嘶看棹去，柳边人歇待船归。（温庭筠《利州南渡》）

岚翠暗来空觉润，涧茶余爽不成眠。（温庭筠《和赵嘏题岳寺》）

南苑草芳眠锦雉，夹城云暖下霓旄。（杜牧《长安》）

千岁鹤归犹有恨，一年人住岂无情。（杜牧《得替后移居雪溪馆》）

清露已凋秦塞柳，白云空长越山薇。（许浑《卧病》）

鹳鸽未知狂客醉，鹧鸪先让美人歌。（许浑《韶州韶阳楼夜宴》）

城带夕阳闻鼓角，寺临秋水见楼台。（许浑《颍州从事西湖亭宴饯》）

丝柳向空轻宛转，玉山看日渐徘徊。（鲍溶《人日陪宣州范中丞》）

红旆路幽山翠湿，锦帆风起浪花飘。（姚合《送唐中丞开淘西湖夏日游泛》）

空厩欲摧尘满枥，小池初涸草侵沙。（姚合《废宅》）

江对楚山千里月，郭连渔浦万家灯。（李绅《过钟陵》）

知爱鲁连归海上，肯令王翦在频阳。（杨巨源《赠张将军》）

人在定中闻蟋蟀，鹤从栖处挂猕猴。（贾岛《早秋寄题天竺灵隐寺》）

此种拗救，出句与对句的平仄字字相对，极易谐和，故诗人最喜欢用它，例子不胜枚举。但只能用 bA 式；若用 aB 式，即犯孤平。

8.3 看了上面诸例，可见第六节所述的平仄格式只是求其整齐，实际上，若依唐人的诗式，还有补充说明的必要。在七言律诗里，出句和对句如果是 bA 式，其平仄应有两种方式，任用一种：

（甲）仄仄平平平仄仄，平平仄仄仄平平；

（乙）平仄仄平平仄仄，仄平平仄仄平平。

后者在应用上，并不比前者少见，甚至于还比前者多见。尤其是中晚唐以后，后者差不多成为一种风尚（许浑最讲究此道）。若依这种说法，竟可以不必认为拗。

8.4 （二）诗人对于乙种拗，是尽可能用救的。上节所举乙种拗诸例，拗而不救，是颇为少见的。较常见的例子乃是拗而后救，并且用的是对句相救。换句话说，就是在五言的第三字或七言的第五字上，出句该平而用仄，对句该仄而用平，例如：

1. aB 式

落日鸟边下，秋原人外闲。（王维《登裴迪秀才小台作》）

挂席几千里，名山都未逢。（孟浩然《晚泊浔阳望庐山》）

万籁此俱寂，唯闻钟磬音。（常建《破山寺后禅院》）

促织甚微细，哀鸣何动人！（杜甫《促织》）

虎气必腾上，龙身宁久藏！（杜甫《蕃剑》）

摇落暮天迥，青枫霜叶稀……渡口月初上，邻家渔未归。（刘长卿《余干旅舍》）

倚马见雄笔，随身唯宝刀。（高适《送蹇秀才赴临洮》）

鸟下见人寂，鱼来闻饵馨。（韩愈《独钓》）

江上几人在？天涯孤棹还。（温庭筠《送人东游》）

物外趣多别，尘中心枉劳。（许棠《野步》）

夫子且归去，明时方爱才。（岑参《送杜佐下第》）

谒帝向金殿，随身唯宝刀。（岑参《陕州月城楼送辛判官入奏》）

塔影挂清汉，钟声和白云。（綦毋潜《题灵隐寺山顶禅院》）

怅望日千里,如何今二毛!(高适《送蹇秀才赴临洮》)

吾爱孟夫子,风流天下闻。(李白《赠孟浩然》)

地即帝王宅,山为龙虎盘。(李白《金陵》)

带甲满天地,胡为君远行?(杜甫《送远》)

雨中草色绿堪染,水上桃花红欲然。(王维《辋川别业》)

身无拘束起长晚,路足交亲行自迟。(刘禹锡《和留守令狐相公答白宾客》)

尽抛今日贵人样,复振前朝名相家。(刘禹锡《和仆射牛相公寓言》)

谁言宰邑化黎庶?欲别云山如弟兄!(李嘉祐《承恩量移宰江邑》)

歌声袅袅出清汉,月色娟娟当翠楼。(杜牧《南楼夜》)

遥知杨柳是门处,似隔芙蓉无路通。(刘威《游东湖》)

2. bA 式

可怜白雪曲,未遇知音人!(韦应物《简卢陟》)

草色全经细雨湿,花枝欲动春风寒。(王维《酌酒与裴迪》)

注意:乙种拗救的 bA 式特少,因为在 A 式里用救即成三平调,与古风之句式混。

8.5　到了宋人,虽然对于乙种拗,渐多拗而不救,但仍有些诗人承受了唐人的衣钵,尽可能用救,例如:

1. aB 式

晓雨暗人日,春愁连上元。(苏轼《新年》)

古寺满修竹,深林闻杜鹃。(苏轼《游鹤林招隐》)

流水伴迟日,野花留晚香。(张耒《建平途次》)

涓涓泣露紫含笑,焰焰烧空红佛桑。(苏轼《正月二十六日偶与数客野步》)

我行日夜向江海，枫叶芦花秋兴长。（苏轼《出颍口初见淮山》）

家藏玉牒几千卷，手校韦编三十秋。（谢逸《寄隐居士》）

行人半出稻花上，宿鹭孤明菱叶中。（范成大《初归石湖》）

青山缺处日初上，孤店开时莺乱啼。（陆游《上虞逆旅见旧题岁月感怀》）

暄凉书问二千里，场屋声名三十年。（杨万里《寄题曾子与竞秀亭》）

2. bA 式

故人越五岭，旅雁留三湘。（贺铸《登乌江柏子冈怀景仁》）

8.6 普通总说在出句为拗，在对句为救；其实，有时候诗人却为了对句有一个拗字，就索性在出句里安置一个拗字以为补救（两拗相消，即成为正）。譬如“雨中草色绿堪杂”。“绿”字本可用“青”字以求合于平仄，但因对句“水上桃花红欲然”里面的“红”字非用不可，就在出句故意用一个“绿”字，使它们平仄相应。虽然王维当时未必有这样的构思历程，但类此的情事应该是后代讲究拗救的诗人所常注意去做的。

8.7 （三）诗人对于丙种拗，是必须补救的；否则就像上节里所说，犯了孤平。补救的方法是本句自救。五言的B式句子里，第一字该平而用仄，则第三字必须用平以为补救（这样，除了韵脚之外还有两个平声字，就不至于犯孤平）；七言的B式句子里，第三字该平而用仄，第五字必须用平以为补救。七言第一字用平声是不中用的，因为它的地位太不重要了。在上节里，我们已经隐约地说及三个孤平拗救的例子：

李衡墟落存。（刘禹锡）

二毛伤虎贲。（同上）

东望望春春可怜。（苏颋）

"望"字本有平仄两读；若读平声，可不必救。

现在我们将再举一些例子，以为证明：

欲归翻旅游。（高适《别韦五》）
乱山为四邻。（储嗣宗《赠隐者》）
酌酒与君君自宽。（王维《酌酒与裴迪》）
伛偻丈人乡里贤。（王维《辋川别业》）
江上女儿全胜花。（王昌龄《浣纱女》）
黄草峡西船不归。（杜甫《黄草》）
何日雨晴云出溪？（杜甫《中丞严公雨中垂寄见忆》）
远在剑南思洛阳。（杜甫《至后》）
眼见客愁愁不醒。（杜甫《绝句漫兴》）
君向白田何日归？（李嘉祐《送皇甫冉往安宜》）
罗绮点成苔藓斑。（严郾《望夫石》）
鱼钥兽环斜掩门。（赵光远《题北里伎人壁》）
长笛一声归岛门。（谭用之《秋宿湘江》）
嫁得五陵轻薄儿。（施肩吾《代征妇怨》）
满地月明何处砧？（薛能《秋夜旅怀》）
半夜对吹惊贼围。（章孝标《闻角》）
徐孺宅前湖水东。（来鹏《寒食山馆书情》）

【附注】再举两个例子：

恐惊天上人。（李白《夜宿山寺》）
月光明素盘。（李白《宿五松山下荀媪家》）

8.8　丙种拗救往往与乙种拗救同时并用。这样，对句腹节上字实在兼任两种职务：它既挽救了本句的孤平，同时又挽救了出句的该平而用仄，例如：

久客得无泪，故妻难及晨。（杜甫《促织》）

为惜故人去,复怜嘶马愁。(高适《送魏八》)
世上谩相识,此翁殊不然。(高适《醉后赠张九旭》)
尝读远公传,永怀尘外踪。(孟浩然《晚泊浔阳望庐山》)
古戍落黄叶,浩然离故关。(温庭筠《送人东游》)
嗜酒渐婴渴,读书多欲眠。(司空曙《江园书事寄卢纶》)
美酒易倾尽,好诗难卒酬……不觉入关晚,别来林木秋。(贾岛《酬姚合校书》)
百年将半仕三已,五亩就荒天一涯。(高适《重阳》)
山斋留客扫红叶,野艇送僧披绿莎。(许浑《赠茅山高拾遗》)
溪云初起日沉阁,山雨欲来风满楼。(许浑《咸阳城东楼》)
水声东去市朝变,山势北来宫殿高。(许浑《登故洛阳城》)
三秋木落半年客,满地月明何处砧?(薛能《秋夜旅怀》)

【附注】再举一个例子:

儿童相见不相识,笑问客从何处来。(贺知章《回乡偶书》)

8.9 宋代诗人仍旧恪守唐人的格律,绝对不犯孤平。下面是从宋诗里摘出的孤平拗救的例子:

(甲)丙种拗救独用

宠深还若惊。(王禹偁《五更睡》)
举头闲望赊。(陈与义《金潭道中》)
数花摇翠藤。(赵师秀《岩居僧》)
水上禹书寒磬清。(梅尧臣《送乐职方知泗州》)
二客所须惟浊醪。(刘过《偕陈调翁龙山买舟待夜潮发》)
日暮拥阶黄叶深。(韩驹《和李上舍冬日书事》)
临老避胡初一游。(陈与义《巴丘书事》)
隔柳一声黄栗留。(杨万里《和昌英主簿叔久雨》)

(乙)丙种拗救与乙种拗救并用

日暮倦行役，解鞍初息肩。（余靖《晚至松门僧舍》）
及送故人尽，亦嗟归迹留。（梅尧臣《依韵和子聪见寄》）
吴客独来后，楚桡归夕曛。（梅尧臣《金山寺》）
翠壁虎牙石，素花狼尾滩。（司马光《送峡州陈廉秘丞》）
棐几坐清昼，博山凝妙香。（黄庭坚《呻吟斋睡起》）
时改客心动，鸟鸣春意深。（陈与义《寒食》）
明日受降处，甲齐熊耳高。（陆游《小出塞曲》）
老树有余韵，别花无此姿。（张道洽《咏梅》）
长堤冻柳不堪折，穷腊使君单骑行。（梅尧臣《送乐职方知泗州》）
樯帆落处远乡思，砧杵动时归客情。（梅尧臣《和韩钦圣学士襄阳闻喜亭》）
野桃含笑竹篱短，溪柳自摇沙水清。（苏轼《新城道中》）
相知四海孰青眼？高卧一麾今白头！（谢逸《寄隐居士》）
溪声独带夜来雨，山色渐分云外霞。（李弥逊《渡横溪》）
故园更在北山北，佳节可怜三月三！（王铚《别张自强》）
夕阳茅店客沽酒，明月小桥人钓鱼。（王十朋《题湖边庄》）

8.10　仔细观察唐宋诗人的诗，孤平拗救独用者颇少，与乙种拗救配用者则颇多，又与下节所述丑类特殊形式配用者也很多。大约孤平拗救独用是不得已的办法，但若和乙种拗救或丑类特殊形式配用，却能自成一格，显出格调的高古，所以唐宋诗人们颇喜欢用它。

8.11　上节说过，孤平是诗家之大忌；我们曾在一部《全唐诗》里寻觅犯孤平的诗句，结果只找到了两个例子：

醉多适不愁。（高适《淇上送韦司仓》）
百岁老翁不种田。（李颀《野老曝背》）

即使我们有所遗漏，但是，犯孤平的句子少到几乎找不着的程度，已经足以证明它是诗人们极力避忌的一种形式。高适和李颀也许是一时疏忽,也许是故意用古诗所容许的平仄(高、李是盛唐初期的人,当时诗律未细,也是一因)。总之,在唐宋千万首诗当中,这寥寥的两个例外适足以证明近体诗的孤平确为诗家的大忌而已。

第九节 平仄的特殊形式

9.1 这里所谓平仄上的特殊形式,指的是五言 b 式的第四字或七言 b 式的第六字该仄而平,和五言 a 式的第四字或七言 a 式的第六字该平而仄。因为五言的第四字和七言的第六字是重要的节奏点,平仄不合,似乎是大大地违犯了平仄的规律,不合于“二四六分明”的口诀,所以我们称为平仄上的特殊形式。为便于叙述起见,我们把前者叫做子类特殊形式,后者叫做丑类特殊形式。

9.2 (一)子类特殊形式是把那本该用“平平平仄仄”的五言句子改为“平平仄平仄”,又把“仄仄平平平仄仄”的七言句子改为“仄仄平平仄平仄”。换句话说,就是腹节的两个字平仄互换;本是“平仄”,现在改为“仄平”。在这种情形之下,头节上字以避免仄声为原则(若不避免仄声,则以用普通形式为宜,参看附注),例如:

言陪柏梁宴,新下建章来。(王维《奉和圣制》)
垂银棘庭印,持斧柏台纲。(苑咸《送大理正摄御史》)
阊门折垂柳,御苑听残莺。(李颀《送人尉闽中》)
落花满春水,疏柳映新塘。(储光羲《答王十三维》)
乡园碧云外,兄弟渌江头。(常建《江行》)
朝游茂陵道,夜宿凤凰城。(李嶷《少年行》)
愁来理弦管,皆是断肠声。(崔亘《春怨》)
小园足生事,寻胜日倾壶。(杨颜《田家》)

停车傍明月，走马入红尘。（王諲《十五夜观灯》）

犹闻有知己，此去不徒然。（周万《送沈芳谒李观察求仕进》）

宁知武陵趣，宛在市朝间。（祖咏《题韩少府水亭》）

长江一帆远，落日五湖春。（刘长卿《饯别王十一南游》）

檐飞宛溪水，窗落敬亭云。（李白《过崔八丈水亭》）

朱实初传九华殿，繁花旧杂万年枝。（崔兴宗《和王维敕赐百官樱桃》）

山压天中半天上，洞穿江底出江南。（王维《送方尊师归嵩山》）

欲问吴江别来意，青山明月梦中看。（王昌龄《李四仓曹宅夜饮》）

闻说桃源好迷客，不如高卧眄庭柯。（裴迪《春日与王右丞过新昌里》）

寒树依微远天外，夕阳明灭乱流中。（韦应物《自巩洛舟行入黄河》）

日色悠扬映山尽，雨声萧飒渡江来。（白居易《百花亭晚望》）

蜀客帆樯背归燕，楚山花木急啼鹃。（李郢《江亭春霁》）

【附注】仇兆鳌曰：“七律中，有平仄未谐，而句中自调者。贾幼邻诗‘剑佩声随玉墀步’，‘玉墀’二字仄平互调；杜少陵诗‘西望瑶池降王母’，‘降王’二字亦仄平互调。此偶用变通之法耳。”力按：不止七律，五律也一样。不是平仄未谐，而是另一平仄格式。不是偶用变通之法，而是常用的律句。

9.3　这种特殊形式多数用于尾联的出句，这也是诗人的一种风尚。在上面所举诸例中，崔亘、周万、祖咏、王昌龄、裴迪，都是用于尾联的；下面再录一些整篇的诗，以见全貌：

奉使朔方赠郭都护　　李　华

绝塞临光禄，孤营佐贰师。

铁衣山月冷，金鼓朔风悲。
都护征兵日，将军破虏时。
扬鞭玉关道，回首望旌旗。

观王美人海图障子 梁 锽

宋玉东家女，常怀物外多。
自从图渤海，谁为觅湘娥？
白鹭栖脂粉，赪鲂跃绮罗。
仍怜转娇眼，别恨一横波。

奉陪郑驸马韦曲二首 杜 甫

其 一

韦曲花无赖，家家恼杀人。
绿尊虽尽日，白发好禁春。
石角钩衣破，藤枝刺眼新。
何时占丛竹？头戴小乌巾。

“占”同“估”，去声。

其 二

野寺垂杨里，春畦乱水间。
美花多映竹，好鸟不归山。
城郭终何事？风尘岂驻颜？
谁能共公子，薄暮欲俱还！

岁日见新历因寄都官裴郎中 刘长卿

青阳振蛰初颁历，白首衔冤欲问天！
绛老更能经几岁？贾生何事又三年？
愁占蓍草终难决，病对椒花倍自怜。
若道平分四时气，南枝为底发春偏？

咏怀古迹五首(录二)　　杜　甫

其　一

支离东北风尘际,漂泊西南天地间。
三峡楼台淹日月,五溪衣服共云山。
羯胡事主终无赖,词客哀时且未还。
庾信平生最萧瑟,暮年诗赋动江关。

其　二

群山万壑赴荆门,
生长明妃尚有村。
一去紫台连朔漠,独留青冢向黄昏。
画图省识春风面,环珮空归月夜魂。
千载琵琶作胡语,分明怨恨曲中论!

西湖留别　　白居易

征途行色惨风烟,
祖帐离声咽管弦。
翠黛不须留五马,皇恩只许住三年。
绿藤阴下铺歌席,红藕花中泊妓船。
处处回头尽堪恋,就中难别是湖边。

晓过伊水寄龙门僧　　司马礼

龙门树色暗苍苍,
伊水东流客恨长。
病马独嘶残夜月,行人欲渡满船霜。
几家烟火依村步,何处渔歌似故乡?
山下禅庵老师在,愿将形役问空王!

9.4　唐人这种特殊形式,宋人深深地体会到了;尤其是用于尾联的妙处,宋人领略得最到家,所以也用得最多,几乎可说是青出于蓝,例如:

1. 用于首联者

微躯定谁恨，清啸不知劳。（刘敞《蝉》）
南山半云雨，天气杂暄寒。（刘敞《独行》）
春风取花去，酬我以清阴。（王安石《半山春晚即事》）
游人出三峡，楚地尽平川。（苏轼《荆州》）
凭高散幽策，绿草满春坡。（徐玑《凭高》）
危栏散湮郁，已暮亦登临。（陈鉴之《暮登蓬莱阁》）

七言首句多入韵，故特殊形式罕见。

2. 用于颔联者

山桥断行路，溪雨涨春田。（欧阳修《离彭婆值雨》）
星辰竞摇动，河汉湛虚明。（刘敞《月夜》）
浮云帝乡外，落日古城边。（刘敞《临雨亭》）
纵横一川水，高下数家村。（王安石《即事》）
云阴下斜谷，雨势落褒城。（文同《凝云榭晚兴》）
楼台见新月，灯火上双桥。（贺铸《秦淮夜泊》）
潜鱼聚沙窟，坠鸟滑霜林。（陈师道《宿济河》）
人声隐林杪，僧舍绕云根。（陈师道《游鹊山院》）
田园一蚊蝶，书卷百牛腰。（周孚《赠萧光祖》）
云分一山翠，风与数荷香。（周紫芝《雨过》）
吾行正无定，魂梦岂忘归？（杨万里《和仲良春晚即事》）
排云数峰出，漏日半江明。（杨万里《明发新涂晴》）
奇哉一江水，写此二更天！（杨万里《宿兰溪水驿前》）
疏影横斜水清浅，暗香浮动月黄昏。（林逋《山园小梅》）

稳去先应望庐岳，暂来谁复见龙泉？（梅尧臣《送少卿张学士知洪州》）

日脚穿云射洲影，槎头摆子出潭声。（梅尧臣《和韩钦圣学士襄阳闻喜亭》）

栽种成阴十年事，仓皇求买万金无。（苏轼《傅尧俞济源草堂》）

云捧楼台出天上，风飘钟磬落人间。（杨蟠《甘露上方》）

久矣归心到乡国，依然水宿伴鱼舠。（刘过《偕陈调翁龙山买舟待夜潮发》）

晚木声酣洞庭野，晴天影抱岳阳楼。（陈与义《巴丘书事》）

到得我来恰君去，正当腊后与春前。（杨万里《辛亥元日送张德茂》）

仗外诸峰献松雪，霜前一雁度宫云。（杨万里《赴文德殿听麻仍拜表》）

地僻芳菲镇长在，谷寒蜂蝶未全来。（朱熹《春谷》）

3. 用于颈联者

开窗置尊酒，看月涌江涛。（刘敞《秋晴西楼》）

沂水弦歌重曾点，菑川故旧识平津。（苏辙《送龚鼎臣谏议移守青州》）

醉任狂风揭茅屋，卧听残雪打蓑衣。（王庭珪《题郭秀才钓亭》）

更着好风堕清句，不知何地顿闲愁。（杨万里《和昌英主簿叔久雨》）

此类最少。

4. 用于尾联者

方今圣明代，不敢话辞荣。（张咏《县斋秋夕》）

东辕有遗恨，日日物华清。（宋祁《中秋新霁》）

思君正怊怅，黄叶更翩翩。（余靖《晚至松门僧舍》）

依依半荒苑，行处独闻蝉。（欧阳修《雨后独行洛北》）

悲欢古今事，寂寞堕荒城。（苏舜钦《和解生中秋月》）

余非避喧者，坐爱远风清。（梅尧臣《夏日晚霁》）

张衡四愁意，历历起登临。（刘敞《观鱼台》）

天风拂襟袂，缥缈觉身轻。（周敦颐《游大林》）

还应笑黄卷，寂寂守儒官。（司马光《送郑推官戡赴邠州》）
归来向人说，疑是武陵源。（王安石《即事》）
留连一杯酒，满眼欲归心。（王安石《欲归》）
遥怀寄新月，又见一棱生。（文同《凝云榭晚兴》）
谁怜远游子，心旌正摇摇！（贺铸《秦淮夜泊》）
朋从正相远，梅信为谁开？（贺铸《江夏遇兴》）
南荒足妖怪，此日谩桃符。（唐庚《除夕》）
乾坤满群盗，何日是归年？（汪藻《己酉乱后》）
鸬鹚莫飞去，留此伴新凉。（周紫芝《雨过》）
南阶两三菊，极意作今年。（吕本中《九日晨起》）
云移稳扶杖，燕坐独焚香。（陈与义《放慵》）
西冈夕阳路，不到又经年。（陆游《小舟游西泾》）
东风好西去，吹泪到泉台。（杨万里《虞丞相挽词》）
从知爽鸠乐，莫作雍门哀。（朱熹《登定王台》）
端如退之语，江远共蒹葭。（王十朋《过三叉》）
安得乘槎更东去，十洲风外弄潺湲！（徐铉《京口江际弄水》）
若许他时作闲伴，殷勤为买钓鱼船。（徐铉《送郝郎中》）
副使官闲莫惆怅，酒钱犹有撰碑钱。（王禹偁《寒食》）
闻说秋来自高尚，道装筇竹鹤成双。（王禹偁《寄献润州赵舍人》）
回日期君直西掖，当阶红药正开花。（王禹偁《送罗著作》）
安得君恩许归去，东陵闲种一园瓜。（王禹偁《新秋即事》）
幸有微吟可相狎，不须檀板共金尊。（林逋《山园小梅》）
堪笑胡雏亦风味，解将声调角中吹。（林逋《梅花》）
我独空斋挂尘榻，遗编时读子云书。（欧阳修《苏主簿挽歌》）
使者徘徊有佳兴，高吟不减谢宣城。（梅尧臣《和韩钦圣学士》）
自笑低心逐年少，只寻前事捻霜毛。（曾巩《上元》）
况是清明好天气，不妨游衍莫忘归。（程伯子《郊行即事》）

欲把新诗问遗像，病维摩诘更无言。（苏轼《竹阁》）

长与东风约今日，暗香先返玉梅魂。（苏轼《复出东门仍用前韵》）

何日芦轩下双榻，满持尊酒洗尘机。（贺铸《怀寄宝寇元弼》）

万里归船弄长笛，此心吾与白鸥盟。（黄庭坚《登快阁》）

愿藉微官少年事，病来那复一分心！（韩驹《和李上舍冬日书事》）

此去腾骧吐虹气，何由来伴老夫闲！（张元干《奉送晁伯南归》）

岁晚无人吊遗迹，壁间诗在半灰埃。（周紫芝《凌歊晚眺》）

记取晴明果州路，半天高柳小青楼。（陆游《柳林酒家楼》）

归路迎凉更堪爱，摩诃池上月方中。（陆游《宴西楼》）

却笑飞仙未忘俗，金貂犹着侍中冠。（陆游《题丈人观道院壁》）

已把痴顽敌忧患，不劳团扇念寒灰。（陆游《余年四十六入峡》）

待把衣冠挂神武，看渠勋业上凌烟。（杨万里《辛亥元日送张德茂》）

墨客区区感荣遇，岂知深意在彝伦！（吕祖谦《贺车驾幸秘书省》）

此类最多。

9.5　此种特殊形式，一般人都认为拗句（有些人甚至仅仅承认这是拗，除此之外不称为拗）。谈拗救的人，自然也把它认为本句拗救：腹节上字该平而仄，是拗；腹节下字该仄而平，是救。但是，如果拗的意义是违反常格，则是否该称为拗尚有问题；因为这种形式常见到那样的程度，连应试的排律也允许用它（例如元稹《河鲤登龙门》“回瞻顺流辈，谁敢望同升”），实在不很应该认为变例（叫做特殊形式也是不得已的）。它竟可认为 b 式的另一式，“平平平仄仄”和“平平仄平仄”是任人择用的。不过，在另一个观点上，也可以认为拗；近体诗的出句和对句本该是平仄相对的，尤其是节奏点；现在出句的第四字和对句的第四字（七言则为第六字）都是平声，就该算是不合常规，也就可以叫做拗。如果要叫做拗的话，我们建议叫做特拗。

【附注】为了证明这一点，我们曾把《唐诗三百首》里的仄起五言律诗作了一个统计（因为仄起五律的尾联出句才能用平平仄平仄）。在总共五十首仄起五律当中，有二十五首的尾联出句（第七句）是用特殊形式的，如下：

今看两楹奠，当与梦时同。（唐玄宗）
无为在歧路，儿女共沾巾。（王勃）
无人信高洁，谁谓表予心？（骆宾王）
谁能将旗鼓，一为取龙城？（沈佺期）
明朝望乡处，应见陇头梅。（宋之问）
仍怜故乡水，万里送行舟。（李白）
明朝挂帆去，枫叶落纷纷。（李白）
何时倚虚幌，双照泪痕干？（杜甫）
明朝有封事，数问夜如何。（杜甫）
无才日衰老，驻马望千门。（杜甫）
江村独归处，寂寞养残生。（杜甫）
襄阳好风日，留醉与山翁。（王维）
偶然值林叟，谈笑无还期。（王维）
还将两行泪，遥寄海西头。（孟浩然）
溪花与禅意，相对亦忘言。（刘长卿）
惟怜一灯影，万里眼中明。（钱起）
家僮扫梦径，昨与故人期。（钱起）
何因不归去？淮上对秋山。（韦应物）
寒禽与衰草，处处伴愁颜。（司空曙）
沧江好烟月，门系钓鱼船。（杜牧）

烦君最相警，我亦举家清。（李商隐）
芳心向春尽，所得是沾衣。（李商隐）
何当重相见，樽酒慰愁颜。（温庭筠。“重”读上声）
那堪正飘泊，明日岁华新。（崔涂）
年年越溪女，相忆采芙蓉。（杜荀鹤）

另有二十五首尾联出句是用普通形式，但是，我们注意到，尾联出句头节上字如果是仄声，本该以不用特殊形式为原则，所以像下面的十个例子不能不用普通形式：

不堪盈手赠，还寝梦佳期。（张九龄）
忽闻歌古调，归思欲沾巾。（杜审言）
圣朝无阙事，自觉谏书稀。（岑参）
白头搔更短，浑欲不胜簪。（杜甫）
寄书长不达，况是未休兵！（杜甫）
欲投人处宿，隔水问樵夫。（王维）
坐观垂钓者，徒有羡鱼情。（孟浩然）
永怀愁不寐，松月夜窗虚。（孟浩然）
向来吟秀句，不觉已鸣鸦。（韩翃）
帝乡明日到，犹自梦渔樵。（许浑）

王维“偶然值林叟”不在此例，因为王维那首诗是古风式的律诗，见第二章第十节。

总计起来，在五十首当中，尾联出句的平仄是：

平平仄平仄　　二十四首（占百分之四十八）；
仄平平仄仄　　十首（占百分之二十）；
平平仄仄仄　　八首（占百分之十六）；
平平平仄仄　　七首（占百分之十四）；
仄平仄平仄　　一首（占百分之二）。

由此看来，所谓“拗”倒反应该是“正”，而我们称它为子类特殊形式，也不过是取便陈说而已。

9.6 （二）丑类特殊形式是在 aB 式的联语中，把 a 式出句的腹节下字改为仄声，同时把 B 式对句的腹节上字改为平声。换句话说，在五言里，就改为

仄仄平仄仄，平平平仄平；

在七言里，就改为

平平仄仄平仄仄，仄仄平平平仄平。

七言出句的第一字第五字，和五言出句的第三字，还可以改为仄声，七言出句的第三字，和五言出句的第一字，还可以改为平声；七言对句的第一字还可以改为平声，七言对句的第三字和五言对句的第一字还可改为仄声。由此看来，这种形式的特征只在于七个字的声调，就是出句第二字（七言则为第四字）必须是仄声，末二字必须是“仄仄”，对句第二字（七言则为第四字）必须是平声，末三字必须是“平仄平”。这样，就五言而论，出句可能有五个仄声字，但对句不该有五个平声字，因为倒数第二字必须是仄声，否则变为古风式的三平调了（盛唐诗人偶然有些，但不足为法）。

9.7 这里我们有一点应该特别提出，就是丙种拗救（孤平拗救）和丑类特殊形式往往同时并用。这样，在五言里，就变为

仄仄平仄仄，仄平平仄平；

在七言里，就变为

平平仄仄平仄仄，仄仄仄平平仄平。

现在我们分别举例如下：

（甲）不与丙种拗救同用者

有法知不染，无言谁敢酬？（裴迪《夏日过青龙寺》）
行苦神亦秀，泠然溪上松。（崔兴宗《同王右丞送瑗公南归》）
落日池上酌，清风松下来。（孟浩然《裴司事见寻》）
士有不得志，栖栖吴楚间。（孟浩然《送友东归》）

送客飞鸟外，城头楼最高。（岑参《陕州月城楼送辛判官入奏》）
草木岁月晚，关河霜雪清。（杜甫《送远》）
二月频送客，东津江欲平。（杜甫《泛江送客》）
孤雁不饮啄，飞鸣声念群。（杜甫《孤雁》）
蔼蔼花蕊乱，飞飞蜂蝶多。（杜甫《绝句》）
落日风雨至，秋天鸿雁初。（高适《途中寄徐录事》）
况有台上月，如闻云外笙。（刘禹锡《秋日书怀》）
南朝四百八十寺，多少楼台烟雨中。（杜牧《江南春绝句》）

（乙）与丙种拗救同用者

流水如有意，莫禽相与还。（王维《归嵩山作》）
正月今欲半，陆浑花未开。（岑参《送杜佐下第》）
且复伤远别，不然愁此身。（高适《别刘大校书》）
相识仍远别，欲归翻旅游。（高适《别韦五》）
对酒不觉暝，落花盈我衣。（李白《自遣》）
致此自避远，又非珠玉装。（杜甫《蕃剑》）
待月月未出，望江江自流。（李白《挂席江上待月有怀》）
常恨言语浅，不如人意深。（刘禹锡《视刀环歌》）
本欲云雨化，却随波浪翻。（吕温《及第后答潼关主人》）
高阁客竟去，小园花乱飞……肠断未忍扫，眼穿仍欲归。（李商隐《落花》）
闲赏步易远，野吟声自高。（许棠《野步》）

9.8 这种特殊形式显然是从古诗脱胎而来，所以五言特别多，七言特别少。在此情况下，五言对句第一字喜欢用仄，大约因为诗人们不大喜欢句中共有四个平声，第三字既必须用平，就索性造成一种孤平拗救，使它的格调更高古些。

9.9 宋人对于丑类特殊形式，也像子类一样，跟着唐人学步。不过，因为时代的关系，七言的例子渐渐多起来了，例如：

不与丙种拗救同用者

野兴宜独住，春愁无定端。（刘敞《独行》）
落日含古意，高台多远心。（刘敞《观鱼台》）
翳翳陂路静，交交园屋深。（王安石《半山春晚即事》）
水真绿净不可唾，鱼若空行无所依。（楼钥《顷游龙井》）

与丙种拗救同用者

数里踏乱石，一川环碧峰。（苏舜钦《独游辋川》）
木落山觉瘦，雨晴天似高。（刘敞《秋晴西楼》）
之子固绝俗，少年甘寂寥。（周孚《赠萧光祖》）
池面过小雨，树腰生夕阳。（周紫芝《雨过》）
素月自有约，绿瓜初可尝。（同上）
畎亩意不适，出门聊散忧。（陈与义《晚步》）
舞阳去叶才百里，贱子与公俱少年。（黄庭坚《次韵裴仲谋同年》）
宦游何啻路九折，归卧恨无山万重！（陆游《桐庐县泛舟东归》）
马蹄践雪六七里，山觜有梅三四花。（方岳《梦寻梅》）

【附注】补充一个例子：

一身报国有万死，双鬓向人无再青。（陆游《夜泊水村》）

9.10 宋人的丑类特殊形式和丙种拗救同用者比独用者多了许多，这显得他们彻底领略唐人的妙用。但是，极少数诗人也偶然忘了唐人的遗规，五言对句第三字没有用平声，例如：

雨脚收不尽，斜阳半古城。（梅尧臣《夏日晚霁》）

9.11 丑类特殊形式比子类为罕见，但是，它的地位也颇值得研究。丑类特式很少用于尾联，这和子类的情形恰恰相反。诗人最喜欢把它放在首句，尤其是五言。我们试把上面所举唐宋诸例作一统计如下：

（一）用于首联者共十八例（崔兴宗、孟浩然《裴司事见寻》、岑参《陕州》《送桂佐》、李白、杜甫《孤雁》《蕃剑》《绝句》、刘禹锡《视刀环》、高适《途中》、吕温《及第》、李商隐、许棠、刘敞《观鱼台》、周孚、周紫芝、陈与义、梅尧臣）。

（二）用于颔联者共十一例（裴迪、孟浩然《送友东归》、王维、高适《别韦五》、刘敞《独行》《秋晴》、苏舜钦、王安石、黄庭坚、方岳、楼钥）。

（三）用于颈联者共五例（杜甫《送远》、刘禹锡《秋日》、高适《别刘大》、李商隐、陆游）。

（四）用于尾联者仅一例（杜牧）。

用于尾联者，只有杜牧的《江南春绝句》；因为是七言绝句，首句须入韵，只有第三句是仄脚，这才只好用于第三句。可见丑类特殊形式用于尾联是很不相宜的。

9.12　谈拗救的人，自然也把丑类特式认为一种拗救。这是对句相救：出句腹节下字拗，对句腹节上字救（注意，它们在句中的位置并不相同）。这样出句和对句的腹节下字都是仄声，重要节奏点的声调并不相对，所以叫做拗也是说得通的。

丑类特式毕竟不像子类取得合法的地位，因此，排律中只容许有子类特式，不容许有丑类特式，因为排律的平仄规律比普通律绝更严的缘故。

9.13　以上所述的两种特殊形式，都可以证明“二四六分明”的口诀是有毛病的。墨守这口诀的人，将会牺牲了唐人所发明的两种“高格调”，因为这里五言出句的第四字和七言出句的第六字都是不分明的。但是，看轻这口诀的人，如果不加深究，将会因看见唐宋诗人在这种地方不分明，就认为任何地方都可以不分明，于是变了完全不讲诗律。

9.14　拗救的形式，除了给有些人认为格调高古之外，还有一种好处，就是给诗人在造句上有更多的自由。譬如上节所举杜甫的“远在剑南思洛阳”一个例子，“剑”字仄声，本是不合的，若要换另一个字，却非常难换；倒不如轻轻地用平声“思”字一救，就避免了孤平的毛病了。又如普通数目字中，只有“三”字和“千”字是平声字，其余从“一”至“六”，从“八”至“十”，和“百”字、“万”字都是仄声字，岂非不便于对仗吗？但是，像本节所举的子类特拗，“田园一蛱蝶，书卷百牛腰”，“一”可以对“百”，“奇哉一江水，写此二更天”，“一”可以对“二”；丑类特拗，“马蹄践雪六七里，山觜有梅三四花”，“七”可以对“四”，以仄对仄，自然谐和，这也是拗救的妙用。总之，谈诗律必须兼谈拗救，这等于法律上的“但书”，但书应认为法律的一部分，并非法律以外的东西。但书是增加法律的严密的，不是泯灭法律的。

第十节　失对和失粘

10.1　在第六节里，我们已经提及平仄上的对和粘。现在我们将详细地谈一谈失对和失粘（失粘有广义与狭义，这里指的是狭义，参看上文第六节）。首先我们须知，对和粘的格律在盛唐以前并不十分讲究；二者比较起来，粘更居于不甚重要的地位。直至中唐以后，还偶然有不对不粘的例子。失对和失粘的失字是后代的诗人说出来的，失是不合格的意思，而唐人并不把不对不粘的情形认为这样严重。因此，有些诗论家并不叫做失对、失粘，只称为拗对、拗粘。现在我们分别叙述并举例如下。

10.2　（一）出句和对句的第二字，平仄不相对（即不相反），叫做失对。本来，在原则上，出句和对句的平仄应该字字相对（我们在第九节里也如此说），为什么现在我们只谈第二字呢？因为以第二字为准，其他各字可推而知；又有些地方为了特殊原因，平仄不必相对的，如所谓“一三五不论”，又如特拗的腹节，又如入韵的首句的末字，等等，所以为免语病起见，只谈第二字，其余各字则请

读者依照各种情形,分别加以判断就是了。失对的例子不很多,现在只能举出几个:

山路元无雨,空翠湿人衣。(aA)(王维《阙题》)
落潮洗渔浦,倾荷枕驿楼。(bB)(储光羲《京口送别王四谊》)
涧树含朝雨,山鸟哢余春。(aA)(韦应物《简庐陟》)
两地俱秋夕,相望共星河。(aA)
高梧一叶下,空斋归思多。(bB)
方用忧人瘼,况自抱微疴。(aA)(韦应物《新秋夜》)
且喜河南定,不问邺城围。(aA)(杜甫《忆弟》)
雨频催发色,云轻不作阴。(bB)(刘禹锡《春有情篇》)
从此洛阳社,吟咏属书生。(aA)(刘禹锡《送河南皇甫少尹》)

七言的失对,例子非常难找。杜甫有些七言诗被认为拗对(董文涣《声调四谱》卷十二,页8—13),但那些诗都是古风式的律诗,失对是不必顾虑的。由此看来,唐人倒也尽可能避免失对。

(二)上一联对句和下一联出句的第二字,平仄不相同,叫做失粘。失粘的例子颇多,例如:

【附注】补充两个例子:

登金陵凤凰台　　李　白

凤凰台上凤凰游,
凤去台空江自流。
吴宫花草埋幽径,晋代衣冠成古丘。
三山半落青天外,二水中分白鹭洲。
总为浮云能蔽日,长安不见使人愁。

首联与颔联失粘,颔联与颈联失粘。

城西陂泛舟　　杜　甫

青蛾皓齿在楼船,
横笛短箫悲远天。

春风自信牙樯动，迟日徐看锦缆牵。
鱼吹细浪摇歌扇，燕蹴飞花落舞筵。
不有小舟能荡桨，百壶那送酒如泉。

仇兆鳌曰："盛唐七律尚有宽而未严处。此诗（指《城西陂泛舟》）'横笛短箫悲远天'，次联宜用仄承，下云'春风自信牙樯动'，仍用平接矣。如李白《登凤凰台》诗上四句亦平仄未谐。此才人之不缚于律者。在中晚则声调谨严，无此疏放处。"

（甲）五律

晚次乐乡县 陈子昂

故乡杳无际，日暮且孤征。（bA）
川原迷旧国，道路入边城。（bA）
野戍荒烟断，深山古木平。（aB）
如何此时恨，噭噭夜猿鸣！（bA）

首联对句和颔联出句失粘。

送别崔著作东征 陈子昂

金天方肃杀，白露始专征。（bA）
王师非乐战，之子慎佳兵。（bA）
海气侵南部，边风扫北平。（aB）
莫卖卢龙塞，归邀麟阁名！（aB）

首联对句和颔联出句失粘，颈联对句和尾联出句失粘。

（乙）五绝

椒　园 王　维

桂尊迎帝子，杜若赠佳人。（bA）
椒浆奠瑶席，欲下云中君。（bA）

自　遣 李　白

对酒不觉暝，落花盈我衣。（aB）
醉起步溪月，鸟还人亦稀。（aB）

晚登郡阁　　韦应物

怅然高阁望，已掩东城关。(bA)
春风偏送柳，夜景欲沉山。(bA)

(丙)七律

和贾舍人早朝大明宫之作　　王　维

绛帻鸡人报晓筹，
尚衣方进翠云裘。(BA)
九天阊阖开宫殿，万国衣冠拜冕旒。(aB)
日色才临仙掌动，香烟欲傍衮龙浮。(bA)
朝罢须裁五色诏，佩声归向凤池头。(bA)

颈联与尾联失粘。

送方尊师归嵩山　　王　维

仙官欲住九龙潭，
旄节朱幡倚石龛。(AB)
山压天中半天上，洞穿江底出江南。(bA)
瀑布杉松常带雨，夕阳苍翠忽成岚。(bA)
借问迎来双白鹤，已曾衡岳送苏耽。(bA)

颔联与颈联失粘，颈联与尾联失粘。

出　塞　　王　维

居延城外猎天骄，
白草连山野火烧。(AB)
暮云空碛时驱马，秋日平原好射雕。(AB)
护羌校尉朝乘障，破虏将军夜渡辽。(AB)
玉靶角弓珠勒马，汉家将赐霍嫖姚。(bA)

首联与颔联失粘，颔联与颈联失粘。

春日京中有怀　　杜审言

今年游寓独游秦，
愁思看春不当春。(AB)

上林苑里花徒发，细柳营前叶漫新。(aB)
公子南桥应尽兴，将军西第几留宾？(bA)
寄语洛阳风日道，明年春色倍还人。(bA)

首联和颔联失粘，颈联与尾联失粘。

嵩山石淙侍宴应制 宋之问

离宫秘苑胜瀛洲，
别有仙人洞壑幽。(AB)
岩边树色含风冷，石上泉声带雨秋。(aB)
鸟向歌筵来度曲，云依帐殿结为楼。(bA)
微臣昔忝方明御，今日还陪八骏游。(aB)

首联与颔联失粘。

绵州越王楼即事 乔　琳

三蜀澄清郡政闲，
登楼携酌日跻攀。(BA)
顿觉胸怀无俗事，回看掌握是人寰。(bA)
滩声曲折涪州水，云影低衔富乐山。(aB)
行雁南飞似乡信，忽然西笑向秦关。(bA)

首联与颔联失粘。

宋州东登望题武陵驿 李嘉祐

梁宋人稀鸟自啼，
登楼一望倍含凄。(BA)
白骨半随河水去，黄云犹傍郡城低。(bA)
平陂战地花空落，旧苑春田草未齐。(aB)
明主频移虎符守，几时行县向黔黎？(bA)

首联与颔联失粘。

奉寄章十侍御 杜　甫

淮海维扬一俊人，
金章紫绶照青春。(BA)

指麾能事回天地，训练强兵动鬼神。（aB）
湘西不得归关羽，河内犹宜借寇恂。（aB）
朝觐从容问幽仄，勿云江汉有垂纶。（bA）

颔联与颈联失粘。

拨　闷　　杜　甫

闻道云安曲米春，
才倾一盏即醺人。（BA）
乘舟取醉非难事，下峡消愁定几巡。（aB）
长年三老遥怜汝，棙柂开头捷有神。（aB）
已办青钱防雇直，当令美酒入吾唇。（bA）

颔联与颈联失粘。

严公仲夏枉驾草堂兼携酒馔　　杜　甫

竹里行厨洗玉盘，
花边立马簇金鞍。（BA）
非关使者征求急，自识将军礼数宽。（aB）
百年地僻柴门迥，五月江深草阁寒。（aB）
看弄渔舟移白日，老农何有罄交欢。（bA）

颔联与颈联失粘。

（丁）七绝

送元二使安西　　王　维

渭城朝雨浥轻尘，
客舍青青柳色新。（AB）
劝君更尽一杯酒，西出阳关无故人。（aB）

明妃曲　　储光羲

胡王知妾不胜悲，
乐府皆传汉国辞。（AB）
朝来马上箜篌引，稍似宫中闲夜时。（aB）

与谢良辅游泾川陵岩寺 李　白

乘君素舸泛泾西，
宛似云门对若溪。(AB)
且从康乐寻山水，何必东游入会稽？(aB)

滁州西涧 韦应物

独怜幽草涧边生，
上有黄鹂深树鸣。(AB)
春潮带雨晚来急，野渡无人舟自横。(aB)

牡　丹 柳　浑

近来无奈牡丹何，
数十千钱买一颗。(AB)
今朝始得分明见，也共戎葵不校多。(aB)

韦润州后亭海榴 李嘉祐

江上年年小雪迟，
年光独报海榴知。(BA)
寂寂山城风日暖，谢公含笑向南枝。(bA)

谢严中丞送青城山道士乳酒一瓶 杜　甫

山瓶乳酒下青云，
气味浓香幸见分。(AB)
鸣鞭走送怜渔父，洗盏开尝对马军。(aB)

赠　内 白居易

漠漠暗苔新雨地，微微凉露欲秋天。(bA)
莫对月明思往事，损君颜色减君年。(bA)

10.3 依上面所举的例子看来，五律失粘较少，七律和七绝失粘较多。初唐诗人往往不顾虑失粘，像陈子昂、宋之问、杜审言等，都有失粘的例子。盛唐如王维和杜甫，失粘的诗句也不少(但杜甫有些古风式的律诗，有意地造成拗粘，不在此例)。大约粘的形式，在律诗形成的时候虽有这种倾向，却还未成为必须遵守的规律。

中唐以后,粘的规律渐严。但是,失粘不像失对那样容易觉察到,所以仍不免偶然违犯(说是无意中违犯也可以,说是学陈、宋、王、杜诸人不顾虑失粘也可以)。直到宋代,咱们还可以偶然见到失粘的例子:

游鹤林招隐　　苏　轼

郊原雨初霁,春物有余妍。(bA)
古寺满修竹,深林闻杜鹃。(aB)
睡余柳花堕,目眩山樱然。(bA)
西窗有病客,危坐看香烟。(bA)

颈联和尾联失粘。

寄隐居士　　谢　逸

处士骨相不封侯,
卜居但得林塘幽。(AA)
家藏玉牒几千卷,手校韦编三十秋。(aB)
相知四海孰青眼?高卧一麾今白头!(aB)
襄阳耆旧郎独苦,只有庞公不入州。(aB)

颔联与颈联失粘,颈联与尾联失粘。

但是,苏轼和谢逸在这两首诗里,似乎是有意求拗,诗中有许多拗字,又有三平调,又有二四六的拗,谢诗并有拗对。这是故意造成古风式的律诗,不可以常例论的。

【附注】白居易特意写了一些失粘失对的诗,称为齐梁体。

10.4　近代(也许是自宋以后)科场中不准有失对失粘的诗,于是粘对几乎成为金科玉律。它是被算入平仄格式以内的,参看上文第六节。

第十一节　上　尾

11.1　上文所说许多诗病,失对比孤平为轻,失粘又比失对为轻。现在我们将再谈一种诗病,在科场中并不认为不合式,一般人也不注意，然而为某一些诗论家所排斥者，就是上尾。

【附注】上尾是八病之一。什么是八病，众说纷纭。这里引仇兆鳌的说法，以见一斑。

仇兆鳌曰："沈约标律诗八病，有平头、上尾、蜂腰、鹤膝等名，不可不知；若大韵、小韵、正纽、旁纽，尚非所重。所谓平头者，前句上二字与后句上二字同声，如古诗：'今日良宴会，欢乐难具陈。''今、欢'同声，'日、乐'同声，是平头也。又如'朝云晦初景，丹池晚飞雪，飘披聚还散，吹扬凝其威'，四句上二字皆平声，是平头也。又如周王褒诗：'高箱照云母，壮马饰当颅，单衣火浣布，利剑水精珠。'四句叠用四物，而每物各用一虚一实字面（虚，指形容词；实，指名词），亦平头也（力按：这一类，我们叫做合掌）。又如杜挚诗：'伊挚为媵臣，吕望身操竿，夷吾困商贩，宁戚对牛叹，食其处监门，淮阴饥不餐。'叠引古人，皆在句首，是亦平头也（我们也叫做合掌）。所谓上尾者，上句尾字和下句尾字俱用平声，虽韵异而声则同，是犯上尾。如古诗：'西北有高楼，上与浮云齐。''楼'与'齐'皆平声。又如：'庭陬有若榴，绿叶含丹荣。''榴'与'荣'亦平声也。又一句尾字与三句尾字连用同声，是亦上尾（力按：本书所讲的上尾，专指此类）。如古诗：'客从远方来，遗我一书札，上言长相思，下言久离别。''来、思'皆平声。又如：'新制齐纨素，皎洁如霜雪，裁为合欢扇，团圆似秋月。''素、扇'皆去声，亦犯上尾矣。其在七律，如杜诗'春酒杯浓琥珀薄'与'误疑茅堂入江麓'同系入声，王维诗'新丰树里行人度'与'闻道甘泉能献赋'，去声同韵，皆犯上尾也。又如杜《秋兴》诗：'西望瑶池降王母，东来紫气满函关。云移雉尾开宫扇，日绕龙鳞识圣颜。''王母、函关、宫扇、圣颜'俱在句尾，未免叠足，亦犯上尾（力按：这是合掌）。若'林花著雨胭脂落，水荇牵风翠带长。龙虎新军深驻辇，芙蓉别殿漫焚香'，前联拈'落、长'二字于句尾，后联移'深、漫'二字于上面，便不犯同矣。蔡宽夫《诗话》云：'蜂腰、鹤膝，盖出于双声之变。若五字首尾皆浊音，中一字独清，则两头大而中间小，即为蜂腰；若五字首尾皆清音，中一字独浊，则两头细而中间粗，即为鹤膝矣。'今按：张衡诗'邂逅承际会'，是以浊夹清，为蜂腰也；如傅玄诗'徽音冠青云'，以清夹浊，为鹤膝也（力按：仇氏以仄声为浊，平声为清，恐非蔡氏原意）。旧注以'客从远方来''上言长相思'为鹤膝，意不分明。所谓大韵者，如'微、晖'同韵，上句第一字不得与下句第五字相犯，阮籍诗'微风照罗袂，明月耀清晖'是也。所谓小韵者，如'清、明'同韵，上句第四字不得与下句第一字相犯，诗云'薄帷鉴明月，清风吹我襟'是也。所谓正纽者，如'溪、起、憩'三字为一纽，上句有'溪'字，下句再用'憩'字，庾阐诗'朝济清溪岸，夕憩五龙泉'，是正纽也。所谓旁纽者，如'长、梁'同韵，'长'上声为'丈'，上句首用'丈'字，下句首用'梁'字，是亦相犯，诗云'丈夫且安坐，梁尘将欲起'，此旁纽也。在七律，如杜诗'远开山岳散江湖'，'山、散'为正纽；如'丈人才力犹强健'，'丈、强'为旁纽矣。"

11.2　汉字共有平上去入四个声调；平仄格式中虽然只论平仄，但是做起仄韵诗来，仍然应该分辨上去入。上声和上声为韵；去声和去声为韵，入声和入声为韵；偶然有些上去通押的例子，那是变例。现在反过来谈平韵诗。平韵诗虽然在原则上不必考虑句中各字的上去入三声，但是有些人觉得"一句之中，四声递用"乃是艺术的最高峰。所谓四声递用，就是尽可能在一句的五个字或七个字之内，具备平上去入四声，而且相间地应用。譬如董文涣《声调四谱》所举杜审言的诗：

和晋陵陆丞早春游望

独有宦游人，
偏惊物候新。
云霞出海曙，梅柳渡江春。
淑气催黄鸟，晴光转绿蘋。
忽闻歌古调，归思欲沾巾。

若依照这诗做成一个谱,就是:

入上去平平,
平平入去平。
平平入上去,平上去平平。
入去平平上,平平上入平。
入平平上去,平去入平平。

第一、第三、第五和第七句都是四声俱全;第二句和第六句不能四声俱全,因为第一字若用仄声就犯了孤平。八句之中,没有一句的形式是完全相同的,可说是尽了错综变化之妙。如果七言诗也依照这个办法,更可以做到句句四声俱全,因为七言比五言多了两个字,B 式句子四声俱全也不至于犯孤平了。

11.3 但是,为了声调的极端和谐,却给予诗人一种不可忍受的束缚。这种诗偶然做一首则可,首首如此则势所不能。咱们只能尽可能避免两个同调的仄声在一起,如上上、去去、入入等;一句之中四声俱全,几乎可说是可遇而不可求的。

11.4 另有一种四声递用的说法是比较地合于事实的,朱彝尊说:"老杜律诗单句句脚必上去入俱全。"单句就是出句;如果首句入韵,句脚用平声,就是单句句脚平上去入俱全了。"必"字有语病,杜诗并非每首如此,只能说是多数如此,例如:

五律

李监宅

尚觉王孙贵(去),豪家意颇浓。
屏开金孔雀(入),褥隐绣芙蓉。
且食双鱼美(上),谁看异味重!
门阑多喜色(入),女婿近乘龙。

注意:首句若不入韵,势必有两个出句句脚的声调相同;但声调相同的句脚必须隔离,像这诗颔联出句句脚用入声,须至尾联出句句脚方得用入声。

天宝初南曹小司寇舅……

一匮功盈尺(入),三峰意出群。
望中疑在野(上),幽处欲生云。
慈竹春阴覆(入),香炉晓势分。
惟南将献寿(去),佳气日氛氲。

刘九法曹郑瑕丘石门宴集

秋水清无底(上),萧然静客心。
掾曹乘逸兴(去),鞍马去相寻。
能吏逢联璧(入),华筵直一金。
晚来横吹好(上),泓下亦龙吟。

房兵曹胡马

胡马大宛名(平),
锋棱瘦骨成。
竹批双耳峻(去),风入四蹄轻。
所向无空阔(入),真堪托死生。
骁腾有如此(上),万里可横行。

春日忆李白

白也诗无敌(入),飘然思不群。
清新庾开府(上),俊逸鲍参军。
渭北春天树(去),江东日暮云。
何时一尊酒(上),重与细论文?

西　郊

时出碧鸡坊(平),
西郊向草堂。
市桥官柳细(去),江路野梅香。
傍架齐书帙(入),看题检药囊。
无人觉来往(上),疏懒意何长!

出　郭

霜露晚凄凄(平),
高天逐望低。
远烟盐井上(去),斜景雪峰西。
故国犹兵马(上),他乡亦鼓鼙。
江城今夜客(入),还与旧乌啼。

徐　步

整履步青芜(平),
荒庭日欲晡。
芹泥随燕觜(上),花蕊上蜂须。
把酒从衣湿(入),吟诗信杖扶。
敢论才见忌(去)!实有醉如愚。

玩月呈汉中王

夜深露气清(平)
江月满江城。
浮客转危坐(上),归舟应独行。
关山同一照(去),乌鹊自多惊。
欲得淮王术(入),风吹晕已生。

七律

腊　日

腊日常年暖尚遥(平),
今年腊日冻全消。
侵陵雪色还萱草(上),漏泄春光有柳条。
纵酒欲谋良夜醉(去),还家初散紫宸朝。
口脂面药随恩泽(入),翠管银罂下九霄。

曲　江

一片花飞减却春(平),
风飘万点正愁人。

且看欲尽花经眼(上),莫厌伤多酒入唇。
江上小堂巢翡翠(去),苑边高冢卧麒麟。
细推物理须行乐(入),何用浮名绊此身?

曲江对酒

苑外江头坐不归(平),
水精春殿转霏微。
桃花细逐杨花落(入),黄鸟时兼白鸟飞。
纵饮久判人共弃(去),懒朝真与世相违。
吏情更觉沧洲远(上),老大悲伤未拂衣。

宣政殿退朝晚出左掖

天门日射黄金榜(上),春殿晴曛赤羽旗。
宫草微微承委佩(去),炉烟细细驻游丝。
云近蓬莱常好色(入),雪残鳷鹊亦多时。
侍臣缓步归青琐(上),退食从容出每迟。

恨 别

洛城一别四千里(上),胡骑长驱五六年。
草木变衰行剑外(去),兵戈阻绝老江边。
思家步月清宵立(入),忆弟看云白日眠。
闻道河阳近乘胜(去),司徒急为破幽燕。

南 邻

锦里先生乌角巾(平),
园收芋粟未全贫。
惯看宾客儿童喜(上),得食阶除鸟雀驯。
秋水才深四五尺(入),野航恰受两三人。
白沙翠竹江村暮(去),相对柴门月色新。

蜀 相

丞相祠堂何处寻(平)?
锦官城外柏森森。

映阶碧草自春色(入),隔叶黄鹂空好音。
三顾频烦天下计(去),两朝开济老臣心。
出师未捷身先死(上),长使英雄泪满襟!

暮登四安寺钟楼寄裴十

暮倚高楼对雪峰(平),
僧来不语自鸣钟。
孤城返照红将敛(上),近市浮烟翠且重。
多病独愁常阒寂(入),故人相见未从容。
知君苦思缘诗瘦(去),大向交游万事慵。

11.5 我们所举的例子尚不及实际的一半,可见决不是偶合的。非但杜甫如此,初唐和盛唐的诗人也往往如此。现在略举数例,以见一斑:

五律

王家少妇 崔 颢

十五嫁王昌(平),
盈盈入画堂。
自矜年最少(去),复倚婿为郎。
舞爱前溪绿(入),歌怜子夜长。
闲来斗百草(上),度日不成妆。

送崔员外黔中监选 綦毋潜

持衡出帝畿(平),
星指夜郎飞。
神女云迎马(上),荆门雨湿衣。
听猿收泪罢(去),系雁待书稀。
蛮貊虽殊俗(入),知君肝胆微。

题融公兰若 孟浩然

精舍买金开(平),
流泉绕砌回。

芰荷薰讲席(入),松柏映春台。
法雨晴飞去(去),天花昼下来。
谈玄殊未已(上),归骑夕阳催。

同王征君湘中有怀　　张　谓

八月洞庭秋(平),
潇湘水北流。
还家万里梦(去),为客五更愁。
不用开书帙(入),偏宜上酒楼。
故人京洛满(上),何日复同游?

七律

奉和幸安乐公主山庄应制　　宗楚客

玉楼银牓枕严城(平),翠盖红旗列禁营。
日映层岩图画色(入),风摇杂树管弦声。
水边重阁含飞动(上),云里孤峰类削成。
幸睹八龙游阆苑(去),无劳万里访蓬瀛。

滍湖山寺　　张　说

空山寂历道心生(平),
虚谷迢遥野鸟声。
禅室从来尘外赏(上),香台岂是世中情。
云间东岭千里出(入),树里南湖一片明。
若使巢由知此意(去),不将萝薜易簪缨。

九日登望仙台呈刘明府　　崔　曙

汉文皇帝有高台(平),
此日登临曙色开。
三晋云山皆北向(去),二陵风雨自东来。
关门令尹谁能识(入),河上仙翁去不回。
且欲近寻彭泽宰(上),陶然共醉菊花杯。

奉和杜相公发益州 岑 参

相国临戎别帝京(平),
拥旄持节远横行。
朝登剑阁云随马(上),夜渡巴江雨洗兵。
山花万朵迎征盖(去),川柳千条拂去旌。
暂到蜀城应计日(入),须知明主待持衡。

赠郭将军 李 白

将军少年出武威(平),
入掌银台护紫微。
平明拂剑朝天去(去),薄暮垂鞭醉酒归。
爱子临风吹玉笛(入),美人向月舞罗衣。
畴昔豪雄如梦里(上),相逢且欲醉春晖。

春园家宴 张 谓

南园春色正相宜(平),
大妇同行少妇随。
竹里登楼人不见(去),花间觅路鸟先知。
樱桃解结垂檐子(上),杨柳能低入户枝。
山简醉来歌一曲(入),参差笑杀郢中儿。

张谓诗出句上去入俱全者甚多。

11.6 出句句脚上去入俱全,这是理想的形式。最低限度也应该避免邻近的两联出句句脚声调相同,否则就是上尾;邻近的两个出句句脚声调相同,是小病;三个相同是大病。如是四个相同,或首句入韵而其余三个出句句脚声调都相同,就是最严重的上尾。这种最严重的上尾,唐诗里并不多见。现在试举数例如下:

五律

题慎言法师故房 储光羲

精庐不住子(上),自有无生乡。
过客知何道(上)? 徘徊雁子堂。
浮云归故岭(上),落月还西方。

日夕虚空里(上),时时闻异香。

石瓮寺　储光羲

遥山起真宇(上),西向尽花林。
下见宫殿小(上),上看廊庑深。
苑花落池水(上),天语闻松音。
君子又知我(上),焚香期化心。

寻洪尊师不遇　刘长卿

古木无人地(去),来寻羽客家。
道书堆玉案(去),仙帔叠青霞。
鹤老难知岁(去),梅寒未作花。
山中不相见(去),何处化丹砂?

对酒寄严维　刘长卿

陋巷喜阳和,
衰颜对酒歌。
懒从华发乱(去),闲任白云多。
郡简容垂钓(去),家贫学弄梭。
门前七里濑(去),早晚子陵过。

题辨觉精舍　储光羲

朝随秋云阴,
乃至青松林。
花阁空中远(上),方池岩下深。
竹风乱天语(上),溪响成龙吟。
试问真君子(上),游山非世心。

七律

送杨少府贬郴州　王　维

明到衡山与洞庭,
若为秋月听猿声!
愁看北渚三湘远(上),恶说南风五两轻。
青草涨时过夏口(上),白头浪里出湓城。

长沙不久留才子(上),贾谊何须吊屈平?

谈上尾者,多举此诗为例。

【附注】仇兆鳌《杜诗详注》引李天生曰:“七律一百六十首,惟四首叠用仄字,如《江村》诗连用“局、物”二字,考他本,‘多病所须惟药物’作‘幸有故人分禄米’,于‘局’字不叠矣。《江上值水》诗连用‘兴、钓’二字,考黄鹤本,‘老去诗篇浑漫兴’作‘老去诗篇浑漫与’,于‘钓’字不叠矣。《秋兴》诗连用‘月、黑’二字,考黄鹤本,‘织女机丝虚夜月’作‘织女机丝虚月夜’,于‘黑’字不叠矣。可见‘晚节渐于诗律细’,凡上尾仄声,原不相犯也。”

11.7 到了宋代,四声递用的形式大约已经不为一般人所知,于是上尾的毛病甚多,邻近两个出句句脚声调相同的已经不胜枚举。即以四个相同或首句入韵而三个相同者而论,也就不少。现在试举例如下:

五律

游鹊山院 陈师道

积石横成岭(上),行杨密映门。
人声隐林杪(上),僧舍绕云根。
顿摄尘缘尽(上),方知象教尊。
只应羊叔子(上),名字与山存。

题福岩 张 栻

掷钵峰前寺(去),肩舆几度来。
楼台还旧观(去),杉桧抚新栽。
湘水堂堂去(去),秋山面面开。
徘徊千古思(去),风壑有余哀。

七律

日长简仲咸 王禹偁

日长何计到黄昏?
郡僻官闲昼掩门。

子美集开诗世界(去),伯阳书见道根源。
风飘北院花千片(去),月上东楼酒一樽。
不是同年来主郡(去),此心牢落共谁论?

奉和御制上元观灯　　夏　竦

鱼龙曼衍六街呈,
金锁通宵启玉京。
冉冉游尘生辇道(上),迟迟青箭入歌声。
宝坊月皦龙灯淡(上),紫馆风微鹤焰平。
宴罢南端天欲晓(上),回瞻河汉尚盈盈。

怀嵩楼新开南轩　　欧阳修

绕郭云烟匝几重,
昔人曾此感"怀嵩"。
霜林落后山争出(入),野菊开时酒正浓。
解带西风飘画角(入),倚栏斜日照青松。
会须乘醉携佳客(入),踏雪来看群玉峰。

钱塘上元夜祥符寺　　曾　巩

月明如昼露华浓,
锦帐名郎笑语同。
金地夜寒消美酒(上),玉人春困倚东风。
红云灯火浮江海(上),碧水楼台浸远空。
白发蹉跎欢喜少(上),强颜犹入少年丛。

金陵怀古　　王安石

天兵南下此桥江,
敌国当时指顾降。
山水豪雄空复在(上),君王神武自难双。
留连落日频回首(上),想象遗墟独倚窗。
却怪夏阳才一苇(上),汉家何事费罂缸?

郊行即事 程伯子

芳原绿野恣行时，
春入遥山碧四围。
兴逐乱红穿柳巷(去)，困临流水坐苔矶。
莫辞盏酒十分醉(去)，只恐风花一片飞。
况是清明好天气(去)，不妨游衍莫忘归。

11.8 四声的递用和上尾的避忌，应该不能算为一种诗律。四声的递用只能认为某一些诗人的作风，上尾的避忌，至多也只能认为技巧上应注意之点。相传上尾为沈约所谓八病之一，但是，当时所谓上尾，也许根本不是本节里所述的意思。《诗格》云:“上尾者，谓第五字与第十字同声。”古诗不限用平韵，出句也不限用仄脚，所以五言第五字和第十字有同声的可能。若依这个说法，下列《古诗十九首》的句子可认为上尾:

令德唱高言(平)，识曲听其真(平)。
昔为倡家女(上)，今为荡子妇(上)。
人生忽如寄(去)，寿无金石固(去)。
洛中何郁郁(入)，冠带自相索(入)!

《十九首》是五言诗的圭臬，沈约似乎不该规定一个排斥它们的形式的规律。不过，若依这种说法，则现在所谓上尾和沈约所谓上尾倒有几分相像，因为都是着重在指摘句脚声调的雷同，但因近体诗出句限用仄脚，对句限用平脚，除首句入韵的情形外，本来没有雷同的可能，所以自然要认“第五字与第十五字同声”为上尾了。

第十二节 声调的辨别

12.1 唐代共有平上去入四声。现在各地方言的声调数目并不一致，但是有一点相同的，就是平声已经分化为阴平和阳平，例如“通”是阴平，“同”是阳平。阴平阳平也有人称为上平下平，但是咱们切勿把它们和诗韵的上平声下平声相混，因为那只是平声上卷和平声下卷的意思。在吴闽粤等处的方言里，上去入三声也往往各自分化为阴上、阳上、阴去、阳去、阴入、阳入，例如“统”是阴上、“动”是阳上、“痛”是阴去、“洞”是阳去、“秃”是阴入、“毒”是阳入。

12.2 研究近体诗的人对于声调的阴阳，完全不必理会，只要能分辨四声就是了。不过，要分辨四声也就很不容易：譬如咱们必须分辨唐代的四声，然后可以了解唐诗；又如果要做文言诗，也非依照唐代的四声不可。现在中国各地的汉语方言，几乎没有一处的声调系统是和唐代的四声完全相符的。最不相符的是普通话，因为北方话入声已经归入了平上去三声，例如北京“七、妻”同音，“石、时”同音，“尺、耻”同音，“翼、异”同音；西南官话入声已经归入了阳平，例如“七、齐”同音，“石、时”同音，“尺、迟”同音，“翼、移”同音。因此，北方话区域的人如果要辨别入声，就只有硬记之一法了。

12.3 吴闽粤湘客家等方言是具备四声的，但是它们也不能每字都合于唐代的声调。其中最显著的一点，就是一部分阳上的字变了阳去。北方话区域对于这一类字也都念了去声。当咱们读唐诗的时候，这些字都应该还它们一个上声，才能处处谐和。现在我们试把由上声变去声的比较常用的字，举例于下：

（甲）除浙江某些方言外，差不多全国读成去声者：

奉　项　氏　跪　视　似　祀　痔　士　仕　俟　叙
序　绪　聚　父　竖　杜　部　陛　殆　待　怠　尽
盾　愤　但　限　栈　善　件　辩　辨　篆　肇　赵
兆　皓　浩　道　稻　堕　惰　丈　杖　荡　盪　杏
幸　并　负　阜　纣　受　绶　寿（又去声）　後　后
甚　俭　渐　范　範　犯

(乙)除浙江某些方言外,还有粤方言尚未读成去声者:

动 重 是 妓 技 婢 市 恃 巨 拒 炬 柱
簿 户 扈 沪 弟 骇 亥 罪 倍 在 肾 近
旱 缓 断(绝也) 绍 抱 造 祸 坐 社 静
靖 妇 厚 朕 淡

12.4 本来,研究近体诗只须知道平仄就够了,不必再从仄声之中分别上去入;但是,仄韵的近体诗仍是该分别上去入的,因为上声和去声在原则上不能通押,它们和入声更是绝不相通。再者,像上节所谈的上尾,也非懂透上去入三声的人不能了解。还有下章谈及古体诗的时候,将谈及许多仄韵诗,所以值得在这里先把上去入三声辨别清楚,省得下章再谈。

12.5 有些字的声调,唐代和六朝以前稍有不同,例如"济"字,六朝以前但读上声,唐以后兼读去声;叹看过("经过"的"过")望("观望"的"望"),本来只有平声,唐以后兼读去声。现代的声调(指调类),除了普通话没有入声,又阳上一部分混入阳去之外,大致还能和唐代相当。只有极少的例外,譬如"跳"字本是平声字(杜甫《暂如临邑》"鼍吼风奔浪,鱼跳日映山"),现在大约全国都误读去声(只有吴语"跳虱"的"跳"仍读如"条")。又如"馆"字和"访"字本属去声,现在大家都读上声。

【附注】《丛残小语》云:"诗中有字音平仄借读者,既经前人用过,亦可据以谐律。今就所见拈出之。杜牧诗'南朝四百八十寺'(力按:此系丑类特殊形式),白居易诗'红栏三百九十桥','十'读平声。姚合诗'每月请钱共客分',白居易诗'请钱不早朝'(力按:若'请'字不读平声,则犯孤平),又'红楼许住请银钥',又'当时绮季不请钱','请'读平声。包佶诗'晓漱琼膏冰齿寒','冰'读去声。武元衡诗'惟有白须张司马,不言名利尚相从',白居易诗'四十著绯军司马,男儿官职未蹉跎',又'一为军司马,三见岁重阳','司'读去声(原注:《容斋随笔》读入声,《野客丛谈》据《集韵》作去声)。卢纶诗'人主人臣是亲家','亲'读去声。陆龟蒙诗'莫把荣枯异,但知上下包'(力按:若'但'字读仄则犯孤平,下面徐铉诗'但'字同),又'得失任渠但取乐,不曾生个是非心',徐铉诗'莫折红芳树,但知尽意看','但'读平声。杜甫诗'恰似东风相欺得(力按:这是子类特殊形式仄仄平平仄平仄),夜来吹折数枝花',白居易诗'为问长安月,谁教不相离','相'读入声(力按:恐怕是去声)。王建诗'绿窗红灯酒初醒','灯'读去声。杜甫诗'会须上番看成竹',独孤及诗'旧日霜毛一番新','番'读去声。李商隐诗'可惜前朝元菟郡','菟'读去声。白居易诗'烛泪粘盘累蒲萄',又'燕姬酌蒲萄','蒲'读入声。李群玉诗'红芳点袈裟','袈'读去声。白居易诗'金屑琵琶槽',又'四弦不似琵琶声',张祜诗'宫楼一曲琵琶声',方干诗'语惭不及琵琶槽','琵'读入声。独孤及诗'徒言汉水才容刀','才'读去声。白居易诗'况对东溪野枇杷',张祜诗'生摘枇杷酸','枇'读入声。白居易诗'金杯翻污麒麟袍',李贺诗'银鞯刺麒麟',李山甫诗'志公偏爱麒麟儿','麒'读去声。白居易诗'三年随例未量移','量'读平声。苏轼诗'闻道已许谈其粗',又'寂寞闲窗易粗通','粗'读上声。陶谷诗'尖檐帽子卑凡厮,短靿靴儿末厥兵','厮'读入声。今北地'亲家'之'亲'读去声,吾吴'蒲萄'之'蒲'、'枇杷'之'枇'读入声(力按:'琵琶'之'琵'也读入声)。诗人皆随方言入律,四声遂无定位矣。"

12.6 现在我们专论平声和仄声的分别。有些字是有平仄两读的。平仄两读的字又可大致区分为两种:(一)虽有平仄两读,而意义不变。此类大约因为原来读平声,后来在口语里变了仄声(或兼读仄声),而诗人在吟诗时却随意用古代的读法或当时的读法。(二)同是一个字,平声所表示的意义和仄声所表示者不同。这因为大约从六朝以来,读书人喜欢用声调的不同来表示字义的不同,最主要的是表示词性的不同,例如用为动词则读平声,用为名词则读去声,等等。有些字,在唐诗里不大看得出声调上的差异,例如"食"字,在饮食的意义读入,在饲的意义读去;"女"和"语",名词读上,动词读去;"善"字,形容词读上,动词读去;"去"字,在除去的意义读上,在离去的意义读去,等等。但是,另一些字在诗句里就很明显了,该平不能读仄,该仄也不能读平。现在分别举例如下。

(一)虽有平仄两读,而意义不变者。

看,平声。王维《送秘书晁监还日本国》:"向国惟看日,归帆但信风。"仄声(去)。杜甫《有客》:"不嫌野外无供给,乘兴还来看药栏。"

过,平声。王维《恭懿太子挽歌》:"五岁过人智,三天使鹤催。"李颀《送魏万之京》:"鸿雁不堪愁里听,云山况是客中过!"仄声(去)。刘长卿《登迁仁楼》:"春芜生楚国,古树过隋朝。"杜甫《得家书》:"凉风新过雁,秋雨欲生鱼。"但是过失的"过"必须读去声,不能读平声。

望,平声。杜甫《有感》:"诸侯春不贡,使者日相望。"刘禹锡《朗州窦员外见示》:"鸳鹭差池出建章,彩旗朱户蔚相望。"李商隐《春雨》:"红楼隔雨相望冷,珠箔飘灯独自归。"仄声(去)。张籍《赠李杭州》:"终日政声长独坐,开门唯望浙江潮。"但是声望的"望"必须读去声。刘禹锡《送李尚书镇滑州》:"自古相门还出相,如今人望在岩廊。"

忘,平声。杜甫《寄彭州高三十五》:"物情尤可见,辞客未能忘。"仄声(去)。杜甫《冬日有怀李白》:"更寻嘉树传,不忘《角弓》诗。"《怀锦水居止》:"犹闻蜀父老,不忘舜讴歌。"

听,平声。杜甫《赠翰林张四学士》:"傥忆山阳会,悲歌在一听。"仄声(去)。祖咏《江南旅情》:"海色晴看雨,江声夜听潮。"

醒,平声。杜甫《陪郑广文游何将军山林》:"酒醒思卧簟,衣冷欲装绵。"仄声(上去)。杜甫《九日》:"野树欹还倚,秋砧醒却闻。”

（二）平声所表示的意义和仄声不同者。

中，平声，内也。元稹《送孙胜》：“今日与君临水别，可怜春尽宋亭中。”仄声（去），动词，射中也，多用引申义。杜甫《敬赠郑谏议》：“思飘云物外，律中鬼神惊。”

重，平声，复叠也。杜甫《奉赠太常张卿》：“能事闻重译，嘉谟及远黎。”长孙正隐《晦日宴高氏林亭》：“淹留迷处所，岩岫几重花。”仄声有两种：上声，轻重也，形容词。骆宾王《狱中咏蝉》：“露重飞难进，风多响易沉。”去声，更为也，副词。白居易《渡淮》：“清流宜映月，今夜重吟看。”

雍，平声，和也。不举例。仄声（上），州名。朱熹《登定王台》：“从知爽鸠乐，莫作雍门哀。”

从，平声，由也，动词。杜甫《寄李十二白》：“声名从此大，汩没一朝伸。”仄声（去），随从之人也，名词。李嘉祐《与从弟正字》：“辅嗣外生还解《易》，惠连群从总能诗。”杜甫《奉送郭中丞》：“安边仍扈从，莫作后功名。”但名词的“从”偶然也作平声。杜甫《寄岳州贾司马》：“禁掖朋从改，微班性命全。”

供，平声，供给也。包佶《岭下卧疾》：“岁时供放逐，身世付空虚。”仄声（去），陈设也。包佶《尚书宗兄使过》：“腹饱山僧供，头轻侍婢梳。”

离，平声，别离。不举例。仄声（去），离去也。杜甫《宿赞公房》：“放逐宁违性，虚空不离禅。”

吹，平声，以口吹也，动词。杜甫《留别贾严二阁老》：“山路时吹角，那堪处处闻。”仄声（去），鼓吹也，名词。杜甫《刘九法曹郑瑕丘石门宴集》：“晚来横吹好，泓下亦龙吟。”刘禹锡《文宗皇帝挽歌》：“龙镳天路远，骑吹礼容全。”

骑，平声，骑马也，动词。白居易《代书诗一百韵寄微之》：“残席喧哗散，归鞍酩酊骑。”仄声（去），车骑，名词。王维《青龙寺昙璧上人兄院集》:“坐看南陌骑,下听秦城鸡。”刘长卿《酬屈突陕》:“藜杖懒迎征骑客,菊花能醉去官人。”

为,平声,作为也,动词。李嘉祐《送岳州司马弟之任》:“丞相今为郡,应无劳者歌。”仄声(去),因也,副词。李嘉祐《冬夜饶州》:“高情同客醉,子夜为人长。”杜甫《宾至》:“自锄稀菜甲,小摘为情亲。”《后游》:“客愁全为减,舍此复何之?”

施,平声,施行也。白居易《代书诗一百韵寄微之》:“幄幕侵堤布,盘筵占地施。”仄声(去),施舍也。王维《过卢四员外宅看饭僧》:“上人飞锡杖,檀越施金钱。”李颀《觉公院施鸟石台》:“石台置香饭,斋后施诸禽。”

治,平声,动词。白居易《晚出西郊》:“懒镊从须白,休治任眼昏。”秦观《春日杂兴》:“信美难久伫,归欤从此治。”去声,形容词。不举例。

思,平声,动词。储光羲《新丰作》:“汉皇思旧邑,秦地作新丰。”仄声(去),名词。杜审言《和晋陵陆丞早春游望》:“忽闻歌古调,归思欲沾巾。”李嘉祐《送杜士瞻》:“风流与才思,俱似晋时人。”杜甫《即事》:“秋思抛云髻,腰支胜宝衣。”按:“思”字动词当以用平声为正例,名词当以用仄声为正例;凡动词用仄声,或名词用平声者,都该认为例外。例外晚唐以后才有。吴融《秋日经别墅》:“不劳芳草思王孙。”

衣,平声,衣服,名词。不举例。仄声(去),着衣也,动词。杜甫《云安九日郑十八携酒陪诸公宴》:“地偏初衣夹,山拥更登危。”

污,平声,污秽,名词。不举例。仄声(去),染也。刘禹锡《秘书崔少监见示》:“尘污腰间青襞绶,风飘掌上紫游缰。”

疏,平声,疏密,形容词。唐诗里多写作“疎”,使它和名词的“疏”有别。孟浩然《寻白鹤岩张子容隐居》:“岁月青松老,风霜苦竹疎。”杜甫《舍弟观赴蓝田》:“巡檐索共梅花笑,冷蕊疎枝半不禁。”仄声(去),奏疏也,名词。包佶《客自江南话》:“奉佛栖禅久,辞官上疏频。”杜甫《魏十四侍御就敝庐相别》:“时应念旧疾,书疏及沧浪。”杜甫《秋兴》:“匡衡抗疏功名薄,刘向传经心事违。”

分,平声,分开,分别,动词。刘长卿《送孙莹京监擢第归蜀省觐》:“适贺一枝新,旋惊万里分。”仄声(去),音“愤”,名分,名词,又料也,动词。杜甫《奉赠太常张卿》:“谬知终画虎,微分是醯鸡。”《送路六侍御入朝》:“不分桃花红胜锦,生憎柳絮白于绵。”

殷,平声,富也,大也。不举例。仄声(上),雷声。杜甫《江阁对雨》:“层阁凭雷殷,长空面水文。”

闻,平声,听闻,动词。杜甫《江南逢李龟年》:“岐王宅里寻常见,崔九堂前几度闻。”仄声(去),名誉也,名词。杜甫《寄刘峡州》:“家声同令闻,时论以儒称。”

论,平声,讨论也,动词。王维《赠东岳焦炼师》:“自有还丹术,时论太素初。”刘长卿《送宇文迁明府》:“傥见主人论谪宦,尔来空有白头吟。”杜甫《建都》:“时危当雪耻,计大岂轻论?”仄声(去),言论也,名词。杜甫《晚晴》:“时闻有余论,未怪老夫潜。”

观,平声,观看,观察,动词。李颀《奉送漪叔》:“郡斋观政日,人马望乡情。”仄声(去),寺观也,名词。王维《和陈监四郎秋雨》:“声连鳷鹊观,色暗凤凰原。”李颀《送皇甫曾游襄阳山水》:“百花亭漫漫,一柱观苍苍。”

冠,平声,冠冕,名词。杜甫《九日蓝田崔氏庄》:“羞将短发还吹帽,笑倩旁人为正冠。”仄声(去),为首也,动词。杜甫《投赠哥舒开府》:“智谋垂睿想,出入冠诸公。”

判,平声,义与现代“拚”字相近。按:字典和韵书中,“判”字都没有平声,然而唐诗里“判”字确有平声。杜甫《曲江对酒》:“纵饮久判人共弃,懒朝真与世相违。”温庭筠《春日偶作》:“夜闻猛雨判花尽,寒恋重衾觉梦多。”仄声(去),判别,裁判。杜甫《重过何氏》:“到此应常宿,相留可判年。”按:“判别”之义不应用平声,韦庄《出关》“一生惆怅为判花”,似于平仄未合。

翰，平声，羽翰也。杜甫《送杨六判官使西蕃》："慎尔参筹画，从兹正羽翰。"仄声（去），翰墨也。杜甫《戏为六绝句》："纵使卢王操翰墨，劣于汉魏近《风》《骚》。"

难，平声，不易也，形容词。杜甫《王竟携酒高亦同过》："卧病荒郊远，通行小径难。"仄声（去），灾难，名词。杜甫《村夜》："胡羯何多难？渔樵寄此生！"

间，平声，中间也。皇甫曾《奉陪韦中丞》："寒磬虚空里，孤云起灭间。"仄声（去），间隔也。杜甫《奉赠鲜于京兆》："异人应间出，爽气必殊伦。"

先，平声，形容词或副词。不举例。仄声（去），限用于副词。杜甫《到村》："碧涧虽多雨，秋沙先少泥。"

燕，平声，地名。杜甫《寄岳州贾司马》："乱麻尸积卫，破竹势临燕。"刘长卿《赋得》："为问元戎窦车骑，何时返旆勒燕然？"仄声（去），鸟名。杜甫《江村》："自去自来堂上燕，相亲相近水中鸥。"

扇，平声，动词。王维《送崔三往密州觐省》："同怀扇枕恋，独念倚门愁。"仄声，名词。不举例。

便，平声，安静也。刘长卿《卧病》："不解谢公意，翻令静者便。"杜甫《寄岳州贾司马》："多病加淹泊，长吟阻静便。"仄声（去），方便也。杜甫《江涨》："轻帆好去便，吾道付沧洲。"按："便"作"就"字讲的也念去声。严郾《赋百舌鸟》："星未没河先报晓，柳犹粘雪便迎春。"

扁，平声，扁舟，名词。张祜《晚夏归别业》："古岸扁舟晚，荒园一径微。"仄声（上），不圆也，形容词。不举例。

传，平声，传授，传播，动词。张籍《送施肩吾东归》："早闻诗句传人遍，新得科名到处闲。"仄声（去），传记也，名词。杜甫《冬日有怀李白》："更寻嘉树传，不忘《角弓》诗。"

旋，平声，回旋也，动词。杜甫《广州段功曹》："铜梁书远及，珠浦使将旋。"仄声（去），俄倾之间也，副词。刘得仁《冬夜寄白阁僧》:“林下期难遂,人间事旋生。”吴融《华清宫》:“唯此宫中落旋乾。”按:一般字典里“旋”字无仄声,《广韵》去声有“旋”字,云“绕也”,亦非此义。

要,平声,约也。杜甫《寒食》:“田父要皆去,邻家闹不违。”仄声(去),欲得也。杜甫《送梓州李使君之任》:“老思筇杖拄,冬要锦衾眠。”

调,平声,调和也,动词。刘长卿《少年行》:“曲房珠翠合,深巷管弦调。”仄声(去),曲调也,名词。杜审言《和晋陵陆丞早春游望》:“忽闻歌古调,归思欲沾巾。”

烧,平声,焚烧,动词。王维《出塞》:“居延城外猎天骄,白草连山野火烧。”仄声(去),猎人放火焚烧之处,名词。许棠《登渭南县楼》:“雪助河流急,人耕烧色残。”苏轼《正月二十日往岐亭》:“稍闻决决流冰谷,尽放青青没烧痕。”

教,平声,使为也,任令也,俗云“让”,动词。王昌龄《出塞》:“但使龙城飞将在,不教胡马度阴山。”仄声(去),教化也,名词。陈师道《游鹊山院》:“顿摄尘缘尽,方知象教尊。”

荷,平声,荷花,名词。杜甫《陪郑广文游何将军山林》:“醉把青荷叶,狂遗白接䍦。”仄声(去),负荷,荷承,动词。皇甫曾《早朝日寄所知》:“共荷发生同雨露,不应黄叶久随风。”杜甫《得家书》:“农事空山里,眷言终荷锄。”

那,平声,何也。杜甫《遣兴》:“衰疾那能久?应无见汝时!”《留别贾严二阁老》:“山路时吹角,那堪处处闻?”仄声(去),无那,即无奈。王昌龄《从军行》:“更吹羌笛关山月,无那金闺万里愁。”高适《夜别韦司士》:“只言啼鸟堪求侣,无那春风欲送行。”

颇,平声,偏颇,形容词,又廉颇,人名。杜甫《投赠哥舒开府》:“廉颇仍走敌,魏绛已和戎。”仄声(上),略也,俗云“有几分”,或“还算”,副词。杜甫《宾至》:“喧卑方避俗,疏快颇宜人。”

和,平声,和谐,和好,又与也,形容词,动词,连词。刘长卿《对酒寄严维》:“陋巷喜阳和,衰颜对酒歌。”杜甫《投赠哥舒开府》:“魏绛已和戎。”苑咸《登润州城》:“鸟与孤帆远,烟和独树低。”仄声(去),唱和,动词。高适《同郭十题杨主簿新厅》:“多君有知己,一和郢中吟。”

华,平声,华美,繁华。包佶《抱疾谢李吏部》:“幸蒙祛老疾,深愿驻韶华。”仄声(去),太华,山名,即西岳华山。崔颢《行经华阴》:“苕荛太华俯咸京,天外三峰削不成。”许棠《登渭南县楼》:“半空分太华,极目是长安。”

行,平声,行走,行为,动词。刘禹锡《送李中丞赴楚州》:“忆君初得昆山玉,同向扬州携手行。”仄声(去),德行,名词。刘长卿《哭魏兼遂》:“独行依穷巷,全身出乱军。”

王,平声,帝王也。白居易《渭村退居》:“贵主冠浮动,亲王辔闹装。”仄声,王霸,又盛也。王安石《金陵怀古》:“山水寂寥埋王气,风烟萧飒满僧窗。”

浪,平声,沧浪,水名。王昌龄《送李五》:“扁舟乘月暂来去,谁道沧浪吴楚分?”仄声(去),波也。杜甫《雨不绝》:“眼边江舸何忽促,未待安流逆浪归?”

傍,平声,同“旁”。崔颢《行经华阴》:“借问路傍名利客,无如此处学长生!”仄声(去),依也。杜甫《得舍弟消息》:“旧犬知愁恨,垂头傍我床。”

当,平声,应当,又值也。綦毋潜《登天竺寺》:“松门当涧口,石路在峰心。”仄声(去),正当也,相称也,心以为也。杜审言《春日京中有怀》:“今年游寓独游秦,愁思看春不当春。”

强,平声,强有力也。白居易《渭村退居》:“世虑休相扰,身谋且自强。”仄声(上),勉强也。杜甫《郑驸马池台》:“留连春夜舞,泪落强徘徊。”《十二月一日》:“他日一杯难强进,重嗟筋力故山违。”

长,平声,长短。储光羲《洛中送人还江东》:“孤舟从此去,客思一何长！”仄声(上)，音“掌”，长幼，形容词，又长成，动词。刘禹锡《再经故元九相公宅池上作》：“竹丛身后长，台势雨来倾。”

相，平声，互相也，刘长卿《睢阳赠李司仓》：“非君深意愿，谁复能相忧？”仄声(去)，宰相也。刘禹锡《送李尚书镇滑州》：“自古相门还出相，如今人望在岩廊。”

正，平声，正月，名词。李颀《送相里造入京》：“子月过秦正，寒云覆洛城。”仄声(去)，形容词，又副词。王禹偁《送罗著作》：“回日期君直西掖，当阶红药正开花。”

令，平声，使也，动词。沈佺期《度大庾岭》：“但令归有日，不敢怨长沙。”包佶《岭下卧疾》：“唯有贫兼病，能令亲爱疏。”杜甫《闻斛斯六官未归》：“本卖文为活，翻令室倒悬。”仄声(去)，命令，又县令，名词。沈佺期《铜雀台》：“一旦雄图尽，千秋遗令开。”李嘉祐《留别毗陵诸公》：“久作涔阳令，丹墀忽再还。”

兴，平声，兴起，兴盛，动词，或形容词。杜甫《赠特进汝阳王》：“服礼求毫发，惟忠忘寝兴。”仄声(去)，兴致也，名词。李嘉祐《送张观归袁州》：“遥怜谢客兴，佳句又应新。”杜甫《题张氏隐居》：“乘兴杳然迷出处，对君疑是泛虚舟。”

胜，平声，犹今言“经得起”。杜甫《赠特进汝阳王》：“招要恩屡至，崇重力难胜。”王昌龄《长信秋词》：“白露堂中细草迹，红罗帐里不胜情。”仄声(去)，名胜，胜败，又胜过。刘长卿《送孙逸归庐山》：“常爱此中多胜事，新诗他日伫开缄。”皇甫曾《送和西蕃使》：“和戎先罢战，知胜霍嫖姚。”杜甫《得舍弟消息》：“乱后谁归得，他乡胜故乡。”按：“胜过”的“胜”本该读仄声，但唐宋人多读入平声。王维《敕借岐王九成宫避暑应教》：“仙家未必能胜此，何必吹箫向碧空？”白居易《城上夜宴》：“从道人生都是梦，梦中欢笑亦胜愁。”

乘，平声，驾也，动词。皇甫曾《赠鉴上人》：“更欲寻真去，乘船过海潮。”仄声，车乘，名词，又趁也，动词。按：字典“趁”义作平声，唐人多作去声。

称，平声，称谓，称赞。杜甫《赠特进汝阳王》："晚节嬉游简，平居孝义称。"仄声（去），相称也，俗云"合适"。白居易《故衫》："暗澹绯衫称老身，半披半曳出宫门。"

不，平声（读如"否"之平），义与"否"同。刘禹锡《和令狐相公言怀》："石渠甘对图书老，关外杨公安稳不？"仄声（本应读去声，后世读成入声），用于动词或形容词之前，表示否定。不举例。

任，平声，堪也。郑谷《江行》："漂泊病难任，逢人泪满襟。"仄声（去），听任也，犹今言"随他去"。又任务也。綦毋潜《题沈东美员外山池》："鱼乐随情性，船行任去留。"

禁，平声，犹今言"经得起"，义与"胜"同。杜甫《奉陪郑驸马韦曲》："绿尊虽尽日，白发好禁春！"《舍弟观赴蓝田》："巡檐索共梅花笑，冷蕊疏枝半不禁。"仄声（去），禁令，又宫禁。杜甫《送许八拾遗》："诏许辞中禁，慈颜赴北堂。"王涯《望禁门松雪》："瑞雪凝清禁，祥烟幂小松。"

占，平声，卜也。王安石《送郓州知府宋谏议》："舟楫商岩命，熊罴渭水占。"仄声，今作"估"，估据也。杜甫《奉陪郑驸马韦曲》："何时占丛竹，头戴小乌巾？"王十朋《宿大冶县》："小渡渔人占，中流县界分。"罗隐《蜂》："不论平地与山尖，无限风光尽被占。""占"字平声，误。

【附注】但是，也有例外。有时候，依意义应读平声，在诗中则读仄声，或依意义该读仄声，在诗中则读平声，例如杜甫《陪李北海宴历下亭》："贵贱俱物役，从公难重过。"仇注："重，义从平声，读依去声。"力按：此说未确。《广韵》用韵"重，更为也"，正读去声。《陪李金吾花下饮》："细草偏称坐，香醪懒再沽。"仇注："称，义从去声，读用平声。"《大历三年春白帝城放船》："廷争酬造化，朴直乞江湖。"仇注："争，义从去声，读用平声。"

有时候，依意义应读上声，在诗中则读去声，或依意义应读去声，在诗中则读上声。仇兆鳌《杜诗详注》引林时对曰："古文用字，随义定音，如上下之'下'乃上声，而礼贤下士之'下'则去声也。杜诗'广文到官舍，系马堂阶下'，又'朝来少试华轩下，未觉千金满高价'，是借上声为去声矣。王维诗'公子为嬴停驷马，执辔愈恭意愈下'，是借去声为上声矣。此类甚多，不可无辩。"

12.7　以上所举各字，只是从唐宋诗中摘出，不能说是完备。其中像平声的"治论判翰燕便要教颇那浪傍令胜不任禁"，仄声的"雍从供离吹骑施思衣污疏分殷闻观冠间先旋烧和华行王兴乘称占"，特别值得注意，因为现代一般人对于这些字已经不免误读了。

【附注】补充两个例子。杜甫《崔少府高斋三十韵》："泉声闻复息，动静随所激，鸟呼藏其身，有似惧弹射。"仇注："射，音石。"可见射箭的"射"读入声。《送郑十八虔贬台州》："万里伤心严谴日，百年垂死中兴时。"仇注："中，张仲切。"可见中兴的"中"读去声。

第十三节　近体诗的对仗

13.1　关于对仗的规矩，下节将有详细的讨论，现在先来一个很粗的说法。只须名词和名词相对，动词和动词相对，形容词和形容词相对，副词和副词相对，就行了。其实，在诗句里，只有名、动两种词为主要的成分，尤其是名词必须和名词相对；形容词有时可认为与动词同类（尤其是不及物动词），相为对仗。至于对仗的工整与否，就要看它们二者是否属于同一最小的范畴。这也等到下节再谈了。

13.2　近体诗的对仗，见于律诗和排律里；至于绝句，大多数是不用对仗的。现在先谈律诗。

对仗是律诗的必要条件。就一般情形而论，律诗的对仗是用于颔联和颈联；换句话说，就是第三句和第四句对仗，第五句和第六句对仗，例如：

（甲）五律

1. 首句入韵者

观　猎　　王　维

风劲角弓鸣，
将军猎渭城。
草枯鹰眼疾，雪尽马蹄轻。
忽过新丰市，还归细柳营。
回看射雕处，千里暮云平。

颔联"草"与"雪"，名词；"枯"与"尽"，不及物动词；"鹰眼"与"马蹄"，名词仂语；"疾"与"轻"，形容词。颈联"忽"与"还"，副词；"过"与"归"，动词；"新丰"与"细柳"，专名；"市"与"营"，名词。

2. 首句不入韵者

送李秘书却赴南中　　刘长卿

却到番禺日，应伤昔所依。
炎洲百口住，故国几人归？
路识梅花在，家存棣萼稀。
独逢回雁去，犹作旧行飞。

颔联"炎"与"故"，形容词；"洲"与"国"，名词；"百"与"几"，数目字；"口"与"人"，名词；"住"与"归"，动词。颈联"路"与"家"，名词；"识"与"存"，动词；"梅花"与"棣萼"，名词仂语；"在"，不及物动词，"稀"，形容词。

（乙）七律

1. 首句入韵者

同皇甫冉登重玄阁　　李嘉祐

高阁朱栏不厌游，
蒹葭白水绕长洲。
孤云独鸟川光暮，万井千山海色秋。
清梵林中人转静，夕阳城上角偏愁。

谁怜远作秦吴别，离恨归心双泪流。

颔联“孤、独、万、千”，数目；“云、鸟、井、山”，名词；“川光”与“海色”，名词仂语；“暮”与“秋”，名词当形容词用。颈联“清梵”与“夕阳”，名词仂语；“林中”与“城上”，名词仂语；“人”与“角”，名词；“转”与“偏”，副词；“静”，形容词，“愁”，不及物动词。

2. 首句不入韵者

客　至　　　　杜　甫

舍南舍北皆春水，但见群鸥日日来。
花径不曾缘客扫，蓬门今始为君开。
盘飧市远无兼味，樽酒家贫只旧醅。
肯与邻翁相对饮，隔篱呼取尽余杯。

颔联“花径”与“蓬门”，名词仂语；“不曾”与“今始”，副词仂语；“缘”与“为”，介词；“客”，名词，“君”，代名词；“扫”与“开”，动词。颈联“盘飧”与“樽酒”，名词仂语，“市”与“家”，名词；“远”与“贫”，形容词；“无”，动词，“只”，此处作“只有”解；“兼”与“旧”，形容词；“味”与“醅”，名词。

13.3　这可以说是正例。此外还有许多变例：律诗的对仗可以少到只用于一联，多到四联都用。如果只用于一联，就是用于颈联；这时颔联不用对仗。本来，唐以前的古诗是不一定要对仗的（参看上文导言）；律诗虽规定用对仗，还有些人稍存古法，偶然在颔联里免用。这种情形，在盛唐的五律中颇为常见，例如：

送贺遂员外外甥　　　　王　维

南国有归舟，
荆门溯上流。
苍茫葭菼外，云水与昭丘。
檣带城乌去，江连暮雨愁。
猿声不可听，莫待楚山秋。

同崔兴宗送衡岳瑗公南归 王 维

言从石菌阁，新下穆陵关。
独向池阳去，白云留故山。
绽衣秋日里，洗钵古松间。
一施传心法，唯将戒定还。

送岐州源长史归 王 维

握手一相送，心悲安可论。
秋风正萧索，客散孟尝门。
故驿通槐里，长亭下槿原。
征西旧旌节，从此问河源。

挂席江上待月有怀 李 白

待月月未出，望江江自流。
倏忽城西郭，青天悬玉钩。
素华虽可揽，清景不同游。
耿耿金波里，空瞻鳷鹊楼。

与贾至舍人于龙兴寺剪落梧桐枝望灉湖 李 白

剪落梧桐枝，
灉湖坐可窥。
雨洗秋山净，林光澹碧滋。
水闲明镜转，云绕画屏移。
千古风流事，名贤共此时。

长门怨 梁 锽

妾命何偏薄！君王去不归。
欲令遥见悔，楼上试春衣。
空殿看人入，深宫羡鸟飞。
翻悲因买赋，索镜照空辉。

艳女词 梁 锽

露井桃花发，双双燕并飞。

美人姿态里，春色上罗衣。
自爱频开镜，时羞欲掩扉。
不知行路客，遥惹五香归。

狷氏子　　梁　锽

杏梁初照日，碧玉后堂开。
忆事临妆笑，春娇满镜台。
含声歌扇举，顾影舞腰回。
别有佳期处，青楼客夜来。

题慎言法师故房　　储光羲

精庐不住子，自有无生乡。
过客知何道？徘徊雁子堂！
浮云归故岭，落月还西方。
日夕虚空里，时时闻异香。

寒夜江口泊舟　　储光羲

寒潮信未起，出浦缆孤舟。
一夜苦风浪，自然生旅愁。
吴山迟海月，楚火照江流。
欲有知音者，异乡谁可求？

寻徐山人遇马舍人　　储光羲

泊舟伊川右，正见野人归。
日暮春山绿，我心清且微。
岩声风雨度，水气云霞飞。
复有金门客，来参萝薜衣。

送李棹游江东　　王昌龄

清洛日夜涨，微风引孤舟。
离肠便千里，远梦生江楼。
楚国橙橘暗，吴门烟雨愁。
东南具今古，归望山云秋。

【附注】此外，还有在首联、颈联用对仗，颔联不用对仗的，例如：

送杜少府之任蜀川 王 勃

城阙辅三秦，
风烟望五津。
与君离别意，同是宦游人。
海内存知己，天涯若比邻。
无为在歧路，儿女共沾巾。

一百五日夜对月 杜 甫

无家对寒食，有泪如金波。
斫却月中桂，清光应更多。
仳离放红蕊，想象颦青蛾。
牛女漫愁思，秋期犹渡河。

仇兆鳌《杜诗详注》引《梦溪笔谈》曰："此诗次联不拘对偶，疑非律体。然起二句明系对举，谓之偷春格，如梅花偷春色而先开也。"

13.4 以上所举，像王昌龄、储光羲和高适的诗在平仄上可认为古风式的律诗，在对仗的自由上，自然也容易采取古诗的形式；至于王维、李白和梁锽的诗，在平仄上已经是近体（偶然有丑类特拗及孤平拗救），但在对仗上也还喜欢仿古。这种单联对仗的五律，直到中唐还没有绝迹，例如：

归 田 元 稹

陶君三十七，挂绶出都门。
我亦今年去，商山淅岸村。
冬修方丈室，春种桔槔园。
千万人间事，从兹不复言。

东台去 元 稹

陶君喜不遇，予每为君言。

今日东台去，澄心在陆浑。
旋抽随日俸，并买近山园。
千万崔兼白，殷勤奉主恩。

13.5　七律颔联不用对仗的较少，因为五古可以仿古，七言无古可仿的缘故。但是，杜甫有时候还喜欢在颔联用一种似对非对的句子：

咏怀古迹　　杜　甫

摇落深知宋玉悲，
风流儒雅亦吾师。
怅望千秋一洒泪，萧条异代不同时。
江山故宅空文藻，云雨荒台岂梦思！
最是楚宫俱泯灭，舟人指点至今疑。

诸　将　　杜　甫

锦江春色逐人来，
巫峡清秋万壑哀。
正忆往时严仆射，共迎中使望乡台。
主恩前后三持节，军令分明数举杯。
西蜀地形天下险，安危须仗出群材。

这种颔联，至多只能说是极宽极勉强的对偶，和颈联相比，其工整的程度就差得多了。

13.6　如果我们把这种对仗叫做“贫的对仗”，那么，三个联以上的对仗就该叫做“富的对仗”。有一种富的对仗是最常见的，差不多和普通的对仗一样常见，这就是前三联都用对仗。就五律而论，前三联用对仗的办法，比中两联用对仗的办法少不了许多，因为它的首句多不入韵，所以首联容易造成对偶，例如：

除　夜　　王　諲

今岁今宵尽，明年明日催。
寒随一夜去，春逐五更来。

气色空中改，容颜暗里回。
风光人不觉，已著后园梅。

饯田尚书还兖州 张 谓

忠义三朝许，威名四海闻。
更乘归鲁诏，犹忆破胡勋。
别路逢霜雨，行营对雪云。
明朝郭门外，长揖大将军。

晚夏归别业 张 祜

古岸扁舟晚，荒园一径微。
鸟啼新果熟，花落故人稀。
宿润侵苔甃，斜阳照竹扉。
相逢尽乡老，无复话时机。

送韩校书 许 浑

恨与前欢隔，愁因此会同。
迹高芸阁吏，名散雪楼翁。
城闭三秋雨，帆飞一夜风。
酒醒鲈脍美，应在竟陵东。

13.7 就七律而论，首联的对仗较为少见，因为首句以入韵为常，而入韵的出句不很便于属对的缘故。至于首句不入韵的七律，则往往用对偶，例如：

咏怀古迹 杜 甫

支离东北风尘际，漂泊西南天地间。
三峡楼台淹日月，五溪衣服共云山。
羯胡事主终无赖，词客哀时且未还。
庾信平生最萧瑟，暮年诗赋动江关。

和令狐六员外直夜即事寄上相公 姚 合

霜台同处轩窗接，粉署先登语笑疏。
皓月满帘听玉漏，紫泥盈手发天书。

吟诗清美招闲客，对酒逍遥卧直庐。
荣贵人间难有比，相公离此十年余。

【附注】仇兆鳌曰：“按杜诗七律，凡首句无韵者，多对起，如‘五夜漏声催晓箭，九重春色醉仙桃’是也。亦有无韵而散起者，如‘使君高义驱今古，流落三年坐剑州’是也。其首句用韵者，多散起，如‘丞相祠堂何处寻？锦官城外柏森森’是也。亦有用韵而对起者，如‘勋业终归马伏波，功曹非复汉萧何’是也。大家变化，无所不宜，在后人当知起法之正变也。”

13.8　但是，首句入韵的律诗并不一定妨碍首联的对仗；遇方便时仍有属对的可能，例如：

春夜别友人　　陈子昂

银烛吐青烟，
金尊对绮筵。
离堂思琴瑟，别路绕山川。
明月隐高树，长河没晓天。
悠悠洛阳去，此会在何年！

故西河郡杜太守挽歌　　王　维

涂刍去国门，
秘器出东园。
太守留金印，夫人罢锦轩。
旌旗转衰木，箫鼓上寒原。
坟树应西靡，长思魏阙恩。

姑熟官舍　　许　浑

草生官舍似闲居，
雪照南窗满素书。
贫后始知为吏拙，病来还喜识人疏。
青云岂有窥梁燕，浊水应无避钓鱼。
不待秋风便归去，紫阳山下是吾庐。

杭州春望 白居易

望海楼明照曙霞，
护江堤白踏晴沙。
涛声夜入伍员庙，柳色春藏苏小家。
红袖织绫夸柿蒂，青旗酤酒趁梨花。
谁开湖寺西南路？草绿裙腰一道斜。

13.9 另一种富的对仗和上面的一种恰恰相反：律诗的首联不用对仗，却在尾联用对仗。这样，对仗也共有三联，但对仗的位置不尽相同。这种富的对仗非常罕见，现在只举两个例子如下：

悲　秋 杜　甫

凉风动万里，群盗尚纵横。
家远传书日，秋来为客情。
愁窥高鸟过，老逐众人行。
始欲投三峡，何由见两京！

闻官军收河南河北 杜　甫

剑外忽传收蓟北，初闻涕泪满衣裳。
却看妻子愁何在？漫卷诗书喜欲狂。
白日放歌须纵酒，青春作伴好还乡。
即从巴峡穿巫峡，便下襄阳向洛阳。

13.10 律诗本借散行的句子来表示结束，所以末联对仗的律诗不为诗人们所喜用。但是，王维却有几首全首用对仗的律诗：

送李判官赴东江

闻道皇华使，方随皂盖臣。
封章通左语，冠冕化文身。
树色分扬子，潮声满富春。
遥知辨璧吏，恩到泣珠人。

故西河郡杜太守挽歌

天上去西征，

云中护北平。
生擒白马将，连破黑雕城。
忽见刍灵苦，徒闻竹使荣。
空留左氏传，谁继卜商名？

既蒙宥罪旋复拜官

忽闻汉诏还冠冕，始觉殷王解网罗。
日比皇明犹自暗，天齐圣寿未云多。
花迎喜气皆知笑，鸟识欢心亦解歌。
闻道百城新佩印，还来双阙共鸣珂。

杜甫也有一首：

禹　庙

禹庙空山里，秋风落日斜。
荒庭垂橘柚，古屋画龙蛇。
云气生虚壁，江声走白沙。
早知乘四载，疏凿控三巴。

13.11　这种多余的对仗，后代极少人模仿。我们只看见朱熹有一首诗可以归入这一个类型：

登定王台

寂寞番王后，光华帝子来。
千年余故国，万事只空台。
日月东西见，湖山表里开。
从知爽鸠乐，莫作雍门哀。

13.12　明白了律诗的对仗之后，排律的对仗就非常容易了解。排律也像律诗一般地首联和尾联可以不用对仗；中间无论有多少联语，一律须用对仗。排律因为多系五言，首句多不入韵，所以首联也像五律一般地容易用对仗，甚至比五律更为常见，所以应该认为正例。尾联因为要结束，所以用对仗者非常罕见。现在分别举例如下：

1. 除尾联外，一律用对仗（正例）：

送柴司户充刘卿判官之岭外 高 适

岭外资雄镇，朝端宠节旄。
月卿临幕府，星使出词曹。
海对羊城阔，山连象郡高。
风霜驱瘴疠，忠信涉波涛。
别恨随流水，交情脱宝刀。
有才无不适，行矣莫徒劳！

2. 首尾两联都不用对仗（变例）：

上白帝城 杜 甫

江城含变态，一上一回新。
天欲今朝雨，山归万古春。
英雄遗事业，衰迈久风尘。
取醉他乡客，相逢故国人。
兵戈犹拥蜀，赋敛强输秦。
不是烦形胜，深惭畏损神。

3. 全首用对仗（罕例）：

三月三日勤政楼侍宴应制 王 维

彩仗连宵合，琼楼拂曙通。
年光三月里，宫殿百花中。
不数秦王日，谁将洛水同？
酒筵嫌落絮，舞袖怯春风。
天保无为德，人欢不战功。
仍临九衢宴，更达四门聪。

13.13 绝句是截取律诗的两联：如果截取首尾两联，则完全不用对仗；如果截取后两联，则前者对仗而后者不对仗；如果截取前两联，则前者不对仗而后者对仗；如果截取中两联，则全首用对仗。上文第三节里已有详细的讨论和举例，兹不赘及。

【附注】仇兆鳌曰:"五言绝句始于汉魏乐府,六朝渐繁,而唐人尤盛。大约散起散结者,一气流注,自成首尾,此正法也。若四句皆对,似律诗中联,则不见首尾呼应之妙。必如王勃《赠李十四》诗:'乱竹开三径,飞花满四邻。从来扬子宅,别有尚玄人。'岑参(力按:当作王之涣)《登鹳雀楼》诗:'白日依山尽,黄河入海流。欲穷千里目,更上一层楼。'钱起《江行》诗:'兵火有余烬,贫村才数家。无人争晓渡,残月下寒沙。'令狐楚《从军》诗:'胡风千里惊,汉月五更明。纵有还家梦,犹闻出塞声。'以上数诗,皆语对而意流,四句自成起讫,真佳作也。若少陵《武侯庙》诗:'遗庙丹青落,空山草木长。犹闻辞后主,不复卧南阳。'其气象雄伟,词旨剀切,则又高出诸公矣。莫谓'迟日'一首(力按:指杜诗《绝句》'迟日江山丽,春风花草香')但似学堂对句也。至于对起散结者,如卢僎《南楼望》诗:'去国三巴远,登楼万里春。伤心江上客,不是故乡人。'李白《独坐敬亭山》诗:'众鸟高飞尽,孤云独去闲。相看两不厌,只有敬亭山。'柳宗元《江雪》诗:'千山鸟飞绝,万径人踪灭。孤舟蓑笠翁,独钓寒江雪。'又有散起对结者,如骆宾王《易水送别》诗:'此地别燕丹,壮士发冲冠。昔时人已没,今日水犹寒。'宋之问《别杜审言》诗:'卧病人事绝,嗟君万里行。河桥不相送,江树远含情。'孟浩然《宿建德江》诗:'移舟泊烟渚,日暮客愁新。野旷天低树,江清月照人(力按:当作'月近人')。'杜诗如:'江碧鸟逾白,山青花欲然。今春看又过,何日是归年?'此即双起单结体也。如:"江上亦秋色,火云终不移。巫山犹锦树,南国且黄鹂。'此即单起双结体也。又有四句似对非对,而特见高古者,如裴迪《孟城坳》诗:'结庐古城下,时登古城上。古城非畴昔,今人自来往。'太上隐者《答人》诗:'偶来松树下,高枕石头眠。山中无历日,寒尽不知年。'则又脱尽蹊径矣。杜诗如:'万国尚戎马,故园今若何?昔归相识少,早已战场多。'此散对浑成之作也。"又仇氏引杨慎曰:"绝句四句皆对,少陵'两个黄鹂鸣翠柳'是也。然不相连属，即是律中四句耳。唐绝万首，如韦苏州：“踏阁攀林恨不同，楚云沧海思无穷。数家砧杵秋山下，一郡荆榛寒雨中。’又刘长卿：‘寂寂孤莺啼杏园，寥寥一犬吠桃源。落花芳草无寻处，万壑千峰独闭门。’二首绝妙，盖字句虽对，而意则一贯也。其余如李峤《送司马承祯还山》云：‘蓬阁桃源两地分，人间海上不相闻。一朝琴里悲黄鹤，何日山头望白云？’又柳中庸《狂人怨》云：‘岁岁金河复玉关，朝朝马策与刀镮。三春白雪归青冢，万里黄河绕黑山。’又周朴《边塞曲》云：‘一队风来一队沙，有人行处没人家。黄河九曲冰先合，紫塞三春不见花。’斯亦其次也。”仇兆鳌曰：“升庵所引，此一体也。唐人诸法毕备，皆当参考，以取众家之长。凡绝句散起散结者，乃截律诗首尾，如李白《春夜洛城闻笛》云：‘谁家玉笛暗飞声？散入春风花满城。此夜曲中闻折柳，何人不起故园情？’张继《枫桥夜泊》云：‘月落乌啼霜满天，江枫渔火对愁眠。姑苏城外寒山寺，夜半钟声到客船。’是也。有对起对结者，乃截律诗中四句，如张仲素《汉苑行》云：‘回雁高飞太液池，新花低发上林枝。年光到处皆堪赏，春色人间总未知。’王烈《塞上曲》云：‘红颜岁岁老金微，砂碛年年卧铁衣。白草城中春不入，黄花戍上雁长飞。’有似对非对者，如张祜《胡渭州》云：‘亭亭孤月照寒舟，寂寂长江万里流。乡国不知何处是，云山漫漫使人愁。’张敬忠《边词》云：‘五原春色归来迟，二月垂杨未挂丝。即今河畔冰开日，正是长安花发时。’是也。有散起对结者，乃截律诗上四句，如李白《上皇西巡歌》云：‘谁道君王行路难？六龙西幸万人欢。地转锦江成渭水，天回玉垒作长安。’李华《春行寄兴》云：‘宜阳城下草萋萋，涧水东流复向西。芳草无人花自落，春山一路鸟空啼。’有对起散结者，乃截律诗下四句，如李白《东鲁门泛舟》云：‘日落沙明天倒开，波摇石动水萦回。轻舟泛月寻溪转，疑是山阴雪后来。’雍陶《韦处士郊居》云：‘满庭诗景飘红叶，绕砌琴声滴暗泉。门外晚晴秋色老，万条寒玉一溪烟。’是也。有全首声律谨严，不爽一字者（力按：指第一、第三字都依平仄格式),如白居易《竹枝词》云:‘瞿塘峡口冷烟低,白帝城头月向西。唱到竹枝声咽处,寒猿晴鸟一时啼。’(力按:‘竹’字、‘晴’字未全合。)贾岛《渡桑乾》云:‘客舍并州已十霜,归心日夜忆咸阳。无端更渡桑乾水,却望并州是故乡。’有平仄不谐,而近于七古者,如李白《山中问答》云:‘问余何意栖碧山,笑而不答心自闲。桃花流水杳然去,别有天地非人间。’韦应物《滁州西涧》云:‘独怜幽草涧边生,上有黄鹂深树鸣。春潮带雨晚来急,野渡无人舟自横。’有平仄未谐,而并押仄韵者,如君山《父老闲吟》云:‘湘中老人读黄老,手援紫蘽坐碧草。春至不知湖水深,日暮忘却巴岭道。’李洞《绣岭宫》云:‘春草萋萋春水绿,野棠开尽飘香玉。绣岭宫前鹤发翁,犹唱开元太平曲。’有首句不押韵脚,而以仄对平者,如王维《九日忆兄弟》云:‘独在异乡为异客,每逢佳节倍思亲。遥知兄弟登高处,遍插茱萸少一人。’《戏题盘石》云:‘可怜盘石临泉水,复有垂杨拂酒杯。若道春风不解意,何因吹送落花来?’”

第十四节　对仗的种类

14.1　我们曾经有机会说过,对仗的范畴越小,就越工整。现在我们将讨论对仗的范畴。诗人们对于动词副词代名词等,都没有详细的分类:形容词中,只有颜色和数目(如果把数目认为形容词的话)是自成种类的,其余也没有细分。因此,所谓对仗的范畴,差不多也就是名词的范畴。诗人们对于名词,却分得颇为详细。在同一种类相为对仗者,叫做工对;否则可以叫做宽对。不过,名词的范畴似乎也没有明文规定,只有科举时代某一些韵书里附载着若干门类。现在大致依照传统的说法,略加分析,并叙述如下:

【附注】《诗韵合璧》下层载《诗韵集成》,中层载《词林典腋》,上层载《诗腋》。《词林典腋》和《诗腋》专载对偶的词句,并分别门类,作为示范。《词林典腋》所分的门类如下:

1. 天文门　2. 时令门　3. 地理门　4. 帝后门
5. 职官门　6. 政治门　7. 礼仪门　8. 音乐门
9. 人伦门　10. 人物门　11. 闺阁门　12. 形体门
13. 文事门　14. 武备门　15. 技艺门　16. 外教门
17. 珍宝门　18. 宫室门　19. 器用门　20. 服饰门
21. 饮食门　22. 菽粟门　23. 布帛门　24. 草木门
25. 花卉门　26. 果品门　27. 飞鸟门　28. 走兽门
29. 鳞介门　30. 昆虫门

外编

1. 台头对(指歌颂帝王的话)
2. 颜色对　3. 数目对　4. 卦名对　5. 干支对
6. 姓名人物对　7. 虚字对

《诗腋》所分的门类如下:

1. 帝治部　2. 仕进部　3. 德性部　4. 人伦部
5. 人事部　6. 天文部　7. 时令部　8. 地理部
9. 礼制部　10. 乐律部　11. 文学部　12. 文具部
13. 武备部　14. 武具部　15. 外教部　16. 形体部
17. 技艺部　18. 宫室部　19. 服饰部　20. 器用部
21. 珍宝部　22. 稼穑部　23. 农桑部　24. 饮食部
25. 草部　26. 木部　27. 花部　28. 果部
29. 禽部　30. 兽部　31. 鳞介部　32. 昆虫部

外编

1. 干支　2. 方位　3. 数目　4. 彩色

但是,《词林典腋》和《诗腋》的目的,只着重在词藻方面,并不是规定同门相对才是工整。若专就对仗而论,分类自可较宽,例如《词林典腋》以"兰"入草木门,"菊"入花卉门(《诗腋》同),然而"兰、菊"相对应该是最工整的。因此,我们就把草木花果合并为一门。依此归并,就只有十一类廿八门(连人名、地名、数目、方位、颜色、干支、虚字在内）了。

14.2　第一类

1. 天文门

例字：天　空　日　月　风　雨　霜　雪　霰　雷　电
　　　虹　霓　霄　云　霞　霭　气　烟　星　斗　岚
　　　阳　照　晖　曛　露　雾　烽　火　阴　飙

例句：

海云迷驿道，江月隐乡楼。（李白《寄淮南友人》）
北风随爽气，南斗避文星。（杜甫《衡州送李大夫》）
渡头余落日，墟里上孤烟。（王维《辋川闲居》）
湿湿岭云生竹菌，冥冥江雨熟杨梅。（王安石《寄袁州曹伯玉使君》）
支枕星河棋醉后，入帘风絮报春深。（秦观《次韵裴仲谟》）

2. 时令门

例字：年　岁　月　日　时　刻　世　节　春　夏
　　　秋　冬　晨　夕　朝　晚　午　宵　昼　夜
　　　伏　腊　寒　暑　晴　晦　朔　昏　晓　闰

例句：

酒醒秋簟冷，风急夏衣轻。（元稹《晚秋》）
万木迎秋序，千峰驻晚晖。（李嘉祐《至七里滩作》）
黍苗期腊酒，霜叶是寒衣。（包何《江山田家》）
送春唯有酒，销日不过棋。（白居易《官舍闲题》）
半夜灰移琯，明朝帝御裘。（元稹《赋得九月尽》）
隔岁乡书绝，新寒酒病生。（张咏《县斋秋夕》）
雪径晴犹冻，烟江晚不潮。（周孚《赠萧光祖》）

第二类

3. 地理门

例字：地 土 山 水 江 河 川 湖 海 波 浪 涛
潮 冰 池 洲 渚 林 京 国 潭 泽 渠 桥
乡 村 关 塞 戍 城 市 道 路 径 衢 峰
园 苑 圃 墓 坟 岩 崖 石 磴 堤 陇 禁
掖 郭 郊 州 县 邑 郡 镇 墟 壤 泥 畦
岸 峡 田 谷 坞 屿 浦 溪 境 家 岭 原
涧 渡 驿 塘 沙 尘 泉 冈 矶

例句：

红颜归故国，青岁歇芳洲。（李白《寄淮南友人》）
野凉侵闭户，江满带维舟。（杜甫《夜雨》）
虏骑瞻山哭，王师拓地飞。（徐九皋《战城南》）
柳堤随草远，麦陇带桑平。（范成大《将至石湖》）
怪松欹岸出，古庙背河开。（杨万里《过张王庙》）

4. 宫室门

例字：房 宅 庐 舍 楼 台 堂 斋 宫 室 阁
门 闾 塔 巷 街 墙 垣 壁 窗 牖 户
槛 梁 柱 檐 廊 阶 砌 庭 除 仓 库
坛 篱 扉 阙 殿 署 井 栏 楹 寺 观
庙 店 堞 壕 垒 屯 瓦 甍 馆 亭 榭

例句：

隔牖风惊竹，开门雪满山。（王维《冬晚对雪忆胡居士》）
霜引台乌集，风惊塔雁飞。（张谓《道林寺送莫侍御》）
唯看上砌湿，不遣入帘深。（包何《赋得隔帘见春雨》）
石坛遗鹤羽，粉壁剥龙形。（赵师秀《桐柏观》）

第三类

5. 器物门

例字：舟　船　舫　舠　车　辇　钟　磬　砧　床　榻　枕
簟　席　茵　旌　旗　鼓　角　干　戈　刀　剑　弓
箭　枪　槊　戟　弩　灯　檠　镜　案　座　幌　帘
箔　帏　屏　帷　幄　香　烛　炉　棹　桅　篷　樯
帆　桨　桡　壶　杯　觞　樽　觥　珂　铃　辔　鞍
鞭　策　绳　甑　釜　箱　箧　尺　盘　碗　盆　缸
帘　钥　钱　箪　瓢　杓　瓮　瓶

例句：

寻花缓辔逶迤去，带酒垂鞭蹀躞来。（刘禹锡《裴相公大学士见示》）

大瓢贮月归春瓮，小杓分江入夜瓶。（苏轼《汲江煎茶》）

晚色催征棹，斜阳恋去桅。（杨万里《过张王庙》）

前驺驱弩过，别境荷戈还。（韩琦《过故关》）

彩树转灯珠错落，绣檀回枕玉雕锼。（李商隐《富平少侯》）

6. 衣饰门

例字：衣　裳　襟　袂　裙　裾　巾　冠　帽　环　钗
珮　珰　带　绂　绶　簪　缨　杖　屦　靴　屐
袍　衫　裘　襦　毡　扇　冕　旒　盔　甲

例句：

歌榭白团扇，舞筵金缕衫。（刘禹锡《和汴州令狐相公》）

草润衫襟重，沙干屐齿轻。（白居易《野行》）

便留朱绂还铃阁，却著青袍侍玉除。（白居易《初除尚书郎脱刺史绯》）

燕山腊雪销金甲，秦苑秋风脆锦衣。（黄滔《塞上》）

7. 饮食门

例字：酒 茶 糕 饼 饧 醪 齑 鲙 药 丹 餐 茗
酿 醅 浆 饭 肴 馔 蔬 笋 菜 酎 粥 饘
醢 醯 盐 酱 脤 胙 羹 汤 脯 蜜

例句：

受脤新梁苑,和羹旧傅岩。(刘禹锡《和汴州令狐相公》)
身健却缘餐饭少,诗清都为饮茶多。(徐玑《赠徐照》)
酒似粥醲知社到,饼如盘大喜秋成。(陆游《秋晚闲步》)
酝成十日酒,味敌五云浆。(刘禹锡《和令狐相公谢太原李侍中寄蒲桃》)

第四类

8. 文具门(包括文人用品)

例字：笔 墨 砚 纸 笺 印 钤 签 筒 筹
签 书 剑 琴 瑟 弦 箫 笛 棋 卷
轴 幅 幛 简 策 册 翰 毫

例句：

毫端分马类,墨点辨蛾眉。(欧阳詹《早秋登慈恩寺塔》)
童心便有爱书癖,手指今余把笔痕。(刘禹锡《送周鲁儒赴举》)
静对挥宸翰,闲临襞彩笺。(刘禹锡《奉和中书崔舍人》)

9. 文学门

例字：诗 书 赋 檄 疏 章 句 经 论 集
策 约 文 字 信 缄 诏 令 符 箓
旨 敕 篇 编 碑 碣 词 辞 咏 图
画 歌 谣 制 诰 典 籍 札

例句：

旧约鸥能记,新诗雁不传。(周孚《元日怀陈道人》)

匡衡抗疏功名薄,刘向传经心事违。(杜甫《秋兴》)

子美集开诗世界,伯阳书见道根源。(王禹偁《日长简仲咸》)

近书无便寄,新句与谁评?(赵师秀《杨柳塘寄徐照》)

灯火诗书如梦寐,麒麟图画属浮云。(黄庭坚《次韵外舅谢师厚》)

渤海归人将集去,梨园弟子请词来。(刘禹锡《酬杨司业巨源》)

制诰留台阁,歌词入管弦。(刘禹锡《酬乐天醉后狂吟》)

几日赋诗秋水寺,经年草诏白云司。(赵嘏《送李蕴赴郑州》)

第五类

10. 草木花果门

例字:树　木　花　草　萝　藤　柳　杨　蕉　荇　蓼
菊　桂　枝　条　叶　桃　杏　李　梅　蕊　絮
梨　榴　橙　橘　柑　柚　芦　荻　麦　禾　苔
藓　药　蔬　莲　荷　茎　根　竹　篁　梗　芜
萼　蒂　兰　蕙　芝　葛　椒　松　柏　菱　芡
菰　蕖　榆　杉　椿　萱　楸　樗　葭　苇　蒲

例句:

一川花送客,二月柳迎春。(綦毋潜《送郑务拜伯父》)

余滴下纤蕊,残珠堕细枝。(元稹《赋得雨后花》)

苇干云梦色,橘熟洞庭香。(马戴《送客南游》)

新水乱侵青草路,残烟犹傍绿杨村。(雍陶《塞路晚晴》)

11. 鸟兽虫鱼门

例字:马　牛　鸡　犬　鸿　雀　鲤　鲈　鹤　鹍　貂　狐
鱼　虾　雉　凤　莺　燕　鸟　禽　兽　鹿　虎　豹
狼　蛇　龙　狗　雕　雁　猿　蝶　鸭　鹏　鸦　虫
蝉　鸥　鸠　鸾　鹘　蚌　龟　鳌　蝇　蚊　乌　骏
骢　鹃　驹　骊　麋　麖　鹄　螭　豸　獬　蟹　犀

象　蟾　蚕　兔　鹊　蛛　蛟　隼　鸳　鸩　鹭　鹳
鹅　皂　鼠　猫　蛾　蚁

例句：

听猿收泪罢，系雁侍书稀。（綦毋潜《送崔员外黔中监选》）

上山随老鹤，接酒待残莺。（元稹《独游》）

自握蛇珠辞白屋，欲凭鸡卜谒金门。（刘禹锡《送周鲁儒赴举》）

锁衔金兽连环冷，水滴铜龙昼漏长。（薛逢《宫词》）

第六类

12. 形体门

例字：身　心　肌　肤　骨　肉　头　首　眼　眉　鼻
准　额　颜　面　脸　颊　须　髯　耳　目　手
足　肩　腰　腹　脐　膝　胫　胸　背　睛　瞳
影　魂　声　色　音　容　迹　羽　翼　翅　翎
蹄　角　觜　牙　齿　口　唇　毛　爪　翮　膂

例句：

江月随人影，山花趁马蹄。（张谓《送裴侍御归上都》）

胫弱秋添絮，头风晓废梳。（包佶《岭下卧疾》）

懒镊从须白，休治任眼昏。（白居易《晚出西郊》）

不逢萧史休回首，莫见洪崖又拍肩。（李商隐《碧城》）

垂手乱翻雕玉佩，招腰争舞郁金裙。（李商隐《牡丹》）

何处拂胸资蝶粉？几时涂额藉蜂黄？（李商隐《酬崔八早梅有赠兼示之作》）

初分隆准山河秀，再点重瞳日月明。（李远《赠写御容李长史》）

13. 人事门（一部分由动词转成）

例字：功　名　恩　怨　愁　闲　才　情　歌　舞　妆

吟　笑　谈　宴　游　羞　妒　言　论　志　道
思　感　荣　宠　爱　憎　语　辞　力　势　醉
梦　气　怀　意　事　心　性　灵　德　品　行

例句：

言危无继者，道在有明神。（吴融《旅中送迁客》）
羞多转面语，妒极定睛看。（吴融《春词》）
残妆添石黛，艳舞落金钿。（张谓《扬州雨中张十七宅观妓》）
诸郎宴罢银灯合，仙子游回璧月斜。（韦庄《咸通》）
避客野鸥如有感，损花微雪似无情。（韩偓《重游曲江》）
五色天书辞焕烂，九华春殿语从容。（杨巨源《寄中书同年舍人》）
梦绕天山外，愁翻锦字中。（窦巩《少妇词》）

第七类

14. 人伦门（人品包括在内）

例字：兄　弟　父　母　君　臣　夫　妻　朋　友
翁　姑　子　妇　儿　女　婿　叔　伯　伴
侣　圣　贤　仙　佛　鬼　将　相　士　农
侯　王　军　兵　渔　樵　叟　僧　尼　伎（妓）

例句：

道光先帝业，义激旧君恩。（高适《魏郑公》）
锦帐郎官醉，罗衣舞女娇。（李白《寄王汉阳》）
魂应绝地为才鬼，名与遗编在史臣。（陆龟蒙《和过张祜处士丹阳故居》）
名应不朽轻仙骨，理到忘机近佛心。（司空图《山中》）
应倾谢女珠玑箧，尽写檀郎锦绣篇。（罗隐《七夕》）
庄叟静眠清梦永，客儿芳意小诗多。（殷文圭《题吴中陆龟蒙山斋》）

15. 代名对

例字:吾 我 余 予 汝 尔 君 子 他 谁

何 孰 或 自 己 相 者 人

注意:“此”字入普通形容词一类,不入代名词一类。

例句:

他皆任厚地,尔独近高天。(杜甫《白盐山》)

枸杞因吾有,鸡栖奈汝何!(杜甫《恶树》)

老去争由我?愁来欲泥谁?(白居易《新秋》)

柳条绿日君相忆,梨叶红时我始知。(白居易《渭村酬李二十见寄》)

别馆君孤枕,空庭我闭关。(李商隐《戏赠张书记》)

顾我无衣搜荩箧,泥他酤酒拔金钗。(元稹《遣悲怀》)

谁家促席临低树?何处横钗戴小枝?(秦韬玉《对花》)

自要乘风随羽客,谁同种玉验仙经?(高骈《和王昭符进士》)

峰直帆相望,沙空鸟自飞。(江为《江行》)

第八类

16. 方位对

例字:东 南 西 北 中 外 里 边 前 后

左 右 上 下

例句:

山合东西瞻使节,地分南北任流萍。(杜甫《严中丞枉驾见过》)

虏灭南侵迹,朝分北顾忧。(吕温《奉送范司空赴朔州》)

西岛落花随水至,前山飞鸟出云来。(欧阳詹《薛舍人使君观察》)

街西借宅多临水,马上逢人亦说山。(张籍《酬秘书王丞见寄》)

晴山烟外翠,香蕊日边新。(高弁《省试春台晴望》)

小书楼下千竿竹,深火炉前一盏灯。(杜甫《竹楼宿》)

保奭方为左，希文自请西。（杨万里《虞丞相挽词》）

17. 数目对

例字：一　二　三　四　五　六　七　八　九　十
百　千　万　两　双　孤　独　数　几　半
再　扁（舟）　群　诸　众

例句：

近看三岁字，远见百年心。（张谓《寄李侍御》）
九门寒漏彻，万里曙钟多。（王维《同崔员外秋宵寓直》）
不惜孤舟去，其如两地春。（储光羲《洛阳东门送别》）
舞爱双飞蝶，歌闻数里莺。（张籍《寒食书事》）
穷泉百死别，绝域再生归。（吕温《蕃中拘留岁余》）
半帘绿透偎寒竹，一榻红侵坠晚桃。（谭用之《途次宿友人别墅》）
万卷图书千户贵，十洲烟景四时和。（殷文圭《题吴中陆龟蒙山斋》）
鸟与孤帆远，烟和独树低。（苑咸《登润州城》）

18. 颜色对

例字：红　黄　白　黑　青　绿　赤　紫　翠　苍
蓝　碧　朱　丹　绯　赭　金（黄）　玉（白）
银（白）　粉（白）　彩　素　玄　黔　缁　皓

例句：

红颜弃轩冕，白首卧松云。（李白《赠孟浩然》）
寒潭映白月，秋雨上青苔。（刘长卿《游休禅师双峰寺》）
映阶碧草自春色，隔叶黄鹂空好音。（杜甫《蜀相》）
歌榭白团扇，舞筵金缕衫。（刘禹锡《和汴州令狐相公》）
玉窗抛翠管，轻袖掩银鸾。（李远《观廉女真葬》）

19. 干支对

例字：甲 乙 丙 丁 戊 己 庚 辛 壬 癸 子

丑 寅 卯 辰 巳 午 未 申 酉 戌 亥

例句：

不须愁犯卯，且乞醉过申。（马异《暮春醉中寄李干秀才》）

寅年篱下多逢虎，亥日沙头始卖鱼。（白居易《得微之到官后》）

第九类

20. 人名对

例句：

见逐张征虏，今思霍冠军。（王维《送张判官赴河西》）

推贤有愧韩安国，论旧犹存盛孝章。（刘禹锡《赠同年陈长史员外》）

兰亭宴罢方回去，雪夜诗成道韫归。（李商隐《令狐八拾遗绹见招》）

世乱共嗟王粲老，时危俱受信陵恩。（罗隐《江南寄所知周仆射》）

21. 地名对

例句：

楚水青莲净，吴门白日闲。（张谓《送青龙一公》）

山形如岘首，江色似桐庐。（白居易《百花亭》）

香积筵承紫泥诏，昭阳歌唱碧云词。（白居易《广宣上人以应制诗见示》）

马穿暮雨荆山远，人宿寒灯郢梦长。（李群玉《送萧十二校书赴郢州婚姻》）

第十类

22. 同义连用字(大致相似之义亦包括在内)

例句:

楚地劳行役,秦城罢鼓鼙。(张谓《送裴侍御归上都》)
谁爱风流高格调,共怜时世俭梳妆。(秦韬玉《贫女》)
世路变陵谷,人情验友朋。(李群玉《杜门》)
佯嗔阿母留宾客,暗为王孙换绮罗。(韩琮《题商山店》)

23. 反义连用字

例句:

兴亡留日月,今古共红尘。(司马礼《登河中鹳雀楼》)
逝川前后水,浮世短长生。(李群玉《长沙开元寺》)
纵横一川水,高下数家村。(王安石《即事》)
日月东西见,湖山表里开。(朱熹《登定王台》)

24. 联绵字

例句:

外地见花终寂寞,异乡闻乐更凄凉。(韦庄《思归》)
薜荔惹烟笼蟋蟀,芰荷翻雨泼鸳鸯。(沈彬《秋日》)
天际欲销重惨澹,镜中闲照正依稀。(韩琮《霞》)
翡翠莫夸饶彩饰,鸊鹈须羡好毛衣。(崔珏《和友人鸳鸯之什》)

25. 重叠字

柳陌虽愁风袅袅,葱河犹自雪漫漫。(章碣《春别》)
花心露洗猩猩血,水面风披瑟瑟罗。(殷文圭《题吴中陆龟蒙山斋》)
处处落花春寂寂,时时中酒病厌厌。(刘兼《春日醉眠》)
女妓还闻名小小,使君谁许唤卿卿?(刘禹锡《白舍人自杭州寄新诗》)

第十一类

26. 副词(其由形容词转成者不列)

例字:忽 渐 才 乍 已 将 欲 拟 即 皆 俱
争(怎) 岂 空 徒 枉 频 屡 每 亦 却 休
莫 不 未 只 但 惟 尚 又 复 曾 尝 须
应 宜 合 犹 虽 且 更 可 能 殊 甚 颇
稍 堪 竟 还 顿 浑 漫 转 翻 浪

例句:

翠衿浑短尽,红觜漫多知。(杜甫《鹦鹉》)
艳极翻含怨,怜多转自娇。(元稹《赠双文》)
老去争由我?愁来欲泥谁?(白居易《新秋》)
竹叶岂能消积恨?丁香空解结同心!(韦庄《悼亡姬》)
彩雉斗时频驻马,酒旗翻处亦留钱。(窦巩《南阳道中作》)
金丹拟驻千年貌,玉指休匀八字眉。(张萧远《送宫人入道》)
将敲碧落新斋磬,却进昭阳旧赐筝。(项斯《送宫人入道》)
阴成杏叶才通日,雨著杨花已污尘。(薛能《晚春》)

27. 连介词

例字:与 和 共 同 并 且 还 於 而 则
于 因 为 之

例句:

羌妇语还哭,胡儿行且歌。(杜甫《日暮》)
相车问罢同牛喘,大厦成时与燕来。(宋祁《将到都先献枢密太尉相公》)
鸟与孤帆远,烟和独树低。(苑咸《登润州城》)
因思桂蠹伤肌骨,为忆松鹅损性灵。(皮日休《病孔雀》)

28. 助词

例字:也 矣 焉 旃 哉 欤(与) 乎 耶 尔

然　止　之(代名词"之"字被诗人认为助词一类)

例句:

贾傅竟行矣,邵公惟泫然。(卢纶《奉和陕州十四翁》)
处世心悠尔,于时思索然。(李群玉《春寒》)
光华扬盛矣,霄汉在兹乎!(高适《真定即事奉赠韦使君》)
已矣归黄壤,伤哉梦白鸡!(杨万里《虞丞相挽词》)
晨趋叹劳止,夕愒念归与。(杨亿《受诏修书述怀感事》)

14.3　以上所分各类,并没有明显的界限。例如"霜"归天文,而"冰"应归地理,这里区分不一定找得出科学的根据。有时候,不同门却是常常并称的:"天"和"地"、"雪"和"冰"、"风"和"浪",等等,虽然分属两门,而它们相对却是最工。

14.4　这些种类的次序并不是随意排列的,凡不同门而同类的字,性质最近;既不同门,又不同类,然而邻近者,也往往用为对仗。详细的讨论将见于下节。

第十五节　对仗的讲究和避忌

15.1　对仗可分为三类:第一类是工对,例如,以天文对天文,以人伦对人伦,等等;第二类是邻对,例如以天文对时令,以器物对衣服,等等;第三类是宽对,就是以名词对名词,以动词对动词(甚或对形容词),等等。诗人之所以不处处都用工对,自有其修辞上的理由。近体诗受平仄的拘束已经不小,如果在对仗上也处处求工,那么,思想就没有回旋的余地了。再者,求工太过,就往往弄到同义相对,如"室"对"房"、"别"对"离"、"懒"对"慵"、"同"对"共"等,两句话差不多只有一句的意思。意简言繁,是诗人所忌;所以工对最好是"妙手偶得之",其次是在不妨碍意境的情形之下,尽可能求其工。这虽是属于技巧的问题,然而形式往往是受了技巧的影响的,不能不略为谈及。

15.2 关于工对，我们先举一些例子来看。下面的一些例子，可说是字字工整，并非像上节所举，只有一两个字属对工整而已：

绕堤龙骨冷，拂岸鸭头香。（李贺《同沈驸马赋得御沟水》）

向月穿针易，临风整线难。（祖咏《七夕》）

转来深涧满，分出小池平。（储光羲《咏山泉》）

东风千岭树，西日一洲蘋。（于武陵《南游有感》）

南檐纳日冬天暖，北户迎风夏月凉。（白居易《香炉峰下新卜山居》）

绕郭荷花三十里，拂城松树一千株。（白居易《杭州名胜》）

梦儿亭古传名谢，教伎楼新道姓苏。（同上）

雪盖青山龙卧处，日临丹洞鹤归时。（刘禹锡《麻姑山》）

15.3 有些同门类的词，在文章里常常被用为对称者，如“歌舞、声色、心迹、老病”，等等，如果用为对仗，就被认为最工，例如：

云带歌声扬，风飘舞袖翻。（张谓《早春陪崔中丞》）

莺声诱引来花下，草色勾留坐水边。（白居易《春江》）

迹避险巇翻失路，心随闲澹不因僧。（李昌符《秋夜作》）

老添新甲子，病减旧容辉。（白居易《除夜》）

15.4 有些词，虽不同门，甚至于不同类，但因常被用为对称，如“诗酒、金玉、金石、人地、人物、兵马”，等等，如果用为对仗，也被认为最工，例如：

敏捷诗千首，飘零酒一杯。（杜甫《不见》）

见酒须相忆，将诗莫浪传。（杜甫《泛江送魏十八》）

尚怜诗警策，犹记酒颠狂。（杜甫《戏题寄上汉中王》）

萦回谢女题诗笔，点缀陶公漉酒巾。（刘禹锡《柳絮》）

生计抛来诗为业，家园忘却酒为乡。（白居易《送萧处士游黔南》）

罚金殊往日，鸣玉幸同时。（张谓《寄崔澧州》）
情知点污投泥玉，犹自经营买笑金。（刘禹锡《怀妓》）
残妆添石黛，艳舞落金钿。（张谓《扬州雨中张十七宅观妓》）
草青临水地，头白见花人。（白居易《感春》）
虽无舒卷随人意，自有潺湲济物功。（罗邺《水帘》）
碛迥兵难伏，天寒马易收。（张蠙《边将》）

15.5 “无”和“不”，一个是动词，一个是副词；但因它们都是否定词，所以常被用为对仗。这样，“无”字下面自然是名词，“不”字下面自然是动词或形容词，在词性上虽不相对，也可认为相对，例如：

牛马行无色，蛟龙斗不开。（杜甫《雨》）
无才逐仙隐，不敢恨庖厨。（杜甫《麂》）
无边落木萧萧下，不尽长江滚滚来。（杜甫《登高》）
不爨井晨冻，无衣床夜寒。（杜甫《空囊》）
轩墀曾不重，翦伐欲无辞。（杜甫《苦竹》）

15.6 借对——有时候，字在句中的意义对起来本不甚工，但那字另有一个意义却恰和并行句中相当的字成为颇工或极工的对仗，这叫做借对，例如：

少年曾任侠，晚节更为儒。（王维《崔录事》）

“年节”之“节”借为“气节”之“节”。

苜蓿随天马，葡萄逐汉臣。（王维《送刘司直赴安西》）

“星汉”之“汉”借为“汉朝”之“汉”。

蒲类成秦地，莎车属汉家。（王维《送宇文三赴河西》）

“莎”草名，“车”，舟车，借为国名。

白法调狂象，玄言问老龙。（王维《黎拾遗昕裴秀才迪》）

“玄黑”之“玄”借为“玄妙”之“玄”。

花迎喜气皆知笑，鸟识欢心亦解歌。（王维《既蒙宥罪旋复拜官》）

“气息”之“气”借为“空气、运气”。

漫作《潜夫论》，虚传“幼妇”碑。（杜甫《偶题》）

“夫妇”之“夫”借为“潜夫论”之“夫”。

行李淹吾舅，诛茅问老翁。（杜甫《巫峡敝庐奉赠侍御四舅》）

“桃李”之“李”借为“行李”之“李”。

彩云萧史驻，文字鲁恭留。（杜甫《玉台观》）

“文彩”之“文”借为“文字”之“文”。

开筵当九日，泛菊外浮云。（张谓《和司空曙九日送人》）

天文之“日”借为时令之“日”。

酒债寻常行处有，人生七十古来稀。（杜甫《曲江》）

八尺曰寻，倍寻曰常，借用。

飘零为客久，衰老羡君还。（杜甫《涪江泛舟送韦班归京》）

“君臣”之“君”借为代名词之“君”。

汉苑风烟吹客梦，云台洞穴接郊扉。（李商隐《令狐八拾遗绹见招》）

“星汉”之“汉”借为“汉朝”之“汉”。

曾是寂寥金烬暗，断无消息石榴红。（李商隐《无题》）

“土石”之“石”借为“石榴”之“石”。

回日楼台非甲帐，去时冠剑是丁年。（温庭筠《苏武庙》）

"丙丁"之"丁"借为"丁壮"之"丁"。

直庐久负题红叶，出镇何妨拥碧幢。（王禹偁《寄献润州赵舍人》）

"市镇"之"镇"借为"镇守"之"镇"。

15.7　另一种借对是借音，例如：

偶值乘篮舆，非关避白衣。（王维《酬严少尹徐舍人》）

借"篮"为"蓝"，与"白"相对。

篮舆乱鞍马，缁徒换友朋。（白居易《山居》）

借"篮"为"蓝"，与"缁"相对。

事直皇天在，归迟白发生。（刘长卿《新安奉送穆谕德》）

借"皇"为"黄"，与"白"相对。

沧溟恨衰谢，朱绂负平生。（杜甫《独坐》）

借"沧"为"苍"，与"朱"相对。

马骄珠汗落，胡舞白蹄斜。（杜甫《秦州杂诗》）

借"珠"为"朱"，与"白"相对。

野鹤清晨出，山精白日藏。（杜甫《陪郑广文游何将军山林》）

借"清"为"青"，与"白"相对。

寄身且喜沧州近，顾影无如白发何。（刘长卿《江州重别薛六》）

借"沧"为"苍"，与"白"相对。

借音多见于颜色对；至于其他的对仗，就不大明显了。

15.8　本来，对仗很难字字工整；但只要每联有一大半的字是工对，其他的字虽差些，也已经令人觉得很工。尤其是颜色、数目和方位，如果对得工了，其余各字就跟着显得工。这是仔细体会得出来的。

15.9　邻对虽比工对略逊一筹，也还算是近于工整的一方面的。一般的邻对，大约可分为二十类：第一，天文与时令；第二，天文与地理；第三，地理与宫室；第四，宫室与器物；第五，器物与衣饰；第六，器物与文具；第七，衣饰与饮食；第八，文具与文学；第九，草木花卉与鸟兽虫鱼；第十，形体与人事；十一，人伦与代名；十二，疑问代词及“自、相”等字与副词；十三，方位与数目；十四，数目与颜色；十五，人名与地名；十六；同义与反义；十七，同义与联绵；十八，反义与联绵；十九，副词与连介词；二十，连介词与助词。现在分别举例如下：

1. 天文与时令

年来一夜玩，君在半天看。（欧阳詹《太原和严长官》）

晓来江气连城白，雨后山光满郭青。（张籍《寄和州刘使君》）

2. 天文与地理

山从人面起，云傍马头生。（李白《送友人入蜀》）

阴崖常抱雪，枯涧为生泉。（王昌龄《遇薛明府谒聪上人》）

3. 地理与宫室

海云迷驿道，江月隐乡楼。（李白《寄淮南友人》）

瑶台含雾星辰满，仙峤浮空岛屿微。（李白《送贺监归四明应制》）

4. 宫室与器物

虚牖传寒柝，孤灯照绝编。（欧阳詹《除夜长安客舍》）

暗澹屏帏故，凄凉枕席秋。（白居易《赠内子》）

5. 器物与衣饰

独坐亲雄剑，哀歌叹短衣。（杜甫《夜》）

傅母悲香褓，君家拥画轮。（王维《恭懿太子挽歌》）

卷衣悲画翟，持翣待鸣鸡。（王维《故西河郡杜太守挽歌》）

6. 器物与文具

得意紫鸾休舞镜，能言青鸟罢衔笺。（刘禹锡《怀妓》）
徒令上将挥神笔，终见降王走传车。（李商隐《筹笔驿》）

7. 衣饰与饮食

衣缝纰颣黄丝绢，饭下腥咸白小鱼。（白居易《即事寄微之》）
断粝作饭终年饱，大布裁袍称意宽。（陆游《冬夜读史有感》）

8. 文具与文学

满纸传相忆，裁诗怨索居。（刘禹锡《令狐仆射与余投分素深》）
兵书封锦字，手诏满香筒。（张籍《老将》）

9. 草木花卉与鸟兽虫鱼

鹊辞穿线月，花入曝衣楼。（李贺《七夕》）
青菰临水拔，白鸟向山翻。（王维《辋川闲居》）

10. 形体与人事

泪逐劝杯下，愁连吹笛生。（杜甫《泛江送客》）
晴郊别岸乡魂断，晓树啼乌客梦残。（王初《送王秀才》）

11. 人伦与代名

鱼鳖为人得，蛟龙不自谋。（杜甫《江涨》）
物外无知己，人间一癖王。（卢仝《自咏》）
悲君随燕雀，薄宦走风尘。（杜甫《赠别何邕》）
怜尔解临池，渠爷未学诗。（王维《戏题示萧氏甥》）
才士得神秀，书斋闻尔为。（杜甫《和江陵宋大少府》）

12. 疑问代词及“自、相”等字与副词

谁言断车骑？空忆盛衣冠！（王维《故太子太师徐公挽歌》）
烟尘怨别唯愁隔，井邑萧条谁忍论？（李嘉祐《秋晓招隐寺

东峰茶宴送内弟》）

得无中夜舞？谁忆《大风歌》？（杜甫《伤春》）

从容非所羡，辛苦竟何功？（吕温《青海西寄窦三端公》）

丹经如不谬，白发亦何能？（李洞《送人之天台》）

戏马台荒年自久，斩蛇人去事空传。（贺铸《九日登戏马台》）

莫话故园空矫首，相从逆旅足开颜。（张元干《奉送晁伯南归》）

注意："自、相"二字用如副词，最易了解。至于"谁、何"等字，现代语法家无认为副词者，而中国诗人则往往视同副词。此与他们把代名词"之"字认为助词同为不合理论；然而习惯如此，不可不知。

13. 方位与数目

爽气中央满，清风四面来。（吕温《道州夏日郡内北桥新亭书怀》）

巫峡中心郡，巴城四面春。（白居易《感春》）

含星动双阙，伴月照边城。（杜甫《天河》）

夜雪未知东岸绿，春风犹放半江晴。（方干《叙钱塘异胜》）

14. 数目与颜色

相随万里日，总作白头翁。（杜甫《寄贺兰铦》）

15. 人名与地名

殷王期负鼎，汶水起垂竿。（李白《送梁四归东平》）

亡国秦韩代，荣身刘项年。（徐九皋《咏史》）

16. 同义与反义

城池经战阵，人物恨存亡。（张谓《别睢阳故人》）

省抛双旆辞荣宠，遽落丹霄起爱憎。（李绅《过钟陵》）

老树稀疏影，惊禽断续声。（刘敞《月夜》）

17. 同义与联绵

池边转觉虚无尽，台上偏宜酩酊归。（高适《同陈留崔司户早春宴蓬池》）

一自分襟多岁月，相逢满眼是凄凉。（刘禹锡《赠同年陈长史员外》）

18. 反义与联绵

雁行断续晴天远，燕翼参差翠幕斜。（刘兼《春晚闲望》）

鞅掌未能逃物役，乾坤何处托身安？（孔平仲《西行》）

19. 副词与连介词

来往皆茅屋，淹留为稻畦。（杜甫《自瀼西荆扉且移居东屯茅屋》）

闻道故人当邂逅，便临近馆为迟留。（沈遘《过冀州》）

20. 连介词与助词

畅以沙际鹤，兼之云外山。（王维《泛前陂》）

15.10 宽对，只要词性相同，便可相对。现在只简单地举出几个例子，如下：

津人空守缆，树馆复临川。（王昌龄《沙苑南渡头》）

黄莺啼就马，白日暗归林。（綦毋潜《送章彝下第》）

饮马鱼惊水，穿花露滴衣。（元稹《早归》）

下药远求新熟酒，看山多上最高楼。（张籍《书怀寄王秘书》）

15.11 有些对仗，看来颇像宽对，其实是工对或邻对，因为先在出句里用并行语作为颇工的对偶，然后在对句里也用并行语作为颇工的对偶，这样，既自对而又相对，虽宽而亦工，例如：

笛声喧沔鄂，歌曲上云霄。（李白《寄王汉阳》）

“沔”与“鄂”相对，“云”与“霄”相对。

草木尽能酬雨露，荣枯安敢问乾坤！（王维《重酬苑郎中》）

“草”与“木”对，“雨”与“露”对，“荣”与“枯”对，“乾”与“坤”对。

江山遥去国，妻子独还家。（高适《送张瑶贬五溪尉》）

“江”与“山”相对，“妻”与“子”相对。

风烟今令节，台阁古雄州。（欧阳詹《九日广陵同陈十五先辈登高》）

暂辍洪炉观剑戟，还将大笔注春秋。（刘禹锡《奉和裴侍中》）

骨肉清成瘦，莴蔓老觉膻。（卢仝《自咏》）

楚宫腊送荆门水，白帝云偷碧海春。（杜甫《奉送蜀州》）

“楚宫”对“荆门”，“白帝”对“碧海”。

人稀地僻医巫少，夏旱秋霖瘴疟多。（白居易《得微之到官后》）

“人稀”对“地僻”，“夏旱”对“秋霖”；“医”对“巫”，“瘴”对“疟”。

上文所述同义字相对、反义字相对、同义反义相对，都是这一类。至于并行语与联绵字相对，也和这一类性质相近，例如：

鱼龙潜冻水，蟋蟀有哀音。（刘敞《观鱼台》）

此外，还有某一些借对，是可以认为这一类的，例如：

万里鸣刁斗，三军出井陉。（王维《送赵都督赴代州》）

“井陉”，地名，但“陉”字有“阪”义，“井”与“陉”自为对，借此以与“刁、斗”并行语作对仗。

15.12 对联（喜联、挽联、楹联、春联等）在原则上须用工对（包括借对和“诗、酒”一类的对立语），不大可以用邻对，更不能用宽对。但如果上联句中自对，则下联也只须句中自对，上联和下联之间不必求工，例如，前人集《兰亭序》的一副对联：

清气若兰，虚怀当竹；乐情在水，静趣同山。

“兰”与“竹”为工对，“水”与“山”为工对；至于“兰”与“水”对、“竹”与“山”对，则不必求工。

甚至于上联和下联之间几乎完全像对仗，只要句中自对是一种工对，全联也可以认为工对了，例如另一副集《兰亭序》的对联：

流水长亭，春风静宇；幽兰一室，修竹万山。

“幽兰”与“修竹”为工对；“长”与“静”、“一”与“万”为工对；“水”与“风”为准工对；“室”与“山”为邻对，因有数目字相衬，故亦颇工；“流”字动词作形容词用，“春”字名词作形容词用，对仗较为欠工，但因系集字联语，标准可略从宽。

15.13　但是，在诗句里，不工的对仗也并不是没有。有时候，工整的对仗和高雅的诗意不能两全的时候，诗人宁愿牺牲对仗来保存诗意，例如：

几度听鸡歌白日，亦曾骑马咏红裙。（白居易《寄殷协律》）
逐北自谙深碛路，连嘶谁念静边功！（纪唐夫《骢马曲》）
尘埃一别杨朱路，风月三年宋玉墙。（唐彦谦《离鸾》）
吾道凭温酒，时晴付拥垆。（唐庚《除夕》）

15.14　上半句或前四字用对仗，下半句或末字不用对仗的情形较为常见，这显然受了韵字的影响。因为要押韵，有时候不能不牺牲对仗，例如：

不待金门诏，空持宝剑游。（李白《寄淮南友人》）
夜久应摇珮，天高响不来。（梁锽《七夕泛舟》）
几年同在此，今日各驱驰。（张籍《送友生游峡中》）
遥知杨柳是门处，似隔芙蓉无路通。（刘威《游东湖》）
箸拨冷灰书闷字，枕陪寒席带愁眠。（来鹏《除夜书怀》）

这里唐彦谦、李白、梁锽、张籍、刘威的句子都是用于颔联的。第十三节里说过，颔联偶然可以不用对仗，那么，对仗差些更是不碍事了。至于首联，本以不对仗为正例，如果对仗的话，更可以不十分讲究，例如：

中宵天色净，片月出沧洲。（欧阳詹《旅次舟中对月寄姜公》）
文章千古事，得失寸心知。（杜甫《偶题》）
昔人已乘黄鹤去，此地空余黄鹤楼。（崔颢《黄鹤楼》）
鸾飞远树栖何处？凤得新巢想称心。（刘禹锡《怀妓》）

15.15 如果首句入韵，首联共有两个韵脚，更不容易属对；当其用对仗的时候，半对半不对的情形更为常见，例如：

子月过秦正，寒云覆洛城。（李颀《送相里造入京》）
西寺碧云端，东溟白雪团。（欧阳詹《太原和严长官》）
君游丹陛已三迁，我泛沧浪欲二年。（白居易《夜宿江浦闻元八改官》）
天幕沉沉淑气温，雨丝轻软坠云根。（韩琦《次韵和子渊学士春雨》）

15.16 对仗，自然以相当的字相对为正例（如第二字与第二字为对，第四字与第四字为对）；但是，诗人偶然也用一种错综对，就是不拘位置，颠倒错综，以成对仗，例如：

于今腐草无萤火，终古垂杨有暮鸦。（李商隐《隋宫》）

以“萤”对“鸦”，以“火”对“暮”。

裙拖六幅湘江水，鬓耸巫山一段云。（李群玉《杜丞相筵中赠美人》）

以“六幅”对“一段”，以“湘江”对“巫山”。

这种对仗，往往是因为迁就平仄。若云“于今腐草无火萤，终古垂杨有暮鸦”，非但“火萤”不成话，平仄亦不调。又如说“裙拖六幅湘江水，鬓耸一段巫山云”，在意思上是很工的对仗，在文理上也同样通顺，但是，平仄仍嫌不调，所以仍非颠倒过来不可。

15.17　上面所说的是明显的错综对；此外还有一种隐隐约约的错综对。首联既没有对仗的必要，于是诗人多数不用对仗；但是，在错综变化之中，仍然往往用些似对非对的字眼。这似乎是诗人修辞的秘诀，所以不见有人谈起过，例如：

> 朝来又得东川信，欲取春初发梓州。（白居易《得行简书闻欲下峡》）

“朝”与“春”对，“东川”与“梓州”对。

> 归鞍白云外，缭绕出前山。（苑咸《留别王维》）

以“外”对“前”。

> 禅宫分两地，释子一为心。（储光羲《题虬上人房》）

以“两”对“一”。

> 江上巍巍万岁楼，不知经历几千秋。（王昌龄《万岁楼》）

以“万”对“千”。

> 不独避霜雪，其如俦侣稀。（杜甫《归雁》）

以“霜雪”对“俦侣”。

> 上方鸣夕磬，林下一僧还。（刘长卿《宿北山禅寺兰若》）

以“上”对“下”。

> 江海相逢少，东南别处长。（刘长卿《江州留别薛六柳八二员外》）

以“逢”对“别”。

十里云边寺，重驱千骑来。（宋祁《再游海云寺作》）

以“十”对“千”。

绿发郎潜不记年，却寻丹灶味灵篇。（杨亿《寄灵仙观舒职方学士》）

以“绿”对“丹”。

方瞳玄发粉闱郎，绛阙斋心奉紫皇。（钱惟演《寄灵仙观舒职方学士》）

以“玄”对“绛”，以“粉”对“紫”。

天入虚楼寄百层，四方遥谢此登临。（宋祁《拟杜子美峡中意》）

以“百”对“四”。

神兵十万忽乘秋，西碛妖气一夕收。（王珪《闻种谔米脂川大捷》）

以“十”对“一”。

霸祖孤身取二江，子孙多以百城降。（王安石《金陵怀古》）

以“二”对“百”。

孤城纵目尽南东，山转溪回翠万重。（彭汝砺《城上》）

以“孤”对“万”。

汴水日驰三百里，扁舟东下更开帆。（韩驹《夜泊宁陵》）

以“三百”对“扁”。

15.18 普通的对仗，都是并行的两件事物；依原则说，它们的地位是可以互换的：即使出句换为对句，对句换为出句，意思还是一样。但是，偶然有一种对仗，却是一意相承，不能颠倒，这叫做流水对，例如：

一从归白社，不复到青门。（王维《辋川闲居》）

承恩不在貌，教妾若为容？（杜荀鹤《春宫怨》）

闻报故人当邂逅，便临近馆为迟留。（沈遘《过冀州》）

凤皇诏下虽沾命，鹦鹉才高却累身。（纪唐夫《赠温庭筠》）

15.19　以上所说的对仗，都是出句和对句相对的。此外，还有两种对仗与此不同：第一种是上一联的出句和下一联的出句相对，对句亦与对句相对。这种对仗叫做隔句对，《中原音韵》论曲时称为扇面对。此类非常罕见，现在只能举出一个例子：

夜闻筝中弹潇湘送神曲感旧　　　　白居易

缥缈巫山女，归来七八年。
殷勤湘水曲，留在十三弦。
苦调吟还出，深情咽不传。
万重云水思，今夜月明前。

“缥缈”对“殷勤”，“巫山”对“湘水”，“七八”对“十三”。

15.20　第二种是句中自对，而另一句不再相对。这种句中自对，和同义反义的连用字稍有不同；它至少用两个字和另两个字相对。如系五言，往往是上两字和下三字相对；如系七言，往往是上四字和下三字相对。这样，虽然在字数上不相等，在意义上却是颇工整的对仗。当然，这种句中自对的办法只能用于首联的出句或对句；但是，它是诗人最爱用的形式。有时候，和错综对配合起来（如上文所举彭汝砺《城上》），更显得别有风趣，例如：

细草绿汀洲，王孙耐薄游。（李嘉祐《送王牧往吉州》）

“细草”与“绿汀洲”为对。

虏近人行少，怜君独出城。（李嘉祐《送从侄端之东都》）

“虏近”与“人行少”为对。

怜君孤垄寄双峰，埋骨穷泉复几重！（刘长卿《双峰下哭故

人李宥》）

“孤垅”与“双峰”为对。

白雪楼中一望乡，青山簇簇水茫茫。（白居易《登郢州白雪楼》）

“青山簇簇”与“水茫茫”为对。

山吐晴岚水放光，辛夷花白柳梢黄。（白居易《代春赠》）

“山吐晴岚”与“水放光”为对，“辛夷花白”与“柳梢黄”为对。

能文好饮老萧郎，身似浮云鬓似霜。（白居易《送萧处士游黔南》）

“能文”与“好饮”为对，“身似浮云”与“鬓似霜”为对。注意：句中自对不避同字。

三伐渔阳再渡辽，骍弓在臂剑横腰。（王涯《塞下曲》）

“三伐渔阳”与“再渡辽”为对，“骍弓在臂”与“剑横腰”为对。

【附注】句中自对，有时候和两句互对配合起来。杜甫《送李八秘书赴杜相公幕》：“南极一星朝北斗，五云多处是三台。”仇注：“‘南、北’‘三、五’，句中自对；‘一星、多处’，两句互对，见诗法变化。”

15.21 在对仗上有一种避忌，叫做合掌。合掌是诗文对偶意义相同的现象，事实上就是同义词相对。整个对联都用同义词的情形是罕见的。我们也很难找出完全合掌的例子。但是，近似合掌的例子则是有的，那就是《文心雕龙》所谓正对。《文心雕龙》说：“反对者，理殊趣合者也；正对者，事异义同者也。”所谓“事异义同”，就是说典故虽然不同，但是意义相同。作者举张载《七哀诗》为例：“汉祖想枌榆，光武思白水。”《七哀诗》虽不是律诗，但是这两句话颠倒过来有点像律诗的句子，可以借此说明问题。诗句的对仗正是应该避免这类的情形。《文心雕龙》说：“反对为优，正对为劣。”正对既然被否定，合掌更应该被否定了。纪昀评《文心雕龙》说“《丁卯》《浣花》诗格之卑，只为正对多也”（《丁卯集》是许浑诗集，《浣花集》是韦庄诗集）。纪昀这话，大约也是指的许浑、韦庄有不少近似合掌的诗句。

【附注】合掌，仇兆鳌认为是上尾的一种。他说：“又如杜《秋兴》诗：‘西望瑶池降王母，东来紫气满函关。云移雉尾开宫扇，日绕龙鳞识圣颜。’‘王母、函关、宫扇、圣颜’俱在句尾，未免叠足，亦犯上尾。若‘林花著雨胭脂落，水荇牵风翠带长。龙虎新军深驻辇，芙蓉别殿漫焚香。’前联拈‘落、长’二字于句尾，后联移‘深、漫’二字于上面，便不犯同矣。”据此，合掌有两种：上联与下联犯同，叫做合掌；前联与后联犯同，也叫做合掌。不过仇氏不叫合掌而叫上尾。叫上尾不妥，因为声调犯同才叫上尾，词性犯同应叫合掌。《红楼梦》七十六回叙述中秋联诗，林黛玉联道：“人向广寒奔。犯斗邀牛女，”湘云也望月点首，联道：“乘槎访帝孙。盈虚轮莫定，”黛玉道：“对句不好，合掌。”这是说“牛女”和“帝孙”的意义重复了。合掌指的是同义词相对，不是上联的对仗方式和下联的对仗方式完全相同。

15.22　上一联的对仗方式和下一联的对仗方式完全相同，那也是诗人所极力避免的。对仗上避免两联雷同，颇像平仄上避免失粘（参看上文第十节），因为都是避免形式上的重复呆板的。对仗雷同既然是诗人所极力避免的形式，所以他们极少违犯。现在只能举出一个勉强可以算是两联对仗雷同的例子：

春日游张提举园池　　　徐　玑

西野芳菲路，春风正可寻。
山城依曲渚，古渡入修林。
长日多飞絮，游人爱绿阴。
晚来歌吹起，惟觉画堂深。

中两联每句第一第二两字，“山城、古渡、长日、游人”都是名词仂语,第四第五两字,“曲渚、修林、飞絮、绿阴”也都是名词仂语,第三字“依、入、爱”都是动词,“多”字形容词和“爱”字是不工的对仗。因此,可以算是对仗雷同的例子。

15.23 另有一种情形是表面上像雷同,实际上并非雷同,例如:

江 汉 杜 甫

江汉思归客,乾坤一腐儒。
片云天共远,永夜月同孤。
落日心犹壮,秋风病欲疏。
古来存老马,不必取长途。

在中两联里,每句第一第二两字,“片云、永夜、落日、秋风”都是名词仂语,第三字“天、月、心、病”都是名词,第四字“共、同、犹、欲”都是副词(“共、同”在这里带副词性),第五字“远、孤、壮、疏”都是形容词,所以很像雷同。但是“片云天共远”应该认为“片云共天远”的倒装,“永夜月同孤”应该认为“永夜同月孤”的倒装,所以这一联和下一联的对仗并非雷同。不过,初学的人对于这种形式还是避免的好。

15.24 有些意思本来是容易雷同的,就应该在形式上求其变化,例如上文第五节里所举的白居易的《代书诗一百韵寄微之》里有这样的几句:

高上慈恩塔,幽寻皇子陂。
唐昌玉蕊会,崇敬牡丹期。
笑劝迂辛酒,闲吟短李诗。
儒风爱敦质,佛理尚玄师。

慈恩塔、皇子陂、唐昌观和崇敬寺是四个地名,辛立度(迂辛)、李绅(短李)、刘敦质和庾玄师是四个人名。这样,一个不当心,就有对仗雷同的可能。白氏让它们错综变化,这是他的技巧过人的地方。

15.25　还有一种避忌，就是同字相对。古体诗是没有这种避忌的；近体诗里，通常总设法避免，甚至于避免同一个字见于出句和对句。但是，有些诗人偶然也不计较这个，例如：

一指指应法，一声声爽神。（常建《听琴秋夜赠寇尊师》）
汝书犹在壁，汝妾已辞房。（杜甫《得舍弟消息》）

这是关于对仗上的同字避忌；至于其他方面的同字避忌，等下文有机会再谈。

第十六节　五言近体诗的句式（上）
——简单句

16.1　句式的分析，一方面在对仗上，可以得到更深切的了解；另一方面在语法上，可以得到初步的观察。对于近体诗，我们专选对仗的句子，因为两两相衬，更显得出词性来。这里先立下几条凡例：

（1）句式以盛唐的为主，偶然以中晚唐的来补充。盛唐之中，尤以杜甫和王维的诗采用最多，差不多他们全部的今体诗都参考到了。

（2）为了节省篇幅起见，诗人的名字和篇名都用省写。例如杜甫简称为甫，王维简称为维，李颀简称为颀，綦毋潜简称为潜，王昌龄简称为龄，储光羲简称为羲，刘长卿简称为卿，张谓简称为谓，李嘉祐简称为祐，孟浩然简称为浩，李白简称为白，包何简称为何，白居易简称为易，元稹简称为稹。只有常建没有省写，因为怕和王建相混。篇名最多四个字；四个字以上都被省略了。

（3）词性的表示如下表：

N——名词　　B——专名
S——代名词　　T——方位词

F——形容词　　C——颜色
Q——数目　　V——动词,系词
D——副词　　P——连介词
NN——平行名词　　FF——平行形容词
NR——叠字名词　　FX——联绵形容词
BB——平行专名　　FR——叠字形容词
BX——双音专名　　VV——平行动词
BXX——三音专名　　DD——递饰副词
(NF)——名词作形容词用
(NV)——名词作动词用
(ND)——名词作副词用
(BF)——专名作形容词用
(FV)——形容词作动词用
(FD)——形容词作副词用
(CN)——颜色字作名词用
(VN)——动词作名词用
(VF)——动词作形容词用
(VD)——动词作副词用
(VP)——动词作介词用

(4)表示词性的罗马字母分为大写、小写两种。大写的表示它居于句子的主要地位;小写的表示次要地位。在多数情形之下,小写的字是大写的字的修饰语,例如:

nN——前一个名词修饰后一个名词,例如“秋花”。
fN——形容词修饰名词,例如“故驿”。
Nt——名词为方位词所修饰,例如“山中”。
dF——副词修饰形容词,例如“不平”。
dV——副词修饰动词,例如“不见”。

有时候,几个词递相修饰,就只有最主要的一个词用大写,

例如：

fnNN——形容词修饰名词，它们所构成的仂语又修饰后面的平行名词，例如“旧国云山”。

(nf)nN——名词作形容词用，修饰另一名词，它们所构成的仂语又修饰后面一个名词，例如“秋虫声”。

(5)主语与谓语之间，主要动词和目的语之间、方位语或时间语和主语或动词之间，都用短线隔开。在下文第十七节里，句子形式或谓语形式和另一句子形式或谓语形式或零碎成分之间，都用长线隔开。在第十八节里，除依照本节和第十七节的办法外，有时候仂语和仂语之间也用短线隔开。

(6)凡词性不甚合者，于字外加括号。

(7)本书里所用语法上的术语，多数依照著者另一书《中国现代语法》所定。

16.2　在本节里，我们先分析简单句的句式，如下：

1. 前四字为名词语(名词仂语之简称，下同)，末字为形容或不及物动词。

1.1. 第三、四字为平行语者：

fnNN－V

旧国云山在，新年风景余。(颀，《送人归》)

1.2. 第三、四字非平行语者：

1.2.a1. fnfN－F

野寺残僧少，山园细路高。(甫，《山寺》)

1.2.a2. (bf)n(nf)N－F

郧国稻苗秀，楚人菰米肥。(维，《送友人》)

1.2.a3. fn(bf)N－V

孤嶂秦碑在，荒城鲁殿余。(甫，《登兖州》)

1. 2. b. fnf(或 vf)N－F

大漠孤烟直，长河落日圆。（维，《使至塞上》）

1. 2. c. cn(vf)N－F

绿林行客少，赤壁住人稀。（卿，《和州送人》）

1. 2. d1. qnf(或 nf)N－F

九门寒漏彻，万户曙钟多。（维，《同崔员外》）
百顷风潭（上），千章夏木清。（甫，《陪郑广文》）

1. 2. d2. qn(bf)N－F

两行秦树直，万点蜀山尖。（甫，《送张二十》）

2. 前三字为名词语，其中第一字为名词或形容词，第二第三两字各为名词。

2. 1. a1. (nf)nN－dV

秋虫声不去，暮雀意何如？（甫，《除架》）
金错囊从罄，银壶酒易赊。（甫，《对雪》）

2. 1. a2. fnN－dV

淑女诗长在，（夫）人法尚存。（维，《故南阳》）

2. 1. b. nnN－dV

绦旋光堪摘，轩楹势可呼。（甫，《画鹰》）

2. 1. c. nx(或 bx)N－dV(或 F)

司隶章初睹，南阳气已新。（甫，《喜达行在》）
铜梁书远及，珠浦使将旋。（甫，《广州段》）

3. 前三字为名词语,其中第二字为方位词。

ntN – V – N

床上书连屋,阶前树拂云。(甫,《陪郑广文》)

4. 前三字为名词语,其中第一字为数目字。

4.1. 后二字为动词语(动词前面有修饰语者,下同)者:

qnN – dV(或 F)

万里春应尽,三江雁亦稀。(维,《送友人》)

4.2. 后二字为动词带目的语者:

qnN – V – N

一匮功盈尺,三峰意出群。(甫,《天宝初》)

5. 前二字末二字各为名词语,或双音名词,中一字为动词。

5.1. 名词语非用平行语者:

5.1.a1. fN – V – fN

圆荷浮小叶,细麦落轻花。(甫,《为农》)
异花开绝域,滋蔓匝清池。(甫,《陪郑广文》)
寒更传晓箭,清镜览衰颜。(维,《冬晚对》)

5.1.a2. nN – V – nN

芹泥随燕觜,花蕊上蜂须。(甫,《徐步》)

5.1.a3. fN – V – nN

故驿通槐里,长亭下槿原。(维,《送岐州》)
震雷翻幕燕,骤雨落河鱼。(甫,《对雨书怀》)

5.1.a4. nN – V – fN

蝉声集古寺,鸟影度寒塘。(甫,《和裴迪》)

夕阳薰细草，江色映疏帘。（甫，《晚晴》）

天风随断柳，客泪堕清笳。（甫，《遗怀》）

渔舟胶冻浦，猎火烧寒原。（维，《酬虞部》）

5. 1. a5. (vf)N – V – fN

祖席依寒草，行车起暮尘。（维，《送孙二》）

5. 1. b1. bN – V – nN

汉女输橦布，巴人讼芋田。（维，《送梓州》）

5. 1. b2. (vf)N – V – bN

征蓬出汉塞，归雁入胡天。（维，《使至塞上》）

5. 1. c. nN – V – f(CN)

塞柳行疏翠，山梨结小红。（甫，《雨晴》）

5. 1. d1. qN – V – fN

五马惊穷巷，双童逐老身。（维，《郑果州》）

5. 1. d2. qN – V – bN

四愁连汉水，百口寄随人。（维，《送丘为》）

5. 1. e1. nN – V – qN

烽火连三月，家书抵万金。（甫，《春望》）

5. 1. e2. (vf)N – V – qN

降虏兼千帐，居人有万家。（甫，《秦州杂诗》）

5. 1. f1. fN – V – cN

名园依绿水，野竹上青霄。（甫，《陪郑广文》）

5. 1. f2. nN – V – cN

江莲摇白羽，天棘蔓青丝。（甫，《巳上人》）
仙仗离丹极，妖星照玉除。（甫，《收京》）

5. 1. g. cN – V – f（或 nf）N

青钱买野竹，白帻岸江皋。（甫，《北邻》）

5. 1. h. （nf 或 bf）N – V – tN

春城回北斗，郢树发南枝。（甫，《元日寄韦》）

5. 1. i. fN –（FV）– nN

疏钟清月殿，幽梵静花台。（羲，《苑外至》）
骤雨清秋夜，金波耿玉绳。（甫，《江边星月》）

5. 2. 前一名词语系用平行语者：

5. 2. a1. NN – V – nN

烟尘犯雪岭，鼓角动江城。（甫，《岁暮》）

5. 2. a2. NN – V – fN

封章通左语，冠冕化文身。（维，《送李判官》）

5. 2. b. NN – V – tN

冠冕通南极，文章落上台。（甫，《送翰林》）

5. 3. 后一名词语系用平行语者：

5. 3. a1. fN – V – NN

清溪入云木，白首卧茅茨。（颀，《送卢逸人》）

5. 3. a2. nN – V – NN

鱼笺请诗赋，橦布作衣裳。（维，《送李员外》）

5. 3. b. nN – V –（FN 或 VN）X

客礼容疏放，官曹可接联。（甫，《奉赠严八》）

5.4. 前一名词系用联绵字者或双音专名者：

5.4.1. NX－V－fN

鸬鹚窥浅井，蚯蚓上深堂。（甫，《秦州杂诗》）

5.4.2. NX－V－nN

苜蓿随天马，葡萄逐汉臣。（维，《送刘司直》）
麝香眠石竹，鹦鹉啄金桃。（甫，《山寺》）

5.4.3. BX－V－fN

贾谊辞明主，萧何识故侯。（卿，《送李使君》）

5.5. 后一名词系用同义字或联绵字者：

5.5.a. bN－V－NX

羌女轻烽燧，胡儿制骆驼。（甫，《寓目》）

5.5.b. nN－V－(Vn或Fn)X

天意存倾覆，神工接混茫。（甫，《滟滪堆》）

5.6. 前一名词语系表示时间或方位者：

5.6.a. fn－V－f(或nf)N

春日垂霜鬓，天隅把绣衣。（甫，《送何侍御》）

5.6.b. fn－V－NX

今日知消息，他乡（且旧居）。（甫，《得家书》）

5.7. 后一名词语系表示方位者：

NN－V－bx

铙吹喧京口，风波（下洞庭）。（维，《送邢桂州》）

6. 前二字末二字各为名词语，中一字为形容语。

6.1. 前二字表示方位,末二字为倒置主语者:

6.1.a. (nf)n－F←NN

春日繁鱼鸟,江天足芰荷。(甫,《暮春陪李》)

6.1.b. nt－F←NN

天上多鸿雁,池中足鲤鱼。(甫,《寄高》)

6.2. 前二字为主语,末二字表示方位者:

nN－F－nt

云嶂宽江左,(春耕破瀼西)。(甫,《卜居》)

7. 前二字为名词语,后三字为副词、动词及目的语。

7.1. 前二字为主语者:

7.1.a. BB－dV－B

黄绮终辞汉,巢由不见尧。(甫,《朝雨》)

7.1.b1. fN－d(或 fd)V－N

瘦地翻宜粟,阳坡可种瓜。(甫,《秦州杂诗》)
美花多映竹,好鸟不归山。(甫,《奉陪郑驸》)
远水非无浪,他乡自有春。(甫,《郪城西原》)

7.1.b2. nN－dV－N

津人空守缆,村馆复临川。(龄,《沙苑南》)

7.1.c. cN－dV－N

青山空向泪,白月岂知心!(卿,《赴新安》)
绿尊虽尽日,白发好禁春!(甫,《奉陪郑》)

7.1.d. fN－(nd)V－N

老马夜知道,苍鹰饥著人。(甫,《观安西兵》)

7. 2. 前二字表示时间或方位者:

7. 2. a. f(或 q)n – dV – N

一秋常苦雨,今日始无云。(甫,《留别贾严》)

7. 2. b. nn – (nd)V – N

帟幕宵联事,坛场晓降神。(羲,《祭风伯坛》)

8. 前二字为名词语,中一字为动词,末二字为副词语:

f(或 vf)N – V – pt

过客来自北,大军居在西。(羲,《留别》)

9. 前二字为名词语,中一字为倒置动词(普通认为介词),末二字为动词带目的语:

(nf)n←(vp) – V – N

鸠形将刻杖,龟壳用支床。(维,《春日上方》)

10. 前二字为名词语,后三字为双副词及动词。

10. 1. 前二字为主语者:

10. 1. a. nN – ddV

茅屋还堪赋,桃源自可寻。(甫,《春日江村》)

10. 1. b. bN – ddV

杜酒偏劳劝,张梨不外求。(甫,《题张氏》)

10. 1. c. fN – (vd 或 fd)dV

细草称偏坐,香醪懒再酤。(甫,《陪李金吾》)

10. 1. d. cN – ddV

白发终难变,黄金不可成。(维,《秋夜独坐》)

10. 2. 前二字为方位语者:

nt(或 nn) - ddV

谷口旧相得，濠梁同见招。（甫，《陪郑广文》）

11. 前二字为名词语，后三字为副词及双动词，或双形容词，或联绵字。

11.1.a. nN - dVV

径石相萦带，川云自去留。（甫，《游修觉寺》）

11.1.b. NN - dFF(或 FX)

道路时通塞，江山日寂寥。（甫，《归梦》）

12. 前二字为名词语，中二字为方位语或时间语，末字为动词或形容词。

12.1. 第四字为方位词者：

12.1.a. fN - nt - V

明月松间照，清泉石上流。（维，《山居秋暝》）

12.1.b. bN - nt - V

戎鞭腰下插，羌笛雪中吹。（颀，《塞下曲》）

12.1.c. nN - nt - F

吏人桥外少，秋水席边多。（甫，《章梓州》）

12.2. 第四字为普通名词者：

12.2.a1. nN - fn - V

野鹤清晨出，山精白日藏。（甫，《陪郑广文》）

12.2.a2. fN - fn - V

老树空庭得，清渠一邑传。（甫，《秦州杂诗》）

12.2.b1. nN - fn - F

江云何夜尽？蜀雨几时干？（甫，《重简王》）

12.2.b2. fN－fn－F

丛篁低地碧，高柳半天青。（甫，《秦州杂诗》）

12.2.c. NN－fn－F（或V）

市朝今日异，丧乱几时休！（甫，《晚行口号》）

13. 前二字为方位语或时间语，中一字为主语。

13.1. 末二字为动词带目的语者：

13.1.a. （nf）n－N－V－N

塞门风落木，客舍雨连山。（甫，《秦州杂诗》）

13.1.b. fn－N－V－N

暂时花戴雪，几处叶沉波。（甫，《蒹葭》）

13.2. 末二字为动词语者：

fn－N－dV

故园花自发，春日鸟还飞。（甫，《忆弟》）

13.3. 末二字为平行形容词者：

fn－N－FF

今朝云细薄，昨夜月清圆。（甫，《舟中》）

13.4. 末二字为叠字者：

f（或nf）n－N－FR

霁潭鳣发发，春草鹿呦呦。（甫，《题张氏》）
云溪花淡淡，春郭水泠泠。（甫，《行次盐亭》）

14. 前二字为方位语或时间语，中二字为主语。

14.1. 末字为动词者：

14. 1. a. nt－nN－V

雨中山果落，灯下草虫鸣。（维，《秋夜独坐》）

14. 1. b. nt－bN－V

城上胡笳奏，山边汉节归。（甫，《秦州杂诗》）

14. 2. 末字为形容词者：

14. 2. a. nt－nN－F

郭外秋声急，城边月色残。（龄，《和振上人》）
天上秋期近，人间月影清。（甫，《月》）

14. 2. b. nt－qN－F

窗中三楚尽，林上九江平。（维，《登辨觉寺》）

15. 前二字为方位语或时间语，中一字为副词。

15. 1. 末二字为动词带目的语者：

15. 1. a. nt（或 nf）－dV－N

岁晚仍分袂，江边更转蓬。（甫，《寄贺兰铦》）

15. 1. b1. nn－dV－N

路衢惟见哭，城市不闻歌。（甫，《征夫》）

15. 1. b2. nn－（nd 或 sd）V－N

天地日流血，朝廷谁请缨？（甫，《岁暮》）

15. 2. 末二字为联绵字者：

nt－d－FX

客里何迁次！江边正寂寥！（甫，《王十五》）

16. 前二字为目的语倒置。

16. 1. 中二字为主语者：

16. 1. a1. nN – nN – V→

柳色春山映，梨花夕鸟藏。（维，《春日上方》）

16. 1. a2. fN – nN – V→

慈竹春阴覆，香炉晓势分。（甫，《天宝初》）

16. 1. b. bN – qN – V→

楚塞三湘接，荆门九派通。（维，《汉江临眺》）

16. 1. c. fN – BX – V→

彩云萧史驻，文字鲁恭留。（甫，《玉台观》）

16. 1. d. NX – NN – V→

灵寿君王赐，雕胡弟子炊。（维，《慕容承》）

16. 2. 中二字为关系语者：
BX – cn – V→

方朔金门侍，班姬玉辇迎。（维，《早朝》）

16. 3. 中一字为主语者：
fN – N – dV→

神鱼人不见，福地语真传。（甫，《秦州杂诗》）

17. 第一字为名词，第二字为动词，后三字为目的语。
17. 1. 后三字为普通名词语者：
17. 1. a1. N – V – bnN

窗临汴河水，门渡楚人船。（维，《千塔主人》）

17. 1. a2. N – V – bxN

手持平子赋，目送老莱衣。（维，《送钱少府》）

17. 1. b. N – V – cnN

帆映丹阳郭，枫攒赤岸村。（维，《送封太守》）

17. 2. 第四字为方位词者：

N – V – ntN

猿护窗前树，泉浇谷后田。（卿，《初到碧涧》）

17. 3. 第三四字为平行语或联绵字者：

17. 3. a. N – V – nnN

雨灭龙蛇火，春生鸿雁天。（龄，《寒食即事》）

17. 3. b. N – V – ff（或 vv）N

船争先后渡，岸激去来波。（羲，《官庄池》）

17. 3. c. N – V – fxN

篷隔苍茫雨，波连演漾田。（龄，《沙苑南》）

18. 第一字为名词，第二字为不及物动词或形容词，末三字为方位语。

18. 1. 末字为方位词者：

18. 1. a. N – V – fnt

日出寒山外，江流宿雾中。（甫，《客亭》）

18. 1. b. N – F – qnt

影静千官里，心苏七校前。（甫，《喜达行在》）

18. 2. 末字为普通名词者：

18. 2. a1. N – F – bxx

云薄翠微寺，天清黄子陂。（甫，《重过何氏》）

18. 2. a2. N – F – bxn

树绿天津道，山明伊水阳。（羲，《洛中送人》）

19. 第一字为名词，中二字为动词语，末二字为目的语。

19. 1. 末二字为平行名词者：

N – dV – NN

手自移蒲柳，家才（足）稻粱。（甫，《重过何氏》）

19. 2. 末二字非平行名词者：

19. 2. a. N – dV – cN

味岂同金菊，香宜配绿葵。（甫，《佐还山后》）

19. 2. b. S – dV – fN

他皆任厚地，尔独近高天。（甫，《白盐山》）

19. 2. c. S – d（NV） – fN

子能渠细石，吾亦沼清泉。（甫，《自瀼西》）

20. 前二字为动词带目的语，后三字为方位语。

20. 1. 末字为方位词者：

V – V – nnt

养拙干戈际，全生麋鹿（群）。（甫，《暮春题瀼》）

20. 2. 末字为普通名词者：

20. 2. a. V – N – bnn

系身蛮井络，卜宅楚村墟。（甫，《秋野》）

20. 2. b. V – N – qnn

侧身千里道，寄食一家村。（甫，《得弟消息》）

21. 前二字为动词语，后三字为方位语。

d（或 fd）V – fnt

微升古塞外，已隐暮云端。（甫，《初月》）

22. 前二字为动词语，后三字为目的语。

22. 1. 第四字为方位词者：

dV – ntN

时倚檐前树，远看原上村。（维，《辋川闲居》）

22. 2. 中二字为名词语或专名者：

22. 2. a. dV – bxN

忽过新丰市，还归细柳营。（维，《观猎》）
犹瞻太白雪，喜达武功天。（甫，《喜达行在》）

22. 2. b. dV – cn(FN)

只益丹心苦，能添白发明。（甫，《月》）

22. 2. c. (vd)V – (nf)nN

坐开（桑落）酒，来把菊花枝。（甫，《九日杨奉》）

22. 3. 中一字为形容词，末二字为名词语者：

dV – f(vf)N

但添新战骨，不返旧征魂。（甫，《东楼》）

22. 4. 中二字为平行语者：

22. 4. a. dV – nnN

浪传乌鹊喜，深负鹡鸰诗。（甫，《得弟消息》）

22. 4. b. dV – ff(或 vv)N

忽闻哀痛诏，又下圣明朝。（甫，《收京》）
可惜欢娱地，都非少壮时。（甫，《可惜》）

23. 前二字为平行动词，后三字为目的语：

VV－nnN

翻动神仙窟，封题鸟兽形。（甫，《路逢襄阳》）

24. 前三字为动词语，后二字为目的语。

ddV－cN

一从归白社，不复到青门。（维，《辋川闲居》）

25. 前二字为叠字，后三字为动词带目的语。

25. 1. a1. NR－V－cN

人人伤白首，处处接金杯。（甫，《登白马潭》）

25. 1. a2. NR（或 FR）－V－fN

家家养乌鬼，顿顿食黄鱼。（甫，《戏作》）
时时开暗室，故故满青天。（甫，《月》）
年年非故物，处处是穷途。（甫，《地隅》）

26. 前二字为叠字或联绵字，主语在叠字后面。

26. 1. 后三字为名词语及动词或形容词者：

26. 1. a. fr－f（或 nf）N－V（或 F）

湛湛长江去，冥冥细雨来。（甫，《梅雨》）
冉冉柳枝碧，娟娟花蕊红。（甫，《奉答岑参补阙见赠》）
萧萧古塞冷，漠漠秋云低。（甫，《秦州杂诗》）
霏霏云气重，闪闪浪花翻。（甫，《望兜率寺》）

26. 1. b. fx－nN－F

葳蕤秋叶少，隐映野云多。（甫，《佐还山后》）

26. 1. c. fr－NN－F

蔼蔼花蕊乱，飞飞蜂蝶多。（甫，《绝句》）

26. 2. 后三字为名词及动词带目的语者：

fr – N – V – N

淅淅风生砌，团团日隐墙。（甫，《薄游》）

翳翳月沉雾，辉辉星近楼。（甫，《不寐》）

26. 3. 后三字为名词、副词及形容词或动词者：

fr – N – dF（或 V）

寂寂春将晚，欣欣物自私。（甫，《江亭》）

27. 第三四字为叠字，主语在叠字前面。

27. 1. 叠字为名词相叠者：

27. 1. a1. nN – nr – V

砧响家家发，樵声个个同。（甫，《秋野》）

27. 1. a2. nN – nr – F

农务村村急，春流岸岸深。（甫，《春日江村》）

27. 1. b. NN – nr – F

榉柳枝枝弱，枇杷树树香。（甫，《田舍》）

27. 2. 叠字为形容词相叠者：

nN – fr – F

野日荒荒白，春流泯泯清。（甫，《漫成》）

28. 末二字为叠字，在其所修饰的动词或形容词的后面。

28. 1. 叠字修饰动词者：

28. 1. a1. nN – V – fr

城乌啼眇眇，野鹭宿娟娟。（甫，《舟月对驿》）

28. 1. a2. fN – V – fr

朔风鸣淅淅，寒雨下霏霏，（甫，《雨》）

28. 2. 叠字修饰形容词者：

nN－F－fr

汀烟轻冉冉，竹日静晖晖。（甫，《寒食》）

29. 末二字为叠字，倒置以修饰其前面的目的语。

N－V－Nfr

风吹花片片，春动水茫茫。（甫，《城上》）

16. 3 上面是五言近体诗简单句的句式，共有二十九个大类，六十个小类，一百〇八个大目，一百三十五个细目。

第十七节 五言近体诗的句式（中）——复杂句

17. 1 本节所分析的句式是复杂句。所谓复杂句，大致说来，就是具有两个以上的谓语的一种句子。其中有一个句子形式或谓语形式是完整的，再加上或包孕着另一句子形式或另一谓语形式。甚至只加上简单的一个动词或形容词，它既在句子形式或谓语形式之外，就算是另一谓语，而它们所造成的句子也就算是一种复杂句了。

17. 2 现在分析复杂句的句式，如下（编号从 31 号起）。

31. 前四字为句子形式，末字为谓语。

31. 1. 第一字为主语者：

31. 1. a. N－V－nN—F

鹤巢松树遍，人访荜门稀。（维，《山居》）

31. 1. b. （CN）－V－nN—F

红入桃花嫩，青归柳叶新。（甫，《奉酬李》）

31. 2. 前二字为主语者：

31. 2. a1. fN – V – N—F

寒虫临砌默，清吹袅灯频。（常建，《听琴》）
细葛含风软，香罗叠雪轻。（甫，《端午日》）
远水兼天净，孤城隐雾深。（甫，《野望》）

31. 2. a2. fN – V – N—V

大声吹地转，高浪蹴天浮。（甫，《江涨》）

31. 2. a3. nN – V – N—F

石角钩衣破，藤枝刺眼新。（甫，《奉陪郑》）
楼雪融城湿，宫云去殿低。（甫，《晚出左掖》）
峡云笼树小，湖日落船明。（甫，《送段功曹》）

31. 2. a4. nN – V – N—C

雪岭界天白，锦城曛日黄。（甫，《怀锦水》）

31. 2. b. NN – V – N—F

枕簟入林僻，茶瓜留客迟。（甫，《巳上人》）

31. 2. c. NN – FF（或 VV）—F

舟楫欹斜疾，鱼龙偃卧高。（甫，《渡江》）

31. 3. 前三字为主语者：

31. 3. a. （nf）nN – V—F

鼎湖龙去远，银海雁飞深。（甫，《骊山》）

32. 前四字为谓语形式，末字为谓语。

32. 1. 前二字为方位语者：

32. 1. a. nt – V – N—F

塞上传光小，云边落点残。（甫，《夕烽》）

32.1.b. nt－dV—F

云里相呼疾，沙边自宿稀。（甫，《归雁》）

32.2. 前二字为动词语者：
dV－nN—F

稍通绡幕霁，远带玉绳稀。（甫，《夜宿西阁》）

32.3. 前二字为联绵字或叠字者：
32.3.a. fx－V－N—V

迟回度陇怯，浩荡入关愁。（甫，《秦州杂诗》）

32.3.b. fr－V－N—F

微微向日薄，脉脉去人遥。（甫，《又雪》）

33. 前四字为倒置谓语形式，末字为谓语：
bN←（fd 或 nd）V—F

蜀星阴见少，江雨夜闻多。（甫，《散愁》）

34. 前四字为双谓语形式，末字为谓语：
VN－VN—F

随风隔幔小，带雨傍林微。（甫，《萤火》）

35. 前三字为句子形式。
35.1. 第三字为形容词，末二字为副词及动词或形容词者：
35.1.a1. nN－F—（fd）V

菱蔓弱难定，杨花轻易飞。（维，《归辋川作》）

35.1.a2. fN－F—d（或 fd）V

翠柏苦犹食，明霞高可餐。（甫，《空囊》）

35. 1. b. NN – F—d（或 fd）V（或 F）

茅茨疏易湿，云雾密难开。（甫，《梅雨》）

35. 1. c. NN – F—d（fd）C

江湖深更白，松竹远微青。（甫，《泊松滋》）

35. 2. 第三字为形容词，末二字为动词带目的语者：

35. 2. a1. nN – F—V – N

檐雨乱淋幔，山云低度墙。（甫，《秦州杂诗》）
碾涡深没马，藤蔓曲藏蛇。（甫，《陪郑广文》）

35. 2. a2. fN – F—V – N

幽花欹满树，小水细通池。（甫，《过南邻》）

35. 2. b. tN – F—V – N

南山晴有雪，东陌霁无尘。（羲，《秦中送人》）

35. 3. 第三字为动词，末二字为副词及动词或形容词者：

35. 3. a. nN – V—dV

田父要皆去，邻家闹不违。（甫，《寒食》）

35. 3. b1. nN – V—dF

稻米炊能白，秋葵煮复新。（甫，《茅堂检校》）

35. 3. b2. cN – V—dF

朱李沉不冷，彫胡炊屡新。（甫，《热》）

36. 前三字为不完全的句子形式，后二字的句子形式为其目的语。

nN – V—N – F

海鸥知吏傲，砂鹤见人衰。（卿，《酬张夏别后道中见寄》）

37. 前二字后三字各为句子形式。

37. 1. 后三字为主从名词语带谓词者：

37. 1. a1. N－F—nN－F

草枯鹰眼疾，雪尽马蹄轻。（维，《观猎》）
花浓春寺静，竹细野池幽。（甫，《上牛头寺》）
地卑荒野大，天远暮江迟。（甫，《遣兴》）
风静夜潮满，城高寒气昏。（龄，《宿京江口》）
水净楼阴直，山昏塞日斜。（甫，《遣怀》）

37. 1. a2. N（或 VN）－F—（vf）N－V（或 F）

树凉征马去，路暝归人愁。（羲，《仲夏饯魏》）
兴阑啼鸟换，坐久落花多。（维，《从岐王》）

37. 1. a3. N－F（或 V）—cN－F（或 V）

雨急青枫暮，云深黑水遥。（甫，《归梦》）
马骄珠汗落，胡舞白蹄斜。（甫，《秦州杂诗》）

37. 1. a4. （VN）－F—cN－V

事直皇天在，归迟白发生。（卿，《新安奉送》）

37. 1. b. N－V—qN－F

竹批双耳峻，风入四蹄轻。（甫，《房兵曹》）

37. 2. 后三字为等立名词语带谓词者：

37. 2. a. N－F—NN－F（或 V）

塞迥山河静，天长云树微。（维，《送崔兴宗》）
国破山河在，城春草木深。（甫，《春望》）
士苦形骸黑，旌疏鸟兽稀。（甫，《秦州杂诗》）

37. 2. b. N－V—NN－C

日落江湖白，潮来天地青。（维，《送邢桂州》）

37. 3. 后三字为名词及动词带目的语者：

37. 3. a. N－F—N－V－N

夜久潮侵岸，天寒月近城。（常建，《泊舟盱眙》）
山虚风落石，楼静月侵门。（甫，《西阁夜》）

37. 3. b. N－V—N－V－N

瓢弃尊无绿，炉存火似红。（甫，《对雪》）

37. 4. 后三字为名词副词及动词或形容词者：

37. 4. a1. N－F—N－dV

叶稀风更落，山迥日初沉。（甫，《野望》）
地僻秋将尽，山高客未归。（甫，《秦州杂诗》）

37. 4. a2. N－F—N－dF

光细弦岂上？影斜轮未安。（甫，《初月》）

37. 4. b. N－V—N－dV（或 F）

水流心不竞，云在意俱迟。（甫，《江亭》）

38. 前二字为句子形式，后三字为谓语形式。

38. 1. 后三字为动词带名词语者：

38. 1. a1. N－F（或 V）—V－nN

路断因春水，山深隔暝烟。（羲，《送人寻裴》）
树密当山径，江深隔寺门。（甫，《望兜率寺》）
客醉挥金碗，诗成得绣袍。（甫，《崔驸马》）

38. 1. a2. N－V—V－fN

骥病思偏秣，鹰愁怕苦笼。（甫，《敬简王》）
眼穿看（落）日，心死着寒灰。（甫，《喜达行在》）

38.1.a3. N－F—V－(vf)N

野凉侵闭户，江满带维舟。（甫，《夜雨》）

38.1.b. N－F—V－NN

计拙无衣食，途穷仗友生。（甫，《客夜》）

38.2. 后三字虽形似谓语形式，实系句子形式倒置者：
N－V—V←f(vf 或 nf)N

竹喧归浣女，莲动下渔舟。（维，《山居秋暝》）

38.3. 后三字为动词名词及方位词者：
N(或 FN)－V(或 F)—V－Nt

老至居人下，春归在客先。（卿，《新年作》）
雨来沾席上，风急打船头。（甫，《陪诸贵公》）

38.4. 后三字为叠字及形容词者：
N－V—frF

雨洗娟娟净，风吹细细香。（甫，《严郑公宅》）

38.5. 后三字为动词带谓语形式者：
38.5.a. N－F—V－VN

郡简容垂钓，家贫学弄梭。（卿，《对酒》）

38.5.b. N－V—V－VN

酒醒思卧簟，衣（冷）欲装绵。（甫，《陪郑广文》）

38.6. 后三字为副词动词及名词者：
38.6.a. N－V—dV－N

锡飞常近鹤,杯度不惊鸥。(甫,《题玄武》)

38. 6. b1. N - F—dV - N

剑寒空有气,松老欲无心。(卿,《酬张夏》)

38. 6. b2. N - F—dV - (VN)

途穷那免哭? 身老不禁愁。(甫,《暮秋将归》)

38. 7. 后三字为动词副词及动词者:

N - F—V - dV

花密藏难见,枝高听转新。(甫,《百舌》)

38. 8. 后三字为动词介词及名词者:

N - V(或 F)—V - pN

客病留因药,春深买为花。(甫,《小园》)

39. 前二字虽似句子形式,实系动词及其目的语的倒装,后三字则为句子形式。

N←V—nN - F

饭抄云子白,瓜嚼水精寒。(甫,《与鄠县》)

40. 前二字后二字各为句子形式,中一字为动词,后面的句子形式为其目的语。

N - F—V - NF

乐极伤头白,更长爱烛红。(甫,《酬孟云卿》)

41. 前二字为句子形式,中二字为谓语形式,末字为形容词,即与此谓语形式合成递系句。

N - V—VN - F

鹏集占书久,鸾回刻篆新。(卿,《朱放》)

42. 前二字为动词带目的语,后三字为句子形式。

42.1. 后三字为名词、动词、目的语者:

V－N—N－V－N

感时花溅泪,恨别鸟惊心。(甫,《春望》)
步壑风吹面,看松露滴身。(甫,《东屯北崦》)
对门藤盖瓦,映竹水穿沙。(甫,《秦州杂诗》)

42.2. 后三字为主从名词语及谓词者:

42.2.a1. V－N—nN—V

入村樵径引,尝果栗皱开。(甫,《野望因过》)

42.2.a2. V－N—cN－V

恋阙丹心破,沾衣皓首啼。(甫,《散愁》)

42.2.b1. V－N—fN－F

抱叶寒蝉静,(独)山归鸟迟。(甫,《秦州杂诗》)

42.2.b2. V－N—cN－F

为客黄金尽,还家白发新。(维,《送丘为》)

42.2.b3. V－N—qN－F

立马千山暮,回舟一水香。(甫,《数陪李》)

42.3. 后三字为等立名词语或双音词及谓词者:

42.3.a. V－N—NN－F(或V)

对酒山河满,移舟草树回。(维,《奉和圣制》)

42.3.b. V－N—NX－F

缀席茱萸好,浮舟菡萏衰。(甫,《九日曲江》)

42.4. 后三字为名词、副词及动词或形容词者:

42. 4. a. V－N—N－dV(或 F)

有海人宁渡？无春雁不回！(维,《过始皇墓》)
入河蟾不没,捣药兔长生。(甫,《月》)
用材身复起,睹圣眼犹明。(卿,《新安奉送》)

42. 4. b. V－N—N－(nd)F

(不爨)井晨冻,无衣床夜寒。(甫,《空囊》)

43. 前二字为动词语,后三字为句子形式。
43. 1. 中二字为名词语,末字为谓词者:
dV—fN－V(或 F)

欲归群鸟乱,未去小童催。(甫,《晚晴》)

43. 2. 后三字为名词带叠字形容语者:
dV—N－FR

欲归江淼淼,未到草萋萋。(维,《送张五諲》)
独行风袅袅,相去水茫茫。(卿,《江州留别》)

44. 前二字为动词带补语,后三字为句子形式,或谓语形式:
Vd—fN－F

转来深涧满,分出小池平。(羲,《咏山泉》)

45. 前二字为动词带目的语,后三字为谓语形式。
45. 1. 后三字为动词及名词语者:
45. 1. a1. V－N—V－bN

藏书闻禹穴,读记忆仇池。(甫,《秦州杂诗》)

45. 1. a2. V－N—V－nN

忘身辞凤阙,报国取龙庭。(维,《送赵都督》)
洒酒浇刍狗,焚香拜木人。(维,《凉州郊外》)

有客过茅宇，呼儿正葛巾。（甫，《宾至》）

45.1.a3. V－N—V－fN

烹葵邀上客，看竹到贫家。（维，《晚春》）
事姑称孝妇，生子继先贤。（颀，《达奚吏部》）

45.1.b. V－N—V－qN

下辇回三象，题碑任六龙。（龄，《驾幸河东》）

45.1.c. V－N—V－cN

传灯无白日，布地有黄金。（甫，《望牛头寺》）

45.2. 后三字虽似谓语形式，实则为句子形式倒置者：
V－N—V←nN

盍簪喧枥马，列炬散林鸦。（甫，《杜位宅》）

45.3. 后三字为动词带双音专名者：
V－N—V－BX

扬舲发夏口，按节向吴门。（维，《送封太守》）

45.4. 后三字为方位语带动词者：
V－N—nt－V

退朝花底散，归院柳边迷。（甫，《晚出左掖》）

45.5. 后三字为副词、动词及名词者：
V－N—dV－N

徇禄仍怀橘，看山免采薇。（维，《留别钱起》）
好武宁论命，封侯不计年。（甫，《送人从军》）
晒药能无妇，应门幸有儿。（甫，《秦州杂诗》）

45.6. 后三字为双副词及一动词者：

45. 6. a. V – N—ddV

见酒须相忆，将诗莫浪传。（甫，《泛江送魏》）
玩雪劳相访，看山正独吟。（卿，《酬张夏》）

45. 6. b. V – N—(vd)dV

同调嗟谁惜？论文笑自知。（甫，《赠毕四》）

45. 7. 后三字为联绵字及形容词者：
V – N—fx – C

种竹交加翠，栽桃烂熳红。（甫，《春日江村》）

45. 8. 后三字为叠字及动词或形容词者：
V – N—nr – V(或 F)

吹帽时时落，维舟日日孤。（甫，《缆船苦风》）

45. 9. 后三字为副词及叠字者：
V – N—d – fr

入空才漠漠，洒迥已纷纷。（甫，《喜雨》）

46. 前二字为动词带目的语，中二字为谓语形式，末字为形容语：

V – N—VN – F

有猿挥泪尽，无犬附书频。（甫，《雨晴》）
问法看诗忘，观身向酒慵。（甫，《谒真谛寺》）
转蓬行地远，攀桂仰天高。（甫，《八月十五》）

47. 前二字为动词带目的语，中一字为动词，末二字为句子形式。

47. 1. a1. V – N—V – NV

催客闻山响，归房逐水流。（维，《过感化寺》）

47. 1. a2. V－N—V－NF

暖酒嫌衣薄，瞻风候雨晴。（颀，《送相里造》）

把酒从衣湿，吟诗信杖（扶）。（甫，《徐步》）

48. 前二字为副词及形容词或动词，中一字为动词，末二字为句子形式：

dF（或 V）—V－NV

过懒从衣结，频游任履穿。（甫，《春日江村》）

49. 前二字为副词及形容词，后三字为谓语形式：

dF—V－nN

重碧拈春酒，轻红擘（荔枝）。（甫，《宴戎州》）

50. 前二字后三字各为动词语：

dV—ddV

早朝方暂挂，晚沐复（来）簪。（维，《酬贺四》）

51. 前二字为动词语，后三字为动词带目的语。

51. 1. 后三字为动词带名词语者：

51. 1. a1. dV—V－nN

正愁闻塞笛，独立见江船。（甫，《一室》）

51. 1. a2. dV—V－fN

独坐亲雄剑，哀歌叹短衣。（甫，《夜》）

51. 1. b. （vd）V—V－cN

迸出依青嶂，攒生伴绿池。（颀，《篱笋》）

51. 2. 后三字为动词以谓语形式为目的语者：

（nd）V—V－VN

春游欢有客，夕寝赋无衣。（羲，《汉阳即事》）

52. 前二字为平行形容语，后三字为句子形式。

52. 1. a. FF—S－dV

艰难人不见，隐见尔如知。（甫，《猿》）

52. 1. b. FF—N－dV

留滞才难尽，艰危气益增。（甫，《泊岳阳》）

53. 前二字为平行形容语，中一字为动词，末二字为动词语：

FF—V－dV

薄劣惭真隐，幽偏得自怡。（甫，《独酌》）

54. 前二字为平行形容语或联绵字，中二字为谓语形式，末字为形容词或动词：

FF（或 FX）—VN－F（或 V）

飘零为客久，衰老羡君还。（甫，《涪江泛舟》）

55. 第一字为动词或形容词，后四字为副词及动词带目的语。

55. 1. a. V—dV－NX

赏应歌《杕杜》，归及献樱桃。（甫，《收京》）

55. 1. b. V（或 F）—dV－nN

静应连虎穴，喧已去人群。（甫，《题柏大》）

56. 第一字为形容词或动词，后四字为动词带目的语：

F（或 V）—V－cnN

束比青刍色，圆齐玉箸头。（甫，《秋日阮》）

滑忆雕胡饭，香闻锦带羹。（甫，《江阁卧病》）

57. 第一字为形容语，第二字为动词，末三字为句子形式，即为前面动词的目的语。

57.1. 第三、四字为等立名词语者:

57.1.a1. C—V－NNV

青惜峰峦过,黄知橘柚来。(甫,《放船》)

57.1.a2. F—V－NNF

壮惜身名晚,衰惭应接多。(甫,《将晓》)

老耻妻孥(笑),贫嗟出入劳。(甫,《赴青城县》)

57.2. 第三、四字为主从名词语者:

57.2.a. F(或V)—V－fNV

愁窥高鸟过,老逐众人行。(甫,《悲秋》)

57.2.b1. F—V－cNF

懒从华发乱,闲任白云多。(卿,《对酒》)

57.2.b2. F—V－f(或vf)NF

脆添生菜美,阴益食箪凉。(甫,《陪郑广文》)

58. 第一字为形容语,中三字为谓语形式,末字为动词或形容词:

F—V(nf)n－V(或F)

静分岩响答,散逐海潮还。(卿,《秋夜北山》)

爽合风襟静,高当泪脸悬。(甫,《月》)

59. 第一字为目的语倒置,中三字为谓语形式,末字为主要动词。

59.1.a. N—vbx－V→

药倩韩康卖,门容尚子过。(维,《游李山人》)

59. 1. b. N—vqn－V→

门看五柳识，年算六身知。（维，《慕容承》）

60. 前四字为谓语形式，末字为主要动词：

VV－NN—V

寻觅诗章在，思量岁月惊。（稹，《遣行》）

61. 前面一个句子形式的动词用后面一个句子形式为目的语：

NN－V－NV（或F）

文章憎命达，魑魅喜人过。（甫，《天末怀李》）

62. 动词语用后面的句子形式为目的语。

62. 1. 此句子形式系名词语及谓词者：

62. 1. a. dV－nNF（或V）

应愁江树远，（怯）见野亭荒。（甫，《寄邛州》）
但恐天河落，宁辞酒盏空。（甫，《酬孟云卿》）

62. 1. b. dV－NNF

莫取金汤固，长令宇宙新。（甫，《有感》）

62. 2. 此句子形式系名词、副词及形容词或动词者：

62. 2. a. dV－NdF

已恨亲皆远，谁怜友复稀！（维，《送崔兴宗》）

62. 2. b. dV－Nd（NV）

宁问春将夏！谁论西复东！（维，《愚公谷》）

63. 动词语用后面的谓语形式为目的语。

63. 1. 末二字为名词语者：

dV – VfN

自顾无长策，空知返旧林。（维，《酬张少府》）

63.2. 末二字为双音词者：

dV – VBX

共传收庾信，不比得陈琳。（甫，《奉赠王》）

64. 动词用后面的谓语形式为目的语。

64.1. 末三字为名词语者：

V – VfnN

乞为寒水玉，愿作冷秋菰。（甫，《热》）

64.2. 末二字为名词语者：

V – Vf（或 dV）NN

喜无多屋宇，幸不碍云山。（甫，《茅堂检校》）

65. 句子形式包孕着形容性的句子形式。

65.1. 包孕在主语的地位者：

cnv – N – F

紫崖奔处黑，白鸟去边明。（甫，《雨》）

65.2. 包孕在目的语的地位者：

（CN）←V – nvN

绿垂风折笋，红绽雨肥梅。（甫，《陪郑广文》）

66. 句子形式包孕着形容性的谓语形式。

66.1. 包孕在主语的地位者：

vn – cN – F

登俎黄甘重，支床锦石圆。（甫，《季秋江村》）

66.2. 包孕在目的语的地位者：

N－V－vnN

野流行地日，江入度山云。（甫，《江阁对雨》）
神交作赋客，力尽望乡台。（甫，《云山》）
犬迎憎闲客，鸦护落巢儿。（甫，《陪郑广文》）
月明垂叶露，云逐渡溪风。（甫，《秦州杂诗》）

66.3. 虽似包孕在目的语的地位，其实是包孕在主语的地位，而主语倒置者：

n－F←vnN

夜足沾沙雨，春多逆水风。（甫，《老病》）

67. 句子形式包孕着形容性的动词语，或形容词语。

67.1. 包孕在主语的地位者：

(fd)vcN－V(或 F)

旧采黄花剩，新梳白发微。（甫，《九日》）

67.2. 包孕在目的语的地位者：

dV－df(或 v)N

不堪垂老鬓，还对欲分襟。（甫，《夏日杨》）

68. 句子形式包孕着副词性的句子形式。

68.1.a. NN－nv－F(或 V)

书剑身同废，烟霞吏共闲。（卿，《偶然作》）

68.1.b. fN－nv－F

片云天共远，永夜月同孤。（甫，《江汉》）

69. 句子形式包孕着两字的副词性谓语形式。

69.1. 主语为名词语者：

69. 1. a1. nN – vn – V(或 F)

竹杖交头拄，柴扉隔径开。（甫，《晚晴》）
渚蒲随地有，村径逐门成。（甫，《漫成》）
玉袖迎风并，金壶隐浪偏。（甫，《数陪李》）
江水带冰绿，桃花随雨飞。（羲，《汉阳即事》）
楼角临风迥，城阴带雨昏。（甫，《东楼》）

69. 1. a2. (vf)N – vn – V

牧童望村去，猎犬随人还。（维，《淇上田园》）

69. 1. b1. cN – vn – V

青菰临水拔，白鸟向山翻。（维，《辋川闲居》）
紫鳞冲岸跃，苍隼护巢归。（甫，《重题郑氏》）

69. 1. b2. cN – V(vn) – V

白云回望合，青霭入看无。（维，《终南山》）

69. 2. 主语为平行形容语者：

FF – vn – F

清切兼秋远，威(仪)对月闲。（卿，《秋夜北山》）

69. 3. 主语为一个名词者：

N – vn – VV(或 FF)

色因林向背，行逐地高卑。（颀，《篱笋》）

70. 句子形式包孕着三字的副词性谓语形式。

70. 1. 主语为名词者：

70. 1. a1. N – v(nf)n – V

樯带城乌去，江连暮雨愁。（维，《送贺遂》）

70. 1. a2. N – vfn – F

露从今夜白,月是故乡明。(甫,《月夜忆》)

70. 1. b. N – vtn – V(或 F)

风连西极动,月过北庭寒。(甫,《秦州杂诗》)

70. 1. c. N – vcn – V(或 F)

山临青塞断,江向白云平。(维,《送严秀才》)

70. 1. d. N – vqn – V(或 F)

星临万户动,月傍九霄多。(甫,《春宿左省》)
诏从三殿去,碑到百蛮开。(甫,《送翰林》)

70. 1. e. N – v(vf)n – V

泪逐劝杯下,愁连吹笛生。(甫,《泛江送客》)

70. 2. 主语为动词或形容词者:
VN(或 FN) – v(nf)n – F

听临关月苦,清入海风微。(龄,《胡笳曲》)

71. 谓语形式包孕着形容性的句子形式:
(vd)V – vf(或 v)N

行到水穷处,坐看云起时。(维,《终南别业》)

72. 谓语形式包孕着形容性的谓语形式。
72. 1. a1. (fd)V – vnN

细动迎风燕,轻摇逐浪鸥。(甫,《江涨》)

72. 1. a2. dV – vnN

自失论文友,空知卖酒垆。(甫,《赠高式颜》)

73. 谓语形式包孕着副词性的谓语形式。

73. 1. a1. d – vfn – V

幸因腐草出，敢近太阳飞！（甫，《萤火》）

73. 1. a2. d – v(nf)n – V

每候山樱发，时同海燕归。（维，《送钱少府》）

74. 前二字为名词语，中一字为动词，末二字为句子形式：

nN – V – N – V

石室无人到，绳床见虎眠。（龄，《遇薛明府》）

75. 前二字为名词语，中一字为动词，末二字为平行动词：

NN – V – VV

药饵憎加减，门庭闷扫除。（甫，《秋清》）

76. 前二字为名词语，中一字为动词，末二字为谓语形式：

nN – V – V – N

松风吹解带，山月照弹琴。（维，《酬张少府》）
岸花飞送客，樯燕语留人。（甫，《发潭州》）
羽人飞奏乐，天女跪焚香。（维，《过福禅师》）

77. 前二字为名词语，后三字为双谓语：

bN – V – dV

羌妇语还哭，胡儿行且歌。（甫，《日暮》）

78. 前二字为方位语或时间语，中一字为动词或形容词，末二字为动词带目的语。

nt – F(或 V) – V – N

尘中老尽力，岁晚病伤心。（甫，《病马》）

79. 前二字为副词语，中二字为动词带补语，末字为形容词。

dd - Vd - F

已应春得细，颇(觉)寄来迟。(甫，《佐还山后》)

17.3　上面是五言近体诗复杂句的句式，共有四十九个大类，八十九个小类，一百二十三个大目，一百五十个细目。

第十八节　五言近体诗的句式(下)
——不完全句

18.1　本节所分析的是不完全句。所谓不完全句，如果是复杂句，其中有一部分是没有谓词的；如果是简单句，就全句都没有谓词。本来，在判断句里(例如"书生邹鲁客，才子洛阳人")，虽没有谓词，也可认为完整的句子；但为归类的便利，也只好归入本节里。

18.2　现在分析不完全句的句式，如下(编号从81起)：

81. 前二字为名词语，后三字为句子形式。

81.1. 后三字为名词语带谓词者：

81.1.a. nN—bN - F(或NF)

秋风楚竹冷，夜雪巩梅春。(甫，《送孟十二》)

81.1.b. nN—fN - V(或F)

雪岸丛梅发，春泥百草生。(甫，《陪裴使君》)

暮钟寒鸟聚，秋雨病僧闲。(易，《旅次景空》)

81.1.c. nN—cN - F

世交黄叶散，乡路白云重。(卿，《和州留别》)

81.1.d. nN—nN - F

春浪棹声急，夕阳帆影残。(易，《渡淮》)

81. 1. e. fN—nN－F

香雾云鬟湿，清辉玉臂寒。（甫，《月夜》）

81. 1. f. fN－qN－F

平地一川稳，高山四面同。（甫，《自瀼西》）

81. 1. g. nN—NN－F（或 NF）

江雨铭旌湿，湖风井径秋。（甫，《重题》）

81. 1. h. fN—NN－F

迟日江山丽，春风花草香。（甫，《绝句》）

81. 1. i. NN—NN－F

草木岁月晚，关河霜雪清。（甫，《送远》）

81. 1. j. NN—nN－F

苔藓山门古，丹青野殿空。（甫，《秦州杂诗》）

81. 1. k. NN—tN－F

天地西江远，星辰北斗深。（甫，《夏日杨》）

81. 2. 后三字为名词带联绵字者：
NN—N－FX

江山城宛转，栋宇客裴徊。（甫，《上白帝城》）

81. 3. 后三字为名词、副词及谓词者：
81. 3. a. f（或 vf）N—N－dV（或 F）

落景阴犹合，微风韵可听。（甫，《高楠》）
归客村非远，残樽席更移。（甫，《过南邻》）

81. 3. b. NN—N－dV（或 F）

兵革身将老，关河信不通。（甫，《登牛头山》）

冰雪莺难至，春（寒）花较迟。（甫，《人日》）

81.4. 后三字为名词及动词带目的语者：

nN—N－V－N

塞俗人无井，山田饭有沙。（甫，《溪上》）

82. 前二字为名词语，后三字为谓语形式。

82.1. 后三字为动词带二字目的语者：

82.1.a. NN—V－BX

羽翼怀商老，文思忆帝尧。（甫，《收京》）

82.1.b1. nN—V－nN

江阁嫌津柳，风帆数驿亭。（甫，《喜观即到》）

82.1.b2. nN—（FV）－nN

涧花轻粉色，山月少灯光。（维，《从岐王》）

82.1.c. nN—V－f（或 sf）N

客情投异县，诗态忆吾曹。（甫，《赴青城》）

82.1.d. c（或 f）N—V－f（或 sf）N

白发烦多酒，明星忆此筵。（甫，《春夜峡州》）

82.1.e. NN—F←（vf）N

烟尘多战鼓，风浪少行舟。（甫，《摇落》）

82.1.f. nN—V－qN

秋风散千骑，寒雨泊孤舟。（卿，《送李使君》）

82.2. 后三字为副词、动词及目的语者：

82. 2. a. NN—dV－N

勋业频看镜，行藏独倚楼。（甫，《江上》）
社稷堪流涕，安危(在)运筹。（甫，《西阁口号》）

82. 2. b. f(或 nf)N—(fd)V－N

白骨新交战，云台旧拓边。（甫，《有感》）

82. 3. 后三字为双副词及动词者：
NN—ddV

江山且相见，戎马未安居。（甫，《逢唐兴》）

82. 4. 后三字为动词带谓语形式为其目的语者：
nN—V－VN

池水观为政，厨烟觉远庖。（甫，《题新津》）

82. 5. 后三字为动词带句子形式为其目的语者：
n(或 N)N—V－NF

世路知交薄，门庭畏客频。（甫，《从驿次》）

83. 前三字为句子形式，后二字为名词语。
83. 1. a. f(或 nf)N－V(或 F)—fN

泉声咽危石，日色冷青松。（维，《过香积寺》）
乱云低薄暮，急雪舞回风。（甫，《对雪》）
荆扉深蔓草，土锉冷疏钟。（甫，《闻斛斯六》）

83. 1. b. NN－F—nN

烟霜凄野日，粳稻熟天风。（甫，《自瀼西》）

84. 前二字为句子形式，后三字为名词语。
84. 1. 后三字为名词语修饰名词者：

N－F(或V)—fnN

叶残他日里，花发去年丛。（甫，《老病》）

84.2. 后三字为谓语形式修饰名词者：

N－F—vnN

竹深留客处，荷净纳凉时。（甫，《陪诸贵公》）

84.3. 后三字为叠字修饰名词者：

N－F—frN

花远重重树，云轻处处山。（甫，《涪江泛舟》）

85. 前二字为谓语形式，后三字为名词语。

85.1. 后三字为主从名词语者：

85.1.a. V－N—(nf)nN

闻诗鸾渚客，献赋凤楼人。（维，《故太子》）
经心石镜月，到面雪山风。（甫，《春日江村》）

85.1.b. V－N—fnN

卷帘残月影，(高)枕远江声。（甫，《客夜》）

85.1.c. V－N—qnN

扶毂双官骑，应门五尺僮。（维，《酬慕容》）

85.1.d. V－N—ntN

畏人江北草，旅食瀼西云。（甫，《暮春题瀼》）
无名江上草，随意岭头云。（甫，《南楚》）

85.2. 后三字为专名者：

V－N—BXX

能画毛延寿，投壶郭(舍人)。（甫，《能画》）

爱酒晋山简,能诗何(水曹)。(甫,《北邻》)

86. 前二字为动词语,后三字为名词语:

dV—fnN

(取)醉他乡客,相逢故国人。(甫,《上白帝城》)

87. 前二字为形容语,后三字为名词带数量语:

FF(或 FX)—N - qn

敏捷诗千首,飘零酒一杯。(甫,《不见》)

88. 前二字为同义字,中字为形容词,末二字为名词语。

FF(或 NN)—F - NN

英雄(余)事业,衰迈久风尘。(甫,《上白帝城》)

89. 前二字为平行形容语、联绵字或叠字,后三字为名词语。

89. 1. 后三字为专名带官爵者:

FF - bNX

清新庾开府,俊逸鲍参军。(甫,《春日怀李白》)
丧乱秦公子,悲凉楚大夫。(甫,《地隅》)

89. 2. 后三字为平行语修饰名词者:

FX - ff(或 vv)N

欻翕炎蒸景,飘飖征戍人。(甫,《热》)

89. 3. 后三字为动词语修饰名词者:

FX - (fd)vN

牢落新烧栈,苍茫旧筑坛。(甫,《王命》)

89. 4. 后三字为方位语修饰名词者:

FR - ntN

寥寥丘中想,渺渺湖上心。(常建,《燕居》)

90. 前二字为主语,后三字为形容性谓语,无动词。

90. 1. a. NN – qqN

关塞三千里,烟花一万重。(甫,《伤春》)

90. 1. b. nN – qqN

鸟道一千里,猿声十二时。(维,《送杨长史》)

91. 前二字为主语,后三字为方位语或时间语,无动词。

91. 1. a1. NN – nNt

山河天眼里,世界法身中。(维,《夏日过》)

91. 1. a2. NN – fNt

弟妹悲歌里,朝廷醉眼中。(甫,《九日登》)
畎亩孤城外,江村乱水中。(甫,《向夕》)

91. 1. b. NN – cNt

乡园碧云外,兄弟渌江头。(常建,《江行》)

91. 1. c1. nN – nNt

帝乡愁绪外,春色泪痕边。(甫,《泛江送魏》)
汉节梅花外,春城海水边。(甫,《广州段》)

91. 1. c2. nN – f(或 vf)Nt

秋花危石底,晚景卧钟边。(甫,《秦州杂诗》)
田舍清江曲,柴门古道旁。(甫,《田舍》)
野寺垂杨里,春畦乱水间。(甫,《奉陪郑》)
彝界荒山顶,蕃州积雪边。(甫,《西山》)

91. 1. c3. fN – nNt

远烟盐井上,斜景雪峰西。(甫,《出郭》)

91. 1. d. qN - nNt

九江春草外,三峡暮帆前。(甫,《游子》)

91. 1. e. cN - fNt

白盐危峤北,赤甲古城东。(甫,《自瀼西》)

91. 1. f. cN - cNt

金刹青枫外,朱楼白水边。(甫,《舟月对驿》)

91. 1. g. f(或 nf)N - qNt

春池百子外,芳树万年(余)。(维,《和尹谏议》)

91. 1. h. nN - qNt

皇舆三极北,身事五湖南。(甫,《楼上》)

91. 1. i. bN - tNt

巫峡西江外,秦城北斗边。(甫,《历历》)
岷岭南蛮北,徐关东海西。(甫,《送舍弟频》)

92. 前二字为主语,后三字为同位语,无谓词:
nN - bb(或 bx)N

书生邹鲁客,才子洛阳人。(维,《送孙二》)

93. 前二字为方位语或时间语,后三字为名词语。
93. 1. 前二字为方位语者:
93. 1. a. nt - qfN

空外一鸷鸟,河间双白鸥。(甫,《独立》)

93. 1. b. fn - nnN

故国风云气，高堂战伐尘。（甫，《中夜》）

93.2. 前二字为时间语者：

93.2.a. dd - cnN

伊昔黄花酒，如今白发翁。（甫，《九日登》）

93.2.b. fn - btN

今日江南老，他时渭北童。（甫，《社日》）

94. 前二字后三字各为名词语，意义上颇有关连。

94.1. 前二字为等立名词语者：

94.1.a. NN……bxN

松柏邛山路，风花白帝城。（甫，《熟食日》）

94.1.b. NN……ntN

日月笼中鸟，乾坤水上萍。（甫，《衡州送李》）
烟火军中幕，牛羊岭上村。（甫，《秦州杂诗》）

94.1.c. NN……f（或 vf）nN

鸟雀荒村暮，云霞过客情。（甫，《滕王亭子》）

94.1.d. NN……qnN

乾坤万里眼，时序百年心。（甫，《春日江村》）

94.1.e. NN……q - nN

身世双蓬鬓，乾坤一草亭。（甫，《暮春题瀼》）

94.1.f. NN……fxN

藻镜留连客，江山憔悴人。（甫，《送孟十二》）

94.1.g. NN（或 NX）……qnN

行李千金赠，衣冠八尺身。（甫，《奉寄李》）

94.2. 前二字为主从名词语者：

94.2.a1. nN……fnN

涧水空山道，柴门老树村。（甫，《忆幼子》）
（生还）今日事，间道暂时人。（甫，《喜达行在》）

94.2.a2. nN……(nf)nN

渔浦南陵郭，人家春谷溪。（维，《送张五諲》）

94.2.b. fN……fbN

高鸟长淮水，平芜故郢城。（维，《送方城》）

94.2.c. f(或nf)N……cnN

群公苍玉珮，天子翠云裘。（甫，《更题》）

94.2.d. cN……qnN

白榜千家邑，清秋万古船。（甫，《白盐山》）

94.2.e. nN……qnN

秋声万户竹，寒色五陵松。（颀，《望秦川》）

94.2.f. qN……qnN

五湖三亩宅，万里一（归）人。（维，《送丘为》）

95. 副词之后无谓词。

95.1. 前二字末二字各为等立名词语者：

95.1.a. NN－d－BB

江山（有）巴蜀，栋宇自齐梁。（甫，《上兜率寺》）

95.1.b. NN－d－NN

(幽蓟余)蛇豕,乾坤尚虎狼。(甫,《有感》)

95.2. 前二字为主从名词语,末二字为等立名词语者:

95.2.a. fN - d - NN

故国犹兵马,他乡亦鼓鼙。(甫,《出郭》)
老年常道路,迟日复山川。(甫,《行次古城》)
白帝空祠庙,孤云自(往来)。(甫,《上白帝城》)

95.2.b. (vf)N - d - NN

生理(何)颜面,忧端且岁时!(甫,《得弟消息》)

95.3. 前二字为等立名词语,末二字为主从名词语:
NN - d - fN

风月自清夜,江山(非)故园。(甫,《日暮》)

95.4. 前二字末二字皆为主从名词语。

95.4.a. b(或nf)N - d - fN

秦地应新月,龙池(满)旧宫。(甫,《洞房》)

95.4.b. f(或nf,vf)N - d - nN

古墙犹竹色,虚阁自钟声。(甫,《滕王亭子》)
秋窗犹曙色,落木更天风。(甫,《客亭》)

95.4.c. qN - d - nN

万象皆春气,孤槎自客星。(甫,《宿白沙驿》)

95.5. 前二字为名词语,末二字为方位语者:
qN - d - Nt

诸姑今海畔,两弟亦山东。(甫,《送舍弟频》)

95.6. 前二字为名词语,末二字为叠字者:

nN－d－NR

匣琴虚夜夜，手板自朝朝。（甫，《西阁三度》）

95.7. 前二字为句子形式，末二字为等立名词语者：

95.7.a. N－V—d－NN

兴来还杖屦，目断更云沙。（甫，《祠南夕望》）

95.7.b. N－F—d－NN

日长唯鸟雀，春远独柴荆。（甫，《春远》）

95.8. 前二字为句子形式，末二字为主从名词语者：

95.8.a1. N－V—d－nN

蚁浮仍蜡味，鸥泛已春声。（甫，《正月三日》）

95.8.a2. N－V—d－fN

鸡鸣还曙色，鹭浴自清川。（甫，《江边星月》）
燕入（非）旁舍，鸥归只故池。（甫，《过故斛斯》）

95.8.b. N－F—d－nN

城峻（随）天马，楼高更女墙。（甫，《上白帝城》）

95.9. 前二字为名词语，末二字为句子形式者：

cN—d－N－F

赤眉犹世乱，青眼只途穷（甫，《巫峡敝庐》）

95.10. 前二字为谓语形式，末二字为名词语者：

V－N—d－cN

卷帘惟白水，隐几亦青山。（甫，《闷》）
买薪犹白帝，鸣橹少（沙头）。（甫，《送王十六》）

95.11. 前二字为谓语形式，末二字为方位语者：

V－N—d－Nt

看花虽郭内，倚杖即溪边。（甫，《倚杖》）

96. 整个为名词语，而末字为方位词或时间词。

96.1. 前四字为句子形式者：

96.1.a. NN－VV—T

朝野欢娱后，乾坤震荡中。（甫，《寄贺兰铦》）

96.1.b. nN－dV—N

江水长流地，山云薄（暮）时。（甫，《薄暮》）

96.1.c. nN－V－N—N

姹女临波日，神光照夜年。（甫，《覆舟》）

96.2. 前二字为关系语，中二字为谓语形式者：

96.2.a. nt－V－N—N

峡中为客（恨），江上忆君时。（甫，《寄杜位》）

96.2.b. nn－V－N（或 S）—N

风尘逢我地，江汉哭君时。（甫，《哭李常侍》）
风尘为客日，江海送君（情）。（甫，《送元二》）

96.2.c. ff－tV—N

老病南征日，（君恩）北望（心）。（甫，《南征》）

97. 整个为名词语，而末字非方位词或时间词。

97.1. 前四字为句子形式者：

f（或 vf）N－V－N—N

辩士安边策，元戎决胜威。（甫，《西山》）

97.2. 前二字为方位语，中二字为谓语形式者：

nt—vn－N

床前磨镜客，树下灌园人。（维，《郑果州》）

97.3. 前二字为时间语或方位语，中二字为动词语者：

f（或 nf）n—（fd）V－N

秋日新沾影，寒江旧落声。（甫，《雨》）

97.4. 前二字为叠字形容语，中二字为动词语者：

fr—dv－N

急急能鸣雁，轻轻不下鸥。（甫，《白帝城楼》）

97.5. 前二字为数量语，中二字为等立名词语者：

qN－nnN

八年身世梦，一种水风声。（稹，《遣行》）

97.6. 前二字为数量语，中二字为方位语者：

97.6. a. qN－f（或 nf）nN

数杯巫峡酒，百丈内江船。（甫，《送十五弟》）

97.6. b. qN－ntN

万里桥南宅，百花潭北庄。（甫，《怀锦水》）

97.7. 前二字为方位语，中二字为数量语者：

97.7. a. tN－qnN

北斗三更席，西江万里船。（甫，《春夜峡州》）

97.7. b. Nt－qnN

山中一夜雨，树杪百重泉。（维，《送梓州》）

97.8. 前二字为方位语，中二字为时间语者：

Bt－（nf）nN

渭北春天树，江东日暮云。（甫，《春日怀李》）

97.9. 前二字为名词语，中二字为方位语者：

cN – ntN

白花檐外朵，青柳槛前梢。（甫，《题新津》）

97.10. 前二字为时间语，后三字为专名者：

fN – BXX

今日潘怀县，同时陆浚仪。（甫，《九日杨奉》）

97.11. 前二字为名词语，中二字为专名者：

b（或 nf）N – bxN

晋室丹阳尹，公孙白帝城。（甫，《送元二》）

97.12. 前四字为双主从名词语者：

fn – fn – N

细草微风岸，危樯独夜舟。（甫，《旅夜书怀》）

18.3　上面是五言近体诗不完全句的句式，共有十七个大类，五十四个小类，一百零九个大目，一百十五个细目。不完全句可以说是近体诗所特有的句法，古体诗一般没有这种句法，散文一般也没有这种句法。

18.4　以上第十六、十七、十八节所述，五言近体诗的句式，总计有九十五个大类，二百零三个小类，三百四十个大目，四百个细目。这些类目当然不能包括所有一切的句式，但是细目和大目虽然和《全唐诗》中所能分析的句式的数目尚差甚远，我们相信，小类相差不多，大类则更相差无几了。

18.5　大致说来，凡同属于一个细目者可用为对仗，同属于一个大目者也还勉强可对（凡不分大细目者当认为同属一细目）。凡律诗中颔颈两联的对仗同属于一个细目或大目者，应认为合掌。

诗人有一种特殊的做诗法，叫做集句，就是集古人的成句以为诗（相传始于王安石）。集句如系律诗，其中的对仗，应该注意用同一细目或同一大目的成句，否则不工。如果把几千个成句按照上面的类目分析归类，那么，这种近似游戏的吟咏就并非难事了。

18.6 意义上的节奏，和诗句上的节奏并不一定相符。所谓意义上的节奏，也就是散文的节奏。譬如一个五言的句子，如果把它当做散文的句子看待，节奏应该如彼；现在作为诗句，节奏却应该如此。五言近体诗的节奏是二二一，但是，意义上的节奏往往不是二二一，而是二一二、一一三、一三一、二三、三二、四一、一四，等等。现在我们试把上述九十五类的五言诗句，按照意义上的节奏，分析并举例如下：

（甲）二一二　5、6、8、28、38.7－8、47、48、61、75、76、77、78

蝉声—集—古寺　鸟影—度—寒塘(5)
城乌—啼—眇眇　野鹭—宿—娟娟(28)
花密——藏—难见　枝高——听—转新(38.7)
催客——闻—山响　归房——逐—水流(47)
文章—憎—命达　魑魅—喜—人过(61)
药饵—憎—加减　门庭—闷—扫除(75)
岸花—飞—送客　樯燕—语—留人(76)
尘中—老—尽力　岁晚—病—伤心(78)

（乙）二二一　12、16、26.1、27、33、34、41、46、54、69.1－2、74

明月—松间—照　清泉—石上—流(12)
湛湛—长江—去　冥冥—细雨—来(26.1)
蜀星—阴见—少　江雨—夜闻—多(33)
随风—隔幔—小　带雨—傍林—微(34)
鹏集——占书—久　鸾回——刻篆—新(41)
有猿——挥泪—尽　无犬——附书—频(46)

牧童—望村—去　　猎犬—随人—还(69.1)
石室—无人—到　　绳床—见虎—眠(74)

(丙)一二二　69.3

色—因林—向背　　行—遂地—高卑(69.3)

(丁)一三一　59、70、73

门—看五柳—识　　年—算六身—知(59)
山—临青塞—动　　江—向白云—平(70)
幸—因腐草—出　　敢—近太阳—飞(73)

(戊)一一三　17、18、57、65.2、66.2－3

猿—护—窗前树　　泉—浇—谷后田(17)
云—薄—翠微寺　　天—清—黄子陂(18)
老—耻—妻孥笑　　贫——嗟—出入劳(57)
绿—垂—风折笋　　红—绽—雨肥梅(65.2)
犬—迎—憎闲客　　鸦—护—落巢儿(66.2)

(己)二三　7、9、10、11、13、14、15、20、21、22、23、25、26.2-3、29、37、38.1－6、39、40、42、43、44、45、49、50、51、52、53、62、63、67.2、68、71、72、79、81、82、84、85、86、87、88、89、90、91、92、93、94、95、97.2－12

黄绮—终辞汉　　巢由—不见尧(7)
径石—相萦带　　川云—自去留(11)
侧身—千里道　　寄食——家村(20)
家家—养乌鬼　　顿顿—食黄鱼(25)
淅淅—风生砌　　团团—日隐墙(26.2)
风吹—花片片　　春动—水茫茫(29)
草枯——鹰眼疾　　雪尽——马蹄轻(37)

剑寒——空有气　　松老——欲无心(38.6)
欲归——群鸟乱　　未去——小童催(43)
玩雪——劳相访　　看山——正独吟(45)
春游——欢有客　　夕寝——赋无衣(51)
留滞——才难尽　　艰危——气益增(52)
已恨——亲皆远　　谁怜——友复稀(62)
不堪—垂老鬓　　还对—欲分襟(67.2)
片云—天共远　　永夜—月同孤(68)
已应—春得细　　颇觉—寄来迟(79)
暮钟——寒鸟聚　　秋雨——病僧闲(81)
花远——重重树　　云轻——处处山(94)
远烟—盐井上　　斜景—雪峰西(91)
书生—邹鲁客　　才子—洛阳人(92)
高鸟—长淮水　　平芜—故郢城(94)
故国—犹兵马　　他乡—亦鼓鼙(95)
山中—一夜雨　　树杪—百重泉(97.7)

(庚)三二　2、3、4、24、35、36、83

淑女诗—长在　　夫人德—尚存(2)
一从归—白社　　不复到—青门(24)
茅茨疏——易湿　　云雾密——难开(35)
海鸥知——吏傲　　砂鹤见——人衰(36)
泉声咽——危石　　日色冷——青松(83)

(辛)四一　1、31、32、60、65.1、66.1、67.1、96、97.1.12

郧国稻苗—秀　　楚人菰米—肥(1)
鹤巢松树——遍　　人访荜门——稀(31)
寻觅诗章——在　　思量岁月——惊(60)

紫崖奔处—黑　　白鸟去边—明(65.1)
登俎黄柑—重　　支床锦石—圆(66.1)
旧采黄花—剩　　新梳白发—微(67.1)
姹女临波—日　　神光照夜—年(96)
辩士安边—策　　元戎决胜—威(97.1)

(壬)一四　19、55、56、64.

味—岂同金菊　　香—宜配绿葵(19)
静—应连虎穴　　喧—已去人群(55)
束—比青刍色　　圆—齐玉箸头(56)
喜—无多屋宇　　幸—不碍云山(64)

18.7　以上所列的意义上的节奏,多数只是可能的分析,不是必然的分析,譬如"欲归——群鸟乱",也可以析成"欲归——群鸟—乱";"鹤巢松树——遍"也可析成"鹤—巢—松树——遍";"泉声咽——危石"也可以析成"泉声—咽——危石";"味—岂同金菊"也可以析成"味—岂同—金菊",等等。

18.8　己类最多,因为二三的节奏和诗律上二二一的节奏很相近似,把诗律上的脚节和腹节合并,就成为二三了。乙类和诗律上的节奏完全相符,倒反少些,因为末字自成一节,只能用形容词或不及物动词,范围本来就狭些。但辛类有许多句式也可归入乙类,所以也不算少了。甲类在种类上虽不显得多,但是在应用上却很常见,譬如5.类是主语—动词—目的语,以两个字为主语,两个字为目的语,中一字为动词,在形式上非常整齐,所以诗人们喜欢用它。

18.9　有时候,诗人在对仗上,并不一定要求意义节奏的相对,只要字面相对就算了,例如:

空谷归人少,青山背日寒。(维,《酬比部》)

出句可比"绿林行客少",属于1. 类;对句可比"白鸟向山翻",属于69. 类。以 fn(vf)N - F 对 cN - vn - F 颇不相称。

本卖文为活,翻令室倒悬。(甫,《闻斛斯六》)

出句无可比,对句勉强可比"谁怜友复稀",属于62. 类。以 d—VN - V - N 对 dN—N - (vd) V 颇不相称。

幸结白花了,宁辞青蔓除。(甫,《除架》)

出句无可比,对句勉强可比"宁辞酒盏空",属于62. 类。以(fd)V - cN - V 对 dV—cN - V 颇不相称。

但这种情形究竟是罕见的。所以我们在原则上还可以说:凡对仗的出句和对句,其意义上的节奏必须相同。

第十九节 七言近体诗的句式

19.1 七言在平仄上是五言的延长,在意义上也可认为五言的延长。多数七言诗句都可以缩减为五言,而意义上没有多大变化,只不过气更畅,意更足罢了。当然,诗人并非先做五言的句子,然后添成七言;但是咱们不妨假定以五言为骨子,再加润饰。这样,在说明上可以有不少的便利。依此说法,由五言变成七言,最普通的有下面的七种方式:

(甲)主语前面加双字修饰语

南川粳稻花侵县,西岭云霞色满堂。(祐,《寄綦毋三》)
万里寒光生积雪,三边曙色动危旌。(祐,《望蓟门》)
隔岸春云邀翰墨,傍檐垂柳报芳菲。(适,《同陈留》)
护羌校尉朝乘障,破虏将军夜渡辽。(维,《出塞》)

(乙)前面添加方位语或时间语

林下水声喧语笑,岩间树色隐房栊。(维,《敕借岐王》)
帐里残灯才去焰,炉中香气尽成灰。(浩,《除夜有怀》)

平明拂剑朝天去,薄暮垂鞭醉酒归。(白,《赠郭将军》)
他时干蛊声名著,今日悬弧宴乐酣。(何,《相里使君》)

(丙)主语及动词的前面各插入修饰词

早雁初辞旧关塞,秋风先入古城池。(卿,《闻虞沔州》)
素浪遥疑八溪水,清枫忽似万年枝。(祐,《江湖秋思》)
野棠自发空临水,江燕初归不见人。(祐,《自苏台至》)

(丁)动词及目的语的前面各插入修饰词

晨摇玉珮趋金殿,夕奉天书拜琐闱。(维,《赠郭给事》)
曲引古堤临冻浦,斜分远岸近枯杨。(浩,《登万岁楼》)

(戊)前面或中间加入副词语或近似副词性的动词语或谓语形式

鸿雁不堪愁里听,云山况是客中过!(颀,《送魏万》)
岁久岂堪尘自入,夜长应待月相随。(卿,《见故人李》)
幸有香茶留稚子,不堪秋草送王孙。(祐,《秋晓招隐》)
岂知玉殿生三秀,讵有铜池出五云。(维,《大同殿柱》)
谠言昨叹离天听,新象今闻入县图。(潜,《经陆补阙》)
水近偏逢寒气早,山深常见日光迟。(谓,《辰阳即事》)
双鸥为底无心狎,白发从他绕鬓生。(祐,《承恩量移》)

(己)前面加动词语,后五字句子形式为其目的语

岂厌尚平婚嫁早,却嫌陶令去官迟。(维,《早秋山中》)
渐看春逼芙蓉枕,顿觉寒销竹叶杯。(浩,《除夜有怀》)
独怜一雁飞南海,却羡双溪解北流。(白,《寄崔侍御》)
遥想双眉待人画,行看五马送潮归。(祐,《送郑正则》)
自叹马卿还带病,还嗟李广未封侯。(祐,《送马将军》)

(庚)前面或中间加入叠字形容语或联绵字

漠漠水田飞白鹭，阴阴夏木啭黄鹂。（维，《积雨辋川》）
纷纷花发门空闭，寂寂莺啼日更迟。（祐，《赴南中》）
冉冉修篁依户牖，迢迢列宿映楼台。（何，《同阎伯均》）
年年喜见山长在，日日悲看水独流。（龄，《万岁楼》）
行人杳杳看西月，归马萧萧向北风。（卿，《送李录事》）
萧条已入寒空静，飒沓仍随秋雨飞。（颀，《宿莹公禅》）

19.2 以上所举各例，从七言中减去两个字后，文义仍旧可通，而且和原意无大出入。但是，并非每一个七言诗句都能如此；有时候，平行的名词、动词、形容词、叠字、联绵字等，都可认为只有一个单词的用途，主语带动词、动词带目的语、动词语，也都可认为一个动词的用途，名词语可认为一个名词的用途，这样，合二字为一字，仍可认为五言的扩充，例如：

[心怜][稚齿]鸣环去，[身愧][衰颜]对玉难。（卿，《送子婿》）
[黄花][裛露]开沙岸，[白鸟][衔鱼]上钓矶。（卿，《青溪口》）
[爱子][临风]吹玉笛，[美人][向月]舞罗衣。（白，《赠郭将军》）
[远岫][依依]如送客，[平田][渺渺]独伤春。（祐，《自苏台至》）
[山临][睥睨]恒多雨，[地接][潇湘]畏及秋。（祐，《暮春宜阳》）
[细雨][湿衣]看不见，[闲花][落地]听无声。（祐，《送严员外》）

19.3 明白了这个道理之后，我们对于七言近体诗的句式，并不须要像五言句式分析得那样详细。事实上，如果七言句式也像五言那样分析，则其种类和篇幅必比五言增加数倍。咱们只须知道，每一个五言句式都可以敷衍成为七言；即使没有这种例子，也有这种可能性。

19.4　下面我们只专就杜甫的七律来分析。我们注意选择对仗颇工的句子；这样在分析上更便利些，编号用罗马数字，使它和五言句式编号所用的阿拉伯数字有分别。

I. 由五言第一类扩充

I. 1. fn(nf)N－F—(sd)V(后面加代名词及动词)

永夜角声悲自语，中天月色好谁看？(《宿府》)

比较：大漠孤烟直，长河落日圆。

I. 2. cnfN－frF(在第五、六字插入叠字副词)

碧窗宿雾濛濛湿，朱拱浮云细细轻。(《江陵节度》)

比较：绿林行客少，赤壁住人稀。

II. 由五言第二类扩充

II. 1. nt－(nf)nN—dF(前面加方位语)

沙上草阁柳新暗，城边野池莲欲红。(《暮春》)

比较：司隶章初睹，南阳气始新。

II. 2. qn－nnN－FF(或VV)(前面加修饰性的名词语)

五更鼓角声悲壮，三峡星河影动摇。(《阁夜》)

II. 3. fn(或dv)—fnN－VV(或FX)(前面加名词语或动词语以表示原因)

厚禄故人书断绝，恒饥稚子色凄凉。(《狂夫》)

III. 由五言第五类扩充

III. 1. fr(或nr)－f(或vf)N－V－fN(前面加叠字形容语)

娟娟戏蝶过闲幔，片片轻鸥下急湍。(《小寒食》)

比较：异花开绝域，滋蔓匝清池。

III. 2. q(或s)n－nN－V－fN(前面加修饰性的名词语)

万里秋风吹锦水，谁家别泪湿罗衣？（《黄草》）

比较：天风随断柳，客泪堕清笳。

III. 3. (nf)n－fN－V－(vf)N（前面加表示隶属的名词语）

画省香炉违伏枕，山楼粉堞隐悲笳。（《秋兴》）

比较：寒更传晓箭，清镜览衰颜。

III. 4. qn－nN－V－nN（前面加带数目的名词语）

五夜漏声催晓箭，九重春色醉仙桃。（《和贾舍人》）

比较：蝉声集古寺，鸟影度寒塘。

III. 5. nN－frV－fN（第三、四字插入叠字）

宫草微微承委佩，炉烟细细驻游丝。（《宣政殿退》）

比较：夕阳薰细草，江色映疏帘。

III. 6. dv－(vf)N－V－fN（前面加修饰性的动词语）

暂止飞乌将数子，频来语燕定新巢。（《堂成》）

比较：祖席依寒草，行车起暮尘。

III. 7. fN－dd－V（或 F）－qN（第三、四字插入副词语）

新松恨不高千尺，恶竹应须斩万竿。（《将赴成都》）

比较：秋风散千骑，寒雨泊孤舟。

III. 8. bN－dd－V－cN（第三、四字插入副词语）

巫峡忽如瞻华岳，蜀江犹似见黄河。（《览物》）

比较：江莲摇白羽，天棘梦青丝。

III. 9. nF（或 V）－cN－V－Nt（前面加句子形式，表示时令）

天寒白鹤归华表，日落青龙见水中。（《陪李七》）

比较：青钱买野竹，白帻岸江皋。

III. 10. q(或 c)N - dd - V - BX(第三、四字插入副词语)

扁舟不独如张翰,白帽还应似管宁。(《严中丞》)

III. 11. Nt - dd - V - BX(第三、四字插入副词语)

湘西不得归关羽,河内犹宜借寇恂。(《奉寄章十》)

III. 12. (nf 或 vf)n - NN - V(或 F) - nN(前面加修饰性的名词语)

织女机丝虚月夜,石鲸鳞甲动秋风。(《秋兴》)

比较:烟尘犯雪岭,鼓角动江城。

III. 13. a. fN - fN - V - cN(第一、第三字各插入形容词)

朱帘绣柱围黄鹤,锦缆牙樯起白鸥。(《秋兴》)

III. 13. b. fN - fN - V - fN(第一、第三字各插入形容词)

青袍白马有何意? 金谷铜驼非故乡。(《至后》)

III. 13. c. nN - nN - V - nN(第一、第三字各插入形容性的名词)

书签药裹封蛛网,野店山桥送马蹄。(《将赴成都》)

III. 14. fn - NN - V - BX(前面加表示时地的名词语)

今日朝廷须汲黯,中原将帅忆廉颇。(《奉寄高》)

III. 15. dV—NN - V - fN(前面加动词语,用后面五字为其目的语)

休怪儿童延俗客,不教鹅鸭闹比邻。(《将赴成都》)
复有楼台衔暮景,不劳钟鼓报新晴。(《院中晚晴》)

比较:封章通左语,冠冕化文身。

III. 16. NN - nf - V - fN(第三、四字插入句子形式表示原因)

盘飧市远无兼味，樽酒家贫(只)旧醅。(《客至》)

III. 17. NN－dd(或 v)－V－fN(第三、四字插入副词语)

帘户每宜乱乳燕，儿童莫信打慈鸦。(《题桃树》)

III. 18. dv－NN－V－Nt(前面加副词性的动词语)

岂有文章惊海内？漫劳车马驻江干！(《有客》)

III. 19. nt－fN－V－NX(前面加修饰性的方位语)

江上小堂巢翡翠，苑边高冢卧麒麟。(《曲江》)

III. 20. bt(或 bn)－nN－V－NN(前面加修饰性的方位语或名词语)

秦中驿使无消息，蜀道兵戈有是非。(《黄草》)

III. 21. qn－NN－V－NN(前面加带数目的名词语)

三峡楼台淹日月，五溪衣服共云山。(《咏怀古迹》)

III. 22. (nf)n－qn－V－NN(前面加关系语)

野哭几家闻战伐，夷歌数处起渔樵。(《阁夜》)

IV. 由五言第七类扩充

IV. 1. nN－vn－dV－N(第三、四字插入谓语形式，表示原因)

岸容待腊将舒柳，山意冲寒欲放梅。(《小至》)

比较：津人空守缆，村馆复临川。

IV. 2. fN－fx－dV－N(第三、四字插入联绵字)

乱波分披已打岸，弱云狼藉不禁风。(《江雨有怀》)

比较：美花多映竹，好鸟不归山。

IV. 3. (nf)n－cN－dV－N(前面加修饰性的名词语)

沙村白雪仍含冻，江县红梅已放春。(《留别公安》)

比较：绿尊虽尽日，白发好禁春！

IV.4. dV—BX－dV－N(前面加动词语，后面句子形式为其目的语)

但见文翁能化俗，焉知李广未封侯！(《将赴荆南》)
遂有冯夷(来)击鼓，始知嬴女善吹箫。(《玉台观》)

IV.5. bN－dV－qn－N(第五、六字插入数量语)

楚天不断四时雨，巫峡常吹千里风。(《暮春》)

V. 由五言第十类扩充

V.1. nn(或 nt)－nN－ddN(前面加修饰性的名词语)

朝廷衮职虽多预，天下军储不自供。(《诸将》)

比较：茅屋还堪赋，桃源自可寻。

V.2. bn－fN－ddV(或 F)(前面加名词语)

峣关险路今虚远，禹凿寒江正稳流。(《舍弟观》)

V.3. bn－NN－ddV(第一、二字抵五言第一字，第三、四字抵五言第二字)

[胡童][结束]还难有，[楚女][腰肢]亦可怜。(《清明》)

下句等于说：楚腰亦可怜。

V.4. bx－BX－ddV(前面加地名作修饰语)

陈留阮瑀谁(争长)？京兆田郎早见招。(《赠田九》)

VI. 由五言第十一类扩充

VI.1. qq－NX－dVV(前面加数目)

无数蜻蜓齐上下，一双鸂鶒对沈浮。(《卜居》)

比较：径石相萦带，川云自去留。

VI. 2. dV—NN－dVV（或 FF）（前面加动词语，后面句子形式为其目的语）

但使闾阎还揖让，敢论松竹久荒芜！（《将赴成都》）

比较：道路时通塞，江山日寂寥。

VI. 3. fn－nN－dFR（前面加修饰性的名词语）

信宿渔人还泛泛，清秋燕子故飞飞。（《秋兴》）

VI. 4. fN－fN－（nd）FR（第一、第三字插入形容词）

小院回廊春寂寂，浴凫飞鹭晚悠悠。（《涪城县》）

VII. 由五言第十二类扩充

fn－BX－fn（或 vn）－V（前面加修饰性的名词语）

多病马卿无日起，穷途阮籍几时醒！（《即事》）

比较：市朝今日异，丧乱几时休！

VIII. 由五言第十四类扩充

dV—nt－NN－F（前面加动词语，后面句子形式为其目的语）

忽惊屋里琴书冷，复乱檐边星宿稀。（《见萤火》）

比较：郭外秋声急，城边月色残。

IX. 由五言第十六类扩充

fN－fx－fN－V（第三、四字插入联绵字）

大水淼茫炎海接，奇峰硉兀火云升。（《多病执热》）

比较：柳色春山映，梨花夕鸟藏。

X. 由五言第十七类扩充

X. 1. b（或 c）n－N－V－b（或 c）nN（前面加修饰性的名词语）

楚宫腊送荆门水，白帝云偷碧海春。（《奉送蜀州》）

比较：窗临汴河水，门渡楚人船。

X. 2. V－N—dV－bxN（第一字插入动词，第三字插入副词）

卜筑应同蒋诩径，为园须似邵平瓜。（《舍弟观》）

比较：手持平子赋，目送老莱衣。

X. 3. fN－V（vd 或 fd）－nxN（第一字插入形容词，第四字插入副词性的补语）

香稻啄余鹦鹉粒，碧梧栖老凤皇枝。（《秋兴》）

X. 4. nN－dV－qnN（第二字插入名词，第三字插入副词）

雷声忽送千峰雨，花气浑如百和香。（《即事》）

X. 5.（nf）n－N－V－cnN（前面加方位语）

天门日射黄金榜，春殿晴曛赤羽旗。（《宣政殿》）

比较：帆映丹阳郭，枫攒赤岸村。

X. 6. fN－dV－cnN（第一字插入形容词，第三字插入副词）

浮云不负青春色，细雨何孤白帝城？（《崔评事》）

X. 7.（nf）N－dV（或 FV）－nNX（第一字插入形容词，第三字插入副词）

宛马总肥春苜蓿，（将军）只数汉嫖姚。（《赠田九》）

X. 8.（nf）N－dV（或 F）－qqN（第一字插入形容词，第三字插入副词）

秋水才深四五尺，野航恰受两三人。（《南邻》）

XI. 由五言第十八类扩充

XI. 1.（nf）n－N－V－fnt（前面加名词语表示时间或方位）

春日莺啼修竹里，仙家犬吠白云间。（《滕王亭子》）

比较：日出寒山外，江流宿雾中。

XI. 2.（nf）nN－V－fnt（前面加修饰性的名词语）

渔人网集澄潭下，贾客船随返照（来）。（《野老》）

XII. 由五言第廿二类扩充

XII. 1. dV—dV－bxN（前面加动词语，后面谓语形式为其目的语）

岂谓尽烦回纥马？翻（然）远救朔方兵。（《诸将》）

比较：忽过新丰市，还归细柳营。

XII. 2. nt－dV－bxN（前面加方位语）

篱边（老却）陶潜菊，江上徒逢袁绍杯。（《秋尽》）

比较：犹瞻太白雪，喜遇武功天。

XII. 3. nn－dV－（nf）nN（前面加关系语）

画图省识春风面，环佩空归月夜魂。（《咏怀古迹》）

XIII. 由五言第廿三类扩充

fn－VV－cnN（前面加名词语表示时间或方位）

晓漏追趋青琐闼，晴窗检点白云篇。（《赠献纳使》）

比较：翻动神仙窟，封题鸟兽形。

XIV. 由五言第廿七类扩充

XIV. 1. vn（或 dv）－fN－fr－V（前面加副词语）

无边落木萧萧下，不尽长江滚滚来。（《登高》）

比较：野日荒荒白，春流泯泯清。

XIV. 2. vn－NX－fr－V（前面加修饰性的谓语形式）

穿花蛱蝶深深见，点水蜻蜓款款飞。（《曲江》）

XV. 由五言第卅一类扩充

N－V－NN—dv(或fn)－F(第五、六字插入副词性的动词语或名词语)

风飘律吕相和切,月傍关山几处明。(《吹笛》)

比较:鹤巢松树遍,人访荜门稀。

XVI. 由五言第卅七类扩充

XVI. 1. nN－FR—fN－F(第一字插入形容性的名词,第三、四字叠字当一个形容词用)

云石[荧荧]高叶曙,风江[飒飒]乱帆秋。(《简吴郎》)

比较:花浓春寺静,竹细野池幽。

XVI. 2. nN－V－N－fN－V(或F)(第一字插入形容性的名词,第四字插入目的语,附于动词,共成前一句子形式的谓语)

林花[着雨](燕脂)落,水荇[牵风]翠带长。(《曲江对雨》)

比较:雨急青枫暮,云深黑水遥。

XVI. 3. NX－dV—nN－V(第一、二字为双音名词,当一个名词用,第三字插入副词)

[麒麟]不动炉烟上,[孔雀]徐开扇影还。(《至日遣兴》)

比较:树凉征马去,路暝归人愁。

XVI. 4. cn－N－F—nN－V(或F)(前面加修饰性的名词语)

黄牛峡静滩声转,白马江寒树影稀。(《送韩十四》)

比较:草枯鹰眼疾,雪尽马蹄轻。

XVI. 5. N－V—dV—bN－F(第三、四字插入动词语,后面的句子形式为其目的语)

胡来不觉潼关隘,龙起犹闻晋水清。(《诸将》)

XVI. 6. nn－N－F—NN－V(或 F)(前面加关系语)

旌旗日暖龙蛇动，宫殿风微燕雀高。(《和贾舍人》)

比较：地迥山河静，天长云树微。

XVI. 7. NN－FX—NN－F(或 V)(第一、二字为平行名词语，等于一个名词；第三、四字为联绵字，等于一个形容词)

[风尘][荏苒]音书绝，[关塞][萧条](行)路难。(《宿府》)

XVI. 8. (nf)n－N－F(或 V)—N－dV(前面加修饰性的名词语)

桃花气暖眼自醉，春渚日落梦相牵。(《昼梦》)

XVII. 由五言第卅八类扩充

XVII. 1. nN－FR—V－f(或 vf)N(第一字插入形容性的名词，第三、四字为叠字，等于一个形容词)

宫草[微微]承委佩，炉烟[细细]驻游丝。(《宣政殿退》)

比较：路断因春水，山深隔暝烟。

XVII. 2. a. nN－V－N—V－cN(第一字插入形容性的名词，第四字插入目的语，附于动词，共成前一句子形式的谓语)

旅雁[上云]归紫塞，家人[钻火]用青枫。(《清明》)

比较：客醉挥金碗，诗成得绣袍。

XVII. 2. b. nN－V－N—V－fN(与前式略同)

舍人[退食]收封事，宫女[开函]近御筵。(《赠献纳使》)

XVII. 2. c. fN－V－N—V－(nf 或 vf)N(第一字插入形容词，余与前式略同)

老妻[画纸]为棋局，稚子[敲针]作钓钩。(《江村》)

XVII. 2. d. (vf)N－V－N—V－nN(第一字插入形容性的动

词,余与前式略同)

返照[入江]翻石壁,归云[拥树]失山村。(《返照》)

比较:树密当山径,江深隔寺门。

XVII. 3. NN – FF(或 VV)—V – Nt(第一、二字为平行名词语,等于一个名词,第三、四字为同义字,等于一个形容词或动词)

[草木][变衰]行剑外,[兵戈][阻绝]老江边。(《恨别》)

XVII. 4. qN – FF(或 VV)—dV – N(第一字插入数目,第三、四字为同义字)

万事[纠纷]犹绝粒,一官[羁绊]实藏身。(《寄常征君》)

比较:锡飞常近鹤,杯度不惊鸥。

XVII. 5. N – F—fr – dV – N(第三、四字插入叠字副词语)

世乱郁郁久为客,路难悠悠常傍人。(《九日》)

比较:途穷那免哭? 身老不禁愁。

XVII. 6. f(或 nf)N – V – N—(fd 或 vd)V – N(第一字插入形容词,第四字插入目的语)

晴云[满户]团倾盖,秋水[浮阶]溜决渠。(《柏学士》)

XVIII. 由五言第四十二类扩充

XVIII. 1. V – N—qN – V – fN(第三字插入数目,第五字插入形容词)

刺绣五纹添弱线,吹葭六琯动浮灰。(《小至》)

比较:对门藤盖瓦,映竹水穿沙。

XVIII. 2. V – N—V – N – fn – V(前面加谓语形式表示关系)

思家步月清宵立,忆弟看云白日眠。(《恨别》)

XVIII. 3. N－V－qN—f(或 nf)N－V(第一字插入主语,第三字插入数目)

[香飘][合殿]春风转,[花覆][千官]淑景移。(《紫宸殿》)

XVIII. 4. V－N—cn－qN－F(第三、四字插入倒置的主语)

含风翠壁孤云细,背日丹枫万木稠。(《涪城县》)

比较:立马千山暮,回舟一水香。

XVIII. 5. BX－V－N—NN－F(前面加主语)

匡衡抗疏功名薄,刘向传经心事违。(《秋兴》)

比较:对酒山河满,移舟草树回。

XVIII. 6. fN－V－N—N－FR(前面加主语)

客子入门月皎皎,谁家捣练风凄凄?(《暮归》)

XIX. 由五言第四十三类扩充

dV－bN—(vf)N－V(第三、四字插入目的语)

欲辞巴徼啼莺合,远下荆门去鹢催。(《奉待严》)

比较:欲归群鸟乱,未去小童催。

XX. 由五言第四十四类扩充

dd－Vd—V－nN(前面加副词语)

幸不折来伤岁暮,若为看去乱乡愁。(《和裴迪》)

XXI. 由五言第四十五类扩充

XXI. 1. N－V－nN—N－nN(第一字插入主语,第三字插入形容性名词)

云移雉尾开宫扇,日绕龙鳞识圣颜。(《秋兴》)

比较:忘身辞凤阙,报国取龙庭。

XXI. 2. (nd 或 fd) V－fN—V－fN(第一字插入副词,第三字插入形容词)

昼引老妻乘小艇,晴看稚子浴清江。(《进艇》)

比较:事姑称孝妇,生子继先贤。

XXI. 3. V－N—nt－V－cN(第三、四字插入时间语)

杖藜雪后临丹壑,鸣玉朝来散紫宸。(《冬至》)

比较:传灯无白日,布地有黄金。

XXI. 4. VV－nN—V－f(CN)(第一、二字为平行动词,等于一个动词,第三字插入形容性的名词)

[宠光]蕙叶与多碧,[点注]桃花舒小红。(《江雨有怀》)

XXI. 5. VN－VN—V－f(FN)(前四字为双谓语形式)

仗钺褰帷瞻具美,投壶散帙有余清。(《江陵节度》)

XXI. 6. nt－V－N—V－NN(前面加方位语)

舟中得病移衾枕,洞口经春长薜萝。(《览物》)

XXI. 7. dV－NN—V－NN(第一字插入副词,第三、四字为同义字)

数问[舟航]留制作,长开[箧笥]拟心神。(《留别公安》)

XXI. 8. (td)V－bN—f←NN(第一字插入副词,第三字插入专名)

南渡桂水阙舟楫,北归秦川多鼓鼙。(《暮归》)

XXI. 9. S－dV－N—V－NN(第一字插入代名词,第二字插入副词)

我已无家寻弟妹,君今(何)处访庭闱。(《送韩十四》)

XXI. 10. V－N－nn—dV－N(第三、四字插入关系语)

侧身天地更怀古，回首风尘甘息机。（《将赴成都》）

比较：徇禄仍怀橘，看山免采薇。

XXI. 11. qn－V－N—dV－N（前面加带数目的名词语）

万里悲秋常作客，百年多病独登台。（《登高》）

比较：晒药能无妇，应门幸有儿。

XXI. 12. fr－V－N—（qd 或 td）V－N（前面加叠字副词语）

寂寂系舟双下泪，悠悠伏枕左书空。（《清明》）

XXI. 13. V－N—dV－qnN（第五、六字插入修饰性的名词语）

听猿实下三声泪，奉使虚随八月槎。（《秋兴》）

比较：好武宁论命，封侯不计年。

XXI. 14. dV－NN—ddV（第一字插入副词，第三、四字为平行名词）

久存［胶漆］应难并，一辱［泥涂］遂晚收。（《长沙送李》）

比较：玩雪劳相访，看山正独吟。

XXII. 由五言第四十六类扩充

N－V－nN—VN－F

波漂菰米沈云黑，露冷莲房坠粉红。（《秋兴》）

比较：问法看书妄，观身向酒慵。

XXIII. 由五言第五十九类扩充

f（或 nf）n－N—Vnt－V→（前面加关系语）

春水船如天上坐，老年花似雾中看。（《小寒食》）

XXIV. 由五言第六十二类扩充

XXIV. 1. f（或 nf）n－dV—nNV（前面加关系语）

春风自信牙樯动，迟日徐看锦缆牵。（《城西陂泛》）

比较：但恐天河落，宁辞酒盏空！

XXIV. 2. nv—dV－nNV（前面加句子形式）

石出倒听枫叶下，橹摇背指菊花开。（《送李八》）

比较：应愁江树远，怯见野亭荒。

XXV. 由五言第六十四类扩充

V－V－（nf）n－cnN（第三、四字插入关系语）

思沾道暍黄梅雨，敢望宫恩玉井冰！（《多病执热》）

比较：乞为寒水玉，愿作冷秋菰。

XXVI. 由五言第六十六类扩充

v－S－（fd）V－vnN（第一字插入动词，第三字插入副词性的形容词）

顾我老非题柱客，知君才是济川功。（《陪李七》）

比较：神交作赋客，力尽望乡台。

XXVII. 由五言第六十九类扩充

XXVII. 1. fr－nN－vn－V（前面加叠字）

青青竹笋迎船出，白白江鱼入馔来。（《送王十五》）

比较：渚蒲随地有，村径逐门成。

XXVII. 2. nN－dd－vn－V（第三、四字插入副词语）

花径不曾缘客扫，蓬门今始为君开。（《客至》）

比较：竹杖交头拄，柴扉隔径开。

XXVII. 3. fN－fN－vn－F（前四字为双名词语）

清江锦石伤心丽，嫩蕊浓花满目斑。（《滕王亭子》）

比较：白云回望合，青霭入看无。

XXVII. 4. nt – NN – vn – V(或 F)(前面加方位语)

江间波浪兼天涌,塞上风云接地阴。(《秋兴》)

比较:江水带冰绿,桃花随雨飞。

XXVIII. 由五言第七十类扩充

XXVIII. 1. nN – dvfn – V(第一字插入形容性名词,第三字插入副词)

江鹳巧当幽径浴,邻鸡还过短墙来。(《王十七》)

比较:樯带城乌去,江连暮雨愁。

XXVIII. 2. f(或 nf)N – dvfn – V(第一、二字为名词语,当一个名词用;第三字插入副词)

[桃花]细逐杨花落,[黄鸟]时兼白鸟飞。(《曲江对酒》)

比较:山临青塞断,江向白云平。

XXVIII. 3. cN – dvqn – V(或 F)(第一字插入形容词,第三字插入副词)

蓝水远从千涧落,玉山高并两峰寒。(《九日蓝田》)

比较:星临万户动,月傍九霄多。

XXIX. 由五言第七十七类扩充

XXIX. 1. fn – (vf)N – F – dF(或 V)(前面加修饰性的名词语)

孤城返照红将敛,近市浮烟翠且重。(《暮登四安》)

比较:羌妇语还哭,胡儿行且歌。

XXIX. 2. qN – FF – dFF(第三、四字,第六、七字各为平行语)

二仪[清浊]还[高下],三伏[炎蒸](定)[有无]。(《又作此奉》)

XXX. 由五言第八十一类扩充

XXX. 1. vn－NN—NN－V(或 F)(前面加修饰性的谓语形式)

直北关山金鼓振,征西车马羽书迟。(《秋兴》)

比较:草木岁月晚,关河霜雪清。

XXX. 2. fN－fN—NN－V(或 F)(前四字为双名词语)

高江急峡雷霆斗,古木苍藤日月昏。(《白帝》)

比较:迟日江山丽,春风花草香。

XXX. 3. NN—dd－N－V－N(第三、四字插入副词语)

干戈况复尘随眼?鬓发还应雪满头!(《寄杜位》)

XXXI. 由五言第八十四类扩充

fN－(qd)V—fnN(第一字插入形容词,第三字插入副词)

丛菊两开他日泪,孤舟一系故园心。(《秋兴》)

比较:药残他日裹,花发去年丛。

XXXII. 由五言第九十一类扩充

XXXII. 1. cN－vv(或 ff)－fNt(第三、四字插入平行动词或平行形容语)

翠华想象空山里,玉殿虚无野寺中。(《咏怀古迹》)

比较:田舍清江上,柴门古道旁。

XXXII. 2. NV—NN－cNt(前面加句子形式)

时危兵甲黄尘里,日短江湖白发前。(《公安送韦》)

比较:金刹青枫外,朱楼白水边。

XXXII. 3. b(或 f)n－NN－NNt(前面加修饰性的名词语)

秦城楼阁烟花里,汉主山河锦绣中。(《清明》)

故乡门巷荆棘底,中原君臣豺虎边。(《昼梦》)

XXXIII. 由五言第九十五类扩充

nn－fN－d－NN(前面加关系语)

江山故宅空文藻,云雨荒台岂梦思!(《咏怀古迹》)

比较:故国犹兵马,他乡亦鼓鼙。

XXXIV. 由五言第九十七类扩充

XXXIV. 1. vn－vn－vn－N(前六字为平行的三个谓语形式)

舍舟策马论兵地,拖玉腰金报主身。(《季夏送》)

比较:辩士安边策,元戎决胜威。

XXXIV. 2. dv－dv－nt－N(前四字为双动词语)

自去自来梁上燕,相亲相近水中鸥。(《江村》)

19.5 以上所述的七言句式,我们不能统计它们的种类,因为实际上可能的种类一定比这些多上好几倍。这种分析,只是以备举一反三之用而已。

第二十节 近体诗的语法(上)

20.1 古诗的语法,本来和散文的语法大致相同;直至近体诗,才渐渐和散文歧异。其所以渐趋歧异的原因,大概有三种:第一,在区区五字或七字之中,要舒展相当丰富的想象,不能不力求简洁,凡可以省去而不至于影响语意的字,往往都从省略;第二,因为有韵脚的拘束,有时候不能不把词的位置移动;第三,因为有对仗的关系,词性互相衬托,极便于运用变性的词,所以有些诗人就借这种关系来制造"警句",例如韩愈的"暖风抽宿麦,清雨卷归旗","抽"和"卷"都是所谓使动词(或称"致动")。因为有了暖风,所以使得宿麦都抽了芽;因为有了清雨,所以使得归旗都被卷起了。这种句法是散文里所罕用的。如果散文里用了诗的句法,我们可以认为那是以诗的格调来行文。

20.2　现在我们谈近体诗的语法，原则上是撇开诗与散文共同的语法不谈。如果谈到散文中也有的结构，那是由同求异，要指出诗与散文大同小异的地方。

20.3　首先我们要指出的，是诗中的意义上的节奏和散文的节奏往往不相同。近体诗和骈体文的关系颇深，然而骈体文多用四字六字为句（所谓四六），和近体诗的五字七字恰差一个字，所以意义上的节奏很难相同。最不像散文的节奏的诗句有如下面诸例：

赏——应歌《杕杜》，归——及献樱桃。（甫，《收京》）

寻觅诗章——在，思量岁月——惊。（稹，《遣行》）

永夜角声悲——自语，中天月色好——谁看？（甫，《宿府》）

春水——船如天上坐，老年——花似雾中看。（甫，《小寒食》）

琴书酒—伴—皆抛我，雪月花—时—最忆君。（易，《寄殷协律》）

药——将鸡犬—云间试，琴——许鱼龙—月下听。（高骈，《和王昭符》）

20.4　其次，我们将分别地指出近体诗的语法上的各种特征，共分二十三个项目来说。

1. 词的变性

词的变性，本是散文中所有的。但是，散文中利用代名词或连介词来形成词的变性，如“友其士之仁者”“人洁己以进”“博我以文”“修文德以来之”“靡衣玉食以馆于上者”等等，在近体诗里却都没有。我曾在《中国文法学初探》里说过，有利用骈句，使词的变性更显者，这在散文里是许多方法之一，而且不是主要的一种；至于在近体诗里，却变为主要的，差不多可以说是唯一的方法了。兹分为六类举例如下：

（1）名词作动词用，例如：

子能渠细石,吾亦沼清泉(19. 2. c.)
宁问春将夏,谁怜西复东!(62. 2. b.)

(2)名词作形容词用,例如:

云霞出海曙,梅柳渡江春。(杜审言《和晋陵陆》)
孤云独鸟千山暮,万井千山海色秋。(李嘉祐《同皇甫冉》)

“春、秋”等字用为形容词,散文中罕见。

(3)动词作形容词用,例如:

祖席依寒草,行车起暮尘。(5. 1. a5.)(祖,饯也)
泪逐劝杯下,愁连吹笛生。(70. 1. e.)

(4)形容词作动词用。

使动。使目的语所指的事物有此德性,例如:

疏钟清月殿,幽梵静花台。(5. 1. i.)

疏钟使月殿更清,幽梵使花台更静。

骤雨清秋夜,金波耿玉绳。(5. 1. i.)

骤雨使秋夜更清,金波使明星更明。

意动。人意以为某事物应有此德性,例如:

涧花轻粉色,山月少灯光。(82. 1. b2.)

涧花白极了,令人以粉色为不够白;山月明极了,令人以灯光为不够明。

(5)不及物动词作及物动词用(使动),例如:

感时花溅泪,恨别鸟惊心。(42. 1. a.)

花使泪溅,鸟使心惊。

(6)动词作副词用,例如:

同调嗟谁惜？论文笑自知。(45. 6. b.)

迸出依青嶂，攒生伴绿池。(51. 1. b.)

因为动词可作副词用，所以动词可与副词为对仗，尤其是表示精神行为的动词，例如杜甫《喜达行在》“犹瞻太白雪，喜遇武功天”；《吹笛》“胡骑中宵堪北走，武陵一曲想南征”。

2. 倒装法

古代的散文里也有倒装法，但大多数是有条件的倒装，譬如在否定语或疑问语里，代名词用为目的语时，须置于其动词之前(“不我遐弃”“吾谁欺”)，又如目的语倒置之后，在它和动词之间须加“是”字(“戎狄是膺，荆舒是惩”)。严格地说，既是有条件的，在某条件之下应该如此才是正则，便不能认为倒装。唯有毫无条件地倒置，才是真正的倒装。在近体诗里，靠了对仗的衬托，真正的倒装比散文更多，更如意。兹分五类举例如下：

(1) 主语倒置，例如：

春日繁鱼鸟，江天足芰荷。(6. 1. a.)

江天芰荷足，春日鱼鸟繁。

夜足沾沙雨，春多逆水风。(66. 3.)

夜则沾沙之雨足，春则逆水之风多。

竹喧归浣女，莲动下渔舟。(38. 2.)

莲动渔舟下，竹喧浣女归。

盍簪喧枥马，列炬散林鸦。(45. 2.)

列炬林鸦散，盍簪枥马喧。

(2) 目的语倒置，例如：

楚塞三湘接，荆门九派通。(16. 1. b.)

三湘接楚塞，九派通荆门。

柳色春山映，梨花夕鸟藏。(16.1.a.)

春山映柳色，夕鸟藏梨花。

方朔金门召，班姬赤辇迎。(16.2.)

迎班姬以赤辇，召方朔于金门。

神鱼人不见，福地语真传。(16.3)

语真传福地，人不见神鱼。

饭抄云子白，瓜嚼水精寒。(39.1.)

舀那云母石一般白的饭，嚼那水晶一般凉的瓜。

(3)主语和目的语都倒置，例如：

绿垂风折笋，红绽雨肥梅。(65.2.)

风折之笋垂绿，雨肥之梅绽红。

(4)主语倒置，目的语一部分倒置，例如：

香稻啄余鹦鹉粒，碧梧栖老凤皇枝。(X.3.)

鹦鹉啄余香稻粒，凤皇栖老碧梧枝。

(5)介词性的动词倒置，例如：

鸠形将刻杖，龟壳用支床。(9.1.)

将鸠形刻杖，用龟壳支床。

片云天共远，永夜月同孤。(68.1.b.)

片云共天远，永夜同月孤。

书剑身同废，烟霞吏共闲。(68.1.a.)

书剑同身废，烟霞共吏闲。

(1)(2)(3)诸例,显然因为韵脚的关系;如果不倒装,必须改变韵脚,以致不能押韵。(5)的第一、二两例却是因为平仄的关系;若作"将鸠形刻杖,用龟壳支床"和"片云共天远,永夜同月孤",就犯了失对的毛病。至于其余两个例子,就是有意倒装了。"书剑同身废,烟霞共吏闲",在韵脚上和平仄上都没有妨碍;其所以倒装者,只因为那样更像诗句些。"鹦鹉啄余香稻粒,凤皇栖老碧梧枝",也同样没有妨碍;但是,一经倒装,就觉得特别新颖,不落平凡。"鹦鹉粒"和"凤皇枝",妙在可解不可解之间;所啄余者已经不是普通的香稻,而是鹦鹉之粒,所栖老者已经不是普通的碧梧,而是凤皇之枝。杜甫这两句诗和他的"绿垂风折笋,红绽雨肥梅",及王维的"竹喧归浣女,莲动下渔舟",都可认为警句。这些地方都是妙手偶得之,不是可以着意摹仿得到的。

3. 省略法

散文里也有省略,但近体诗里的省略更甚,更为常见。现在分类举例于后,每类并加评论。

(1)略姓名,例如:

> 鲁连功未报。(王维《送崔三》。本应是鲁仲连)
> 方朔金门召。(16.2. 本应是东方朔)
> 多病马卿无日起。(VII.1. 本应是司马长卿)

姓名的省略,往往是为了平行语的整齐。例如班固和司马迁,简称为"班马",就因为"班司马"念起来不顺口。杜句司马长卿和阮籍相对,就只好省略为"马卿"。复姓的人往往被省略为单姓;只有诸葛亮罕见省为"葛亮",只省为"诸葛",这是习惯使然。

(2)略"于"字,例如:

> 明月松间照,清泉石上流。(12.1.a.)

明月照于松间,清泉流于石上。

老树空庭得，清渠一邑传。（12.2.）

老树得于空庭，清渠传于一邑。

日出寒山外，江流宿雾中。（18.1.）

日出于寒山之外，江流于宿雾之中。

养拙干戈际，全生麋鹿群。（20.1.）

养拙于干戈之际，全生于麋鹿之群。

草木变衰行剑外，兵戈阻绝老江边。（XXII.3.）

行于剑阁之外，老于长江之边。

君恩深汉帝，且莫上空虚。（王维《和尹谏议》）

君恩深于汉帝“之恩”。

在散文里，这种地方的“于”字也并非必要。所以这里所谓省略只是一种方便的说法。这上头还有一个词序的问题：像“明月松间照”一类的句子，依散文的语法该是动词置于方位语之前（明月照松间）；若依诗句的语法，则前置后置均可。又像“老树空庭得”一类的句子，因为“得”在意义上是被动的，所以在散文里“于”字不可省（老树得于空庭）；在诗句里，动词就只能后置，不能前置了。

诗句里另有些方位语，并不能认为省略“于”字，因为译成散文并不需要“于”字，而是须要把那方位语置于主语之前：

吏人桥下少，秋水席边多。（12.1.c.）

桥下吏人少，席边秋水多。

从篁低地碧，高柳半天青。（12.2.b2.）

低地从篁碧，半天高柳青。

这不完全是平仄的问题，而是诗的格调的问题。另有一种诗的格调，简直很难译为散文，例如：

退朝花底散，归院柳边迷。（45.4.）

（3）略“则”字，例如：

赏应歌《杕杜》，归及献樱桃。（55.1.a.）

赏则应歌《杕杜》，归则及献樱桃。

静应连虎穴，喧已去人群。（55.1.b.）
滑忆雕胡饭，香闻锦带羹。（56.1.）

此二句又可认为倒装：忆雕胡饭之滑，闻锦带羹之香。

青惜峰峦过，黄知橘柚来。（57.1.a1.）

“逢”青则惜峰峦之过，“见”黄则知橘柚之来。

壮惜身名晚，衰惭应接多。（57.1.a2.）
老耻妻孥笑，贫嗟出入劳。（57.1.a2.）

老则耻妻孥之笑，贫则嗟出入之劳。

懒从华发乱，闲任白云多。（57.2.b1.）
脆添生菜美，阴益食箪凉。（57.2.b2.）

其脆则添生菜之美，其阴则益食箪之凉。

静分岩响答，散逐海潮还。（58.1.）

静则分岩响之答，散则逐海潮而还。

（4）略“而”字，例如：

菱蔓弱难定，杨花轻易飞。（35.1.）

菱蔓弱而难定，杨花轻而易飞。

南山晴有雪，东陌霁无尘。（35.2.）

南山晴而有雪，东陌霁而无尘。

田父要皆去，邻翁闹不违。（35.3.）

田父邀而皆去，邻翁闹而不违。

寻觅诗章在，思量岁月惊。（60.）

寻觅诗章而在，思量岁月而惊。

羌妇语还哭，胡儿行且歌。（77.）

羌妇语而还哭，胡儿行而且歌。

尘中老尽力，岁晚病伤心。（78.1.）

尘中老而尽力，岁晚病而伤心。

这差不多完全是意义上的节奏问题。散文喜欢偶数的结构，所以要加“而”字；诗句喜欢奇数的结构，所以不要“而”字。再者，诗句是尽量避免连介词的，所以“而、于”等字非常罕用。

（5）略“是”字，例如：

今日江南老，他时渭北童。（93.2.b.）

当年是渭北之童，今日是江南之老。

伊昔黄花酒，而今白发翁。（93.2.a.）

伊昔饮黄花之酒，而今是白发之翁。

这是省略主语的判断句。判断句本来可以不用“是”字，参看下文第二十一节首段。

（6）略“有”字，例如：

故国风云气，高堂战伐尘。（93.1.b.）

故国有风云之气，高堂有战伐之尘。

空外一鸷鸟，河间双白鸥。（93.1.a.）

空外有一鸷鸟，河间有双白鸥。

　　袖中吴郡新诗本，襟上杭州旧酒痕。（白居易《故衫》）

袖中有吴郡新诗本，襟上有杭州旧酒痕。

虽然可认为省去“有”字，但这种句子却和描写句性质相近。参看下节第一段。

（7）略普通动词，例如：

　　故国犹兵马，他乡亦鼓鼙。(95. 2. a.)

故国犹遭兵马，他乡亦闻鼓鼙。

　　古墙犹竹色，虚阁自钟声。(95. 4. b.)

古墙犹存竹色，虚阁自送钟声。

　　万象皆春气，孤槎自客星。(95. 4. c.)

万象皆呈春气，孤槎自载客星。

　　诸姑今海畔，两弟亦山东。(95. 5. a.)

诸姑今在海畔，两弟亦在山东。

　　看花虽郭内，倚杖即溪边。(95. 11.)

看花虽在郭内，倚杖即至溪边。

在散文里，只有判断句的副词可以直接和判断语相联结（“皆兄弟也”“岂虚语哉”）；叙述句的副词，绝对不能和目的语相联结而略去动词。上面诸例中，只有“万象皆春气”一句依散文的语法勉强可通，因为可认为判断句，译成“万象皆是春气”；其余各句如果放入散文里，就都成了费解的句子。

所省略了的动词是什么，很难确定。譬如“故国犹兵马”，也可以译成“犹患、犹有”等等，不一定译为“犹遭”。但是，诗句的大意是容易猜着的；诗人也就以大意的表达为满足。

(8)略谓语,例如:

春浪棹声急,夕阳花影残。(81.1.d.)

春浪方生,棹声遂急;夕阳转淡,花影渐残。

香雾云鬟湿,清辉玉臂寒。(81.1.e.)

香雾初浓,云鬟已湿;清辉既满,玉臂亦寒。

迟日江山丽,春风花草香。(81.1.h.)

迟日辉辉,江山益丽;春风习习,花草弥香。

落景阴犹合,微风韵可听。(81.3.a.)

落景虽斜,浓阴犹合;微风徐播,清韵可听。

江阁嫌津柳,风帆数驿亭。(82.1.b1.)

江阁久凭,嫌津柳之碍目;风帆渐近,数驿亭以慰心。

勋业频看镜,行藏独倚楼。(82.2.a.)

勋业尚赊,频看镜以自惕;行藏未定,独倚楼而深思。

池水观为政,厨烟觉远庖。(82.4)

池水静涵,藉观为政之术;厨烟遥袅,深觉远庖之仁。

泉声咽危石,日色冷青松。(83.1.a.)

危石阻水泉声咽,青松蔽空日色冷。

烟霜凄野日,粳稻熟天风。(83.1.b.)

天风频吹粳稻熟,野日澹照烟霜凄。

三秋木落半年客,满地月明何处砧?(薛能《秋夜旅怀》)

满地月明,何处之砧入耳?三秋木落,半年之客惊心!

卷帘残月影，高枕远江声。（85. 1. b. ）

卷帘而残月之影遂入，高枕而远江之声可闻。

烟火军中幕，牛羊岭上村。（94. 1. b. ）

烟火冲寒，隐约见军中之幕；牛羊归晚，依稀认岭上之村。

乾坤万里眼，时序百年心。（94. 1. d. ）

时序迁流，百年之心已碎；乾坤浩荡，万里之眼徒劳。

高鸟长淮水，平芜故郢城。（94. 2. b. ）

高鸟百寻，群度长淮之水；平芜数里，环攒故郢之城。

秋声万户竹，寒色五陵松。（94. 2. e. ）

万户竹鸣，秋声飒飒；五陵松黯，寒色凄凄。

从菊两开他日泪，孤舟一系故园心。（XXXI. 1. ）

从菊两开，他日之泪未干；孤舟一系，故园之心弥切。

这些并不一定都是省去谓语；译为散文的话未必都很确切。但至少也该认为句子的某一重要部分已被省略了。这如果是在散文里出现，简直不成话；但它们在诗句里是被容许的，甚至显得是诗的特殊格调。

我们不该把“春浪棹声急”和“大漠孤烟直”认为同类，因为后者是以“大漠”修饰“孤烟”（大漠的孤烟），前者不是以“春浪”修饰“棹声”。又不该把“微风韵可听”和“秋虫声不去”相提并论，因为后者的意思是“秋虫的声”，而前者不是“微风的韵”（只是风吹楠树所生的韵，因为题目是《高楠》）。又不该把“江阁嫌津柳”和“烟尘犯雪岭”相比，或把“勋业频看镜”和“巢由不见尧”相比，或把“池水观为政”和“山月照弹琴”相比，因为后者的前二字是后三字的主语，前者的前二字并非后三字的主语。又不该把“泉声咽危石”和“鸟影度寒塘”相比，因为后者的“寒塘”是“度”的目的语，前者的“危石”并非“咽”的目的语。总之，后一类是简单句，前一类是复杂句。后一类是散文里所常见的句子，前一类是散文里所罕见的句子。

(9)可能式的省略，就是省去“能”字，例如：

杏坛住僻虽宜病，芸阁官微不救贫。(白居易《春中与卢四》)

芸阁官微，不能救贫。

多年柏岩住，不记柏岩名。(周贺《赠柏岩禅师》)

尚不能记忆柏岩之名。

(10)平行语的省略，例如：

虽然长按曲，不饮不曾听。(李廓《少年行》)

不曾饮，不曾听。

心知洛下闲才子，不作诗魔即酒颠。(刘禹锡《春日书怀》)

不作诗魔，即作酒颠。

上吞巴蜀控潇湘，怒似连山静镜光。(杜牧《西江怀古》)

上吞巴蜀，下控潇湘；怒似连山，静似镜光。

莫厌潇湘少人处，水多菰米岸莓苔。(杜牧《早雁》)

水多菰米，岸多莓苔。

平行语的省略，在西文颇为常见，在汉语散文里则甚为罕见。诗句因为字属奇数，造成平行语颇为不便，所以利用省略法。

(11)歇后。隐去语末的一个字(或几个字)，叫做歇后，例如：

耳闻英主提三尺，眼见愚民盗一抔。(唐彦谦《长陵》)

提三尺剑，盗一抔土。

歇后语非但在散文里罕见，在诗句里也非常罕见，应该认为偶然的例外，不宜模仿。

4. 譬喻法

散文里的譬喻，往往用“如、似”一类的字；在诗句里，它们常被隐去，例如：

粉片妆梅朵，金丝刷柳条。（白居易《新春江次》）

梅朵似粉片妆成，柳条如金丝刷就。

鸭头新绿水，雁齿小红桥。（同上）

新绿水似鸭头；小红桥如雁齿。

山茗粉含鹰觜嫩，海榴红绽锦窠匀。（元稹《早春登龙山》）

山茗之芽，有如鹰觜；海榴之朵，宛若锦窠。

山名天竺堆青黛，湖号钱塘泻绿油。（白居易《答客问杭州》）

天竺如堆青黛，钱塘如泻绿油。

酒徒漂落风前燕，诗社飘零霜后桐。（苏舜钦《沧浪亭怀贯之》）

酒徒漂落，有如风前之燕；诗社飘零，恰似霜后之桐。

就位置上说，譬喻可分为三类：第一类是前置式，例如上面的“粉片、金丝、鸭头、雁齿”；第二类是中置式，例如上面的“鹰觜、锦窠”；第三类是后置式，例如上面的“风前燕、霜后桐”。

5. 关系语

散文里也有关系语，但往往限于带方位词的方位语，如“江上、山中”之类，或少数时间语，如“今日、明年”之类。诗句中的关系语的范围较广，非但一切表示方位或时间的名词语都可用为关系语，甚至不表示方位或时间的名词语也可用来表示种种关系（例如方式、因果等）。又非但名词语可为关系语，甚至谓语形式和句子形式也可以有此用途。

在散文里，关系语本来就可以凭空地插入句子里，并不需要什么介词。至于诗句里，就更完全不用介词了。除省略"于"字的句式已经归入省略法之外，这里把那些和"于"字完全无关的关系语叙述如下：

(1)用名词语为关系语。例如：

路衢惟见哭，城市不闻歌。(15.1.b1.)
树绿天津道，山明伊水阳。(18.2.a2.)
朝下人曾看，香街意气归。(李廓《少年行》)
羽翼怀商老，文思忆帝尧。(82.1.a.)
客情投异县，诗态忆吾曹。(82.1.c.)
白发烦多酒，明星忆此筵。(82.1.d.)
烟尘多战鼓，风浪少行舟。(82.1.e.)
秋风散千骑，寒雨泊孤舟。(82.1.f.)
白骨新交战，云台旧拓边。(82.2.b.)

从"羽翼"一例至此，亦可认为关系谓语形式或关系句子形式的省略。

晓漏追趋青琐闼，晴窗检点白云篇。(XII.)
词赋擅名来已久，烟霄得路去何迟！(白居易《和谈校书》)
独凭朱槛立凌晨，山色初明水色新。(白居易《庾楼晓望》)
秋含砧杵捣斜阳，笛引西风颢气凉。(沈彬《秋日》)
关西木落夜霜凝，乌帽闲寻紫阁僧。(李郢《长安夜访》)
画图省识春风面，环佩空归月夜魂。(XII.3.)
春风自信牙樯动，迟日徐看锦缆牵。(XXIV.1.)
春水船如天上坐，老年花似雾中看。(XXIII.)
思沾道暍黄梅雨，敢望宫恩玉井冰！(XXVI.)
潇湘瘴雾加餐饭，滟滪惊波稳泊舟。(白居易《得行简书》)

从“画图”一例至此，亦可认为关系谓语形式或关系句子形式的省略。

（2）用句子形式为关系语，例如：

盘飧市远无兼味，樽酒家贫只旧醅。（III. 16.）

以上各例，有表示处所的关系者，如“路衢、天津道、云台、晴窗、烟霄”，等等；有表示时令的关系者，如“秋风、晓漏、凌晨、斜阳”，等等；有表示方式者，如“意气、乌帽、画图、环佩”，等等；有表因果者，如“白发、烟尘、春风、春水、潇湘瘴雾、市远”，等等；有关系不便归类者，如“羽翼、客情、白骨、宫恩”，等等。这些结构都是散文里所罕见的。

6. 判断句和描写句

这里所要叙述的判断句和描写句，只是和散文不同的那些形式。诗里的判断句颇不多见。描写句虽然很多，但如“野寺残僧少”之类，既和散文的语法完全相同，就不是这里所要叙述的了。

（1）判断句，例如：

书生邹鲁客，才子洛阳人。（92. 1. a.）

书生乃邹鲁之客，才子乃洛阳之人。

功名画地饼，岁月下江船。（周孚《元日怀陈道人》）

功名，画地之饼也；岁月，下江之船也。譬喻法。

散文里的判断句，多数用“也”字煞尾，偶然用“乃、是”等字置于主语和判断语之间。至于不用“也”字，而又不用“乃、是”等字者，则颇为罕见；但是诗里的判断句却以此为常规。这也是诗与散文相异之点。

（2）描写句，例如：

关塞三千里，烟花一万重。（90. 1. a1.）

鸟道一千里，猿声十二时。（90. 1. a2.）

乡园碧云外,兄弟渌江头。(91. 1. b.)

岷岭南蛮北,徐关东海西。(91. 1. i.)

故乡门巷荆棘底,中原君臣豺虎边。(XXXII. 3.)

风月万家河两岸,笙歌一曲郡西楼。(白居易《城上夜宴》)

前两例应认为描写句,毫无疑义,因为主语后面是一种极度形容语,也就等于一个形容词的用途。其余四例很像省略了一个动词,而所省略的动词很容易令人猜想是一个"在"字,于是它们很像叙述句。但是,它们所要说的并不是一种行为或事件,而是一种情况,所以仍旧应该认为描写句。

7. 递系式

递系式乃是一种特殊的形式(参看拙著《中国现代语法》),大约在唐代方才普遍应用,而首先出现于诗句里,例如:

鹤巢松树遍,人访荜门稀。(31. 1. a.)

"鹤巢松树"和"人访荜门"是句子形式,而"遍"和"稀"又是"巢松树"和"访荜门"的形容语,犹言"巢得遍、访得稀"。

蜀星阴见少,江雨夜闻多。(33. 1. a.)

见得少,闻得多。

有猿挥泪尽,无犬附书频。(46. 1. a.)

挥泪挥到尽,附书附得频,都是递系式。"有猿"和"无犬"与递系的结构无关。

飘零为客久,贫病羡君还。(54. 1. a.)

出句是以谓语为主语,对句是以目的语为主语,二者虽同属递系式,而微有不同。

石室无人到,绳床见虎眠。(76. 1. a)

这种递系式似乎来源较古。

已应春得细，颇觉寄来迟。（79.1.a.）

这种递系式产生最晚，和现代递系式正同。“寄来迟”等于“寄得迟”。

8. 使成式

使成式也是新兴的形式（参看拙著《中国现代语法》），大约导源于汉代，到唐代才普遍应用，而且一般只用于诗句里。它的来源似乎是下列这些形式：

大风吹地转，高浪蹴天浮。（31.2.a2.）

大风把地吹转了，高浪把天蹴浮了。

石角钩衣破。（31.2.a3）

石角把衣钩破了。

楼云笼树小。（31.2.a3）

楼云把树笼小了。

像下面的一种形式也可能是来源之一：

松风吹解带。（76.1.a.）

松风把带吹解了。

但是，真正像现代的使成式的还是那些以“来、去、出”等字为补语者，例如：

转来深涧满，分出小池平。（44.）

幸不折来伤岁暮，若为看去乱乡愁。（XX.）

至于以形容词或别的动词为补语者，在盛唐以前颇为罕见，只有杜甫的“香稻啄余鹦鹉粒，碧梧栖老凤皇枝”可以认为使成式。晚唐以后，使成式渐渐多见，例如：

却羡浮云与飞鸟，因风吹去又吹还。（李频《春日思归》

惟将道业为芳饵，钓得高名直到今。（方干《题严子陵祠》）
肌肤销尽雪霜色，罗绮点成苔藓斑。（严郾《望夫石》）
庭鏁荒芜独夜吟，西风吹动故山心。（薛能《秋夜旅怀》）
趁朝鸡唤起，残梦马驮行。（王禹偁《五更睡》）

9. 处置式

处置式比使成式更为后起。中唐以前，似乎没有出现过。直至晚唐，如李群玉的"未把彩毫还郭璞"，方干的"应把清风遗子孙"等句，才是真正的处置式。参看拙著《中国语法理论》。

第二十一节　近体诗的语法（中）

10. 被动式

意义上的被动，是自古就有了的。诗句因为字数的限制，动词下面往往不能带目的语，于是不及物动词特别多用，而意义上的被动词也因为用不着目的语跟在后面，所以往往和不及物动词成为对仗，例如：

城上胡笳奏，山边汉节归。（14. 1. b. ）
竹杖交头拄，柴扉隔径开。（69. 1. a1. ）

有时候也和形容词成为对仗，例如：

司隶章初睹，南阳气始新。（2. 1. c. ）
金错囊从罄，银壶酒易赊。（2. 1. a1. ）

甚至于和及物动词的主动式成为对仗，被动词后面加上方位语或主事者，就能和主动词的目的语的位置相当了，例如：

青钱买野竹，白帻岸江皋。（5. 1. g. ）

对句若译为主动式，当是：岸白帻于江皋。

可怜冲雨客，来访阻风人。（白居易《风雨中寻李十一》）

对句的意思是：来访为风所阻之人。

自然，也有被动词和被动词相为对仗的例子：

> 绦旋光堪摘，轩楹势可呼。（2.1.b.）
> 茅屋还堪赋，桃源自可寻。（10.1.a.）
> 杜酒偏劳劝，张梨不外求。（10.1.b.）

但是，在某一些形式里，到底是被动式，还是主动式的倒置，就颇难辨别了：

> 方朔金门召，班姬赤辇迎。（16.2.a.）

既可认为“方朔被召于金门，班姬被迎以赤辇”，又可认为“于金门召方朔，以赤辇迎班姬”。

> 门看五柳识，年算六身知。（59.1.b.）

既可认为“门因看五柳而被识，年因算六身而被知”，又可认为“因看五柳而识门，因算六身而知年”。

总之，这些都和新兴的被动式在形式上相差很远。新兴的被动式是用“被”字表示的，完整的被动式始见于《世说新语》，唐诗中已经常常用它，例如：

> 拙被林泉滞，生逢酒赋欺。（杜甫《夔府书怀》）
> 可怜妍艳正当时，刚被狂风一夜吹。（方干《惜花》）

11. 按断式

（1）本句按断，例如：

> 途穷那免哭？（38.6.b2.）
> 好武宁论命？（45.5.a.）

（2）双句按断，例如：

> 承恩不在貌，教妾若为容？（杜荀鹤《春宫怨》）

安得心源处处安，何劳终日望林峦？（元稹《放言》）

（3）倒置的按断式，例如：

何况归山后，而今已似仙！（刘得仁《访曲江胡处士》）

而今已似仙矣，何况归山之后乎？

12. 申说式

（1）本句申说，例如：

浦干潮未应，堤湿冻初销。（白居易《新春江次》）
沙明连浦月，帆白满船霜。（白居易《夜泊旅望》）
酷怜风月为多情。（张泌《寄人》）
燕台基坏穴狐蛇。（薛能《送人归上党》）

（2）对句申说，例如：

春江不可渡，二月已风涛。（杜甫《渡江》）
莫向黔中路，令人到欲迷。（李嘉祐《送上官侍御》）
莫怪珂声碎，春来五马骄。（白居易《新春江次》）
春归定得意，花送到东中。（李嘉祐《送张惟俭》）
杨公莫讶清无业，家有骊珠不复贫。（元稹《赠严童子》）

13. 原因式

（1）本句因果，例如：

草枯鹰眼疾，雪尽马蹄轻。（37. 1. a.）
日落江湖白，潮来天地青。（37. 2. b.）
计拙无衣食，途穷仗友生。（38. 1. b.）
雨洗娟娟净，风吹细细香。（38. 4. a.）
菱蔓弱难定，杨花轻易飞。（35. 1. a1）
风怜宿露攒芳久，燕得新泥拂户忙。（元稹《清都春霁》）
看尽好花春卧稳，醉残红日夜吟多。（谭用之《山中春晓》）

(2)双句因果,例如:

相思不可见,叹息损朱颜。(李白《寄从弟宣州长史昭》)
皇家不易将,此去未应还。(李嘉祐《送韦侍御湖南幕府》)
汉水楚客千万里,天涯此别恨无穷。(刘长卿《送李录事兄》)
谢傅知怜景气新,许寻高寺望江春。(元稹《早春登龙山》)

14. 时间修饰

(1)本句的时间修饰,例如:

兴罢各分袂。(李白《广陵赠别》)
未别已沾裳。(李嘉祐《九日送人》)
欲归春淼淼,未去草萋萋。(43.2.a.)
武陵花谢忆诸郎。(元稹《清都春霁》)
十年流落赋归鸿。(谭用之《感怀呈所知》)
星未没河先报晓,柳犹粘雪便迎春。(严郾《赋百舌鸟》)

(2)出句的时间修饰,例如:

思归未可得,书此谢情人。(李白《送郄昂谪巴中》)
鲁连功未报,且莫蹈沧洲。(王维《送崔三往密州》)

(3)对句的时间修饰(即倒置),例如:

狎客沦亡丽华死,他年江令独来时。(王涣《惆怅诗》)

15. 条件式

(1)本句条件,例如:

安得心源处处安。(元稹《放言》)

(2)出句条件,例如:

欲知除老病,唯有学无生。(王维《秋夜独坐》)
不向新安去,那知江路长?(刘长卿《送康判官往新安》)
如逢渭川猎,犹可帝王师。(李白《赠钱征君少阳》)

若道平分四时气,南枝为底发春偏?(刘长卿《岁日见新历》)
君王若问妾颜色,莫道不知宫里时。(白居易《王昭君》)

16. 容许式(又称让步式)

(1)本句的容许,例如:

国破山河在。(37. 2. a.)
云雨虽亡日月新。(郑畋《马嵬坡》)

(2)出句的容许,例如:

天下兵虽满,春光日自浓。(杜甫《伤春》)
杏坛住僻虽宜病,芸阁官微不救贫。(白居易《春中与卢四》)
凤皇诏下虽沾命,鹦鹉才高却累身。(纪唐夫《赠温庭筠》)
柳陌虽愁风袅袅,葱河犹自雪漫漫。(章碣《春别》)

以上自按断式至此,除意义的节奏上稍有差异外,其余大致和散文的语法相同。但是,倒置的按断式和倒置的时间修饰却是散文里所没有的;这因为受了韵脚的拘束,所以不得不倒置。

17. 句子转成名词语

在散文里,宁可没有主语,不能没有谓语;诗句里却常常没有谓语,只一个名词仂语便当作一句的用途。但是,有些名词仂语在表面上虽不像句子,其实是把整个谓语倒装在主语的前面。兹分类举例如下:

(1)前二字为谓语形式,例如:

闻诗鸾渚客,献赋凤楼人。(85. 1. a.)

等于说:凤楼人献赋,鸾渚客闻诗。

经心石镜月,到面雪山风。(85. 1. a.)

等于说:雪山风到面,石镜月经心。

挟毂双官骑,应门五尺僮。(85. 1. c.)

等于说:双官骑挟毂,五尺僮应门。

无名江上草,随意岭头云。(85.1.d.)

等于说:岭头云随意,江上草无名。

(2)前二字为动词语,例如:

相逢故国人。(86.1.a.)

等于说:故国人相逢。

(3)前二字为联绵字或叠字描写语,例如:

欻翕炎蒸景,飘飖征戍人。(89.2.a.)

等于说:炎蒸景欻翕,征戍人飘飖。

牢落新烧栈,苍茫旧筑坛。(89.3.)

等于说:新烧栈牢落,旧筑坛苍茫。

寥寥丘中想,渺渺湖上心。(89.4.)

等于说:湖上心渺渺,丘中想寥寥。

疏疏篱落娟娟月,寂寂轩窗淡淡风。(张道洽《咏梅》)

等于说:轩窗寂寂风淡淡,篱落疏疏月娟娟。

急急能鸣雁,轻轻不下鸥。(97.4.)

等于说:能鸣雁急急,不下鸥轻轻。

这末一类在诗歌里来源甚古,《诗经》里既有"喓喓草虫,趯趯阜螽"一类的句子,《古诗十九首》里也有"迢迢牵牛星,皎皎河汉女"一类的句子。但散文里这种句子仍然是不用的。

18. 名词语

这里所叙述的才是真正的名词语。大致可以分为三类,兹举例并说明如下:

(1)表示时地的名词语,例如:

江水长流地,山云薄暮时。(96.1.b.)
风尘逢我地,江汉哭君时。(96.2.b.)
姹女临波日,神光照夜年。(96.1.c.)
朝野欢娱后,乾坤震荡中。(96.1.a.)
失宠故姬归院夜,没蕃老将上楼时。(白居易《中秋月》)
天上玉书传诏夜,阵前金甲受降时。(李郢《上裴晋公》)

这种结构,除去了末字,倒反变了一个句子(有主语的或省略主语的)。其实除去了末字并不怎样损及诗意,有时候只是凑够五个字或七个字,或凑成韵脚的缘故。关于"时、中"等字的凑韵,参看下节。

(2)普通名词语,例如:

辩士安边策,元戎决胜威。(97.1.)
秋日新沾影,寒江旧落声。(97.3.)
渭北春天树,江东日暮云。(97.8.)
今日潘怀县,同时陆浚仪。(97.9.)
晋室丹阳尹,公孙白帝城。(97.11.)
细草微风岸,危樯独夜舟。(97.12.)
十岁佩觿娇稚子,八行飞札老成人。(元稹《赠严童子》)

这种结构,有些可认为只有主语,有些可认为只有目的语,有些可认为只有表语(判断句的谓语,"是"字除外),要看咱们怎样翻译诗意而定。譬如第四例可译为"诸宾客都是今日的潘岳,同时的陆云"。余仿此。

(3)近似描写句的名词语,例如:

能画毛延寿,投壶郭舍人。(85.2.)

能画的人都像毛延寿,投壶的人都像郭舍人。

爱酒晋山简，能诗何水曹。（85.2.）

他们都像爱酒的山简，能诗的何逊。

清新庾开府，俊逸鲍参军。（89.1.）

诗的清新像庾信，俊逸像鲍照。

丧乱秦公子，悲凉楚大夫。（89.1.）

遭逢丧乱，似秦公子；际遇悲凉，似楚大夫。

八年身世梦，一种水风声。（97.5.）

身世之梦共已八年，水风之声仍只一种。

数杯巫峡酒，百丈内江船。（97.6.）

内江之船百丈，巫峡之酒数杯。

床前磨镜客，树下灌园人。（97.2.）
山中一夜雨，树杪百重泉。（97.7.b.）
北斗三更席，西江万里船。（97.7.a.）
白花檐外朵，青柳槛前梢。（97.9.）
寒涧渡头芳草色，新梅岭外鹧鸪声。（李郢《送刘谷》）

前六例颇像十七类（句子形式转成名词语），后五例颇像第三类的第五项（略“有”字）。因为不尽相同，所以又归入这里。至少，它们在形式上仍可认为名词语。

【附注】杜甫《更题》诗：“群公苍玉佩，天子翠云裘。”仇兆鳌《杜诗详注》引黄生曰：“五六句中不同虚字，谓之实装句。”力按：所谓虚字，指动词；所谓实字，指名词。实装句是说句中只有名词性词组，没有动词，也就是本书所谓名词语。

19. 其他的特殊语法

其他的特殊语法，颇不容易归类；现在姑且依照第十七、十八、十九三节的编号，分别加以讨论。

(31)这一类里颇有些谓语形式是带副词性，用来表示方式的，并不都是递系式或使成式；但因为它们和递系式或使成式相为对仗，就把它们归入同一类里，例如：

寒虫临砌默，清吹袅灯频。(31.2.a1.)

寒虫临砌而默，是方式修饰；清吹袅灯得频，是递系式。

石角钩衣破，藤枝刺眼新。(31.2.a3.)

石角把衣钩破了，是使成式；藤枝刺眼而新，是方式修饰。

楼云笼树小，湖日落船明。(31.2.a3.)

楼云把树笼小了，是使成式；湖日落船而明，是方式修饰。

舟楫欹斜疾，鱼龙偃卧高。(31.2.c.)

舟楫欹斜而疾，是方式修饰；鱼龙偃卧得高，是递系式。“微微向日薄，脉脉去人遥”也是方式修饰和递系式相为对仗。

也有出句和对句都是方式修饰的，例如：

随风隔幔小，带雨傍林微。(34.)

随风隔幔而小，带雨傍林而微。

也有使成式和递系式相为对仗的，例如：

楼雪融城湿，宫云去殿低。(31.2.a3.)

楼雪把城弄湿了，是使成式；宫云离殿很近，是递系式。

此外，还有一种近于时间修饰而又近于原因式的句子：

红入桃花嫩，青归柳叶新。(31.1.b.)

红入桃花而桃花嫩，青归柳叶而柳叶新。

又有一种近于积累式的句子：

迟回度陇怯，浩荡入关愁。（32.3.a.）

迟回度陇而怯，浩荡入关而愁。

（38.8）这类的“客病留因药，春深买为花”，是一种很奇特的结构，“客病”是“留”的原因，“春深”是“买”的时节；“因药、为花”，又都表示原因。

（69）这一类多数是方式修饰。像“江水带冰绿，桃花随雨飞”一类的句子，和散文的句子都差不多。只有三个形式是颇特别的：

白云回望合，青霭入看无。（69.1.b2.）

“望”和“看”，以动词作名词用，散文中颇为罕见。

清切兼秋远，威仪对月闲。（69.2.）

“清切”以平行形容词作主语，散文中亦颇罕见。

色因林向背，行逐地高卑。（69.3.）

这和散文的语法较为近似，只是节奏不同，又“高卑”以平行形容词作动词用，亦颇特别。这两句话可以有另一种解释：“色因林之向背，行逐地之高卑”，这样就变为简单句了。

（70）这一类多数是方式修饰，例如“樯带城乌去，江连暮雨愁”；但也有时间修饰和处所修饰，例如“露从今夜白，月是故乡明”。这些都是散文语法里所有的（只是“是故乡”的“是”字很特别）。只有下面的一个结构显得特别：

听临关月苦，清入海风微。（70.2.）

“听”是动词，“清”是形容词，都作为主语，这是散文里所罕见的。

（75）这一类的“药饵憎加减，门庭闷扫除”，也是很特别的。本来，“药饵加减”和“门庭扫除”并不怎样特别，它们只是倒装法（“加减药饵、扫除门庭”）；特别的是中间插入一个表示精神行为的动词。

(76)这一类里有三种不同的结构:“松风吹解带”是使成式,上文叙述过了。“山月照弹琴”是以谓语形式为目的语。下面两例则是以动词作副词用:

岸花飞送客,樯燕语留人。
羽人飞奏乐,天女跪焚香。

这却是散文中所有的,不过散文在这种地方往往加一个“而”字,例如“羽人飞而奏乐,天女跪而焚香”。

(87)这一类的“敏捷诗千首,飘零酒一杯”,因为省略的话太多了些,所以显得特别。这两句的大意是:因为敏捷,所以吟诗千首;因为飘零,所以饮酒一杯。

(88)这一类的“衰迈久风尘”,似乎“久”字甚奇,其实它是形容词当动词用,是久于风尘或久历风尘的意思。

(XXVII. 3.)这一类的“清江锦石伤心丽,嫩蕊浓花满目斑”,“伤心”和“满目”都是一种方式修饰。试以“锦石伤心丽”对“藤枝刺眼新”,就可见它们的结构是一样的。

20. 诗中的虚字

这里所谓虚字,专指某一些疑问词、副词及语气词而言。有些疑问词(或反诘词)只见于近体诗里,古体诗及古代散文里非常罕见,例如:

宁戚饭牛成底事?陆通歌凤亦无端!(元稹《放言》)
见说白杨堪作柱,争教红粉不成灰?(白居易《燕子楼》)
衰疾那能久?应无见汝时!(杜甫《遣兴》)
君归与访移家处,若个峰头最较幽?(张籍《胡山人归王屋》)
承恩不在貌,教妾若为容?(杜荀鹤《春宫怨》)

有些副词或副词语也是到了近体诗里才出现的,例如:

不分桃花红胜锦,生憎柳絮白于绵。(杜甫《送路六侍御入朝》)

自领闲司了无事，得来君处喜相留。（张籍《赠王秘书》）

却看妻子愁何在？漫卷诗书喜欲狂！（杜甫《闻官军收河南河北》）

白头搔更短，浑欲不胜簪。（杜甫《春望》）

耐可机心息，其如羽檄何！（刘长卿《赴宣州》）

可能三径草，归路老更迷！（叶梦得《怀西山》）

强欲从君无那老，将因卧病解朝衣。（王维《赠郭给事》）

遮莫江头柳色遮，日浓莺睡一枝斜。（郑谷《曲江红杏》）

经过自爱惜，取次莫论兵。（杜甫《送元二适江左》）

他年待挂衣冠后，乘兴扁舟取次居。（王十朋《题湖边庄》）

这些疑问词和副词大约都是当时的口语，诗人拿来放进诗句里去的。此外，有些副词虽是散文里所常见的，但是近体诗里的用法又颇有不同。譬如程度修饰副词"太、最"之类，在散文里只能用于描写句（多数放在形容词的前面）。像下面两个例子如果在散文里应该是费解的：

知君苦思缘诗瘦，太向交游万事慵。（杜甫《暮登四安寺钟楼》）

云路何人见高志？最看西面赤阑前。（殷尧藩《和赵相公》）

又有一些副词因为押韵的关系，放在句末，后面不能再有所修饰。这是散文的语法里所不容许的。在诗句里，只有少数字如"曾、皆、佥"之类可以这样特别通融，大约因为它们所属的韵是窄韵或险韵的缘故，例如：

幽寻得此地，讵有一人曾？（王维《韦给事山居》）

讵有一人曾幽寻得此地耶？

竦足良甘分，排衙苦未曾。（元稹《纪怀赠李六》）

所苦者未曾排衙耳。

进律朝章旧，疏恩物议佥。（王安石《送郓州知府宋谏议》）

物议佥同。

至于语气词，大致都和散文相同，但诗句中尽量少用。比较起来，“哉”字最为常见，“乎、欤、耶、也、矣”等字最为罕见，例如：

客意长东北，齐州安在哉？（杜甫《送舍弟频》）
因君振嘉藻，江楚气雄哉！（孟浩然《与张折冲游耆阇寺》）
强策驽筋怀故国，浮云千里思悠哉！（贺铸《海陵西楼寓目》）
光华扬盛矣，霄汉在兹乎！（高适《真定即事》）
借问白头翁，垂纶几年也？（王昌龄《题灞池》）

末一例是从古体仄韵绝句中摘出的。

21. 十字句和十四字句

五言诗以五个字为一句，七言诗以七个字为一句，这只是就节奏上说，同时也是一般的说法。但是，如果从语法的观点上看，普通所谓一句有时候可以包含着两个或三个句子形式（参看上文第十七节和十九节）；反过来说，普通所谓两句在语法上只能认为一句。这后一种情形就构成了这里所谓十字句和十四字句。

这里我们撇开复合句不谈。一则因为复合句如按断式、申说式、时间修饰、条件式、容许式等，上文已经谈过了；二则因为复合句中的两部分各自颇富于独立性，如果没有“如、若、虽”等字，几乎和两个独立的句子没有分别了。现在所分析的只是简单句、包孕句和递系式，及特殊的申说式。

（1）出句为主语，对句为谓语，例如：

征西旧旌节，从此向河源。（王维《送岐州源长史归》）
风流与才思，俱似晋时人。（李嘉祐《送杜士瞻楚州觐省》）
少睡多愁客，中宵起望乡。（白居易《夜泊旅望》）
与余同病者，对此合伤神。（唐彦谦《上巳日寄韩公》）

客亭门外柳，折尽向南枝。（张籍《蓟北旅思》）

最后一例系被动式。

（2）出句为目的语，对句为缺乏目的语的谓语形式或句子形式，例如：

春山数亩地，归去带经锄。（刘长卿《送张判官罢使东归》）
从来疏懒性，应只有僧知。（张籍《晚秋闲居》）
吴娘暮雨萧萧曲，自别江南更不闻。（白居易《寄殷协律》）

（3）出句为时间语或方位语，对句为其所修饰的谓语形式或句子形式，例如：

向晚青山下，谁家祭水神？（张籍《江南春》）
明日重阳节，无人上古城。（张籍《送远客》）
严子千年后，何人钓旧滩？（刘长卿《送顾长》）
千里沧波上，孤舟不可寻。（刘长卿《送行军张司马》）
祈门官罢后，负笈向桃源。（李嘉祐《送韦邕少府归钟山》）
秋日平原路，虫鸣桑叶飞。（李嘉祐《送从弟归河朔》）
故园今夜里，应念未归人。（白居易《客中守岁》）
悠悠沧海畔，十载避黄巾。（白居易《江楼望归》）
乡里亲情相见日，一时携酒贺高堂。（张籍《送李馀及第后》）
昨日韩家后园里，看花犹似未分明。（张籍《患眼》）
燕子楼中霜月夜，秋来只为一人长。（白居易《燕子楼》）
三百年来庾楼上，曾经多少望乡人？（白居易《庾楼晓望》）

（4）出句前二字为副词语，后三字为方式修饰，对句为其所修饰的谓语形式，例如：

方将与农圃，艺植老丘园。（王维《寄荆州张丞相》）

（5）出句前一字为副词，后四字为方式修饰，例如：

独将湖上月，相送去还归。（刘长卿《南湖送徐二十七》）

犹将乱流影，来此傍檐楹。（李嘉祐《咏萤》）
更向桑干北，擒生问碛名。（张籍《渔阳将》）

（6）出句前二字为动词语，其余八字或十二字为其目的语，例如：

不知杨伯起，早晚向关西。（李白《口号赠征君鸿》）
遥知用兵处，多在八公山。（刘长卿《奉陪使君西庭》）
应怜钓台石，闲却为浮名。（刘长卿《送严维尉诸暨》）
可怜绛县刘明府，犹解频频寄远书。（张籍《答刘明府》）
始知为客苦，不及在家贫。（白居易《客中守岁》）

这是所谓流水对。参看上文第十五节。

所嗟水路无三百，官系何因得再游！（白居易《答客问杭州》）

所嗟者不是水路无三百，而是官系何因得再游。

（7）出句前一字为动词，其余九字或十三字为其目的语，例如：

知君喜初服，只爱此身闲。（刘长卿《送薛承矩秩满北游》）
知君日清静，无事掩重关。（李嘉祐《送陆士伦宰义兴》）

（8）出句前二字为副词语，后三字或五字为主语，对句为谓语，例如：

从此辞乡泪，双垂不复收。（李嘉祐《登秦岭》）
从来天竺法，到此几人传？（张籍《律僧》）
明年塞北诸蕃落，应建生祠请立碑。（张籍《送裴相公赴镇太原》）

（9）出句前二字为副词语，后三字为方位语，例如：

岂堪沧海畔，为客十年来！（刘长卿《早春》）

（10）出句前二字为动词语，后三字或五字为方位语或时间语，对句为目的语，例如：

遥知向前路，掷果定盈车。（李白《送族弟凝之滁求婚崔氏》）
想见函关路，行人去亦稀。（刘长卿《送友人西上》）
借问回心后，贤愚去几何？（刘长卿《赠普门上人》）
谁知二十余年后，来作客曹相替人！（张籍《赠主客刘郎中》）

（11）十字或十四字的递系式，例如：

须令外国使，知饮月氏头。（王维《送平澹然判官》）
莫使沧浪叟，长歌笑尔容。（刘长卿《洞庭驿逢郴州使》）
能使南人敬，修持香火缘。（李嘉祐《送弘志上人归湖州》）

能使南人敬而修持香火缘。

自有东篱菊，年年解作花。（刘长卿《过湖南羊处士别业》）
唯有郡斋窗里岫，朝朝空对谢玄晖。（刘长卿《送刘使君赴袁州》）

前三例为一类，后二例为一类。

（12）申说式的被申说部分只有两个字，其余八字或十二字为申说部分，例如：

羡尔无羁束，沙鸥独不猜。（刘长卿《喜李翰自越至》）
羡君青琐里，并冕入炉烟。（李嘉祐《元日无衣冠入朝》）

（13）寄语，例如：

为报陶明府："裁书莫厌贫。"（李嘉祐《赠卫南长官赴任》）
为问征行将："谁封定远侯？"（张籍《送远使》）
借问炎州客："天南几日行？"（张籍《送蛮客》）
君见渔船时借问："前洲几路入烟花？"（刘长卿《上巳日越中与鲍侍郎泛舟耶溪》）

为问元戎窦车骑："何时返旆勒燕然？"（刘长卿《赋得》）
更向同来诗客道："明年到此莫过时！"（张籍《唐昌观看花》）
汉使却回凭寄语："黄金何日赎蛾眉？"（白居易《王昭君》）
归来笑问诸从事："占得闲行有几人？"（元稹《早春登龙山》）
"昔年旧宅今谁住？"君过西塘与问人。（张籍《寄陆畅》）

末一例为倒装句。

22. 凑韵

凑韵，就是因为押韵困难，勉强把某字凑成一个韵脚，而这字在诗的意义上是多余的，并非必要的。凑韵为诗家的大忌，所以名家的诗里很少凑韵的情形。但是，有几个字在诗句中的用法往往近似于凑韵，就是表示方位的"中"字和表示时间的"时"字、"初"字等。盛唐时代，这几个字凑韵的情形还颇罕见，例如：

律变沧江外，年加白发中。（刘长卿《岁日作》）
绿竹放侵行径里，青山常对卷帘时。（李嘉祐《赴南中留别》）
正月喧莺末，兹晨放鹢初。（杜甫《将别巫峡》）

兹晨初放鹢，可解。

但是，像下面的几个例子，已经令人觉得"时"字和"初"字是多余的了：

峡中为客恨，江上忆君时。（杜甫《寄杜位》）
行到水穷处，坐看云起时。（王维《终南别业》）
竹深留客处，荷净纳凉时。（杜甫《陪诸贵公》）
试待盘涡歇，方期解缆初。（杜甫《寄李十四员外布》）
南征为客久，西候别君初。（杜甫《秋日荆南送石首薛明府》）

及至中晚唐以后，"中、时、初"等字更往往近似多余，这已经成为诗中的习惯法，虽名家亦所不免。兹分别举例如下：

（1）"中"字。"中"字用于动词之后，似乎表示此种动作发生

于某物之中。但这种语法是散文所不容许的。取消了“中”字,诗意不变,例如:

分忧余刃又从公,白羽胡床啸咏中。(刘禹锡《酬窦员外》)
沧波独步亦无悰,聊上危台四望中。(苏舜钦《沧浪亭怀贯之》)

(2)“时”字。有些“时”字尽可以取消,而诗意不变,例如:

蝉噪芳意尽,雁来愁望时。(刘禹锡《秋日书怀》)
废苑杏花在,行人愁到时。(张籍《古苑杏花》)
晓色荒城下,相看秋草时。(张籍《襄国别友》)
峡里闻猿叫,山头见月时。(张籍《送友生游峡中》)

(3)“初”字。韵脚的“初”字,往往只当“时”字讲,而且有时近似多余,例如:

翔鸾阙下谢恩初,通籍由来在石渠。(刘禹锡《蒙恩转仪曹郎》)

汉家丞相重征后,梁苑仁风一变初。(刘禹锡《令狐相公见示》)

况忆同怀者,寒庭月上初。(张籍《寒食夜寄姚侍郎》)
太极垂裳日,中原偃革初。(杨亿《奉诏修书述怀感事》)
畦稻霜成后,宫橙露饱初。(宋祁《九日侍宴太清殿》)
麟台高柳识雕舆,共记中兴幸省初。(吕祖谦《贺车驾幸秘书省》)

23. 倒字

诗里的倒字,也是因为迁就韵脚或迁就平仄的缘故,例如:

时难年荒世业空,弟兄羁旅各西东。(白居易《自河南经乱》)

弟兄,照习惯当作“兄弟”,因迁就平仄而倒置;西东,照习惯当作“东西”,因迁就韵脚而倒置。

孤城纵目尽南东，山转溪回翠万重。（彭汝砺《城上》）

徒劳望牛斗，无计劚龙泉。（杜甫《所思》）

牛斗，照习惯当作“斗牛”，因迁就平仄而倒置。

他乡唯表弟，还往莫辞遥。（杜甫《王十五司马弟出郭相访》）

还往，照习惯当作“往还”，因迁就平仄而倒置。

清宵陪燕话，美景从游遨。（白居易《寄献北都留守裴令公》）

游遨，照习惯当作“遨游”，因迁就韵脚而倒置。

南馆星郎东道主，摇鞭休问路行难。（王初《送王秀才》）

“行路难”本是成语，倒说为“路行难”以迁就平仄。

依汉语的习惯，形容词必须放在它所修饰的名词的前面；但是，在诗句里，为了迁就平仄或韵脚，偶然可以移到后面，例如：

欲献文狂简，徒烦思郁陶。（白居易《寄献北都留守裴令公》）

原意是“欲献狂简之文，徒烦郁陶之思”，为了韵脚和平仄的关系而倒置。

盘烧天竺春笋肥，琴倚洞庭秋石瘦。（陆龟蒙《丁隐君歌》）

原意是“……肥春笋……瘦秋石”，为了押韵的关系而倒置。此歌本系古风，因声律格调俱似今体，故附于此。

第二十二节　近体诗的语法（下）

22.1　本节里专讲近体诗的一种避忌，就是避字。避字可分为三类：第一是避重韵，第二是避重字，第三是避题字。现在分别叙述于下：

（甲）避重韵。在同一首诗当中，韵脚的字不能重复，不然就犯了重韵的毛病。无论古体和近体，重韵总是应该避免的；因此，重韵的诗非常罕见。但是,如果一个字有两种意义,就可以当作两个字看待,虽同在一篇里用于两个韵脚,也不算为犯重韵。这种情形也只见于排律,因为排律的字多,同字的韵脚距离既远,就更令人没有犯重韵的感觉;排律须用韵字不少,这样通融,也可以稍稍补救韵字的匮乏,例如:

寄献北都留守裴令公　　白居易

……

紫微留北阙,绿野寄东皋。
忽忆前时会,多惭下客叨。
清宵陪燕话,美景从游遨。
花月还同赏,琴书雅自操。
朱弦拂宫徵,洪笔振风骚。
近竹开方丈,依林架桔槔。
春池八九曲,画舫两三艘。
径滑苔粘屐,潭深水没篙。
绿丝萦岸柳,红粉映楼桃。
为穆先陈醴,招刘共藉糟。
舞鬟金翡翠,歌颈玉蛴螬。
盛德终难退,明时岂易遭?
公虽慕张范,帝未舍伊皋。

……

"东皋"的"皋"是水边地的意思,"伊皋"的"皋"是人名(指皋陶),不同义。

春　　元　稹

……

药溉分窠数,篱栽备幼冲。
种莎怜见叶,护笋冀成筒。
有梦多为蝶,因蒐定作熊。

漂沈随坏芥，荣茂委苍穹。
震动风千变，晴和鹤一沖。
丁宁搴芳侣，须识未开丛。

“鹤一沖”的“沖”即“沖天”的“沖”，亦作“翀”，和“幼沖”的“沖”不同义。原文“幼沖”的“沖”写作“冲”，左边只有两点，其实“冲”是“沖”的俗字。但两字虽同形，也不算为犯重韵。

（乙）避重字。所谓重字，是指一首诗里有重复的字。但是，除了叠字当然重复之外，还有两种重字的情形是不必避免的：

1. 一句之中不避重字，例如：

闻道高阳会，愚公谷正愚。（王维《过崔驸马山池》）
乱后谁归得？他乡胜故乡！（杜甫《得舍弟消息》）
梦归归未得，不用《楚辞》招。（杜甫《归梦》）
东望望春春可怜，更逢晴日柳含烟。（苏颋《奉和春日幸望春宫》）
浣花流水水西头，主人为卜林塘幽。（杜甫《卜居》）
今年游寓独游秦，愁思看春不当春。（杜审言《春日京中有怀》）
为人性僻耽佳句，语不惊人死不休！（杜甫《江上值水如海势》）
偶向东湖更向东，数声鸡犬翠微中。（刘威《游东湖黄处士园林》）
二月已破三月来，渐老逢春能几回？（杜甫《绝句漫兴》）

这种情形，如果出现于律诗的中两联，或虽非中两联而用对仗者，就变为重字的对仗，例如：

欲问义心义，遥知空病空。（王维《夏日过青龙寺》）
芳草复芳草，断肠还断肠。（杜牧《池州春送前进士蒯希逸》）
一阁见一郡，乱流仍乱山。（薛能《题开元寺阁》）
南京久客耕南亩，北望伤神坐北窗。（杜甫《进艇》）
即从巴峡穿巫峡，便下襄阳向洛阳。（杜甫《闻官军收河南

河北》)

桃花细逐杨花落,黄鸟时兼白鸟飞。(杜甫《曲江对酒》)
行乐及时时已晚,对酒当歌歌不成。(杜牧《湖南正初》)

注意:重字句必须与重字句相对,否则不成对仗。

2. 首联或尾联的出句和对句可用重字,以示钩连,例如:

(1)出句末字和对句首字相钩连

故人南郡去,去索作碑钱。(杜甫《闻斛斯六官未归》)
清商欲尽奏,奏苦血沾衣。(杜甫《秋笛》)
乐游原上望,望尽帝都春。(刘得仁《乐游原春望》)
夜入楚家烟,烟中人未眠。(项斯《夜泊淮阴》)

【附注】近体诗中,最好不用重字(叠字不在此例)。这就是说,不但对仗不用同字,一篇之内,用字也不要重复。仇兆鳌《杜诗详注》引胡应麟曰:"右丞《早朝》诗五用'宫室'字,《出塞》诗两用'马'字,《郴州》诗六用地名字,虽其诗神骨冷然,绝出烟火,要不免冗杂。高、岑即无此等,而气韵自远。兼斯二者,独见杜陵。然百七十首中,利钝杂陈,正变互出,后来读者亦须知分别也。"

试比较"梦归归未得"与"故人南郡去,去索作碑钱",又试比较"东望望春春可怜"与"乐游原上望,望尽帝都春"。又试比较"浣花流水水西头"与"夜入楚家烟,烟中人未眠",就会觉得这种双句的重字是那种单句的重字的延长。后代有一种近似游戏的诗,专用连环句,叫做连珠诗,又称连环体,例如一共四首诗,第一首的末句和第二首的首句相重,第二首的末句和第三首的首句相重,第三首的末句和第四首的首句相重,第四首的末句又和第一首的首句相重。那种重句法也可以说是从这种重字法来的。

(2)出句中有一二字和对句的一二字相同,但并不接连。

五湖千万里,况复五湖西!(王维《送张五諲归宣城》)

刘郎已恨蓬山远，更隔蓬山一万重。（李商隐《无题》）

这也可以认为单句重字的延长；试把“他乡胜故乡”或“偶向东湖更向东”和这两个例子相比较，就可以悟出这个道理。

由此看来，所谓避重字只限于两种情形：（一）在律诗的中两联里，出句的字不宜和对句的字相重；（二）凡不同联的字，尽量避免相重。关于第一种情形，我们在上文第十五节的末段已经谈过了；现在只谈第二种情形。

大致说来，诗人是颇注意避重字的；例如杜甫的诗里，重字的情形就很少（当然是指不同联的字而言）。现在只能举出杜诗中的一个例子：

曲　江

一片花飞减却春，
风飘万点正愁人。
且看欲尽花经眼，莫厌伤多酒入唇。
江上小堂巢翡翠，苑边高冢卧麒麟。
细推物理须行乐，何用浮名绊此身？

首联出句的“花”字和颔联出句的“花”字相重。颈联对句“苑边”，或本作“花边”，则又重一字。

但是，有些诗人却不留心这个，例如王维的诗集中，就有不少重字的地方：

寄荆州张丞相

所思竟何在？怅望深荆门。
举世无相识，终身思旧恩。
方将与农圃，艺植老丘园。
目尽南飞雁，何由寄一言！

早　朝

柳暗百花明，春深五凤城。

城乌睥睨晓，宫井辘轳声。
方朔金门召，班姬赤辇迎。
仍闻遣方士，东海访蓬瀛。

送丘为落第归江东

怜君不得意，况复柳条春！
为客黄金尽，还家白发新。
五湖三亩宅，万里一归人。
知尔不能荐，羞称献纳臣。

送崔九兴宗游蜀

送君从此去，转觉故人稀。
徒御犹回首，田园方掩扉。
出门当旅食，中路授寒衣。
江汉风流地，游人何岁归？

送梓州李使君

万壑树参天，
千山响杜鹃。
山中一夜雨，树杪百重泉。
汉女输橦布，巴人讼芋田。
文翁翻教授，不敢倚先贤。

游李山人所居因题屋壁

世上皆如梦，狂来止自歌。
问年松柏老，有地竹林多。
药倩韩康卖，门容尚子过。
翻嫌枕席上，无那白云何。

登裴秀才迪小台

端居不出户，满目望云山。
落日鸟边下，秋原人外闲。
遥知远林际，不见此檐间。

好客多乘月，应门莫上关。

重酬苑郎中

何幸含香奉至尊！
多惭未报主人恩。
草木尽能酬雨露，荣枯安敢问乾坤？
仙郎有意怜同舍，丞相无私断扫门。
扬子解嘲徒自遣，冯唐已老复何论？

出　塞

居延城外猎天骄，
白草连山野火烧。
暮云空碛时驱马，秋日平原好射雕。
护羌校尉朝乘障，破虏将军夜渡辽。
玉靶角弓珠勒马，汉家将赐霍嫖姚。

颔联出句的“马”字和尾联出句的“马”字相重。颈联对句“将军”的“将”，和尾联“将赐”的“将”不同义，不必认为相重。

早秋山中作

无才不敢累明时，
思向东溪守故篱。
岂厌尚平婚嫁早，却嫌陶令去官迟。
草间蛩响临秋急，山里蝉声薄暮悲。
寂寞柴门人不到，空林独与白云期。

听百舌鸟

上兰门外草萋萋，
未央宫中花里栖。
亦有相随过御苑，不知若个向金堤。
入春解作千般语，拂曙能先百鸟啼。
万户千门应觉晓，建章何必听鸣鸡？

由此看来，重字的避免，至多只能说是一种技巧，不能说是一种规律。但是,律诗的中两联因为对仗的缘故,限制较严,却是不能重字。这就是说,在颔联和颈联的二十个字当中,除了叠字之外,不得重字。下面所举王维的一首诗,因为颔联不用对仗,可认为例外:

喜祖三至留宿

门前洛阳客,下马拂征衣。
不枉故人驾,平生多掩扉。
行人返深巷,积雪带余晖。
早岁同袍者,高车何处归?

依照不同义就不算重韵的道理,同形不同义的字也不能认为重字,例如:

送宇文三赴河西　　王　维

横吹杂繁笳,
边风卷塞沙。
还闻田司马,更逐李轻车。
蒲类成秦地,莎车属汉家。
当令犬戎国,朝聘学昆邪。

轻车,普通名词语;莎车,国名。

除　架　　杜　甫

束薪已零落,瓠叶转萧疏。
幸结白花了,宁辞青蔓除。
秋虫声不去,暮雀意何如?
寒事今牢落,人生亦有初。

零落,同义字;牢落,联绵字。

排律因为字数多,更不容易避重字。杜甫在律诗中虽尽量避重字,他在排律里却随便得多了,例如《上韦左相二十韵》里两用"此"字,两用"才"字;《赠特进汝阳王二十韵》里两用"不"字,两用"天"字。可见排律里是不必避同字的。

（丙）避题字。未谈避题字之前，我们先谈一谈诗的题目。古诗也像先秦古文一般地没有题目，《诗经》固然不必说了，就是《古诗十九首》，也仍旧没有题目。杜甫也偶然有些没有题目的诗，但是并不让题目从阙，而是把诗中的头两个字当作题目，例如《宿昔》《能画》《历历》《提封》等。又如《绝句》《偶题》等，有题也等于无题。索性以《无题》为题者，始于李商隐。但李商隐的《碧城》《锦瑟》等篇，拈篇首二字为题，也和杜甫的《宿昔》《能画》是一样的。

诗既可以无题，应该谈不到避题字。但是，避题字的风气却起于后代的咏物诗。所谓咏物诗，是偶拈一物或一事为题，既非怀人，亦非即事。这种作品在盛唐以前就有了的，例如杜甫有《雨》《月》《云》《雷》诸咏。然而当时并没有避题字的风气，反是喜欢在首联或颔联就点题，例如杜甫的咏雨诗：

雨（四首）

其　一

微雨不滑道，断云疏复行。
紫崖奔处黑，白鸟去边明。
秋日新沾影，寒江旧落声。
柴扉临野碓，半得捣香粳。

其　二

江雨旧无时，
天晴忽散丝。
暮秋沾物冷，今日过云迟。
上马回休出，看鸥坐不辞。
高轩当滟滪，润色静书帷。

其　三

物色岁将晏，天隅人未归。
朔风鸣淅淅，寒雨下霏霏。

多病久加饭，衰容新授衣。
时危觉凋丧，故旧短书稀。

其　四

楚雨石苔滋，
京华消息迟。
山寒青兕叫，江晚白鸥饥。
神女花钿落，鲛人织杼悲。
繁忧不自整，终日洒如丝。

晨　雨

小雨晨光内，初来叶上闻。
雾交才洒地，风逆旋随云。
暂起柴荆色，轻沾鸟兽群。
麝香山一半，亭午未全分。

夜　雨

小雨夜复密，回风吹早秋。
野凉侵闭户，江满带维舟。
通籍恨多病，为郎忝薄游。
天寒出巫峡，醉别仲宣楼。

但是，杜甫也有少数的咏物诗是不包含着题目字的，例如：

八月十五夜月（二首）

其　一

满目飞明镜，归心折大刀。
转蓬行地远，攀桂仰天高。
水路疑霜雪，林栖见羽毛。
此时瞻白兔，直欲数秋毫。

其　二

稍下巫山峡，犹衔白帝城。
气沈全浦暗，轮仄半楼明。

刁斗皆催晓,蟾蜍且自清。
张弓倚残魄,不独汉家营。

十六夜玩月

旧挹金波爽,皆传玉露秋。
关山随地阔,河汉近人流。
谷口樵归唱,孤城笛起愁。
巴童浑不寝,半夜有行舟。

不包含题字的咏物诗,在盛唐还有一些,例如:

七　夕　　祖　咏

闺女求天女,更阑意未阑。
玉庭开粉席,罗袖捧金盘。
向月穿针易,临风整线难。
不知谁得巧,明旦试相看。

咏　萤　　李嘉祐

映水光难定,陵虚体自轻。
夜风吹不灭,秋露洗犹明。
向烛仍分焰,投书更有情。
犹将流乱影,来此傍檐楹。

比较起来,杜甫那几首还不算纯粹的咏物诗,因为其中有他个人的身世在内,譬如"滟滪、楚雨、巫峡、白帝、巴童"等字样,都指的不是普通的雨和月,而是杜甫所见的雨和月,这样仍是即事,不是纯然咏物。至于像祖咏和李嘉祐这两首,才是真正的咏物诗。真正的咏物诗就以避题字为原则。这在盛唐以前也许是无意识的,但是,到了中晚唐以后,就成为一种习惯法了。中晚唐以后,咏物诗也渐渐成为风尚,做的人也渐渐多了,例如:

中秋月　　白居易

万里清光不可思,
添愁益恨绕天涯。

谁人陇外久征戍？何处庭前新别离？
失宠故姬归院夜，没蕃老将上楼时。
照他几许人肠断？玉兔银蟾远不知！

题蔷薇花　　朱庆余

四面垂条密，浮阴入夏清。
绿攒伤手刺，红堕断肠英。
粉着蜂须腻，光凝蝶翅明。
雨中看亦好，况复值初晴！

咏　风　　张　祜

摇摇歌扇举，悄悄舞衣轻。
引笛秋临塞，吹沙夜绕城。
向峰回雁影，出峡送猿声。
何似琴中奏，依依别带情。

月　　李商隐

池上与桥边，
难忘复可怜。
帘开最明夜，簟卷已凉天。
流处水花急，吐时云叶鲜。
姮娥无粉黛，只是逞婵娟。

蝶　　李商隐

飞来绣户阴，
穿过画楼深。
重傅秦台粉，轻涂汉殿金。
相兼惟柳絮，所得是花心。
可要凌孤客，邀为子夜吟。

牡　丹　　李商隐

锦帏初卷卫夫人，
绣被犹堆越鄂君。

垂手乱翻雕玉案，招腰争舞郁金裙。
石家蜡烛何曾剪？荀令香炉可待熏？
我是梦中传彩笔，欲书花叶寄朝云。

泪 李商隐

永巷长年怨绮罗，
离情终日思风波。
湘江竹上痕无限，岘首碑前洒几多？
人去紫台秋入塞，兵残楚帐夜闻歌。
朝来灞水桥边问，未抵青袍送玉珂。

芙　蓉 温庭筠

刺茎澹荡绿，花片参差红。
吴歌秋水冷，湘庙夜云空。
浓艳香露里，美人清镜中。
南楼未归客，一夕练塘东。

咏　雁 李　远

早晚辞沙漠，南来处处飞。
关山多雨雪，风水损毛衣。
碧海魂应断，红楼信自稀。
不知矰缴外，留得几行归？

牡　丹 韩　琮

桃时杏日不争浓，
叶帐阴成始放红。
晓艳远分金掌露，暮香深惹玉堂风。
名移兰杜千年后，贵擅笙歌百醉中。
如梦如仙忽零落，暮霞何处绿屏空。

“暮香、暮霞”不避重字。

雨 韩　琮

阴云拂地散丝轻，

长得为霖济物名。
夜浦涨归天堑阔，春风洒入御沟平。
轩车几处归频湿？罗绮何人去欲惊？
不及流他荷叶上，似珠无数转分明。

霞　　韩　琮

应是行云未拟归，
变成春态媚晴晖。
深如绮色斜分阁，碎似花光散满衣。
天际欲销重惨澹，镜中闲照正依稀。
晓来何处低临水，无限鸳鸯妒不飞。

和友人鸳鸯之什（三首）　　崔　珏

其　一

翠鬣红衣舞夕晖，
水禽情似此禽稀。
暂分烟岛犹回首，只渡寒塘亦并飞。
映雾乍迷珠殿瓦，逐梭齐上玉人机。
采莲无限兰桡女，笑指中流羡不归。

其　二

寂寂春塘烟晚时，
两心和影共依依。
溪头日暖眠沙稳，渡口风寒浴浪稀。
翡翠莫夸饶彩饰，鸊鹈须羡好毛衣。
兰深芷密无人见，相逐相呼何处归？

其　三

舞鹤翔鸾俱别离，
可怜生死两相随！
红丝毳落眠汀处，白雪花成蹙浪时。

琴上只闻交颈语，窗前空展共飞诗。
何如相见长相对，肯羡人间多所思？

七　夕　　刘　威

乌鹊桥成上界通，
千秋灵会此宵同。
云收喜气星楼晓，香拂轻尘玉殿空。
翠辇不行青草路，金銮徒候白榆风。
彩盘花阁无穷意，只在游丝一缕中。

鹧　鸪　　郑　谷

暖戏烟芜锦翼齐，
品流应得近山鸡。
雨昏青草湖边过，花落黄陵庙里啼。
游子乍闻征袖湿，佳人才唱翠眉低。
相呼相应湘江上，苦竹丛深春日西。

萤　　陆龟蒙

肖翘虽振羽，戚促尽疑冰。
风助流还急，烟遮点暂凝。
不须轻列宿，才可拟孤灯。
莫倚隋家事，曾烦下诏征。

蝉　　陆龟蒙

只凭风作使，全仗柳为都。
一腹清何甚！ 双翎薄更无！
伴貂金置影，并雀画成图。
恐是千年恨，偏令落日呼。

蔷　薇　　陆龟蒙

倚墙当户自横陈，
致得贫家似不贫。
外布芳菲虽笑日，中含芒刺欲伤人。

清香往往生遥吹，狂蔓看看及四邻。
遇有客来堪玩处，一端晴绮照烟新。

七　夕　　罗　隐

络角星河菡萏天，
一家欢笑设红筵。
应倾谢女珠玑箧，尽写檀郎锦绣篇。
香帐簇成排窈窕，金针穿罢拜婵娟。
铜壶漏报天将晓，惆怅佳期又一年。

柳　　罗　隐

灞岸晴来送别频，
相偎相倚不胜春。
自家飞絮犹无定，争把长条绊得人？

蜂　　罗　隐

不论平地与山尖，
无限风光尽被占。
采得百花成蜜后，为谁辛苦为谁甜？

牡　丹　　罗　邺

落尽春红始着花，
花时比屋事豪奢。
买栽池馆恐无地，看到子孙能几家？
门倚长衢攒绣毂，幄笼轻日护香霞。
歌钟满座争欢赏，肯信流年鬓有华？

鸳　鸯　　罗　邺

江间碧霁净烟波，
锦翅双飞去又过。
一种鸟怜名字好，都缘人恨别离多。
暖依牛渚汀莎媚，夕宿龙池禁漏和。
相对若教秦女见，便须携向凤皇窠。

灯 穆 修

杳杳有时当永恨，依依何处照闲眠？
静临客枕愁寒雨，远逐鱼篷耿暝烟。
纤影乍欹还自立，冷花时结不成圆。
销魂犹忆江楼夜，曾对离觞赋短篇。

雨 陆 游

映空初作茧丝微，
掠地俄成箭镞飞。
纸帐光迟饶晓梦，铜炉香润覆春衣。
池鱼鲅鲅随沟出，梁燕翩翩接翅归。
惟有落花吹不去，数枝红湿自相依。

这种咏物诗差不多等于谜语，题目是谜底，诗是谜面。事实上，做得切题的咏物诗，也确能令人单凭诗的内容猜出题目来。以古人为题的咏古诗，也往往采用这种避题字的方式。有一种文人游戏叫做"诗钟"，其中有一种分咏格，是只有对仗的两句，每句各咏一物或一事，须注意不得犯题。这也是由咏物诗演化而来的。

第二章　古体诗

第一节　古风每句的字数

1.1　古体诗又叫做古风。自从唐代近体诗产生之后，诗人们仍旧不放弃古代的形式，有些诗篇并不依照近体诗的平仄、对仗和语法，却模仿古人那种较少拘束的诗。于是律绝和古风成为对立的两种诗体。古风虽是模仿古诗的东西，然而从各方面看来，唐宋以后的古风毕竟大多数不能和六朝以前的古诗相比，因为诗人们受近体诗的影响既深，做起古风来，总不免潜意识地掺杂着多少近体诗的平仄、对仗或语法；恰像现在许多文人受语体文的影响既深，勉强做起文言文来，至多也只能得一个形似。在本书里，我们先谈近体诗，后谈古体诗，就因为唐宋以后的古体诗确曾受近体诗的影响，非先彻底了解近体诗就没法子了解古风的缘故。

1.2　本节先谈古风每句的字数。我们谈字数论句不论篇，因为古风每篇的字数是没有一定的；若以每句的字数而论，则古风可分为七种：四言；五言；七言；五七杂言；三七杂言；三五七杂言；错综杂言。兹分述如下：

(1)四言。四言的古风可认为模仿《诗经》而作。《文选》里陆机诸人也有四言诗，可见四言诗一向没有断绝过。但是，它在唐人的古体诗中却是非常罕见的。现在只举王维、柳宗元各一篇为例：

酬诸公见过　　　　王　维

、嗟予未丧，哀此孤生。屏居蓝田，薄地躬耕。
岁宴输税，以奉粢盛。晨往东皋，草露未稀。
暮看烟火，负担来归。我闻有客，足埽荆扉。

箪食伊何？䶄瓜抓枣。仰厕群贤，皤然一老。
愧无莞簟，班荆席藁。泛泛登陂，折彼荷花。
静观素鲔，俯映白沙。山鸟群飞，日隐轻霞。
登车上马，倏忽云散。雀噪荒村，鸡鸣空馆。
还复幽独，重欷累叹。

奉平淮夷雅表皇武十有一章(录二)　　柳宗元

皇者其武，于溉于淮。既巾乃车，环蔡具来。
狡众昏嚚，甚毒于酲。狂奔叫呶，以干大刑。
皇咨于度，惟汝一德。旷诛四纪，其徯汝克。
锡汝斧钺，其往视师。师是蔡人，以宥以厘。

(2)五言。五言的古风可认为正统的古体诗，因为《古诗十九首》是五言，六朝的诗大多数也是五言。现在只举李白的《古风》一首为例：

大雅久不作，吾衰竟谁陈？王风委蔓草，战国多荆榛。
龙虎相啖食，兵戈逮狂秦。正声何微茫！哀怨起骚人。
扬马激颓波，开流荡无垠。废兴虽万变，宪章亦已沦。
自从建安来，绮丽不足珍。圣代复元古，垂衣贵清真。
群才属休明，乘运共跃鳞。文质相炳焕，众星罗秋旻。
我志在删述，垂辉映千春。希圣如有立，绝笔于获麟。

(3)七言。七言古诗起源颇晚(参看导言)，而唐宋七言古风的格律又多从近体七言诗演变而来(参看本章第十、十一两节)。李、杜的七言古风较为近似古诗的格律，现在各举一例如下：

江上吟　　李　白

木兰之枻沙棠舟，玉箫金管坐两头。
美酒尊中置千斛，载妓随波任去留。
仙人有待乘黄鹤，海客无心随白鸥。
屈平词赋悬日月，楚王台榭空山丘。

兴酣落笔摇五岳，诗成笑傲凌沧洲。
功名富贵若长在，汉水亦应西北流！

锦树行　　　　杜　甫

今日苦短昨日休，岁云暮矣增离忧。
霜凋碧树待锦树，万壑东逝无停留。
荒戍之城石色古，东郭老人住青丘。
飞书白帝营斗粟，琴瑟几杖柴门幽。
青草萋萋尽枯死，天马跂足随牦牛。
自古圣贤多薄命，奸雄恶少皆封侯，
故国三年一消息，终南渭水寒悠悠。
五陵豪贵反颠倒，乡里小儿狐白裘。
生男堕地要膂力，一生富贵倾邦国。
莫愁父母少黄金，天下风尘儿亦得。

七言古风句首加“君不见”三字作冒头，可认为一种变体，例如：

送王七尉松滋得阳台云　　　　孟浩然

君不见巫山神女作行云，霏红沓翠晓氛氲。
婵娟流入楚王梦，倏忽还随零雨分。
空中飞去复飞来，朝朝暮暮下阳台。
愁君此去为仙尉，便逐行云去不回。

骊山行　　　　韦应物

君不见开元至化垂衣裳，厌坐明堂朝万方。
访道灵山降圣祖，沐浴华池集百祥。
千乘万骑被原野，云霞草木相辉光。
禁仗围山晓霜切，离宫积翠夜漏长。
玉阶寂历朝无事，碧树萎蕤寒更芳。
三清小鸟传仙语，九华真人奉琼浆。
……

(4)五七杂言。五七杂言,七言中杂五言者较多,五言中杂七言者较少。兹分别举例如下:

七言中杂五言

长相思 李　白

美人在时花满堂,美人去后空余床。
床中绣被卷不寝,至今三载犹闻香。
香亦竟不灭,人亦竟不来。
相思黄叶落,白露点苍苔。

自汉阳病酒归寄王明府 李　白

去岁左迁夜郎道,琉璃砚水长枯槁。
今年敕放巫山阳,蛟龙笔翰生辉光。
圣主还听《子虚赋》,相如却与论文章。
愿扫鹦鹉洲,与君醉百场。
啸起白云飞七泽,歌吟渌水动三湘。
莫惜连船沽美酒,千金一掷买春芳。

节妇吟寄东平李司空师道 张　籍

君知妾有夫,赠妾双明珠。
感君缠绵意,系在红罗襦。
妾家高楼连苑起,良人执戟明光里。
知君用心如日月,事夫誓拟同生死。
还君明珠双泪垂,何不相逢未嫁时?

行路难 张　籍

湘东行人长叹息,十年离家归未得。
弊裘羸马苦难行,僮仆饥寒少筋力。
君不见床头黄金尽,壮士无颜色。
龙蟠泥中未有云,不能生彼升天翼。

这里“君不见”三字是五言的冒头。

遥碧轩作呈使君少隐时欲赴召 陈与义

我本山中人，尺一唤起趋埃尘。
君为边城守，作意邀山入窗牖。
朝来爽气如有期，送我凭轩一杯酒。
丈夫已忍猿鹤羞，欲去且复斯须留。
西峰木脱乱鬟拥，东岭烟破修眉浮。
主人爱客山更好，醉里一笑惊蛮州。
丁宁云雨莫作厄，明日青山当送客。

五言中杂七言

江夏行 李 白

忆昔娇小姿，春心亦自持。
为言嫁夫婿，得免长相思。
谁知嫁商贾，令人却愁苦！
自从为夫妻，何曾在乡土？
去年下扬州，相送黄鹤楼。
眼看帆去远，心逐江水流。
只言期一载，谁谓历三秋！
使妾肠欲断，恨君情悠悠。
东家西舍同时发，北去南来不逾月。
未知行李游何方，作个音书能断绝。
适来往南浦，欲问西江船。
正见当垆女，红妆二八年。
一种为人妻，独自多悲凄。
对镜便垂泪，逢人只欲啼。
不如轻薄儿，旦暮长相随。
悔作商人妇，青春长别离。
如今正好同欢乐，君去容华谁得知！

望夫山 陈　造

亭亭碧山椒，依约凝黛立。
何年荡子妇，登此望行役？
君行断音信，妾恨无终极。
坚诚不磨灭，化作山上石。
烟悲复云惨，仿佛见精魄。
野花徒自好，江月为谁白？
亦知江南与江北，红楼无处无倾国。
妾身为石良不惜，君心为石那可得？

(5)三七杂言。三七杂言，乃是七言中稍杂三字句，例如：

行行游且猎篇 李　白

边城儿，生年不读一字书，但将游猎跨轻趫。胡马秋肥宜白草，骑来蹑影何矜骄！金鞭拂雪挥鸣鞘，半酣呼鹰出远郊。弓弯明月不虚发，双鸧迸落连飞髇。海边观者皆辟易，猛气英风振沙碛。儒生不及游侠人，白首下帷复何益！

长相思 李　白

长相思，在长安。络纬秋啼金井阑。微霜凄凄簟色寒。孤灯不明思欲绝，卷帷望月空长叹。美人如花隔云端。上有青冥之长天，下有渌水之波澜。天长路远魂飞苦，梦魂不到关山难。长相思，摧心肝。

前有一樽酒行（其一） 李　白

春风东来忽相过。金樽渌酒生微波。落花纷纷稍觉多。美人欲醉朱颜酡。青轩桃李能几何！流光欺人忽蹉跎。君起舞，日西夕。当年意气不肯平，白发如丝叹何益！

牧童词 张　籍

远牧牛，绕村四面禾黍稠。陂中饥乌啄牛背，令我不得戏垄头。入陂草多牛散行，白犊时向芦中鸣。隔堤吹叶应同伴，还鼓长鞭三四声。牛牛食草莫相触，官家截尔头上角。

白鼍鸣　　张　籍

天欲雨，有东风。南溪白鼍鸣窟中。六月人家井无水，夜闻鼍声人尽起。

山头鹿　　张　籍

山头鹿，角芟芟，尾促促。贫儿多租输不足。夫死未葬儿在狱。早日熬熬蒸野冈，禾黍不收无狱粮。县家唯忧少军食，谁能令尔无死伤？

牧牛儿　　张　耒

牧牛儿，远陂牧。远陂牧牛芳草绿。儿怒掉鞭牛不触。涧边柳古南风清，麦深蔽目田野平。乌犍砺角逐草行。老牸卧噍饥不鸣。犊儿跳梁没草去，隔林应母时一声。老翁念儿自携饷，出门先上岗头望。日斜风雨湿蓑衣，拍手唱歌寻伴归。远村牧牛风日薄，近村牧牛泥水恶。珠玑燕赵儿不知，儿生但知牛背乐。

五禽言（录三）　　周紫芝

云瀼瀼，麦穗黄。婆饼欲焦新麦香。今年麦熟不敢尝。斗量车载倾囷仓。化作三军马上粮。（婆饼焦）

提壶芦，树头劝酒声相呼。劝人沽酒无处沽。太岁何年当在酉，敲门问浆还得酒。田中禾穗处处黄，瓮头新绿家家有。（提壶芦）

山花冥冥山欲雨，杜鹃声酸客无语。客欲去，山边贼营夜鸣鼓。谁言杜宇归去乐？归来处处无城郭。春日暖，春云薄。飞来日落还未落。春山相呼亦不恶。（思归乐）

（6）三五七杂言。三五七杂言以七言为主，杂以五言和三言。自有五言诗以后，奇数字的句子大约被人认为更适合于诗的节奏，所以七言之中往往杂以五言和三言，而不大杂以六言或四言，例如：

白云歌送刘十六归山 李　白

楚山秦山皆白云，白云处处长随君。长随君，君入楚山里。云亦随君渡湘水。湘水上，女萝衣。白云堪卧君早归。

白毫子歌 李　白

淮南小山白毫子，乃在淮南小山里。夜卧松下云，朝餐石中髓。小山连绵向山开，碧峰巉岩绿水回。余配白毫子。独酌流霞杯。拂花弄琴坐青苔。绿萝树下春风来。南窗萧飒松声起，凭崖一听清心耳。可得见，未得亲。八公携手五云去，空余桂树愁杀人。

登高丘而望远 李　白

登高丘，望远海。六鳌骨已霜，三山流安在？扶桑半摧折，白日沉光彩。银台金阙如梦中，秦皇汉武空相待。精卫费木石，鼋鼍无所凭。君不见骊山茂陵尽灰灭，牧羊之子来攀登。盗贼劫宝玉，精灵竟何能！穷兵黩武今如此，鼎湖飞龙安可乘！

中用“君不见”为冒头语。

将进酒 李　白

君不见黄河之水天上来，奔流到海不复回。君不见高堂明镜悲白发，朝如青丝暮成雪。人生得意须尽欢，莫使金樽空对月。天生我材必有用，千金散尽还复来。烹羊宰牛且为乐，会须一饮三百杯。岑夫子，丹丘生，将进酒，君莫停。与君歌一曲，请君为我侧耳听。钟鼎玉帛岂足贵！但愿长醉不愿醒！古来圣贤皆寂寞，惟有饮者留其名。陈王昔时宴平乐，斗酒十千恣欢谑。主人何为言少钱，径须沽酒对君酌。五花马，千金裘，呼儿将出换美酒，与尔同销万古愁。

用两个“君不见”为冒头语。

飞龙引（其一）　　　　李　白

黄帝铸鼎于荆山，炼丹砂。丹砂成黄金，骑龙飞上太清家。云愁海思令人嗟。宫中彩女颜如花。飘然挥手凌紫霞。从风纵体登鸾车。登鸾车，侍轩辕。遨游青天中，其乐不可言。

各东西　　　　张　籍

游人别，一东复一西。出门相背两不返，惟信车轮与马蹄。道路悠悠不知处，山高海阔谁辛苦？远游不定难寄书，日日空寻别时语。浮云上天雨堕地，暂时会合终离异。我今与子非一身，安得死生不相弃！

赋得北府酒　　　　谢　翱

北府酒，吹湿宫城柳。柳枝着地春垂垂，只管人间新别离。离情欲断江水语，女儿连臂歌白纻。淮南神仙来酒坊，甲马猎猎羽林郎。百年风物烟尘苍。老兵对月犹举觞。青帘泪湿女墙下，曾识行军旧司马。

（7）错综杂言。所谓错综杂言，是指诗句的字数变化无端，除了七言、五言或三言之外，还有四言或六言的句子，甚至有达八九字以上者。错综杂言又可细分为两类，分说如下：

（甲）仍以三五七言为主者。此类的格调仍与上面的五七杂言及三五七杂言相近似，例如：

夏冰歌　　　　韦应物

出自玄泉杳杳之深井，汲在朱明赫赫之炎辰。九天含露未销铄，阊阖初开赐贵人。碎如坠琼方截璐，粉壁生寒象筵布。玉壶纨扇亦玲珑，座有丽人色俱素。咫尺炎凉变四时，出门焦灼君讵知？肥羊甘醴心闷闷，饮此莹然何所思？当念阑干凿者苦，腊月深井汗如雨。

飞龙引（其二）　　　　李　白

鼎湖流水清且闲。轩辕去时有弓剑，古人传道留其间。后宫婵娟多花颜，来鸾飞烟亦不远。骑龙攀天造天关。造天关，闻天语。长云河车载玉女。载玉女，过紫皇。紫皇乃赐白兔所捣之药方。后天而老彫三光。下视瑶池见王母，蛾眉萧飒如秋霜。

北风行 李 白

烛龙栖寒门，光曜犹旦开。日月照之何不及此？唯有北风号怒天上来。燕山雪花大如席，片片吹落轩辕台。幽州思妇十二月，停歌笑罢双蛾摧。倚门望行人，念君长城苦寒良可哀。别时提剑救边去，遗此虎纹金鞞靫。中有一双白羽扇，蜘蛛结网生尘埃。箭空在，人今战死不复回。不忍见此物，焚之已成灰。黄河捧土尚可塞，北风雨雪恨难裁。

入奏行赠西山检察使窦侍御 杜 甫

窦侍御，骥之子，凤之雏。年未三十忠义俱。骨鲠绝代无。炯如一段清冰出万壑。置在迎风寒露之玉壶。蔗浆归厨金碗冻，洗涤烦热足以宁君躯。政用疏通合典则，戚联豪贵耽文儒。兵革未息人未苏。天子亦念西南隅。吐蕃凭陵气颇粗。窦氏检察应时须。运粮绳桥壮士喜，斩木火井穷猿呼。八州刺史思一战，三城守边却可图。此行入奏计未小，密奉圣旨恩宜殊。绣衣春当霄汉立，彩服日向庭闱趋。……

茅屋为秋风所破歌 杜 甫

八月秋高风怒号，卷我屋上三重茅。茅飞度江洒江郊。高者挂罥长林梢，下者飘转沉塘坳。南村群童欺我老无力，忍能对面为盗贼。公然抱茅入竹去，唇焦口燥呼不得，归来倚杖自叹息。俄顷风定云墨色，秋天漠漠向昏黑。布衾多年冷似铁，骄儿恶卧踏里裂。床头屋漏无干处，雨脚如麻未断绝。自经丧乱少睡眠，长夜沾湿何由彻！安得广厦千万间，大庇天下寒士俱欢颜，风雨不动安如山！呜呼！何时眼前突兀见此屋？吾庐独破受冻死亦足！

王维吴道子画 苏 轼

何处访吴画？普门与开元。开元有东塔，摩诘留手痕。吾观画品中，莫如二子尊。道子实雄放，浩如海波翻。当其下手风雨快，笔所未到气已吞。亭亭双林间，彩晕扶桑暾。中有至人谈寂灭，悲涕迷者手自扪。蛮君鬼伯千万万，相排竞进头如鼋。摩诘本诗老，佩芷袭芳荪。今观此壁画，亦若其诗清且敦。祇园弟子画鹤骨，心如死灰不复温。门前两丛竹，雪节贯霜根。交柯乱叶动无数，一一皆可寻其源。吴生虽妙绝，犹以画工论。摩诘得之于象外，有如仙翮谢笼樊。吾观二子皆神骏，又于维也敛衽无间言。

（乙）四六八言颇多者。此类很有散文的气息；如果不是用韵，有些部分简直就是散文。假使改为白话，简直就像民国初年所谓新诗，例如：

上云乐　　　　李　白

金天之西，白日所没。康老胡雏，生彼月窟。巉岩容仪，戌削风骨。碧玉炅炅双目瞳，黄金拳拳两鬓红。华盖垂下睫，嵩岳临上唇。不睹诡谲貌，岂知造化神！大道是文康之严父，元气乃文康之老亲。抚顶弄盘古，推车转天轮。云见日月初生时，铸冶火精与水银。阳乌未出谷，顾兔半藏身。女娲戏黄土，团作愚下人。散在六合间，濛濛若沙尘。生死了不尽，谁明此胡是仙真！西海栽若木，东溟植扶桑。别来几多时？枝叶万里长。中国有七圣，半路颓洪荒。陛下应运起，龙飞入咸阳。赤眉立盆子，白水兴汉光。叱咤四海动，洪涛为簸扬。举足踏紫微，天关自开张。老胡感至德，东来进仙倡。五色师子，九苞凤凰。是老胡鸡犬，鸣舞飞帝乡。淋漓飒沓，进退成行。能胡歌，献汉酒。跪双膝，立两肘。散花指天举素手。拜龙颜，献圣寿。北斗戾，南山摧。天子九九八十一，万岁长倾万岁杯。

日出行　　　　李　白

日出东方隈，似从地底来。历天又入海，六龙所舍安在哉？其始与终古不息，人非元气，安得与之久裴徊。草不谢荣于春风，木不怨落于秋天。谁挥鞭策驱四运，万物兴歇皆自然。羲和，羲和！汝奚汩没于荒淫之波？鲁阳何德，驻景挥戈？逆道违天，矫诬实多。吾将囊括大地，浩然与溟涬同科。

蜀道难　　　　李　白

噫吁戏，危乎高哉！蜀道之难，难于上青天。蚕丛及鱼凫，开国何茫然！尔来四万八千岁，不与秦塞通人烟。西当太白有鸟道，可以横绝峨眉巅。地崩山摧壮士死，然后天梯石栈相钩连。上有六龙回日之高标，下有冲波逆折之回川。黄鹤之飞尚不得过，猿猱欲渡愁攀援。青泥何盘盘！百步九折萦岩峦。扪参历井仰胁息，以手抚膺坐长叹。问君西游何时还？畏途巉岩不可攀。但见悲鸟号古木，雄飞雌从绕林间。又闻子规啼夜月，愁空山。蜀道之难，难于上青天。使人听此凋朱颜。连峰去天不盈尺，枯松倒挂倚绝壁。飞湍瀑流争喧豗，砯崖转石万壑雷。其险也如此，嗟尔远道之人胡为乎来哉！剑阁峥嵘而崔嵬，一夫当关，万夫莫开。所守或非亲，化为狼与豺。朝避猛虎，夕避长蛇。磨牙吮血，杀人如麻。锦城虽云乐，不如早还家。蜀道之难，难于上青天。侧身西望长咨嗟！

和关彦远秋风吹我衣　　　　晁补之

海中群鱼化黄雀，林鸟移巢避岁恶。邺王城上秋风惊。昔时城中邺王第，只今蔓草无人行。但见黄河咆哮奔碣石，秋风吹滩起沙砾。翩翩动衣裳，游子悲故乡。忽忆若耶溪头采薪郑巨君。南风溪头晓，北风溪头昏。一行作吏，此事便废。梦中叶落，觉有归意。归欤！归欤！吾党成斐然。君今生二毛，我亦非少年。胡为车如鸡栖邺城里？朝风吹马鬃，莫风吹马尾。与人三岁居，如何连屋似千里？我则不狂，曾谓我狂。不吾知，亦何伤？安能户三尺喙家一吭！人亦有言，人各有志。吞若云梦者八九，长剑耿介倚天外。有如陈仲举，庭宇亦不治。吾今乃知贵不若贱无忧，富不若贫无求。负日之燠吾重裘；芹子之饫吾食牛；心战故臞，得道故肥，吾封侯！匹夫怀璧将谁尤？归欤！归欤！岂无扬雄宅一区？舍前青山木扶疏，舍后流水有菰蒲。今吾不乐日月除，尺则不足寸有余。七十二钻莫能免豫且。无所可用，乃有百岁樗。龚生竟夭天年非吾徒。

1.3　以上由五七杂言至错综杂言，都是所谓长短句（或称长短诗）。我们对于长短句举例特别多；对于五言和七言举例很少。实际上，却是纯粹五言古风最为常见，纯粹七言古风次之，长短句比较罕见。多数的诗人都不大喜欢用长短句作古风，例如王维和孟浩然。本节里多举长短句的例子，因为纯粹五言和纯粹七言都有一定的形式，不必多举例而自明。至于长短句，何处宜长，何处宜短，颇有讲究，所以多举些例子，希望读者悟出若干道理来。大约在篇首用长短句的情形最为常见，篇末次之，中间又次之。至于长句和短句应该怎样衔接，方得气畅，那是修辞上的事，不是本书里所应该讨论的。

第二节　古体诗的用韵（上）——本韵

2.1　古体诗的用韵，仍以用本韵较为常见。本韵的古风在唐人的古体诗中，大约可占过半数。现在分为平韵古风与仄韵古风，依次加以叙述：

（1）平韵古风。平韵的古风，当其押本韵的时候，所依照的韵部和近体诗完全相同。严格的时候可真严格，连险韵也不让它出韵，例如：

空灵山应田叟（用肴韵）　　常　建

湖南无村落，山舍多黄茆。淳朴如太古，其人居鸟巢。
牧童唱巴歌，野老亦献嘲。泊舟问溪口，言语皆哑咬。
土俗不尚农，岂暇论肥硗。莫徭射禽兽，浮客烹鱼鲛。
余亦罘罝人，获麋今尚苞。敬君中国来，愿以充其庖。
日入闻虎斗，空山满咆哮。怀人虽共安，异域终难交。

白水可洗心,采薇可为肴。曳杖背落日,江风鸣梢梢。

答裴丞说归京所献(用佳韵) 韦应物

执事颇勤久,行去亦伤乖。家贫无童仆,吏卒升寝斋。
衣服藏内箧,药草曝前阶。谁复知次第,濩落且安排。
还期在岁晏,何以慰吾怀?

奉先张明府休沐还乡海亭宴集(用佳韵) 孟浩然

自君理畿甸,予亦经江淮。万里书信断,数年云雨乖。
归来休浣日,始得赏心谐。朱绂恩虽重,沧洲趣每怀。
树低新舞阁,山对旧书斋。何以发秋兴?阴虫鸣夜堦。

奉赠张荆州(用咸韵) 王昌龄

祝融之峰紫云衔。翠如何其雪崭嵓。邑西有路缘石壁,
我欲从之卧穹嵌。鱼有心兮脱网罟,江无人兮鸣枫杉。
王君飞舄仍未去,苏耽宅中意遥缄。

游朝阳岩遂登西亭二十韵(用肴韵) 柳宗元

谪弃殊隐沦,登陟非远郊。所怀缓伊郁,讵欲肩夷巢?
高岩瞰清江,幽窟潜神蛟。开旷延阳景,回薄攒林梢。
西亭构其巅,反宇临呀庨。背瞻星辰兴,下见云雨交。
惜非吾乡土,得以荫菁茆。羁贯去江介,世仕尚函崤。
故墅即灃川,数亩均肥硗。台馆葺荒丘,池塘疏沉坳。
会有圭组恋,遂有山林嘲。薄躯尚无庸,琐屑剧斗筲。
囚居固其宜,厚羞久已包。庭除植蓬艾,隟牖悬蟏蛸。
所赖山川客,扁舟枉长梢。挹流敌清觞,掇野代嘉肴。
适道有高言,取乐非弦匏。逍遥屏幽昧,淡薄辞喧呶。
晨鸡不余欺,风雨闻嘐嘐。再期永日闲,提挈移中庖。

如果不是险韵,就更以押本韵为常了,例如:

送陆员外 王 维

郎署有伊人,居然古人风。天子顾河北,诏书除征东。
拜手辞上官,缓步出南宫。九河平原外,七国蓟门中。

阴风悲孤桑，古塞多飞蓬。万里不见虏，萧条胡地空。
无为费中国，更欲邀奇功。迟迟前相送，握手嗟异同。
行当封侯归，肯访商山翁。

纯用东韵，不杂冬韵字。

东京寄万楚　　李　颀

濩落久无用，隐身甘采薇。仍闻薄宦者，还事田家衣。
颍水日夜流，故人相见稀。春山不可望，黄鸟东南飞。
濯足岂长往？一樽聊可依。了然潭上月，适我胸中机。
在昔同门友，如今出处非。优游白虎殿，偃息青琐闱。
且有荐君表，当看携手归。寄书不待面，兰茝空芳菲。

纯用微韵，不杂支齐佳灰韵字。

题鹤林寺　　綦毋潜

道林隐形胜，向背临层霄。松覆山殿冷，花藏谿路遥。
珊瑚宝幡挂，焰焰明灯烧。迟日半空谷，春风连上潮。
少凭水木兴，暂令身心调。愿谢携手客，兹山禅诵饶。

纯用萧韵字，不杂肴豪韵字。

述韦昭应画犀牛　　储光羲

遐方献文犀，万里随南金。大邦柔远人，以之居山林。
食棘无秋冬，绝流无浅深。双角前崭崭，三蹄下骎骎。
朝贤壮其容，未能辨其音。有我衰鸟郎，新邑长鸣琴。
陛阁飞嘉声，丘甸盈仁心。闲居命国工，作绘北堂阴。
眈眈若有神，庶比来仪禽。昔有舞天庭，为君奏龙吟。

纯用侵韵，不杂覃盐咸韵字。

代扶风主人答　　王昌龄

杀气凝不流，风悲日彩寒。浮埃起四远，游子弥不欢。
依然宿扶风，沽酒聊自宽。寸心亦未理，长铗谁能弹？
主人就我饮，对我还慨叹。便泣数行泪，因歌行路难。
十五役边地，三回讨楼兰。连年不解甲，积日无所餐。

将军降匈奴，国使没桑乾。去时三十万，独自还长安。
不信沙场苦，君看刀箭瘢。乡亲悉零落，塚墓亦摧残。
仰攀青松枝，恸绝伤心肝。禽兽悲不去，路傍谁忍看？
幸逢休明代，寰宇静波澜。老马思伏枥，长鸣力已殚。
少年与运会，何事发悲端？天子初封禅，贤良刷羽翰。
三边悉如此，否泰亦须观。

纯用寒韵，不杂删先韵字。

梦太白西峰 常 建

梦寐升九崖，杳霭逢元君。遗我太白峰，寥寥辞垢氛。
结宇在星汉，宴林闭氤氲。檐楹覆余翠，巾舄生片云。
时往溪水间，孤亭昼仍曛。松峰引天影，石濑清霞文。
恬目缓舟趣，霁心投鸟群。春风又摇棹，潭岛花纷纷。

纯用文韵，不杂真元韵字。

入峡寄弟 孟浩然

吾昔与尔辈，读书常闭门。未尝冒湍险，岂顾垂堂言？
自此历江湖，辛勤难具论。往来行旅弊，开凿禹功存。
壁立千峰峻，潨流万壑奔。我来凡几宿，无夕不闻猿。
浦上摇归恋，舟中失梦魂。泪沾明月峡，心断鹡鸰原。
离阔星难聚，秋深露已繁。因君下南楚，书此寄乡园。

纯用元韵，不杂先删韵字。

豫章行 李 白

胡风吹代马，北拥鲁阳关。吴兵照海雪，西讨何时还？
半渡上辽津，黄云惨无颜。老母与子别，呼天野草间。
白马绕旌旗，悲鸣相追攀。白杨秋草苦，早落豫章山。
本为休明人，斩虏素不闲。岂惜战斗死，为君扫凶顽？
精感石没羽，岂云惮险艰？楼船若鲸飞，波荡落星湾。
此曲不可奏，三军鬓成斑！

纯用删韵，不杂寒先韵字。

寄冯著　韦应物

春雷起萌蛰，土壤日已疏。胡能遭盛明，才俊伏里闾？
偃仰遂真性，所求惟斗储。披衣出茅屋，盥漱临清渠。
吾道亦自适，退身保玄虚。幸无职事牵，且览案上书。
亲友各驰骛，谁当访敝庐？思君在何夕？明月照广除。

纯用鱼韵，不杂虞韵字。

宋中遇林虑杨十七山人因而有别　高　适

昔余涉漳水，驱车行邺西。遥见林虑山，苍苍戛天倪。
邂逅逢尔曹，说君彼岩栖。萝径垂野蔓，石房倚云梯。
秋韭何青青！药苗数百畦。栗林隘谷口，栝树森回溪。
耕耘有山田，纺绩有山妻。人生苟如此，何必组与珪？
谁谓远相访，曩情殊不迷！檐前举醇醪，灶下烹双鸡。
朔风忽振荡，昨夜寒螿啼。游子益思归，罢琴伤解携。
出门望原野，白日黯已低。始惊道路难，终念言笑暌。
因声谢岑壑，岁暮一攀跻。

纯用齐韵，不杂支微韵字。

陪章留后惠义寺饯嘉州崔都督赴州　杜　甫

中军待上客，令肃事有恒。前驱入宝地，祖帐飘金绳。
南陌既留欢，兹山亦深登。清闻树杪磬，远谒云端僧。
回策匪新岸，所攀仍旧藤。耳激洞门飙，日存寒谷冰。
出尘闷轨躅，毕景遗炎蒸。永愿坐长夏，将衰栖大乘。
羁旅惜宴会，艰难怀友朋。劳生共几何，离恨兼相仍。

纯用蒸韵，不杂庚青韵字。

桥陵诗三十韵因呈县内诸官　杜　甫

先帝昔晏驾，兹山朝百灵。崇冈拥象设，沃野开天庭。
即事壮重险，论功超五丁。坡陀因厚地，却略罗峻屏。
云阙虚冉冉，风松肃泠泠。石门霜露白，玉殿莓苔青。
宫女晚知曙，祠官朝见星。空梁簇画戟，阴井敲铜瓶。

中使日夜继，惟王心不宁。岂徒恤备享？尚谓求无形。
孝理敦国政，神凝推道经。瑞芝产庙柱，好鸟鸣岩扃。
高岳前嵂崒，洪河左滢濙。金城蓄峻址，沙苑交回汀。
永与奥区固，川原纷眇冥。居然赤县立，台榭争岧亭。
官属果称是，声华真可听。王刘美竹润，裴李春兰馨。
郑氏才振古，啖侯笔不停。遣词必中律，利物常发硎。
绮绣相展转，琳琅愈青荧。侧闻鲁恭化，秉德崔瑗铭。
太史候凫影，王乔随鹤翎。朝仪限霄汉，客思回林坰。
轗轲辞下杜，飘飖陵浊泾。诸生旧短褐，旅泛一浮萍。
荒岁儿女瘦，暮途涕泗零。主人念老马，廨署容秋萤。
流寓理岂惬？穷愁醉未醒。何当摆俗累，浩荡乘沧溟！

纯用青韵，不杂庚蒸韵字。按：此诗平仄似古风，对仗似排律。

读　书　　　　柳宗元

幽沉谢世事，俛默窥唐虞。上下观古今，起伏千万途。
遇欣或自笑，感戚亦以吁。缥帙各舒散，前后互相逾。
瘴疴扰灵府，日与往昔殊。临文乍了了，彻卷兀若无。
竟夕谁与言？但与竹素俱。倦极便倒卧，熟寐乃一苏。
欠伸展肢体，吟咏心自愉。得意适其适，非愿为世儒。
道尽即闭口，萧散损囚拘。巧者为我拙，智者为我愚。
书史足自悦，安用勤与劬？贵尔六尺躯，勿为名所驱！

纯用虞韵，不杂鱼韵字。

(2)仄韵古风。因为近体诗以用平韵为原则，所以凡用仄韵的诗差不多都是古风。第一章第四节里所提及的仄韵律绝都是罕见的例外。仄韵古风如果系用本韵，仍旧是以《唐韵》或《广韵》为标准，并且依照同用的规矩，也就等于以后代的平水韵为标准。兹将上去入三声诸韵列举如下（括弧内系《广韵》的韵目）：

上声

一　董(董)	二　肿(肿)	三　讲(讲)
四　纸(纸旨止)	五　尾(尾)	六　语
七　麌(麌姥)	八　荠(荠)	九　蟹(蟹骇)
十　贿(贿海)	十一轸(轸准)	十二吻(吻隐)
十三阮(阮混很)	十四旱(旱缓)	十五潸(潸产)
十六铣(铣狝)	十七筱(筱小)	十八巧(巧)
十九皓(皓)	二十哿(哿果)	廿一马(马)
廿二养(养荡)	廿三梗(梗耿静)	廿四迥(迥拯等)
廿五有(有厚黝)	廿六寝(寝)	廿七感(感敢)
廿八俭(琰忝俨)	廿九豏(豏槛范)	

去声

一　送(送)	二　宋(宋用)	三　绛(绛)
四　寘(寘至志)	五　未(未)	六　御(御)
七　遇(遇暮)	八　霁(霁祭)	九　泰(泰)
十　卦(卦怪夬)	十一队(队代废)	十二震(震稕)
十三问(问焮)	十四愿(愿慁恨)	十五翰(翰换)
十六谏(谏裥)	十七霰(霰线)	十八啸(啸笑)
十九效(效)	二十号(号)	廿一箇(個过)
廿二祃(祃)	廿三漾(漾宕)	廿四敬(敬诤劲)
廿五径(径证嶝)	廿六宥(宥候幼)	廿七沁(沁)
廿八勘(勘阚)	廿九艳(艳㮇酽)	三十陷(陷鉴梵)

入声

一　屋(屋)	二　沃(沃烛)	三　觉(觉)
四　质(质术栉)	五　物(物迄)	六　月(月没)
七　曷(曷末)	八　黠(黠辖)	九　屑(屑薛)
十　药(药铎)	十一陌(陌麦昔)	十二锡(锡)
十三职(职德)	十四缉(缉)	十五合(合盍)

十六葉（葉怗业）　十七洽（洽狎乏）

仄韵虽然字数较少，但是纯用本韵的情形并不见得怎样少。像下面的一些韵，仍以用本韵为常（字下加·号者特别常见）：

上声

四　纸	八　荠	十一轸
十六铣	十九皓	二十哿
廿一马	廿二养	廿五有
廿六寝		

去声

四　寘	八　霁	十二震
十七霰	二十号	廿一箇
廿二祃	廿三漾	廿六宥
廿七沁		

入声

四　质	六　月	九　屑
十　药	十三职	十四缉

现在就盛唐（偶及中唐）诗人的仄韵古风之纯用本韵者，举例如下：

林园即事寄舍弟紞　　王　维

寓目一萧散，销忧冀俄顷。青草肃澄波，白云移翠岭。
后沔通河渭，前山包鄢郢。松含风里声，花对池中影。
地多齐后癀，人带荆州瘿。徒思赤笔书，宁有丹砂井？
心悲常欲绝，发乱不能整。青簟日何长！闲门昼方静。
颓思茅檐下，弥伤好风景。

纯用梗韵，不杂迥韵字。“郢、瘿、静”皆上声。

送宇文太守赴宣城　　王　维

寥落云外山，迢递舟中赏。铙吹发西江，秋空多山响。
地迥古城芜，月明寒潮广。时赛敬亭神，复解罟师网。

何处寄相思？南风吹五两。

纯用养韵。

寻西山隐者不遇　　丘　为

绝顶一茅茨，直下三十里。扣关无僮仆，窥室唯案几。
若非巾柴车，应是钓秋水。差池不相见，黾勉空仰止。
草色新雨中，松声晚窗里。及兹契幽绝，自足荡心耳。
虽无宾主意，颇得清净理。兴尽方下山，何必待之子？

纯用纸韵，不杂尾荠韵字。

赠轻车　　崔　颢

悠悠远行归，经春涉长道。幽冀桑始青，洛阳蚕欲老。
忆昨戎马地，别时心草草。烽火从北来，边城闭常早。
平生少相遇，未得展怀抱。今日杯酒间，见君交情好。

纯用皓韵，不杂巧筱韵字。“道、抱”皆上声。

游天竺寺　　崔　颢

晨登天竺山，山殿朝阳晓。厓泉争喷薄，江岫相萦绕。
直上孤顶高，平看众峰小。南州十二月，地暖冰雪少。
青翠满寒山，藤萝覆冬沼。花龛瀑布侧，青壁石林杪。
鸣钟集人天，施饭聚猿鸟。洗意归清净，澄心悟空了。
始知世上人，万物一何扰？

纯用筱韵。“绕”字上声。

望鸣皋山白云寄洛阳卢主簿　　李　颀

饮马伊水中，白云鸣皋上。氛氲山绝顶，行子时一望。
照日龙虎姿，攒空冰雪状。蓊嵸殊未已，崚嶒忽相向。
皎皎横绿林，霏霏澹青嶂。远映村更失，孤高鹤来傍。
胜气欣有逢，仙游且难访。故人吏京剧，每事多闲放。
室画峨眉峰，心格洞庭浪。惜哉清兴里，不见予所尚。

纯用漾韵。“访”字去声。

谒张果先生 李　颀

先生谷神者，甲子焉能计！自说轩辕师，于今几千岁。
寓游城郭里，浪迹希夷际。应物云无心，逢时舟不系。
餐霞断火粒，野服兼荷制。白雪净肌肤，青松养身世。
韬精殊豹隐，炼骨同蝉蜕。忽去不知谁，偶来宁有契？
二仪齐寿考，六合随休憩。彭聃犹婴孩，松期且微细。
尝闻穆天子，更忆汉皇帝。亲屈万乘尊，将穷四海裔。
车徒遍草木，锦帛招谈说。八骏空往还，三山转亏蔽。
吾君感至德，玄老欣来诣。受箓金殿开，清斋玉堂闭。
笙歌迎拜首，羽帐崇严卫。禁柳垂香炉，宫花拂仙袂。
祈年宝祚广，致福苍生惠。何必待龙髯，鼎成方取济？

纯用霁韵，不杂至未泰卦队韵字。“说”音“税”，去声。

同王十三维偶然作十首（录二） 储光羲

空山暮雨来，众鸟竟栖息。斯须照夕阳，双双复扶翼。
我念天时好，东田有稼穑。浮云蔽川原，新流集沟洫。
裴回顾衡宇，童仆邀我食。卧览床头书，睡看机中织。
想见明膏煎，中夜起唧唧。

纯用职韵，不杂陌锡韵字。

四邻竞丰屋，我独好卑室。窈窕高台中，时闻抚新瑟。
狂飙动地起，拔木乃非一。相顾始知悲，中心忧且栗。
蚩蚩命子弟，恨不居高秩。日入宾从归，清晨冠盖出。
中庭有奇树，荣早衰复疾。此道犹不知，微言安可述！

纯用质韵，不杂物韵字。

田家杂兴八首（录二） 储光羲

平生养情性，不复计忧乐。去家行卖畚，留滞南阳郭。
秋至黍苗黄，无人可刈获。稚子朝未饭，把竿逐鸟雀。
忽见梁将军，乘车出宛洛。意气轶道路，光辉满墟落。
安知负薪者，咥咥笑轻薄。

纯用药韵。

梧桐荫我门，薜荔网我屋。迢迢两夫妇，朝出暮还宿。
稼穑既自种，牛羊还自牧。日旰懒耕锄，登高望川陆。
空山足禽兽，墟落多乔木。白马谁家儿，联翩相驰逐？

纯用屋韵，不杂沃韵字。

郑县宿陶太公馆中赠冯六元二　　王昌龄

儒有轻王侯，脱略当世务。本家蓝田下，非为渔弋故。
无何困躬耕，且欲驰永路。幽居与君近，出谷同所骛。
昨日辞石门，五年变秋露。云龙未相感，干谒亦已屡。
子为黄绶羁，余忝蓬山顾。京门望西岳，百里见郊树。
飞雨祠上来，霭然关中暮。驱车郑城宿，秉烛论往素。
日月出华阴，开此河渚雾。清光比故人，豁达展心晤。
冯公尚戢翼，元子仍跼步。拂衣易为高，沦迹难有趣。
张范善终始，吾等岂不慕？罢酒当凉风，屈伸备冥数。

纯用遇韵，不杂御韵字。“屡”字去声。

同从弟销南斋玩月忆山阴崔少府　　王昌龄

高卧南斋时，开帷月初吐。清辉淡水木，演漾在窗户。
苒苒几盈虚，澄澄变今古。美人清江畔，是夜越吟苦。
千里其如何？微风吹兰杜。

纯用麌韵，在《广韵》属姥韵，不杂语韵字。“吐、户、杜”皆上声。

送任五之桂林　　王昌龄

楚客醉孤舟，越水将引棹。山为两乡别，月带千里貌。
羁谴同缯纶，幽僻问虎豹。桂林寒色在，苦节知所效。

纯用效韵，不杂啸号韵字。注意：效乃险韵。

昭君墓　　常　建

汉宫岂不死？异域伤独没。万里驮黄金，蛾眉为枯骨。
回车夜出塞，立马皆不发。共恨丹青人，坟上哭明月。

纯用月韵，不杂物屑韵字。

古塞下曲 陶　翰

进军飞狐北，穷寇势将变。日落沙尘昏，背河更一战。
骏马黄金勒，琱弓白羽箭。射杀左贤王，归奏未央殿。
欲言塞下事，天子不召见。东出咸阳门，哀哀泪如霰。

纯用霰韵，不杂愿谏韵字。

晚出伊阙寄河南裴中丞 陶　翰

退无偃息资，进无当代策。冉冉时将暮，坐为周南客。
前登关塞门，永眺伊城陌。长川黯已空，千里寒气白。
家本渭水西，异日同所适。秉志师禽尚，微言祖《庄》《易》。
一辞林壑间，共系风尘役。交朋忽先进，天道何纷剧！
岂念嘉遁时，依依偶沮溺！

纯用陌韵，不杂锡职韵字。

仙游寺 李　华

舍事入樵径，云木深谷口。万壑移晦明，千峰转前后。
嶷然龙潭上，石势若奔走。开拆秋天光，崩腾夏雷吼。
灵溪自兹去，纡直互纷纠。听声静复喧，望色无更有。
冥冥翠微下，高殿映杉柳。滴滴洞穴中，悬泉响相扣。
昔时秦王女，羽化年代久。日暮松风来，箫声生左右。
早窥神仙箓，愿结芝术友。安得羡门方，青囊系吾肘？

纯用有韵。“后、纠、扣、右”皆上声。

秋宵月下有怀 孟浩然

秋空明月悬，光彩露沾湿。惊鹊栖未定，飞萤卷帘入。
庭槐寒影疏，邻杵夜声急。佳期旷何许？望望空伫立！

纯用缉韵，不杂合葉洽韵字。

送辛大之鄂渚不及 孟浩然

送君不相见，日暮独愁绪。江上空裴回，天边迷处所。
郡邑经樊邓，山河入嵩汝。蒲轮去渐遥，石径徒延伫。

纯用语韵，不杂麌韵字。“绪伫”皆上声。

宴包二融宅　孟浩然

闲居枕清洛，左右接大野。门庭无杂宾，车辙多长者。
是时方盛夏，风物自潇洒。五日休沐归，相携竹林下。
开襟成欢趣，对酒不能罢。烟暝栖鸟迷，余将归白社。

纯用马韵。“社”字上声。“下”字亦上声，俗云“下”字用为动词读上声，用为方位词则读去声，唐以前无此分别。“罢”字本属蟹韵，唐人又读入马韵，上声。

宿业师山房期丁大不至　孟浩然

夕阳度西岭，群壑倏已暝。松月生夜凉，风泉满清听。
樵人归欲尽，烟鸟栖初定。之子期宿来，孤琴候萝径。

纯用径韵，不杂敬韵字。

岁暮海上作　孟浩然

仲尼既云没，余亦浮于海。昏见斗柄回，方知岁星改。
虚舟任所适，垂钓非有待。为问乘槎人，沧洲复谁在？

纯用贿韵，在《广韵》属海韵。“待、在”皆上声。

早发渔浦潭　孟浩然

东旭早光芒，渚禽已惊聒。卧闻渔浦口，桡声暗相拨。
日出气象分，始知江湖阔。美人常晏起，照影弄流沫。
饮水畏惊猿，祭鱼时见獭。舟行自无闷，况值晴景豁。

纯用曷韵，不杂月屑黠韵字。“獭”字有曷、黠两读。

古　风（录二）　李　白

太白何苍苍！星辰上森列。去天三百里，邈尔与世绝。
中有绿发翁，披云卧松雪。不笑亦不语，冥栖在岩穴。
我来逢真人，长跪问宝诀。粲然启玉齿，授以炼药说。
铭骨传其语，竦身已电灭。仰望不可及，苍然五情热。
吾将营丹砂，永与世人别。

纯用屑韵，不杂月黠韵字。

秋露白如玉，团团下庭绿。我行忽见之，寒早悲岁促。

人生鸟过目,胡乃自结束。景公一何愚!牛山泪相续!
物苦不知足,得陇又望蜀。人心若波澜,世路有屈曲。
三万六千日,夜夜当秉烛。

纯用沃韵,在《广韵》属烛韵,不杂屋韵字。“目”字在出句末字,可认为不入韵;亦可认为因系出句而通融,用邻韵。

狄明府 杜 甫

梁公曾孙我姨弟,不见十年官济济。大贤之后竟陵迟,
浩荡古今同一体。比看叔伯四十人,有才无命百寮底。
今者兄弟一百人,几人卓绝秉周礼?在汝更用文章为,
长兄白眉复天启。汝门请从曾翁说,太后当朝多巧诋。
狄公执政在末年,浊河终不污清济。国嗣初将付诸武,
公独廷诤守丹陛。禁中决册请房陵,前朝长老皆流涕。
太宗社稷一朝正,汉官威仪重昭洗。时危始识不世才,
谁谓荼苦甘如荠。汝曹又宜列土食,身使门户多旌棨。
胡为漂泊岷汉间,干谒王侯颇历抵?况乃山高水有波,
秋风萧萧露泥泥!虎之饥下巉岩,蛟之横出清泚。
早归来!黄土泥衣眼易眯!

纯用荠韵,不杂纸尾韵字。“济、陛、涕”皆上声。泥泥,亦作“苨苨”,读上声。

和州送钱侍御 刘禹锡

五彩绣衣裳,当年正相称。春风旧关路,归去真多兴。
兰陔行可采,莲府犹回瞪。杨家绀幰迎,谢守瑶华赠。
御街草泛滟,台柏烟含凝。曾是平生游,无因理归乘。

纯用证韵,不杂敬径韵字。今诗韵以证韵并入径韵,误。“凝”字在这里读去声。“称、乘”依字义本当读去声。

2.2 由上面所举诸例看来,已经足够证明仄韵古风纯用本韵的情形并不比平韵为少。尤其是仄韵字数较少,能不出韵,更是难得。譬如上面所举的王昌龄《送任五之桂林》、孟浩然《宿业师山

房》、刘禹锡《和州送钱侍御》,所用的效韵、径韵和证韵都是险韵(径证韵的平声青蒸是窄韵,径证韵字比平声更少,所以是险韵),孟浩然《送辛大》和李白《古风》所用的语韵和沃韵都是窄韵,险的和窄的都不轻易出韵,其余可想而知。又有些地方,连同用都不屑用,而完全依照唐韵的韵部,例如王昌龄《同从弟销南斋玩月》用姥韵,不与虞同用;孟浩然《岁暮海上作》用海韵,不与贿同用;李白《古风》用烛韵,不与沃同用。这虽也许是出于偶然,但是撮口与合口不同用,合口与开口不同用,也可以见得诗人们非常注意声韵的谐和了。

第三节　古体诗的用韵(中)——通韵

3.1　古风之用本韵,显然是规规矩矩地依照韵书。至于用韵的古风,并不纯然因为取其韵宽,少受拘束,可能地还有一种仿古的心理。古韵和唐韵不同,这是语音的实际演变;唐朝的诗人不明此理,以为古今的韵部是一样的,于是误会古人某字与某字押韵为邻韵通押,而他们也想模仿古人用起通韵来。如果真的是这种心理,他们是于古于今都无是处。例如他们看见《诗经》里"人"字和"田"字押韵,因而猜想古人的真韵和先韵完全相通,于是把随便一个真韵的字(包括《广韵》真谆臻三韵)和随便一个先韵的字(包括《广韵》先仙两韵)押起韵来,他们并不知道有些字依古韵却是不相通的,例如"人、钱"与"迁",一个在古韵真部,一个在古韵寒部,又一个在古韵文部,就不能相通了。我们不敢断定每一个诗人都是这样的心理,但是,古体诗通韵的风气一定是由此而起,因为近体诗里用韵是那样严格,古风里却容许有通韵,若不是以古人的先例为护符,决不能避免人家的批评。然而事实上这是谬误的仿古。如果通韵为的是少受拘束,自然无可非议,如果为的是在用韵上模仿古人,那真是多此一举了。

【附注】杜甫《彭衙行》叶"艰、山、颜、还、闻、嗔、餐、攀、寒、间、椽、烟、关、云、门、魂、干、餐、昆、欢、肝、患、前”。仇兆鳌《杜诗详注》引毛奇龄《韵学指要》曰:“古韵无明注,惟宋吴棫、郑庠各有古韵通转注本,惜当时但行棫说,而不行庠说,致韵学大晦。考郑氏《古音辩》,分古韵六部,东、冬、江、阳、庚、青、蒸七韵皆协阳音,支、微、齐、佳、灰五韵皆协支音,真、文、元、寒、删、先六韵皆协先音,鱼、虞、歌、麻四韵皆协虞音,萧、肴、豪、尤四韵皆协尤音,侵、覃、盐、咸四韵皆协覃音。其书出吴氏《韵补》后,按之古音,已得十之九,所略不足者,鱼虞歌麻与萧肴豪尤尚分两部耳。”仇兆鳌曰:“按毛氏此书实足破沈韵之拘隘。阅少陵《彭衙行》,合六韵于一篇,唐人尚知古韵也。”力按:毛氏之说是错误的。他不懂古韵,杜甫也不懂古韵,只是此诗用韵很宽,仿佛杜甫想要仿古罢了。

3.2 所谓通韵,指的是邻韵相通。因此,咱们如果要知道唐人通韵的规矩,就先得知道某韵和某韵被他们认为相邻。就唐人通韵的情形归纳起来,平上去入四声的韵大致可分为十五部,如下:

1. 歌部:平声歌　　上声哿　　去声箇

2. 麻部:平声麻　　上声马　　去声祃

歌麻在六朝相通,故唐人偶然也用歌麻通韵。

3. 鱼部:a. 平声鱼　　上声语　　去声御
　　　　b. 平声虞　　上声麌　　去声遇

鱼虞通韵最为常见,上去声通韵倒反较少。

4. 支部:a. 平声支　　上声纸　　去声寘
　　　　b. 平声微　　上声尾　　去声未

平声支微极少通韵,上去声因字较少,故通韵处较多。

5. 齐部:平声齐　　上声荠　　去声霁

齐韵偶然与微佳灰通,但绝对不与支韵通。

6. 佳部:a. 平声佳　　上声蟹　　去声卦
　　　　b. 平声灰　　上声贿　　去声泰队

去声泰队音最相近，诗人以此二韵通用为常。

7. 萧部：a. 平声萧　上声筱　去声啸

b. 平声肴　上声巧　去声效

c. 平声豪　上声皓　去声号

此部以肴韵为枢纽：肴萧、肴豪相通较为常见；萧豪相通甚为罕见。上去声准此。

8. 尤部：平声尤　上声有　去声宥

此部上去声偶然与萧部相通。

9. 阳部：平声阳　上声养　去声漾　入声药

10. 庚部：a. 平声庚　上声梗　去声敬　入声陌

b. 平声青　上声迥　去声径　入声锡

此部平声相通的情形较少，上去声相通较多，入声陌锡通韵更多。陌韵独用罕见，锡韵独用几乎没有。

11. 蒸部：平声蒸　上声(拯)　去声(证)　入声职

此部平声很少与庚部通韵，入声与庚部入声通韵的情形也不多，有时倒反和东部入声相通。上去声因为韵字太少，颇难观察出通韵的情形来。

12. 东部：a. 平声东　上声董　去声送　入声屋

b. 平声冬　上声肿　去声宋　入声沃

c. 平声江　上声讲　去声绛　入声觉

东冬通韵最为常见，上去入准此。江韵偶然与东冬通，中唐以前未见与阳韵通。中唐以后，也极少与阳韵通用。觉韵则偶然与药同用。

13. 真部：a. 平声真　上声轸　去声震　入声质

b. 平声文　上声吻　去声问　入声物

c. 平声元　上声阮　去声愿　入声月

d. 平声先　上声铣　去声霰　入声屑

e. 平声删　上声潸　去声谏　入声黠

f. 平声寒　上声旱　去声翰　入声曷

此部六韵的相互关系并不一律。大抵真与文近,文与元近,元与先近,先与删近,删与寒近。寒删与真文最远,不可通韵;除非五六个韵同用,才算互相关连而可通。上去声准此。入声质与物通,物与月通,月与屑通,而月屑通韵最为常见。黠韵字少,与曷屑通;而月屑偶然也与曷通。

14. 侵部:平声侵　上声寝　去声沁　入声缉

此部独用。

15. 咸部:a. 平声覃　上声感　去声勘　入声合

b. 平声咸　上声豏　去声陷　入声洽

c. 平声盐　上声琰　去声艳　入声葉

此部以咸韵为枢纽:咸覃咸盐相通较为常见,覃盐相通甚为罕见。上去入声准此。

3.3 近体诗首句用邻韵的时候,也是大致依照这一个标准(参看第一章第五节)。除此之外,无论近体诗或古风,都不能随便通韵,尤其是应该注意下面的几点:

(甲)绝对不能相通者:

1. 庚蒸部不与真部通(宋人此三部入声偶然相通);
2. 真部不与侵咸部通(宋人此三部入声偶然相通);
3. 侵咸部不与庚蒸部通;
4. 入声韵不与平上去韵通。

(乙)依盛唐的规矩不能相通,而晚唐以后偶有例外者:

1. 支韵不与齐韵通;
2. 阳药不与江觉通。

3.4 古风的通韵,可以细别为三种:偶然出韵;主从通韵;等立通韵。如果三个韵以上相通,则可以兼有两三种性质,例如等立通韵之中更有一个韵脚是偶然出韵的。这些分别当然不能太严格,只是取其便于陈说罢了。

3.4.1. 两韵相通。

（一）偶然出韵。所谓偶然出韵，是全篇用某韵，只有一个韵脚是出韵的。这样，作者并非有意通韵，只因它既然是古风，不妨偶然从权而已。例如（出韵的字下加·号）：

1. 月中杂物

白龙窟泛舟寄天台学道者　常建

夕映翠山深，余晖在龙窟。扁舟沧浪意，澹澹花影没。
西浮入天色，南望对云阙。因忆莓苔峰，初阳濯玄发。
泉萝两幽映，松鹤间清越。碧海莹子神，玉膏泽人骨。
忽然为枯木，微兴遂如兀。应寂中有天，明心外无物。
环回从所泛，夜静犹不歇。澹然意无限，身与波上月。

2. 沃中杂屋

初春汉中漾舟　孟浩然

羊公岘山下，神女汉皋曲。雪罢冰复开，春潭千丈绿。
轻舟恣来往，探玩无厌足。波影摇妓钗，沙光逐人目。
倾杯鱼鸟醉，联句莺花续。良会难再逢，日入须秉烛。

3. 敬中杂径

早　发　杜　甫

有求常百虑，斯文亦吾病。以兹朋故多，穷老驱驰并。
早行篙师怠，席挂风不正。昔人戒垂堂，今则奚奔命？
涛翻黑蛟跃，日出黄雾映。烦促瘴岂侵，颓倚睡未醒。
仆夫问盥栉，暮颜腼青镜。随意簪葛巾，仰惭林花盛。
侧闻夜来寇，幸喜囊中净。艰危作远客，干请伤直性。
薇蕨饿首阳，粟马资历聘。贱子欲适从，疑误此二柄。

4. 支中杂微

望幸亭　储光羲

五年一巡狩，西幸过东畿。周国易居守，周人多怨思。
君王敷惠政，程作贵从时。大厦非一木，沉沉临九逵。

庆云宿飞栋，嘉树罗青墀。疏屏宜朝享，方塘堪水嬉。
云中仰华盖，桁下望春旗。天意知如此，星言归洛师。

5. 寘中杂未

送朱大出关 陶 翰

楚客西上书，十年不得意。平生相知者，晚节心各异。
长揖五侯门，拂衣谢中贵。丈夫多别离，各有四方事。
拔剑因高歌，萧萧北风至。故人有斗酒，是夜共君醉。
努力强加餐，当年莫相弃。

6. 啸中杂效

观江淮名胜图 王昌龄

刻意吟云山，尤知隐沦妙。远公何为者，再诣临海峤？
而我高其风，披图得遗照。援毫无逃境，遂展千里眺。
淡扫荆门烟，明标赤城烧。青葱林间岭，隐见淮海徼。
但指香炉顶，无闻白猿啸。沙门既云灭，独往岂殊调？
感对怀拂衣，胡宁事渔钓！安期始遗舄，千古谢荣耀。
投迹庶可齐，沧浪有孤棹。

（二）主从通韵。以甲韵为主，掺杂着少数的乙韵字的，可以称为主从通韵。普通总是较宽的韵为主，较窄的韵为从，例如（从韵以·号为记）：

1. 虞主鱼从

采莲词 储光羲

浅渚荇花繁，深潭菱叶疏。独往方自得，耻邀淇上姝。
广江无术阡，大泽绝方隅。浪中海童语，流下鲛人居。
春雁时隐舟，新萍复满湖。采采垂日暮，不思贤与愚。

观范阳递俘 储光羲

北河旄星殒，鬼方狝林胡。群师舞弓矢，电发归燕墟。
皇皇轩辕君，赞赞皋陶谟。方思壮军实，远近递生俘。
车马践大逵，合沓成深渠。牧人过橐驼，校正引驹骍。

烈风朝送寒，云雪霾天隅。草木同一色，谁能辨荣枯？
四履封元戎，百金酬勇夫。大邦武功爵，固与炎皇殊。

草堂 杜甫

昔我去草堂，蛮夷塞成都。今我归草堂，成都适无虞。
请陈初乱时，反复乃须臾。大将赴朝廷，群小起异图。
中宵斩白马，盟歃气已粗。西取邛南兵，北断剑阁隅。
布衣数十人，亦拥千城居。其势不两大，始闻蕃汉殊。
西卒却倒戈，贼臣互相诛。焉知肘腋祸，自及枭獍徒！
义士皆痛愤，纪纲乱相逾。一国实三公，万人欲为鱼。
唱和作威福，孰肯辨无辜？眼前列杻械，背后吹笙竽。
谈笑行杀戮，溅血满长衢。到今用钺地，风雨闻号呼。
鬼妾与鬼马，色悲充尔娱。国家法令在，此又足惊吁。
贱子且奔走，三年望东吴。弧矢暗江海，难为游五湖。
不忍竟舍此，复来薙榛芜。入门四松在，步屧万竹疏。
旧犬喜我归，低徊入衣裾。邻舍喜我归，酤酒携胡芦。
大官喜我来，遣骑问所须。城郭喜我来，宾客隘村墟。
天下尚未宁，健儿胜腐儒。飘飖风尘际，何地置老夫？
于时见疣赘，骨髓幸未枯。饮啄愧残生，食薇不敢余。

2. 寅主未从

缑氏尉沈兴宗置酒南溪留赠 王昌龄

林色与溪古，深篁引幽翠。山尊在渔舟，棹月情已醉。
始穷清源口，壑绝人境异。春泉滴空崖，萌草拆阴地。
久之风榛寂，远闻樵声至。海雁时独飞，永然沧洲意。
古时青冥客，灭迹沦一尉。吾子踌躇心，岂其纷埃事！
缑峰信所克，济北余乃遂。齐物可任今，息肩理犹未。
卷舒形性表，脱略贤哲议。乘月期角巾，饭僧嵩阳寺。

3. 庚主青从

哥舒大夫颂德 储光羲

天纪启真命，君生臣亦生。乃知赤帝子，复有苍龙精。
神武建皇极，文昌开将星。超超渭滨器，落落山西名。
画阃入受脤，凿门出扞城。戎人昧正朔，我有轩辕兵。
陇路起丰镐，关云随旆旌。河湟训兵甲，义勇方横行。
韩魏多锐士，蹶张在幕庭。大非四决轧，石堡高峥嵘。
攻伐若振槁，孰云非神明？嘉谋即天意，骤胜由师贞。
枯草被西陆，烈风昏太清。戢戈旄头落，牧马昆仑平。
宾从俨冠盖，封山纪天声。来朝芙蓉阙，鸣玉飘华缨。
直道济时宪，天邦遂轻刑。抗书报知己，松柏亦以荣。
嘉命列上第，德辉照天京。在车持简墨，粲粲皆词英。
顾我抢榆者，莫能翔青冥。游燕非骐骥，踯躅思长鸣。

4. 遇主御从

夕次偿石湖 刘长卿

天涯望不尽，日暮悲独去。万里云海空，孤帆向何处？
寄身烟波里，颇得湖山趣。江气和楚云，秋声乱枫树。
如何异乡县，日复怀亲故！遥与洛阳人，相逢梦中路。
不堪明月里，更值清秋暮！倚棹对沧浪，归心共谁语？

5. 皓主巧从

赠李白 杜　甫

二年客东都，所历厌机巧。野人对膻腥，蔬食常不饱？
岂无青精饭，使我颜色好？苦无大药资，山林迹如埽。
李侯金闺彦，脱身事幽讨。亦有梁宋游，方期拾瑶草。

6. 梗主迥从

渼陂西南台 杜　甫

高台面苍陂，六月风日冷。蒹葭离披去，天水相与永。
怀新目似击，接要心已领。仿像识鲛人，空濛辨鱼艇。
错磨终南翠，颠倒白阁影。崷崒增光辉，乘陵惜俄顷。

劳生愧严郑，外物慕张邴。世复轻骅骝，我甘杂蛙黾。
知归俗可忽，取适事莫并。身退岂待官？老来苦便静。
况资菱芡足，庶结茅茨迥。从此具扁舟，弥年逐清景。

7. 陌主锡从

发同谷县　　杜　甫

贤有不黔突，圣有不暖席。况我饥愚人，焉能尚安宅？
始来兹山中，休驾喜地僻。奈何迫物累，一岁四行役！
忡忡去绝境，杳杳更远适。停骖龙潭云，回首白崖石。
临岐别数子，握手泪再滴。交情无旧深，穷老多惨戚。
平生懒拙意，偶值栖遁迹。去住与愿违，仰惭林间翮。

8. 东主冬从

沈千运旧居　　张　籍

汝北君子宅，我来见颓墉。乱离子孙尽，地属邻里翁。
土木被丘墟，溪路不连通。旧井蔓草合，牛羊坠其中。
君辞天子书，放意任体躬。一生不自力，家与逆旅同。
高议切星辰，余声激喑聋。方将旌旧闾，百世可封崇。
嗟其未积年，已为荒林丛。时岂无知音？不能崇此风。
浩荡竟无睹，我将安所从？

9. 陌主职从

拾得古砚　　姚　合

僻性爱古物，终岁求不获。昨朝得古砚，黄河滩之侧。
念此黄河中，应有昔人宅。宅亦作流水，斯砚未变易。
波澜所激触，背面生罅隙。质状朴且丑，今人作不得。
捧持且惊叹，不敢施笔墨。或恐先圣人，尝用修六籍。
置之洁净室，一日三磨拭。大喜豪贵嫌，久长得保惜。

10. 质主屑从

忆昔二首(录一)　　杜　甫

忆昔开元全盛日，小邑犹藏万家室。

稻米流脂粟米白，公私仓廪俱丰实。
九州道路无豺虎，远行不劳吉日出。
齐纨鲁缟车班班，男耕女桑不相失。
宫中圣人奏云门，天下朋友皆胶漆。
百余年间未灾变，叔孙礼乐萧何律。
岂闻一绢直万钱，有田种谷今流血！
洛阳宫殿烧焚尽，宗庙新除狐兔穴。
伤心不忍问耆旧，复恐初从乱离说。
小臣鲁钝无所能，朝廷记识蒙禄秩。
周宣中兴望我皇，洒血江汉身衰疾。

这种用韵，也许有人认为转韵：前六韵用质韵，中三韵转屑韵，末二韵再回到质韵上来。但是，恐怕作者实际上并没有这种打算。不过，这样至少相连的两个韵脚是同韵的字，总比较显得谐和些。

（三）等立通韵。所谓等立通韵，并不一定是两韵的字数完全相等，只是说它们大致相等；宽韵的字往往比窄韵的字稍为多些，例如：

1. 鱼虞同用（鱼韵以·为记）

田家杂兴（其二） **储光羲**

众人耻贫贱，相与尚膏腴。我情既浩荡，所乐在畋渔。
山泽时晦暝，归家暂闲居。满园植葵藿，绕屋树桑榆。
禽雀知我闲，翔集依我庐。所愿在优游，州县莫相呼。
日与南山老，兀然倾一壶。

2. 语麌同用（语韵以·为号）

田家杂兴（其一） **储光羲**

春至鸧鹒鸣，薄言向田墅。不能自力作，黾勉娶邻女。
既念生子孙，方思广田圃。闲时相顾笑，喜悦好禾黍。
夜夜登啸台，南望洞庭渚。百草被霜露，秋山响砧杵。
却羡故年时，中情无所取。

3. 皓有同用(皓韵以·为记)

拟古诗 韦应物

绮楼何氛氲！朝日正杲杲。四壁含清风,丹霞射其牖。
玉颜上哀啭,绝耳非世有。但感离恨情,不知谁家妇。
孤云忽无色,边马为回首。曲绝碧天高,余声散秋草。
徘徊帷中意,独夜不堪守。思逐朔风翔,一去千里道。

4. 震问同用(震韵以·为记)

留别二三子 萧颖士

二纪尚雌伏,徒然忝先进。英英尔众贤,名实郁双振。
残春惜将别,清洛行不近。相与爱后时,无令孤逸韵。

“近”字在这里读去声。

5. 阮铣同用(阮韵以·为记)

戏赠张五弟諲 王 维

吾弟东山时,心尚一何远！日高犹自卧,钟动始能饭。
领上发未梳,床头书不卷。清川兴悠悠,空林对偃蹇。
青苔石上净,细草松下软。窗外鸟声闲,阶前虎心善。
徒然万象多,澹尔太虚缅。一知与物平,自顾为人浅。
对君忽自得,浮念不烦遣。

“饭、善、遣”在这里都读上声;“蹇”字有阮、铣两读。

秋次霸亭寄申大 储光羲

橘柚植寒陵,芙蓉蒂修坂。无言不得意,得意何由展？
况复行且徒,而君往犹蹇。既伤人事近,复言天道远。
薄暮入空亭,中夜不能饭。南听鸿雁尽,西见招摇转。
千门汉主宫,百里周王苑。杲杲初景出,油油鲜云卷。
会朝幸岁正,校猎从新狝。念君久京国,双涕如露泫。
无人荐子云,太息竟谁辨！

“饭、苑、辨”皆上声。

6. 泰队同用(泰韵以·为记)

奉和圣制送不蒙都护 王 维

上卿增命服,都护扬归旆。杂虏尽朝周,诸胡皆自郐。
鸣笳瀚海曲,按节阳关外。落日下河源,寒山静秋塞。
万方氛祲息,六合乾坤大。无战是天心,天心同覆载。

宿灞上寄侍御玙弟 王昌龄

独饮灞上亭,寒山青门外。长云骤落日,桑枣寂已晦。
古人驱驰者,宿此凡几代?佐邑由东南,岂不知进退?
吾宗秉全璞,楚得璆林最。茅山就一征,柏署起三载。
道契非物理,神交无留碍。知我沧溟心,脱略腐儒辈。
孟冬銮舆出,阳谷群臣会。半夜驰道喧,五侯拥轩盖。
是时燕齐客,献术蓬瀛内。甚悦我皇心,得与王母对。
贱臣欲干谒,稽首期殒碎。哲弟感我情,问《易》穷否泰。
良马尚足踠,宝刀光未淬。昨闻羽书飞,兵气连朔塞。
诸将多失律,庙堂始追悔。安能召书生,愿得论要害?
戎夷非草木,侵逐使狼狈。虽有屠城功,亦有降虏辈,
兵粮如山积,恩泽如雨霈。羸卒不可兴,碛地无足爱。
若用匹夫策,坐令军围溃。不费黄金资,宁求白璧赉?
明主忧既远,边事亦可大。荷宠务推诚,离言深慷慨。
霜摇直指草,烛引明光珮。公论日夕阻,朝廷蹉跎会。
孤城海门月,万里流光带。不应百尺松,空老钟山霭。

按:泰队同用,恐系唐人通例,与其他通韵情形不同。否则王维应制诗不应通韵若此。

7. 泰卦同用(泰以·为记)

越中逢天台太乙子 孟浩然

仙穴逢羽人,停舻向前拜。问余涉风水,何处远行迈?
登陆寻天台,顺流下吴会。兹山夙所尚,安得问灵怪!
上逼青天高,俯临沧海大。鸡鸣见日出,常睹仙人旆。

往来赤城中，逍遥白云外。莓苔异人间，瀑布当空界。
福庭长自然，华顶旧称最。永此从之游，何当济所届！

8. 月曷同用（月韵以·为记）

鹿头山　　杜　甫

鹿头何亭亭！是日慰饥渴。连山西南断，俯见千里豁。
游子出京华，剑门不可越。及兹险阻尽，始喜原野阔。
殊方昔三分，霸气曾间发。天下今一家，云端失双阙。
悠悠想扬马，继起名硉兀。有文令人伤，何处埋尔骨？
纡余脂膏地，惨澹豪侠窟。仗钺非老臣，宣风岂专达！
冀公柱石姿，论道邦国活。斯人亦何幸！公镇逾岁月。

9. 月屑同用（月韵以·为记）

秋登兰山寄张五　　孟浩然

北山白云里，隐者自怡悦。相望试登高，心飞逐鸟灭。
愁因薄暮起，兴是清秋发。时见归村人，沙行渡头歇。
天边树若荠，江畔舟如月。何当载酒来，共醉重阳节！

3.4.2. 三韵以上相通。三韵以上相通，不再分类；读者依照上面两韵相通的分类，自可决定它们应该属于哪一类。例如：

1. 陌锡职通韵（锡以。为号，职以·为号，陌无号）

两当县吴十侍御江上宅　　杜　甫

寒城朝烟澹，山谷落叶赤。阴风千里来，吹汝江上宅。
鹍鸡号枉渚，日色傍阡陌。借问持斧翁，几年长沙客？
哀哀失木狖，矫矫避弓翮。亦知故乡乐，未敢思夙昔。
昔在凤翔都，共通金闺籍。天子犹蒙尘，东郊暗长戟。
兵家忌间谍，此辈常接迹。台中领举劾，君必慎剖析。
不忍杀无辜，所以分白黑。上官权许与，失意见迁斥。
仲尼甘旅人，向子识损益。朝廷非不知，闭口休叹息。
余时忝诤臣，丹陛实咫尺。相看受狼狈，至死难塞责。
行迈心多违，出门无与适。于公负明义，惆怅头更白。

2. 屋沃职通韵(沃以。为号,职以·为号,屋无号)

客 堂 杜 甫

忆昨离少城,而今异楚蜀。舍舟复深山,窅窕一林麓。
栖泊云安县,消中内相毒。旧疾甘载来,衰年得无足。
死为殊方鬼,头白免短促。老马终望云,南雁意在北。
别家长儿女,欲起惭筋力。客堂序节改,具物对羁束。
石暄蕨芽紫,渚秀芦笋绿。巴莺纷未稀,徼麦早向熟。
悠悠日动江,漠漠春辞木。台郎选才俊,自顾亦已极。
前辈声名人,埋没何所得?居然绾章绂,受性本幽独。
平生憩息地,必种数竿竹。事业只浊醪,营葺但草屋。
上公有记者,累奏资薄禄。主忧岂济时?身远弥旷职。
循文庙算正,献可天衢直。尚想趋朝廷,毫发裨社稷。
形骸今若是,进退委行色。

注意:职可与陌锡通,又可与屋沃通,但陌锡决不能与屋沃通。又如此诗职韵字至少连用两个,然后谐和。

3. 月曷屑通韵(月以·为号,曷以。为号,屑无号)

石梁湖有寄 刘长卿

故人千里道,沧波一年别。夜上明月楼,相思楚天阔。
潇潇清秋暮,袅袅凉风发。湖色淡不梳,沙鸥远还灭。
烟波日已远,音问日已绝。岁晏空含情,江皋绿芳歇。

4. 齐佳灰通韵(齐以。为号,佳以·为号,灰无号)

杂 体 韦应物

同声自相应,体质不必齐。谁知贾人铎,能使大乐谐!
铿锵发宫徵,和乐变其哀。人神既昭享,凤鸟亦下来。
岂非至贱物?一奏升天阶。物情苟有合,莫问玉与泥。

夏日叹 杜 甫

夏日出东北,陵天经中街。朱光彻厚地,郁蒸何由开?
上苍久无雷,无乃号令乖。雨降不濡物,良田起黄埃。

飞鸟苦热死，池鱼涸其泥。万人尚流冗，举目唯蒿莱。
至今大河北，化作虎与豺。浩荡想幽蓟，王师安在哉！
对食不能餐，我心殊未谐。眇然贞观初，难与数子偕。

5. 元寒删先通韵（元以◦为号，寒以·为号，删以△为号，先无号）

义鹘行　　　杜　甫

阴崖有苍鹰，养子黑柏颠。白蛇登其巢，吞噬恣朝餐。
雄飞远求食，雌者鸣辛酸。力强不可制，黄口无半存。
其父从西归，翻身入长烟。斯须领健鹘，痛愤寄所宣。
斗上捩孤影，噭哮来九天。修鳞脱远枝，巨颡坼老拳。
高空得蹭蹬，短草辞蜿蜒。折尾能一掉，饱肠皆已穿。
生虽灭众雏，死亦垂千年。物情有报复，快意贵目前。
兹实鸷鸟最，急难心炯然。功成失所往，用舍何其贤！
近经潏水湄，此事樵夫传。飘萧觉素发，凛欲冲儒冠。
人生许与分，只在顾盼间。聊为《义鹘行》，用激壮士肝。

6. 质物月屑通韵（物用◦号，月用·号，屑用△号，质无号）

留花门　　　杜　甫

北门天骄子，饱肉气勇决。高秋马肥健，挟矢射汉月。
自古以为患，诗人厌薄伐。修德使其来，羁縻固不绝。
胡为倾国至，出入暗金阙！中原有驱除，隐忍用此物。
公主歌黄鹄，君王指白日。连云屯左辅，百里见积雪。
长戟鸟休飞，哀笳曙幽咽。田家最恐惧，麦倒桑枝折。
沙苑临清渭，泉香草丰洁。渡河不用船，千骑常撇烈。
胡尘逾太行，杂种抵京室。花门既须留，原野转萧瑟。

7. 质物月曷黠屑通韵（◦质；*物；·月；△曷；=黠；屑无号）

自京赴奉先县咏怀　　　杜　甫

杜陵有布衣，老大意转拙。许身一何愚，窃比稷与契！
居然成濩落，白首甘契阔。盖棺事则已，此志常觊豁。

穷年忧黎元，叹息肠内热。取笑同学翁，浩歌弥激烈。
非无江海志，萧洒送日月。生逢尧舜君，不忍便永诀。
当今廊庙具，构厦岂云缺？葵藿倾太阳，物性固莫夺。
顾惟蝼蚁辈，但自求其穴。胡为慕大鲸，辄拟偃溟渤。
以兹悟生理，独耻事干谒。兀兀遂至今，忍为尘埃没？
终愧巢与由，未能易其节。沉饮聊自适，放歌颇愁绝。
岁暮百草零，疾风高冈裂。天衢阴峥嵘，客子中夜发。
霜严衣带断，指直不得结。凌晨过骊山，御榻在嵽嵲。
蚩尤塞寒空，蹴踏崖谷滑。瑶池气郁律，羽林相摩戛。
君臣留欢娱，乐动殷樛嶱。赐浴皆长缨，与宴非短褐。
彤庭所分帛，本自寒女出。鞭挞其夫家，聚敛贡城阙。
圣人筐篚恩，实欲邦国活。臣如忽至理，君岂弃此物？
多士盈朝廷，仁者宜战栗。况闻内金盘，尽在卫霍室。
中堂舞神仙，烟雾散玉质。暖客貂鼠裘，悲管逐清瑟。
劝客驼蹄羹，霜橙压香橘。朱门酒肉臭，路有冻死骨。
荣枯咫尺异，惆怅难再述。北辕就泾渭，官渡又改辙。
群冰从西下，极目高崒兀。疑是崆峒来，恐触天柱折。
河梁幸未坼，枝撑声窸窣。行旅相攀援，川广不可越。
老妻寄异县，十口隔风雪。谁能久不顾？庶往共饥渴。
入门闻号咷，幼子饥已卒。吾宁舍一哀？里巷亦呜咽！
所愧为人父，无食致夭折。岂知秋未登，贫窭有仓卒！
生常免租税，名不隶征伐。抚迹犹酸辛，平人固骚屑。
默思失业徒，因念远戍卒。忧端齐终南，澒洞不可掇！

8. 真文元寒删先通韵（◦真；＊文；·元；△寒；＝先；删无号）

彭衙行 杜 甫

忆昔避贼初，北走历险艰。夜深彭衙道，月照白水山。
尽室久徒步，逢人多厚颜。参差谷鸟吟，不见游子还。

痴女饥咬我，啼畏虎狼闻。怀中掩其口，反侧声愈嗔。
小儿强解事，故索苦李餐。一旬半雷雨，泥泞相牵攀。
既无御雨备，径滑衣又寒。有时经契阔，竟日数里间。
野果充糇粮，卑枝成屋椽。早行石上水，暮宿天边烟。
少留周家洼，欲出芦子关。故人有孙宰，高义薄层云。
延客已曛黑，张灯启重门。暖汤濯我足，剪纸招我魂。
从此出妻孥，相视涕阑干。众雏烂漫睡，唤起沾盘餐。
誓将与夫子，永结为弟昆。遂空所坐堂，安居奉我欢。
谁肯艰难际，豁达露心肝！别来岁月周，胡羯仍构患。
何当有翅翎，飞去堕尔前！

3.5　总而言之，歌麻阳侵药缉诸韵几乎可说绝对不与别的韵相通，而相通的范围最广者，当推真文元寒删先六韵，及质物月曷黠屑六韵。依杜诗而论，凡以 n 收尾的字都可互相通押，以 t 收尾的也可互相通押。这些规矩，直到宋诗里也没有什么两样。

3.6　这里我们附带谈一谈上去通押。在四声当中，上声韵和去声韵字数最少，因此，诗人们偶然把上声字和去声字通押。又因这两个声调的字本来有点儿流动不居，有些字本有上、去两读，有些去声字被人们念入上声，有些上声字被人们念入去声，尤其是全浊音的上声大约在晚唐（或更早）已经混入了去声，所以更容易造成上去通押的情形。但是，这种情形在盛唐以前几乎没有，直到中晚唐以后才比较多些，例如（上声以·为记）：

比屋皆可封，谁家不相庆？林疏远村出，野旷寒山静。帝城云里深，渭水天边映。（王维《奉和圣制登降圣观》）

《广韵》“静”字无去声，平水韵“静”字有去声，待考。

吏呼一何怒，妇啼一何苦！听妇前致词，三男邺城戍。（杜甫《石壕吏》）

鸳鸯瓦冷霜华重，翡翠衾寒谁与共？悠悠生死别经年，魂魄不曾来入梦。（白居易《长恨歌》）

归来池苑皆依旧，太液芙蓉未央柳。（同上）

明年十月东都破，御路犹存禄山过。驱令供顿不敢藏，万姓无声泪潜堕。（元稹《连昌宫词》）

彭门十万皆雄勇，首戴公恩若山重。廷评日下握灵蛇，书记眼前吞彩凤。（李商隐《偶成》）

尽说青云路，有足皆可至……玉京十二楼，峨峨倚青翠。下有千朱门，何门荐孤士？（孟郊《长安旅情》）

尔去东南夜，我无西北梦。谁言贫别易，贫别愁更重。晓色夺明月，征人逐群动。秋风楚涛高，旅榜将谁共？（孟郊《送从弟郢东归》）

山头松柏半无主，地下白骨多于土，寒食家家送纸钱，乌鸢作窠衔上树。（张籍《北邙行》）

翠华西去几时返？枭巢乳鸟藏蛰燕。御门空锁五十年，税彼农夫修王殿。（张籍《洛阳行》）

夜雨冈头食榛子，杜鹃口血老夫泪。蓝溪之水厌生人，身死千年恨溪水。（李贺《老夫采玉歌》）

斜山柏风雨如啸，泉脚挂绳青袅袅。村寒白屋白娇婴，古台石磴悬肠草。（同上）

啸皓通韵，上去通押。

桐英永巷骑新马，内屋深屏生色画。开门烂用水衡钱，卷起黄河向身泻。（李贺《秦宫诗》）

“画”属卦韵，“马、卦”通韵，上去通押。

月落大堤上，女垣栖乌起。细露湿团红，寒香解夜醉。（李贺《石城晓》）

壮士臂立绿绦鹰，佳人袍画金泥凤。椽烛那知夜漏残，银貂不管晨霜重。一梢红破海棠回，数蕊香新早梅动。酒徒诗社朝莫忙，日月匆匆迭宾送。（陆游《怀成都》）

水边小丘因古城，上有巨竹数百个。一径蛇蟠不容脚，平处乃可十客坐。袅袅共看风枝舞，蔌蔌时听春箨堕。古佛不妆香火冷，瘦僧如腊袈裟破。（陆游《城西接待院后竹下作》）

3.7　有些字虽有上、去两读，然而意义不同，例如"重"，上声，轻重也，形容词；去声，更为也，副词。"树"，去声，树木也，名词；上声，建树也，动词。"泻"，上声，倾泻也；去声，吐泻也。由此看来，上面的"重、树、泻"等字仍应认为上去通押。有些字是全浊音的上声，如"士、重、动、坐、堕"之类，大约在中晚唐以后，口语里已读入去声（像现代官话一样），所以依韵书虽当认为上去通押，若依口语却是纯粹的用去声韵。剩下来只有杜甫的以"苦"韵"戍"，白居易的以"旧"韵"柳"，张籍的以"返"韵"燕"、以"土"韵"树"，李贺的以"啸"韵"袅"、以"马"韵"画"、以"起"韵"醉"，是真正的上去通押了。

第四节　古体诗的用韵（下）——转韵

4.1　转韵，在《诗经》里就有了，又如《古诗十九首》里的一首（凡转韵处用·号为记，下仿此）：

行行重行行，与君生别离。相去万余里，各在天一涯。
道路阻且长，会面安可知？胡马依北风，越鸟巢南枝。
相去日已远，衣带日已缓。浮云蔽白日，游子不顾返。
思君令人老，岁月忽已晚。弃捐勿复道，努力加餐饭。

4.2　唐诗的转韵，可大别为两种：第一种是随便换韵，像古诗一样；第二种是在换韵的距离上和韵脚的声调上都有讲究，这样，虽名为古风，其实已经是一种新的形式了。前者可称为仿古的古风;后者可称为新式的古风。

先说随便换韵的一种。这种古风如果是五言,又如果平仄多数不近律句,就非常像古诗,例如:

隐 士　　孟 郊

本来一相返,漂浮不还真。山野多馁士,市井无饥人。
虎豹忌当道,麋鹿知藏身。奈何贪兢者,日与患害亲!
颜貌岁岁改,利心朝朝新。孰知富生祸?取富不取贫!
宝玉忌出璞,出璞先为尘。松柏忌出山,出山先为薪。
君子隐石壁,道书为我邻。寝兴思其义,澹泊味始真。
陶公自放归,尚平去有依。草木择地生,禽鸟顺便飞。
青青与冥冥,所保各不违。

如果是七言,若非句句用韵,就不很像古诗;而且在平仄上,它们大多数近似律句,更和古诗的格调相差甚远(参看本章第七节)。只有长短句的格调较为近古,而且长短句大多数是转韵的,例如:

梦游天姥吟留别　　李 白

海客谈瀛洲,烟涛微茫信难求。越人语天姥,云霓明灭或可睹。天姥连天向天横,势拔五岳掩赤城。天台四万八千丈,对此欲倒东南倾。我欲因之梦吴越,一夜飞度镜湖月。湖月照我影,送我至剡溪。谢公宿处今尚在,渌水荡漾清猿啼。脚著谢公屐,身登青云梯。半壁见海日,空中闻天鸡。千岩万壑路不定,迷花倚石忽已暝。熊咆龙吟殷岩泉,栗深林兮惊层巅。云青青兮欲雨,水澹澹兮生烟。列缺霹雳,丘峦崩摧。洞天石扇,訇然中开。青冥浩荡不见底,日月照耀金银台。霓为衣兮风为马,云之君兮纷纷而来下。虎鼓瑟兮鸾回车,仙之人兮列如麻。忽魂悸以魄动,恍惊起而长嗟。惟觉时之枕席,失向来之烟霞。世间行乐亦如此,古来万事东流水。别君去兮何时还?且放白鹿青崖间。须行即骑访名山。安能摧眉折腰事权贵,使我不得开心颜!

4.3　上面两例，就换韵的距离而论，可以说是随意的，没有一定的。但是，有时候在没有一定的情形之下，也颇有有意造成的局面，例如在起头或煞尾的地方，只用同韵的两个韵脚。前者可称为促起式；后者可称为促收式。

促起式。例如上面所举李白的《梦游天姥》，起头共用两个短韵（尤麌），然后渐渐用长韵。也有只用一个短韵起头的，例如：

潼关吏　　杜　甫

士卒何草草！筑城潼关道。大城铁不如，小城万丈余。
借问潼关吏，修关还备胡。要我下马行，为我指山隅。
连云列战格，飞鸟不能逾。胡来但自守，岂复忧西都？
丈人视要处，窄狭容单车。艰难奋长戟，万古用一夫。
哀哉桃林战，百万化为鱼。请嘱防关将，慎勿学哥舒。

但是，促起式的作用并没有促收式的作用那样显明。据诗论家说，促收易于遒劲。促收式常见于七言古风里，例如：

乾元中寓居同谷县作歌七首（其一）　　杜　甫

有客有客字子美，白头乱发垂过耳。
岁拾橡栗随狙公，天寒日暮山谷里。
中原无书归不得，手脚冻皴皮肉死。
呜呼一歌兮歌已哀，悲风为我从天来！

渼陂行　　杜　甫

岑参兄弟皆好奇，携我远来游渼陂。
天地黤惨忽异色，波涛万顷堆琉璃。
琉璃汗漫泛舟入，事殊兴极忧思集。
鼍作鲸吞不复知，恶风白浪何嗟及！
主人锦帆相为开，舟子喜甚无尘埃。
凫鹥散乱棹讴发，丝管啁啾空翠来。
沉竿续蔓深莫测，菱叶荷花静如拭。
宛如中流渤澥清，下归无极终南黑。

半陂已南纯浸山，动影袅窕冲融间。
船舷暝戛云际寺，水面月出蓝田关。
此时骊龙亦吐珠，冯夷击鼓群龙趋。
湘妃汉女出歌舞，金支翠旗光有无。
咫尺但愁雷雨至，苍茫不晓神灵意。
少壮几时奈老何，向来哀乐何其多！

末用寘歌两短韵作收。

天育骠骑歌 杜 甫

吾闻天子之马走千里，今之画图无乃是。
是何意态雄且杰，骏尾萧梢朔风起。
毛为绿缥两耳黄，眼有紫焰双瞳方。
矫然龙性合变化，卓立天骨森开张。
伊昔太仆张景顺，监牧攻驹阅清峻。
遂令大奴守天育，别养骥子怜神骏。
当时四十万匹马，张公叹其材尽下。
故独写真传世人，见之座右久更新。
年多物化空形影，呜呼健步无由骋。
如今岂无騕褭与骅骝，时无王良伯乐死即休。

末用马真梗尤四个短韵，最后两句为九字句，更显得有力。

4.4 由促起式和促收式，顺便谈到以用短韵为主的古风。像下面岑参的一首诗，就是属于这一类的：

轮台歌奉送封大夫出师西征

轮台城头夜吹角，轮台城北旄头落。
羽书昨夜过渠犁，单于已在金山西。
戍楼西望烟尘黑，汉兵屯在轮台北。
上将拥旄西出征，平明吹笛大军行。
四边伐鼓雪海涌，三军大呼阴山动。
虏塞兵气连云屯，战场白骨缠草根。

剑河风急雪片阔，沙边石冻马蹄脱。
亚相勤王甘苦辛，誓将报主静边尘。
古来青史谁不见？今见功名胜古人。

这一首诗每两句换一韵，直到篇末，才用四句一韵，因为不能一直促到底，必须衍为四句，以舒其气。这虽是技巧上的问题，但因它影响及于用韵的形式，所以稍为提及。

4.5　仿古的古风和新式的古风之间没有截然的鸿沟。但是典型的新式古风须具备三个条件：平仄多数入律；四句一换韵；平仄韵递用。关于第一点，等到下文第七节再谈。大致说来，如果合于后两个条件的古风，多数是合于第一个条件的。但是，有些古风虽然四句一换韵，却非平仄韵递用；另有些古风虽然平仄韵递用，却非四句一换韵。这些就是介乎仿古的古风和新式的古风之间的。

下面是一些四句一换韵然而并非全篇平仄韵递用的例子：

妾薄命　　　　李　白

汉帝宠阿娇，贮之黄金屋。咳唾落九天，随风生珠玉。
宠极爱还歇，妒深情却疏。长门一步地，不肯暂回车。
雨落不上天，覆水难再收。君情与妾意，各自东西流。
昔日芙蓉花，今成断肠草。以色事他人，能得几时好？

四句一换韵，共用屋鱼尤皓四韵，鱼尤以平换平。

石壕吏　　　　杜　甫

暮投石壕村，有吏夜捉人。老翁逾墙走，老妇出门看。
吏呼一何怒，妇啼一何苦！听妇前致词：三男邺城戍。
一男附书至，二男新战死。存者且偷生，死者长已矣。
室中更无人，惟有乳下孙。有孙母未去，出入无完裙。
老妪力虽衰，请从吏夜归。急应河阳役，犹得备晨炊。
夜久语声绝，如闻泣幽咽。天明登前途，独与老翁别。

四句一换韵，共用真麌纸元支屑六韵，麌纸以仄换仄，元支以平换平。

平城下 李　贺

饥寒平城下，夜夜守明月。别剑无玉花，海风断鬓发。
塞长连白空，遥见汉旗红。青帐吹短笛，烟雾湿昼龙。
日晚在城上，依稀望城下。风吹枯蓬起，城中嘶瘦马。
借问筑城吏，去关几千里！惟愁裹尸归，不惜倒戈死。

四句一换韵，共用月东马纸四韵，马纸以仄换仄。

驾去温泉后赠杨山人 李　白

少年落魄楚汉间，风尘萧瑟多苦颜。
自言管葛竟谁许？长吁莫错还闭关。
一朝君王垂拂拭，剖心输丹雪胸臆。
忽蒙白日回景光，直上青云生羽翼。
幸陪鸾辇出鸿都，身骑飞龙天马驹。
王公大人借颜色，金章紫绶来相趋。
当时结交何纷纷！片言道合惟有君。
待吾尽节报明主，然后相携卧白云。

四句一换韵，共用删职虞文四韵，虞文以平换平。

下面是一些平仄韵递用然而并非全篇四句一换韵的例子：

湖中旅泊寄阎九司户防 孟浩然

桂水通百越，扁舟期晓发。荆云蔽三巴，夕望不见家。
襄王梦行雨，才子谪长沙。长沙饶瘴疠，胡为苦留滞？
久别思款颜，承欢怀接袂。接袂杳无由，徒增旅泊愁。
清猿不可听，沿月下湘流。

共用月麻霁尤四韵，月韵仅两句。

拟古诗（其一） 韦应物

辞君远行迈，饮此长恨端。已谓道里远，如何中险艰。
流水赴大壑，孤云还暮山。无情尚有归，行子何独难！
驱车背乡园，朔风卷行迹。严冬霜断肌，日入不遑息。

忧欢容发变，寒暑人事易。中心君讵知？冰玉徒贞白！

共用寒陌两韵，各八句。

魏将军歌　　杜　甫

将军昔著从事衫，铁马驰突从两衔。披坚执锐略西极，
昆仑月窟东崭岩。君门羽林万猛士，恶若哮虎子所监。
五年起家列霜戟，一日过海收风帆。平生流辈徒蠢蠢，
长安少年气欲尽。魏侯骨耸精爽紧，华岳峰尖见秋隼。
星躔宝校金盘陀，夜骑天驷超天河。欃枪荧惑不敢动，
翠蕤云旓相荡摩。吾为子起歌都护，酒阑插剑肝胆露。
钩陈苍苍风玄武，万岁千秋奉明主，临江节士安足数？

共用咸轸歌遇四韵，篇末可认为平仄通押。咸韵八句，轸韵四句，歌韵四句，遇韵五句。

4.6　现在谈到新式的古风。在未举例以前，我们想先说明五古和七古的重要分别。五古上有所承，汉魏六朝的古诗差不多都是五言，所以唐人相率仿古；七古上无所承（参看上文导言），所以唐人除了柏梁体之外（参看下节），只好自辟蹊径。所谓自辟蹊径，不外两种办法：第一种是依照五古的声律，只在每句上面添上两个音，这样它的格调自古，李白和杜甫都喜欢这样做。第二种是依照律诗的格律。他们喜欢平仄入律，因为这样才近似律诗；他们喜欢四句一换韵，因为这样就等于把几首近体绝句集合成为一首；他们喜欢平仄韵递用，因为这和句中的平仄相间是一贯的道理。王维喜欢这样做；盛唐和中晚唐的诗人们都喜欢跟着王维这样做。

因为上述的道理，所以若就七古而论，新式的古风占了绝对的优势。再就盛唐的诗看来，新式的古风也只限于七古，五言只有仿古的一格，没有纯粹新式的一格。这因为五七古的来源不同，所以它们分道扬镳，在风格上也产生了根本上的差异。

4.7　然而新式的古风并非盛唐才有的，齐梁及初唐已开其端，这因为五言律诗本来在齐梁就有了胚胎（例如上文第四节所举

庾信的《奉和山池》，七言在未变为七律以前，已经先变了新式的古诗了，例如：

燕歌行 梁元帝

燕朝佳人本自多，辽东少妇学春歌。
黄龙戍北花如锦，元菟城南月似蛾。
如何此时别夫婿，金羁翠眊往交河！
还闻入汉去燕营，怨妾愁心百恨生。
漫漫悠悠天未晓，遥遥夜夜听寒更。
自从异县同心别，偏恨同时成异节。
横波满脸万行啼，翠眉暂敛千重结。
并海连天合不开，那堪春日上春台。
乍见远舟如落叶，复看遥舸似行杯。
沙汀夜鹤啸羁雌，妾心无趣坐伤离。
翻嗟汉使音尘断，空伤贱妾燕南陲。

这诗虽不是全篇四句一换韵，但只有第一段是六句，其余各段都是四句；虽然第一、二两段和最后两段是以平换平，但其余各韵都是平仄递用。第一段极似三韵小律，其余各段都像今体绝句。又如：

长安古意 卢照邻

长安大道连狭斜，青牛白马七香车。
玉辇纵横过主第，金鞭络绎向侯家。
龙衔宝盖承朝日，凤吐流苏带晚霞。
百丈游丝争绕树，一群娇鸟共啼花。
游蜂戏蝶千门侧，碧树银台万种色。
复道交窗作合欢，双阙连甍垂凤翼。
梁家画阁天中起，汉帝金茎云外直。
楼前相望不相知，陌上相逢讵相识？
借问吹箫向紫烟，曾经学舞度芳年。

得成比目何辞死？愿作鸳鸯不羡仙。
比目鸳鸯真可羡，双来双去君不见。
生憎帐额绣孤鸾，好取门帘帖双燕。
双燕双飞绕画梁，罗帏翠被郁金香。
片片行云著蝉鬓，纤纤初月上鸦黄。
鸦黄粉白车中出，含娇含态情非一。
妖童宝马铁连钱，倡妇盘龙金屈膝。
御史府中乌夜啼，廷尉门前雀欲栖。
隐隐朱城临玉道，遥遥翠幰没金堤。
挟弹飞鹰杜陵北，探丸借客渭桥西。
俱邀侠客芙蓉剑，共宿倡家桃李蹊。
倡家日暮紫罗裙，清歌一啭口氤氲。
北堂夜夜人如月，南陌朝朝骑似云。
南陌北堂连北里，五剧三条控三市。
弱柳青槐拂地垂，佳气红尘暗天起。
汉代金吾千骑来，翡翠屠苏鹦鹉杯。
罗襦宝带为君解，燕歌赵舞为君开。
别有豪华称将相，转日回天不相让。
意气由来排灌夫，专权判不容萧相。
专权意气本豪雄，青虬紫燕坐生风。
自言歌舞长千载，自谓骄奢凌五公。
节物风光不相待，桑田碧海须臾改。
昔时金阶白玉堂，即今惟见青松在。
寂寂寥寥杨子居，年年岁岁一床书。
独有南山桂花发，飞来飞去袭人裾。

这诗共用麻职先霰阳质齐文纸灰漾东贿鱼十四个韵，麻职齐各八句，恰是四句的一倍，其余各用四句。除齐文以平换平外，其余都是平仄韵递用。麻齐像平韵七律，职像仄韵七律，其余都像近体绝句。这样,它和盛唐以后的新式古风极为相近。多数诗论家都认为这是七古的正调;至于李、杜的七古却是摆脱齐梁和初唐的作风,而欲直追汉晋的。

4.8 中唐以前,七古极少一韵到底的(柏梁体当然是例外),只有杜甫的七古有些是一韵到底。直到韩愈以后,一韵到底的七古才渐渐盛行。这样,就中唐以前的七古而论,转韵的七古才是最普通的一种。这也和仿古与否极有关系:仿古的七言诗应该是一韵到底的,因为汉魏六朝的古诗大多数是一韵到底的;新式的七古应该是转韵的,律诗不转韵,七古可藉转韵与律诗有分别,否则平仄既多入律,就和七律或七言排律相混了。

下面诸例,完全合于四句一换韵而且平仄韵递用的规矩:

夷门歌 王 维

七国雄雌犹未分,攻城杀将何纷纷!
秦兵益围邯郸急,魏王不救平原君。
公子为嬴停驷马,执辔愈恭意愈下。
亥为屠肆鼓刀人,嬴乃夷门抱关者。
非但慷慨献奇谋,意气兼将身命酬。
向风刎颈送公子,七十老翁何所求?

欲之新乡答崔颢綦毋潜 李 颀

数年作吏家屡空,谁道黑头成老翁。
男儿在世无产业,行子出门如转蓬。
吾属交欢此何夕?南家捣衣动归客。
铜炉将炙相欢饮,星宿纵横露华白。
寒风卷叶度滹沱,飞雪布地悲峨峨。
孤城日落见栖鸟,马上时闻渔者歌。
明朝东路把君手,腊日辞君期岁首。
自知寂寞无去思,敢望县人致牛酒?

古大梁行　　高　适

古城莽苍饶荆榛，驱马荒城愁杀人。
魏王宫观尽禾黍，信陵宾客随灰尘。
忆昨雄都旧朝市，轩车照耀歌钟起。
军容带甲三十万，国步连营一千里。
全盛须臾那可论？高台曲池无复存。
遗墟但有狐狸迹，古地空余草木根。
莫天摇落伤怀抱，抚剑悲歌对秋草。
侠客犹传朱亥名，行人尚识夷门道。
白璧黄金万户侯，宝刀骏马填山丘。
年代凄凉不可问，往来唯见水东流。

送费子归武昌　　岑　参

汉阳归客悲秋草，旅舍叶飞愁不扫。
秋来倍忆武昌鱼，梦著只在巴陵道。
曾随上将过祁连，离家十年恒在边。
剑峰可惜虚用尽，马蹄无事今已穿。
知君开馆常爱客，樗蒲百金每一掷。
平生有钱将与人，江上故园空四壁。
吾观费子毛骨奇，广眉大口仍赤髭。
看君失路尚如此，人生贵贱那得知？
高秋八月归南楚，东门一壶聊出祖。
路指凤凰山北云，衣沾鹦鹉洲边雨。
勿叹蹉跎白发新，应须守道勿羞贫。
男儿何必恋妻子？莫向江村老却人！

七夕词　　崔　颢

长安城中月如练，家家此夜持针线。
仙裙玉佩空自知，天上人间不相见。
长信深阴夜转幽，玉阶金阁数萤流。

班姬此夕愁无限，河汉三更看女牛。

客舍喜郑三见寄 刘长卿

客舍逢君未授衣，闭门愁见桃花飞。
遥想故园今已尔，家人应念行人归。
寂寞垂杨映深曲，长安日莫灵台宿。
穷巷无人鸟雀闲，空庭新雨莓苔绿。
此中分与故交疏，何幸仍回长者车！
十年未称平生意，好得辛勤谩读书。

4.9 但是，这些诗里还有少数句子的平仄不能完全入律（关于古风之入律，参看本章第九节）。至于像下面的几首，就完全入律了，于是就变为好像两个以上的近体绝句合成的诗了：

故人张諲工诗善卜易兼能丹青 王 维

不逐城东游侠儿，隐囊纱帽坐弹棋。
蜀中夫子时开卦，洛下书生解咏诗。
药栏花径衡门里，时复据梧聊隐几。
屏风误点惑孙郎，团扇草书轻内史。
故园高枕度三春，永日垂帷绝四邻。
自想蔡邕今已老，更将书籍与何人？

古从军行 李 颀

白日登山望烽火，黄昏饮马傍交河。
行人刁斗风沙暗，公主琵琶幽怨多。
野云万里无城郭，雨雪纷纷连大漠。
胡雁哀鸣夜夜飞，胡儿眼泪双双落。
闻道玉门犹被遮，应将性命逐轻车。
年年战骨埋荒外，空见蒲桃入汉家。

和卢明府送郑十三还京 孟浩然

昔时风景登临地，今日衣冠送别筵。
醉坐自倾彭泽酒，思归长望白云天。

洞庭一叶惊秋早，濩落空嗟滞江岛。
寄语朝廷当世人，何时重见长安道？

卢龙塞行送韦掌记　　钱　起

雨雪纷纷黑山外，行人共指卢龙塞。
万里飞沙咽鼓鼙，三军杀气凝旌旆。
陈琳书记本翩翩，料敌张兵夺酒泉。
圣主好文兼好武，封侯莫比汉皇年。

送郢三落第还乡　　钱　起

郢客文章绝世稀，常嗟时命与心违。
十年失路谁知己？千里思亲独远归。
云帆春水将何适？日爱东南莫山碧。
关中新月对离樽，江上残花待归客。
名宦无媒自古迟，穷途此别不堪悲。
荷衣垂钓且安命，金马招贤会有时。

送客还江东　　韩　翃

还家不落春风后，数日应沽越人酒。
池畔花深斗鸭栏，桥边雨洗藏鸦柳。
遥怜内舍著新衣，复向邻家醉落晖。
把手闲歌香橘下，空山一望鹧鸪飞。

4.10　上文说过，盛唐新式的古风只限于七古；至于五古，直到中唐以后才有纯粹新式的，而且数量很少。这里所谓纯粹新式，是包括平仄入律而言，因为如果专就四句一换韵及平仄韵递用而言，盛唐已经有了，例如王维的《赠祖三咏》（或云孟浩然作），孟浩然的《采樵行》《送魏郡李太守赴任》，丘为的《泛若耶溪》等。关于纯粹新式的五古，现在只能举出中唐的一个例子：

送吉中孚归楚州旧山　　卢　纶

青袍芸阁郎，谈笑揖侯王。旧录藏云穴，新诗满帝乡。
名高闲不得，到处人争识。谁知冰雪颜，已杂风尘色！

此去复如何?东皋歧路多。藉茅临紫陌,回首忆沧波。
年来倦萧索,但说淮南乐。并楫湖中游,连樯月下泊。
沿溜入阊门,千灯夜市喧。喜逢邻舍伴,遥语问乡园。
下淮风自急,树杪分郊邑。送客随岸行,离人出飙立。
渔村绕水田,澹浦隔晴烟。欲就林中静,先期石上眠。
林昏天未曙,且向云边去。暗入无路山,心知有花处。
登高日转明,下望见春城。洞里草空长,冢边人自耕。
寥寥行异境,过尽千峰影。露色凝古坛,泉声落寒井。
仙成不可期,多别自堪悲。为问桃源客,何人见乱时?

全诗共四十四句,只有“送客随岸行”“暗入无路山”“露色凝古坛”三句不入律。这三句的平仄是着意造成的,因为这样才和下面的“平平仄平仄”恰恰相对。除此之外,虽还稍有拗救,都是律诗里所容许的。

4.11 汉魏六朝的转韵诗也有四句一换韵或平仄韵递用的例子,然而那是偶然的,不像唐人是着意的。前者因为是偶然的,所以不整齐;后者因为是着意的,所以很整齐。

4.12 转韵的古风应该共用几个韵?这是没有一定的。齐梁以前的古诗往往只转一次韵,因为它们往往超过了四句才换韵;齐梁以后,因为喜欢四句一换韵,甚至两句一换韵,韵的数目就多了,最多的可达二三十个韵,例如白居易的《长恨歌》。

4.13 总之,转韵诗在唐以前很少,唐以后却盛行;唐以后,五言转韵也颇少,七言及杂言转韵最多。七言转韵诗,仿古的少,新式的多。这上头可以看出从古诗演化的所谓古风的痕迹。

第五节 奇句韵和柏梁体

5.1 奇句,就是律诗里所谓出句。提到奇句韵,我们该先谈首句入韵的问题。古风也和律诗一样,五言首句入韵的少,七言首句入韵的多。

5.2　五古的首句入韵，比之五律首句入韵更为罕见。本章第一节至四节里所举的许多五古当中，只有李白《古风》"秋露白如玉"，杜甫的《潼关吏》"士卒何草草"、《石壕吏》"暮投石壕村"，孟浩然《湖中旅泊》"桂水通百越"，卢纶的《送吉中孚》"青袍芸阁郎"，是入韵的，而《潼关吏》和《湖中旅泊》还有特殊原因，因为开始两句就换韵，首句势非入韵不可。下面再举五古首句入韵的几个例子：

送吴悦游韶阳　孟浩然

五色怜凤雏，南飞适鹧鸪。楚人不相识，何处求椅梧？
去去日千里，茫茫天一隅。安能与斥鷃，决起但枪榆！

寄畅当　韦应物

寇贼起东山，英俊方未闲。闻君新应募，籍籍动京关。
出身文翰场，高步不可攀。青袍未及解，白羽插腰间。
昔为琼树枝，今有风霜颜。秋郊细柳道，走马一夕还。
丈夫当为国，破敌如摧山。何必事州府，坐使鬓毛斑！

以上是一韵到底的例子。

山中逢道士云公　孟浩然

春余草木繁，耕种满田园。酌酒聊自劝，农夫安与言！
忽闻荆山子，时出桃花源。采樵过北谷，卖药来西村。
村烟日云夕，榛路有归客。杖策前相逢，依然是畴昔。
邂逅欢觏止，殷勤叙离隔。谓予抟扶桑，轻举振六翮。
奈何偶昌运，独见遗草泽。既笑接舆狂，仍怜孔丘厄。
物情趋势利，吾道贵闲寂。偃息西山下，门庭罕人迹。
何时还清溪，从尔炼丹液？

这是转韵的例子。

5.3　七古的首句入韵，比之七律的首句入韵却更为常见。本章第一节至四节所举许多七古当中，只有李颀的《古从军行》和孟浩然的《和卢明府》是首句不入韵的。现在再举两个首句入韵的例子：

岁晏行 杜 甫

岁云暮矣多北风，潇湘洞庭白雪中。
渔父天寒网罟冻，莫傜射雁鸣桑弓。
去年米贵阙军食，今年米贱大伤农。
高马达官厌酒肉，此辈杼柚茅茨空。
楚人重鱼不重鸟，汝休枉杀南飞鸿。
况闻处处鬻男女，割慈忍爱还租庸。
往日用钱捉私铸，今许铅锡与青铜。
刻泥为之最易得，好恶不合长相蒙。
万国城头吹画角，此曲哀怨何时终？

这是一韵到底的例子。

东墟晚歇 白居易

凉风冷落萧索天，黄蒿紫菊荒凉田。
绕家秋花少颜色，细虫小蝶飞翻翻。
中有腾腾独行者，手拄渔竿不骑马。
晚从南涧钓鱼回，歇此墟中白杨下，
褐衣半故白发新，人逢知我是何人？
谁言渭浦栖迟客，曾作甘泉侍从臣？

这是转韵的例子。

5.4 杂言，如果是以五言或七言（或更多）起首，也是以入韵为常。本章第一节里所举李白的《长相思》《自汉阳病酒归》《江夏行》《前有一樽酒行》《白云歌》《白毫子歌》《将进酒》《飞龙行》《日出行》，杜甫的《茅屋为秋风所破歌》，张籍的《节妇吟》《行路难》，陈与义的《遥碧轩作》，周紫芝的《五禽言》（思归乐），晁补之的《秋风吹我衣》，都是这一类的例子。如果是以三言起首，也有些是入韵的，第一节里所举张籍的《牧童词》《山头鹿》，周紫芝的《五禽言》（婆饼焦，提壶芦），谢翱的《北府酒》，都是这一类的例子。

现在不再举例了。

5.5　在转韵的古风里，每转一韵，第一句总以入韵为原则。非但七古大多数如此，连五古也有一部分如此（这和五古首句不入韵的习惯恰恰相反）。这种风气，可说是很古就有了的，例如上节所举《古诗十九首》中的《行行重行行》，由支韵转入阮韵，第一句就是“相去日已远”，“远”字入韵。至于上节所举齐梁以后的例子，五古如孟郊的《隐士》，杜甫的《潼关吏》《石壕吏》，孟浩然的《湖中旅泊》，卢纶的《送吉中孚》，七古如杜甫的《乾元中寓居》《渼陂行》《天育骠骑歌》《魏将军歌》，岑参的《轮台歌》《送费子》，李白的《驾去温泉》，梁元帝的《燕歌行》，卢照邻的《长安古意》，王维的《夷门歌》《故人张諲》，李颀的《欲之新乡》《古从军行》，高适的《古大梁行》，崔颢的《七夕词》，刘长卿的《客舍》，孟浩然的《和卢明府》，钱起的《卢龙塞行》《送郛三》，韩翃的《送客还江东》，都是合乎这个规矩的。李白的《梦游天姥》，只有第八段首句的“列缺霹雳”，“雳”字未入韵，这因为是四字句，情形特殊，所以没有依照常规。真正的例外只有李白的《妾薄命》第二段首句“宠极爱还歇”、第三段首句“雨落不上天”，李贺的《平城下》第三段首句“日晚在城上”，韦应物《拟古诗》第二段首句“驱车背乡园”。现在再举一些例子为证：

（一）五古

经破薛举战地　　唐太宗

昔年怀壮气，提戈初仗节。心随朗月高，志与秋霜洁。
移锋惊电起，转战长河决。营碎落星沉，阵卷横云裂。
一挥氛沴净，再举鲸鲵灭。于兹俯旧原，属目驻华轩。
沉沙无故迹，减灶有长痕。浪霞穿水净，峰雾抱莲昏。
世途亟流易，人事殊今昔。长想眺前踪，抚躬聊自适。

采樵行　　孟浩然

采樵入深山，山深水重叠。桥崩卧查拥，路险垂藤接。
日落伴将稀，山风拂萝衣。长歌负轻策，平野望烟归。

酬岑十二主簿秋夜见赠　　高　适

舍下蛩乱鸣，居然自萧索。缅怀高秋兴，忽枉清夜作。
感物我心劳，凉风惊二毛。池空菡萏死，月出梧桐高。
如何异乡县，复得交才彦！汩没嗟后时，蹉跎耻相见。
箕山别来久，魏阙谁不恋？独有江海心，悠然未尝倦。

泊震泽口　　薛　据

日落草木阴，舟徒泊江汜。苍茫万象开，合沓闻风水。
洄沿值渔翁，嗷啸逢樵子。云开天宇静，月明照万里。
早雁湖上飞，晨钟海边起。独坐嗟远游，登岸望孤舟。
零落星欲尽，朣胧气渐收。行藏空自秉，智识仍未周。
伍胥既伏剑，范蠡亦乘流。歌竟鼓楫去，三江多客愁。

今别离　　孟云卿

结发生别离，相思复相保。如何日已远，五变中庭草！
渺渺天海途，悠悠吴江岛。但恐不出门，出门无远道。
远道行既难，家贫衣复单。严风吹须雪，晨起鼻何酸！
人生各有志，岂不怀所安！分明天上日，生死誓同观。

注意：上述诸例，首句并不入韵，而每次转韵第一句却都入韵。

（二）七古

洛阳女儿行　　王　维

洛阳女儿对门居，才可容颜十五余。
良人玉勒乘骢马，侍女金盘脍鲤鱼。
画阁朱楼尽相望，红桃绿柳垂帘向。
罗帏送上七香车，宝扇迎归九华帐。
狂夫富贵在青春，意气骄奢剧季伦。
自怜碧玉亲教舞，不惜珊瑚持与人。

春窗曙灭九微火，九微片片飞花璅。
戏罢曾无理曲时，妆成只是薰香坐。
城中相识尽繁华，日夜经过赵李家。
谁怜越女颜如玉，贫贱江头自浣纱！

送陈章甫 李 颀

四月南风大麦黄，枣花未落桐叶长。
青山朝别莫还见，嘶马出门思故乡。
陈侯立身何坦荡！虬须虎眉仍大颡。
腹中贮书一万卷，不肯低头在草莽。
东门沽酒饮我曹，心轻万事如鸿毛。
醉卧不知白日莫，有时空望孤云高。
长河浪头连天黑，津吏停舟渡不得。
郑国游人未及家，洛阳才子空叹息。
闻道故林相识多，罢官昨日今如何？

长乐宫 孟浩然

秦城旧来称窈窕，汉家更衣应不少。
红粉邀君在何处？青楼苦夜长难晓。
长乐宫中钟暗来，可怜歌舞惯相催。
欢娱此事今寂寞，惟有年年陵树哀。

五古转韵第一句的入韵还算是随意的，所以初盛唐的五古还有一些没有依照这个原则；七古转韵第一句的入韵则几乎是必要的。把这种必要再加上平仄入律等等（见上节），更显得是新式的古风。

* * *

5.6 我们在导言里述及柏梁台联句。那种诗是句句用韵的。既然句句用韵，自然奇句也都有韵。又因为句句用韵，所以一首诗并不一定用偶数的句子，譬如柏梁台联句共用二十五句。这种诗对于后世七言古风的影响颇大，诗人们对于七古，有时候句句用韵，完全模仿《柏梁诗》，就成为所谓柏梁体（见下文）；有时候虽不是句句用韵，然而用韵不拘于偶句（指一韵到底的七古而言），句子不必是偶数，也是从柏梁体脱胎而来，这可称为部分的柏梁体（亦见下文）。又有时候，突然来一个畸零句，不和别的句子成为一联，也可说是渊源于柏梁体的。

5.7 现在先谈畸零句。畸零句必须入韵，例如：

后苦寒行 杜 甫

南纪巫庐瘴不绝，太古以来无尺雪。蛮夷长老怨苦寒，
昆仑天关冻应折。玄猿口噤不能啸，白鹄翅垂眼流血。
安得春泥补地裂！
晚来江门失大木，猛风中夜吹白屋。天兵斩断青海戎，
杀气南行动坤轴。不尔苦寒何太酷！巴东之峡生凌澌，
彼苍回轩人得知。

鹦鹉洲送王九之江左 孟浩然

昔登江上黄鹤楼，遥爱江中鹦鹉洲。洲势逶迤绕碧流。
鸳鸯鸂鶒满江头。滩头日落沙碛长，金沙熠熠动飙光。
舟人牵锦缆，浣女结萝裳。月明全见芦花白，风起遥闻杜若香。君行采采莫相忘。

5.8 所谓畸零句，是因为它前面一联的出句不入韵，才显得它是畸零；如果一连两句以上都入韵，而又不是首句或转韵的第一句者，却应该称为独立句，例如上面所举《鹦鹉洲》的“洲势逶迤绕碧流。鸳鸯鸂鶒满滩头”。又如第一节里所举李白的《长相思》：

长相思，在长安。络纬秋啼金井阑。微霜凄凄簟色寒。孤灯不明思欲绝，卷帷望月空长叹（平声）。美人如花隔云端。上有青冥之长天，下有渌水之波澜……

“络纬、微霜”两句都是独立句，“美人”是畸零句。又如李白的《白毫子歌》：

……余配白毫子，独酌流霞杯。拂花弄琴坐青苔。绿萝树下春风来……

“拂花、绿萝”都是独立句。又如李白的《飞龙引》：

……丹砂成黄金，骑龙飞上太清家。云愁海思令人嗟。宫中彩女颜如花。飘然挥手凌烟霞。从风纵体登鸾车……鼎湖流水清且闲。轩辕去时有弓剑，古人传道留其间。后宫婵娟多花颜。乘鸾飞烟亦不还。骑龙攀天造天关……

“云愁、宫中、飘然、从风、后宫、乘鸾、骑龙”，都是独立句，“鼎湖”是畸零句。又如杜甫的《茅屋为秋风所破歌》：

八月秋高风怒号，卷我屋上三重茅。茅飞度江洒江郊。高者挂罥长林梢；下者飘转沉塘坳。……公然抱茅入竹去，唇焦口燥呼不得。归来倚杖自叹息。俄顷风定云墨色，秋天漠漠向昏黑。……安得广厦千万间，大庇天下寒士俱欢颜，风雨不动安如山。……

“茅飞、高者、下者、俄顷、秋天、风雨”，都是独立句。又如杜甫的《入奏行》：

窦侍御，骥之子，凤之雏。年未三十忠义俱。骨鲠绝代无。……政用疏通合典则。戚联豪贵耽文儒。兵革未息人未苏。天子亦念西南隅。吐蕃凭陵气颇粗。窦氏检察应时须。……

“年未、骨鲠、兵革、天子、吐蕃、窦氏”，都是独立句。又如张籍的《山头鹿》：

山头鹿，角芟芟，尾促促。贫儿多租输不足。夫死未葬儿在狱。……

“贫儿、夫死”，都是独立句，“山头鹿”是畸零句。又如晁补之的《春风吹我衣》：

海中群鱼化黄雀，林鸟移巢避岁恶。郷王城上秋风惊。昔时城中郷王第，只今蔓草无人行。……翩翩动衣裳，游子悲故乡。忽忆若耶溪头采薪郑巨君。南风溪头晓，北风溪头昏。……君今生二毛，我亦非少年。胡为车如鸡栖郷城里？朝风吹马鬃，莫风吹马尾。……不吾知，亦何伤？安能户三尺喙家一吭！……吾今乃知贵不若贱无忧，富不若贫无求。负日之燠吾重裘；芹子之饫吾食牛；心战故臞，得道故肥，吾封侯！匹夫怀璧将谁尤？归欤！归欤！岂无扬雄宅一区？舍前青山木扶疏，舍后流水有菰蒲。今吾不乐日月除，尺则不足寸有余。七十二钻莫能免豫且。无所可用，乃有百岁樗。龚生竟夭天年非吾徒。

"负日、芹子、舍前、舍后、今吾、尺则、七十"，都是独立句；"郷王、忽忆、胡为、安能、匹夫、龚生"，都是畸零句。又如谢翱《北府酒》：

北府酒，吹湿宫城柳。……淮南神仙来酒坊，甲马猎猎羽林郎。百年风物烟尘苍。老兵对月犹举觞。……

"百年"和"老兵"都是独立句。

以上所举诸例，从《长相思》到这里，都是第一节里举过的例子。由此可见独立句及畸零句是和杂言诗很相宜的。

5.9 凡有了两个以上的独立句，就可认为部分的柏梁体。但是，独立句越多，就越近似柏梁台联句，例如：

寄韩谏议 杜 甫

今我不乐思岳阳，身欲奋飞病在床。美人娟娟隔秋水，
濯足洞庭望八荒。鸿飞冥冥日月白，青枫叶赤天雨霜。
玉京群帝集北斗，或骑骐驎翳凤皇。芙蓉旌旗烟雾乐，
影动倒景摇潇湘，星宫之君醉琼浆。羽人稀少不在旁。
似闻昨日赤松子，恐是汉代韩张良。昔从刘氏定长安。
帷幄未改神惨伤。国家成败吾岂敢？色难腥腐餐风香。
《周南》留滞古所惜，南极老人应寿昌。美人胡为隔秋水？焉

得置之贡玉堂？

陪王侍御同登东山最高顶　　杜　甫

姚公美政谁与俦？不减昔时陈太丘。邑中上客有柱史，
多暇日陪骢马游。东山高顶罗珍羞。下顾城郭销我忧。
清江白日落欲尽，复携美人登彩舟。笛声愤怨哀中流。
妙舞逶迤夜未休。灯前往往大鱼出，听曲低昂如有求。
三更风起寒浪涌，取乐喧呼觉船重。满空星河光破碎。
四座宾客色不动。请公临深莫相违，回船罢酒上马归。
人生欢乐岂有极？无使霜露沾人衣。

哀王孙　　杜　甫

长安城头头白乌，夜飞延秋门上呼。又向人家啄大屋，
屋底达官走避胡。金鞭断折九马死，骨肉不得同驰驱。
腰下宝玦青珊瑚。可怜王孙泣路隅。问之不肯道姓名，
但道困苦乞为奴。已经百日窜荆棘，身上无有完肌肤。
高帝子孙尽隆准，龙种自与常人殊。豺狼在邑龙在野，
王孙善保千金躯。不敢长语临交衢。且为王孙立斯须。
昨夜东风吹血腥，东来橐驼满旧都。朔方健儿好身手，
昔何勇锐今何愚！窃闻天子已传位，圣德北服南单于。
花门剺面请雪耻，慎勿出口他人狙！哀哉王孙慎勿疏！
五陵佳气无时无。

第一例的独句韵最少，第二例较多，第三例更多。有多至半首者，例如（韵脚以△为记）：

赠吴官　　王　维

长安客舍热如煮，无个茗糜难御暑。空摇白团其谛苦。
欲向缥囊还归旅。江乡鲭鲊不寄来，秦人汤饼那堪许！
不如侬家任挑达，草屩捞虾富春渚。

大麦行 杜 甫

大麦干枯小麦黄。妇女行泣夫走藏。东至集壁西梁洋。
问谁腰镰胡与羌。岂无蜀兵三千人?部领辛苦江山长。
安得如鸟有羽翅,托身白云还故乡!

又有超过半首者,例如:

曲江三章章五句 杜 甫

曲江萧条秋气高。菱荷枯折随风涛。游子空嗟垂二毛。
白石素沙亦相荡,哀鸿独叫求其曹。
即事非今亦非古。长歌激越梢林莽(音姥)。比屋豪华固
难数。吾人甘作心似灰,弟侄何伤泪如雨!
自断此生休问天。杜曲幸有桑麻田。故将移住南山边。
短衣匹马随李广,看射猛虎终残年。

送 神 王 维

纷进舞兮堂前,目眷眷兮琼筵。来不言兮意不传。
作暮雨兮愁空山。悲急管兮思繁弦。神之驾兮俨欲旋。
倏云收兮雨歇。山青青兮水潺湲。

这一首每句都有“兮”字,也许是渊源于《楚辞》和古乐府,不一定是模仿《柏梁诗》。

丽人行 杜 甫

三月三日天气新,长安水边多丽人。态浓意远淑且真。
肌理细腻骨肉匀。绣罗衣裳照暮春。蹙金孔雀银麒麟。
头上何所有?翠微㔩叶垂鬓唇。背后何所见?珠压腰衱稳称身。
就中云幕椒房亲。赐名大国虢与秦。紫驼之峰出翠釜,
水精之盘行素鳞。犀箸厌饫久未下,銮刀缕切空纷纶。
黄门飞鞚不动尘。御厨络绎送八珍。箫鼓哀吟感鬼神。

宾从杂遝实要津。后来鞍马何逡巡！当轩下马入锦茵。
杨花雪落覆白蘋。青鸟飞去衔红巾。炙手可热势绝伦。
慎莫近前丞相嗔！

5.10　七言连句入韵乃是仿古的一种姿态，因为如导言里所说，齐梁以前的七言诗总是句句用韵的。现在虽不必句句用韵，但是一连两句入韵已经和律诗不同，离律越远则去古越近。若以一韵到底的七古而论，杜甫最善此体；苏轼的七古是学杜甫的，所以也有这种仿古的姿态，例如：

腊日游孤山访惠勤惠思二僧　　苏　轼

天欲雪，雪满湖。楼台明灭山有无。水清石出鱼可数，
林深无人鸟相呼。腊日不归对妻孥。名寻道人实自娱。
道人之居在何许？宝云山前路盘纡。孤山孤绝谁肯庐？
道人有道山不孤。纸窗竹屋深自暖，拥褐坐睡依团蒲。
天寒路远愁仆夫。整驾催归及未晡。出山回望云木合，
但见野鹘盘浮图。兹游淡薄欢有余。到家恍如梦蘧蘧。
作诗火急追亡逋。清景一失后难摹。

5.11　部分的柏梁体固然不是纯粹的柏梁体；但是，如果七古句句用韵，是否就可称为柏梁体呢？七古句句用韵可算是古体了，但不一定是柏梁体，因为柏梁台联句是一韵到底的纯七言平韵诗，所以假使是转韵七古，虽然句句用韵，也不能称为柏梁体。例如（宋人此种诗颇多，唐诗中岑参喜用此体。今只举岑诗一首）：

走马川行奉送出师西征

君不见走马川行雪海边，平沙莽莽黄入天。轮台九月风夜吼。
一川碎石大如斗。随风满地石乱走。匈奴草黄马正肥。
金山西见烟尘飞。汉家大将西出师。将军金甲夜不脱，
半夜军行戈相拨。风头如刀面如割。马毛带雪汗气蒸。

五花连钱旋作冰。幕中草檄砚水凝。虏骑闻之心胆慑，
料知短兵不敢接。车师西门伫献捷。

沈归愚以为这是《峄山碑》文法，《唐中兴颂》亦然；李青萍以为此诗韵法本于《琅琊台铭》。

句句用韵的杂言诗也不能称为柏梁体，例如：

五禽言　周紫芝

云瀼瀼，麦穗黄。婆饼欲焦新麦香。今年麦熟不敢尝。
斗酒车载倾囷仓。化作三军马上粮。

句句用韵的仄韵七古也不能称为柏梁体。齐梁以前，七言诗总是句句用韵的，非但平韵的诗如此，仄韵的诗自然也如此，例如：

代白纻舞歌词　鲍　照

三星参差露沾湿。弦悲管清月将入。寒光萧条候虫急。
荆王流叹楚妃泣。红颜难长时易戢。凝华结藻久延立。
非君之故岂安集？

但是，这种仄韵诗在唐诗里非常罕见，宋诗里也极少，现在只能勉强举出一个例子：

九　鼎　王安石

禹行掘山走百谷，蛟龙潜藏魑魅伏。心志幽怪尚窥隙，
以金铸鼎空九牧。冶云赤天涨为墨，鞴风余吹山拔木。
鼎成聚观变怪索，夜人行歌鬼昼哭。功施元元后无极，
三姓卫守相传属。弱周无人有宜出，沉之九幽拆地轴。
始皇区区求不得，坐令神奸窥邑屋。

严格地说，这一首诗也不能算为句句用韵，因为首句及偶句用屋沃韵才真的是韵，其余奇句用陌（隙）职（墨极得）药（索）质（出）都只能算是故意用入声而已。

5.12　真正的柏梁体，自然是句句用韵的、一韵到底的、纯七

言的平韵诗。唐景龙三年“帝诞辰内殿宴联句”,就是纯然模仿柏梁台联句的:

润色鸿业寄贤才(中宗)。叨居右弼愧盐梅(李峤)。
运筹帷幄荷时来(宗楚客)。职掌图籍滥蓬莱(刘宪)。
两司谬忝谢钟裴(崔湜)。礼乐铨管效涓埃(郑愔)。
陈师振旅清九垓(赵彦昭)。忻承顾问侍天杯(李适)。
衔恩献寿柏梁台(苏颋)。黄缣青简奉康哉(卢藏用)。
鲰生侍从忝王枚(李乂)。右掖司言实不才(马怀素)。
宗伯秩礼天地开(薛稷)。帝歌难续仰昭回(宋之问)。
微臣捧日变寒灰。远惭班左愧游陪(上官婕妤)。

关于柏梁体的古风,我们可以举出下面的一些例子:

箜篌引　　王昌龄

卢溪郡南夜泊舟,夜闻两岸羌戎讴。其时月黑猿啾啾,
微雨沾衣令人愁。有一迁客登高楼,不言不寐弹箜篌。
弹作蓟门桑叶秋,风沙飒飒青冢头。将军铁骢污血流,
深入匈奴战未休。黄旗一点兵马收,乱杀胡人积如丘。
疮病驱来役边州。仍披漠北羔羊裘。颜色饥枯掩面羞。
眼眶泪滴深两眸。思还本乡食犛牛,欲语不得指咽喉。
或有强壮能咿嚘,意说被他边将仇。五世属藩汉主留。
碧毛毡帐河曲游。橐驼五万部落稠。敕赐飞鸟金兜鍪。
为君百战如过筹,静扫阴山无鸟投。家藏铁券犆承优。
黄金千斤不称求。九族分离作楚囚。深溪寂寞弦苦幽,
草木悲感声飕飗。仆本东山为国忧。明光殿前论九畴。
簏读兵书尽冥搜。为君掌上施权谋,洞晓山川无与俦。

紫宸诏发远怀柔，摇笔飞霜如夺钩。鬼神不得知其由，
怜爱苍生比蚍蜉。朔河屯兵须渐抽，尽遣降来拜御沟。
便令海内休戈矛，何用班超定远侯？史臣书之得已不？

共四十五句，是奇数。

敦煌太守后庭歌　　岑　参

敦煌太守才且贤，郡中无事高枕眠。太守到来山出泉，
黄砂碛里人种田。敦煌耆旧鬓皓然，愿留太守更五年。
城头月出星满天，曲房置酒张锦筵。美人红妆色正鲜，
侧垂高髻插金钿。醉坐藏钩红烛前，不知钩在若个边。
为君手把珊瑚鞭，射得半段黄金钱。此中乐事亦已偏。

白纻辞　　李　白

吴刀翦彩缝舞衣，明妆丽服夺春晖。扬眉转袖若雪飞。
倾城独立世所稀。激楚结风醉忘归，高堂月落烛已微。
玉钗挂缨君莫违！

共七句，是奇数。

饮中八仙歌　　杜　甫

知章骑马似乘船，眼花落井水底眠。汝阳三斗始朝天，
道逢曲车口流涎，恨不移封向酒泉。左相日兴费万钱，
饮如长鲸吸百川，衔杯乐圣称避贤。宗之潇洒美少年，
举觞白眼望青天，皎如玉树临风前。苏晋长斋绣佛前，
醉中往往爱逃禅。李白一斗诗百篇，长安市上酒家眠；
天子呼来不上船，自称臣是酒中仙。张旭三杯草圣传，
脱帽露顶王公前，挥毫落纸如云烟。焦遂五斗方卓然，
高谈雄辩惊四筵。

陆浑山火和皇甫湜　韩　愈

皇甫补官古贲浑，当时元冬乾泽源。山狂谷很相吐吞，
风怒不休何轩轩！摆磨出火以自燔。有声夜中惊莫原。
天跳地踔颠乾坤。赫赫上照穷崖垠。截然高周烧四垣。
神焦鬼烂无逃门。三光弛隳不复暾。虎熊麋猪逮猴猿，
水龙鼍龟鱼与鼋，鸦鸱雕鹰雉鹄鹍，燖炰煨熬孰飞奔？
祝融告休酌卑尊，错陈齐玫辟华园。芙蓉披猖塞鲜繁。
千钟万鼓咽耳喧；攒杂啾嚄沸篪埙；彤幢绛旃紫纛旛，
炎官热属朱冠裈，髹其肉皮通髀臀。颓胸垤腹车掀辕。
缇颜靺股豹两鞬。霞车虹引日毂轓；丹蕤縓盖绯繙帣；
红帷赤幕罗脉膰；衁池波风肉陵屯；谽呀巨壑颇黎盆；
豆登五山瀛四尊。熙熙釂酬笑语言。雷公擘山海水翻。
齿牙嚼啮舌腭反。电光䃶磹赪目暖。项冥收威避元根；
斥弃舆马背厥孙。缩身潜喘拳脚跟。君臣相怜加爱恩。
命黑螭侦焚其元。天阙悠悠不可援，梦通上帝血面论。
侧身欲进叱于阍。帝赐九河湔涕痕，又诏巫阳反其魂。
徐命之前问何冤。火行于冬古所存，我如禁之绝其飧。
女丁妇壬传世婚，一朝结仇奈后昆！时行当反慎藏蹲。
视桃著花可小骞，月及申酉利复怨。助汝五龙从九鲲。
溺厥邑囚之昆仑。皇甫作诗止睡昏。辞夸出真遂上焚。
要余和增怪又烦。虽欲悔舌不可扪！

共五十九句，是奇数。

寄　远　韩　偓

眉如半照云如鬟。梧桐叶落敲井干。孤竹亭亭公署寒；
微霜凄凄客衣单。想佳人兮云一端。梦魂悠悠关山难。

空床展转怀悲酸，铜壶漏尽开金鸾。

鹦鹉螺　欧阳修

大哉沧海何茫茫！天地百宝皆中藏。牙须甲角争光铓。
腥风怪雨洒幽荒。珊瑚玲珑巧缀装。珠宫贝阙烂煌煌。
泥居壳屋细莫详。红螺行沙夜生光。负材自累遭刳肠。
匹夫怀璧古所伤。浓沙剥蚀隐文章。磨以玉粉缘金黄。
清樽旨酒列华堂。陇鸟回头思故乡。美人清歌蛾眉扬。
一醑凛冽回春阳。物虽微远用则彰。一螺千金价谁量？
岂若泥下追含浆！

共十九句，是奇数。

云山诗送正之　王安石

云山参差碧相围，溪水诘曲带城陴。溪穷壤断至者谁？
予独与子相谐熙。山城之西鼓吹悲。水风萧萧不满旗。
子今去此来无期；予有不可谁予规？

阎立本职贡图　苏　轼

贞观之德来万邦，浩如沧海吞河江。音容犹狞服奇庞；
横绝岭海逾涛泷。珍禽瑰产争牵扛；名王解辫却盖幢。
粉本遗墨开明窗。我喟而作心未降。魏征封伦恨不双！

共九句，是奇数。

武昌松风阁　黄庭坚

依山筑阁见平川。夜阑箕斗插屋椽。我来名之意适然。
老松魁梧数百年，斧斤所赦今参天。风鸣娲皇五十弦，
洗耳不须菩萨泉。嘉二三子甚好贤，力贫买酒醉此筵。
夜雨鸣廊到晓悬。相看不归卧僧毡。泉枯石燥复潺湲。
山川光辉为我妍。野僧早饥不能饘。晓见寒溪有炊烟。

东波道人已沈泉。张侯何时到眼前？钓台惊涛可昼眠。
怡亭看篆蛟龙缠。安得此身脱拘挛，舟载诸友长周旋。

共廿一句，是奇数。

径　山　　晁补之

盘崖绕蹬步步高，仆痡马乏游人劳。五峰崛起干云霄。
众山奔走争来朝。我行直欲犯星杓。意彻绝顶才山腰。
松间鸟语如我招。仰见白塔当林梢。担携上下若桔槔。
路穷飞楼郁岧峣。钦翁未来蔽菅茅。山精水怪欢游敖。
麏驰虒窜鼪鼯跳。灵景晦昧何由昭？忽然飞锡从江皋，
穷探不惮东峰遥，曲腰丈人白丝袍。再拜辞前风雹飘。
三百年来响钟铙。闽商海贾输金刀。直栏横牖山周遭。
晨参夜讽声嘈嘈。碧山紫柏罗旌旄。客来六月忘炎歊。
明月庵前醉松醪；白云峰顶瞰吴郊。鹅毛一点钱塘潮。
钱王宫阁如累樵，临之股栗精魄超，归不得寐心摇摇。
含辉孤亭立峣峭。此地览景尤难逃。五更月落禽嘲嘲，
阳乌欲上海水烧。晦明变化不终朝。倏阴忽晴状莫描。
夜阑镫青雨飘萧。偶然两客论幻泡，探玄穷妙窥寂寥，
破除世事无丝毫，不奈诗思犹强豪。归时日没红霞消，
荒崖老木山蝉号。

萧肴豪通韵。

丈人观　　陆　游

黄金篆书扁朱门，夹道巨竹屯苍云。崖岭划若天地分，
千柱耽耽压其垠。缨冠肃谒丈人君。广殿空庭吹宝薰。
摩挲画桥手为皲。异哉山夔与土羵，物怪齾齾冠丘坟！
仙人佩玉杂帨帉，手整貂冠最不群。欲去不忍恨日曛。

道翁采药昼夜勤，松根茯苓获兼斤，人之植立强骨筋。
狗起群吠声狺狺。山炉小甑吹幽芬。朱颜不饮常自醺。
我亦宿诵五千文。一念之差随世纷。逝将从翁走如麕。
隐书秘诀何由闻？

松上幽人图 元好问

秋风稷稷松树枝；仙人骨轻云一丝，不饮不食玉雪姿。
竹宫月夕频望祠。竟不下视斋房芝。人间女手乃得之。
眼中扰扰昨莫儿。画图独坐羲皇时。予怀渺兮幽林思。

共九句，是奇数。

至于像下面的一首，除起首用两个四字句之外，其余都是七言，也可以勉强认为柏梁体：

书韩干牧马图 苏 轼

南山之下，汧渭之间，想见开元天宝年，八坊分屯隘秦川。
四十万匹如云烟！骓駓骃骆骊骝騵，白鱼赤兔骍皇䮂。
龙颅凤颈狞且妍，奇姿逸态隐驽顽。碧眼胡儿手足鲜，
岁时翦刷供帝闲。柘袍临池侍三千。红妆照日光流渊。
楼下玉螭吐清寒。往来蹙踏生飞湍。众工舐笔和朱铅。
先生曹霸弟子韩。厩马多肉尻脽圆，肉中画骨夸尤难。
金羁玉勒绣罗鞍，鞭箠刻烙伤天全，不如此图近自然。
平沙细草荒芊绵，惊鸿脱兔争后先。王良挟策飞上天，何必俯首服短辕？

5.13 张庭诗《古诗平仄集说》云："案汉时七言歌谣上四下三，四七字相为韵，如'关西夫子杨伯起'之类，不可胜数。故句句用韵者，第四字正开展顿宕处，不可忽也。此诗'想见开元天宝年，八坊分屯隘秦川'，'元'字'屯'字入韵，领起通篇，音节极古。"这

是一种很有趣的观察。因此，我们联想到上文所举苏轼的《腊日游孤山》“水清石出鱼可数，林深无人鸟相呼”，和“道人之居在何许？宝云山前路盘纡”，“数”字和“许”字似乎是作者有意造成的平上通押，使韵调更为谐和。

5.14　柏梁体只限于七言；没有五言的柏梁体。这有双重的原因：第一，因为齐梁以前的七言诗都是句句用韵的，五言诗却没有一首是句句用韵的，诗人们基于仿古的心理，就只能有句句用韵的七古，没有句句用韵的五古。第二，七言句句用韵，事实上比隔句用韵的五言诗的音节更促，倘使五言也句句用韵，就太促了。所以诗人们即使要创造一种新风格，也不会想到创造句句用韵的五言诗。

5.15　柏梁体和转韵的七古，是古风的两个极端。柏梁体的体制最古；转韵七古的体制最新。转韵七古不妨入律，而且多数诗人喜欢使它入律；柏梁体则颇忌入律。杜甫的柏梁体（或部分的柏梁体）入律的地方最少；苏轼的则较多。韩愈的柏梁体极力避免入律，同时有些矫枉过正的地方（参看本章第七节）。柏梁体又忌对仗；像韩偓的“孤竹亭亭公署寒，微霜凄凄客衣单”，究竟不是柏梁体的正轨。

第六节　五古的平仄

6.1　古风的平仄以避免入律为原则。所谓入律，就是合于第一章第六节里所述近体诗的平仄格式。如果不能句句避免入律，至少不能让出句和对句同时入律，这是诗论家所谓以对句救出句，或以出句救对句。

6.2　古风既是模仿古诗的，唐以后才有律诗，齐梁以前的诗人怎能知道避免入律呢？当然，唐以前的诗句无所谓入律不入律。诗人们只是像做散文一样，字的平仄听其自然。不过，这样一来，每句各字平仄相配的可能形式就很多，像第一章第六节里所述的

A. a. B. b. 四式只是许多可能形式当中的小部分，所以它们被用的可能性很小。固然，它们也偶然被用，但是，必须出句和对句同时合于 b. A. 或 a. B. 才算完全入律，那可能性更小了，例如《古诗十九首》当中的一首：

> 西北有高楼，上与浮云齐。交疏结绮窗，阿阁三重阶。
> 上有弦歌声，音响一何悲！谁能为此曲？无乃杞梁妻。
> 清商随风发，中曲正徘徊。一弹再三叹，慷慨有余哀。
> 不惜歌者苦，但伤知音稀。愿为双黄鹄，奋翅起高飞。

出句“西北”平仄仄平平，入律了，而对句“上与”仄仄平平平不入律，而且平仄也不相对；出句“交疏”平平仄仄平，入律了，而对句“阿阁”平仄平平平不入律。依律诗的规矩，出句也不该用平脚。对句“音响、中曲”和“慷慨”平仄仄平平，“奋翅”仄仄仄平平，入律了，而它们的出句“上有”仄仄平平平，“清商”平平平平仄，“一弹”仄平仄平仄，“愿为”仄平平平仄，都不入律，而且“上有”句依律诗也不该用平脚。这是诗论家所谓以对句救出句，以出句救对句。然而“谁能为此曲？无乃杞梁妻”，这一联却完全入律了。因为有了这一联，可见诗论家避免入律的规矩未免有点儿胶柱鼓瑟；但也因为只有这一联，更令他们觉得应该以避免入律为原则。

6.3 《西北有高楼》的平仄算是最近律的了。其他的古诗律句更少，例如《古诗十九首》的另一首：

> 今日良宴会，欢乐难具陈。弹筝奋逸响，新声妙入神。
> 令德唱高言，识曲听其真。齐心同所愿，含意俱未伸。
> 人生寄一世，奄忽若飙尘。何不策高足，先据要路津？
> 无为守贫贱，轗轲长苦辛！

“令德”句虽是 A. 式，但依律诗的规矩，平韵诗的出句不该用平脚，且其平仄和“识曲”句亦不相对。“新声、奄忽”两句的出句亦不入律。又如另一首：

> 去者日以疏，来者日以亲。出郭门直视，但见丘与坟。
> 古墓犁为田，松柏摧为薪。白杨多悲风，萧萧愁杀人。
> 思还故里闾，欲归道无因。

这里就没有一个入律的句子了（“思还”出句用平脚，不算入律）。

6.4　总之，古人并没有着意避免哪一类的平仄形式，其所以很少合于后代的律句者，只是“机会”使然。但是，自从律诗产生以后，诗人们做起古风来，却真的着意避免律句了。试比较《古诗十九首》和杜甫的古风，则见前者的“律句”较多，后者的“律句”倒反极为罕见，这当然是极意避免的结果。越不像律句就越像古句，至少有些唐人的心理是如此。但是，诗是给人吟诵的，古人虽没有一定的平仄格式，是不是有一种自然的声籁，诗人们不期然而然地倾向于这一种声籁，使它的音节谐和呢？这自然是很合理的猜测。甚至有人以为古诗的平仄也有一定的规律，只是和律诗不一样罢了。相传赵执信求古诗平仄之法于王士禛，王士禛不肯告诉他，于是他把古诗和唐诗互相钩稽，著为《声调谱》。然而据他自己说，却是从王氏那里“宛转”骗到手的。又王士禛裔孙王允熙传有《古诗平仄论》，也说是王士禛的原稿。其后，李锳有《诗法易简录》，翁方纲有《平仄举隅》，又后，董文涣有《声调四谱图说》，张庭诗有《古诗平仄集说》和《五古平仄略》。他们都相信古诗有一定的规律，所以都依据赵谱而加以补充或阐明。赵氏把古诗的规律叫做别律，意思是另外一种律诗，其规律的严格不让于今体律诗。譬如下面这些关于平韵五古的规律：

（1）第二字与第四字同声（指平仄）；否则

（2）第三字与第五字同声；否则

（3）出句用平脚。

试拿上面所举《去者日以疏》一诗来印证，将见它和这些规律完全吻合了。

6.5 不过,唐人的古风毕竟受了律诗的影响,他们所做的古风,像《去者日以疏》那样和近体诗的格律完全违异者毕竟是少数。后世有些诗论家在分析了唐人的古风之后,却认为合于上述那些规律的诗句只是古风的拗体,正体的规律恰恰相反,它应该是:

(1)第二字与第四字不同平仄;

(2)出句不用平脚。

6.6 诗论家在这些地方尽管有意见上的不同,然而赵氏所提的一个定理却为他们所公认:就是古体诗无论五言或七言,总以每句的下三字为主,而腹节的下字尤为重要(五言第三字,七言第五字)。平脚的句子,腹节下字以用平声为原则;仄脚的句子,腹节下字以用仄声为原则。这样,专就下三字而论,下面的四种形式乃是古体诗的常轨:

平脚:1. 平平平
　　　2. 平仄平
仄脚:1. 仄平仄
　　　2. 仄仄仄

6.7 平脚的句子,有所谓三平调。三平调是古风的基本知识,因为古风里的句子三平调最多,尤其是平韵诗里。不过,关于三平调,也有两种不同的解释:第一种就以下三字"平平平"为三平调,因为连用三个平声;第二种以"仄仄平平平、仄仄平仄平"和"平平平仄平"为三平调,因为它们的第三字都是平声。我们喜欢采用前一说,因为它的意义明显些。凡本书里所谓三平调,都是指"平平平"而言。事实上,"平平平"也比"平仄平"更为常用。许多平韵古风竟有一大半的对句是用三平调的,例如:

秋夜独坐怀内弟崔兴宗 王　维

夜静群动息,蟪蛄声悠悠。庭槐北风响,日夕方高秋。

思子整羽翰，及时当云浮。吾生将白首，岁晏思沧洲。
高足在旦暮，肯为南亩俦！

甚至有一篇完全用三平调的，例如：

周先生 元 稹

寥寥空山岑，冷冷风松林。流月垂鳞光，悬泉扬高音。
希夷周先生，烧香调琴心。神力盈三千，谁能还黄金？

这虽未免“过火”，但是由此可见三平调在古风里是怎样的占优势了。

6.8 上述的四种形式，无论上面的两个字或四个字是什么声调，都不会变为律句，因为律句如系平脚，腹节下字必仄；如系仄脚，腹节下字必平，这和那四种形式的情形恰是相反的。此外，下三字也可能是“仄平平、仄仄平、平平仄、平仄仄”，只消在头节下字用一个和腹节下字相同的平仄，像《去者日以疏》那样，仍旧可以避免律句，因为律句头节下字和腹节下字的平仄是相反的（关于七古，情形较复杂些，见下节）。

6.9 在五古里，“仄仄平平仄”一个形式被董文涣《声调四谱图说》认为正调。他的意思是这种形式虽和律句一样，然而古风里非但不避免它，而且还常用它。我们若从唐人古风里观察，确也有这种事实。但是，唐人受了律诗的影响，本来就常在古风中杂以律句（例如王维）；“仄仄平平仄”的句子在五古中虽较为常见，也只能说是唐人比较地喜欢把这种律句放进古风里，不能因此就说它不是律句。所以我们这里依照张庭诗《五古平仄略》，仍把它认为律句（张氏称为“谐句”或“和婉之句”）。

6.10 现在我们把五古的平仄句式分类并举例如下。句式的字下有 · 号者表示最常用，。号表示次常用，—号表示忌用或落调，或在某一些条件之下才适用。不加符号者表示虽不常用或不太常用，也不落调。

（甲）平脚

（子）平平平

1. a. 仄仄平平平

宿帆震泽口，晓渡松江渍。（宋之问《夜渡吴松江怀古》）
悠悠西林下，自识门前山。（王维《崔濮阳兄季重》）
圣人赫斯怒，诏伐西南戎。（高适《李云南征蛮诗》）
腰间带两绶，转盼生光辉。（崔颢《古游侠》）
山林二缁叟，振锡闻幽声。（刘昚虚《登庐山峰顶寺》）
离筵对寒食，别雨乘春雷。（卢象《送綦毋潜》）
夜静天萧条，鬼哭夹道傍。（岑参《武威送刘单判官》）
夜夜闻悲笳，征人起南望。（崔融《关山月》）
古岸生新泉，霞峰映雪巇。（钱起《仲春晚寻覆釜山》）
独有萋萋心，谁知怨芳岁？（崔国辅《题豫章馆》）

这种形式被认为三平调的正调，因为下有三平，上面须有两仄方能谐和。三平调以用于对句为最常见，用于出句的比较少见，用于平韵古风的出句（如岑参那个例子）尤为罕见。

1. b. 平仄平平平

临岐泣世道，天命良悠悠。（陈子昂《感遇》）
君徒视人文，吾固和天倪。（王维《座上走笔赠薛据》）
青槐夹驰道，宫馆何玲珑！（岑参《与高适薛据登慈恩寺》）
今朝平津渚，兼得潇湘游。（郎士元《题刘相公三湘图》）
南路随长天，征帆杳无极。（刘长卿《桂阳西州晚泊》）
高卧南斋时，开帷月初吐。（王昌龄《同从弟销南斋玩月》）

这种形式比之“仄仄平平平”，其常见的程度并不差了许多；但是诗论家以为这种四平句不很谐和，所以不肯认为正调。

2. a. 仄平平平平

次舍山郭近，解鞍鸣钟时。（岑参《宿华阴东郭客舍》）
尝读高士传，最嘉陶征君。（孟浩然《仲夏归汉南园》）
文质相炳焕，众星罗秋旻。（李白《古风》）
正声何微茫！哀怨起骚人。（同上）
我来逢真人，长跪问宝诀。（同上）
有时无人行，沙石乱飘扬。（岑参《武威送刘单判官》）
上天无偏颇，蒲稗各自长。（杜甫《秋行官张望》）

赵执信《声调谱》以四平连用为落调。所谓四平连用，是指中间不杂仄声者而言。至于像1. b. "平仄平平平"虽系四平句，仄声在第二字，却不该认为落调。"仄平平平平"虽被认为落调，唐人并非绝对不用，尤其是用于出句颇为常见。用的时候，大约有两种方法可以使它和谐：第一种方法是同联的另一句第二第四两字都仄，这样恰可以配对那第二第四两字都平的"仄平平平平"，如"次舍、尝读、文质、我来、上天"四例，又如上文所举王维《秋夜独坐》"夜静群动息，蟪蛄声悠悠"和"思子整羽翰，及时当云浮"两联；第二种方法是同联的另一句用仄起平收的律句，如"正声、有时"两例。

2. b. 平平平平平

长歌吟松风，曲尽星河稀。（李白《下终南山》）
吾将营丹砂，永与世人别。（李白《古风》）
吁嗟乎苍生，稼穑不可救。（杜甫《九日寄岑参》）
岑生多新诗，性亦嗜醇酎。（同上）
坡陀金虾蟆，出见盖有由。（杜甫《奉同郭给事汤东灵湫作》）
清晨陪跻攀，傲睨府峭壁。（杜甫《白水县崔少府十九翁高斋》）
寒风吹长林，白日原上没。（薛据《出青门往南山别业》）

五平句比上面的四平句更为落调。有一点最值得注意，就是盛唐诗人绝对不在对句连用五平。至于出句的五平调，大多数是在对句用五仄或四仄以为补救。在上面诸例中，"吁嗟"和"清晨"

的对句都用五仄,“吾将、岑生、坡陀”和“寒风”的对句都用四仄,只有“长歌”一联是真正的落调。由此看来,上文所举元稹的《周先生》简直是近似游戏之作,因为它的对句全用五平,出句也用五平或四平,这是违背盛唐的诗律的。

【附注】杜甫《石柜阁》:“清晖回群鸥,暝色带远客。”就是用五仄对五平(“暝”读去声,仇注音明,误)。仇兆鳌曰:“古诗有五字皆平者,曹植诗‘悲鸣夫何为’,杜诗‘清晖回群鸥’是也。有五字皆仄者,应玚诗‘远适万里道’,杜诗‘窟压万丈内’是也。有七字皆平者,崔鲁诗‘梨花梅花参差开’;有七言皆仄者,杜诗‘有客有客字子美。’但在古诗,可不拘耳。”

(丑)平仄平

3. a. 平平平仄平

爱义能下士,时人无此心。(薛据《冬夜寓居寄储太祝》)
空色不映水,秋声多在山。(崔曙《颍阳东溪怀古》)
岁晏输井税,山村人夜归。(王维《赠刘蓝田》)
汉下白登道,胡窥青海湾。(李白《关山月》)
适楚岂吾愿?思归秋向深。(郎士元《宿杜判官江楼》)
寒蛩悲洞房,好鸟无遗音。(韦应物《拟古诗》)
高楼多古今,陈事满陵谷。(王昌龄《酬鸿胪裴主簿》)
身心能自观,色相了无取。(崔曙《宿大通和尚塔》)
逍遥精舍居,饮酒自为足。(韦应物《始除尚书郎》)

这种形式也是一种四平句,但因仄声在第四字,所以没有关系。不过,到底用了四个平声,所以同联的另一句往往用四仄句以求谐和,如“爱义、空色、岁晏、汉下、适楚、身心、逍遥”诸例都是。

3. b. 仄平平仄平

临事耻苟免,履危能饬躬。(高适《李云南征蛮诗》)
地迥鹰犬疾,草深狐兔肥。(崔颢《古游侠》)

此意在观国，不言空远游。（储光羲《游茅山》）
生事本渔钓，赏心随去留。（李颀《题綦毋校书田居》）
手携双鲤鱼，目送千里雁。（王昌龄《独游》）
不知从此分，还袂何时把？（孟浩然《江上别流人》）
削成元气中，杰出天河上。（陶翰《望太华赠卢司仓》）

此种形式，其同联的另一句亦喜用四仄。除孟浩然一例外，其余诸例都如此。这大约因为诗人感觉得它是“平平平仄平”的变体的缘故（孟浩然在古诗里喜用律句，尤其是像“还袂何时把”那样的句子）。

4. a. 仄仄平仄平

世人久疏旷，万物皆自闲。（崔曙《颍阳东溪怀古》）
夫君不得意，本自沧海来。（卢象《送綦毋潜》）
苏君年几许？状貌如玉童。（李颀《赠苏明府》）
屠酤亦与群，不问君是谁。（李颀《赠别高三十五》）
向夕林鸟还，忧来飞景促。（沈佺期《临高台》）
及此年事衰，徒看众花发。（张说《相州山池作》）
雪罢冰复开，春潭千丈绿。（孟浩然《汉中漾舟》）
白首垂钓翁，新妆浣纱女。（孟浩然《耶溪泛舟》）
竹映秋馆深，月寒江门起。（王昌龄《巴陵刘处士东斋作》）
竹绕清渭滨，皋流白渠口。（王湾《晚夏马嵬卿叔池亭》）

“仄仄平仄平”因为只有两平，所以同联的另一句最好不再用四仄，否则颇嫌不谐。上面诸例中，“世人”句和“夫君”句各用两平，其余都用三平，这样其气始畅。又仄韵五古的出句如果用平脚，往往是用“仄仄平仄平”及其变体“平仄平仄平”。

4. b. 平仄平仄平

云峰劳前意，湖水成远心。（刘眘虚《寻东溪还湖中作》）

晚田始家食，余布成我衣。（王维《赠刘蓝田》）
回首思旧乡，云山乱心曲。（沈佺期《临高台》）
元气连洞庭，夕阳落波上。（刘长卿《自番阳还道中》）
乘月期角巾，饭僧嵩阳寺。（王昌龄《缑氏尉沈兴宗置酒》）

这种形式虽是"仄仄平仄平"的变体，但不像"仄仄平仄平"那样常用。"平仄平仄平"以对"仄平仄平仄"为常，如"晚田、夕阳"两句；一、三字不拘，则对"平平仄平仄、仄平平平仄、平平平平仄"，如"云山、饭僧、云峰"各句。总之，对句二、四字皆仄，则出句二、四字皆平；出句二、四字皆仄，则对句二、四字皆平。

（寅）仄仄平

5. a. 仄仄仄仄平

徒知真机静，尚与爱网并。（刘昚虚《登庐山峰顶寺》）
终日饮醇酒，不醉亦不醒。（高适《遇冲和先生》）
宾从何逶迤！二十四老翁。（高适《观李九少府翥树宓子》）
南登秦望山，极目大海空。（薛据《登秦望山》）
而多渔商客，不悟岁月穷。（同上）
鹤巢前林雪，瀑落满涧风。（朱景玄《华山南望春》）
自勉且勉余，良药在苦口。（王季友《滑中赠崔高士瑾》）

这种形式多用于对句，而且颇为少见。因为除了平脚之外，其余四字都仄，所以同联的另一句往往用四平，如"徒知、宾从、南登、而多"等句（"从"字去声，"望"字有平、去两读，若读平声，则为五平句）；或用中三平，如"鹤巢"句。至于像"终日"和"自勉"两例则颇嫌不谐。

5. b. 平仄仄仄平

张范善始终，吾等岂不慕？（王昌龄《郑县宿陶太公馆》）
怀抱旷莫伸，相知阻吴越。（薛据《出青门往南山别业》）

功夫竞搰搰，除草置岸旁。（杜甫《秋行官张望》）

这种形式比 5. a. 更为罕见。同联的另一句以二、四字都用平声为正则。

6. 仄平仄仄平

忠欲事明主，孝思侍老亲。（孟浩然《仲夏归汉南园》）
嫁女与征夫，不如弃路旁。（杜甫《新婚别》）
净理了可悟，胜因夙所宗。（岑参《与高适薛据登慈恩寺》）
吴牛力容易，并驱动莫当。（杜甫《秋行官张望》）
尚恐主守疏，用心未甚臧。（同上）
废兴虽万变，宪章亦已沦。（李白《古风》）
昔日与高李，晚登单父台。（杜甫《昔游》，“单”字去声）
灵异可并迹，澹然与世闲。（李白《与南陵常赞府游五松山》）
自非旷士怀，登兹翻百忧。（杜甫《同诸公登慈恩寺塔》）
有生固蔓延，静一资提防。（杜甫《秋行官张望》）
主称会面难，一举累十觞。（杜甫《赠卫八处士》）
我今日夜忧，诸弟各异方。（杜甫《遣兴》）
不知死与生，何况道路长？（同上）
贵人岂不仁？视汝如莠蒿。（杜甫《遣遇》）
澹然望远空，如意方支颐。（王维《赠裴十迪》）
我心素已闲，清川澹如此。（王维《青溪》）
夙乘大导师，焚香此瞻仰。（王维《谒璇上人》）
我行忽见之，寒早悲岁促。（李白《古风》）

这是第一章第七节里所谓孤平。在近体诗里，孤平是诗家所大忌；在古体诗里，孤平却是诗家的宠儿。律诗既忌用孤平，所以孤平不该认为律句。同联的另一句各种形式都有。这里举例特别多，因为想要显示古今体的大相违异之点。

（卯）仄平平

7. a. 平平仄平平

白云惭幽谷，清风愧泉源。（张说《杂兴》）
水客皆拥棹，空霜遂盈襟。（王昌龄《江上闻笛》）
行药至石壁，东风变萌芽。（常建《闲斋卧病行药》）
济世翻小事，丹砂驻精魂。（韦应物《送李十四山东游》）
晨登翅头山，山曛黄雾起。（包融《登翅头山》）
黄河走东冥，白日落西海。（李白《古风》）

这种形式用于对句者较多。因为它是四平句，所以同联的另一句往往用四仄。上面诸例中，只有"白云、晨登"两联是例外。

7. b. 仄平仄平平

首夏别京辅，杪秋滞三河。（魏征《暮秋言怀》）
萝径垂野蔓，石房倚云梯。（高适《宋中遇林虑》）
千里横黛色，数峰出云间。（王维《崔濮阳兄季重》）
雄义每特立，犯颜岂图全？（陶翰《赠房侍御》）
静然顾遗尘，千载如昨朝。（高适《同群公秋登琴台》）
故人念江湖，富贵如埃尘。（王昌龄《送十二兵曹》）
往年诣骊山，献赋温泉宫。（岑参《送祁乐归河东》）
地形失端倪，天色潜滉瀁。（薛据《西陵口观海》）
妙年即沉疴，生事多所阙。（钱起《海上卧病》）

这种形式虽是7. a. 的变体，但因少了一个平声字，所以同联的另一句不一定用四仄，有时候也可用三仄或三平。

（乙）仄脚

（辰）仄平仄

8. a. 平平仄平仄

昏见斗柄回，方知岁星改。（孟浩然《岁暮海上作》）
夜上明月楼，相思楚天阔。（刘长卿《石梁湖有寄》）

自是君不来,非关去山远。(李端《归山招王逵》)
野漠冷胡霜,关楼宿边客。(司空曙《关山月》)
不及墙上乌,相将绕双阙。(李建勋《白雁》)
况乃秋日光,玲珑晓窗里!(元稹《遣昼》)
闲归日无事,云卧昼不起。(孟浩然《王迥见访》)
黄云雁门郡,日莫风沙里。(李颀《塞下曲》)
攀条憩林麓,引水开泉源。(祖咏《田家即事》)
当轩置尊酒,送客归江城。(卢纶《送顾秘书献书后》)

8. b. 仄平仄平仄

白首无子孙,一生自疏旷。(刘长卿《自番阳还道中》)
论旧忽余悲,目存且相喜。(王维《休假还旧业便使》)
常若千里余,况之异乡别!(储光羲《泊舟贻潘少府》)
方此顾行旅,末由饬仙装。(陶翰《望太华赠卢司仓》)
故山隔何处?落日羡归翼。(刘长卿《桂阳西州晚泊》)
倚岩见庐舍,入户欣拜揖。(王湾《奉使登终南山》)
道门隐形胜,向背临层霄。(綦毋潜《题鹤林寺》)
涉深露沙石,萍藻生虚空。(李颀《与诸公游济渎泛舟》)

8. a. 为正例,8. b. 为变体;前者较为常用。律诗中常有这种句子(参看第一章第八节),但那是借用古诗的形式,不可认为律句。在仄韵诗里,它们同联的另一句的第二第四字以皆仄为最常见,其次则第二字仄,第四字平。在平韵诗里,对句往往用三平调。

9. a. 仄仄仄平仄

少年弄文墨,属意在章句。(孟浩然《南归阻雪》)
林峦非一状,水石有余态。(刘长卿《陪元侍御游支硎山》)
以我越乡客,逢君谪居者。(孟浩然《江上别流人》)
作吏到西华,乃观三峰壮。(陶翰《望太华赠卢司仓》)

气赤海生日，光清湖起云。（宋之问《夜渡吴松江怀古》）
大道本无我，青山长与君。（李颀《送暨道士还玉清观》）

9. b. 平仄仄平仄

漾舟逗何处？神女汉皋曲。（孟浩然《汉中漾舟》）
故人千里道，沧海十年别。（刘长卿《石梁湖有寄》）
安期始遗舄，千古谢荣耀。（王昌龄《观江淮名胜图》）
独行既未惬，怀土怅无趣。（高适《自淇涉黄河途中作》）
秋月对愁客，山钟摇暮天。（王昌龄《潞府客亭寄崔凤童》）
松色落深井，竹阴寒小山。（欧阳詹《同诸公过福先寺》）

9. a. 为正例，9. b. 为变体，但二者一样常用。它们同联的另一句，如系仄韵诗，往往用 8. a. 或 8. b. ；如系平韵诗，往往用 3. a. 或 3. b. 。

（巳）仄仄仄

10. a. 平平仄仄仄

古岸生新泉，霞峰映雪巘。（钱起《仲春晚寻覆釜山》）
兼问前寄书，书中复达否？（刘昚虚《送韩平兼寄郭微》）
欲验少君方，还吟大隐作。（卢纶《奉陪侍中游石笋溪》）
回首碧云深，佳人不可望。（权德舆《晚渡扬子江》）
峰峰带落日，步步入青霭。（刘长卿《陪元侍御游支硎山》）
东溪一白雁，毛羽何皎洁！（李建勋《白雁》）
邀欢日不足，况乃前期长！（皇甫冉《之京留别刘方平》）
谁言魏阙下，自有东山幽！（郎士元《题刘相公三湘图》）

这种形式本应与“仄仄平平平”相对，如“古岸、邀欢、谁言”三例，但也有人喜欢把它和律句“仄仄仄平平”相对，如“欲验、回首”两例。这两种情形较为常见。别的情形也有，观察“兼问、峰峰、东溪”三例便知。

10. b. 仄平仄仄仄

少年负意气，好勇复知机。（崔颢《古游侠》）
故人不可见，河水复悠然。（王维《至滑州隔河望黎阳》）
愿闻素女事，去采山花丛。（李颀《赠苏明府》）
少凭水木兴，暂忝身心调。（綦毋潜《题鹤林寺》）
宿帆谒郡佐，怅别依禅林。（常建《潭州留别》）
贵人昔未贵，咸愿顾寒微。（杨贲《感兴》）
忽然辟命下，众谓趋丹墀。（李颀《赠别高三十五》）
手持白羽扇，脚步青芒履。（孟浩然《王迥见访》）

这种形式很少用于对句。它用于出句时，和 10. a. 的情形相仿，对句往往用三平调，如"愿闻、少凭、宿帆、忽然"四例；又往往用律句，如"少年、故人、贵人、手持"四例。

11. a. 仄仄仄仄仄

看看似相识，默默不得语。（孟浩然《耶溪泛舟》）
鸿鹄抟扶摇，物性各自得。（高适《同群公秋登琴台》）
遥信蓬莱宫，不死世世有。（王季友《滑中赠崔高士瑾》）
桃源数曲尽，洞口两岸拆。（钱起《寻华山云台观道士》）
暝色况复久！秋声亦何长！（刘眘虚《莫秋扬子江》）
出处两不合，忠贞何由伸？（王昌龄《送十二兵曹》）
愿守黍稷税，归耕东山田。（刘眘虚《浔阳陶氏别业》）
料死不料敌，顾恩宁顾终。（高适《李云南征蛮诗》）

五仄句比五平句为常见；盛唐以前，诗的对句极少五平，却多五仄。诗论家以为这因为仄声共有上去入三个声调，不像平声只有一个声调，除非连用五上、五去或五入才有毛病，否则不必避忌。同联的另一句最好用五平，如"忠贞何由伸"，否则用四平，如"鸿鹄抟扶摇、遥信蓬莱宫"和"秋声亦何长"；若用三平或两平就稍嫌不够和谐;至于四仄或五仄和它相对,在唐诗里几乎找不着。

11. b. 平仄仄仄仄

云龙未相感,干谒亦已屡。(王昌龄《郑县宿陶太公馆》)
夕阳度西岭,群壑倏已暝。(孟浩然《宿业师山房》)
烟波日已隔,音信日已绝。(刘长卿《石梁湖有寄》)
高台无昼夜,歌舞竟未足!(刘商《铜雀妓》)
犹是对夏伏,几时有凉飙?(高适《同群公秋登琴台》)
仙境若在梦,朝云如可亲。(李颀《寄焦炼师》)
于何今相逢,华发在我后。(王季友《滑中赠崔高士瑾》)
栖迟乐尊渚,恬旷寡所欲。(阎防《百丈溪新理茅茨读书》)
溪口水石浅,泠泠明药丛。(常建《仙谷遇毛女》)

五仄既不必避忌,四仄更可不拘(但平韵诗出句"平仄仄仄仄"极为罕见)。同联的另一句最好是五平或四平,如"于何今相逢、朝云如可亲、泠泠明药丛"三例;否则第二第四字都平,如"云龙、夕阳、几时、栖迟"四例。像"高台"一联稍嫌不谐。至于"烟波"一联则因连用两"日已",如《去者日以疏》,可以不拘。

(午)平仄仄

12. a. 仄仄平仄仄

爱君清川口,弄月时棹唱。(刘长卿《自番阳还道中》)
暂因惬所适,果得损外虑。(刘长卿《题虎丘寺》)
我生好闲散,此去殊未返。(李端《归山招王逵》)
远公何为者,再诣临海峤?(王昌龄《观江淮名胜图》)
倚岩见庐舍,入户欣拜揖。(王湾《奉使登终南山》)
人间痛伤别,此是长别处!(赵微明《相和歌辞·挽歌》)
直道多不偶,美才应息机。(郎士元《赠万生下第还吴》)
艳色天下重,西施宁久微。(王维《西施咏》)
小隐何足贵?长年固可寻。(储光羲《酬綦毋校书》)

12. b. 平仄平仄仄

轻舟恣来往，探玩无厌足。（孟浩然《汉中漾舟》）

雄图争割据，神器终不守。（刘长卿《孙权故城下怀古》）

东溪喜相遇，贞白如会面。（刘长卿《自紫阳观至华阳洞》）

辛勤久为吏，荣进何妄执！（王湾《奉使登终南山》）

马烦时欲歇，归客程未已。（祖咏《夕次圃田店》）

湖上春已早，田家日不闲。（丘为《题农父庐舍》）

鸡黍何必具？吾心知道尊。（祖咏《田家即事》）

12a. 12b. 应认为性质极相近。当其用于对句时，出句第二第四字以皆平为原则；当其用于出句时，对句第二字平、第四字仄为原则。用于对句和用于出句情形稍有不同，其原因颇难索解。依照上述的原则，则"暂因、雄图、马烦"三联为例外。12a. 不被诗论家认为四仄句，因为中间有一个平声。

（未）平平仄

13. a. 平平平平仄

暮霞照新晴，归云犹相逐。（王昌龄《酬鸿胪裴主簿》）

俯仰垂华缨，飘飖翔轻毂。（韦应物《始除尚书郎》）

天寒蒹葭渚，日落云梦林。（王维《送从弟蕃游淮南》）

扁舟沧浪意，澹澹花影没。（常建《白龙窟泛舟》）

长安三千里，日夕西南望。（张谓《同孙构免官后登蓟楼》）

沉吟东山意，欲去芳岁晚。（贾至《赠裴九侍御》）

"平平平平仄"不像"仄平平平平"那样被认为落调，因为它是上四平。但是，四平相连毕竟不很和谐，所以用于对句者极为罕见，用于出句者较为常见。这可以证明古风对句的平仄比出句重要；赵执信《声调谱》着重对句，不为无理。

13. b. 仄平平平仄

久之风榛寂，远闻樵声至。（王昌龄《缑氏尉沈兴宗置酒》）
久与林壑辞，及来杉松大。（岑参《终南山双峰草堂》）
岭外飞电明，夜来前山雨。（崔曙《宿大通和尚塔》）
生事且弥漫，愿为持竿叟。（綦毋潜《春泛若耶溪》）
本家蓝田下，非为渔弋故。（王昌龄《郑县宿陶太公馆》）
忽然为枯木，微兴遂如兀。（常建《白龙窟泛舟》）
自云多方术，往往通神灵。（高适《遇冲和先生》）
旧居缑山下，偏识缑山云。（岑参《过缑山王处士》）

“仄平平平仄”虽和“平平平平仄”同属一类（普通认为第一字不拘平仄），但因只有中三平相连，就比四平句较为常见。尤其是用于对句，比四平句常见得多了。和它同联的另一句，或第二字仄，第四字平，如“岭外、生事、忽然、自云、旧居”诸例；或第二字平，第四字仄，如“久与、本家”两例。很少有第二第四字俱平或俱仄的；“久之”一联可认为变例。

6.11 以上所述十三大类廿五小类的平仄式，已经完全包括律句以外的各种形式。虽有常用罕用的不同，然而每一种可能的形式都被诗人们用到了。出句和对句的平仄相配，虽也有常见的配合法和罕见的配合法，但也没有一种配合法是禁用的。可见古风的平仄确不像律诗那样严格。

6.12 但是，五古也像本章第四节所述的转韵诗一样，可分为仿古的五古和新式的五古两种。李白、杜甫的五古多属于前者；王维、李颀、王昌龄、刘长卿、孟浩然的五古多属于后者。前者差不多完全不受任何束缚；后者却渐渐形成一种格律。因为后者占了优势，所以分析唐代古风的诗论家俨然看见了一种平仄格式。

6.13 王、李、王、刘、孟诸人的五古，若就下三字而论，平脚以三平调及平仄平为主，仄脚以仄平仄为主（仄仄仄只是仄平仄的变相，远不及仄平仄常用）。平脚的平平平前面的两个字以仄仄为主，平仄平前面的两个字以平平为主，这样，只是把律句“仄仄仄平平”和“平平仄仄平”的第三字拗成古风。仄脚的仄平仄前面的两个字有平平和仄仄两种，平平仄平仄是律句平平平仄仄的第三、四字对换而成（平平仄平仄在律诗中为特拗，见第一章第九节），仄仄仄平仄则是把律句“仄仄平平仄”的第三字拗成古风。这样，新式的古风里，正则的平仄格式只有四种（可比较第一章第六节里所述律诗的四种平仄格式：

（一）仄仄仄平仄（由律句 a 式变来）；

（二）仄仄平平平（由律句 A 式变来）；

（三）平平仄平仄（由律句 b 式变来）；

（四）平平平仄平（由律句 B 式变来）。

除了第一字可以不拘平仄外，其余的字都以依谱用声为原则。五古的字数没有一定，但是，依新式五古的规矩，它应该像五言排律一样，依照粘对的办法连续下去，即使连用百韵，也可类推。现在试举一例于下：

宿怀仁县南湖寄东海荀处士　　刘长卿

向夕敛微雨，晴开湖上天。（aB）
离人正惆怅，新月愁婵娟。（bA）
伫立白沙曲，相思沧海边。（aB）
浮云自来去，此意谁能传？（bA）
一水不相见，千峰随客船。（aB）
寒塘起孤雁，夜色分盐田。（bA）
时复一延首，忆君如眼前。（aB）

这里没有一句是超出上述四种正则平仄形式之外的（“新、时、忆”因在第一字，可以不论）。而且粘对完全和律诗的粘对一样。当然，不能每首诗都这样呆板；尤其是仄韵诗，往往掺杂律句。但是，新式的五古仍然容易辨别，因为它总是受着粘对的约束的（参看下文第八节)。

6.14 仿古和新式的分别是很重要的:前者代表慕古的心情,后者代表格律化的潮流。但是,在唐诗演化的阶段上,倒反是新式的五古产生在前,仿古的五古产生在后。格律化的潮流显然是受了律诗的影响,李、杜的仿古则是存心复古。有些诗论家不明白这种分别,把那些合于新式五古的平仄形式认为正体,不合的都叫做拗,如云"拗句、拗对、拗粘"等(如《声调四谱图说》)。这是不妥的。

第七节 七古的平仄

7.1 七古的平仄,也像五古一样,以下三字为主;下三字的四种常式:平平平、平仄平、仄平仄、仄仄仄,都和五古相似。又可以是仄仄平、仄平平、平仄仄、平平仄,只须上四字配起来不入律就是了。不过,七古比五古多了两个字,所以变化较多。总计除了律句之外,可分为二十九个大类,一百一十四个小类。现在分类并举例如下:

(甲)平脚

(子)平平平

1. a. 平平仄仄平平平

未知肝胆向谁是,令人却忆平原君。(高适《邯郸少年行》)

商声寥亮羽声苦,江天寂历江枫秋。(刘长卿《听笛歌》)

红缨紫鞚珊瑚鞭,玉鞍锦鞯黄金勒。(岑参《卫节度赤骠马歌》)

都门柳色朝朝新,念尔今为江上人。(李颀《送从弟游江淮》)

1. b. 仄平仄仄平平平

朔方健儿好身手,昔何勇锐今何愚!(杜甫《哀王孙》)

闻道故林相识多,罢官昨日今如何?(李颀《送陈章甫》)

且与少年饮美酒,往来射猎西山头。(高适《邯郸少年行》)

将军族贵兵且强，汉家已是浑邪王。（高适《送浑将军出塞》）

自怜弃置天西头，因君为问相思否。（岑参《与独孤渐道别》）

1. c. 仄平平仄平平平

屈平词赋悬日月，楚王台榭空山丘。（李白《江上吟》）

木兰之枻沙棠舟，玉箫金管坐两头。（同上）

国家成败吾岂敢？色难腥腐餐风香。（杜甫《寄韩谏议》）

众中牵出偏雄豪，骑将猎向南山口。（岑参《卫节度赤骠马歌》）

1. d. 平平平仄平平平

遥想故园今已尔，家人应念行人归。（刘长卿《客舍喜郑三见寄》）

石鼓之歌止于此，呜呼吾意其蹉跎！（韩愈《石鼓歌》）

1. a. 和 1. b. 都是正例，因为第一字的平仄是不拘的。1. c. 是变例，因为第三字应仄而反平，所以比较少用。1. d. 则因共有六个平声，仄字恰在当中，这是所谓孤仄。七古不忌孤平，而忌孤仄。在盛唐七古中，孤仄的句子极为罕见。自韩愈以后，用者较为多些，然而比之其他三式，仍旧差得很远。

2. a. 仄仄仄仄平平平

绊之欲动转欹侧，此岂有意仍腾骧？（杜甫《瘦马行》）

似闻昨日赤松子，恐是汉代韩张良。（杜甫《寄韩谏议》）

夜发猛士三千人，清晨合围步骤同。（杜甫《冬狩行》）

却顾海客扬云帆，便欲因之向溟渤。（李白《同族弟金城尉》）

2. b. 平仄仄仄平平平

草中狐兔尽何益？天子不在咸阳宫。（杜甫《冬狩行》）

狂客落魄尚如此，何况壮士当群雄！（李白《梁父吟》）

腰下宝玦青珊瑚，可怜王孙泣路隅。（杜甫《哀王孙》）

2. c. 平仄平仄平平平

已经百日窜荆棘，身上无有完肌肤。（杜甫《哀王孙》）
杨花雪落覆白蘋，青鸟飞去衔红巾。（杜甫《丽人行》）

2. d. 仄仄平仄平平平

当时历块误一蹶，委叶非汝能周防。（杜甫《瘦马行》）
喜君士卒甚整肃，为我回辔擒西戎。（杜甫《冬狩行》）
迩来四万八千岁，不与秦塞通人烟。（李白《蜀道难》）
虏塞兵气连云屯，战场白骨缠草根。（岑参《轮台歌》）

此类因为第二第四字同声，有些诗论家认为拗句。但是，李、杜最喜欢用这种平仄，尤其是仄仄仄仄平平平。2. c. 较为少见。

3. a. 仄仄平平平平平

君臣相怜加爱恩，命黑螭侦焚其元。（韩愈《陆浑山火》）

3. b. 平仄平平平平平

其时月黑猿啾啾，微雨沾衣令人愁。（王昌龄《箜篌引》）

3. c. 平仄仄平平平平

这种句子未见。

3. d. 仄仄仄平平平平

助汝五龙从九鲲，溺厥邑囚之昆仑。（韩愈《陆浑山火》）

4. a. 平平平平平平平

淮西有贼五十载，封狼生貙貙生罴。（李商隐《韩碑》）

4. b. 仄平平平平平平

幕前生致九青兕，骆驼㟪峞垂元熊。（杜甫《冬狩行》）
用为羲和天为成，用平水土地为厚。（杜甫《可叹》）

4. c. 仄平仄平平平平

表曰臣愈昧死上，咏神圣功书之碑。（李商隐《韩碑》）

4. d. 平平仄平平平平

肉味不足登鼎俎，何为见羁虞罗中？（杜甫《冬狩行》）

以上两大类八小类都是下四平调。五古忌下四平（见上节），七古亦忌下四平，所以极为罕见。韩愈的《陆浑山火》是柏梁体，平仄规律和普通七古稍有不同，而且在语法上是上三下四，所以故意在平仄上也造成上三下四的局面。李商隐的《韩碑》有意用些奇句，如七平七仄之类，下四字更是不忌。剩下来只有王昌龄、杜甫的四个例子可说是不知不觉地造成的。

（丑）平仄平

5. a. 仄仄平平平仄平

谁家且养愿终惠，更试明年春草长。（杜甫《瘦马行》）

非但慷慨献奇谋，意气兼将身命酬。（王维《夷门歌》）

孤城日落见栖鸟，马上时闻渔者歌。（李颀《欲之新乡》）

侠客犹传朱亥名，行人尚识夷门道。（高适《古大梁行》）

5. b. 平仄平平平仄平

穆陵关带清风远，彭蠡湖连芳草春。（李颀《送从弟游江淮》）

古城莽苍饶荆榛，驱马荒城愁杀人。（高适《古大梁行》）

冰片高堆金错盘，满堂凛凛五月寒。（岑参《与独孤渐道别》）

5. c. 平仄仄平平仄平

男儿在世无产业，行子出门如转蓬。（李颀《欲之新乡》）

青山朝别莫还见，嘶马出门思故乡。（李颀《送陈章甫》）

5. d. 仄仄仄平平仄平

功名富贵若长在，汉水亦应西北流。（李白《江上吟》）
向风刎颈送公子，七十老翁何所求？（王维《夷门歌》）
空歌汉代萧相国，肯事霍家冯子都！（李颀《放歌行》）

5.c. 5.d. 两种形式在律诗中为孤平拗救。

6.a. 平平仄仄平仄平

看君失路尚如此，人生贵贱那得知？（岑参《送费子归武昌》）
羽书纷纷来不息，孤城望处增断肠。（刘长卿《疲兵篇》）
辛勤不见华盖君，艮岑青辉惨幺么。（杜甫《忆昔行》）
刘侯叹我携客来，置酒张灯促华馔。（杜甫《湖城东遇孟云卿》）

6.b. 仄平仄仄平仄平

吾观费子毛骨奇，广眉大口仍赤髭。（岑参《送费子归武昌》）
四月南风大麦黄，枣花未落桐叶长。（李颀《送陈章甫》）
豫章太守高帝孙，引为宾客敬颇久。（杜甫《可叹》）
小臣鲁钝无所能，朝廷记识蒙禄秩。（杜甫《忆昔》）

6.c. 仄平平仄平仄平

谷永直言身不顾，郤诜高第名转香。（韩翃《别汜水县尉》）
剑峰可惜虚用尽，马蹄无事今已穿。（岑参《送费子归武昌》）
以兹感叹辞旧游，更于时事无所求。（高适《邯郸少年行》）
古藤池水盘树根，左攫右拿龙虎蹲。（李颀《爱敬寺古藤歌》）

6.d. 平平平仄平仄平

庙令老人识神意，睢盱侦伺能鞠躬。（韩愈《谒衡岳庙》）
曲江荷花盖十里，江湖生目思莫缄。（韩愈《酬司门卢四兄》）

以上两大类八小类，除6.d.外，都是正例。其中以5.a.为最常见，5.c.比较少见。6.d.最为罕见，所举韩愈例子中，"侦"字还是有平、去两读的。大约因为近似孤仄，所以诗人们不大喜欢用它。

7. a. 仄仄仄仄平仄平

斯须九重真龙出，一洗万古凡马空。（杜甫《丹青引》）
东郊瘦马使我伤，骨骼硉兀如堵墙。（杜甫《瘦马行》）

7. b. 平仄仄仄平仄平

昔随刘氏定长安，帷幄未改神惨伤。（杜甫《寄韩谏议》）
山石荦确行径微，黄昏到寺蝙蝠飞。（韩愈《山石》）

7. c. 平仄平仄平仄平

三月三日天气新，长安水边多丽人。（杜甫《丽人行》）
山红涧碧纷烂熳，时见松枥皆十围。（韩愈《山石》）

7. d. 仄仄平仄平仄平

朝廷虽无幽王祸，得不哀痛尘再蒙！（杜甫《冬狩行》）
紫盖连延接天柱，石廪腾掷堆祝融。（韩愈《谒衡岳庙》）

8. a. 平平平平平仄平

长安城头头白乌，夜飞延秋门上呼。（杜甫《哀王孙》）

8. b. 仄平平平平仄平

紫髯胡雏金剪刀，平明剪出三鬃高。（岑参《卫节度赤骠马歌》）

8. c. 仄平仄平平仄平

摆磨出火以自燔，夜中有声惊莫原。（韩愈《陆浑山火》）

8. d. 平平仄平平仄平

全盛须臾那可论？高台曲池无复存。（高适《古大梁行》）
樗蒲百金每一掷，平生有钱将与人。（岑参《送费子归武昌》）

以上两大类八小类都是比较少见的形式，其中尤以

7. c. 8. a. 8. c. 三类更为罕见。8. a. 是六平句，罕用是有理由的。7. c. 8. c. 则因连用平仄相间，7. c. 前六字为平仄平仄平仄，8. c. 前四字为仄平仄平，末二字又为平仄，倒反不和谐。上节所述仄仄平仄平比平仄平仄平为常用，也是这个道理。

（寅）仄仄平

9. a. 仄仄仄平仄仄平

又向人家啄大屋，屋底达官走避胡。（杜甫《哀王孙》）
美人娟娟隔秋水，濯足洞庭望八荒。（杜甫《寄韩谏议》）
岸上种莲岂得生？池中种槿岂得成？（韦应物《横塘行》）

9. b. 平仄仄平仄仄平

今我不乐思岳阳，身欲奋飞病在床。（杜甫《寄韩谏议》）
美人胡为隔秋水？焉得置之贡玉堂？（同上）
冬夜夜寒觉夜长，沉吟久坐坐北堂。（李白《夜坐吟》）
星岁再周十二辰，尔来不语今为君。（韦应物《白沙亭逢吴叟》）

这是孤平调。七古也像五古一样不避孤平。非但不避，有些诗人还喜欢用它。试看杜甫在《寄韩谏议》一首诗里共用三个孤平调，可证。

10. a. 平平平平仄仄平

飘然时危一老翁，十年厌见旌旗红。（杜甫《冬狩行》）
哀哉王孙慎勿疏，五陵佳气无时无。（杜甫《哀王孙》）

10. b. 仄平平平仄仄平

玉京群帝集北斗，或骑骐驎翳凤皇。（杜甫《寄韩谏议》）
莫言墙阴数尺间，老却主人如等闲。（刘禹锡《墙阴歌》）

10. c. 仄平仄平仄仄平

况今摄行大将权，号令颇有前贤风。（杜甫《冬狩行》）

欲来不来夜未央，殿前青鸟先回翔。（韦应物《汉武帝杂歌》）

10. d. 平平仄平仄仄平

昨夜东风吹血腥，东来橐驼满旧都。（杜甫《哀王孙》）
柏梁沉饮自伤神，犹闻驻颜七十春。（韦应物《汉武帝杂歌》）

11. a. 平平仄仄仄仄平

去岁奔波逐余寇，骅骝不惯不得将。（杜甫《瘦马行》）
齐王不忍觳觫牛，简子亦放邯郸鸠。（柳宗元《放鹧鸪词》）

11. b. 仄平仄仄仄仄平

星宫之君醉琼浆，羽人稀少不在旁。（杜甫《寄韩谏议》）
左右六翮利如刀，踊身失势不得高。（柳宗元《跂乌词》）

11. c. 仄平平仄仄仄平

乃言圣祖奉丹经，以年为日亿万龄。（韦应物《骊山行》）
梓中豪俊大者谁？本州从事知名久。（杜甫《相逢歌》）

11. d. 平平平仄仄仄平

东西南北百里间，仿佛蹴踏寒山空。（杜甫《冬狩行》）
今来萧瑟万井空，唯见苍山起烟雾。（韦应物《温泉行》）

12. a. 仄仄仄仄仄仄平

壮士有仇未得报，拔剑欲去愤已平。（韦应物《五弦行》）
欲啭不啭意自娇，羌儿弄笛曲未调。（韦应物《听莺曲》）
云龙风虎尽交回，太白入月敌可摧。（李白《胡无人》）

12. b. 平仄仄仄仄仄平

士卒多骑内厩马，惆怅恐是病乘黄。（杜甫《瘦马行》）
北方竫人长九寸，开口抵掌更笑喧。（柳宗元《行路难》）

12. c. 平仄平仄仄仄平

尧舜之事不足惊，自余嚣嚣直可轻。（李白《怀仙歌》）

12. d. 仄仄平仄仄仄平

钟鼎玉帛岂足贵？但愿长醉不愿醒。（李白《将进酒》）

《声调四谱图说》把11认为拗句，10认为单拗，12认为双拗。其实，凡下三字用仄仄平者，若不用孤平又不用拗，就变为律句了。这三个大类在七古中较"平仄平"为少见。

（卯）仄平平

13. a. 仄仄平平仄平平

苦竹岭头秋月辉，苦竹南枝鹧鸪飞。（李白《山鹧鸪词》）
邑西有路缘石壁，我欲从之卧穹嵌。（王昌龄《奉赠张荆州》）

13. b. 平仄平平仄平平

影落明湖青黛光，金阙前开二峰长。（李白《庐山谣》）
悲台萧飒石巃嵸，哀壑杈丫浩呼汹。（杜甫《王兵马使二角鹰》）

13. c. 平仄仄平仄平平

13. d. 仄仄仄平仄平平

此二例未见。

14. a. 仄仄仄仄仄平平

寺门高开洞庭野，殿脚插入赤沙湖。（杜甫《岳麓山道林二寺》）
太守顷者领山南，邦人思之如父母。（杜甫《可叹》）

14. b. 平仄仄仄仄平平

昔遭衰世皆晦迹，今幸乐国养微躯。（杜甫《岳麓山道林二寺》）
嗟尔石笋擅虚名，后来未识犹骏奔。（杜甫《石笋行》）

14. c. 平仄平仄仄平平

此例未见。

14. d. 仄仄平仄仄平平

济人然后拂衣去，肯作徒尔一男儿！（王维《不遇咏》）

潭府邑中甚淳古，太守庭内不喧呼。（杜甫《岳麓山道林二寺》）

15. a. 平平平平仄平平

重闻西方止观经，老身古寺风泠泠。（杜甫《别李秘书》）

"重"字有平、去两读，若读去声，则不合例。

15. b. 仄平平平仄平平

玉泉之南麓山殊，道林林壑争盘纡。（杜甫《岳麓山道林二寺》）

15. c. 仄平仄平仄平平

谢朓已没青山空，后来继之有殷公。（李白《酬殷明佐》）

15. d. 平平仄平仄平平

王君飞舄仍未去，苏耽宅中意遥缄。（王昌龄《奉赠张荆州》）

深闺女儿莫愁年，玉指泠泠怨金碧。（常建《古兴》）

七古平仄句式，以"仄平平"脚为最罕见，因为与其用仄平平，不如索性用平平平。

七古有一个规矩：如果第四字用平，第六字就必须用仄。依照这个标准，则 3. 4. 13. 15. 都是不合通例的，因此也就非常罕见了。

（乙）仄脚

（辰）仄平仄

16. a. 平平仄仄仄平仄

干戈战罢数功阀，周蒐方召尧无皋。（欧阳修《答谢景山遗古瓦》）

诗人猛士杂龙虎，楚舞吴歌乱鹅鸭。（苏轼《九日黄楼作》）

青山偃蹇如高人，常时不肯入官府。（苏轼《越州张中舍》）

16. b. 仄平仄仄仄平仄

洛阳旧友一时散，十年会合无二三。（欧阳修《圣俞会饮》）
永辞角上两蛮触，一洗胸中九云梦。（苏轼《同正辅表兄游》）
韩公好古生已迟，我今况又百年后！（苏轼《石鼓》）

16. c. 仄平平仄仄平仄

鸟啼人去庙门阖，还有山月来娟娟。（欧阳修《晋祠》）
洞庭青草渺无际，天柱紫盖森欲动。（苏轼《送陈睦知潭州》）
陋哉徐铉说茶苦，欲与淇园竹同种！（晁冲之《陆元钧寄日注茶》）

16. d. 平平平仄仄平仄

唐从天宝运中圮，廊庙往往非忠佳。（王安石《董伯懿示》）
君时年少面如玉，一饮百觚嫌未痛。（苏轼《送陈睦知潭州》）
我车既攻马亦同，其鱼维鱮贯之柳。（苏轼《石鼓》）

17. a. 仄仄平平仄平仄

二十年间几人在？在者忧患多乖睽。（欧阳修《寄圣俞》）
劈开翠峡走云雷，截破奔流作潭洞。（苏轼《同正辅表兄游》）
我得生还雪髯满，君亦老嫌金带重。（苏轼《送陈睦知潭州》）

17. b. 平仄平平仄平仄

而我官闲幸无事，北窗枕簟风泠泠。（王安石《独归》）
象胥杂遝贡狼鹿，方召联翩赐圭卣。（苏轼《石鼓》）
此时轩然盍飞去，何乃巑岏立西壁！（黄庭坚《观刘永年团练画》）

17. c. 平仄仄平仄平仄

高帝子孙尽隆准，龙种自与常人殊。（杜甫《哀王孙》）

17. d. 仄仄仄平仄平仄

渤海细书艺文草，精绝戈波绝回互。（虞集《为汪华玉题》）
恕武古通作牙爪，仪曹外郎载笔随。（李商隐《韩碑》）
贫穷老瘦家卖屐，好事就之为携酒。（杜甫《可叹》）

18. a. 平平平平仄平仄

东征徐虏阚虓虎，北伐犬戎随指嗾。（苏轼《石鼓》）
曹侯黄须便弓马，从军赋诗横槊间。（黄庭坚《送曹子方》）

18. b. 仄平平平仄平仄

往来翰墨颇横流，此公归来有边幅。（黄庭坚《次韵王炳之》）
指扮光颜战洄曲，阚如怒虎搏虺豺。（王安石《董伯懿示》）
小夫偷安自非计，长者远虑或可怀。（同上）

18. c. 仄平仄平仄平仄

昨来杜鹃劝归去，更得把酒听提壶。（黄庭坚《次韵子瞻》）
是时旦公主舒卷，一二文士相交参。（虞集《题旦景初佥司画》）

18. d. 平平仄平仄平仄

惟存祖宗圣功业，干戈象舞被管弦。（欧阳修《晋祠》）
倾壶岂徒强君饮，解带且欲留君谈。（欧阳修《圣俞会饮》）
儒林丈人有苏公，相如子云再生蜀。（黄庭坚《次韵王炳之》）

19. a. 仄仄仄仄仄平仄

不忧儿辈知此乐，但恐造物怪多取。（苏轼《越州张中舍》）

19. b. 平仄仄仄仄平仄

冬十二月岁辛丑，我初从政见鲁叟。（苏轼《石鼓》）

19. c. 平仄平仄仄平仄

皆云皇帝巡四国，烹灭强暴救黔首。（苏轼《石鼓》）
张君眼力窥天奥，能遣荆棘化望宇。（苏轼《越州张中舍》）

19. d. 仄仄平仄仄平仄

欲寻年岁无甲乙，岂有文字记谁某！（苏轼《石鼓》）
壮志销尽忆闲处，生计易足才蔬畦。（欧阳修《寄圣俞》）

这里大多数的例子是采自宋诗，宋人是模仿唐人的，所以没有大出入。19. a. 是六仄句，19. b. 是它的变相，所以都非常罕用。17. c. 和 17. d. 在宋代古风里也是罕用的，理由未详。

（巳）仄仄仄。

20. a. 仄仄平平仄仄仄

枕中鸿宝旧所传，饮我宁辞酒或索！（王安石《过刘贡甫》）
淮蝗蔽天农久饿，越卒围城盗少逸。（王安石《和中甫兄春日有感》）

20. b. 平仄平平仄仄仄

凡目矜新不重故，千钱酬直皆笑愚。（梅尧臣《观何君宝画》）
金印煌煌未入手，白发种种来无情。（陆游《长歌行》）

20. c. 平仄仄平仄仄仄

此例未见。

20. d. 仄仄仄平仄仄仄

公子为嬴停驷马，执辔愈恭意愈下。（王维《夷门歌》）
且与少年饮美酒，往来射猎西山头。（高适《邯郸少年行》）

21. a. 平平平平仄仄仄

清晨无风浪自涌，中流歌啸倚半酣。（苏轼《自金山放船》）
当今人才不乏使，天上二老须人扶。（黄庭坚《次韵子瞻》）

21. b. 仄平平平仄仄仄

杜陵评书贵瘦硬，此论未公吾不凭。（苏轼《孙莘老求墨妙亭诗》）

自从周衰更七国，竟使秦人有九有！（苏轼《石鼓》）

21. c. 仄平仄平仄仄仄

大烹养贤有列鼎，岂久师门共藜藿？（欧阳修《读张李二生文》）

舞干两阶庶可睹，跳空七剑今何庸？（晁补之《赠戴嗣良歌》）

21. d. 平平仄平仄仄仄

香新味全手自摘，玉洁沙磨软还美。（欧阳修《初食鸡头有感》）

何当凯还宴将士，三更雪压飞狐城。（陆游《长歌行》）

22. a. 平平仄仄仄仄仄

胡为我辈坐自苦，不念兹时去如失！（王安石《和中甫兄春日有感》）

同游尽返决独往，赋命穷薄轻江潭。（苏轼《自金山放船》）

参军但有四立壁，初无临江千木奴。（黄庭坚《次韵子瞻》）

22. b. 仄平仄仄仄仄仄

得之数日未暇读，意欲百事先屏却。（欧阳修《读张李二生文》）

远方不异辇毂下，诏遣中使哀恫鳏。（黄庭坚《送曹子方》）

岂其马上破贼手？哦诗长作寒螿鸣。（陆游《长歌行》）

22. c. 仄平平仄仄仄仄

大梁崔白亦善画，曾见桃花净初吐。（王安石《纯甫出释惠崇画》）

短长肥瘠各有态，玉环飞燕谁敢憎？（苏轼《孙莘老求墨妙亭诗》）

抚军监国太子事，何乃趣取大物为？（黄庭坚《书摩崖碑后》）

22. d. 平平平仄仄仄仄

纷纷争夺醉梦里，岂信荆棘埋铜驼！（苏轼《百步洪》）
将军掌勇馈不继，痛惜灵武奇谋空。（晁补之《赠戴嗣良歌》）

23. a. 仄仄仄仄仄仄仄

水边小丘因古城，上有巨竹数百个。（陆游《城西接待院后竹下作》）
一胜一败又苦似，胜者狠逐败者趋。（梅尧臣《观何君宝画》）

23. b. 平仄仄仄仄仄仄

禽兽已毙十八九，杀声落日回苍穹。（杜甫《冬狩行》）

23. c. 平仄平仄仄仄仄

持颐宴坐不出门，收揽奇秀得十五。（苏轼《越州张中舍》）

23. d. 仄仄平仄仄仄仄

内间张后色可否，外间李父颐指挥。（黄庭坚《书摩崖碑后》）
羡子年少正得路，有如扶桑初日升。（欧阳修《送徐生之渑池》）

以上四大类十六小类中，第20.类因近似律句，一韵到底的七古颇为少用；用的时候只用20. a.类及20. b.类，至于20. d.类，只见于唐人的转韵七古。20. c.类极为罕见。21. 22.两类较为常见。23.类因仄声太多，最为罕见；此类之中，23. a.为七仄句，有人认为落调，所以罕见。但有时诗人故意制造七仄句，如李商隐《韩碑》“帝得圣相相曰度、入蔡缚贼献太庙、愈拜稽首蹈且舞”（“稽”上声）。又如梅尧臣的“一胜一败又苦似，胜者狠逐败者趋”，一联之中共用十三个仄声字，这是有意造成一种“极变”。23. b.连用六仄，反较七仄为罕见，大约因为没有人故意制造的缘故。又“仄仄仄”较多用于出句，很少用于对句。

（午）平仄仄

24. a. 平平仄仄平仄仄

平生半世看墨本，摩挲石刻鬓成丝。（黄庭坚《书摩崖碑后》）

东马严徐已奋飞，枚皋即召穷且忍。（韩愈《赠崔立之评事》）

24. b. 仄平仄仄平仄仄

立谈左右俱动色，一言径破千言牢。（苏轼《送李公恕赴阙》）

上人淡泊何所好？工书草隶如飞蓬。（晁冲之《赠僧法一墨》）

画史纷纷何足数？惠崇晚出吾最许。（王安石《纯甫出释惠崇画》）

24. c. 仄平平仄平仄仄

觉来身世都是梦，坐久枕痕犹着面。（苏轼《和子由》）

绝尘超日精爽紧，若失其一望路驰。（黄庭坚《咏李伯时摹韩干》）

24. d. 平平平仄平仄仄

安能终老尘土下，俯仰随人如桔槔？（苏轼《送李公恕赴阙》）

细思物理坐叹息，人生安得如汝寿？（苏轼《石鼓》）

25. a. 平平平平平仄仄

朝庭清明天子圣，阳德汇进群阴剥。（欧阳修《读张李二生文》）

浮来山高回望失，武陵路绝无人送。（苏轼《同正辅表兄游》）

25. b. 仄平平平平仄仄

缅怀胡沙英妙质，一雄可将十万雌。（黄庭坚《咏李伯时》）

伏波论兵初矍铄，中散谈仙更清远。（苏轼《和子由》）

古田小笺惠我百，信知溪翁能解玉。（苏轼《次韵王炳之》）

25. c. 仄平仄平平仄仄

但应此心无所住，造物虽驶如余何。（苏轼《百步洪》）
金盘磊落何所荐？滑台拨醅如玉醴。（欧阳修《初食鸡头》）

25. d. 平平仄平平仄仄

金波巨然山数堵，粉墨空多真漫与。（王安石《纯甫出释惠崇画》）
一见真谓值芳时，安知有人槃礴赢。（王安石《徐熙花》）

26. a. 仄仄仄仄平仄仄

岂料生还得一处？引袖拭泪悲且庆！（韩愈《寒食日出游》）
当今圣人求侍从，拔擢杞梓收楛箘。（韩愈《赠崔立之评事》）

26. b. 平仄仄仄平仄仄

强寻偏旁推点画，时得一二遗八九。（苏轼《石鼓》）
洞庭青草渺无际，天柱紫盖森欲动。（苏轼《送陈睦知潭州》）

26. c. 平仄平仄平仄仄

牧童敲火牛砺角，谁复着手为摩挲？（韩愈《石鼓歌》）

26. d. 仄仄平仄平仄仄

尽坏屏障通内外，仍呼骑曹为马曹。（苏轼《送李公恕》）
辞严意正质非俚，古味虽淡醇不薄。（欧阳修《读张李二生文》）
漂知百战偶然存，独立千载谁与友？（苏轼《石鼓》）

在七古里，平仄仄脚的句子多用律句；其不入律者略如以上诸例。26. c. 非常罕见，因为它的前六字是“平仄平仄平仄”，连用平仄相间，倒反不谐。请参看 7. c. 8. c. 及其说明。

（未）平平仄

27. a. 仄仄平平平平仄

将军金甲夜不脱，半夜军行戈相拨。（岑参《走马川行》）
忆昔周宣歌鸿雁，当时籀史变蝌蚪。（苏轼《石鼓》）
昔有佳人公孙氏，一舞剑器动四方。（杜甫《观公孙大娘弟子舞剑》）

27. b. 平仄平平平平仄

此例未见。

27. c. 平仄仄平平平仄

此例未见。

27. d. 仄仄仄平平平仄

此例未见。

28. a. 平平平平平平仄

朝廷虽无幽王祸，得不哀痛尘再蒙！（杜甫《冬狩行》）

28. b. 仄平平平平平仄

此例未见。

28. c. 仄平仄平平平仄

君家赤骠画不得，一团旋风桃花色。（岑参《卫节度赤骠马歌》）

28. d. 平平仄平平平仄

四边伐鼓雪海涌，三军大呼阴山动。（岑参《轮台歌》）
秦兵益围邯郸急，魏王不救平原君。（王维《夷门歌》）
长河浪头连天黑，津吏停舟渡不得。（李颀《送陈章甫》）

29. a. 仄仄仄仄平平仄

秋来倍忆武昌鱼，梦著只在巴陵道。（岑参《送费子归武昌》）
锦囊深贮几春风？借问此木何时果？（王安石《徐熙花》）
遂因鼓鼙思将帅，岂为考击烦矇瞍？（苏轼《石鼓》）
去年相从殊未足，问道已许谈其粗。（苏轼《寄刘孝叔》，

"粗"上声)

29. b. 平仄仄仄平平仄

吾辈碌碌饱饭行,风后力牧长回首。(杜甫《可叹》)

桐叶最晚今已繁,君不强起时难更。(韩愈《寒食日出游》)

黄芦低摧雪翳土,凫雁静立将俦侣。(王安石《纯甫出释惠崇画》)

自从四方冠盖闹,归作二浙湖山主。(苏轼《寄刘孝叔》)

29. c. 平仄平仄平平仄

此例未见。

29. d. 仄仄平仄平平仄

借问苦心爱者谁? 后有韦讽前支遁。(杜甫《韦讽录事宅》)

晋水今入并州里,稻花漠漠浇平田。(欧阳修《晋祠》)

劝君韬养待征招,不用雕琢愁肝肾。(韩愈《赠崔立之评事》)

旧闻石鼓今见之,文字郁律蛟蛇走。(苏轼《石鼓》)

"平平仄"脚也像"仄平平"脚一样,是比较最少见的一种形式。而且,多数"平平仄"脚是入律的(但《声调四谱》认为"平平仄仄平平仄"是七古正句,不算入律)。当其不入律的时候,以29. a. 29. b. 29. d. 为较常见,因为全句虽不入律,但后面五个字却是入律的。29. c. 因为平仄相间,反而罕用。28. a. 连用五平,28. b. 中五字连用平声,诗论家认为不可轻用。其他如27. b. 27. c. 27. d. 28. c. 也都非常罕见。

7.2 转韵七古和一韵到底的七古,在平仄上大不相同。大致说来,转韵七古以入律为常;一韵到底的七古以不入律为常。前者即使不完全入律,也不过第五字的平仄和律句相反而已,后者则往往用所谓拗句(四六同声)、单拗(二四同声),或双拗(二四六同声)。前者以王维、李颀、高适、岑参、崔颢、刘长卿、钱起、韩翃、白居易、元稹诸人为代表,后者以杜甫、韩愈、李商隐为代表。李白的五古多系仿古,七古却多入律。唐人一韵到底的七古不多;宋人渐尚此体,欧王苏黄都学杜韩,于是平仄多拗。关于入律,参看本章第九节。

7.3　这节和上节的平仄句式统计起来,五古不入律的句式共有十三大类,廿五小类;七古不入律的句式共有廿九大类,一百十四小类。如果连律句也算在内,则五言和七言的平仄句式(小类)总数如下:

五言的平仄句式:三十二类;

七言的平仄句式:一百廿八类。

但其中有些是常用的,如三平调等;有些是罕用的,如四平脚、孤仄、平仄相间等。经过了这一番分析之后,可见古风的平仄也不是随意乱用的。

第八节　古风的粘对及其出句末字的平仄

8.1　在新式的五言古风里,其粘对和律诗的粘对大致相同,总以第二字为主:出句第二字和对句第二字平仄相反,这是对;后一联的出句第二字和前一联的对句第二字平仄相同,这是粘,例如:

送王昌龄　　李　颀

漕水东去远,送君多暮情。(“水”仄“君”平,对)

淹留野寺出,向背孤山明。(“君、留”皆平,粘;“留”平“背”仄,对)

前望数千里,中无蒲稗生。(“背、望”皆仄,粘;“望”仄“无”平,对)

夕阳满舟楫,但爱微波清。(“无、阳”皆平,粘;“阳”平“爱”仄,对)

举酒林月上,解衣沙鸟鸣。(“爱、酒”皆仄,粘;“酒”仄

“衣”平，对）

夜来莲花界，梦里金陵城。（“衣、来”皆平，粘；“来”平“里”仄，对）

叹息此离别，悠悠江海行。（“里、息”皆仄，粘；“息”仄“悠”平，对）

白云先生王迥见访 孟浩然

闲归日无事，云卧昼不起。（“归”平“卧”仄，对）

有客款柴扉，自云巢居子。（“卧、客”皆仄，粘；“客”仄“云”平，对）

居闲好芝术，采药来城市。（“云、闲”皆平，粘；“闲”平“药”仄，对）

家在鹿门山，常游涧泽水。（“药、在”皆仄，粘；“在”仄“游”平，对）

手持白羽扇，脚步青芒履。（“游、持”皆平，粘；“持”平“步”仄，对）

闻道鹤书征，临流还洗耳。（“步、道”皆仄，粘；“道”仄“流”平，对）

8.2 但是，五古的粘对和律诗的粘对也不尽相同：律诗第二第四两字平仄都对，五古则第四字可以不管。这有两个原因：（一）“平平仄平仄”是古风的正调，往往与“仄仄平平平”或“仄仄仄平仄”相对，则第四字的声调势不能不相同；（二）五古有所谓拗句，第二第四字同声，如果它的对句不拗，则第四字势必不对。即以上文李颀和孟浩然的诗来说，“夕阳满舟楫”的“舟”字和“但爱微波清”的“波”字不对，“居闲好芝术”的“芝”字和“采药来城市”的“城”字不对，是由于第一种原因；“漕水东去远”的“去”字和“送君多暮情”的“暮”字不对，“举酒林月上”的“月”字和“解衣沙鸟鸣”的“鸟”字不对，“夜来莲花界”的“花”字和“梦里金陵城”的“陵”字不对，“闲归日无事”的“无”字和“云卧昼不起”的“不”字不对，“有客款柴扉”的“柴”字和“自云巢居子”的“居”字不对，是由于第二种原因。

如果诗中没有拗句（指古拗），而又粘对合式，那么，除了“平平仄平仄”应作为“平平平仄仄”看待之外，第二第四两字便都粘都对。就五古而论，下列的一首诗的粘对是最规矩的，可认为新式五古的标准诗：

题綦毋校书田居　　李　颀

常称挂冠吏，昨日归沧洲。行客暮帆远，主人庭树秋。
岂伊问天命，但欲为山游。万物我何有？白云空自幽。
萧条江海上，日夕见丹丘。生事本渔钓，赏心随去留。
惜哉旷微月，欲济无轻舟。倏忽令人老，相思河水流。

8.3　但是，有些诗论家认为只有这种严格的粘对法才是五古的正轨，那却是错误的见解。这只是唐代某一派诗人的一种风尚（受律诗影响后的风尚），并不能代表整个唐代诗人的作风。至于唐以前的古诗，更完全不受粘对的拘束，例如：

咏　怀　　阮　籍

夜中不能寐，起坐弹鸣琴。薄帷鉴明月，清风吹我襟。
孤鸿号外野，朔鸟鸣北林。徘徊将何见？忧思独伤心！

“坐”与“帷”不粘，“鸟”与“徊”不粘；“帷”与“风”不对，“徊”与“思”不对。这种不受粘对拘束的古风，直至唐宋以后，还是占大多数。《声调四谱》把不粘的情形叫做拗粘，不对的情形叫做拗对。古风中本不该再谈拗，但如果心知其意，不看得太呆板，也未尝不可以借用这些名称。如果把它们和拗句、单拗、双拗那些名词合起来看，可说是越拗越近古，越正越近律。

8.4　有些五古是粘对完全合律的；至于七古，却几乎没有一首是全篇粘对不拗的。总之，无论五古、七古，也都有拗对拗粘。现在试举若干拗对拗粘的例子，以为证明。

拗对

(1)五言

白云惭幽谷,清风愧泉源。(张说《杂兴》)
昔余涉漳水,驱车行邺西。(高适《宋中遇林虑》)
寒夜天光白,海静月色真。(王昌龄《送十二兵曹》)
危径数万转,数里将三休。(王维《自大散以往》)
虫鸣机杼悲,雀喧禾黍熟。(王维《宿郑州》)
夙承大导师,焚香此瞻仰。(王维《谒璇上人》)
兴尽方下山,何必待之子?(丘为《寻西山隐者不遇》)
一川草长绿,四时那得辨?(丘为《泛若耶溪》)
含笑默不语,化作朝云飞。(祖咏《古意》)
幽意无断绝,此去随所偶。(綦毋潜《春泛若耶溪》)
清涧日濯足,乔木时曝衣。(储光羲《樵父词》)
旧蒲雨抽节,新花水对窗。(常建《白湖寺后溪宿云门》)
家本渭水西,异日同所适。(陶翰《晚出伊阙寄河南裴中丞》)
匈奴不敢敌,相呼归去来。(颜真卿《赠裴将军》)
顾我谫劣质,希圣杳无因。(萧颖士《过河滨和文学张志尹》)
一从文章事,两京春复秋。(崔曙《宿大通和尚塔》)
废兴虽万变,宪章亦已沦。(李白《古风》)
明断自天启,大略驾群才。(同上)
一体更变易,万事良悠悠。(同上)
清风洒六合,邈然不可攀。(同上)
生苦百战役,死托万鬼邻。(李白《门有车马客行》)
光景不知晚,觥酌岂言频。(韦应物《军中冬燕》)
汗马牧秋月,疲卒卧霜风。(刘湾《出塞曲》)
稽首谢真侣,辞满归崆峒。(李栖筠《张公洞》)
嵇康不得死,孔明有知音。(杜甫《遣兴》)
谁谓筑居小?未尽乔木西。(杜甫《泛溪》)

如果出句和对句都用平脚，则以拗对为常，例如：

犹忆鸡鸣山，每谓《西升经》。（高适《遇冲和先生》）
蔼蔼帝王州，宫观一何繁！（王维《瓜园诗》）
邪气悖正声，郑卫生其间。（李华《杂诗》）
登高望天山，白云正崔嵬。（颜真卿《赠裴将军》）
太息感悲泉，人往迹未湮。（萧颖士《过河滨》）
松柏今在兹，安忍思故乡。（孟云卿《伤情》）
昔别雁门关，今戍龙庭前。（李白《古风》）
日暮醉酒归，白马骄且驰。（同上）
对此嘉树林，独有戚戚颜。（韦应物《移疾会诗客元生》）
车马日萧萧，胡不枉我庐？（韦应物《城中卧疾》）
始自风尘交，中结绸缪姻。（韦应物《寄令狐侍郎》）
茫茫十月交，穷阴千里余。（高适《苦雨寄房四昆季》）
下有冬青林，石上走长根。（杜甫《木皮岭》）
高标跨苍穹，烈风无时休。（杜甫《同诸公登慈恩寺塔》）

（2）七言

秦兵益围邯郸急，魏王不救平原君。（王维《夷门歌》）
美酒尊中置千斛，载妓随波任去留。（李白《江上吟》）
士卒多骑内厩马，惆怅恐是病乘黄。（杜甫《瘦马行》）
手指交梨遣帝食，可以长生临宇县。（李颀《王母歌》）
累荐贤良皆不就，家近陈留访耆旧。（李颀《答高三十五留别》）
白云飞鸟去寂寞，吴山楚岫空崔嵬。（刘长卿《时平后送范伦》）
却到长安逢故人，不道姓名应不识。（同上）
车旁侧挂一壶酒，凤笙龙管行相催。（李白《襄阳歌》）
深山大泽龙蛇远，春寒野阴风景暮。（杜甫《送孔巢父谢病归》）
琉璃汗漫泛舟入；事殊兴极忧思集。（杜甫《渼陂行》）

七古也像五古一样，如果出句和对句都是平脚，也往往用拗对，例如：

木兰之枻沙棠舟，玉箫金管坐两头。（李白《江上吟》）
今我不乐思岳阳，身欲奋飞病在床。（杜甫《寄韩谏议》）
蕲州笛竹天下知，郑君所宝尤瑰奇。（韩愈《郑群赠簟》）
将军善画盖有神，心逢佳士写其真。（杜甫《丹青引》）
鲛人潜织水底居，侧身上下随游鱼。（李颀《鲛人歌》）
梁生倜傥心不羁，途穷气盖长安儿。（李颀《别梁锽》）
与君携手姑苏台，望乡一日登几回。（刘长卿《时平后送范伦》）
落日欲没岘山西，倒著接䍦花下迷。（李白《襄阳歌》）

在律诗的对仗里，很少有同字相对的情形：一则因为近体诗没有这个规矩（参看第一章第十五节），二则因为即使要用同字相对，也只能限于第一第三字（五七言）和第五字（七言），二四六字是没法子相对的，因为除了特拗之外，律诗出句的二四六字和对句二四六字的平仄是应该相反的。至于古风就不同了：古风既容许有拗对，于是同字相对的地方很多，即在二四六字也可以相对了，例如：

朝与周人辞，暮投郑人宿。（王维《宿郑州》）
弦庐若耶里，左右若耶水。（丘为《泛若耶溪》）
一射百马倒，再射万夫开。（颜真卿《赠裴将军》）
绿笋总成竹，红花亦成子。（崔曙《古意》）
但见万里天，不见万里道。（孟云卿《古别离》）
去年桑乾北，今年桑乾东。（刘湾《出塞曲》）
死是征人死，功是将军功。（同上）
昔如水上鸥，今如罝中兔。（杜甫《有怀台州郑十八司户》）
昨日延英对，今日崖州去。（白居易《寄隐者》）
美人在时花满堂，美人去后空余床。（李白《长相思》）

馆娃宫中春已归，阖闾城头莺已飞。（李嘉祐《伤吴中》）

百人会中身不预，五侯门前心不能。（王维《不遇咏》）

古风用拗对，有时候可以避免完全合律。譬如两句都是律句，只要用了拗对，就和律诗的格式有了分别，例如：

行人过欲尽，狂夫终不至。（王维《羽林骑闺人》）

自然成妙用，孰知其指的？（李白《草创大还赠柳官迪》）

车马平明合，城郭满埃尘。（韦应物《大梁亭会李四》）

一夕南宫遇，聊用写中情。（韦应物《寄职方刘郎中》）

皓气凝书帐，清著钓鱼竿。（孟彦深《元次山居武昌》）

忆昔好追凉，故绕池边树。（杜甫《羌村》）

莫学吹笙王子晋，一遇浮丘断不还。（李白《凤吹笙曲》）

至于一联之中只有一句入律，也可用拗对以求其近古，例如上文所举韦应物的"光景不知晚，觥酌岂言频"，杜甫的"深山大泽龙蛇远，春寒野阴风景暮"，等等。总之，拗对往往被诗人利用作为补救律句的方法，这是可以从大多数情形观察得出来的。

拗粘

(1)五言

奉陪张燕公登南楼　　尹　懋

君子每垂眷，江山共流眄。远水林外明，近岩雾中见。

终日西北望，何处是京县？屡登高春台，徒使泪如霰。

"日"与"岩"不粘，"登"与"处"不粘。"君子、终日"两联都用拗对。

答洛阳主人　　陈子昂

平生白云志，早爱赤松游。事亲恨未立，从宦此中州。

主人亦何问，旅客非悠悠。方谒明天子，清宴奉良筹。

再取连城璧，三涉平津侯。不然拂衣去，归从海上鸥。

宁随当代子，倾仄且沉浮。

“亲”与“爱”不粘，“然”与“涉”不粘。“事亲、方谒、不然”三联都用拗对。

奉寄韦太守陟 王 维

荒城自萧索，万里山河空。天高秋日迥，嘹唳闻归鸿。
寒塘映衰草，高馆落疏桐。临此岁方宴，顾景咏悲翁。
故人不可见，寂寞平陵东。

“高”与“里”、“塘”与“唳”、“人”与“景”，都不粘。“临此”一联用拗对。

同元锡题琅琊寺 韦应物

适从郡邑喧，又兹三伏热。山中清景多，石罅寒泉洁。
花香天界事，松竹人间别。殿分岚岭明，磴临悬壑绝。
昏旭穷陟降，幽显尽披阅。嵚骇风雨区，寒知龙蛇穴。
情虚澹泊生，境寂尘妄灭。经世岂非道？无为厌车辙。

“香”与“罅”、“分”与“竹”、“旭”与“临”，都不粘，“适从、殿分、昏旭”三联都用拗对。

别赞上人 杜 甫

百川日东流，客去亦不息。我生苦漂荡，何时有终极？
赞公释门老，放逐来上国。还为世尘婴，颇带憔悴色。
杨枝晨在手，豆子雨已熟。是身如浮云，安可限南北？
异县逢旧友，初忻写胸臆。天长关塞寒，岁暮饥冻逼。
野风吹征衣，欲别向曛黑。马嘶思故枥，归鸟尽敛翼。
古来聚散地，宿昔长荆棘。相看俱衰年，出处各努力。

“生”与“去”、“为”与“逐”、“枝”与“带”、“风”与“暮”、“嘶”与“别”、“来”与“鸟”、“看”与“昔”，都不粘。“我生”一联用拗对。

续古诗 白居易

栖栖远方士，读书三十年。业成无知己，徒步来入关。
长安多王侯，英俊竞攀援。幸随众宾末，得厕门馆间。

东阁有旨酒，中堂有管弦。何为向隅客，对此不开颜？
富贵无是非，主人终日欢。贫贱多悔尤，客子终夜叹。
归去复归去，故乡贫亦安。

“安”与“步”、“随”与“俊”、“贱”与“人”，都不粘。“栖栖、贫贱”两联用拗对。

羽林行　　鲍　溶

朝出羽林宫，入参云台议。独请万里行，不奏和亲事。
君王重年少，深纳开边利。宝马雕玉鞍，一朝从万骑。
煌煌都门外，祖帐光七贵。歌钟乐行军，云物惨别地。
箫笳整部曲，幢盖动郊次。临风亲戚怀，满袖儿女泪。
行行复何赠？长剑报恩字。

“请”与“参”、“王”与“奏”、“钟”与“帐”、“笳”与“物”、“风”与“盖”、“行”与“袖”，都不粘。“独请”一联用拗对。

（2）七言

客舍喜郑三见寄　　刘长卿

客舍逢君未授衣，闭门愁见桃花飞。
遥想故园今已尔，家人应念行人归。
寂寞垂杨映深曲，长安日暮灵台宿。
穷巷无人鸟雀闲，空庭新雨莓苔绿。
此中分与故交疏，何幸仍回长者车！
十年未称平生意，好得辛勤谩读书。

“想”与“门”、“寞”与“人”、“巷”与“安”、“年”与“幸”，都不粘。

伤吴中　　李嘉祐

馆娃宫中春已归，阖闾城头莺已飞。
复见花开人又老，横塘寂寂柳依依。
忆昔吴王在宫阙，馆娃满眼看花发。
舞袖朝欺陌上春，歌声夜怨江边月。
古来人事亦犹今，莫厌清觞与绿琴。

独向西山聊一笑，白云芳草自知心。

“见”与“闾”、“昔”与“塘”、“袖”与“娃”，都不粘。“馆娃宫中”一联用拗对。

李鄠县丈人胡马行 杜 甫

丈人骏马名胡骝，前年避胡过金牛。
回鞭却走见天子，朝饮汉水暮灵州。
自矜胡骝奇绝代，乘出千人万人爱。
一闻说尽急难材，转益愁向驽骀辈。
头上锐耳批秋竹，脚下高蹄削寒玉。
始知神龙别有种，不比俗马空多肉。
洛阳大道时再清，累日喜得俱东行。
凤臆龙鬐未易识，侧身注目长风生。

“矜”与“饮”、“闻”与“出”、“知”与“下”，“阳”与“比”，都不粘。“丈人、头上”两联用拗对。

车遥遥 张 籍

征人遥遥出古城，双轮齐动驷马鸣。
山川无处无归路，念君长作万里行。
野田人稀秋草绿，日暮放马车中宿。
惊麏游兔在我旁，独唱乡歌对僮仆。
君家大宅凤城隅，年年道上随行车。
愿为玉銮系华轼，终日有声在君侧。
门前旧路久已平，无由复得君消息。

“麏”与“暮”、“家”与“唱”、“前”与“日”，都不粘。“征人、山川、君家、门前”四联都用拗对。

雪后寄崔二十六丞公 韩 愈

蓝田十月雪塞关，我兴南望愁群山。
攒天嵬嵬冻相映，君乃寄命于其间。
秩卑俸薄食口众，岂有酒食开容颜。

殿前群公赐食罢，骅骝踏路骄且闲。
称多量少鉴裁密，岂念幽桂遗榛菅。
几欲犯严出荐口，气象硉兀未可攀。
归来殒涕掩关卧，心之纷乱谁能删？
诗翁憔悴劚荒棘，清玉刻佩联玦环。
脑脂遮眼卧壮士，大弨挂壁无由弯。
乾坤惠施万物遂，独于数子怀偏悭。
朝欷暮喈不可解，我心安得如石顽！

“卑”与“乃”、“前”与“有”、“脂”与“玉”，都不粘。“蓝田、殿前、几欲、归来、脑脂、乾坤、朝欷”七联都用拗对。

以上共十二个例子，除刘长卿一例外，都是拗粘和拗对并用的。因为拗粘若不拗对，则前后两联的平仄相似，颇嫌呆板。因此，有些地方是先拗粘而后以拗对为调剂，有些地方是先拗对而后以拗粘为调剂；当然，也有些地方是二者不生关系的。

8.5　统计起来，拗对比正对毕竟少了许多，拗粘也似乎比正粘少些。但是，正如拗对可以补救律句一样，拗粘可以补救律联。古风的平仄越是近律，越是需要拗粘以示与律有别。譬如韦应物《同元锡题琅琊寺》“花香”一联是律联，而上下联都用拗粘；又如刘长卿《客舍喜郑三见寄》几乎可说全是律联，所以共用四次拗粘，以为补救。

8.6　赵执信《声调谱》有所谓齐梁体。李锳《诗法易简录》也说：“齐梁体为唐律所自出，乃由古入律之间。既异古调，又未成律，故别为一格。唐《白香山集》有格诗，李义山、温飞卿集皆有齐梁格诗，皆此体也。其诗有平仄而乏粘联，其句中调协平仄亦在疏密之间。”这种解说是颇为明白的。由此看来，“格诗”共有三个特色：

（一）只有五言，没有七言；

（二）每句的平仄非常近律，除第三字不拘平仄外，其余平仄与律句完全相同；

（三）常有拗粘，间有拗对。

现在试举李商隐和温庭筠的两首格诗为例：

齐梁晴云 李商隐

缓逐烟波起，如妒柳绵飘。（aA 拗对）

故临飞阁度，欲入回陂销。（bA，对句三平调，“临”字拗粘）

萦歌怜画扇，敞景弄柔条。（bA，“歌”字拗粘）

更奈天南位，牛渚宿残宵。（AA，出句三平调，拗对）

边笳曲 温庭筠

朔管迎秋动，雕阴雁来早。（ab，对句特拗）

上郡隐黄云，天山吹白草。（Ab，“郡”字拗粘）

嘶马渡寒碛，朝阳照霜堡。（Ab，两句第三字都拗，“马”字拗粘）

江南戍客心，门外芙蓉老。（Ba.）

8.7 有些人以为格诗和普通五古并无分别，似乎因为看见普通五古也有拗对和拗粘；殊不知普通五古的平仄可以有拗句，而格诗则专用律句，或近律句，其分别是很显明的。后来刘长卿、王昌龄诸人采用齐梁的律句和近律句而加以粘对，就成为新式的五古；李白、杜甫诸人模仿陶、谢，不取齐梁，就成为仿古的五古。这两条道路也是很显明的。

* * *

8.8 在律诗里，除首句末字可以不拘平仄之外，出句必须用仄脚。因为律诗以用平韵为原则，对句既用平脚，则出句应该用仄脚才能相对。古风有平韵，有仄韵；而平韵古风、仄韵古风和转韵古风，它们出句末字的平仄又各有规矩，不能相提并论。因此，我们这里把平韵、仄韵和转韵分开来说。

（一）平韵的古风，除本章第五节所谓奇句韵外，出句以用仄脚为原则。新式的古风尤其如此，例如：

夜到洛口入黄河　储光羲

河洲多青草，朝暮增客愁。客愁惜朝暮，枉渚暂停舟。
中宵大川静，解缆逐归流。浦溆既清旷，沿洄非阻修。
登胪望落月，击汰悲新秋。倘遇乘槎客，永言星汉游。

全诗出句皆用仄脚。

山　石　韩　愈

山石荦确行径微，黄昏到寺蝙蝠飞。
升堂坐阶新雨足，芭蕉叶大栀子肥。
僧言古壁佛画好，以火来照所见稀。
铺床拂席置羹饭，疏粝亦足饱我饥。
夜深静卧百虫绝，清月出岭光入扉。
天明独去无道路，出入高下穷烟霏。
山红涧碧纷烂熳，时见松枥皆十围。
当流赤足蹋涧石，水声激激风吹衣。
人生如此自足乐，岂必局束为人鞿。
嗟哉吾党二三子，安得至老不更归！

除首句入韵外，出句皆用仄脚。

但是，唐以前的古诗并没有受这种拘束，例如本章第六节所举《古诗十九首》中："西北有高楼，上与浮云齐。交疏结绮窗，阿阁三重阶。上有弦歌声，音响一何悲。"出句皆用平脚。又如"去者日以疏，来者日以亲……古墓犁为田，松柏摧为薪。白杨多悲风，萧萧愁杀人。思还故里闾，欲归道无因"，出句也都用平脚。因此，仿古的平韵五古出句并不避忌平脚，例如：

善福精舍　韦应物

弱志厌众纷，抱素寄精庐。嗷嗷仰时彦，闷闷独为愚。
之子亦辞秩，高踪罢驰驱。忽因西飞禽，赠我以琼琚。
始表仙都集，复言欢乐殊。人生各有因，契阔不获俱。
一来田野中，日与人事疏。水木澄秋景，逍遥清赏余。

枉驾怀前诺，引领岂斯须！无为便高翔，邈矣不可迂。

除　草　　　　　　杜　甫

草有害于人，曾何生阻修。其毒甚蜂虿，其多弥道周。
清晨步前林，江色未散忧。芒刺在我眼，焉能待高秋？
霜露一沾凝，蕙叶亦难留。荷锄先童稚，日入仍讨求。
转致水中央，岂无双钓舟。顽根易滋蔓，敢使依旧丘。
自兹藩篱旷，更觉松竹幽。芟夷不可阙，疾恶信如仇。

至于七言，鲍照以前既然句句用韵，当然无所谓出句。唐以后隔句用韵而又一韵到底的平韵七古，出句却差不多永远是用仄脚的。这点和五古很不相同；大约因为出句的末字的平仄无古可仿，就依照律诗的规矩了。杜甫的平韵七古，有些出句是用平脚的，例如：

问之不肯道姓名，但道困苦乞为奴。（杜甫《哀王孙》）
昨夜东风吹血腥，东来橐驼满旧都。（同上）
昔随刘氏定长安，帷幄未改神惨伤。（杜甫《寄韩谏议》）
夜发猛士三千人，清晨合围步骤同。（杜甫《冬狩行》）
东西南北百里间，仿佛蹴踏寒山空。（同上）
况今摄行大将权，号令颇有前贤风。（同上）

但是，这些诗都杂着些奇句韵（见本章第八节），不是七古的常例，所以出句末字自然也可以不依照常例了。真正的例外乃是下面这些：

张生手持石鼓文，劝我试作《石鼓歌》。（韩愈《石鼓歌》）
孔子西行不到秦，掎摭星宿遗羲娥。（同上）
忆昔初蒙博士征，其年始改称元和。（同上）
雪眉老人朝扣门，愿为弟子长参禅。（苏轼《游径山》）
潮阳太守南迁归，喜见石廪堆祝融。（苏轼《海市》）

总之，试拿七古平韵诗里的平脚出句和五古平韵诗比较，可见其常用的程度确有天渊之别了。

（二）仄韵的古风，也有新式和仿古的分别。新式的古风一切趋于格律化，对于出句末字的平仄也不能例外。仄韵五古的出句末字，以平仄相间为正格。譬如前一联的出句用平脚，则后一联的出句必须用仄脚；又如前一联的出句用仄脚，则后一联的出句必须用平脚。在近律的新式古风里，这一个规则相当严格，例如（平脚以·为记，仄脚以△为记）：

望鸣皋山白云　　李　颀

饮马伊水中，白云鸣皋上。氛氲山绝顶，行子时一望。
照日龙虎姿，攒空冰雪状。嶔崟殊未已，崚嶒忽相向。
皎皎横绿林，霏霏澹青嶂。远映村更失，孤高鹤来傍。
胜气欣有逢，仙游且难访。故人吏京剧，每事多闲放。
室画峨眉峰，心格洞庭浪。惜哉清兴里，不见予所尚！

春泛若耶溪　　綦毋潜

幽意无断绝，此去随所偶。晚风吹行舟，花路入溪口。
际夜转西壑，隔山望南斗。潭烟飞溶溶，林月低向后。
生事且弥漫，愿为持竿叟。

题应圣观　　储光羲

空中望小山，山下见余雪。皎皎河汉女，在兹养真骨。
登门骇天书，启籥问仙诀。池光摇水雾，灯色连松月。
合砖起花台，折草成玉节。天鸡弄白羽，王母垂玄发。
北有祈年宫，一路在云霓。上心方向道，时复朝金阙。

听弹风入松阕赠杨补阙　　王昌龄

商风入我弦，夜竹深有露。弦悲与林寂，清景不可度。
寥落幽居心，飕飕青松树。松风吹草白，溪水寒日暮。
声意去复还，九变待一顾。空山多雨雪，独立君始悟。

奉陪萧使君入鲍达洞寻灵山寺 刘长卿

山居秋更鲜，秋江相映碧。独临沧洲路，如待挂帆客。
遂使康乐侯，披榛着双屐。入云开岭道，永日寻泉脉。
古寺隐青冥，空中寒磬夕。苍苔绝行径，飞鸟无去迹。
树杪下归人，水声过幽石。任情趣逾远，移步奇屡易。
萝木静蒙蒙，风烟深寂寂。徘徊未能去，畏共桃源隔。

宿天台桐柏观 孟浩然

海行信风帆，夕宿逗云岛。缅寻沧洲趣，近爱赤城好。
扪萝亦践苔，辍棹恣探讨。息阴憩桐柏，采秀弄芝草。
鹤唳清露垂，鸡鸣信潮早。愿言解缨绂，从此去烦恼。
高步凌四明，玄踪得三老。纷吾远游意，学彼长生道。
日夕望三山，云涛空浩浩。

元日寄诸弟兼呈崔都水 韦应物

一从守兹郡，两鬓生素发。新正加我年，故岁去超忽。
淮滨益时候，了似仲秋月。川谷风景温，城池草木发。
高斋属多暇，惆怅临芳物。日月昧还期，念君何时歇?

这种诗非但出句末字平仄相间，其最讲究者，还要求出句末字和韵脚不同声调。譬如韵脚用去声，则出句末字避免去声，否则也被认为上尾。上面所举诸例都是合于这个规矩的。李颀、储光羲辈最能守这规矩，刘长卿、韦应物诸人则不能处处避免上尾。

仄韵七古对于这一方面，不能像五古那样严格。事实上，仄韵七古之一韵到底者，盛唐只有杜甫一家。而杜甫则是仿古的一派，不大理会这个。我们看杜甫的集中，只有下面的一首，其出句末字是近似于平仄递用的：

忆昔行 杜 甫

忆昔北寻小有洞，洪河怒涛过轻舸。

辛勤不见华盖君，艮岑青辉惨幺幺。
千崖无人万壑静，三步回头五步坐。
秋山眼冷魂未归，仙赏心违泪交堕。
弟子谁依白茅屋？卢老独启青铜锁。
巾拂香余捣药尘，阶除灰死烧丹火。
悬圃沧洲莽空阔，金节羽衣飘婀娜。
落日初霞闪余映，倏忽东西无不可。
松风涧水声合时，青兕黄熊啼向我。
徒然咨嗟抚遗迹，至今梦想仍犹佐。
秘诀隐文须内教，晚岁何功收愿果？
更讨衡阳董炼师，南浮早鼓潇湘柁。

这诗除"悬圃、落日"两联及"徒然、秘诀"两联出句连用仄脚外，其余出句都是平仄脚相间的。这在杜集虽只一例，而这一例却成为韩、王、苏、陆诸家的模范。他们的仄韵七古，对于出句末字，也是平仄递用而不一定每联一换。他们偶然连用两个平脚或两个仄脚，例如：

赠崔立之评事　　韩　愈

崔侯文章苦捷敏，高浪驾天输不尽。
曾从关外来上都，随身卷轴车连轸。
胡为百赋犹郁怒，暮作千诗转遒紧！
摇豪掷简自不供，顷刻青红浮海蜃。
才豪气猛易语言，往往蛟螭杂蝼蚓。
知音自古称难遇，世俗乍见那妨哂？
勿嫌法官未登朝，犹胜赤尉长趋尹。
时命虽乖心转壮，技能虚富家逾窘。
念昔尘埃两相逢，争名龃龉持矛盾。

子时专场夸觜距，余始张军严韅靷。
尔来但欲保封疆，莫学庞涓怯孙膑。
窜逐新归厌闻闹，齿发早衰嗟可闵。
频蒙怨句刺弃遗，岂有闲官敢推引？
深藏箧笥时一发，戢戢已多如束笋。
可怜无益费精神，有似黄金掷虚牝。
当今圣人求侍从，拔擢杞梓收楛箘。
东马严徐已奋飞，枚皋即召穷且忍。
复闻王师西讨蜀，霜风冽冽摧朝菌。
走章驰檄在得贤，燕雀纷拏要鹰隼。
窃料二涂必处一，岂比恒人长蠢蠢！
劝君韬养待征招，不用雕琢伤肝肾。
墙根菊花好沽酒，钱帛纵空衣可准。
晖晖檐日暖且鲜，摵摵井梧疏更殒。
高士例须怜曲蘖，丈夫终莫生畦畛。
能来取醉任喧呼，死后贤愚俱泯泯。

除“摇豪、才豪”两联出句连用平脚外，其余平仄每联一换。

和中甫兄春日有感　　王安石

雪释沙轻马蹄疾，北城可游今暇日。
溅溅溪谷水乱流，漠漠郊原草争出。
娇梅过雨吹烂熳，幽鸟迎阳语啾唧。
分香欲满锦树园，剪彩休开宝刀室。
胡为我辈坐自苦，不念兹时去如失！
饱闻高迳动车轮，甘卧空堂坐经帙。
淮蝗蔽天农久饿，越卒围城盗少逸。
至尊深拱罢箫韶，元老相看进刀笔。

春风生物尚有意，壮士忧民岂无术！
不成欢醉但悲歌，回首功名古难必。

全诗合例。

九日黄楼作　　苏　轼

去年重阳不可说，南城夜半千沤发。
水穿城下作雷鸣，泥满城头飞雨滑。
黄花白酒无人问，日莫归来洗靴袜。
岂知还复有今年，把酒对花容一呷！
莫嫌酒薄红粉陋，终胜泥中千柄锸。
黄楼新成壁未干，清河已落霜初杀。
朝来白雾如细雨，南山不见千寻刹。
楼前便作海茫茫，楼下空闻橹鸦轧。
薄寒中人老可畏，热酒浇肠气先压。
烟消日出见渔村，远水鳞鳞山齾齾。
诗人猛士杂龙虎，楚舞吴歌乱鹅鸭。
一杯相属君莫辞，此境何殊泛清霅！

全诗合例。

九月一日夜读诗稿有感走笔作歌　　陆　游

我昔学诗有未得，残余未免从人乞。
力孱气馁心自知，妄取虚名有惭色。
四十从戎驻南郑，酣宴军中夜连日。
打球筑场一千步，阅马列厩三万匹。
华灯纵博声满楼，宝钗艳舞光照席。
琵琶弦急冰雹乱，羯鼓手匀风雨疾。
诗家三昧忽见前，屈贾在眼元历历。
天机云锦用在我，剪裁妙处非刀尺。

世间才杰并不乏，秋毫未合天地隔。

放翁老死何足论？《广陵散》绝还堪惜！

“四十、打球”两联及“天机、世间”两联出句连用仄脚。其余合例。

自然，仄韵七古出句末字平仄递用只是一种作风，不是一种规律。韩、王、苏、陆已经不能每首仄韵七古都如此，至于欧阳修、黄庭坚之流，就更不讲究这个了。

（三）转韵的古风，其出句末字的声调，起初本是相当随便的。后来却渐渐形成了下面的两个规则：

（1）每韵的第一句，如果是五言，末字不拘声调；如果是七言平韵，则末字以平声为原则；如果是七言仄韵，则末字以仄声为原则（因为五古首句入韵不入韵可以随便，七古首句以入韵为常，见本章第五节）。

（2）每韵的第三句，如果在平韵诗里，它的末字常用仄声；如果在仄韵诗里，它的末字常用平声。但如有三联以上，则依照一韵到底的规矩，仄韵诗用平仄相间。下面是两个例子：

转韵五古

临别送张諲入蜀 李颀

出门便为客，惘然悲徒御。四海维一身，茫茫欲何去？

经山复历水，百恨将千虑。剑阁望梁州，是君断肠处。

孤云伤客心，落日感君深。梦里蒹葭渚，天边橘柚林。

蜀江流不测，蜀路险难寻。木有相思号，猿多愁苦音。

莫向愚山隐，愚山地非近。故乡可归来，眼见芳菲尽。

“客”仄“身”平，“水”仄“州”平，是平仄相间；“隐”仄“来”平，也是平仄相间；“心”平，因为是转平韵的第一句，入韵；“渚测号”都仄，因为依照一韵到底的规矩，平韵出句以用仄脚为常。

转韵七古

送贾三北游 刘长卿

贾生未达犹窘迫，身驰匹马邯郸陌。

片云郊外遥送人，斗酒城边暮留客。
顾予他日仰时髦，不堪此别相思劳。
雨色新添漳水绿，夕阳远照苏门高。
把袂相看衣共缁，穷愁只是惜良时。
亦知到处逢下榻，莫滞秋风西上期。

"迫髦缁"入韵；"人"平声，因为是仄韵；"绿榻"仄声，因为是平韵。

本章第四节及第五节里还有许多转韵古风的例子，读者可以参看，以资印证。总之，格律化的转韵古风可认为两首以上的绝句或律诗的结合，其出句末字的平仄，大致是可以依照绝句或律诗类推而知的。

第九节　入律的古风

9.1　我们在第六节里说过，唐以前的古诗并未避免律句，因为当时既无所谓"律"，也就无从避免。后世所谓律句，就普通说，是指腹节上字平仄合律者而言；但是，依一三五不论的说法，除孤平外，像五言的"仄仄仄平仄、仄仄平平平、平平仄仄仄、平平平仄平"，七言的"平平仄仄仄平仄、平平仄仄平平平、仄仄平平仄仄仄、仄仄平平平仄平"之类，至少也该认为似律；又如特拗"平平仄平仄"和"仄仄平平仄平仄"也该认为似律。因此，若要古风连似律的句子都没有，实在很难；就说全篇没有入律的句子，也决不是偶然，而是存心造成的。这样的古风并不多，现在五、七言各举一例如下：

题从叔述灵岩山壁　　孟　郊

换却世上心，独起山中情。露衣凉且鲜，云策高复轻。
喜见夏日来，变为松景清。每将逍遥听，不厌飕飗声。
远念尘末宗，未疏俗间名。桂枝妄举手，萍路空劳生。
仰谢开净弦，相招时一鸣。

不遇咏 王　维

北阙献书寝不报，南山种田时不登。
百人会中身不预，五侯门前心不能。
身投河朔饮君酒，家在茂陵平安否？
且此登山复临水，莫问春风动杨柳。
今人昨人多自私，我心不说君应知。
济人然后拂衣去，肯作徒尔一男儿！

9.2　但是，诗论家以为：如果只有律句而没有律联，仍旧不失古诗的格调。这就是说，出句入律，则对句不入律以为补救；对句入律，则出句不入律以为补救，例如（律句以。为记）：

嵩　少 孟　郊

沙弥舞袈裟，走向踯躅飞。闲步亦惺惺，芳援相依依。
噎塞春咽喉，蜂蝶事光辉。群嬉且已晚，孤行将何归？
流艳去不息，朝英亦疏微。

八月十五夜赠张功曹 韩　愈

纤云四卷天无河，清风吹空月舒波。
沙平水息声影绝，一杯相属君当歌。
君歌声酸辞且苦，不能听终泪如雨。
洞庭连天九疑高，蛟龙出没猩鼯号。
十生九死到官所，幽居默默如藏逃。
下床畏蛇食畏药，海气湿蛰熏腥臊。
昨者州前搥大鼓，嗣皇继圣登夔皋。
赦书一日行万里，罪从大辟皆除死。
迁者追回流者还，涤瑕荡垢朝清班。
州家申名使家抑，坎轲只得移荆蛮。
判司卑官不堪说，未免箠楚尘埃间。
同时辈流多上道，天路幽险难追攀。
君歌且休听我歌，我歌今与君殊科。

一年明月今宵多。人生由命非由他。

有酒不饮奈明何！

9.3　着意避免入律者，五言有孟郊，七言有韩愈。至于杜甫，只在五言仿古，七言则不大避免入律。李白最为特别，他很少做律诗，然而他有一小部分五古是入律的，一大部分七古是入律的。

9.4　综览《全唐诗》，五古及一韵到底的七古入律的最少，七古转韵诗入律的最多。为求清晰起见，我们将分为三类叙述：五古、一韵到底的七古、转韵的七古（转韵五古与一韵到底的五古情形相同，故不分别叙述）。

（1）五古

首先我们要知道：如果出句和对句都是律句，然而它们是拗对，那么仍不算是律联，也不算是入律，例如：

寄中书刘舍人　　韦应物

云宵路竟别，中年迹暂同。比翼趋丹陛，连骑下南宫（拗对）。
佳咏邀清月，幽赏滞芳丛（拗对）。迨予一出守，与子限西东。
晨露方怆怆，离抱更冲冲。忽睹九天诏，秉纶归国工。
玉座浮香气，秋禁散凉风（拗对）。应向横门度，环佩杳玲珑（拗对）。
光辉恨未瞩，归思坐难通。苍苍松桂姿，想在掖垣中。

不过，像这样多的律句，已经是非常近律了。这是从齐梁体来的。齐梁体如果不用拗对，就不免有许多律联，甚至全诗入律，只靠拗粘以与律诗有别而已。

王维、李颀、王昌龄、孟浩然诸人的五古，非但不避律句，有时还不避律联。律句最多的时候，可以占全篇的大部分，例如（律联以·为记，律句以∘为记）：

郑霍二山人　　王　维

翩翩繁华子，多出金张门。幸有先人业，早蒙明主恩。
童年且未学，肉食骛华轩。岂乏中林士？无人荐至尊。
郑公老泉石，霍子安丘樊。卖药不二价，著书盈万言。

息阴无恶木，饮水必清源。吾贱不及议，斯人竟谁论？

小部分入律。

不调归东川别业　　李　颀

寸禄言可取，托身将见遗。惭无匹夫志，悔与名山辞。

绂冕谢知己，林园多后时。葛巾方濯足，蔬食但垂帷。

十室对河岸，渔樵只在兹。青郊香杜若，白水映茅茨。

昼景彻云树，夕阴澄古逵。渚花独开晚，田鹤静飞迟。

且复乐生事，前贤为我师。清歌聊鼓楫，永日望佳期。

小部分入律。

赵十四兄见访　　王昌龄

客来舒长簟，开阁延清风。但有无弦琴，共君尽尊中。

晚来常读《易》，顷者欲还嵩。世事何须道？黄精且养蒙。

嵇康殊寡识，张翰独知终。忽忆鲈鱼脍，扁舟往江东。

大部分入律。

襄阳公宅饮　　孟浩然

窈窕夕阳佳，丰茸春色好。欲觅淹留处，无过狭斜道。

绮席卷龙须，香杯浮码碯。北林积修树，南池生别岛。

手拨金翠花，心迷玉红草。谈笑光六义，发论明三倒。

座非陈子惊，门还魏公扫。荣辱应无间，欢娱当共保。

若以律联论，则小部分入律；若以律句论，则大部分入律。

五古全篇入律者非常罕见；因为如果全篇入律，就太像律诗了。只有下面一个例子，勉强可认为全篇入律的五古：

子夜吴歌　　李　白

长安一片月，万户捣衣声。秋风吹不尽，总是玉关情。

何日平胡虏，良人罢远征？

除了首句第三字拗（五律第三字也偶然可拗），和“秋风”句拗粘之外，在平仄上竟是一首近体诗。我们之所以不把它认为三韵小律者，只因中间一联不成对仗而已。

转韵五古也常有入律的句子。本章第四节里所举卢纶的《送吉中孚》，几乎全篇入律或似律。现在再举一个例子：

城中卧疾知阎薛二子屡从邑令饮　韦应物

车马日萧萧，胡不枉我庐？方来从令饮，卧病独何如？
秋风起汉皋，开户望平芜。即此吝音素，焉知中密疏！
渴者不思火，寒者不求水。人生羁寓时，去就当如此。
犹希心异迹，眷眷存终始。

这里附带说一说仄韵的律诗。有人认为律诗只应有平韵，不应有仄韵。依此说法，则第一章第四节里所举的仄韵五律都该认为仄韵五古，只不过是全篇入律（或似律）的古风罢了。现在再举一个例子：

江上别流人　孟浩然

以我越乡客，逢君谪居者。分飞黄鹤楼，流落苍梧野。
驿使乘云去，征帆沿溜下。不知从此分，还袂何时把？

凡认律诗不能有仄韵的人，自然也认近体绝句不能有仄韵，于是第四节里所举的仄韵五绝也应认为入律的古绝。现在不再举例了。

（2）一韵到底的七古

七古之一韵到底者，本是仿古的一派，像杜、韩的七古，其中律句颇为罕见。然而罕见并不是完全没有，杜诗中更较为多些，例如：

湖城东遇孟云卿复归刘颢宅宿宴　杜　甫

疾风吹尘暗河县，行子隔手不相见。
湖城城南一开眼，驻马偶识云卿面。
向非刘颢为地主，懒回鞭辔成高宴。
刘侯叹我携客来，置酒张灯促华馔。
且将款曲终今夕，休语艰难尚酣战。
照室红炉促曙光，萦窗素月垂文练。
天开地裂长安陌，寒尽春生洛阳殿。

岂知驱车复同轨？可惜刻漏随更箭。
人生会合不可常，庭树鸡鸣泪如霰。

有一点值得注意：这首诗乃是仄韵诗。律诗既没有仄韵，则仄韵七古不妨用律句，因为从韵脚已经令人觉察出它不是律诗了。现在再举宋人的两个例子：

和子由送将官梁左藏仲通 苏 轼

雨足谁言春麦短？城坚不怕秋涛卷。
日长惟有睡相宜，半脱纱巾落纨扇。
芳草不锄当户长，珍禽独下无人见。
觉来身世都是梦，坐久枕痕犹著面。
城西忽报故人来，急埽风轩炊麦饭。
伏波论兵初矍铄，中散谈仙更清远。
南都从事亦学道，不恤腹空夸脑满。
问羊他日到金华，应许相将游阆苑。

“半脱、中散”两句是律诗中所谓特拗，所以也可认为似律。

怀成都十韵 陆 游

放翁五十犹豪纵，锦城一觉繁华梦。
竹叶春醪碧玉壶，桃花騕马青丝鞚。
斗鸡南市各分朋，射雉西郊常命中。
壮士臂立绿绦鹰，佳人袍画金泥凤。
椽烛那知夜漏残，银貂不管晨霜重。
一梢红破海棠回，数蕊香新早梅动。
酒徒诗社朝莫忙，日月匆匆迭宾送。
浮世堪惊老已成，虚名自笑今何用！
归来山舍万事空，卧听槽床酒鸣瓮。
北窗风雨耿青灯，旧游欲说无人共。

“数蕊、日月、卧听”三句都是律诗中所谓特拗。

像苏、陆这两首诗，每一联都有入律或似律的句子，已经是受了转韵七古的影响（见下文）。陆诗除首句入韵外，出句都用平脚，并非平仄递用，更像仄韵的近体诗（参看第一章第四节里所引韩偓的《意绪》）。

凡不承认有仄韵五律的，自然也不承认有仄韵七律，于是第四节里所举的仄韵七律也可认为入律的七古。现在再举一个近似仄韵七律的例子：

寒食城东即事　　　　王　维

清溪一道穿桃李，演漾绿蒲含白芷。
溪上人家凡几家，落花半落东流水。
蹴踘屡过飞鸟上，秋千竞出垂杨里。
少年分日作遨游，不用清明兼上巳。

这诗颔联不用对仗，颈联与次联又不粘，似乎可确认它是古风。但是，咱们不要忘记王维的平韵律诗也有颔联不用对仗的（第一章第十三节），也有不粘的（第一章第十节）。恐怕最强有力的理由还是律诗不能有仄韵。但是，像这样全篇句句入律，总该认为律古之间的诗。

(3)转韵的七古

王士禛说（《古诗平仄集说》所引）："换韵已非近体，用律句无妨。"他的意思是说：近体诗并没有转韵的；如果转韵，就不妨用律句，因为即使全篇入律，也不至于和近体诗相混了。其实，转韵七古也分为仿古和革新两派（参看本章第四节）：仿古派虽有用律句的，却只占一小部分；革新派则往往四句一转韵，平仄韵递用，而且全似律句。这完全是受了律诗的影响——严格地说，该说是受了齐梁七言诗的影响，但齐梁诗也就是律诗的祖宗。上文说过，转韵的七古入律的最多。既然往往全首入律，或大部分入律，我们不妨用第一章第六节里所用律句平仄格式的记号 a. A. b. B. 来注明。如果第五字拗，或特拗，或孤平，则用 a′. A′. b′. B′。但是，偶然也有用古句的地方，我们将用别的记号：如系拗句，则用 c. C. 替代

a. A,d. D. 替代 b. B;如系单拗,则用 e. E. 替代 a. A,f. F. 替代 b. B;如系双拗,则用 g. G. 替代 a. A,h. H. 替代 b. B。又拗粘以 · 为号,拗对以△为号。现在先举王维的一个例子:

桃源行

渔舟逐水爱山春(A),两岸桃花夹去津(B)。
坐看红树不知远(a′),行尽青溪不见人(B)。
山口潜行始隈隩(b′),山开旷望旋平陆(a)。
遥看一处攒云树(a),近入百家散花竹(b′)。
樵客初传汉姓名(B),居人未改秦衣服(a)。
居人共住武陵源(A),还从物外起田园(A)。
月明松下房栊静(a),日出云中鸡犬喧(B′)。
惊闻俗客争来集(a),竞引还家问都邑(b′)。
平明闾巷扫花开(A),薄暮渔樵乘水入(b)。
初因避地去人间(A),及至成仙遂不还(B)。
峡里谁知有人事(b′)?世中遥望空云山(A′)。
不疑人境难闻见(a),尘心未尽思乡县(a)。
出洞无论隔山水(b′),辞家终拟长游衍(a)。
自谓经过旧不迷(B),安知峰壑今来变(a)!
当时只记入山深(A),青溪几曲到云林(A)。
春来遍是桃花水(a),不辨仙源何处寻(B′)。

这诗大致是四句一转韵,只有两处是六句一转的。用韵是平仄相间的。以每句的平仄而论,差不多完全是律句。b′是律诗中的特拗,本可认为律句;a′B′也是律诗中颇常见的调子。只有 A′是个三平调,可算是古句,然而全诗也只杂着一个古句而已。拗对除非不用,若用,总在每韵的第一联,尤其是平韵的第一联,这和上节所述联中有两平脚多用拗对的习惯是相合的。拗粘则随处可拗。诗论家以为转韵七古之所以异于近体者,除转韵一点外,就靠拗粘拗对来做特征了。

王维这一首诗，上继齐梁与初唐，下开元和体的风气。白居易的《长恨歌》和《琵琶行》，元稹的《连昌宫词》，当时被称为元和体（其实元和前已有此体，参看刘禹锡《泰娘歌》，见《全唐诗》十三）。元和体的诗，大约古句稍为多些，四句一换韵和平仄韵相间的规矩稍为变通些；然而大部分入律则是一样的。一直转韵下去，诗可以拉得很长，所以适宜于长篇的叙事诗。下面是这三首诗的原文：

长恨歌　白居易

汉皇重色思倾国(a)，御宇多年求不得(b)。
杨家有女初长成(D)，养在深闺人未识(b)。
天生丽质难自弃(d)，一朝选在君王侧(a)。
回头一笑百媚生(D)，六宫粉黛无颜色(a)。
春寒赐浴华清池(A′)，温泉水滑洗凝脂(A)。
侍儿扶起娇无力(a)，始是新承恩泽时(B′)。
云鬓花颜金步摇(B′)，芙蓉帐暖度春宵(A)。
春宵苦短日高起(a′)，从此君王不早朝(B)。
承欢侍宴无闲暇(a)，春从春游夜专夜(b′)。
后宫佳丽三千人(A′)，三千宠爱在一身(D)。
金屋妆成娇侍夜(b)，玉楼宴罢醉和春(A)。
姊妹弟兄皆列土(b)，可怜光彩生门户(a)。
遂令天下父母心(D)，不重生男重生女(b′)。
骊宫高处入青云(A)，仙乐风飘处处闻(B)。
缓歌慢舞凝丝竹(a)，尽日君王看不足(b)。
渔阳鼙鼓动地来(D)，惊破霓裳羽衣曲(b′)。
九重城阙烟尘生(A′)，千乘万骑西南行(E)。
翠华摇摇行复止(f)，西出都门百余里(b′)。

六军不发无奈何(D),宛转蛾眉马前死(b′)。
花钿委地无人收(A′),翠翘金雀玉搔头(A)。
君王掩面救不得(d),回看血泪相和流(A′)。
黄埃散漫风萧索(a),云栈萦纡登剑阁(b)。
峨眉山下少人行(A),旌旗无光日色薄(f)。
蜀江水碧蜀山青(A),圣主朝朝暮暮情(B)。
行宫见月伤心色(a),夜雨闻铃肠断声(B′)。
天旋地转回龙驭(a),到此踌躇不能去(b′)。
马嵬坡下泥土中(D),不见玉颜空死处(b)。
君臣相顾尽沾衣(A),东望都门信马归(B)。
归来池苑皆依旧(a),太液芙蓉未央柳(b′)。
芙蓉如面柳如眉(A),对此如何不泪垂(B)!
春风桃李花开日(a),秋雨梧桐叶落时(B)。
西宫南内多秋草(a),落叶满阶红不扫(b)。
梨园弟子白发新(D),椒房阿监青娥老(a)。
夕殿萤飞思悄然(b′),孤灯挑尽未成眠(A)。
迟迟钟鼓初长夜(a),耿耿星河欲曙天(B)。
鸳鸯瓦冷霜华重(a),翡翠衾寒谁与共(b)?
悠悠生死别经年(A),魂魄不曾来入梦(b)。
临邛道士鸿都客(a),能以精诚致魂魄(b′)。
为感君王辗转思(B),遂教方士殷勤觅(a)。
排空驭气奔如电(a),升天入地求之遍(a)。
上穷碧落下黄泉(A),两处茫茫皆不见(b)。
忽闻海上有仙山(A),山在虚无缥缈间(B′)。
楼阁玲珑五云起(b′),其中绰约多仙子(a)。
中有一人字太真(B′,孤平),雪肤花貌参差是(a)。
金阙西厢叩玉扃(B),转教小玉报双成(A)。

闻道汉家天子使(b),九华帐里梦魂惊(A)。
揽衣推枕起徘徊(A),珠箔银屏迤逦开(B)。
云髻半偏新睡觉(b),花冠不整下堂来(A)。
风吹仙袂飘飖举(a),犹似霓裳羽衣舞(b′)。
玉容寂寞泪阑干(A),梨花一枝春带雨(f)。
含情凝睇谢君王(A),一别音容两渺茫(B)。
昭阳殿里恩爱绝(d),蓬莱宫中日月长(F)。
回头下望人寰处(a),不见长安见尘雾(b′)。
唯将旧物表深情(A),钿合金钗寄将去(b′)。
钗留一股合一扇(d),钗擘黄金合分钿(b′)。
但教心似金钿坚(D),天上人间会相见(b′)。
临别殷勤重寄词(B),词中有誓两心知(A)。
七月七日长生殿(e),夜半无人私语时(B′)。
在天愿作比翼鸟(d),在地愿为连理枝(B′)。
天长地久有时尽(a′),此恨绵绵无绝期(B′)。

全诗共一百二十句,入律者七十句,似律者三十句,仿古者二十句。拗粘三十七处;拗对八处。一韵四句者二十三处,二句者六处,八句者两处。平仄韵相间者二十五处,以平韵承平韵者两处,以仄韵承仄韵者三处。

琵琶行　　白居易

浔阳江头夜送客(f),枫叶荻花秋瑟瑟(b)。
主人下马客在船(D),举酒欲饮无管弦(H)。
醉不成欢惨将别(b′),别时茫茫江浸月(f)。
忽闻水上琵琶声(A′),主人忘归客不发(f)。
寻声暗问弹者谁(D),琵琶声停欲语迟(F)。
移船相近邀相见(a),添酒回灯重开宴(b′)。
千呼万唤始出来(D),犹抱琵琶半遮面(b′)。

转轴拨弦三两声(B′),未成曲调先有情(D)。
弦弦掩抑声声思(a),似诉平生不得志(b′)。
低眉信手续续弹(D),说尽心中无限事(b)。
轻拢慢撚抹复挑(D),初为霓裳后六幺(F)。
大弦嘈嘈如急雨(f),小弦切切如私语(a)。
嘈嘈切切错杂弹(D),大珠小珠落玉盘(F)。
间关莺语花底滑(d),幽咽泉流冰下滩(B)。
冰泉冷涩弦凝绝(a),凝绝不通声渐歇(b)。
别有幽愁暗恨生(B),此时无声胜有声(F)。
银瓶乍破水浆迸(a′),铁骑突出刀枪鸣(E)。
曲终收拨当心画(a),四弦一声如裂帛(f)。
东船西舫悄无言(A),唯见江心秋月白(b)。
沉吟放拨插弦中(A),整顿衣裳起敛容(B)。
自言本是京城女(a),家在虾蟆陵下住(b)。
十三学得琵琶成(A′),名属教坊第一部(b′)。
曲罢曾教善才服(b′),妆成每被秋娘妒(a)。
五陵年少争缠头(A′),一曲红绡不知数(b′)。
钿头银篦击节碎(d),血色罗裙翻酒污(b)。
今年欢笑复明年(A),秋月春风等闲度(b′)。
弟走从军阿姨死(b′),暮去朝来颜色故(b)。
门前冷落车马稀(D),老大嫁作商人妇(e)。
商人重利轻别离(D),前月浮梁买茶去(b′)。
去来江口守空船(A),绕船明月江水寒(D)。
夜深忽梦少年事(a′),梦啼妆泪红阑干(A′)。
我闻琵琶已叹息(f),又闻此语重唧唧(d)。
同是天涯沦落人(B),相逢何必曾相识(a)!

我从去年辞帝京(F),谪居卧病浔阳城(A′)。
浔阳地僻无音乐(a),终岁不闻丝竹声(B′)。
住近湓江地低湿(b′),黄芦苦竹绕宅生(D)。
其间旦暮闻何物(a)?杜鹃啼血猿哀鸣(A′)。
春江花朝秋月夜(f),往往取酒还独倾(H)。
岂无山歌与村笛(f),呕哑嘲哳难为听(A′)。
今夜闻君琵琶语(c),如听仙乐耳暂明(d)。
莫辞更坐弹一曲(d),为君翻作《琵琶行》(A′)。
感我此言良久立(b),却坐促弦弦转急(b)。
凄凄不似向前声(a),满座重闻皆掩泣(B)。
座中泣下谁最多(D)?江州司马青衫湿(a)。

全诗共八十八句,入律者三十句,似律者二十三句,仿古者三十五句。较《长恨歌》为近古。拗粘二十处,拗对十六处。一韵四句者八处,两句者八处,六句者一处,十六句者一处,十八句者一处。全篇平仄韵相间,较《长恨歌》为格律化。

连昌宫词　　元　稹

连昌宫中满宫竹(f),岁久无人森似束(b)。
又有墙头千叶桃(B),风动落花红簌簌(b)。
宫边老人为予泣(f),小年进食曾因入(a)。
上皇正在望仙楼(A),太真同凭阑干立(a)。
楼上楼前尽珠翠(b′),炫转荧煌照天地(b′)。
归来如梦复如痴(A),何暇备言宫里事(b)?
初过寒食一百六(d),店舍无烟宫树绿(b)。
夜半月高弦索鸣(B′),贺老琵琶定场屋(b′)。
力士传呼觅念奴(B),念奴潜伴诸郎宿(a)。
须臾觅得又连催(A),特敕街中许然烛(b′)。

春娇满眼睡红绡(A),掠削云鬟旋装束(b′)。
飞上九天歌一声(B),二十五郎吹管逐(b)。
逡巡大偏凉州彻(a),色色龟兹轰录续(b)。
李謩擪笛傍宫墙(A),偷得新翻数般曲(b′)。
平明大驾发行宫(A),万人鼓舞途路中(D)。
百官队仗避岐薛(a′),杨氏诸姨车斗风(B′)。
明年十月东都破(a),御路犹存禄山过(b′)。
驱令供顿不敢藏(D),万姓无声泪潜堕(b′)。
两京定后六七年(D),却寻家舍行宫前(A′)。
庄园烧尽有枯井(a′),行宫门闭树宛然(D)。
尔后相传六皇帝(b′),不到离宫门久闭(b)。
往来年少说长安(A),玄武楼成花萼废(b)。
去年敕使因斫竹(d),偶值门开暂相逐(b′)。
荆榛栉比塞池塘(A),狐兔骄痴缘树木(b)。
舞榭欹倾基尚存(B′),文窗窈窕纱犹绿(a)。
尘埋粉壁旧花钿(A),鸟啄风筝碎珠玉(b)。
上皇偏爱临砌花(D),依然御榻临阶斜(A′)。
蛇出燕巢盘斗拱(b),菌生香案正当衙(A)。
寝殿相连端正楼(B′),太真梳洗楼上头(D)。
晨光未出帘影黑(d),至今反挂珊瑚钩(A′)。
指似旁人因恸哭(b),却出宫门泪相续(b′)。
自从此后还闭门(D),夜夜狐狸上门屋(b′)。
我闻此语心骨悲(D),太平谁致乱者谁(D)?
翁言野父何分别(a),耳闻眼见为君说(a′)。
姚崇宋璟作相公(D),劝谏上皇言语切(b)。
燮理阴阳禾黍丰(B′),调和中外无兵戎(A′)。

长官清平太守好(f),简选皆言由相公(B′)。
开元之末姚宋死(d),朝廷渐渐由妃子(a)。
禄山宫中养作儿(F),虢国门前闹如市(b′)。
弄权宰相不记名(D),依稀忆得杨与李(d)。
庙谟颠倒四海摇(D),五十年来作疮痏(b′)。
今皇神圣丞相明(D),诏书才下吴蜀平(D)。
官军又取淮西贼(a),此贼亦除天下宁(B′)。
年年耕种宫前道(a),今年不遣子孙耕(A)。
老翁此意深望幸(a),努力庙谟休用兵(B′)。

全诗共九十句,入律者三十五句,似律者三十二句,仿古者二十三句。拗粘二十二处,拗对十七处。一韵四句者十二处,二句者两处,八句者三处,十六句者一处。平仄韵相间者十一处,以平韵承平韵者一处,以仄韵承仄韵者三处。

元、白都喜欢用 D 式,就是平平仄仄仄仄平(第五字可平)。这也许只是一种习惯,没有什么理由。双拗句非常罕用。有一种情形是王、元、白三人所同有的,就是每韵的第一句一定入韵。

这四首诗都是长篇。至于李颀、王昌龄等人的一些短篇,就更喜欢用律句。例子已见于本章第四节,读者可以自己寻绎。

第十节　古风式的律诗

10.1　要谈古风式的律诗,首先应该把那些似律非律的诗分辨清楚。律诗有三个要素:第一是字数合律,五言诗四十个字,七言诗五十六个字;第二是对仗合律,中两联必须讲对仗;第三是平仄合律,每句平仄须依一定的格式,并且讲究粘对。如果三个要素具备,就是纯粹的律诗;如果只具备前两个要素,就是古风式的律诗,亦称拗律;如果只具备第一个要素,就不算是律诗,只是字数偶然相同而已。

10.2 字数偶然和律诗相同的古风,有如下面诸例:

金陵白下亭留别 李 白

驿亭三杨树,正当白下门。(孤平)
吴烟暝长条,(平脚)汉水啮古根。
向来送行处,回首阻笑言。
别后若见之,(平脚)为余一攀翻。

落日忆山中 李 白

雨后烟景绿,晴天散余霞。
东风随春归,(平脚)发我枝上花。
花落时欲暮,见此令人嗟。
愿游名山去,学道飞丹砂。

听郑五愔弹琴 孟浩然

阮籍推名饮,清风坐竹林。
半酣下衫袖,拂拭龙唇琴。
一杯弹一曲,不觉夕阳沉。
余意在山水,闻之谐夙心。

冬夜寓居寄储太祝 薛 据

自为洛阳客,夫子吾知音。
爱义能下士,时人无此心。
奈何离居夜,巢鸟飞空林。
愁坐至月下,复闻南陵碪。

宿裴氏山庄 王昌龄

苍苍竹林暮,吾亦知所投。
静坐山斋月,清溪闻远流。
西峰下微雨,向晚白云收。
遂解坐中组,终南春可游。

酒 德 孟 郊

酒是古明镜,辗开小人心。

醉见异举止，醉闻异声音。
酒功如此多，酒屈亦以深。
罪人免罪酒，如此可为箴。

有所思　　韦应物

借问堤上柳，青青为谁春？
空游昨日地，不见昨日人。
缭绕万家井，往来车马尘。
莫道无相识，要非心所亲。

春宵览月　　阎　宽

月生东荒外，天云收夕阴。
爱见澄清景，象吾虚白心。
耳目静无哗，（平脚）神超道性深。
乘兴得至乐，寓言因永吟。

以上诸例中，凡出句用平脚者，和律诗最相违异。即使在古风式的律诗里，也没有用平脚的出句。其中要算孟浩然的《听郑五愔弹琴》的平仄较为近律，因为第二字和第四字平仄是相反的；然而全篇不用对仗，所以非律。韦应物的《有所思》，颔联用对仗，孟郊的《酒德》，中两联都用对仗，然而同字相对乃是古风的派头，所以也不是律诗。

10.3　这些都是些平韵诗；至于仄韵诗就更不算了。既然有人认为律诗无仄韵，则一切仄韵诗都被排斥在律诗范围之外了。即使退一步承认仄韵律诗的存在，也该要平仄合律，对仗合律。像下面的一首诗，虽然恰合四十字之数，却绝对不能认为律诗：

春滞沅湘有怀山中　　李　白

沅湘春色还，风暖烟草绿。
古之伤心人，于此肠断续。
予非怀沙客，但美采菱曲。
所愿归东山，寸心于此足。

但是，有一种四十字的五言仄韵诗，平仄大致合律，对仗又复工整，至少也应认为律古之间的诗了（参看第一章第四节），例如：

三月三日寄诸弟兼怀崔都水 韦应物

暮节看已谢，（古句）兹晨愈可惜。（古句）
风澹意伤春，池寒花敛夕。（两律句，对仗）
对酒始依依，怀人还的的。（两律句，对仗）
谁当曲水行，相思寻旧迹。（两律句）

七言诗很少见有似律非律的例子，所以没有举例。

10.4 现在该谈到古风式的律诗了。这种律诗，字数和普通律诗相同，对仗的规矩也和普通律诗相同，只是句子的平仄不依照或不完全依照律诗的格式，粘对也不完全合律。关于古风式的律诗，五律和七律的情形并不相同，现在分开来说：

五律

五律的第三字，原则上是不该拗的，拗了就成为古句，所以凡末三字“平平平、平仄平、仄平仄、仄仄仄”，都该认为古句的形式。但是，律诗有拗救的办法，故凡第三字拗而又救的诗，还可认为近体诗（参看第一章第八节）。又丑类特拗（即仄仄平仄仄，见第一章第九节），如果用救（对句第三字用平声），也还可认为近体诗。本来，在这种地方，律古的界限是不明显的。现在勉强定出古风式的五律的标准如下：

用三平调者；

第三字拗而不救者；

用丑类特拗（仄仄平仄仄，或平仄平仄仄，或仄仄仄仄仄，或平仄仄仄仄）而不救者；

除子类特拗（平平仄平仄）之外，第二四字声调相同者。

但是，如果一处用了古句，则别的句子第三字虽然拗而又救，也该认为近似古句。依照这个说法，我们可以把古风式的五律分为三种：全篇古体；大部分古体；半古半律。现在分别举例如下（古

句用·为号,拗救及特拗用。为号):

(1)全篇古体

终南别业　　王　维

中岁颇好道,晚家南山陲。
兴来每独往,胜事空自知。
行到水穷处,坐看云起时。(孤平拗救)
偶然值林叟,谈笑无还期。

“偶”字仄,故“偶然”句是古句,而非子类特拗。

(2)大部分古体

小隐吟　　孟　郊

我饮不在醉,我欢长寂然。(丑类特拗及孤平拗救)
酌溪四五盏,听弹两三弦。
炼性静栖白,洗情深寄玄。
号怒路旁子,贪败不贪全。(“怒”字拗粘)

末句入律。

送远吟　　孟　郊

河水昏复晨,
河边相送频。
离杯有泪饮,别柳无枝春。
一笑忽然敛,万愁俄已新。(孤平拗救)
东波与西日,不惜远行人。

末句入律。

送　远　　杜　甫

带甲满天地,胡为君远行?
亲朋尽一哭,鞍马去孤城。
草木岁月晚,关河霜雪清。
别离已昨日,因见古人情。

黎拾遗昕裴秀才迪见过秋夜对雨 王 维

促织鸣已急，轻衣行尚重。
寒烟坐高馆，秋雨闻疏钟。
白法调狂象，玄言问老龙。（律联）
何人顾蓬径？空愧求羊踪！

晚泊浔阳望庐山 孟浩然

挂席几千里，名山都未逢。
泊舟浔阳郭，遥见香炉峰。
尝读远公传，永怀尘外踪。（孤平拗救）
东林精舍近，日莫坐闻钟。（律联）

蕃 剑 杜 甫

致此自僻远，又非珠玉装。（丑类特拗及孤平拗救）
如何有奇怪，每夜吐光芒！
虎气必腾上，龙身宁久藏！
风尘苦未息，持汝奉明王。

以上四诗各有六个古句，恰得四分之三。

寄赠王十将军承俊 杜 甫

将军胆气雄，
臂悬两角弓。（拗对，孤平，古句不忌）
缠结青骢马，出入锦城中。（律联，拗粘）
时危未授钺，势屈难为功。（拗粘）
宾客满堂上，何人高义同？

共有五个古句。

（3）半古半律

暂如临邑至㟃山湖亭 杜 甫

野亭逼湖水，歇马高林间。
鼍吼风奔浪，鱼跳日映山。（律联）
暂游阻词伯，却望怀青关。

霭霭生云雾，唯应促驾还。（律联）

此诗律古相参；首联与三联平仄拗处完全一样。

秦州杂诗　　　　杜　甫

萧萧古塞冷，漠漠秋云低。
黄鹄翅垂雨，苍鹰饥啄泥。
蓟门谁自北？汉将独征西。（律联）
不意书生耳，临衰听鼓鼙。（律联）

前半古，后半律。

被出济州　　　　王　维

微官易得罪，谪去济川阴。
执政方持法，明君无此心。
闾阎河润上，井邑海云深。（律联）
纵有归来日，各愁年鬓侵。

共有三个古句，将及一半。

独　钓　　　　韩　愈

独往南塘上，秋晨景气醒。（律联）
露排四岸草，风约半池萍。
鸟下见人寂，鱼来闻饵馨。
所嗟无可召，不得倒吾瓶。（律联）

共有三个古句，将及一半。

有一件事情值得注意：在古风式的五律里，如果出句用了四个仄声，对句至少须有三个平声。像“我饮不在醉，我歌长寂然”“炼性静栖白，洗情深寄玄”“一笑忽然敛，万愁俄已新”“带甲满天地，胡为君远行”“草木岁月晚，关河霜雪清”“促织鸣已急，轻衣行尚重”“挂席几千里，名山都未逢”“致此自避远，又非珠玉装”“虎气必腾上，龙身宁久藏”都是合例的。尤其值得注意的，是“别离已昨日，因见故人情”和“露排四岸草，风约半池萍”两例。依律句的格式，对句本可用“仄仄仄平平”，但这里因出句用了四仄，对句必须用“平仄仄平平”（第一字必平）。依照这个说法，王维《终南别业》的“兴来每独往，胜事空自知”是不合常规的。但是同诗首联“中岁颇好道，晚家南山陲”，对句用四平脚也不合常规（应该是“仄平平仄平”或“平平平仄平”）。这是诗的极变，我们不能因有一两个例外而忽略了一种规律。

五律渊源于齐梁体，而齐梁体的第三字是不拘平仄的，所以第三字拗还不能认为纯粹的古句。必须第二四字同声（平平仄平仄不在此例），才摆脱了齐梁的拘束。依这个标准来看，上面所举诸例中，王维的《终南别业》《黎拾遗昕》，孟郊的《小隐吟》《送远吟》，孟浩然的《晚泊浔阳》，杜甫的《送远》《蕃剑》，都是纯然古风式的五律；至于杜甫的《寄赠王十将军》《秦州杂诗》，王维的《被出济州》，韩愈的《独钓》，只是齐梁式的五律而已。

古风式的五律，以王维、孟浩然、杜甫、李白诸人集中为较多见；至于高适、綦毋潜、刘长卿诸人，则仅有齐梁式的五律。晚唐以后，此体渐少，但宋人也偶有用丑类特拗及第三字拗者，参看第一章第八、九两节。

七律

古风式七律的界限较为分明，因为一则没有什么人做似律非律的七言诗，二则七言拗句变化繁多，凡古体里所谓拗句、单拗、双拗，都显然与齐梁七言有别，并非像五言仅有第三字拗者可比。又五律仿古，粘对仍多合律；七律仿古，却以拗粘拗对为常。

此体由杜甫开其端，宋代的苏轼、黄庭坚喜欢摹仿它。晚唐也有几家偶作此体，但不若杜、苏、黄那样极力摹古。现在举例如下（标准大致依照古风式的五律）：

【附注】试举杜甫的一首七律为例：

晓发公安 杜 甫

北城击柝复欲罢，

东方明星亦不迟。

邻鸡野哭如昨日，物色生态能几时？

舟楫眇然自此去，江湖远适无前期。

出门转眄已陈迹，药饵扶吾随所之。

仇兆鳌《杜诗详注》引王嗣奭曰："七律之变，至此而极妙，亦至此而极真。此山谷所云'不烦绳削而自合'者。"仇兆鳌曰："唐人作拗体律诗，平仄多有失粘处(失粘，这里指不合平仄)。明季萧云从《杜律细》，平仄用转音，改拗从顺，虽考证详洽，但恐多此转折耳。如此章，仄声七字改作平声，'欲'字音迂，扬雄《羽猎赋》：'壮士慷慨，殊响别趋，东西南北，骋势奔欲。'杜诗五律《初月》首句'光细弦欲上'可证也(力按：'光细弦欲上'是丑类特殊形式，'欲'字不读平声)。'罢'字即'疲'，叶'迟'，在沈氏四支韵。《史记》：'汉与楚相距，士卒罢弊。'《左传》：'师退曰疲。'《礼·少仪》：'师役曰罢。''方'字音访，汉帝欲杀雍齿，用张良计，封为什方侯，犹言释放也(力按：这是牵强附会)。又后汉杨仁拜什方令。《易》韵'水在火上，君子以慎辩物居方'，亦音放。'昨'字音槎。《周礼·大宗伯·鸡人》'诸臣之所昨'注：'谓诸臣酢酒尊也。'《战国策》苏厉上赵王书：'著之盘盂，属之仇柞。'注：即'酬酢'。如《周礼·柞氏》，掌攻草木者，与《公羊传》'山木不槎'，《国语》'木不槎枿'同。《中原音韵》：'昨，隔宵也。'曲有入作平声，而分阴阳。北音精戈翻，南音静罗翻，皆平声尔(力按：南音'昨'不读平声)。'态'音台。司马相如《封禅文》'旼旼穆穆，君子之态，盖闻其声，今视其来'，'态'作台音可证。'自'当音私。《说文》曰：'仓颉作字，自营为私。'虽不解为私音，而会意当然耳。杜五律：'风月自清夜'及'致此自僻远'，皆宜作平声用矣。'已'字音遗。元人侯正卿《菩萨蛮》第二句'心头已'作平声阳音。杜五律'乘尔亦已久'，亦读平声。今按：'态'读作台音，则'能'字宜读作耐，平仄乃各谐也。"力按：此说荒谬已极。拗体律诗就是古风式的律诗，以不拘平仄为其特点，何必改拗从顺？此诗除'罢'本该读平声外，其余各字都不该改读。

(1)全篇古体

郑驸马宅宴洞中 杜 甫

主家阴洞细烟雾，留客夏簟清琅玕。(对句单拗)
春酒杯浓琥珀薄，冰浆椀碧玛瑙寒。(对句拗)
误疑茅堂过江麓，已入风磴霾云端。(出句对句皆单拗)
自是秦楼压郑谷，时闻杂珮声珊珊。

题省中院壁 杜 甫

掖垣竹埤梧十寻，(单拗)
洞门对雪常阴阴。(拗对)
落花游丝白日静，鸣鸠乳燕青春深。(出句单拗，对句拗对)
腐儒衰晚谬通籍，退食迟回违寸心。
衮职曾无一字补，许身愧比双南金。

昼 梦 杜 甫

二月饶睡昏昏然，(单拗)
不独夜短昼分眠。(拗对，单拗)
桃花气暖眼自醉，春渚日落梦相牵。(拗粘，对句单拗)
故乡门巷荆棘底，中原君臣豺虎边。(拗粘，拗对；出句拗，对句单拗)
安得务农息战斗，普天无吏横索钱！(拗粘，对句拗)

七月一日题终明府水楼 杜 甫

宓子弹琴邑宰日，终军弃繻英妙时。(对句单拗)
承家节操尚不泯，为政风流今在兹。(出句拗)
可怜宾客尽倾盖，何处老翁来赋诗？(拗粘；对句孤平拗救)
楚江巫峡半云雨，清簟疏帘看弈棋。(拗粘)

暮 春 杜 甫

卧病拥塞在峡中，(双拗)

潇湘洞庭虚映空。(单拗)
楚天不断四时雨,巫峡常吹千里风。
沙上草阁柳新暗,城边野池莲欲红。(出句对句皆单拗)
莫春鸳鹭立洲渚,挟子翻飞还一丛。

暮　归　　杜　甫

霜黄碧梧白鹤栖,(单拗)
城上击柝复乌啼。(单拗)
客子入门月皎皎,谁家捣练风凄凄?
南渡桂水阙舟楫,北归秦川多鼓鼙。(拗粘;出句对句皆单拗)
年过半百不称意,明日看云还杖藜。(出句拗)

晓发公安数月憩息此县　　杜　甫

北城击柝复欲罢,东方明星亦不迟。(出句拗,对句单拗;拗对)
邻鸡野哭如昨日,物色生态能几时?(出句拗,对句双拗)
舟楫眇然自此去,江湖远适无前期。
出门转眄已陈迹,药饵扶吾随所之。

寿星院寒碧轩　　苏　轼

清风肃肃摇窗扉,
窗前修竹一尺围。(拗对,拗句)
纷纷苍雪落夏簟,冉冉绿雾沾人衣。(出句拗,对句单拗)
日高山蝉抱叶响,人静翠羽穿林飞。(拗粘;出句对句皆单拗)
道人绝粒对寒碧,为问鹤骨何缘肥?(拗粘;对句单拗)

出颍口初见淮山是日到寿州　　苏　轼

我行日夜向江海,枫叶芦花秋兴长。
平淮忽迷天远近,青山久与船低昂。(拗粘,拗对;出句单拗)
寿州已见白石塔,短棹未转黄茅冈。(出句拗,对句单拗)
波平风软望不到,故人久立烟苍茫。(拗粘,拗对;出句拗)

题落星寺　　黄庭坚

落星开士深结屋,龙阁老翁来赋诗。(出句拗,对句孤平拗救)

小雨藏山客坐久，长江接天帆到迟。（对句单拗）

宴寝清香与世隔，画图绝妙无人知。（拗粘）

蜂房各自开户牖，处处煮茶藤一枝。（出句拗，对句孤平拗救）

(2)大部分古体

a. 共有七个古句者

白帝城最高楼 杜　甫

城尖径仄旌旆愁，（拗）

独立缥缈之高楼。（单拗）

峡坼云霾龙虎睡，江清日抱鼋鼍浮。

扶桑西枝对断石，弱水东影随长流。（出句对句皆单拗）

杖藜叹世者谁子？泣血迸空回白头。（对句孤平拗救）

愁 杜　甫

江草日日唤愁生，（单拗）

巫峡泠泠非世情。（拗对）

盘涡鹭浴底心性，独树花发自分明。（拗粘，对句单拗）

十年戎马暗万国，异域宾客老孤城。（拗粘；出句拗，对句单拗）

渭水秦山得见否？人今罢病虎纵横。

次韵外舅谢师厚喜王正仲三丈奉诏 黄庭坚

汉上思见庞德公，（双拗）

别来悲叹事无穷。

声名籍甚漫前日，须鬓索然成老翁。（对句孤平拗救）

家酿已随刻漏下，园花更开三四红。（对句单拗）

相逢不饮未为得，听取百鸟啼匆匆。（对句单拗）

秋　怀 黄庭坚

秋阴细细压茅堂，

吟虫啾啾昨夜凉。（拗粘；单拗）

雨开芭蕉新间旧，风撼筼筜宫应商。（出句单拗）

砧声已急不可缓，檐景既短难为长。（拗粘；出句拗，对句单拗）

狐裘断缝弃墙角，岂念晏岁多繁霜。（拗粘；对句单拗）

b. 共有六个古句者

崔氏东山草堂　杜　甫

爱汝玉山草堂静，高秋爽气相鲜新。
有时自发钟磬响，落日更见渔樵人。（出句拗，对句单拗）
盘剥白鸦谷口栗，饭煮青泥坊底芹。（拗对）
何为西庄王给事，柴门空闭锁松筠？（律联）

至　后　杜　甫

冬至至后日初长，（单拗）
远在剑南思洛阳。（拗对，孤平拗救）
青袍白马有何意？金谷铜驼非故乡。（拗粘）
梅花欲开不自觉，棣萼一别永相望。（拗粘；出句对句皆单拗）
愁极本凭诗遣兴，诗成吟咏转凄凉。（律联）

滟　滪　杜　甫

滟滪既没孤根深，（单拗）
西来水多愁太阴。（单拗）
江天漠漠鸟双去，风雨时时龙一吟。
舟人渔子歌回首，估客胡商泪满襟。（律联，拗粘）
寄语舟航恶年少，休翻盐井横黄金。

c. 共有五个古句者

赤　甲　杜　甫

卜居赤甲迁居新，
两见巫山楚水春。（律句）
炙背可以献天子，美芹由来知野人。（出句对句皆单拗）
荆州郑薛寄书近，蜀客郗岑非我邻。（对句孤平拗救）
笑接郎中评事饮，病从深酌道吾真。（律联）

闲　望　吴　融

三点五点映山雨，一枝两枝临水花。（出句对句皆拗）

蛱蝶狂飞掠芳草，鸳鸯稳睡翘暖沙。（拗粘，对句拗）
阙下新居成别业，江南旧隐是谁家？（律联）
东迁西去俱无计，却羡暝归林上鸦。

(3)半古半律

雨不绝 杜　甫

鸣雨既过渐细微，（孤平）
映空摇扬如丝飞。
阶前短草泥不乱，院里长条风乍稀。（出句拗）
舞石旋应将乳子，行云莫自湿仙衣。（律联）
眼边江舸何匆促！未得安流逆浪归。（律联）

简吴郎司法 杜　甫

有客乘舸自忠州。（单拗）
遣骑安置瀼西头（拗对，单拗）
古堂本买藉疏豁，借你迁居停宴游。
云石荧荧高叶曙，风江飒飒乱帆秋。（律联）
却为姻娅过逢地，许坐曾轩数散愁。（律联）

乱后逢李昭象叙别 杜荀鹤

李生李生何所之？（单拗）
家山窣云胡不归？（拗对，单拗）
兵戈到处弄性命，礼乐向人生是非。（出句拗，对句孤平拗救）
却与野猿同橡坞，还将溪鸟共渔矶。（律联）
也知不是男儿事，争奈时情贱布衣。（律联）

10.5　由上述诸例看来，有三点值得注意：第一，全篇古体的七律比全篇古体的五律较为常见；第二，如非全篇仿古，则往往先古后律，这种现象以半古半律者为最明显；第三，就古句的平仄形式而论，单拗最多，拗句次之，双拗极为罕见，因为双拗为平仄的极变，于律诗不甚相宜的缘故。

10.6　现在说到古风式的排律。它是全篇或大部分用古句，然而除首尾两联外，每联都用对仗（有时首联也用对仗）。此体以五言为较多，七言则颇为罕见。古风式的五言排律本是齐梁的遗风，除第三字可拗外，颇为似律，例如（拗粘以·为记，拗对以△为记，拗字以。为记）：

游清都观寻沈道士　　刘孝孙

纷吾因暇豫，行乐极留连。寻真谒紫府，披雾觌青天。

缅怀金阙外，遐想玉京前。飞轩俯松柏，抗殿接云烟。

滔滔清夏景，嘒嘒早秋蝉。横琴对危石，酌醴临寒泉。

聊祛尘俗累，宁希龟鹤年。无劳生羽翼，自可狎神仙。

奉敕祭南岳十四韵　　吕　温

皇家礼赤帝，谬获司风域。致斋紫盖下，宿设祝融侧。

鸣涧惊宵寐，清猿递时刻。澡洁事夙兴，簪佩思尽饰。（古联）

危坛象岳趾，秘殿翘翚翼。登拜不遑愿，酌献皆累息。（古句）

赞道仪匪繁，祝史词甚直。（古联）忽觉心魂悸，如有精灵逼。

漠漠云气生（古句），森森杉柏黑。风吹虚箫韵，露洗寒玉色。（古联）

寂寞有至公，馨香在明德。（古联）。礼成谢邑吏，驾言归郡职。

憩桑访蚕事，遵畴课农力。所愿风雨时（古句），回首瞻南极。

至于七言的，只偶然见于杜甫诗集中，却非齐梁式，而系掺杂着古式：

寄岑嘉州　　杜　甫

不见故人十年余，不道故人无素书。（孤平拗救）

愿逢颜色关塞远，岂意出守江城居。

外江三峡且相接，斗酒新诗终自疏。

谢朓每篇堪讽咏，冯唐已老听吹嘘。

泊船秋夜经春草，伏枕青枫限玉除。

眼前所寄选何物？赠子云安双鲤鱼。

10.7　古风式的律诗与入律的古风走的是相反的道路。古风因受了近体诗的影响，所以有入律的趋向；有些诗人认为这样则格调日卑，于是存心仿古，然而矫枉过正，连律诗都古化起来。

10.8　在这里，我们顺便谈一谈古体的绝句。古绝和近绝的分别，第一章第三节里已经讨论过了。远在近体诗形成之前，已经有了绝句的存在。

【附注】五言律体的成熟，在唐初；七言律体的成熟，在开、天之际。而绝句在六朝时已先有此称了。梁徐陵选的《玉台新咏》卷十，有《古绝句》四首，有吴均《杂绝句》四首，大家都知道。此外，如正史所载，梁萧正德有绝句，见《南史》卷五十一《梁宗室传》："普通三年，以黄门侍郎为轻车将军。顷之，奔魏。初去之始，为诗一绝内火笼中：'桢干屈曲尽，兰麝氛氲销；欲知抱炭口，正是履冰朝。'"陆山才也有绝句，见《南史》卷六十四《张彪传》："彪始起于若邪，兴于若邪，终于若邪，及妻犬皆为人所重异。彪友人吴中陆山才嗟泰（沈泰）等翻背，刊吴昌门，为诗一绝曰：'田横感义士，韩王报主臣，若为感意气，持寄禹川人？'"为诗一绝，等于说作一首绝句。绝是绝句的简称。绝句之称，南朝已有，但当时名称并不统一。《南史》卷十四《刘昶传》作断句："废帝（子业）即位，为徐州刺史。帝北讨，昶即起兵。统内诸郡，并不受命。昶知事不捷，乃夜开门奔魏。弃母妻，惟携妾一人作丈夫服，骑马自随。在道慷慨为断句曰：'白云满鄣来，黄尘满天起；关山四面绝，故乡几千里！'因把姬手，南望恸哭，左右莫不哀哽。每节悲恸，遥拜其母。"《齐书》卷三十五《武陵昭王晔传》作短句："晔刚颖俊出，与诸王共作短句诗，学谢灵运体，以呈。上（高帝）报曰：'见汝二十字，诸儿中最为优者。但康乐放荡，作体不辩有首尾。安仁士衡，深可宗尚；颜延之抑其次也。'"《齐书》这一段记载很可注意。因为，根据齐高帝的话，不但宋朝的颜延之、谢灵运有二十字的短句诗，晋朝的陆士衡、潘安仁已先有二十字的短句诗。然则绝句的产生，尚远在永明体之前(孙楷第《绝句是怎样产生的》,见《学原》第一卷四期)。

在唐代以后,凡依律句的平仄形式写成的绝句,就可以认为近绝(或律绝);凡不依的,就可以认为古绝。自然也有半古半今的绝句,正像有半古半律的律诗一样。现在试举例如下:

五言古绝

(1)全篇古体

题灞池　　王昌龄

腰镰欲何之?东园刈秋韭。(拗对)
世事不复论,悲歌和樵叟。(拗粘)

湘　妃　　刘长卿

帝子不可见,秋风来暮思。
婵娟湘江月,千载空蛾眉。

静夜思　　李　白

床前明月光,
疑是地上霜。
举头望明月,低头思故乡。(拗粘,拗对)

渭上思归　　孟　郊

独访千里信,回临千里河。
家在吴楚乡,泪寄东南波。(拗粘,拗对)

邀花伴　　孟　郊

边地春不足,十里见一花。(拗对)
及时须邀游,日莫饶风沙。(拗粘)

(2)大部分古体

华子冈　　王　维

飞鸟去不穷,连山复秋色。
上下华子冈,惆怅情何极!(拗粘,拗对)

望终南残雪 祖 咏

终南阴岭秀，积雪浮云端。
林表明霁色，城中增暮寒。

题情深树寄象公 李 白

肠断枝上猿，
泪添山下樽。（孤平拗救）
白云见我去，亦为我飞翻。

(3)半古半律

送友人之京 李 白

君登青云去，予望青云归。
云山从此别，泪湿薜萝衣。（拗粘）

洛阳陌 李 白

白玉谁家郎？回车渡天津。
看花东陌上，惊动洛阳人。

寄璨师 韦应物

林院生夜色，西廊上纱灯。
时忆长松下，独坐一山僧。（拗粘，拗对）

再下第 孟 郊

一夕九起嗟，
梦短不到家。（拗对）
两度长安陌，空将泪见花。

七言古绝

(1)全篇古体

少年行 王 维

新丰美酒斗十千，
咸阳游侠多少年。（拗对）
相逢意气为君饮，系马高楼垂柳边。

送狄宗亨 王昌龄

秋在水清山暮蝉，（孤平拗救）

洛阳树色鸣皋烟。
送君归去愁不尽，又惜空度凉风天。

结袜子　　李　白

燕南壮士吴门豪，
筑中置铅鱼隐刀。（拗对）
感君恩重许君命，太山一掷轻鸿毛。（拗对）

登庐山五老峰　　李　白

庐山东南五老峰，
青天削出金芙蓉。（拗对）
九江秀色可揽结，吾将此地巢云松。（拗对）

因省风俗访道士侄不见题壁　　韦应物

去年涧水今亦流，去年杏花今又折。（拗对）
山人归来问是谁，还是去年行春客。

（2）大部分古体

赠华州王司士　　李　白

淮水不绝涛澜高，
盛德未泯生英髦。（拗对）
知君先负庙堂器，今日还须赠宝刀。（拗粘）

诣徐卿觅果栽　　杜　甫

草堂少花今欲栽，
不问绿李与黄梅。
石笋街中却归去，果园坊里为求来。

春水生　　杜　甫

一夜水高二尺强，
数日不可更禁当。（拗对）
南市津头有船卖，无钱即买系篱旁。（拗粘）

金缕曲　　杜秋娘

劝君莫惜金缕衣，

劝君惜取少年时。(拗对)

有花堪折直须折,莫待无花空折枝。

(3)半古半律

凉州词　　孟浩然

浑成紫檀金屑文,
作得琵琶声入云。
胡地迢迢三万里,那堪马上送明君!

三绝句(其一)　　杜　甫

前年渝州杀刺史,
今年开州杀刺史。
群盗相随剧虎狼,食人更肯留妻子!

绝句漫兴　　杜　甫

熟知茅斋绝低小,江上燕子故来频。
衔泥点污琴书内,更接飞虫打着人。(拗粘)

夏昼偶作　　柳宗元

南州溽暑醉如酒,
隐几熟眠开北牖。
日午独觉无余声,山童隔竹敲茶臼。

如果只有一个拗句,可认为偶拗,归入近体诗内。

10.9　在半古半律的绝句中,以前半古句后半律句为常规。至于大部分古体的七绝里,也往往是纯粹的古句在前,似律的句子(第三字拗及子类特拗)与律句在后。这和古风式的律诗的情形是相仿佛的。

第十一节　古体诗的对仗

11.1　古风和律诗有一个大不相同之点,就是律诗必须对仗,而古风可以不用对仗。事实上,有些古风是全篇不用对仗的,

例如：

秋夜独坐怀内弟崔兴宗　　王　维

夜静群动息，蟪蛄声悠悠。庭槐北风响，日夕方高秋。
思子整羽翮，及时当云浮。吾生将白首，岁晏思沧洲。
高足在旦暮，肯为南亩俦。

新婚别　　杜　甫

兔丝附蓬麻，引蔓故不长。嫁女与征夫，不如弃路旁。
结发为妻子，席不暖君床。暮婚晨告别，无乃太匆忙。
君行虽不远，守边赴河阳。妾身未分明，何以拜姑嫜？
父母养我时，日夜令我藏。生女有所归，鸡狗亦得将。
君今往死地，沉痛迫中肠。誓欲从君去，形势反苍黄。
勿为新婚念，努力事戎行。妇人在军中，兵气恐不扬。
自嗟贫家女，久致罗襦裳。罗襦不复施，对君洗红妆。
仰视百鸟飞，大小必双翔。人事多错迕，与君永相望。

酬司门卢四兄云夫院长望秋作　　韩　愈

长安雨洗新秋出，极目寒镜开尘函。
终南晓望踏龙尾，倚天更觉青巉巉。
自知短浅无所补，从事久此穿朝衫。
归来得便即游览，暂似壮马脱重衔。
曲江荷花盖十里，江湖生目思莫缄。
乐游下瞩无远近，绿槐萍合不可芟。
白首寓居谁借问？平地寸步扃云岩。
云夫老兄有狂气，嗜好与俗殊酸咸。
日来省我不肯去，论诗说赋相諵諵。
望秋一章已惊绝，犹言低抑避谤谗。
若使乘酣骋雄怪，造化何以当镌劖。
嗟我小生值强伴，怯胆变勇神明鉴。
驰坑跨谷终未悔，为利而止真贪馋。

高揖群公谢名誉，远追甫白感至諴。
楼头完月不共宿，其奈就缺行攕攕。

11.2 自杜、韩以后，一韵到底的七古总以完全不用对仗为原则。至于五古和转韵七古，就有些地方是对仗的了。本来，古诗虽不拘对仗，却也不避对仗。正如上文导言里所说，《诗经》里就有了对仗，古代散文也有对仗，古体诗当然没有避免对仗的必要。恰恰相反，有时候对仗可以增加一种整齐的美。大致说来，对仗和平仄的入律成为平行的发展：越是入律或似律的古风，越是多用对仗；越是平仄仿古，越是少用对仗。五古继承齐梁的遗绪，所以多数诗人喜欢在五古里用对仗；转韵七古也是齐梁的遗风，所以对仗也常见。只有一韵到底的七古是一种新兴而又仿古的诗体，所以不大用对仗。总之，古风里对仗的有无或多少，仍旧是新式和仿古两大潮流的分别。

11.3 要明白律句和对仗的密切关系，只要把本章第九节里所引的杜甫的《湖城东遇孟云卿》一诗仔细分析，就可以恍然大悟。杜甫这诗，律句较多，因此对仗也较多。尤其是有一点值得注意：凡用律联的地方也就是用对仗的地方。现在再举苏轼的一首诗为例：

龟山辩才师 苏 轼

此生念念浮云改(a)，寄语长淮今好在(b)。
故人宴坐虹梁南(A′)，新河巧出龟山背(a)。
木鱼呼客振林莽(a′)，铁凤横空飞彩绘(b′)。
忽惊堂宇变雄深(A)，坐觉风雷生謦欬(b)。
羡师游戏浮沤间(A′)，笑我荣枯弹指内(b)。
尝茶看画亦不恶(c)，问法求诗了无碍(b′)。
千里孤帆又独来(B)，五年一梦谁相对(a)？
何当来世结香火(a′)，永与名山躬井碓(b)！

这一首诗首联和尾联不用对仗，其余各联都用对仗，宛然一首七言排律。再就平仄而论,除“尝茶”一句外,其余都是入律或似律的句子,可以证明对仗和律句的密切关系。我们之所以不索性认为排律者,因为:诗中多有拗粘拗对;平仄未完全合律;用仄韵。然而它毕竟是律古之间的东西。

11.4 上文我们说,自杜、韩以后,一韵到底的七古总以完全不用对仗为原则;现在上文举出的一首一韵到底的七古却是完全用对仗的,似乎自相矛盾。但是,像苏轼这首诗只是罕见的例外,它是属于新式的古风;而大多数一韵到底的七古却是仿古的一派。同是一个诗人,时而仿古,时而随俗,并不相妨。除刘长卿完全用新式,孟郊、韩愈完全用古式之外,其余各家的诗集中,仿古的古风和新式的古风往往同时存在。由此看来,诗体本可分为四种:新式之律;古式之律;新式之古;古式之古。世俗只分为律古两种,实未尽善,我们现在只要心知其意,也不必显然把它们分为四类了。

11.5 律诗的对仗,中两联为必需的,首联为随意的(五律首联多用对仗,七律罕用),尾联则以不用为原则(见第一章第十三节)。古风的对仗却没有一定的位置。大约尾联仍以不用对仗为原则,这样可以表示一篇的终结;其余各联,对与不对,极为自由。这是所谓“行乎其所不得不行,止乎其所不得不止”,并不受任何拘束,例如:

古风 李 白

黄河走东溟,白日落西海。逝川与流光,飘忽不相待。
春容舍我去,秋发已衰改。人生非寒松,年貌岂长在?
吾当乘云螭,吸景驻光彩。

古风 李 白

玄风变太古,道丧无时还。扰扰季叶人,鸡鸣趋四关。
但识金马门,谁知蓬莱山?白首死罗绮,笑歌无时闲。
绿酒哂丹液,青蛾凋素颜。大儒挥金椎,琢之诗礼间。
苍苍三株树,冥冥焉能攀?

水会渡　　杜　甫

山行有常程，中夜尚未安。微月没已久，崖倾路何难！
大江动我前，汹若溟渤宽。篙师暗理楫，歌笑轻波澜。
霜浓木石滑，风急手足寒。入舟已千忧，陟巘仍万盘。
回眺积水外，始知众星干。远游令人瘦，衰疾惭加餐。

行子苦风泊来舟贻潘少府　　王昌龄

行子苦风潮，维舟未能发。宵分卷前幔，卧视清秋月。
四泽蒹葭深，中洲烟火绝。苍苍水雾起，落落疏星没。
所遇尽渔樵，与言多楚越。其如念极浦，又以思明哲。
常若千里余，况之异乡别！

此诗句子皆入律或似律，无拗粘拗对，故用对仗特多。

仲春晚寻覆釜山　　钱　起

胡蝶弄和风，飞花不知晚。王孙寻芳草，步步忘路远。
况我爱青山，涉趣皆浮践！萦回必中路，阴晦阳复显。
古岸生新泉，霞峰映雪巘。交枝花色异，奇石云根浅。
碧洞志忘归，紫云行可搴。方嗤嵇叔夜，林卧方沉湎。

夜出偏门还三山　　陆　游

月行南斗边，人归西郊路。水风吹葛衣，草露湿芒屦。
渔歌起远汀，鬼火出破墓。凄清醒醉魂，荒怪入诗句。
到家夜已半，伫立叩蓬户。稚子犹读书，一笑慰迟暮。

寄圣俞　　欧阳修

凌晨有客至自西，为问诗老来何稽？
京师车马曜朝日，何用扰扰随轮蹄！
面颜憔悴暗坐土，文字光彩垂虹霓。
空肠时如秋蚓叫，苦调或作寒蝉嘶。
语言虽巧身事拙，捷径耻蹈行非迷。
我今俸禄饱余剩，念子朝夕勤盐齑。
舟行每欲载米送，汴水六月干无泥。

乃知此事尚难必，何况仕路如天梯？
朝廷乐善得贤众，台阁俊彦联簪犀。
朝阳鸣凤为时出，一枝岂惜容其栖！
古来磊落材与知，穷达有命理莫齐。
悠悠百年一瞬息，俯仰天地身醯鸡。
其间得失安足校？况与凫鹜争稗稊！
忆在洛阳年各少，对花把酒倾玻璃。
二十年间几人在？在者忧患多乖暌。
我今三载病不饮，眼眵不辨䯄与骊。
壮志销尽忆闲处，生计易足才蔬畦。
优游琴酒逐渔钓，上下林壑相攀跻。
及身强健始为乐，莫待衰病须扶携。
行当买田清颍上，与子相伴把锄犁。

全诗共四十句，仅有三联用对仗，其中如“优游”一联犹在似对非对之间。此乃一韵到底的七古的正则。

11.6 只有转韵七古的对仗，其位置比较地固定。尤其是四句一换韵的七古，不用对仗则已，若用对仗，总在每韵的第二联。因为每韵的首句往往入韵，颇不宜于对仗，例如：

江楼送太康郭主簿赴岭南 刘长卿

对酒怜君安可论？当官爱士如平原。
料钱用尽却为谤，食客空多谁报恩？
万里孤舟向南越，苍梧云中暮帆灭。
树色应无江北秋，天涯尚见淮阳月。
驿路南随桂水流，猨声不绝到炎州。
青山落日那堪望，谁见思君江上楼？

末联因系终篇，所以不用对仗。

11.7 律诗的对仗，唯求其工；古风的对仗，唯求其拙。除了入律的古风颇喜欢用工对外，在一般古体诗里，诗人们几乎可说是有意造成古拙的骈语。关于属对的范畴,古风比律诗宽得多。如果拿律诗的眼光看来,有些地方简直是对得太勉强了。这些“勉强”的对仗,大约可分为四类:

(1)完全不伦不类的事物也用为对仗,例如:

鸷鸟立寒木,丈夫佩吴钩。(王昌龄《九江口作》)
为客成白首,入门嗟布衣。(郎士元《赠万生下第》)
主人炊新粒,行子充夜饥。(岑参《宿华阴东郭客舍》)
赤心报国无片赏,白首还家有几人?(刘长卿《疲兵篇》)
枥上看时独意气,众中牵出偏雄豪。(岑参《卫节度赤骠马歌》)
紫盖连延接天柱,石廪腾掷堆祝融。(韩愈《谒衡岳庙》)

(2)以主从仂语与等立仂语为对,例如(等立用·号,主从用△号):

及自登枢要,何曾问布衣?(杨贲《感兴》)
衣冠半是征战士,穷儒浪作林泉民。(李白《少年行》)
行人刁斗风沙暗,公主琵琶幽怨多。(李颀《古从军行》)
浔阳北望鸿雁回,湓水东流客心醉。(李颀《送从弟游江淮》)
闻道轻生能击虏,何嗟少壮不封侯。(钱起《送崔校书从军》)

(3)双字仂语中,一字对得极工,另一字极勉强,例如(工者用·号,不工者用△号):

偶同静者来,正值高云闲。(欧阳詹《同诸公过福先寺》)
中酒朝眠日色高,弹棋夜半灯花落。(岑参《与独孤渐道别》)
别马连嘶出御沟,家人几夜望刀头?(钱起《送崔校书从军》)
燕南春草伤心色,蓟北黄云满眼愁。(同上)

(4)句中自对而又两句相对。这本是律诗里所容许的对仗法,但是它在古风里更显得随便,标准更宽。往往以名词与形容词相对，或与动词相对，例如（名词用·号，形容词或动词用△号）：

高论动侯伯，疏怀脱尘喧。（韦应物《送李十四》）
肃穆庙堂上，深沉节制雄。（高适《李云南征蛮诗》）
寓游城郭里，浪迹希夷际。（李颀《谒张果先生》）
纷纷对寂寞，往往落衣巾。（刘昚虚《寄阎防》）
晓碧流视听，夕清濯衣袍。（孟郊《立德新居》）
为于仁义得，未觉登涉劳。（同上）

11.8　另一种拙对是半对半不对。这又可以细分为三类：上半对，下半不对；下半对，上半不对；中间对，两头不对。现在分别叙述于下：

（1）上半对，下半不对，往往是韵脚的关系。末字因为要押韵，所以对仗难工。在律诗里，诗人往往先决定韵脚，然后选择出句的末字，务求其对仗工稳；在古风里则不然，诗人听其自然，不加修饰，所以弄到下一半不成对仗。最显明的例子是每字都对，只剩末字不对，像崔颢的《古游侠》的"杀人辽水上，走马渔阳归"。其次则是只剩末两字不对，像刘长卿的《自番阳还道中》的"元气连洞庭，夕阳落波上"。而最普通的例子却是：

五言上二字相对，下三字不对；
七言上四字相对，下三字不对。

现在试举出一些例子：

发白还更黑，身轻行若风。（李颀《赠苏明府》）
迟日半云谷，春风连上潮。（綦毋潜《题鹤林寺》）
出处暂为间，浮沉安系哉！（卢象《送綦毋潜》）
湘水流入海，楚云千里心。（常建《潭州留别》）
黄叶落不尽，苍苔随雨生。（卢纶《送顾秘书献书后》）
男儿在世无产业，行子出门如转蓬。（李颀《欲之新乡》）

寒风卷叶度滹沱，飞云布地悲峨峨。（同上）
郑国游人未及家，洛阳行子空叹息。（李颀《送陈章甫》）
宅中歌笑日纷纷，门外车马如云屯。（高适《邯郸少年行》）
玉京迢迢几千里，凤笙去去无穷已。（李白《凤吹笙曲》）
我向淮南攀桂枝，君留洛北愁梦思。（李白《忆旧游》）
赤霄悬圃须往来，翠尾金花不辞辱。（杜甫《赤霄行》）
英雄割据虽已矣，文彩风流今尚存。（杜甫《丹青引》）
金印煌煌未入手，白发种种来无情。（陆游《长歌行》）

“寒风、宅中、玉京、我向”诸联，因为出句入韵，尤以半对半不对为常。七律也有这个规矩，参看第一章第十五节。

七古偶然也只有两个字相对，这是最贫乏的对仗，例如：

剑峰可惜空用尽，马蹄无事今已穿。（岑参《送费子归武昌》）
北雁初回江燕飞，南湖春暖著春衣。（韩翃《送中兄典邵州》）
万年枝影转斜光，三道先成君激昂。（韩翃《别汜水县尉》）
昔骑天子大宛马，今乘款段诸侯门。（李白《江夏赠韦南陵冰》）

（2）下半对，上半不对，并非受了韵脚的影响，所以比较少见。七古中，下五字相对如李颀《送陈章甫》的“醉卧不知白日暮，有时空望孤云高”尤为罕见，因为既能用五字相对，就不妨索性用七字相对了。最普通的情形是：

五言上二字不对，下三字相对；

七言上四字不对，下三字相对。

现在试举出一些例子：

德与形神峻，孰知天地遥？（张说《同群公秋登琴台》）
悠悠孤峰顶，日见三花春。（王昌龄《寄焦炼师》）
空山何窈窕！三秀日氛氲。（李颀《送暨道士还玉清观》）
画图麒麟阁，朝入明光宫。（高适《塞下曲》）

邀人傅脂粉,不自著罗衣。(王维《西施咏》)
巾车云路入,理棹瑶溪行。(储光羲《游茅山》)
居闲好芝术,采药来城市。(孟浩然《王迥见访》)
少年弄文墨,属意在章句。(孟浩然《南归阻雪》)
头陀云月多僧气,山水何曾称人意?(李白《江夏赠韦南陵冰》)
粉墙丹桂动光彩,鬼物图画填青红。(韩愈《谒衡岳庙》)
伯熙奉诏每有作,礌砢相并将无惭。(虞集《题旦景初佥司画》)

(3)中间对,两头不对,这种情形更少。所谓中间对,往往只有两个字;但是看它们的对仗是那样工整,却绝对不会是出于偶然,例如:

今朝平津邸,兼得潇湘游。(郎士元《题刘相公三湘图》)
向来皓首惊万人,自倚红颜能骑射。(杜甫《醉为马坠》)
高秋八月归南楚,东门一壶聊出祖。(岑参《送费子归武昌》)
及身强健始为乐,莫待衰病须扶携。(欧阳修《寄圣俞》)

11.9 此外,还有意对词不对,如杜甫《锦树行》“五陵豪贵反颠倒,乡里小儿狐白裘”。这更是拙中之拙。

11.10 本章第八节里所说的同字相对,也是最古拙的骈语。在《古诗十九首》里,同字相对有如下诸例:

昔为倡家女,今为荡子妇。
兔丝生有时,夫妇会有宜。
去者日以疏,来者日以亲。
古墓犁为田,松柏摧为薪。
相去日已远,衣带日已缓。
三五明月满,四五蟾兔缺。
上言长相思,下言久离别。
著以长相思,缘以结不解。

“昔为、去者”两联是完全的对仗；“兔丝、古墓、三五、上言”诸联是主从仂语与等立仂语相对；“相去、著以”两联是半对半不对。

11.11 唐人的古风里，大量地运用这种对仗法，因为这正是古风之所以别于律诗的一个特征，例如：

五古

(1)同一字者

宁栖野树林，宁饮涧水流。（王维《献始兴公》）
大牛隐层坂，小牛穿近林。（储光羲《牧童词》）
一山尽天苑，一峰开道宫。（储光羲《述降圣观》）
虎豹对我蹲，鸑鷟傍我飞。（储光羲《杂诗》）
下有枯树根，上有鼯鼠窠。（王昌龄《长歌行》）
能使江月白，又令江水深。（常建《江上琴兴》）
沤纻为缊袍，折麻为长缨。（常建《渔浦》）
一射百马倒，再射万夫开。（颜真卿《赠裴将军》）
岱马不思越，越禽不恋燕。（李白《古风》）
攀天莫登龙，走山莫骑虎。（李白《箜篌谣》）
存者无消息，死者委尘泥。（杜甫《无家别》）
魂来枫林青，魂去关塞黑。（杜甫《梦李白》）
射人先射马，擒贼先擒王。（杜甫《前出塞》）

(2)同二字者

摘取芙蓉花，莫摘芙蓉叶。（王昌龄《越女》）
徘徊双峰下，惆怅双峰月。（刘长卿《宿双峰寺》）
吏呼一何怒！妇啼一何苦！（杜甫《石壕吏》）
朝行青泥上，暮在青泥中。（杜甫《泥功山》）
贤有不黔突，圣有不暖席。（杜甫《发同谷县》）

(3)同三字者

但见万里天，不见万里道。（孟云卿《古别离》）
在山泉水清，出山泉水浊。（杜甫《佳人》）
甚愧丈人厚，甚知丈人真。（杜甫《奉赠韦左丞丈》）
高者未必贤，下者未必愚。（白居易《涧底松》）
分不两相守，恨不两相思。（元稹《古决绝词》）

（4）同四字者

朝亦常苦饥，暮亦常苦饥。（孟云卿《悲哉行》）

七古

（1）同一字者

此时惜别讵堪闻？此地相看未忍分。（李白《凤吹笙曲》）
小儿学问止《论语》，大儿结束随商旅。（杜甫《最能行》）
鲁人皆解带弓箭，齐人不复闻萧韶。（刘禹锡《平齐行》）
郢人斤斫无痕迹，仙人衣裳弃刀尺。（刘禹锡《翰林白二十二学士》）
郊庙登歌赞君美，乐府艳词悦君意。（白居易《采诗官》）
君耳唯闻堂上言，君眼不见门前事。（同上）
十一把镜学点妆，十二抽针能绣裳。（白居易《简简吟》）
黄鸡催晓丑时鸣，白日催年酉前没。（白居易《醉歌》）

（2）同二字者

苦竹岭头秋月辉，苦竹南枝鹧鸪啼。（李白《山鹧鸪词》）
有身莫犯飞龙鳞，有手莫辨猛虎须。（李白《对雪醉后》）
二十有九即帝位，三十有五致太平。（白居易《七德舞》）
贪吏害民无所忌，奸臣蔽君无所畏。（白居易《采诗官》）
不根而生从意生，不笋而成由笔成。（白居易《画竹歌》）
妾年四十丝满头，郎年五十封公侯。（陈羽《古意》）
伶伦以之正音律，轩辕以之调元气。（李贺《苦篁调啸引》）

君言似曲屈如钩，君言好直舒为箭。（元稹《胡旋女》）

（3）同三字者

先生有道出羲皇，先生有才过屈宋。（杜甫《醉时歌》）
遂州城中汉节在，遂州城外巴人稀。（杜甫《去秋行》）
胡旋之义世莫知，胡旋之容我能传。（元稹《胡旋女》）
昨日之日不可追，今日之日须臾期。（卢仝《叹昨日》）
义心若石屹不转，死节如石确不移。（白居易《青石》）
弹琴人似膝上琴，听琴人似匣中弦。（卢仝《听萧君姬人弹琴》）

（4）同四字者

君勿矜我玉可切，君勿夸我钟可刜。（白居易《鸦九剑》）

11.12　最后，我们谈到两联相对，就是上一联和下一联相为对仗，例如：

相思长相思，相思无限极。相思苦相思，相思损容色。（陈羽《长相思》）

劝君掩鼻君莫掩，使君夫妇为参商。劝君掇蜂君莫掇，使君父子成豺狼。（白居易《天可度》）

太行之路能摧车，若比人心是坦途。巫峡之水能覆舟，若比人心是安流。（白居易《太行路》）

为君熏衣裳，君闻兰麝不馨香。为君盛容饰，君看金翠无颜色。（同上）

人画竹身肥拥肿，萧画茎瘦节节竦。人画竹梢死羸垂，萧画枝活叶叶动。（白居易《画竹歌》）

文帝却之不肯乘，千里马去汉道兴。穆王得之不肯戒，八骏驹来周室坏。（白居易《八骏图》）

但是，这种对仗往往只有一部分或一两个字在字面上是相对的（同字或异字相对均可）。余字或错综相对，或意对词不对，例如：

头上何所有？翠微盍叶垂鬓唇。背后何所见？珠压腰衱稳称身。（杜甫《丽人行》）

大儿九龄色清澈，秋水为神玉为骨。小儿五岁气食牛，满堂宾客皆回头。（杜甫《徐卿二子歌》）

昔没贼中时，潜与子同游。今归行在所，王事有去留。（杜甫《送韦十六》）

小鱼脱漏不可记，半死半生犹戢戢。大鱼伤损皆垂头，屈强泥沙有时立。（杜甫《又观打鱼》）

昔公为善日不足，假寐待旦朝至尊。今君三十朝未与，得不寸晷倍玙璠？（元稹《去杭州》）

第一第二弦索索，秋风拂松疏韵落。第三第四弦泠泠，夜鹤忆子笼中鸣。（白居易《五弦弹》）

吾君修己人不知，不自逸兮不自嬉。吾君爱人人不识，不伤财兮不伤力。（白居易《骊宫高》）

去岁嘉禾生九穗，田中寂寞无人至。今年瑞麦分两岐，君心独喜无人知。（白居易《牡丹芳》）

三月无雨旱风起，麦苗不秀多黄死。九月降霜秋早寒，禾穗未熟皆青干。（白居易《杜陵叟》）

不如林中乌与鹊，母不失雏雄伴雌。应似园中桃李树，花落随风子在枝。（白居易《母别子》）

11.13　两联相对，白居易最喜欢用。他喜欢到那种程度，甚至于用到律诗里去（见第一章第十五节）。然而这种对仗终当认为古风所独有，而它和同字相对往往是互相为用的。

第十二节　古体诗的句式

12.1　古体诗的句式，照理应该就是古代散文的句式。但是，古代散文以四言为主，而古诗则以五言为主（此种现象至魏晋以后而益显），其间相差一个字，句式的差异往往由此而生。再者，诗的语言毕竟和散文的语言不尽相同，不过其间的歧异远不如律诗和散文之间那样深刻化罢了。

12.2 古风既然仿古，自然应该奉古诗为圭臬。因此，我们要分析古体诗的句式，与其根据唐以后的古风，不如根据唐以前的古诗；因为唐以后的古风里，有些句式是律化了的（见下节）。《古诗十九首》是古诗的典型之一，篇幅又不多，现在我们要拿它来做分析的根据。这种分析自然不能认为完备的，不过已经得到了一个大概，由此可以窥见古今诗的句式的异同。

12.3 分析的程序大致依照第一章第十六节至十八节。凡字下加·号者，表示这是古风中特有的句式，它们多数和散文相近似，而和近体诗大相径庭。如果近体诗里用了这种句子，咱们也可认为用古句。又凡字下加△号者，表示这种句式在律诗中相当罕见，尤其是在中两联的对仗里。

12.4 现在把《古诗十九首》的句式分析如下：

（甲）简单句

（1）前四字为主语，末字为谓词。

fnfN－V　孟冬寒气至。

（2）前三字为主语，末二字为谓语。

2.1. fnN－d（SF）故人心尚尔。

2.2. fsN－V－N　美者颜如玉。

（3）前二字为主语，或方位语中一字为谓词，末二字为目的语、表语，或方位语。

3.1.a1. fN－V－fN　长衢罗夹巷。

故人惟古欢。（惟，思也）

3.1.a2. nN－V－fN　玉衡指孟冬。

3.1.b. tN－V－qN　东风摇百草。

3.1.c. fN－V－cN　浮云蔽白日。

3.1.d. cN－V－fN　白露沾野草。

绿叶发华滋。

3.1.e. bN－V－tN　胡马依北风，越鸟巢南枝。

3.2.a. fN－（FV）－nN　明月皎夜光。

3.2.b. cN－（FV）－fN　白杨多悲风。

3.2.c. nN－（FV）－fN　兰泽多芳草。

3.3.　fN－d（　）－sN　虚名复何益？

3.4.a. NN－V－nN　年命如朝露。

3.4.b. NN－V－fN　松柏夹广路。

3.5.a. BB－（FV）－fN　燕赵多佳人。

3.5.b. NN－（FV）－NN　王侯多第宅。

馨香盈怀袖。

3.6.a. nN－V－NN　人生非金石。

3.6.b. fN－V－NN　极宴娱心意。

3.6.c. NX－V－FX（＝NN）　蟋蟀伤局促。

3.7.a. NX－V－NX　兔丝附女萝。

3.7.b. NX－V－fN　晨风怀苦心。（晨风，鹯也）

3.8.　qN－V－FR（＝NN）　一心抱区区。

3.9.a. fN←V－bn　锦衾遗洛浦。

3.9.b. NX－V－tn　促织鸣东壁。

3.9.c. nN－V－qn　人生寄一世。

3.9.d. nN－V－nt　秋蝉鸣树间。

3.10.a. nt－V－fN　庭中有奇树。

3.10.b. tt－V－fN　西北有高楼。

（4）前二字为主语，或时间语，或方位语，中二字为动词语，末一字为目的语。

4.1. FF(=NN)-dV-N　盛衰各有时。

4.2. fN-(fd)V-N　新声妙入神。

4.3. nN-dV-(VN)　人生忽如寄。

4.4. (vf)N-dV-(VN)　游子不顾返。

4.5. (vf)N-dV-(QN)　生年不满百。

4.6. a. fn-dV-N　终日不成章。

4.6. b. qn-(fd)V-N　千里远结婚。

(5)前二字为名词语,中一字为介词,末二字为动词及其目的语。

fN←p-V-N　荣名以为宝。

(6)前二字为名词语,中二字为副词语,末一字为动词。

6.1. fN-(fd)dV　空床难独守。

6.2. fN-d(sd)V　贱妾亦何为?

6.3. sN-(sd)dV　此物何足贵?

6.4. a. NN-ddV　冠带自相索。

圣贤莫能度。

时节忽复易。

6.4. b. NN-(fd)dV　欢乐难具陈。

6.5. qN-ddV　两宫遥相望。

万岁更相送。

6.6. qn-ddV　千载永不寤。

(7)前二字为名词语,中二字为副词语,末一字为形容词。

7.1. a. NN-ddF　岁月忽已晚。

7.1. b. fN-ddF　凉风率已厉。

7.2. nN－(fd)dF　秋草萋已绿。

7.3. nN－(nd)dF　衣带日已缓。

7.4. vs(＝N)－(nd)dF　去者日以疏，来者日以亲。（来者，一作“生者”）

7.5. n(VN)－ddF　客行虽云乐。

7.6. a. NN－qs(＝dd)F　音响一何悲！

7.6. b. nN－qs(＝dd)F　岁暮一何速！

(8)前二字为名词语，中一字为副词，末二字为平行动词。

qN－dVV　斗酒相娱乐。
　　　　　四时更变化。

(9)前二字为名词语，中一字为副词，末二字为叠字或联绵字。

9.1. a. fn－(sd)FR　众星何历历！
　　　　　　　　　　明月何皎皎！

9.1. b. cN－(sd)FR　白杨何萧萧！

9.1. c. tN－(sd)FX　北风何惨栗！

9.2.　Bt－(sd)FR　洛中何郁郁！

(10)前二字为名词语，中一字为形容词，末二字为叠字。

fN－F－fr　长路漫浩浩。

(11)前二字为名词语，第三五字为形容词，第四字为连词。

11.1. NN－FpF　道路阻且长。
　　　　　　　　河汉清且浅。

11.2. tN－FpF　东城高且长。

(12)前二字为时间语，后三字为句子形式。

12.1. a. qq(＝nn)－fN－F　三五明月满。

12. 1. b. qq(=nn) - NN - F　四五蟾兔缺。

12. 2. qn - N - dV　三岁字不灭。

(13)第一字为主语,第二字为动词,末三字为目的语或方位语。

13. 1. N - V - nn(FN)　寿无金石固。

13. 2. N - V - nnt　人生天地间。

(14)前二字为动词及其目的语,末三字为方位语。

14. 1. a. V - N - bxt　结根泰山阿。

14. 1. b. V - N - nnt　置书怀袖中。

(15)第一字为主语,中二字为动词语,末二字为名词语。

15. 1. S - dV - fN　君亮执高节。

15. 2. S - (vd) V - sN　谁能为此曲?

(16)第一字为主语,第二字为副词,第三、四字为并行动词,末字为目的语。

S - (vd) VV - S　谁能别离此?

(17)前二字为动词语,后三字为目的语。

17. 1. a. dV - (nf) nN　昔为倡家女。

17. 1. b. dV - fnN　今为荡子妇。

17. 2. dV - ntN　遥望郭北墓。

17. 3. dV - qnN　常怀千岁忧。

17. 4. a. dV - nn(FN)　良无金石固。

17. 4. b. dV - nxN　亮无晨风翼。(晨风,鹯也)

17. 5. dV - NpN　但见丘与坟。

17. 6. a. dV - fNN　先据要路津。

17. 6. b. (vd)V－fNN　思还故里闾。

17. 7. a. t－V－nnN　上有弦歌声。

17. 7. b. t－V－f(vf)N　下有陈死人。

(18)前三字为动词语,末二字为目的语。

18. 1. a. ddV－fN　又不处重闱。

18. 1. b. (sd)dV－fN　何不策高足?

18. 2. a. ddV－FF(＝NN)　无为守贫贱。

18. 2. b. (sd)(vd)V－NX　何能待来兹?

(19)前二字为副词语,中一字为介词,末二字为平行动词。

(fd)d－p－VV　难可与等期。

(20)前二字为动词语,末三字为方位语。

20. 1. dV－(nf)qn　各在天一涯。

20. 2. dV－qqn　相去万余里。

20. 3. dV－cnt　潜寐黄泉下。

(21)前二字为平行动词,后三字为目的语或方位语。

21. 1. VV－nNN　被服罗裳衣。

21. 2. a. VV－NpN　被服纨与素。

21. 2. b. VV－bpb　游戏宛与洛。

(22)前二字为介词及其目的语,后三字为动词及其方位语。

pn－V－nt　以胶投漆中。

(23)第一字为方位词,中三字为介词及其目的语,末字为动词。

t－pfn－V　上与浮云齐。

(24)前二字为介词及其目的语,后三字为谓语形式。

24. 1. pn－V－fN　与君为新婚。

24. 2. pn－(vd)VV　与君生别离。

(25)前二字为副词语,后三字为动词语或形容语。

25. 1. a. d(vd)(fd)FF　焉能长寿考?

25. 1. b. dddVV　何为自结束?

25. 2. a. d(vd)d(fd)F　焉得不速老?

25. 2. b. (vd)(vd)d(fd)V　愿得常巧笑。

(26)第一字为副词,余四字为被动式。

26. 1. (fd)v－N－dV　多为药所误。

26. 2. dv－fN－V　但为后世嗤。

(27)前二字为形容词带“者”字,中二字为平行动词,末字为名词。

(fs＝N)－VV－N　愚者爱惜费。

(28)前二字为谓语形式当名词用,中二字为介词及其目的语,末字为动词。

(vn＝N)－ps－V　同袍与我违。

(29)第一字为动词,余四字为目的语。

V－snnN　照我罗床帏。

(30)第一字为动词,第二字为近目的语,余三字为远目的语。

30. 1. V－S－qNX　遗我一书札。

30. 2. V－S－qnN　遗我一端绮。

(31)前二字为叠字,后三字为句子形式。

31. 1. fr－NN－V 浩浩阴阳移。

31. 2. fr－N－dF 凛凛岁云暮。

(32)前二字为叠字或联绵字,后三字为谓语形式。

32. 1. a1. fr－V－nN 悠悠隔山陂。

32. 1. a2. fr－V－fN 纤纤出素手。

纤纤擢素手。

悠悠涉长道。

杳杳即长暮。

32. 1. b. fx－V－fN 慷慨有余哀。

32. 2. a. fr－V－NN 皎皎当户牖。

札札弄机杼。

32. 2. b. fx－V－NN 奄忽若飙尘。

32. 3. fr－V－VN 萧萧愁杀人。

(33)前二字为叠字或联绵字,后三字为动词语。

33. 1. a. fr－d(vd)V 脉脉不得语。

33. 1. b. fx－ddV 逶迤自相属。

33. 2. fr－(sd)dV 戚戚何所迫?

(34)前二字为联绵字,中一字为副词,末二字为平行形容词。

fx－dFF 轗轲长苦辛。

(乙)复杂句

(35)前四字为句子形式,末字为谓语。

NX－(nd)V—F 蝼蛄夕鸣悲。

(36)前三字在意义上为被动式,后二字为谓语形式。

36. 1. fN←V—V－N 古墓犁为田。

36. 2. NN←V－V—N 松柏摧为薪。

(37)前三字为句子形式,后二字为动词及其目的语。

37. 1. (vf)N－F—V－N　游子寒无衣。

37. 2. a. NN－V—V－N　夫妇会有宜。

37. 2. b. NX－V—V－N　兔丝生有时。

(38)前三字为句子形式,后二字为动词语或形容语。

38. 1. a. fN－V—dV　荡子行不归。

38. 1. b. cN－V—dV　玄鸟逝安适?

38. 2　NN－V—(sd)F　轩车来何迟!

(39)前二字为句子形式,后三字为包孕句。

39. 1. a. N－F—V－NF　弦急知柱促。

　　　　　　　　　　　愁多知夜长。

39. 1. b. N－F—(FV)－NF　昼短苦夜长。

(40)前二字为句子形式,后三字为副词、动词及其目的语。

N－F—dV－S　路远莫致之。

(41)前二字为句子形式,后三字为动词及平行名词。

N－V—V－NN　泪下沾裳衣。

(42)前二字为动词及其目的语,后三字为动词及名词语。

42. 1. a. V－N—V－fN　驱车策驽马。

　　　　　　　　　　　弹筝奋逸响。

　　　　　　　　　　　当户理清曲。

　　　　　　　　　　　枉驾惠前绥。

42. 1. b. V－N—V－qN　垂涕沾双扉。

42. 1. c. V－N—V－tN　驱车上东门。

　　　　　　　　　　　驰情整中带。

42. 2. a. V－N—V－sN　识曲听其真。
攀条折其荣。

42. 2. b. V－N—(NV)－sN　衔泥巢君屋。

42. 3. V－N—V－(dV＝N)　齐心同所愿。

42. 4. V－N－V－(vf)N　弃我如遗迹。

42. 5. V－N－V－NN　含英扬光辉。
努力加餐饭。

42. 6. V－N－V－NX　涉江采芙蓉。

(43)前二字为动词及其目的语,后三字为副词、动词及其目的语。

43. 1. V－N－dV－N　为乐当及时。

43. 2. vn(＝NX)—dV－N　牵牛不负轭。

43. 3. V－S—(vd)V－S　采之欲遗谁?

(44)前二字后二字各为谓语形式,中一字为连词。

V－N — p — V－N　同心而离居。
引领还入房。

(45)前二字为动词及其目的语,后三字为动词语。

45. 1. a. V－N—ddV　含意俱未申。

45. 1. b. V－N←ddV　会面安可知?

45. 1. c. V－N—(fd)dV　引领遥相睎。

45. 2. V－N—(vd)(fd)V　奋翅起高飞。

45. 3. a. V－N—(vd)VX　揽衣起徘徊。

45. 3. b. V－N—(fd)VX　出户独彷徨。

(46)前二字为动词及其目的语,中一字为副词,末二字为形容语。

V－N—(fd)dF　立身苦不早。

(47)前二字为动词及其目的语，中一字为连词，末二字为动词语。

V－N — p — dV　过时而不采。

(48)前二字为动词及其目的语，后三字为动词语。

V－N—VpV　回车驾言迈。

(49)前二字为动词及其目的语，后三字为递系式。

V－N—V－NF　思君令人老。

(50)前三字为谓语形式，后二字为动词语。

V－nN—(fd)V　出郭门直视。

(51)前二字为谓语形式之省略，后三字为谓语形式。

t－(　)－N—t－V－N　南箕北有斗。

(52)前二字为平行动词，后三字为谓语形式或动词语。

52. 1. a. VV—V－NN　荡涤放情志。

梦想见容辉。

52. 1. b. VV(　)—V－NN　服食求神仙。

52. 1. c. VV—V－VV(＝NN)　徙倚怀感伤。

52. 2. a. VV—p－V－N　眄睐以适志。

52. 2. b. VV—p－V－(FN)　忧忧以终老。

52. 3. VV—(fd)V－N　泣涕零如雨。

52. 4. VV—dV－N　愁思当告谁?

52. 5. VV—ddV　忧愁不能寐。

弃捐勿复道。

（53）前二字末二字皆为动词联绵字或叠字，中一字为副词。

53.1. VX—dVX　沉吟聊踯躅。

53.2. VR—dVR　行行重行行。

（54）前二字为动词语，后三字为形容词语。

dV—(nd)dF　相去日已远。

（55）前二字为动词语，后三字为谓语形式。

55.1. dV—V－fN　交疏结绮窗。（疏，穿刻之也）

还顾望旧乡。

独宿累长夜。

55.2. dV—V－qN　高举振六翮。

（56）前二字为动词语，中一字为副词，末二字为联绵字或叠字。

56.1. dV—dFX　既来不须臾。

56.2. qV—(sd)FR　四顾何茫茫！

（57）前二字后三字各为动词语。

qV—qqV　一弹再三叹。

（58）前二字为动词语，后三字为句子形式。

(vd)—VN－V－N　欲归道无因。

（59）前二字为动词语，中二字为动词语当形容词用，末字为其所修饰之名词。

59.1. (vd)V－qvN　愿为双鸣鹤。

思为双飞燕。

59.2. dv－(fd)vN　忽如远行客。

(60)第一字为动词,后四字为谓语形式。

V—V－vnN　裁为合欢被。

(61)前二字为动词语,后三字为句子形式或谓语形式,且为前二字的目的语。

61.1.a.(vd)V—:fN－V　仰观众星列。

61.1.b.dV—:vS－F　不惜歌者苦。

61.1.c.dV—:vn(＝N)－F　但伤知音稀。

61.2.dV—:(VN)－V－N　但感别经时。

61.3.dV—:VN－F　不念携手好。

61.4.dV—:V－fN　不如饮美酒。

61.5.a.dV—:(fd)VV　不如早旋归。

61.5.b.tV—:(fd)dV　下言久离别。

61.5.c.tV—:(fd)dV　上言长相思。

(62)第一字为动词,余四字为句子形式,且为第一字的目的语。

V—:S－dVV　惧君不识察。

(63)第一字为主语或副词,中三字为副词性的谓语形式,末字为主要动词。

63.1.N－vfn－V　客从远方来。

63.2.d－vfn－V　将从秋草萎。

(64)前二字为主语或副词语,中二字为副词性的谓语形式,末字为主要动词。

64.1.fN－vn－V　清商随风发。

回风动地起。

64. 2. fx - vn - V　奄忽随物化。

64. 3. a. (sd)d - vn - V　何不秉烛游？

64. 3. b. d(vd) - vn - V　焉能凌风飞？

(65)前二字中二字皆为副词性的谓语形式，末字为主要动词。

vn - vn - V　携手同车归。

(66)前二字为“所”字带动词合成主语，中一字为动词，末二字为方位语或目的语。

66. 1. a. (dV = N) - V - fn　所思在远道。

66. 1. b. (dV = N) - V - fN　所遇无故物。

(67)第一字为副词，第二字为介词，第三字为主要动词，末二字为“所”字带动词合成目的语。

d - p - V - (dV = N)　将以遗所思。

(68)第一字为主要动词，第二字为介词，余三字为名词性的谓语形式。

68. 1. V - p - (ddv = N)　著以长相思。

68. 2. V - p - (vdv = N)　缘以结不解。

(丙)不完全句

(69)前二字为名词语，后三字为谓语形式或动词语。

69. 1. fN—V - fN　令德唱高言。

69. 2. tN—dVX　中曲正徘徊。

(70)前二字为叠字，后三字为名词语。

70. 1. FR - nnN　皎皎河汉女。

70. 2. FR - ntN　青青河畔草，郁郁园中柳。

盈盈楼上女。

青青陵上柏,磊磊涧中石。

70.3. FR-(fd)vN 冉冉孤生竹。

70.4. FR-cnN 娥娥红粉妆。

70.5. FR-vnN 迢迢牵牛星。

70.6. FR-qn-t 盈盈一水间。

(71)前二字后三字各为名词语,后者为前者的描写语。

71.1. fN-qnN 阿阁三重阶。

71.2. qN-qqN 双阙百余尺。

(72)前二字为副词语,后三字为名词语,无谓词。

dd-bxN 无乃杞梁妻。

(73)前二字后三字各为名词语,前者为后者的修饰语。

fn-fNN 今日良宴会。

(74)前二字为双形容词,后三字为名词语。

ff-qNX 文彩双鸳鸯。

(75)前二字后三字为同位,五字为下句的主语。

fn-BXX 仙人王子乔。

(76)第一字为副词,余四字为下句的主语。

d-s-fnN 昔我同门友。

(77)第一字为动词,余四字为下句的主语。

V—s-nxN 伤彼蕙兰花。

12.5 上面是五言古体诗的句式,共有七十七个大类,一百六十个小类,二百十三个大目,二百十五个细目。其中有一百零七个句式为古近体所同有的（约占半数），三十八个句式为近体诗所罕见的，七十个句式为古体诗所独有的。这只是极粗略的统计，因为：仅就《古诗十九首》来分析，未能尽见五言句式的变化；所谓古体诗所独有的句式，也只是大致的说法，不是严格的说法。

12.6 我们没有分析七言古风的句式，因为七言是五言的延长，由五言可以推知七言。为了节省篇幅，也就从略了。

第十三节　古体诗的语法

13.1 古体诗的语法，几乎完全是古代散文的语法。我们说"几乎"，因为有若干虚字的用法似乎是古诗所特有的，例如"音响一何悲"，和"轩车来何迟"。古代散文在这种地方只用"何其"，如"何其悲也、何其迟也"之类。但是这种不同的地方毕竟少见。于是我们可以说，凡写古风，必须依照古代散文的语法；若运用散文中所无而近体诗所有的形式，就可以认为语法上的律化。

13.2 大致说起来，古体诗和近体诗的不同之点如下：

（甲）古体诗中常见，而近体诗中罕见者。

（1）连介词"与、而、以、且、之、于"等。

（2）代词"其、之、彼、所、者、然、尔"等。

（3）副词语"一何、何其、勿复、忽复、忽已、日已、虽云、忽如、无乃"等。

（4）语气词"也、矣、乎、耳"等。

（5）《诗经》中的虚字"言、云、载、聿、匪、惟"等。

（6）古被动式（用"为"字者）。

（乙）近体诗中常见，而古体诗中罕见或不宜有者。

（1）前二字为名词语（所谓"前二字"等等，系指五言），中二字为方位语或时间语，末字为动词或形容词，如"老树空庭得，清渠一邑传""丛篁低地碧，高柳半天青""野鹤清晨出，山精白日藏"。

（2）前二字为目的语倒置，如"柳色春山映，梨花夕鸟藏"。

(3)叠字或联绵字用如副词，紧接在形容词或不及物动词的前面或后面以修饰它们者，如“野日荒荒白，春流泯泯清”“城乌啼眇眇，野鹭宿娟娟”“汀烟轻冉冉，竹日静辉辉”“种竹交加翠，栽桃烂熳红”。

(4)前四字为包括目的语的句子形式或谓语形式，末字为谓语者，如“红入桃花嫩，青归柳叶新”“稍通绡幕霁，远带玉绳稀”“蜀星阴见少，江雨夜闻多”。

(5)前二字为句子形式或谓语形式，中二字为谓语形式，末字为形容词者，如“鵩集占书久，鸾回刻篆新”“有猿挥泪尽，无犬附书频”。

(6)第一字为动词或形容词，余四字为简单的或复杂的谓语形式者，如“静应连虎穴，喧已去人群”“青惜峰峦过，黄知橘柚来”“爽合风襟静，高当泪脸悬”。

(7)第一字为目的语倒置，中三字为谓语形式当副词用，末字为主要动词者，如“门看五柳识，身算六身知”。

(8)句子形式包孕着副词性的句子形式者，如“片云天共远，永夜月同孤”。

(9)动词带补语“得、来、着、去”等字者，如“已应春得细，颇觉寄来迟”。

(10)使成式，如严郾《望夫石》“罗绮点成苔藓斑”(《古诗十九首》中有一句“萧萧愁杀人”亦似是使成式，但此种句子极为罕见)。

(11)处置式，如秦韬玉《贫女》诗“休将十指夸纤巧，不把双眉斗画长”。

(12)新被动式(用“被”字者)，如王建《宫词》“十三初学擘箜篌，弟子名中被点留”；方干《惜花》“可怜妍艳正当时，刚被狂风一夜吹”。

(13)新行为称数法(数目字后加“次、回、遍”等字)，如孟郊《济源寒食》“一日踏春一百回”。

(14)其余一切不合散文语法的形式,如“客病留因药,春深买为花”“饭抄云子白,瓜嚼水精寒”“竹喧归浣女,莲动下渔舟”“寻觅诗章在,思量岁月惊”“绿垂风折笋,红绽雨肥梅”“泉声咽危石,日色冷青松”“买薪犹白帝,鸣橹已沙头”,等等。

(15)整句为名词语,或形似名词语者,如“闻诗鸾渚客,献赋凤楼人”“辩士安边策,元戎决胜威”“八年身世梦,一种水风声”。

前二字为叠字或联绵字者,不在此例。

(16)没有“如、似”等字的譬喻法,如“山名天竺堆青黛,湖号钱塘泻绿油”。

(17)一切新兴的虚字,如白居易《燕子楼》“闻道白杨堪作柱,争教红粉不成灰?”

13.3　在古风中,有些句子简直就和散文的结构一般无二。尤其是在那些有连介词或“其、之、所、者”等字的地方,例如:

> 秦人相谓曰:“吾属可去矣。”(李白《古风》)
> 人有甚于斯,足以戒元恶。(杜甫《遣兴》)
> 人生何所贵?所贵有终始。(卢仝《感古》)
> 菰蒲无租鱼无税,近水之人感君惠。(白居易《昆明春》)
> 越人偶见而奇之,因名“吐绶”江南知。(刘禹锡《吐绶鸟词》)

13.4　完全或差不多完全依照散文的结构来做诗,叫做“以文笔为诗”。这种诗和近体诗距离最远,例如:

空城雀　　李　白

> 嗷嗷空城雀,身计何戚促!本与鹪鹩群,不随凤凰族。
> 提携四黄口,饮乳未尝足。食君糠秕余,常恐乌鸢逐。
> 耻涉太行险,羞营覆车粟。天命有定端,守分绝所欲。

前出塞　　杜　甫

> 挽弓当挽强,用箭当用长。射人先射马,擒贼先擒王。
> 杀人亦有限,列国自有疆。苟能制侵陵,岂在多杀伤?

驯犀　　元稹

建中之初放驯象，远归林邑近交广。
兽返深山鸟构巢，鹰雕鹞鹘无羁鞅。
贞元之岁贡驯犀，上林置圈官司养。
玉盆金栈非不珍，虎啖狴牢鱼食网。
渡江之橘逾汶貉，反时易性安能长？
腊月北风霜雪深，蜷局鳞身遂长往。
行地无疆费传驿，通天异物罹幽枉。
乃知养兽如养人，不必人人自敦奖。
不扰则得之于理，不夺有以多于赏。
脱衣推食衣食之，不若男耕女令纺。
尧民不自知有尧，但见安闲聊击壤。
前观驯象后驯犀，理国其如指诸掌。

韩碑　　李商隐

元和天子神武姿，彼何人哉轩与羲！
誓将上雪列圣耻，坐法宫中朝四夷。
淮西有贼五十载，封狼生貙貙生罴。
不据山河据平地，长戈利矛日可麾。
帝得圣相相曰度，贼斫不死神扶持。
腰悬相印作都统，阴风惨淡天王旗。
愬武古通作牙爪，仪曹外郎载笔随。
行军司马智且勇，十四万众犹虎貔。
入蔡缚贼献太庙，功无与让恩不訾。
帝曰汝度功第一，汝从事愈宜为辞。
愈拜稽首蹈且舞，金石刻画臣能为。
古者世称大手笔，此事不系于职司。
当仁自古有不让，言讫屡颔天子颐。
公退斋戒坐小阁，濡染大笔何淋漓！

点窜尧典舜典字，涂改清庙生民诗。
文成破体书在纸，清晨再拜铺丹墀。
表曰臣愈昧死上，咏神圣功书之碑。
碑高三丈字如斗，负以灵鳌蟠以螭。
句奇语重喻者少，谗之天子言其私。
长绳百尺拽碑倒，粗沙大石相磨治。
公之斯文若元气，先时已入人肝脾。
汤盘孔鼎有述作，今无其器存其辞。
呜呼圣皇及圣相，相与烜赫流淳熙。
公之斯文不示后，曷与"三""五"相攀追？
愿书万本诵万遍，口角流沫右手胝。
传之七十有二代，以为封禅玉检明堂基。

13.5　由此看来，古体诗非但在平仄和对仗上应该入古，连语法上也应该入古。语法的入古，就是极力避免近体诗所独有的语法，并且尽量运用古体诗所独有的语法。古诗有古诗的风格；如果律化，风格就卑。但是，唐以后的诗人受了律诗的语法的影响，正像他们受了律诗的平仄和对仗的影响一样，不免或多或少地有些律化或现代化的形式。这种情形，在盛唐颇为罕见，晚唐以后渐渐多见。下面所举诸例，字下有·号者，都是律化的形式：

青苔石上净，细草松下软。（王维《戏赠张五弟諲》）
回潭石下深，绿篠岸傍密。（孟浩然《登江中孤屿》）
听妇前致词，三男邺城戍。（杜甫《石壕吏》）
仰凌栈道细，俯映江木疏。（杜甫《五盘》）
寂寞天宝后，园庐但蒿藜。（杜甫《无家别》）
弄尘复斗草，尽日乐嬉嬉。（白居易《观儿戏》）
低随回风尽，远照檐茅赤。（温庭筠《烧歌》）
一尊花下酒，残日水西树。（赵嘏《汾上宴别》）

山僧岂知此？一室老烟霞。（苏轼《是日至下马碛》）
北风振枯苇，微雪落璀璀。（苏轼《高邮陈直躬处士画雁》）
时时县楼对，云雾昏白昼。（欧阳修《忆山示圣俞》）
有时肆颠狂，醉墨洒霧霈。（欧阳修《水谷夜行》）
六合静皎皎，万木凉珊珊。（孔平仲《月夜》）
雨歇澹春晓，云气山腰流。（陈与义《出山道中》）
倚杖看白云，亭亭水中度。（陈与义《夜步堤上》）
烟销日出不见人，欸乃一声山水绿。（柳宗元《渔翁》）
鸟啼人去庙门阖，还有山月来娟娟。（欧阳修《晋祠》）
汉家贤将戍临洮，结发从军今二毛。（司马光《华星篇》）
中原壮望在何许？但见落日低黄埃。（苏轼《武昌西山》）
谷中暗水响泷泷，岭上疏星明煜煜。（苏轼《二十七日自阳平》）
鸟飞不尽暮天碧，渔歌忽断芦花风。（郭祥正《金山行》）
斜阳万里孤鸟没，但见碧海磨青铜。（苏轼《海市》）
敌人开户玩处女，掩耳不及惊雷霆。（黄庭坚《送范德孺》）

13.6 以上所举各例，大致都是律化的例子；此外还有现代化的形式，和律化稍有不同。律化是古今散文所无（或罕见）而律诗里所容许的形式，现代化是古代散文所无，而现代散文或口语所容许的形式（所谓现代，当然只指作者的时代而言）。律化比较容易觉察到，所以有些十分律化的形式，如“老树空庭得”“柳色春山映”“野日荒荒白”“种竹交加翠”“红入桃花嫩”“蜀星阴见少”“有猿挥泪尽”“青惜峰峦过”“门看五柳识”“片云天共远”“竹喧归浣女”“绿垂风折笋”“寻觅诗章在”之类，几乎完全绝迹于古风中；现代化则关系古今语法的变迁，非常难于觉察，所以就是那些极力避免律化的古风作家，如孟郊之流，有时也不免现代化。如果是歌谣体（如卢仝的许多古风），本来就像白话诗，现代化自然无碍。如果是正式的古风，既然仿古，就该以避免现代化为原则。由此看来，诗人在古风中偶然用现代化的形式，往往只是一时不察，并非有意这样做。现在试就古风中现代化的形式分类举例如下：

（1）动词带补语

起来望南山，山火烧山田。（温庭筠《烧歌》）

（2）使成式

聊将忧世心，数遍桥西树。（陈与义《夜步堤上》）

闲教鹦鹉啄窗响，和娇扶起浓睡人。（崔珏《美人尝茶行》）

朱唇啜破绿云时，咽入香喉爽红玉。（崔珏，同上）

（3）处置式

欲知求友心，先把黄金炼。（孟郊《求友》）

（4）新被动式

夫子嵇阮流，更被时俗恶。（杜甫《有怀台州》）

（5）新行为称数法

月下读数遍，风前吟一声。（白居易《秪役骆口驿》）

（6）新兴的虚字

但见新人笑，那闻旧人哭？（杜甫《佳人》）

晨鸡才发声，夕雀俄敛翼。（白居易《寄元九》）

心曲千万端，悲来却难说。（孟郊《古怨别》）

13.7　大致说来，五言古风多用仿古的句子，七言古风比较地多用律化的句子。固然，七古也有仿古的，如杜、韩一派，和上面所举元稹的《驯犀》、李商隐的《韩碑》等。但是，到中晚唐以后，七古就渐渐趋于律化了。除了语法上的律化之外，还有修辞上的律化。从语法和修辞两方面看，律化的情形更为显明。现在试举仿古和律化五、七古各数篇为例（古诗特有的形式以·为号，律化的形式以△为号）：

古　风（录一）　　李　白

燕臣昔恸哭，五月飞秋霜。庶女号苍天，震风击齐堂。
精诚有所感，造化为悲伤。而我竟何辜，远身金殿傍。
浮云蔽紫闼，白日难回光。群沙秽明珠，众草凌孤芳。
古来共叹息，流泪空沾裳。

偶然作（录一）　　王　维

楚国有狂夫，茫然无心想。散发不冠带，行歌南陌上。
孔丘与之言，仁义莫能奖。未尝肯问天，何事须击壤？
复笑采薇人，胡为乃长往？

夏日叹　　杜　甫

夏日出东北，陵天经中街。朱光彻厚地，郁蒸何由开？
上苍久无雷，无乃号令乖。雨降不濡物，良田起黄埃。
飞鸟苦热死，池鱼涸其泥。万人尚流冗，举目唯蒿莱。
至今大河北，化作狼与豺。浩荡思幽蓟，王师安在哉？
对食不能餐，我心殊未谐。眇然贞观初，难与数子偕。

别　岁　　苏　轼

故人适千里，临别尚迟迟。人行犹可复，岁行那可追？
问岁安所之，远在天一涯。已逐东流水，赴海归无时。
东邻酒初熟，西舍彘亦肥。且为一日欢，慰此穷年悲。
勿嗟旧岁别，行与新岁辞。去去勿回顾，还君老与衰！

晚归曲　　温庭筠

格格水禽飞带波，孤光斜起夕阳多。
湖西山浅似相笑，菱刺惹衣攒黛蛾。
青丝系船向江木，兰芽出土吴江曲。

水极晴摇泛滟红，草平春染烟绵绿。
玉鞭骑马杨叛儿，刻金作凤光参差。
丁丁暖漏滴花影，催入景阳人不知。
弯隄弱柳遥相瞩，雀扇圆圆掩香玉。
莲塘艇子归不归？柳暗桑秾闻布谷。

寓居定惠院之东杂花满山有海棠一株　　苏　轼

江城地瘴蕃草木，只有名花苦幽独。
嫣然一笑竹篱间，桃李漫山总粗俗。
也知造物有深意，故遣佳人在空谷。
自然富贵出天姿，不待金盘荐华屋。
朱唇得酒晕生脸，翠袖卷纱红映肉。
林深雾暗晓光迟，日暖风轻春睡足。
雨中有泪亦凄怆，月下无人更清淑。
先生食饱无一事，散步逍遥自扪腹。
不问人家与僧舍，拄杖敲门看修竹。
忽逢绝艳照衰朽，叹息无言揩病目。
陋邦何处得此花？无乃好事移西蜀？
寸根千里不易到，衔子飞来定鸿鹄！
天涯流落俱可念，为饮一樽歌此曲。
明朝酒醒还独来，雪落纷纷那忍触！

13.8　咱们须知，语法上的律化也像平仄入律一样，在梁齐已经开其端。

由此看来，古风在语法上，也可分为仿古与新式：五言大多数仿古；七言则有些人喜欢仿古，有些人喜欢律化。总之，平仄上和对仗上的仿古容易，语法上的仿古难。

13.9　这里我们附带谈一谈避字的问题。先说避重韵。我们在第一章第二十二节里说过，排律不避重韵，但须是字同而意义不同；这种情形，在古诗就有了的，例如《古诗十九首》：

东城高且长，逶迤自相属。回风动地起，秋草萋已绿。
四时更变化，岁暮一何速！晨风怀苦心，蟋蟀伤局促。
荡涤放情志，何为自结束？燕赵多佳人，美者颜如玉。
被服罗裳衣，当户理清曲。音响一何悲！弦急知柱促。
驰情整中带，沈吟聊踯躅。思为双飞燕，衔泥巢君屋。

"局促"之"促"与"急促"之"促"意义不同。

本章第四节所举卢照邻的《长安古意》也有类似的情形，但是更进一步，连字同义亦同的重韵也不避了。现在简单地举出《长安古意》的韵字如下：

斜，车，家，霞，花；侧，色，翼，直，识；烟，年，仙；羡，见，燕；梁，香，黄；出，一，膝；啼，栖，堤，西，蹊；裙，氲，云；里，市，起；来，杯，开；相，让，相；雄，风，公；待，改，在；居，书，裾。

重韵的地方是："别有豪华称将相，转日回天不相让。意气由来排灌夫，专权判不容萧相。"四句之中即有重韵，这种情形极为罕见。

13.10　在转韵的古风里，再转或数转而回到原韵的时候，韵字可以隔韵相重。在这种情形之下，即使字同义亦同，也可以不避。因为既隔一韵，就等于不重韵了，例如元稹《连昌宫词》所用的韵字如下（全文已见于本章第九节）：

竹，束，簌；泣，入，立；翠，地，事；六，绿，屋，宿，束，逐，续，曲；宫，中，风；破，过，堕；年，前，然；帝，闭，废；竹，逐，木，绿，玉；花，斜，衙；楼，头，钩；哭，续，屋；悲，谁；别，说，切；丰，戎，公；死，子，市，李，痏；明，平，宁，耕，兵。

第四韵的"束"和第一韵的"束"相重；第九韵的"竹"和第一韵的"竹"相重，又"逐、绿"和第四韵的"绿、逐"相重；第十二韵的"续、屋"和第四韵的"屋、续"相重。

13.11　柏梁台联句不避重韵：

　　时，来，材，治，哉，之，诗，滋，时，台，疑，来，之，之，箕，治，危，灾，治，材，其，持，梅，罳，饴，哉。

因此，后世的柏梁体也不避重韵。其字同义亦同者，如杜甫的《饮中八仙歌》：

> 知章骑马似乘船，眼花落井水底眠。汝阳三斗始朝天……
> 宗之潇洒美少年，举觞白眼望青天，皎如玉树临风前。
> 苏晋长斋绣佛前……李白一斗诗百篇，长安市上酒家眠，
> 天子呼来不上船……张旭三杯草圣传，脱帽露顶王公前……

其字同义不同者，如韩愈的《陆浑山火》：

> 祝融告休酌卑尊，错陈齐玫辟华园……
> 豆登五山瀛四尊，熙熙釂酬笑语言……

上"尊"是尊卑的"尊"，下"尊"同"樽"。

又如韩愈《送区弘南归》：

> 野有象犀水贝玑，分散百宝人士稀。我迁于南日周围，来见者众莫依稀。……朝莫盘羞恻庭闱，幽房无人感伊威。……况今天子铺德威，蔽能者诛荐受禨。……

上"稀"是稀少的"稀"；下"稀"是依稀的"稀"。上"威"是伊威，虫名；下"威"是威信的"威"。

13.12　古风中偶然用叠句，而叠句一定须在对句，因而必须重韵，例如杜甫的《冬狩行》：

> 朝廷虽无幽王祸，得不哀痛尘再蒙！呜呼！得不哀痛尘再蒙！

但是，这种叠句是非常罕见的。

13.13　古风无所谓避重字。只要随意取一两篇古风来看，重

字之处，几乎触目皆是，所以用不着举例了。古风更无所谓避题字，简直可以不谈。

13.14 古风非但不避重字，而且喜欢用连环句。所谓连环句，就是下句的前一字或两三字和上句的末一字或两三字相重，形成一种连锁。这种情形几乎随处可见，现在只举若干例子，以见一斑：

客心豁初霁，霁色暝玄灞。（刘长卿《灞东晚晴》）

河洲多青草，朝暮增客愁。客愁惜朝暮，枉渚暂停舟。（储光羲《夜到洛口入黄河》）

平明趋郡府，不得展故人。故人念江湖，富贵如埃尘。（王昌龄《送韦十二兵曹》）

因送《别鹤操》，赠之双鲤鱼。鲤鱼在金盘，别鹤哀有余。（常建《送楚十少府》）

幸得君王怜巧笑，披香殿里荐蛾眉。蛾眉双双人共进，常恐妾身从此摈。（王諲《后庭怨》）

念此使人归更早，三月便达长安道。长安道上春可怜，摇风荡日曲江边。（崔颢《渭城少年行》）

群子游杼山，山寒桂花白。（颜真卿《谢陆处士》）

但恐不出门，出门无远道。远道行既难，家贫衣复单。（孟云卿《今别离》）

云山阻梦思，衾枕劳歌咏。歌咏复何为，同心恨别离。（孟浩然《晚春卧疾寄张八》）

襄王梦行雨，才子谪长沙。长沙饶瘴疠，胡为苦留滞？久别思款颜，承欢怀接袂。接袂杳无由，徒增旅泊愁。（孟浩然《湖中旅泊》）

人随沙路向江村，余亦乘舟归鹿门。鹿门月照开烟树，忽到庞公栖隐处。（孟浩然《夜归鹿门山歌》）

吴门向西流水长，水长柳暗烟茫茫。（张籍《送远曲》）

下辇更衣入洞房，洞房侍女尽焚香。（张籍《楚宫行》）

自古贤圣无奈何，道行不得皆白骨。白骨土化鬼入泉，生人莫负平生年。（卢仝《叹昨日》）

五贤并用调五常，五常既叙三光耀。（元稹《五弦弹》）

又不闻天宝宰相杨国忠，欲求恩幸立边功。边功未立生人怨，请问新丰折臂翁。（白居易《新丰折臂翁》）

13.15 仔细分析起来，有些是出句与对句为连环，如“客心豁初霁，霁色暝玄灞”；有些是上联与下联为连环，如“河洲多青草，朝暮增客愁。客愁……”；有些是名词语，如“…不得展故人。故人……”；有些是谓语形式，如“但恐不出门，出门无远道”；有些是并行动词，如“衾枕劳歌咏。歌咏……”。最特别的如“吴门向西流水长，水长柳暗烟茫茫”，“流水长”是三个字的句子形式，对句减去一个字，只说“水长”。

13.16 连环句最足以表示缠绵缱绻、反复不尽的情意，所以诗人们喜欢用它，一直传入到律诗里（参看第一章第二十二节）。有时候，一首诗有许多地方都用连环句，竟是别开生面，自成一体，例如：

飞燕篇 王　翰

孝成皇帝本娇奢，行幸平阳公主家。
可怜女儿三五许，丰茸惜是一园花。
歌舞向来人不贵，一旦逢君感君意。
君心见赏不见忘，姊妹双飞入紫房。
紫房彩女不得见，专荣固宠昭阳殿。
红妆宝镜珊瑚台，青琐银簧云母扇。
日夕风传歌舞声，只扰长信忧人情。
长信忧人气欲绝，君王歌吹终不歇。

朝弄琼箫下彩云，夜踏金梯上明月。
明月薄蚀阳精昏，娇妒倾城惑至尊。
已见白虹横紫极，复闻飞燕啄皇孙。
皇孙不死燕啄折，女弟一朝如火绝。
明明天子咸戒之，赫赫宗周褒姒灭。
古来贤圣叹狐裘，一国荒淫万国羞。
安得上方断马剑，斩取朱门公子头？

“君意”与“君心”、“长信忧人情”与“长信忧人气……”，是变相的连环句。这样似连非连，另是一格。试再看下面的一个例子：

哀江头 杜　甫

少陵野老吞声哭，春日潜行曲江曲。
江头宫殿锁千门，细柳新蒲为谁绿？
忆昔霓旌下南苑，苑中万物生颜色。
昭阳殿里第一人，同辇随君侍君侧。
辇前才人带弓箭，白马嚼啮黄金勒。
翻身向天仰射云，一箭正坠双飞翼。
明眸皓齿今何在？血污游魂归不得。
清渭东流剑阁深，去住彼此无消息。
人生有情泪沾臆，江水江花岂终极。
黄昏胡骑尘满城，欲往城南望城北。

“江、辇、城”等字的连环，虽不像“苑”字那样紧接，而意思总是贯串的。杜甫的诗中，这种作法颇不少，如《石壕吏》“室中更无人，惟有乳下孙；有孙母未去，出入无完裙”之类，都是这一个类型。

王 力 全 集

汉语诗律学 下 册

王 力著

中華書局

第三章　词

第一节　词的概说

1.1　古人称词为诗余，因此又有人称曲为词余，其实词、曲都是广义的诗的一种。如果先叙述了词、曲再叙述白话诗，咱们就觉得白话诗来得并不突兀。

1.2　词的来源，可以从两方面来说：若从“被诸管弦”一方面说，词是渊源于乐府的；若从格律一方面说，词是渊源于近体诗的。最初的时候，所谓词（亦称为曲），除了配乐之外，它的体制是和诗完全相同的。反过来说，一首绝句或一首律诗，如果配上了音乐，即刻可以变为词，例如下面所引李白的《清平调》，在文字的格律上完全是一首近体七绝，然而被认为词（见万树《词律》）：

云想衣裳花想容，
春风拂槛露华浓。
若非群玉山头见，会向瑶台月下逢。

又如刘禹锡的《纥那曲》，俨然是一首近体五绝；然而也被认为词（见《尊前集》）：

踏曲兴无穷，
调同辞不同。
愿郎千万寿，长作主人翁。

1.3　由此看来，单从这种地方上说，诗和词是没有明显的界限的。本来，一种体裁的转变，只能是一种渐变，不能是一种突变，因此，诗和词自然不能划若鸿沟。不过，初型的词虽然除了配乐一点之外就和近体诗没有分别，及其全盛的时代，却是和近体诗大不相同了的。标准的词，必须具备了下列三个特点：

（一）全篇固定的字数；

（二）长短句；

（三）律化的平仄。

近体律绝具备了词的（一）（三）两点，却缺乏第二点；杂言古风具备了词的第二点，却缺乏（一）（三）两点；古乐府有些是具备了词的（一）（二）两点的，却缺乏第三点。依照这个标准，词非但和“诗”有了分别，而且和古乐府也有了分别。它的定义该是：一种律化的、长短句的、固定字数的诗。

1.4 词的定义既明，现在我们可以谈它的产生时代了。徐矩《事物原始》云：“词始于李太白；《菩萨蛮》等作乃后世倚声填词之祖。”今按：相传李白有《桂殿秋》《清平调》《菩萨蛮》《忆秦娥》《清平乐》《连理枝》诸词。其中《菩萨蛮》和《忆秦娥》两词，被认为“百代词曲之祖”（见郑樵《通志》）。

菩萨蛮

游人尽道江南好，游人只合江南老。未老莫还乡，还乡空断肠。　　绣屏金屈曲，醉入花丛宿。春水碧于天，画船听雨眠。

其　二

平林漠漠烟如织，寒山一带伤心碧。暝色入高楼，有人楼上愁。　　玉阶空伫立，宿鸟归飞急。何处是归程？长亭连短亭。

“归”一作“回”，“连”一作“接”。

其　三

举头忽见衡阳雁，千声万字情何限！叵耐薄情夫，一行书也无。　　泣归香阁恨，和泪淹红粉。待雁却回时，也无书寄伊。

忆秦娥

箫声咽，秦娥梦断秦楼月。秦楼月。年年柳色，灞陵伤别。

乐游原上清秋节，咸阳古道音尘绝。音尘绝。西风残照，汉家陵阙。

1.5 《菩萨蛮》和《忆秦娥》自然是标准的词，但许多人疑心不是李白所作（例如《词苑丛谈》）。《桂殿秋》《清平乐》和《连理枝》也都非常可疑。余下只有《清平调》。如上文所论，《清平调》并没有词的特点，只可认为配乐的近体诗（新乐府）而已。

1.6 在李白之前及与李白同时者，有李景伯、沈佺期、裴谈的《回波乐》，崔液的《踏歌词》，张说的《舞马词》，玄宗的《好时光》，杨贵妃的《阿那曲》，贺知章的《柳枝》等。然而《回波乐》和《舞马词》都是六言诗，《踏歌词》是五言三韵小律的变相，《阿那曲》是七言仄韵绝句，《柳枝》是近体七绝，都不是标准的词。现在各举一例如下：

回波乐　　沈佺期

回波尔时佺期，
流向岭外生归。
身名已蒙齿录，袍笏未复牙绯。

舞马词　　张　说

万玉朝宗凤扆，
千金率领龙媒。
眄鼓凝骄躞蹀，听歌弄影徘徊。

踏歌词　　崔　液

彩女迎金屋，仙姬出画堂。
鸳鸯裁锦袖，翡翠贴花黄。
歌响舞分行，
艳色动流光。

第五句入韵，与五言三韵小律稍异。

阿那曲 杨贵妃

罗袖动香香不已。
红蕖袅袅秋烟里。
轻云岭上乍摇风,嫩柳池塘初拂水。

此词疑是伪托。

柳　枝 贺知章

碧玉妆成一树高,
万条垂下绿丝绦。
不知细叶谁裁出,二月春风似剪刀。

余下来的只有唐明皇的《好时光》。假使这词真是唐明皇做的,那就算他是词的创始者了:

好时光 唐玄宗

宝髻偏宜宫样;莲脸嫩,体红香。
眉黛不须张敞画,天教入鬓长。

莫倚倾国貌;嫁取个,有情郎。
彼此当年少,莫负好时光。

然而这词的韵脚相隔太远,非但不能产生于盛唐,甚至不能产生于五代(参看本章第五节)。看它所用的语言,大约是南宋以后的伪作。大抵一种新体裁的兴起,必由于社会的一种风气,决不会突如其来,也不会曳然而止 。假使唐玄宗时代就有了《好时光》一样的词,早就该产生了元曲那样的曲了。

1.7　此外,像韦应物和王建的《三台》是近体六言绝句,顾况的《竹枝》,元结的《欸乃曲》(疑即《阿那曲》),刘禹锡、白居易的《杨柳枝》《竹枝》和《浪淘沙》,都是近体的七绝,刘禹锡的《抛球乐》是五言三韵小律,都只算是新乐府,不是正式的词。现在各举一例于下:

三　台　　韦应物

一年一年老去，来日后日花开。
未报长安平定，万国岂得衔杯？

宫中三台　　王　建

鱼藻池边射鸭，芙蓉帐里看花。
日色赭袍何似？不着红鸾扇遮。

竹　枝　　顾　况

帝子苍梧不复归，
洞庭叶下荆云飞。
巴人夜唱《竹枝》后，肠断晓猿声渐稀。

欸乃曲　　元　结

偶存名迹在人间，
顺俗与时未安闲。
来谒大官兼问政，扁舟却入九疑山。

杨柳枝　　刘禹锡

金谷园中莺乱飞，
铜驼陌上好风吹。
城中桃李须臾尽，争似垂杨无限时。

竹　枝　　刘禹锡

白帝城头春草生，
白盐山下蜀江清。
南人上来歌一曲，北人莫上动乡情。

浪淘沙　　刘禹锡

九曲黄河万里沙，
浪淘风簸自天涯。
如今直上银河去，同到牵牛织女家。

杨柳枝　　白居易

陶令门前四五树，亚夫营里百千条。

何似东都正二月，黄金枝映洛阳桥。

竹　枝　　白居易

瞿塘峡口水烟低，
白帝城头月向西。
唱到《竹枝》声咽处，寒猿暗鸟一时啼。

浪淘沙　　白居易

一泊沙来一泊去，一重浪灭一重生。
相搅相淘无歇日，会教山海一时平。

抛球乐　　刘禹锡

五色绣团圆，
登君玳瑁筵。
最宜红烛下，偏称落花前。
上客如先起，应须赠一船。

1.8　有一点值得注意：形式相同的调子，词牌不一定相同。譬如同是七绝，而分别称为《清平调》《欸乃曲》《杨柳枝》《竹枝》《浪淘沙》等。有许多词牌本是诗题，譬如上文所述，《踏歌词》咏的是舞，《舞马词》咏的是舞马，《欸乃曲》咏的是泛舟，《杨柳枝》咏的是柳，《浪淘沙》咏的是浪淘沙，《抛球乐》咏的是绣球（《谪仙怨》《渔父》《忆江南》《潇湘神》等等，莫不如此，见下文）。直到后代，才渐渐地离开"本意"了。

有些词本是十足的一首律诗，例如刘长卿的《谪仙怨》：

晴川落日初低。惆怅孤舟解携。鸟向平芜远近，人随流水东西。　　白云千里万里，明月前溪后溪。独恨长沙谪去，江潭春草萋萋。

这只是一首六言律诗，非但粘对合律，颔联和颈联的对仗也是合律的。不过，因为中间空一格，写成双叠，就俨然是一首词了。窦弘余和康骈的《广谪仙怨》也是同样的情形。又如皇甫松的

《怨回纥》:

白首南朝女,愁听异域歌。收兵颉利国,饮马胡卢河。毳布腥膻久,穹庐岁月多。雕窠城上宿,吹笛泪滂沱。

这简直是一首五律。

1.9　像《纥那曲》《清平调》《怨回纥》《谪仙怨》一类似诗非诗的词,读起来是诗,唱起来是词。这是诗和词的转捩点。由此增减一两个字,就是真正词的开始,例如:

(一)由句句入韵的七言诗变来:

渔　父　　张志和

西塞山边白鹭飞。
桃花流水鳜鱼肥。
青箬笠,绿蓑衣。
斜风细雨不须归。

(二)由普通七绝变来:

潇湘神　　刘禹锡

湘水流,湘水流。
九疑云物至今秋。
若问二妃何处所,零陵芳草露中愁。

但是,也有不是由近体绝句变来,而是由古乐府变来的,例如:

调　笑　　韦应物

胡马,胡马,
远放燕支山下。
跑沙跑雪独嘶,
东望西望路迷。
迷路,迷路,
边草无穷日暮。

1.10　由此看来,长短句的词确已胚胎于盛唐(如张志和、张九龄的《渔父》，韦应物的《调笑》），至中唐而渐盛，王建有《宫中调笑》，韩翃有《章台柳》，戴叔伦有《转应曲》（即《调笑》），刘禹锡有《忆江南》《潇湘神》，白居易有《花非花》《忆江南》《宴桃源》《长相思》，等等。大约自中唐以后，诗人才意识到近体诗之外，还有另一种诗体。不过，当时还没有叫做词，大约它只被认为曲或乐之类罢了。

1.11 温庭筠是第一个词的大量制造者。相传他有《握兰》《金荃》等集，赵崇祚《花间集》收他的词就有六十六首。词该是经他提倡而更盛的。他所用过的词式，依现在所可知者，共有十九种如下：

1.《南歌子》 2.《荷叶杯》 3.《梦江南》（即《忆江南》）
4.《杨柳枝》 5.《蕃女怨》 6.《遐方怨》
7.《诉衷情》 8.《定西番》 9.《思帝乡》
10.《玉胡蝶》 11.《酒泉子》 12.《女冠子》
13.《归国遥》 14.《菩萨蛮》 15.《清平乐》
16.《更漏子》 17.《河渎神》 18.《河传》
19.《木兰花》。

到了温庭筠的时代，词和诗才明显地分了家了。

1.12 但是，词和诗分了家之后，还不免有多少轇轕。某一些诗的形式或类似诗的形式仍然被用为词式。即以温庭筠的《木兰花》为例，俨然是一首仄韵七律：

> 家临长信往来道，乳燕双双拂烟草。油壁车轻金犊肥，流苏帐晓春鸡早。笼中娇鸟暖犹睡，帘外落花闲不扫。衰桃一树近前池，似惜红颜镜中老。

非但粘对和对仗合律，而且出句末字平仄间用，也是合于仄韵律诗的老规矩的（参看第一章第四节）。又如韩偓的《生查子》：

> 侍女动妆奁，故故惊人睡。那知本未眠，背面偷垂泪。懒卸

凤凰钗，羞入鸳鸯被。时复见残灯，和烟坠金穗。

这是古风式的律诗。至于像侯寘的《瑞鹧鸪》：

遥天拍水共空明。
玉镜开奁特地晴。
极目秋容无限好，举头醉眼暂须醒。

白眉公子催行急，碧落仙人著句清。
后夜萧萧葭苇岸，一樽独酌见离情。

这简直是一首纯粹的七律。由此可见词和诗的关系始终是密切的。

1.13　上文所说的由诗增减一二字而变为词，至南唐以后而此风未息，例如：

（一）由七绝一首减去一字：

捣练子　　南唐后主

深院静，小庭空，
断续寒砧断续风。
无奈夜长人不寐，数声和月到帘栊。

（二）由七绝两首减去一字：

鹧鸪天　　秦　观

枕上流莺和泪闻，
新啼痕间旧啼痕。
一春鱼鸟无消息，千里关山劳梦魂。

无一语，对芳樽。
安排肠断到黄昏。
甫能炙得灯儿了，雨打梨花深闭门。

这只就其十分显著者来说；至于增减三五字或增减一两句的，例子太多，不能一一列举了。

第二节　词的字数

2.1　词可分为两个时代：唐五代为第一期；宋以后为第二期。除了意境不在本书范围之内，二者之间的区别是：前者都是短调，后者却兼有长调；前者韵与韵间的距离小，后者则兼有长的距离。关于韵的问题，我们留在下节里讨论，现在先谈长短的问题。

2.2　万树在他的《词律·发凡》里说：

> 自《草堂》有小令中调长调之目，后人因之，但亦约略云尔。《词综》所云“以臆见分之，后遂相沿，殊属牵率”者也。钱唐毛氏云：“五十八字以内为小令，五十九字至九十字为中调，九十一以外为长调，古人定例也。”愚谓此亦就《草堂》所分而拘执之，所谓“定例”，有何所据？若以少一字为短，多一字为长，必无是理。如《七娘子》有五十八字者，有六十字者，将名之曰小令乎？抑中调乎？如《雪狮儿》有八十九字者，有九十二字者，将名之曰中调乎？抑长调乎？故本谱但叙字数，不分小令中长之名。

少一字为短，多一字为长，固然是太拘泥了，但是，五十八字以内为小令，却是颇有道理，并非“以臆见分之”。上节说过，最初的词大约是由近体律绝增减而成。七言律诗一首或绝句两首共五十六字，依词例分为两叠，若每叠增一个字，恰是五十八字，例如：

踏莎行　　　　寇　准

春色将阑，莺声渐老，红英落尽青梅小。画堂人静雨濛濛，屏香半掩余香袅。　　密约沉沉，离情杳杳，菱花尘满慵将照。倚楼无语欲销魂，长空黯淡连芳草。

这是仄韵七绝两首合成的；只把每首的首句添一字，破为两句，就成为一首词了。

2.3　若每叠增两个字，却是六十字，例如：

鹊踏枝　　冯延巳

谁道闲情抛掷久？每到春来，惆怅还依旧。旧日花前常病酒，敢辞镜里朱颜瘦！　河畔青芜堤上柳。为问新愁，何事年年有？独立小楼风满袖，平林新月人归后。

这也是两首仄韵七绝合成的，只把每首的第二句添两字，破为两句，又在第三句也押韵（前期词以韵密为常）罢了。

2.4　此外，还有在首叠增两字，次叠增四字的，例如：

定风波　　欧阳炯

暖日闲窗映碧纱，小池春水浸晴霞。数树海棠红欲尽，争忍？玉闺深掩过年华！　独凭绣床方寸乱，肠断！泪珠穿破脸边花。邻舍女郎相借问，音信，教人羞道未还家！

这是两首平韵七绝合成，因为参照七律的规矩，所以第五句不入韵。“争忍、肠断、音信”六个字是添进去的，删了它们，意思仍旧连贯得起来。添上它们，无非使韵脚错综变化，不致韵疏而已。

2.5　依我们的意见，凡是和律绝的字数相差不远的词，都可以称为小令。我们以为词只须分为两类：第一类是六十二字以内的小令，唐五代词大致以这范围为限（极少的例外如杜牧的《八六子》是可疑的）；第二类是六十三字以外的慢词（见下文），包括《草堂诗余》所谓中调和长调，它们大致是宋代以后的产品。

2.6　依照《词律》所述，最短的词是《竹枝词》，共十四字：

芙蓉并蒂竹枝一心连女儿花侵槅子竹枝眼应穿女儿。（皇甫松）

这是一种民歌的形式，“竹枝、女儿”乃是和声。若连和声算起来，应该不止十四个字。又有《十六字令》（又名《苍梧谣》）：

天！休使圆蟾照客眠。人何在？桂影自婵娟。（蔡伸）

这也是民歌的形式。真正的词最短的是十八字的《闲中好》：

闲中好，尘务不萦心。坐对当窗木，看移三面阴。（段成式）

最长的是二百四十字的《莺啼序》：

残寒正欺病酒，掩沉香绣户。燕来晚，飞入西城，似说春事迟暮。画船载，清明过却，晴烟冉冉吴宫树。念羁情，游荡随风，化为轻絮。　　十载西湖，傍柳系马，趁娇尘软雾。溯红渐招入仙溪，锦儿偷寄幽素。倚银屏，春宽梦窄；断红湿，歌纨金缕。暝堤空，轻把斜阳，总还鸥鹭。　　幽兰旋老，杜若还生，水乡尚寄旅。别后访六桥无信，事往花萎，瘗玉埋香，几番风雨！长波妒盼，遥山羞黛；渔灯分影春江宿，记当时，短楫桃根渡。青楼仿佛，临分败壁题诗，泪墨惨淡尘土。　　危亭望极，草色天涯，叹鬓侵半苎。暗检点离痕欢唾，尚染绞绡；亸凤迷归，破鸾慵舞。殷勤待写，书中长恨；蓝霞辽海沉过雁，谩相思，弹入哀筝柱。伤心千里江南，怨曲重招，断魂在否？（吴文英）

2.7　最短的词是不分段的，例如上节所举的《渔父》（即《渔歌子》）、《潇湘神》和《调笑》（即《调笑令》），和本节所举的《闲中好》；较长的词则分为两段，叫做双叠，即前后两阕。不分段的词叫做单调，分两段的词叫做双调。但所谓长短也并没有绝对的标准。分两段的词可以短到三十四字，例如：

归国谣　　欧阳修

何处笛？深夜梦回情脉脉。竹风帘雨寒窗隔。　　离人几岁无消息。今头白！不眠特此重相忆。

不分段的词也可以长到四十四字，例如：

伊川令　　范仲胤妻

西风昨夜穿帘幕，闺院添萧索，最是梧桐零落。迤逦秋光过却，人情音信难托。教奴独自守空房，泪珠与灯花共落。

2.8　前后两阕如果句数相等，字数又相等，完全成为平行状态者，这可认为正式的双调。这种双调，最短的是三十六字的《长相思》，例如：

汴水流，泗水流，流到瓜洲古渡头。吴山点点愁。　　思悠悠，恨悠悠，恨到归时方始休，月明人倚楼。(白居易)

此外例如：

虞美人　　南唐后主

春花秋月何时了？往事知多少？小楼昨夜又东风，故国不堪回首月明中。　　雕阑玉砌应犹在，只是朱颜改。问君能有几多愁？恰似一江春水向东流。

天仙子　　沈会宗

景物因人成胜概，满目更无尘可碍。等闲帘幙小阑干，衣未解，心先快。明月清风如有待。　　谁信门前车马隘，别是人间闲世界。座中无物不清凉，山一带，水一派。流水白云长自在。

2.9　词以双调为最普通，单调次之，三叠四叠则甚为罕见。四叠只有《莺啼序》一谱(《梁州令叠韵》写成四叠可疑)，已见上文。三叠的词有《夜半乐》《宝鼎现》《戚氏》等，现在试举其一为例：

夜半乐　　柳　永

冻云黯淡天气，扁舟一叶，乘兴离江渚。渡万壑千岩，越溪深处。怒涛渐息，樵风乍起，更闻商旅相呼，片帆高举。泛画鹢，翩翩过南浦。　　望中酒旆闪闪、一簇烟村，数行霜树。残日下，渔人鸣榔归去。败荷零落，衰杨掩映，岸边两两三三，浣纱游女。避行客，含羞笑相语。　　到此因念：绣阁轻抛，浪萍难驻。叹后约，丁宁竟何据？惨离怀，空恨岁晚归期阻。凝泪眼，杳杳神京路。断鸿声远长天暮！

大约是因为字多了才分为三叠四叠，并没有其他的意义。

*　　*　　*

2.10　词有令、引、近、慢等名称，大约颇有字数的关系。现在试把这些术语分别诠释于后：

（一）令。“令”是词牌的通称。因此，许多词牌都可以随便加上一个“令”字，例如：

《三台》　　又名《三台令》
《调笑》　　又名《调笑令》
《浪淘沙》　又名《浪淘沙令》
《上林春》　又名《上林春令》
《喜迁莺》　又名《喜迁莺令》
《雨中花》　又名《雨中花令》
《鹊桥仙》　又名《鹊桥仙令》
《洞仙歌》　又名《洞仙歌令》

又有许多词牌是有一个带着“令”字的别名的，例如：

《南歌子》　又名《风蝶令》
《醉太平》　又名《四字令》
《春光好》　又名《愁倚阑令》
《清商怨》　又名《关河令》
《四和番》　又名《四犯令》
《苏幕遮》　又名《鬓云松令》
《念奴娇》　又名《百字令》

（二）引。杜文澜于《词律》卷十所载《千秋岁引》后加按语云：“凡题有‘引’字者乃引申之义，字数必多于前。”这是说《千秋岁引》是由《千秋岁》增字而成的。现在试举出《千秋岁》和《千秋岁引》比较着看：

千秋岁　　叶梦得

雨声萧瑟，初到梧桐响。人不寐，秋声爽。低檐灯暗淡，画幕风来往。谁共赏？依稀记得船篷上。　　拍岸浮轻浪，水阔菰蒲长。向别浦，收横网。绿蓑冲暝色，艇子摇双桨。君莫忘：此情犹是当时唱。

千秋岁引　　王安石

别馆寒砧，孤城画角。一派秋声入寥廓。东归燕从海上去，南来雁向沙头落。楚台风,庾楼月,宛如昨。　无奈被些名利缚;无奈被他情担阁。可惜风流总闲却。当初谩留华表语,而今误我秦楼约。梦阑时,酒醒后,思量著。

依杜文澜的意见,后谱八十二字,比前谱多十字,就是将前谱略为增减而成的。前阕第二句减一字,第三句系将前谱两句合成一句,添一字,后阕第一、二句各添二字,第三句也将前谱两句合成一句,添一字。又前后两阕都将第四、五句各添二字,末了,又把前谱的两句破为三句。这样,后谱可说是由前谱"引申"出来的了。只有一点,就是后谱比前谱少了一韵,所以万树说"与前词迥别"。我们没法子证明杜文澜的话一定是对的,因为我们没有其他的资料以为佐证。除了《千秋岁引》之外,词之称为"引"者有下列诸种:

《翠华引》　《法驾导引》　《江城梅花引》(即《明月引》)
《华清引》　《琴调相思引》　《太常引》
《青门引》　《东坡引》　《梅花引》
《婆罗门引》　《阳关引》　《望云涯引》
《梦玉人引》　《迷仙引》　《黄鹤引》
《蕙兰芳引》　《清波引》　《华胥引》
《云仙引》　《迷神引》　《遥天奉翠华引》
《石州引》

这些都没有和它们相配的词以资比较,例如《翠华引》之前并没有《翠华》或《翠华令》。这样,我们就很难断定"引"是从普通的词"引申"出来的。况且《翠华引》就是《三台令》,更令人疑心"引"就是"令"的别名。《初学记》云"古琴曲有九引",可见"引"即是"曲"。唐代词称为"曲",因此,"引"也就是词。至于宋代以后,是否有人误以为"引"即原调的"引申"(包括王安石),那又是另一问题了。又曹组有《婆罗门引》,七十六字,柳永有《婆罗门令》,八十六字,虽然两调全不相涉,亦可见"引"不一定比"令"长。

（三）近。“近”又称近拍。词牌加“近”字，也比原词的字多了许多，试比较《诉衷情》和《诉衷情近》：

诉衷情 欧阳修

清晨帘幕卷轻霜。呵手试梅妆。都缘自有离恨，故画作，远山长。思往事，惜流光。易成伤。拟歌先敛，欲笑还颦，最断人肠。

诉衷情近 柳 永

雨晴气爽，伫立江楼望处[①]。澄明远水生光，重叠暮山耸翠。遥想断桥幽径，隐隐渔村，向晚孤烟起。　残阳里，脉脉朱阑静倚。黯然情绪，未饮先如醉。愁无际！暮云过了，秋风老尽，故人千里。竟日空凝睇！

但是，除了《诉衷情近》有《诉衷情》和它相配之外，其他的“近”词并没有他词可配，甚至“近”字可有可无，例如：

《祝英台》　即《祝英台近》

《隔浦莲》　即《隔浦莲近》

《扑蝴蝶》　即《扑蝴蝶近》

《早梅芳》　即《早梅芳近》

由此看来，“近”也和“引”一样，不一定要先有一词，然后增字为“近”。但是，凡称为“近”的都没有短调，却是事实。除《好事近》的“近”不一定是“引、近”的“近”之外，他如《荔枝香近》七十三字，又七十六字，《郭郎儿近拍》七十三字，《隔浦莲近拍》七十三字，《扑蝴蝶近》七十五字，《祝英台近》七十七字，《红林檎近》七十九字，《早梅芳近》八十字，正是《草堂诗余》所谓中调。

王易先生《词曲史》对于“引、近”有下列的解释（页109）：

凡大曲联多遍之曲以成一大篇，谓之排遍。则开首有引

① 杜文澜云“处”字即韵，甚是。

> 焉。引而长之，亦引首之义也。有歌头焉，有散序焉，有中序焉。序者叙也，有铺叙之义。迨曲将半，则有催衮焉。催者，所以催舞拍也。“衮”又作“滚”，亦以滚出舞拍也。亦曰近拍，谓近于入破，将起拍也。故凡近词皆句短韵密而音长，与引不同。

依照这一种说法，引并不是就原词引申，近也不是就原词扩充。它们还牵涉到句的长短、韵的疏密，等等。

但是，王易先生的说法只是可备一说；实际上，引和近是颇难下一个确当的定义的。就普通说，引和近都比令短些。唐代无所谓令、引、近；南唐后主有《浪淘沙令》和《三台令》，然而宋代以前还没有所谓引、近。如上文所说，既然唐五代只有短调，而引、近之名始于宋人，那么，即使引、近别无深意，也只有宋人新制的词（或更变词牌）才可以称为引或近。我们只能以知其大略为满足，不能深究了。

（四）慢。吴曾《能改斋漫录》云：

> 词自南唐以来，但有小令。其慢词起自仁宗朝。中原息兵，汴京繁庶，歌台舞榭，竞赌新声。耆卿失意无聊，流连坊曲，遂尽收俚俗语言，编入词中，以便伎人传唱……其后东坡、少游、山谷辈相继有作，慢词遂盛。（胡云翼《词学 ABC》页 38、王易《词曲史》页 110，皆引此段）

慢的特征就是字数增多。这种情形最为显明，不像引、近那样难于求证。试看下面原词与慢词字数的比较：

《浪淘沙》五十四字　《浪淘沙慢》一百三十三字
《江城子》七十字　《江城子慢》一百零九字
《上林春》四十字　《上林春慢》一百零二字
《浣溪沙》四十二字　《浣溪沙慢》九十三字
《丑奴儿》四十四字　《丑奴儿慢》九十字

《卜算子》四十四字　《卜算子慢》八十九字
《锦堂春》四十八字　《锦堂春慢》九十九或一百零一字
《西江月》五十字　　《西江月慢》一百零三字
《雨中花》五十一字　《雨中花慢》九十六字
《木兰花》五十二字　《木兰花慢》一百零一字
《鼓笛令》五十五字　《鼓笛慢》一百零六字
《谢池春》六十六字　《谢池春慢》九十字
《声声令》六十六字　《声声慢》九十六或九十七字
《惜黄花》七十字　　《惜黄花慢》一百零八字
《粉蝶儿》七十二字　《粉蝶儿慢》九十六字

我们现在有一个问题：慢词是由同调的令词增衍而成的呢，还是只借令词原名，实际上和那令词的形式毫无关系的呢？我们倾向于相信后者。《词律》于《西江月慢》后注云："与《西江月》本调无涉。"又于《江城子慢》后注云："与《江城》本调全异。"其他各词恐怕都是这样的。试把《浣溪沙》和《浣溪沙慢》比较于下：

浣溪沙　　张　曙

枕障熏炉冷绣帷，二年终日苦相思。杏花明月尔应知。
天上人间何处去？旧欢新梦觉来时。黄昏微雨画帘垂。

浣溪沙慢　　周邦彦

水竹旧院落，樱笋新花果。嫩英翠幄，红杏交榴火。心事暗卜，叶底寻双朵。深夜归青锁。灯尽酒醒时，晓窗明，钗横鬓亸。

怎生那？被间阻时多。[①] 奈愁肠数叠，幽恨万端，好梦还惊破。可怪近来，传语也无个！莫是嗔人呵？真个若嗔人，却因何逢人问我？

我们实在找不出《浣溪沙慢》有从《浣溪沙》演化出来的痕迹。依

① 以平叶仄。

我们猜想：宋人自制新声之后，往往借用旧词牌以便记忆，又为避免和旧词牌混乱起见，于是加上一个“慢”字。“慢”就是快慢的慢，因为词长，多费时间，所以叫做慢。《填词名解》云：“案词以慢名者，慢曲也；拖音袅娜，不欲辄尽。”这话恐怕是不对的，若以每字所占的时间而论，慢词里的字倒反应该很快地唱过去，因为慢词往往韵疏，韵疏就不能不用短拍子了。

自从新声以“慢”为名之后，有些本调倒反被冷落了，例如《声声慢》，它比《声声令》常见得多了。因此咱们可以想见，有些本调已经失传，单剩慢词流行于世，例如《玉女迎春慢》《扬州慢》《国香慢》《瑞雪浓慢》《瑶花慢》《石州慢》《潇湘逢故人慢》《惜余春慢》《苏武慢》《紫萸香慢》等。不过，还有一种可能：就是慢词盛行之后，不一定要有本调才可称慢；那时“慢”只等于普通所谓曲，因此“慢”字用不用都无所谓了，例如：

《长相思慢》　即《长相思》(一百零三字的一种)
《卓牌子慢》　即《卓牌子》
《倦寻芳慢》　即《倦寻芳》
《庆清朝慢》　即《庆清朝》
《西子妆慢》　即《西子妆》
《长亭怨慢》　即《长亭怨》
《西平乐慢》　即《西平乐》
《拜星月慢》　即《拜星月》(或作《拜新月》)
《夜飞鹊慢》　即《夜飞鹊》

2.11　此外，还有一些术语是关于字数的增减的，现在附带加以叙述：

(1)摊破。摊是摊开，破是破裂。把一句破为两句，叫做破；字数也略有增加，叫做摊。南唐中主(李璟)有《摊破浣溪沙》一词，最为标准。现在把他自己所做的《浣溪沙》拿来比较，如下：

浣溪沙　　南唐中主

风压轻云贴水飞。乍晴池馆燕争泥。沈郎多病不胜衣。

沙上未闻鸿雁信；竹间时有鹧鸪啼。此情唯有落花知！

摊破浣溪沙　　南唐中主

菡萏香销翠叶残。西风愁起绿波间。还与韶光共憔悴，不堪看。　细雨梦回鸡塞远；小楼吹彻玉笙寒。多少泪珠何限恨？倚阑干。

这里所谓摊破，就是把本调每阕的第三句破为两句，又把原来的七个字摊为十个字。因此，本来四十二字的《浣溪沙》，一经摊破之后，就变了四十八字了。

此外，又有《摊破丑奴儿》（又名《摊破采桑子》）一谱，却和这个原则大不相同。现在举出《丑奴儿》和《摊破丑奴儿》各一例，以资比较：

丑奴儿　　和　凝

蛸蛴领上诃梨子，绣带双垂。椒户闲时，竞学樗蒲赌荔枝。
从头鞋子红编细，裙窣金丝。无事颦眉，春思翻教阿母疑。

摊破丑奴儿　　赵长卿

树头红叶飞都尽，景物凄凉。秀出群芳，又见江梅浅淡妆。也啰啰！真个是可人香！　兰魂蕙魄应羞死，独占风光。梦断高唐，月送疏枝出女墙。也啰！真个是可人香！

这里所谓摊破，却只是就本调之外加上和声而已。咱们自然应该以《摊破浣溪沙》为正例。

（2）减字或偷声。减字是比本调减少字数，偷声也差不多是一样的意思。现在举出《木兰花》《减字木兰花》《偷声木兰花》各一首，以资比较：

木兰花　　叶梦得

花残却似春留恋，几日余香吹酒面。湿烟不隔柳条青，小雨池塘初有燕。　波火纵使明如练，可奈落红纷似霰！解将心事诉东风，只有啼莺千种啭。

减字木兰花 吕渭老

雨帘高卷,芳树阴阴连别馆。凉气侵楼,蕉叶荷枝各自秋。前溪夜舞,化作惊鸿留不住。愁损腰肢,一桁香销旧舞衣。

偷声木兰花 张 先

云笼琼苑梅花瘦,外院重扉联宝兽。海月新生,上得高楼没奈情! 帘波不动银釭小,今夜夜长争得晓? 欲梦荒唐(一作"高唐"),只恐觉来(一作"恐觉来时")添断肠!

《木兰花》五十六字,《减字木兰花》四十四字,《偷声木兰花》五十字,可见减字或偷声都是把字数减少。但减字或偷声都共用四个韵,在这一点上它们相同,而它们和本调大不相同。

(3)促拍。促拍和偷声恰恰相反。偷声是减字,促拍却是添字,例如:

促拍丑奴儿 黄庭坚

得意许多时。长醉赏月影花枝。暴风急雨年年有,金笼锁定,莺雏燕友,不被鸡欺。 红旆转逶迤,悔无计千里追随。再来重绾泸南印,而今目下,恓惶怎向,日永春迟!

万树云:"此调准作促拍。"杜文澜批驳道:"促拍者,促节短拍,与减字仿佛。此调字数多于《丑奴儿》,不能以促拍名之也。"我们以为促拍该是添字,像此调每阕第二韵和第三韵相隔十九字,正应该促节短拍,以求谐和。

第三节 词 韵(上)

3.1 关于词的韵部,有清仲恒的《词韵》。仲氏是以明沈谦的书做蓝本的。其书分平上去声为十四部,入声五部,共十九部。原书用平水韵说明;兹为比较地便利起见,改用《广韵》说明,例如原书以灰$_{半}$入第三部,另一灰$_{半}$入第五部,其实第三部的灰$_{半}$就是《广韵》的十五灰,第五部的灰$_{半}$就是《广韵》的十六咍,不烦每字列举,已是了然。兹列表如下：

第一部	平声	东、冬、钟；
	上声	董、肿；
	去声	送、宋、用。
第二部	平声	江、阳、唐；
	上声	讲、养、荡；
	去声	绛、漾、宕。
第三部	平声	支、脂、之、微、齐、灰；
	上声	纸、旨、止、尾、荠、贿；
	去声	寘、至、志、未、霁、祭、泰$_{合}$、队、废。
第四部	平声	鱼、虞、模；
	上声	语、麌、姥；
	去声	御、遇、暮。
第五部	平声	佳$_{开}$、皆、咍；
	上声	蟹、骇、海；
	去声	泰$_{开}$、卦$_{开}$、怪、夬。
第六部	平声	真、谆、臻、文、欣、魂、痕；
	上声	轸、准、吻、隐、混、很；
	去声	震、稕、问、焮、慁、恨。
第七部	平声	元、寒、桓、删、山、先、仙；
	上声	阮、旱、缓、潸、产、铣、狝；
	去声	愿、翰、换、谏、裥、霰、线。
第八部	平声	萧、宵、肴、豪；
	上声	筱、小、巧、皓；
	去声	啸、笑、效、号。
第九部	平声	歌、戈；
	上声	哿、果；
	去声	箇、过。

第十部　平声　佳$_{合}$、麻；

上声　马；

去声　卦$_{合}$、祃。

第十一部　平声　庚、耕、清、青、蒸、登；

上声　梗、耿、静、迥、拯、等；

去声　映、诤、劲、径、证、嶝。

第十二部　平声　尤、侯、幽；

上声　有、厚、黝；

去声　宥、候、幼。

第十三部　平声　侵；

上声　寝；

去声　沁。

第十四部　平声　覃、谈、盐、添、严、咸、衔、凡；

上声　感、敢、琰、忝、俨、豏、槛、范；

去声　勘、阚、艳、㮇、酽、陷、鉴、梵。

第十五部　入声　屋、沃、烛。

第十六部　入声　觉、药、铎。

第十七部　入声　质、术、栉、陌、麦、昔、锡、职、德、缉。

第十八部　入声　物、迄、月、没、曷、末、黠、辖、屑、薛、葉、帖、业。

第十九部　入声　合、盍、洽、狎。

3.2《四库全书总目提要》对于仲恒《词韵》有很严厉的批评：

词体在诗与曲之间，韵不限于方隅，词亦不分今古。将全用俗音，则去诗未远；将全从诗韵，则与俗多乖。既虞“针真”“因阴”之无分，又虞元魂灰咍之不叶。所以虽有沈约、陆词，终不能勒为一书也。沈谦既不明此理，强作解事。恒又沿伪

> 踵谬，轇轕弥增。即以所分者言之，平上去分十四韵，割魂入真轸，割咍入佳蟹，此谐俗矣；而麻遮仍为一部，则又从古。三声既真轸一部，侵寝一部，庚梗一部，元阮一部，覃感一部矣；入声则质陌锡职缉为一部，是真庚青蒸侵又合为一也，物月曷黠屑葉合为一部，是文元寒删先覃盐又合为一也。不俗不雅，不古不今，欲以范围天下之作者，不亦难耶？

《四库提要》以为词是不必规定韵部的：严格的词韵就索性依照诗韵好了；若要从宽，就随便"参以方音"好了。"中原音韵提要"里说：

> 唐无词韵，凡词韵与诗皆同。唐初《回波》诸篇，唐末《花间》一集，可覆按也。其法密于宋，渐有以入代平、以上代平诸例。而三百年作者如云，亦无词韵。间或参以方音，但取歌者顺吻，听者悦耳而已矣。一则去古未远，方音犹与韵合，故无所出入；一则去古渐远，知其不合古音，而又诸方各随其口语，不可定以一格，故无书也。

3.3 平心而论，仲恒《词韵》是一种颇为客观的著作，未可厚非。它是专为宋词而作的。唐词完全依照诗韵，沈谦、仲恒未尝不知。但自五代以后，就渐渐和诗韵离异了。沈氏所定，大致是从宋词归纳出来的。魂入真轸、咍入佳蟹当时确有此情形，遮未由麻分出，则因宋词本无此现象。平上去分-m、-n、-ng 三类，因宋代确尚能分；入声不分-p、-t、-k 三类，则因宋人确已全混。宋人以实际语音施于词韵，沈氏归纳宋词以成《词韵》，这是很合理的。不过，沈氏也只能定出一个大概，并不能推之每词而皆准。例如沈氏分灰咍为两部，诗韵灰咍既相通，则词人自亦有沿用诗韵者。宋代虽尚能分辨-m、-n、-ng，亦有方音偶混者。这些都只好认为例外，不能苛责沈氏的。

3.4 先说，依照诗韵填词，非但唐五代是这样，直至宋以后还不乏其人。现在试各举一词为例：

临江仙　　五代(蜀)牛希济

江绕黄陵春庙闲，娇莺独语关关。满庭重叠绿苔斑。阴云无事，四散自归山。　箫鼓声稀香烬冷，月娥敛尽鸾环。风流皆道胜人间。须知狂客，判死为红颜。

全词用删韵，不杂寒先一字。

春从天上来　　南宋(金)吴激

海角飘零。叹汉苑秦宫，坠露飞萤。梦里天上，金屋银屏。歌吹竞举青冥。问当时遗谱，有绝艺鼓瑟湘灵。促哀弹，似林莺呖呖，山溜泠泠。　梨园太平乐府，醉几度春风，鬓发星星。舞破中原，尘飞沧海，风雪万里龙庭。写胡笳哀怨，人憔悴不似丹青。酒微醒，对一窗凉月，灯火青荧。

全词用青韵，不杂庚蒸韵一字。

3.5　其次，我们将依照上文所述的十九韵部，除第九、第十二、第十三合于诗韵者外，各举一二例。为方便一般了解起见，改用平水韵目；惟必要时仍用《广韵》帮助说明。

第一部　东、冬；董、肿；送、宋

江城子　　谢　逸

杏花村馆酒旗风。(东)水溶溶。(冬)扬残红。(东)野渡舟横，杨柳绿阴浓。(冬)望断江南山色远，人不见，草连空。(东)　夕阳楼外晚烟笼。(东)粉香融。(东)淡眉峰。(冬)记得年时，相见画屏中。(东)只有关山今夜月，千里外，素光同。(东)

第二部　江、阳；讲、养；绛、漾

玉簟凉　　史达祖

秋是愁乡！(阳)自锦瑟断弦，有泪如江！(江)平生花里活，奈旧梦难忘。(阳)蓝桥云树正绿，料抱月几夜眠香。(阳)河汉阻，但凤音传恨，阑影敲凉。(阳)　新妆。(阳)莲娇试晓，梅瘦破春，因甚却扇临窗？（江）红巾衔翠翼，早弱水茫茫。（阳）柔指各自未剪，问此去莫负王昌。（阳）芳信准，更敢寻红杏西厢！（阳）

第三部　支、微、齐、灰半；纸、尾、荠、贿半；寘、未、霁、泰半、队半

鹧鸪天　　晏几道

斗鸭池南夜不归，（微）酒阑纨扇有新诗。（支）云随碧玉歌声转，雪绕红绡舞袖回。（灰）　今感旧，欲沾衣。（微）可怜人似水东西。（齐）回头满眼凄凉事，秋月春风岂得知？（支）

第四部　鱼、虞；语、麌；御、遇

南歌子　　欧阳修

凤髻金泥带，龙纹玉掌梳。（鱼）去来窗下笑相扶。（虞）爱道画眉深浅入时无。（虞）弄笔偎人久，描花试手初。（鱼）等闲妨了绣工夫。（虞）笑问双鸳鸯字怎生书。（鱼）

第五部　佳半、灰半；蟹、贿半；卦半、泰半、队半

浪淘沙　　南唐后主

往事只堪哀，（灰）对景难排。（佳）秋风庭院藓侵阶？（佳）一任珠帘闲不卷，终日谁来？（灰）　金锁已沉埋；（佳）壮气蒿莱！（灰）晚凉天净月华开。（灰）想得玉楼瑶殿影，空照秦淮！（佳）

这里所用的灰韵字，其实在《广韵》是咍韵字。灰合口；咍开口。《词韵》以合口的灰归支微，开口的咍归佳。但灰咍在诗韵中本相通。故《词韵》仍可相通，例如晏几道《浣溪沙》以“开梅回才来”为韵，“梅回”合口属灰，“开才来”开口属咍。

第六部　真、文、元半；轸、吻、阮半；震、问、愿半

少年游　　梅尧臣

阑干十二独凭春。（真）晴碧远连云。（文）千里万里，二月三月，行色苦愁人。（真）　谢家池上江淹浦，吟魄与离魂。

(元)那堪疏雨滴黄昏!(元)更特地忆王孙。(元)

这里所用的元韵字就是《广韵》的魂韵字。平水韵的元韵包括《广韵》的元魂痕。《词韵》以元归删先,魂痕归真文。

第七部　元半、寒删先;阮半、旱潸铣;愿半、翰谏霰

薄　幸　　　吕渭老

青楼春晚;(阮)昼寂寂,梳匀又懒。(旱)乍听得鸦啼莺弄,惹起新愁无限。(潸)记年时,偷掷春心,花间隔雾遥相见。(霰)便角枕题诗,宝钗贳酒,共醉青苔深院。(霰)　怎忘得回廊下,携手处花明月满?(旱)如今但暮雨,蜂愁蝶恨,小窗闲对芭蕉展。(铣)却谁拘管?(旱)尽无言,闲品秦筝,泪满参差雁。(谏)腰肢渐小,心与杨花共远。(阮)

此系上去通押,详见下节。

第八部　萧、肴、豪;筱、巧、皓;啸、效、号

蝶恋花　　　晏几道

碾玉钗头双凤小;(筱)倒晕工夫,画得宫眉巧。(巧)嫩曲罗裙胜碧草。(皓)鸳鸯绣字春衫好。(皓)三月露头春意早。(皓)细看花枝,人面争多少?(筱)水调声长歌未了;(筱)掌中杯尽东池晓。(筱)

第九部　歌哿箇独用(不举例)

第十部　佳半、麻;马;卦半、祃

蝶恋花　　　晏几道

喜鹊桥成催凤驾。(祃)天为欢迟,乞与初凉夜。(祃)乞巧双蛾加意画。(卦)玉钩斜傍西南挂。(卦)　分钿擘钗凉叶下。(祃)香袖凭肩,谁记当时话?(卦)路隔银河犹可借,(祃)世间离恨何年罢?(卦又祃)

第十一部　庚、青、蒸;梗、迥;敬、径

庆清朝 史达祖

坠絮孳萍，狂鞭孕竹，偷移红紫池亭。（青）余花未落，似供残蝶经营。（庚）赋得送春诗了，夏帷搀断绿阴成。（庚）桑麻外，乳鸦稚燕，别样芳情。（庚）　荀令旧香易冷，叹俊游疏懒，枉是销凝！（蒸）坐侵谢屐，幽径斑驳苔生。（庚）便觉寸心尚老，故人前度谩丁宁。（青）空相误，袚兰曲水，挑菜东城。（庚）

第十二部　尤有宥独用（不举例）

第十三部　侵寝沁独用（不举例）

第十四部　覃、盐、咸；感、琰、豏；勘、艳、陷

声声慢 吴文英

凭高入梦，摇落关情，寒香吹尽空岩。（咸）坠叶消红，欲题秋思谁缄？（咸）重阳正隔残照，趁西风，不响云尖。（盐）乘半暝，看残山濯翠，剩水开奁。（盐）　暗省长安年少，几传杯吊甫，把菊招潜。（盐）身老江湖，心随归雁江南。（覃）乌纱倩谁重整？映风林，钩玉纤纤。（盐）漏声起，乱星河入影画檐。（盐）

第十五部　屋、沃

三部乐 吴文英

江鶂初飞，荡万里素云，际空如沐。（屋）咏情吟思，不在秦筝金屋。（屋）夜潮上，明月芦花，傍钓蓑梦远，句清敲玉。（沃）翠罂汲晓，欸乃一声秋曲。（沃）　片篷障雨乘风，半竿渭水，伴鹭汀幽宿。（屋）那知暖袍挟锦，低帘笼烛。（沃）鼓春波，载花万斛。（屋）帆鬣转，银河可掬。（屋）风定浪息，沧茫外，天浸寒绿。（沃）

第十六部　觉、药

尾犯 柳永

夜雨滴空阶，孤馆梦回，情绪萧索。（药）一片闲愁，想丹青

难貌。(觉)秋渐老,蛩声正苦;夜将阑,灯光渐落。(药)最无端处,忍把良宵,只恁孤眠却。(药) 佳人应怪我,自别后,寡信轻诺。(药)记得当时,剪香云为约。(药)甚时向幽闺深处,按新词,流霞共酌。(药)再同欢笑,肯把金玉珍珠博!(药)

第十七部 质、陌、锡、职、缉

思远人 晏几道

红叶黄花秋意晚,千里念行客。(陌)飞云过尽,归鸿无信,何处寄书得?(职)泪弹不尽临窗滴;(锡)就砚旋研墨。(职)渐写到别来,此情深处,红笺为无色。(职)

此例只用陌锡职相通,是只用第十一部的入声。-k 不与-t、-p 混。这是较合诗律的例子。

品 令 秦 观

棹又懼。(锡)天然个,品格于中压一。(质)帘儿下,时把鞋儿踢。(锡)语低低,笑咭咭。(质) 每每秦楼相见,见了无限怜惜。(陌)人前强不欲相沾湿。(缉)把不定,脸儿赤。(陌)

这是-k、-t、-p 相通的例子。实际上,当时未必还以-k、-t、-p 收尾,也许已像现代吴音都只收一个[ʔ]。

第十八部 物、月、曷、黠、屑、葉

雨霖铃 柳 永

寒蝉凄切。(屑)对长亭晚,骤雨初歇。(月)都门帐饮无绪,方留恋处,兰舟催发。(月)执手相看,泪眼竟无语凝咽。(屑)念去去千里烟波,暮霭沉沉楚天阔。(曷) 多情自古伤离别,(屑)更那堪冷落清秋节?(屑)今宵酒醒何处?杨柳岸晓风残月。(月)此去经年,应是良辰好景虚设。(屑)便纵有千种风情,待与何人说?(屑)

这是只限于-t 尾,不与-p 尾相通的例子。

春草碧 李献能

紫箫吹破黄昏月。(月)簌簌小梅花,飘香雪。(屑)寂寞花底风鬟,颜色如花命如叶。(葉)千里浣凝尘,凌波袜。(月)

心事鉴影鸾孤,筝弦雁绝。(屑)旧时雪堂人,今华发。(月)肠断金缕新声,杯深不觉琉璃滑。(黠)醉梦绕南云,花上蝶。(葉)

这是-t尾和-p尾通叶的。

第十九部 合、洽

惜余欢 黄庭坚

四时美景,正年少赏心,频启东閤。(合)芳酒载盈车,喜朋侣簪盍。(合)杯觞交飞劝酬献,正酣饮,醉公主陈榻。(合)坐来争奈,玉山未颓,兴寻《巫峡》。(洽)歌阑旋烧绛蜡;(合)况漏转铜壶,烟断香鸭。(洽)犹整醉中花,借纤手重插。(洽)相将扶上,金鞍騕褭,碾春焙,愿少延欢洽。(洽)未须归去,重寻艳歌,更留时霎。(洽)

《词律》"閤"字作"阁",杜文澜云:"按王氏校本阁作閤。"今按:恐仍当作"阁"。惟第十九部的例子很难找,姑且以此为例。

第四节 词 韵(中)

4.1 上节所述《词韵》十九部,可认为词韵的正例。此外,还有许多变例。现在把那些变例,按照其距离正轨的远近,分为几种叙述如下:

(一)变而不离其宗。这是指那些虽在《词韵》为不同部,然而在《切韵》系统中为同类者,例如:

1. 第三部与第五部通叶(韵尾皆为i)。

采桑子 晏几道

花前独占春风早,长爱江梅。(灰,三部)秀艳清杯,(灰,三部)芳意先愁凤管吹。(支,三部) 寻香已落闲人后,此恨难

裁。(灰,五部)更晚须来;(灰,五部)却恐初开胜未开。(灰,五部)

2. 第六部与第七部通叶(韵尾皆为 n)。

八节长欢　　毛　滂

名满人间。(删,七部)记黄金殿,旧赐清闲。(删,七部)才高《鹦鹉赋》,风凛惠文冠。(寒,七部)涛波何处试蛟鳄,到白头犹守溪山。(删,七部)且做龚黄样度,留与人看。(寒,七部)桃溪柳曲阴圆。(先,七部)离唱断,旌旗却卷春还。(删,七部)襦裤寄余温。(元,六部)双石畔,唯闻吏胆长寒。(寒,七部)诗翁去,谁细绕屈曲阑干?(寒,七部)从今后,南来幽梦,应随月渡云湍。(寒,七部)

《词律》于"温"字下注云"借叶",可见一般词人对于六、七两部的分辨是很严的。

玉楼春　　晏几道

轻风拂柳冰初绽,(谏,七部)细雨销尘云未散。(翰,七部)红窗青镜待妆梅,绿陌高楼催送雁。(谏,七部)　华罗歌扇金蕉盏,(潸,七部,上去通押)记得寻芳心绪惯。(谏,七部)凤城寒尽又飞花,岁岁春光常有恨。(愿,六部)

3. 第十五、十六两部与十七部通叶(韵尾皆为 k)。

凄凉犯　　姜　夔

绿杨巷陌,(陌,十七部)西风起,边城一片离索。(药,十六部)马嘶渐远,人归甚处,戍楼吹角。(觉,十六部)情怀正恶;(药,十六部)更衰草,寒烟淡薄。(药,十六部)似当时,将军部曲,(沃,十五部)迤逦度沙漠。(药,十六部)　追念西湖上,小舫携歌,晚花行乐。(药,十六部)旧游在否?想如今,翠彫红落。(药,十六部)谩写羊裙,等新雁,来时系著。(药,十六部)怕匆匆,不肯寄与误后约。(药,十六部)

澡兰香 吴文英

盘丝系腕，巧篆垂簪，玉隐绀纱睡觉。（觉，十六部）银瓶露井，彩箑云窗，往事少年依约。（药，十六部）为当时，曾写榴裙，伤心红绡褪萼。（药，十六部）黍梦光阴，渐老汀洲烟蒻。（药，十六部） 莫唱江南古调，怨抑难招，楚江沉魄。（陌，十七部）熏风燕乳，暗雨梅黄，午镜澡兰帘幙。（药，十六部）念秦楼，也拟人归，应剪菖蒲自酌。（药，十六部）但怅望，一缕新蟾，随人天角。（觉，十六部）

杜文澜以姜词“陌曲”二字为非韵，然吴词“魄”字亦与药觉字叶，这因为它们都收-k 尾，本可相通的缘故。

4. 第十七、十八两部与第十九部通叶（韵尾皆为-p）。

暗 香 吴文英

县花谁葺？（缉，十七部）记满庭燕麦，朱扉斜阖。（合，十九部）妙手作新，公馆青红晓云湿。（缉，十七部）天际疏星趁马，画帘隙，冰弦三叠。（葉，十八部）尽换却，吴水吴烟，桃李靓春靥。（葉，十八部） 风急！（缉，十七部）送帆叶！（葉，十八部）正雁水夜清，卧虹平帖。（葉，十八部）软红路接。（葉十八部）涂粉闱深早催入。（缉，十七部）怀暖天香宴果，花队簇，轻轩银蜡。（合，十九部）便问讯，湖上柳，两堤翠匝。（合，十九部）

（二）-t、-k、-p 相混。本来，在《词韵》第十六、十七两部中，-t、-k、-p 已经相混。现在认为变例的，是因为它们比《词韵》相混的情况更为突出，连不同韵部的也混了，例如：

1. 第十七部与第十八部通叶。

念奴娇 萨都剌

石头城上，望天低，吴楚眼空无物。（物，十八部）指点六朝形胜地，惟有青山如壁。（锡，十七部）蔽日旌旗，连云樯橹，白骨纷如雪。（屑，十八部）大江南北，消磨多少豪杰！（屑，十八部）　寂寞避暑离宫，东风辇路，芳草年年发。（月）落日无人青径冷，鬼火高低明灭。（屑，十八部）歌舞樽前，繁华镜里，暗换青青发。（月）伤心千古，秦淮一片明月。（月）

春云怨　　冯伟寿

春风恶劣！（屑，十八部）把数枝香锦，和莺吹折。（屑，十八部）雨重柳腰娇困，燕子欲扶扶不得。（职，十七部）软日烘烟，干风收雾，芍药酴醾弄颜色。（职，十七部）帘幙轻阴，图书清润，日永篆香绝。（屑，十八部）　盈盈笑靥宫黄额。（陌，十七部）试红鸾小扇，丁香双结。（屑，十八部）团凤眉心倩郎贴。（葉，十八部）教洗金罍，共看西堂，醉花新月。（月，十八部）曲水成空，丽人何处？往事暮云万叶。（葉，十八部）

2. 第十七部、第十八部、第十九部通叶。

凄凉犯　　吴文英

空江浪阔！（曷，十八部）清尘凝，层层碎刻冰叶。（葉，十八部）水边照影，华裙曳翠，露搔泪湿。（缉，十七部）湘烟暮合；（合，十九部）尘袜凌波半涉。（葉，十八部）怕临风，欺瘦骨，（月，十八部）护冷素衣叠。（葉，十八部）　樊姊玉奴恨，小钿疏唇，洗妆轻怯。（洽，十九部）泛人最苦，粉痕深，几重愁靥！（葉，十八部）花溢香浓，猛熏透，霜绡细折。（葉，十八部）倚瑶台，十二金钱晕半灭。（屑，十八部）

3. 第十六部与第十九部通叶。

六幺令　　晏几道

绿阴春尽，飞絮绕香阁。（药，十六部）晚来翠眉宫样，巧把远山学。（觉，十六部）一寸狂心未说，已向横波觉。（觉，十六部）画帘遮匝；（合，十九部）新翻曲妙，暗许闲人带偷掐。（洽，十九部）　前度书多隐语，意浅愁难答。（合，十九部）昨夜诗有回纹，韵险还慵押。（洽，十九部）都待笙歌散了，记取留时霎。（洽，十九部）不消红蜡。（合，十九部）闲云归后，月在庭花

旧阑角。(觉,十六部)

《词律》于黄庭坚《惜余欢》注云:“以‘阁、合、峡、蜡’同叶,是江西音也。”晏几道恰又是江西人,也是以“阁、蜡”同押。大约是方音的缘故。

4. 第十五部和第十七部的职韵字通叶。

风流子 孙光宪

茅舍槿篱溪曲,(沃,十五部)鸡犬自南自北。(职,十七部)菰叶长,水葓开,门外春波涨绿。(沃,十五部)听织,(职,十七部)声促,(沃,十五部)轧轧鸣梭穿屋。(屋,十五部)

按:屋沃与职锡通叶,大约当时荆南及蜀中方音如此。欧阳炯《西江月》以“绿”字叶“翼力色”,黄庭坚《念奴娇》以“笛”字叶屋沃韵字,可以为证。

(三)-n、-ng、-m 相混。在宋代,一般说起来,-n、-ng、-m 三个系统仍旧是分明的。-t、-k、-p 的界限的泯灭,远在-n、-ng、-m 的界限的泯灭之前。直到现在,北方官话还能保存-n、-ng 的分别。不过,词人既可纯任天籁,就不免为方音所影响。当时有些方音确已分不清楚-n、-ng、-m 的系统了,所以它们不能不混用了,例如:

1. 第六部、第十一部、第十三部通叶。

(1)三部皆通

丑奴儿 朱 藻

障泥油壁人归后,满院花阴。(侵,十三部)楼影沉沉,(侵,十三部)中有伤春一片心。(侵,十三部) 闲穿绿树寻梅子,斜日笼明。(庚,十一部)团扇风轻,(庚,十一部)一径杨花不避人。(真,六部)

(2)第六部与第十一部通

梅子黄时雨 张 炎

流水孤村,爱尘事顿消,来访深隐。(吻,六部)向醉里谁扶?满身花影!(梗,十一部)鸥鹭惊看相比瘦,近来不是伤春病。(敬,十一部)嗟流景!(梗,十一部)竹外野桥,犹系烟艇。(迥,十一部)　谁引?(轸,六部)斜川归兴!(径,十一部)便啼莺纵少,无奈时听!(径,十一部)待棹击空明,鱼波千顷。(梗,十一部)弹断琵琶留不住,最愁人是黄昏近。(吻,六部)江风紧!(轸,六部)一行柳丝吹暝。(径,十一部)

上去通押,参看下文。

瑶阶草　　程　垓

空山子规叫,月破黄昏冷。(梗,十一部)帘幙风轻,绿暗红又尽。(轸,六部)自从别后,粉消香腻,一春成病。(敬,十一部)那堪昼闲日永!(梗,十一部)　恨难整!(梗,十一部)起来无语,绿萍破处池光净。(敬,十一部)闷理残妆,照花独自怜瘦影。(梗,十一部)睡来又怕,饮来越醉,醒来却闷。(慁,六部)看谁似我孤另?(径,十一部)

上去通押。

(3)第六部与第十三部通

采桑子　　晏几道

心期昨夜寻思遍,犹负殷勤。(文,六部)齐斗堆金,(侵,十三部)难买丹诚一寸真。(真,六部)　须知枕上尊前意,占得长春。(真,六部)寄语东邻;(真,六部)似此相看有几人?(真,六部)

(4)第十一部与第十三部相通

望远行　　李璟

玉砌花光锦绣明,(庚,十一部)朱扉长日镇长扃;(青,十一部)夜寒不去寝难成。(庚,十一部)炉香烟冷自亭亭!(青,十一部)辽阳月,秣陵碪,(侵,十三部)不传消息但传情!(庚,十一部)黄金窗下忽然惊:(庚,十一部):征人归日二毛生!(庚,十一部)

2. 第七部与第十四部通叶。

风入松 周紫芝

禁烟过后落花天,(先,七部)无奈春寒。(寒,七部)东风不管春归去,共残红,飞上秋千。(先,七部)。　看尽天涯芳草,春愁堆在阑干。(寒,七部)楚江横断夕阳边,(先,七部)无限青烟。(先,七部)旧时云去今何处?山无数,柳涨平川。(先,七部)与问风前回雁,甚时吹过江南?(覃,十四部)

锦堂春慢 葛立方

气应三阳,氛澄六幕,翔鸟初上云端。(寒,七部)问朝来何事,喜动门阑?(寒,七部)田父占来好岁,星家说道宜官。(寒,七部)拟更凭高望远,春在烟波,春在晴峦。(寒,七部)　歌管雕堂宴喜,任重帘不卷,交护春寒。(寒,七部)况金钗整整,玉树团团!(寒,七部)柏叶轻浮重酹,梅枝巧缀新幡。(元,七部)共祝年年如愿,寿过松椿,寿过彭聃。(覃,十四部)

此词韵脚皆系一等洪音,"幡"字亦如现代读入洪音,故寒覃相通,比之寒先相通更为和谐,假使韵尾-m 已变为-n 的话。

扑蝴蝶 赵彦端

清和时候,熏风来小院。(霰,七部)琅玕脱箨,方塘荷翠飐。(琰,十四部)柳丝轻度流莺,画栋低飞乳燕。(霰,七部)园林绿阴初遍。(霰,七部)　景初限!(潸,七部)轻纱细葛,纶巾和羽扇。(霰,七部)披襟散发,心清尘不染。(琰,十四部)一杯洗涤无余,万事消磨去远。(阮,七部)浮名薄利休羡。(霰,七部)

此词上去通押,韵脚皆系三、四等细音,"限"字亦如现代官话读入细音,故颇为和谐。先盐通叶,其理由与寒覃通叶同。

(四)特别变例。所谓特别变例,是因为那种押韵是出于常理之外的。依现在所能发现者,则有语御与纸寘相通。这里所谓语御,包括《广韵》的语虞御遇(姥暮及轻唇字除外);所谓纸寘,包括

《广韵》的纸旨止尾荠寘至志未霁祭。这种通叶,有两种可能的原因:第一种可能,是当时词人的方音语纸御寘本来相混,例如现代粤语"水、许、翠、去"可以通叶,吴音"聚、里"可以通叶。第二种可能,是[y][i]两音颇有近似之处,词人从宽通叶,例如:

虞美人　　晏几道

飞花自有牵情处。(御,四部)不向枝边坠。(寘,三部)随风飘荡已堪愁,更伴东流流水过秦楼。(次阕略)

庆春泽　　张　先

飞阁危桥相倚;(纸,三部)人独立东风,满衣轻絮。(御,四部)还记忆江南,如今天气。(寘,三部)正白蘋花,绕堤涨流水。(纸,三部)　　寒梅落尽谁寄?(寘,三部)方春意无穷,青空千里。(纸,三部)愁草树依依,关城初闭。(霁,三部)对月黄昏,角声傍烟起。(纸,三部)

诉衷情近　　柳　永

雨晴气爽,伫立江楼望处。(御,四部)澄明远水生光,重叠暮山耸翠。(寘,三部)遥想断桥幽径,隐隐渔村,向晚孤烟起。(纸,三部)　　残阳里,(纸,三部)脉脉朱阑静倚。(纸,三部)黯然情绪,未饮先成醉。(寘,三部)愁无际!(霁,三部)暮云过了,秋风老尽,故人千里。(纸,三部)竟日空凝睇!(霁,三部)

杜文澜引《莲子居词话》云:"红友于'翠'字注韵,殊不知'处'字即韵;蒋胜欲《探春令》'处、翅、住、指'并叶可证。"今按:此说甚是。

红窗迥　　周邦彦

几日来,真个醉。(寘,三部)不知道窗外,乱红已深半指。(纸,三部)花影被风摇碎。(寘,三部)拥春酲乍起。(纸,三部)

有个人人,生得济楚。(语,四部)来向耳畔,问道今朝醒未。(未,三部)情性儿,慢腾腾地,(寘,三部)恼得人又醉。

（寘，三部）

《词律》未注“楚”字叶韵；但依此词上阕用韵情形对照“楚”字应该是入韵的。

探春令 蒋 捷

玉窗蝇字记春寒，满茸丝红处。（御，四部）画翠鸳，双展金蜩翅。（寘，三部）未抵我，愁红腻。（寘，三部）芳心一点天涯去，絮濛濛遮住。（遇，四部）对花弹阮纤琼指。（纸，三部）为粉靥，空弹泪！（寘，三部）

永遇乐 蒋 捷

清逼池亭，润侵山阁，云气凝聚。（遇，四部）未有蝉前，已无蝶后，花事随流水。（纸，三部）西园支径，今朝重到，半碍醉筇吟袂。（霁，三部）除非是，莺身瘦小，暗中引雏穿去。（御，四部） 梅檐滴溜，风来吹断，放得斜阳一缕。（麌，四部）玉子敲棋，香绡落剪，声度深几许！（语，四部）层层离恨，凄迷如此，点破漫烦轻絮。（御，四部）应难认：争春旧馆，倚红杏处。（御，四部）

4.2 以上所述，最严的竟是依照诗韵，最宽的甚至不依照一般的词韵。这一则因为各家用韵有宽有严，二则因为方音所囿。既然没有一定的规则，就不妨以意为之了。

4.3 在唐宋人的诗句里，已经有上去通押的情形（见第二章第三节）；到了词里，上去通押更加普遍了。一般人总认为上声和去声可以同用。如上节所举吕渭老的《薄幸》以上声阮旱潸铣和去声谏霰同用；本节上文所举张炎的《梅子黄时雨》以上声轸吻梗迥和去声敬径同用，程垓的《瑶阶草》以上声轸梗和去声慁敬径同用，赵彦端《扑蝴蝶》以上声阮潸琰和去声霰同用，张先的《庆春泽》以上声纸和去声寘御霁同用，柳永的《诉衷情近》以上声纸和去声寘御霁同用，周邦彦《红窗迥》以上声纸语与去声寘同用，蒋捷《探春令》以上声纸和去声寘御遇同用，《永遇乐》以上声纸语麌与去声御遇霁同用，都是上去通押。现在再举几个例子如下：

踏莎行　晏几道

雪尽寒轻，月斜烟重。（上）清欢犹记前时共。（去）迎风朱户背灯开，拂檐花影侵帘动。（上）　绣枕双鸳，香苞翠凤。（去）从来往事都成梦。（去）伤心最是醉归时，眼前少个人人送。（去）

海棠春　秦　观

流莺窗外啼声巧。（上）睡未足，把人惊觉。（去）翠被晓寒轻，宝篆沉烟袅。（上）　宿酲未解宫娥报。（去）道别院，笙歌会早。（上）试问海棠花，昨夜开多少？（上）

一斛珠　南唐后主

晚妆初过，（去）沉檀轻注些儿个。（去）向人微露丁香颗。（上）一曲清歌，暂引樱桃破。（去）　罗袖裛残殷色可；（上）杯深旋被香醪涴。（去）绣床斜凭娇无那。（去）烂嚼红绒，笑向檀郎唾。（去）

生查子　晏几道

金鞍美少年，去跃青骢马。（上）牵系玉楼人，绣被春寒夜。（去）　消息未归来，寒食梨花谢。（去）无处说相思，背面秋千下。（去）

4.4　此外，还有一种平仄互叶。平仄互叶和上去通押的性质不同：上去通押是任意用上用去，没有一定的；平仄互叶却是规定某处用平，某处用仄。平仄互叶又和平仄转韵不同：平仄转韵只是由平韵转仄韵，或由仄韵转平韵，其韵部并不相同；平仄互叶却是在一定的位置上，由同一韵部的平仄间用，例如：

西江月（甲种）共两阕八句，六韵：○平平仄，○平平仄，一韵到底。

例　一　　　　　　　　司马光

宝髻松松挽就，铅华淡淡妆成。（平）红烟翠雾罩轻盈，（平）飞絮游丝无定。（仄）　　相见争如不见，有情还似无情。（平）笙歌散后酒微醒，（平）深院月明人静。（仄）

例　二　　　　　　　　史达祖

裙折绿罗芳草，冠梁白玉芙蓉。（平）次公筵上见山公，（平）红绶欲衔双凤。（仄）　　已向冰奁约月，更来玉界乘风，（平）凌波袜冷一樽同，（平）莫负彩舟凉梦。（仄）

西江月（乙种）共两阕八句，六韵：〇平平仄，〇平平仄，共用两个韵部。　　　　　　　　吴文英

枝袅一痕雪在，叶藏几豆春浓。（平）玉奴最晚嫁东风，（平）来结梨花幽梦。（仄）　　香力添熏罗被，瘦肌犹怯冰绡。（换韵，平）绿阴青子老溪桥，（平）羞见东邻娇小。（仄）

所谓《西江月》甲、乙种系依《词律》次第。下仿此。

换巢鸾凤　共两阕，十九句，十二韵：平〇平〇平平平〇仄；仄仄仄〇〇仄〇仄〇仄。　　　　　　　　史达祖

人若梅娇。（平）正愁横断坞，梦绕溪桥。（平）倚风融汉粉，坐月怨秦箫。（平）相思因甚到纤腰？（平）定知我今无魂可销！（平）佳期晚，谩几度泪痕相照！（仄）　　人悄；（仄）天渺渺！（仄）花外语香时透郎怀抱。（仄）暗握荑苗，乍尝樱颗，犹恨侵阶芳草。（仄）天念王昌忒多情，换巢鸾凤教偕老。（仄）温柔乡，醉芙蓉一帐春晓。（仄）

渔家傲（乙种）共两阕十句十韵：平平仄仄仄，平平仄仄仄。

杜安世

疏雨才收淡净天；（平）微云绽处月婵娟。（平）寒雁一声人正远，（仄）添幽怨，（仄）那堪往事思量遍？（仄）　　谁道绸缪两意坚？（平）水萍风絮不相缘！（平）舞鉴鸾肠虚寸断；（仄）芳

容变，(仄)好将憔悴教伊见！(仄)

醉公子　共两阕八句八韵：仄仄平仄；平平仄平。

无名氏

门外猧儿吠。(仄)知是萧郎至。(仄)刬袜下香阶。(平)冤家今夜醉。(仄)　扶得入罗帏，(平)不肯脱罗衣。(平)醉则从他醉，(仄)还胜独睡时。(平)

《词律》不认“阶”字和第七句“醉”字为韵，今疑此二字亦入韵，留待详考。

蝶恋花(乙种)　石孝友

别来相思无限期！(平)欲说相思，要见终无计。(仄)拟写相思持送伊，(平)如何尽得相思意？(仄)　眼底相思心里事？(仄)从把相思，写尽凭谁寄？(仄)多少相思都做泪，(仄)一齐泪损相思字！(仄)

《词律》注云：“‘期’字平声起韵，第四句‘伊’字平叶，则此调又一平仄两叶者矣。”

二郎神　杨无咎

炎光欲谢，更几日，熏风吹雨。(仄)共说是天公，亦嘉神贶，特作澄清海宇。(仄)灌口擒龙，离堆平水，休问功超前古。(仄)当中兴，护我边陲，重使四方安堵。(仄)　新府。(仄)祠庭占得，山川佳处。(仄)看晓汲双泉，晚除百病，奔走千门万户。(仄)岁岁生朝，勤勤称颂，可但民无灾苦。(仄)[荐樽俎]，愿得地久天长，协佐皇都。(平)

《词律》注云：“尾句‘都’字，初疑是误，然玩上用‘佐’字，则下宜以平字应之，此乃又平仄互用之体也。”

宣　清　柳　永

残月朦胧，小宴阑珊，归来轻寒森森。(平)背银缸，孤馆乍眠，拥重衾，醉魄犹噤。(仄)永漏频传，前欢已去，离愁一枕。

(仄)暗寻思,追旧游,神京风物如锦。(仄)　会掷果朋侪,绝缨宴会,当时曾痛饮。(仄)命舞燕翻翻,凤楼鸳寝。(仄)玉钗乱横信任。(仄)散尽高阳,这欢娱,甚时重恁?(仄)

《词律》注云:"'森'字平起,是又平仄两叶之调矣。若以'噤'字起韵,恐无自首起二十八字才用韵之理也。或云'衾'字亦是叶。总因只此一篇,无可考证。杜氏云:按宋本'森森'作'凛凛',并非此一韵叶平也。"

4.5　严格说起来,只有《西江月》和《换巢鸾凤》《渔家傲》(乙种)一类的词可认为平仄互叶;《醉公子》与石氏《蝶恋花》在疑似之间;至于像《二郎神》和《宣清》之类,只能认为平仄通叶。平仄互叶是规定平仄相间的,平仄通押则是从宽通用而已。普通最常见的平仄互叶是《西江月》甲种。

第五节　词　韵(下)

5.1　在古体诗里,韵的平仄是自由的。仄韵古风和平韵古风是同样地普通。在近体诗里,却是以用平韵为原则。至于词里,又恢复到平仄韵并用了,不过,有一点是和古风大不相同的:词人于选定了词谱之后,一定要依照原谱的平仄,连韵脚的平仄也不能移易。平韵的词不得用仄韵,仄韵的词不得用平韵。如有平仄韵都可用者,则被认为平仄两体。

兹就较常见的词谱,分别举例如下:

(一)限用平韵者

《南歌子》	《渔歌子》(单调)	《忆江南》
《捣练子》	《八声甘州》	《忆王孙》(单调)
《遐方怨》	《江城子》(单调)	《江城梅花引》
《相见欢》	《何满子》	《长相思》
《春光好》	《玉蝴蝶》	《丑奴儿》
《画堂春》	《阮郎归》	《少年游》

《木兰花慢》　《望远行》(中调)　《临江仙》
《鹧鸪天》　《瑞鹧鸪》　《梅花引》(甲)
《一剪梅》　《接贤宾》　《唐多令》
《破阵子》　《行香子》　《声声令》
《于飞乐》　《风入松》　《水调歌头》
《满庭芳》　《潇湘夜雨》　《眼儿媚》
《人月圆》　《瑶台聚八仙》　《沁园春》
《望海潮》　《多丽》　《春风袅娜》

(二)限用仄韵者

《生查子》　《长命女》　《女冠子》(乙丙)
《谒金门》　《醉花间》　《点绛唇》
《清商怨》　《卜算子》　《后庭花》
《忆闷令》　《好事近》　《一落索》
《忆少年》　《西地锦》　《贺圣朝》
《荆州亭》　《桃源忆故人》　《品令》
《误佳期》　《应天长》　《梁州令》
《留春令》　《惜分飞》　《烛影摇红》
《滴滴金》　《归田乐》　《竹香子》
《探春令》　《探芳新》　《迎春乐》
《凤来朝》　《雨中花》　《醉花阴》
《青门引》　《木兰花》　《倾杯乐》
《望远行》(长调)《杏花天》　《钗头凤》
《步蟾宫》　《征招》　《鼓笛令》
《思归乐》　《锦帐春》　《鹊桥仙》
《一斛珠》　《踏莎行》　《七娘子》
《蝶恋花》　《苏幕遮》　《念奴娇》
《殢人娇》　《东风第一枝》　《解佩令》
《谢池春》　《摸鱼儿》　《青玉案》

《千秋岁》 《御街行》 《锦缠道》
《离亭燕》 《昼夜乐》 《雨霖铃》
《洞仙歌》 《蓦山溪》 《薄幸》
《锁窗寒》 《解语花》 《翠楼吟》
《陌上花》 《满江红》 《贺新郎》
《祝英台近》 《齐天乐》 《瑞鹤仙》
《水龙吟》 《绮罗香》 《疏影》
《暗香》 《玉漏迟》 《玲珑四犯》
《夺锦标》

5.2 唐五代因由诗变词未久,所以平韵多于仄韵;及至宋朝以后,渐渐地,仄韵多于平韵。统计起来,就显得仄韵词较多了(仄韵之中,上去是一类,入声自成一类,有些词调是以用入声韵为常的,例如《满江红》)。

5.3 有些词牌,是平仄韵均可的。但是,在两可之中,也有常见与罕见之分。现在分别举例于下:

(甲)平韵较为普通者

《浣溪沙》 《浪淘沙》 《喜迁莺》
《锦堂春》 《雨中花慢》 《声声慢》

(乙)仄韵较为普通者

《霜天晓角》 《如梦令》 《忆秦娥》 《凤衔杯》

5.4 其次,我们要谈到平仄转韵。本来,律化古风的转韵已经趋向于平仄相间(见第二章第九节);至于词韵,当其转韵的时候,更以平转仄或仄转平为原则了,例如:

南乡子(单调) 平平仄仄仄

欧阳炯

岸远沙平,(平)日斜归路晚霞明。(平)孔雀自怜金翠尾;(仄)临水,(仄)认得行人惊不起。(仄)

昭君怨　仄仄平平，仄仄平平

万俟雅言

春到南楼雪尽，（仄）惊动灯期花信。（仄）小雨一番寒，（平）倚阑干。（平）　莫把阑干频倚；（仄）一望几重烟水？（仄）何处是京华？（平）暮云遮！（平）

女冠子（甲种）　仄仄平○平，○平○平

含娇含笑，（仄）宿翠残红窈窕。（仄）鬓如蝉；（平）寒玉簪秋水，轻纱卷碧烟。（平）　雪肌鸾镜里，琪树玉楼前。（平）寄语青娥伴，早求仙！（平）

菩萨蛮　仄仄平平，仄仄平平（见本章第一节）

更漏子　○仄仄○平平；仄仄仄○平平

温庭筠

玉阑干，金甃井，（仄）月照碧梧桐影。（仄）独自个，立多时，（平）露华浓湿衣。（平）　一向，（仄）凝情望，（仄）待得不成模样。（仄）虽叵耐，又寻思，（平）怎生嗔得伊！（平）

清平乐　上阕仄，下阕平

李　白（？）

禁闱清夜，（仄）月探金窗罅。（仄）玉帐鸳鸯喷兰麝，（仄）时落银灯香灺。（仄）　女伴莫话孤眠，（平）六宫罗绮三千。（平）一笑皆生百媚，宸游教在谁边？（平）

减字木兰花　仄仄平平，仄仄平平

王安国

画桥流水，（仄）雨湿落红飞不起。（仄）月破黄昏，（平）帘里余香马上闻。（平）　徘徊不语，（仄）今夜梦魂何处去？（仄）不似垂杨，（平）犹解飞花入洞房！（平）

偷声木兰花(平仄转韵同上)(见本章第二节)

荷叶杯 仄仄平平平,双叠 皇甫松

记得那年花下,(仄)深夜!(仄)初识谢娘时,(平)水堂西面画楼垂。(平)携手暗相期。(平) 惆怅晓莺残月,(仄)相别!(仄)从此隔音尘,(平)如今都是异乡人。(平)欲见更无因!(平)

虞美人 仄仄平平,仄仄平平(见本章第二节)

梅花引(乙) 仄仄仄平平○平,仄仄平平○平

王特起

山之麓,(仄)水之曲,(仄)一湾秀色盘虚谷。(仄)水溶溶,(平)雨濛濛。(平)有人行李,萧萧落叶中。(平) 人家篱落炊烟湿,(仄)天外云峰迷淡碧。(仄)野云昏,(平)失前村,(平)溪桥路滑,平沙没旧痕。(平)

梅花引(丙) 仄仄仄平平○平仄仄平平○平,双叠

向子諲

花如颊,(仄)梅如叶,(仄)小时笑弄阶前月。(仄)最盈盈,(平)最惺惺,(平)闲愁未识,无计说深情。(平)一年空省春风面,(仄)花落花开不相见。(仄)要相逢,(平)得相逢,(平)须信灵犀,中自有心通。(平) 同杯勺,(仄)同斟酌,(仄)千愁一醉都忘却。(仄)花阴边,(平)柳阴边,(平)几回拟待,偷怜不成怜。(平)伤春玉瘦慵梳掠,(仄)抛掷琵琶闲处著。(仄)莫猜疑,(平)莫嫌迟,(平)鸳鸯翡翠,终自一双飞。(平)

玉堂春 仄仄○平○○平;○平○○平

晏 殊

斗城池馆,(仄)二月风和烟暖。(仄)绣户珠帘,日影初长。(平)玉辔金鞍,缭绕沙堤路,几处行人映绿杨!(平) 小槛朱阑回倚,千花浓露香。(平)脆管清弦,欲奏新翻曲,依约林间坐夕阳。(平)

5.5 以上所述,都是由甲韵转乙韵,如果再转,就转到丙韵丁韵等等,没有回到甲韵上的(即使有,也只是偶然,不是规定)。有些词谱便不同了,它们的转韵方式是甲,乙,甲,乙,这可以称为回环式,例如:

钗头凤　陆　游

红酥手,黄藤酒,满城春色宫墙柳。东风恶,欢情薄。一怀愁绪,几年离索。错!错!错!　春如旧,人空瘦,泪痕红裛绞绡透。桃花落,闲池阁,山盟虽在,锦书难托。莫!莫!莫!

另有《撷芳词》比此只欠结处三叠字。注意:由仄韵转仄韵,颇为罕见。

惜分钗　吕渭老

春将半,莺声乱,柳丝拂马花迎面。小堂风,暮楼钟,草色连云,暝色连空。重!重!　秋千畔,何人见?宝钗斜照春妆浅。酒霞红,与谁同?试问别来,近日情悰。忡!忡!

5.6 西洋诗有所谓随韵,它的形式是 aabb,第一句和第二句为韵,第三句和第四句为韵,汉语的词里也有这种韵式,例如:

子夜歌 aabb ccdd　李　煜

人生愁恨何能免?销魂独我情何限!故国梦重归,觉来双泪垂。　高楼谁与上?长记秋晴望。往事已成空,还如一梦中!

《菩萨蛮》《更漏子》等词都是属于这一类的。至于一韵到底的词,也可认为随韵的延长。

5.7 西洋诗又有所谓抱韵,它的韵式是 abba,第一句和第四句为韵,第二句和第三句为韵,好像甲韵怀抱着乙韵似的。汉语的词里也有这种抱韵,譬如有一种《西江月》,别名《壶天晓》,它的韵式就是 abba abba,《词律》未收此体,后来徐本立收入《词律拾遗》中。它的韵脚是仄平平仄,双叠。现在试举两个例子:

例　一　　　　　欧阳炯

月映长江秋水,分明冷浸星河。浅沙汀上白云多,雪散几丛芦苇。　　扁舟倒影寒潭里,烟光远罩轻波。笛声何处响渔歌,两岸蘋香暗起。

例　二　　　　　苏　轼

点点楼前细雨,重重江外平湖。当年戏马会东徐,今日凄凉南浦。　　莫恨黄花未吐,且教红粉相扶。酒阑不必看茱萸,俯仰人间今古。

此词平仄互叶,比欧阳词更进一步。

5.8 此外,像下面这些例子,虽然不很像西洋的抱韵,然而它是和近体诗的韵式相差很远,而是和抱韵很相近似的。

酒泉子 abba acca　　　　顾　夐

罗带缕金,阑麝烟凝魂断。画屏攲,云鬓乱,　　恨难任!几回垂泪滴鸳衾,薄情何处去?月临窗,花满树,信沉沉!

酒泉子(又一体)abba ccca　　　　毛熙震

闲卧绣帏,慵想万般情宠。锦檀偏,翘股重,翠云攲。
莫天屏上春山碧,映香烟雾隔。蕙兰心,魂梦役,敛娥眉。

醉垂鞭 abbaa ccaaa　　　　张　先

酒面滟金鱼。吴娃唱,吴潮上。玉殿白麻书,待君归后除。
勾留风月好,平湖晓。翠峰孤;此景出关无。西州空画图。

定风波 aabba ccadda　　　　孙光宪

帘拂疏香断碧丝,泪衫还滴绣黄鹂。上国献书人不在,凝黛!晚庭又是落红时!　　春日自长心自促,翻覆!年来年去负前期!应是秦云兼楚雨,留住!向花枝夸说月中枝!

"花枝"的"枝"当系衍文。

诉衷情 aaabccbbbbb　　　　温庭筠

莺语,花舞;春昼午,雨霏微。金带枕,宫锦,凤凰帷。柳弱蝶交飞,依依。辽阳音信稀,梦中归!

上行杯 abb ccca　　孙光宪

草草离亭鞍马，从远道，此地分襟。燕宋秦吴千万里。无辞一醉。　野棠开，江草湿。伫立；沾衣泣。征骑骎骎！

5.9　西洋诗又有所谓交韵，它的形式是abab，第一句和第三句为韵，第二句和第四句为韵。汉语词里也有类似交韵的韵式，例如：

纱窗恨 abab bb　　毛文锡

双双蝶翅涂金粉，咂花心。绮窗绣户飞来稳，画堂阴。　二三月爱随风絮，伴落花，来拂衣襟。更剪轻罗片，傅黄金。

首阕用交韵。毛氏另有《纱窗恨》一首，少一字，韵式则同。

定西番 abb abab　　温庭筠

汉使昔年离别，攀弱柳，折寒梅；上高台。　千里玉关春雪，雁来人不来。羌笛一声愁绝，月徘徊。

其　二

海雪欲飞调羽，萱草绿，杏花红；隔帘栊。　双鬓翠霞金缕，一枝春艳浓。楼上月明三五，琐窗中。

这是仄平交叶的韵式。但是，在《定西番》里，平声的韵脚虽是固定的，仄声的韵脚似乎是可以自由的。因此，温庭筠另有一首《定西番》却是倒数第二句不入韵的：

细雨晓莺春晚，人似玉，柳如眉；正相思！　罗幙翠帘初卷，镜中花一枝。肠断塞门消息，雁来稀！

牛峤有一首《定西番》，却又是首句不入韵的：

紫塞月明千里，金甲冷，戍楼寒；梦长安！　乡思望中天阔，漏残星亦残。画角数声呜咽，雪漫漫！

到了孙光宪，就完全失去了交韵的规矩，《定西番》只剩下一个平韵了：

帝子枕前秋夜，霜幄冷，月华明；正三更！　　何处戍楼寒笛？梦残闻一声！遥想汉关万里，泪纵横！

5.10 此外，还有一种韵式是介于交韵和抱韵之间的，例如《荷叶杯》，它的韵式是 aabccb。

荷叶杯　　温庭筠

一点露珠凝冷，波影，满池塘。绿茎红艳两相乱，肠断。水风凉。

5.11 宋代以后新创的词谱，和五代以前原有的词谱，其间最大的分别就是韵的疏密不同。五代以前的词，至多两句一韵，宋代新创的词，却有些是三四句乃至五六句一韵的（我们由此断定杜牧的《八六子》是伪作）。五代以前的词，每韵以两字至八字为常，偶然有多至十四字者，那是七言近体诗的遗规；宋代新创的词，每韵有超出十四字以上者。句数和字数这两种因素，以前者为较重要，因为句末应有停顿，停顿也是占时间的。

5.12 唐五代词的韵密，前面所举温庭筠的《诉衷情》《定西番》《荷叶杯》等，皆可为证。现在再举下列诸词为例：

河　传　　顾　敻

棹举，舟去。波光渺渺，不知何处。岸花汀草共依依；雨微，鹧鸪相逐飞。　　天涯离恨江声咽，啼猿切；此意向谁说？倚兰桡，无憀，魂销。小炉香欲焦。

更漏子　　毛熙震

秋色清，河影淡，深户烛寒光暗。绡幌碧，锦衾红；博山香炷融。　　更漏咽，蛩鸣切；满院霜华如雪。新月上，薄云收；映帘悬玉钩。

谒金门　　阎　选

美人浴：——碧沼莲开芬馥。双髻绾云颜似玉；素蛾辉淡绿。　　雅态芳姿闲淑；雪映钿装金斛；水溅青丝珠断续。酥融香透肉！

应天长　　　　南唐中主

一钩初月临妆镜，蝉鬓凤钗慵不整。重帘静，层楼迥。惆怅落花风不定。　　柳堤芳草径，梦断辘轳金井。昨夜更阑酒醒，春愁过却病。

5.13　宋词的韵疏，可以下列诸词为例：

凤归云　　　　柳　永

恋帝里，金谷园林，平康巷陌，触处繁华；连日疏狂，未尝轻负，寸心双眼。况佳人尽，天外行云，堂上飞燕。向玳筵，一一皆妙选。长是因酒沉迷，被花萦绊。　　更可惜，淑景亭台，暑天枕簟，霜月夜凉，雪霰朝飞；一岁风光，尽堪随分，俊游清宴。算浮生事，瞬息光阴，锱铢名宦。正欢笑，试恁便分散。却是恨雨愁云，地遥天远。

西平乐　　　　周邦彦

稚绿苏晴，故溪歇雨，川回未觉春赊。驼褐侵寒，正怜初日，轻阴抵死须遮。叹事逐孤鸿尽去，身与蒲塘共晚，争知向此征途，区区伫立尘沙。追念朱颜翠发，曾到处，故地使人嗟。
道连三楚，天低四野，乔木依前，临路横斜。重慕想：东陵晦迹，彭泽归来，左右琴书自乐，松菊相依，何况风流鬓未华。多谢故人，亲驰郑驿，时倒融尊，劝此淹留，共过芳时，翻令倦客思家。

双头莲　　　　周邦彦

一抹残霞，几行新雁，天染断红，云迷阵影，隐约望中，点破晚空澄碧，助秋色。门掩西风，桥横斜照，青翼未来，浓尘自起，咫尺凤帏，合有人相识。　　叹乖隔！知甚时恣与，同携欢适？度曲传觞，并鞯飞辔，绮陌画堂连夕。楼头千里，帐底三更，尽堪泪滴！怎生向，总无聊，但只听消息！

5.14　由此看来，所谓慢词，决不如《乐府余论》所说的："慢者，曼也，谓曼声而歌也。"恰恰相反：慢词因为韵疏，势不能不急促，使人们不嫌其疏。因此，“慢”就是促拍。不过，每字所费的时间虽较少，每韵所费的时间总不免较多，所以就叫做慢了。

5.15 词调虽不限定用某韵，但词人往往受前辈的暗示，仍用前辈的原韵，例如王安石《桂枝香》用屋沃韵，练恕可、张翥、吴子孝、张逸、陈亮也都跟着用屋沃韵，其他如陈允平、张炎用月屑韵，李彭老、唐珏用陌职韵，张炎另一首用觉药韵，虽非王安石原韵，却也同是入声（见《历代诗余》卷七十三）。又如《玉漏迟》一调，在《历代诗余》卷五十七所载十四首中，筱皓韵占了八首，其邻韵有韵占了二首，这都不是偶然的。

第六节　词字的平仄(一)
——一字至四字句

6.1 词字的平仄，比诗字更为固定。譬如 B 式诗句，可作平平仄仄平，亦可作仄平平仄平（拗救）；但在词里，该作仄平平仄平的地方（如李白《菩萨蛮》“有人楼上愁”），是不能随便改为平平仄仄平的。又如 a 式诗句仄仄平平仄，偶然亦可作 ㊀仄仄平仄（第三字不论），但如辛弃疾《祝英台近》“烟柳暗南浦”“十日九风雨”“哽咽梦中语”，吴文英《祝英台近》“花信上钗股”“不放岁华去”，只是 ㊀仄仄平仄，第三字必不可平。诗句中所谓一三五不论，到了词里，有些地方就非论不可了（参看下文）。因此，万树《词律》和《白香词谱》等书，对于每一字的平仄都有规定。除了指明可平可仄者外，都是平仄不可互易的。一般说来，慢词比小令的平仄更严。

【附注】词字不但讲究平仄，有些词人还讲究四声（平上去入）。

万树《词律·发凡》云：“平仄固有定律矣，然平上一途，仄兼上去入三种，不可遇仄而以三声概填。盖一调之中，可概者十之六七，不可概者十之三四，须斟酌而后下字，方得无疵。此其故当于口中熟吟，自得其理。夫一调有一调之风度声响，若上去互易，则调不振起，便成落腔。尾句尤为吃紧，如《永遇乐》之‘尚能饭否’，《瑞鹤仙》之‘又成瘦损’，‘尚、又’必仄，‘能、成’必平，‘饭、瘦’必去，‘否、损’必上，如此然后发调。末二字若用平上或平去，或去去、上上、上去，皆为不合。元人周德清论曲，有煞句定格。梦窗论词亦云某调用何音煞。虽其言未详，而其理可悟。余尝见有作南曲者，于《千秋岁》第十二句五字语，用去声住句，使歌者激起，打不下三板。因知上去之分，判若黑白。其不可假借处，关系一调，不得草草。古名词之妙，全在于此。若总置不顾，而任便填之，则作词有何难处，而必推知音者哉？且照古词填之，亦非甚苦难，但熟吟之，久则口吻间自有此调声响，其拗字必格格不相入，而意中亦不想及此不入调之字矣。譬之南曲极熟烂，如《黄莺儿》中，两四字句用平平仄平，作者口中、意中，必无仄仄平平矣。安用费心耶？所谓上去亦然。盖上声舒徐和软，其腔低，去声激厉劲远，其声高，相配用之，方能抑扬有致。大抵两上、两去，在所当避。而篇中所载古人用字之法，务宜仿而从之，则自能应节，即起周郎听之，亦当蒙印可也。更有一要诀曰：名词转折跌荡处多用去声，何也？三声之中，上入二者可以作平，去则独异。故余尝窃谓：论声虽以一平对三仄，论歌则当以去对平上入也。当用去者，非去则激不起，用入且不可，断断勿用平上也。”

又云：“或曰：入声派入三声，吾闻之《中原韵》务头矣；上之作平，何居？余曰：《中州》韵不有‘者也’作平乎？上之为音轻柔而退逊，故近于平。今言词则难信，姑以曲喻之。北曲《清江引》末一字可平亦可上，如《西厢》之‘下场头那答儿发付我’，‘我’字上声；‘香美娘处分破花木瓜’，‘瓜’字平声。《天下乐》‘泛浮查到日月边’，‘边’字平声；‘安排着憔悴死’，‘死’字上声。如此等甚多，用上皆可代平，却用不得去声字。但试于口吻间讽诵，自觉上声之和协，而去声之突兀也。今旁注平之可仄者，因不便琐细，止注可仄。高明之家，自能审酌用之。至有本宜平声而古词偶用上者，似近于拗，此乃借以代平，无害于腔，故注中多为疏明。如何籀《宴清都》前结用‘那更天远，山远，水远，人远’，书舟亦效之，用四‘好’字。盖‘远、好’皆上声，故可代平。其句字本宜如美成所作：‘庾信愁多，江淹恨极须赋。’‘多’字、‘淹’字宜用平声，此以二‘远’字代之，填入去声不得。谱图读作上六下四，认‘远’字仄声，总注可仄，是使人上去随用，差极矣。此类尤夥，不能遍引，阅者著眼。”又云：“入之派入三声，为曲言之也。然词曲一理，今词中之作平者比比而是，比上作平者更多，难以条举。作者不可因其用入是仄声而填作上去也。且有以入叶上者，不可用去；以入叶去者，不可用上，亦须知之。以上二项皆确然可据，故谆复言之，不厌婆舌，勿云穿凿可也。”力按：入声派入三声，恐怕是宋代某些方言入声已经消失，转入三声，不一定是派入。

6.2 从一字句至十一字句，平仄都有一定。词的句子，就平仄方面说，大致可分为律句、拗句两种（“律、拗”只是取便陈说，没有深意）。律句就是普通的诗句，例如仄仄平平仄，拗句就是古风式的句子，例如仄平平平仄。非但五言七言有律拗之别，连三言四言六言也有律拗之别，三言等于五七言的下三字，所以平平仄和平仄仄是律，仄平仄和仄仄仄是拗。四言等于五七言的上四字，所以仄平平仄、平平平仄、平平仄仄和仄平仄仄是律，平仄平仄和仄仄仄仄之类是拗。六言等于七言的下六字，所以(仄)仄(平)平(仄)仄是律，平平仄平平仄之类是拗。平脚的句子由此类推。大致说起来，唐五代词差不多全是律句，宋词则往往律拗相参。诗在古风里的拗句是随意的，而词中的拗句却是规定的，例如《声声慢》第六句平平仄平(平)仄，必须按谱填词，非但不容不拗，而且不容拗成别样，由此看来，它在《声声慢》里竟该认为律句而非拗句了。

6.3 在双阕的词里，有些是前后阕完全字数相同，平仄相同，例如《浪淘沙》前阕仄仄仄平平（韵），仄仄平平（叶），平平仄仄仄平平（叶），仄仄平平平仄仄，仄仄平平（叶），后阕也是一样；有些是前后阕完全不一样，例如《诉衷情》前阕平平仄仄仄⃝平平（韵），仄仄仄平平（叶），平平仄仄平仄，仄仄仄，仄平平（叶），后阕却是平仄仄，仄平平（叶），仄平平仄，仄仄平平，仄仄平平（叶）；有些是前后阕大同小异，例如《庆清朝》前阕起三句是仄仄平平，平平仄仄，平平平仄平平（韵），后阕起三句是平仄仄平仄仄，仄仄平平仄，仄仄平平（叶），但第四句以后，却同是平平仄仄，平平平仄平平（叶），仄仄仄平仄仄，仄平平仄仄平平（叶），平平仄，仄平仄仄，平仄平平（叶）。完全相同者以小令为最常见（所谓双叠）；大同小异者以中调及长调为最常见（往往是起二三句不同，以后全同，亦有起结处皆不同，而中间全同者）；完全不一样者则颇为少见。

6.4　句中平仄有甲乙两种形式均可者；但为求其变化起见，词人往往于前阕用甲种形式，于后阕用乙种形式，例如吴礼之《喜迁莺》前阕“佳期罕遇”是平平仄仄，后阕“夭桃红小”却是平平平仄；前阕“遍嬉游宝马”是仄平平仄仄，后阕“便相期明日”却是仄平平平仄。黄庭坚《蓦山溪》前阕“春未透”是平仄仄，后阕“长亭柳”却是平平仄。有时候，甲种形式是正例，乙种形式是变例，如苏轼《水调歌头》前阕“起舞弄清影”仄仄仄平仄是正例，后阕却用“但愿人长久”仄仄平平仄以求变化。史达祖《双双燕》前阕“翠尾分开红影”仄仄平平平仄是正例，后阕却用“日日画栏独凭”仄仄仄平仄仄以求变化。后人于正例处不敢说可以变化，只能于变例处注明甲乙两式均可而已。

6.5　词字的平仄，大约是以首创的一首词为轨范。但是，我们往往不知道某一种词调是谁首创的，那又该拿什么做标准呢？最好的办法自然是拿同调的词相比较，用归纳的方法来决定词字的平仄。万树在他的《词律》里是这样做，这是颇合于科学方法的。即使我们确定了某一首词是示范的词，也要把其他同调的词归纳来看，然后知道某处可以不拘平仄，某处平仄不可互易。

但是，归纳的结果，不能没有例外，于是用得着解释和判断。试看万氏对于元好问《玉漏迟》“白发又添多少”里面“白发”两字的批评：

> “白发”二字乃以入作平，观子京（宋祁）用“东风”，梦窗（吴文英）用“瑶台、黄昏”，归愚用“何人”，竹山用“盈盈”，皆两平声。竹山又有一首用“鹤立”二入声，正与“白发”二字同。此二字用平，其下一字必仄，如“白发”之下必用“又”字也。书舟用“不耐飞来蝴蝶”，“耐”仄“飞”平，乃误笔，不可从。

他并没有因为程垓（书舟）的词成了例外，就改变了他的规律。这是他很有眼光的地方。但是，还有一点是万氏疏忽了的：时代的因素不能不算。即以《玉漏迟》而论，末六字作 ㊀ 仄仄平平仄者也不乏其人，如《历代诗余》所载，就有下面诸例：

> 那更好游人老。（张炎）
> 无奈酒阑情好。（何梦桂）
> 满意一篙春浪。（刘因）
> 花月一春多少。（张翥）
> 惆怅落红多少。（白朴）
> 忘却镜中白首。（张野）
> 纵醉可眠芳草。（无名氏）

由此看来，咱们必须分为两个时期去看《玉漏迟》的平仄。我们姑且说，吴文英以前是一个时期，那时它的末句是平平仄平平仄；张炎以后是一个时期，那时它的末句是 ㊀ 仄仄平平仄。至于刘基的《玉漏迟》末句“寒鸦自啼疏柳”却又是故意摹仿原始形式了。

6.6 词中入声字有时可作平声，万树在《词律·发凡》里言之凿凿，甚可凭信，例如万氏于苏轼《水调歌头》“又恐琼楼玉宇”

“玉”字下、李重元《忆王孙》“杜宇声声不忍闻”“不”字下、史达祖《庆清朝》“别样芳情”“别”字下，等等，都注明“作平”，这些都是有根据的。至于他说上声可作平声，则可信的程度较小。又万氏说及《永遇乐》的“尚能饭否”和《瑞鹤仙》的“又成瘦损”，以为“饭、瘦”必去，“否、损”必上，这恐怕只是技巧的问题，不是规律的问题了。

6.7　现在我们从一字句至十一字句，分别讨论它们的平仄。

（一）一字句。词有所谓《一七令》，从一字至七字成调，一字则单句，二至七字皆双句，例如魏扶：“愁。迥野，深秋。生枕上，起眉头。……”这样，似乎一字是可以成句的。但是，正如万树所说，《一七令》是一种游戏之作，不能认为词调。此外，只有《哨遍》后段起句“噫”字被《词律》认为一字句。还有就是叠句中的一字句了，例如上节所举陆游《钗头凤》的“错！错！错！”“莫！莫！莫！”吕渭老《惜分钗》的“重！重！”“忡！忡！”

一字句虽则少见，一字豆（逗）却是常见。它往往是附于四字之上，凑成五字句，如蒋子云《好事近》“任—杨花飘泊”。尤其常见者，是附于八字的两句之上，而这八字两句又可以是用对仗的，例如：

> 甚—轻轻觑着，神魂迷乱！（秦观《河传》）
> 试—烦他纤手，卷上纱笼。（赵长卿《潇湘夜雨》）
> 但—荒烟衰草，乱鸦斜日。（萨都剌《满江红》）
> 被—岁月无情，暗消年少。（元好问《玉漏迟》）
> 渐—酒空金榼，花困蓬瀛。（秦观《满庭芳》）
> 恨—玉奴消瘦，飞趁轻鸿。（吴文英《声声慢》）
> 方—春意无穷，青空千里。（张先《庆春泽》）
> 爱—贴地争飞，竞夸轻俊。（史达祖《双双燕》）
> 似—楚江暝宿，风灯零乱。（周邦彦《锁窗寒》）

正—愁横断坞，梦绕溪桥。（史达祖《换巢鸾凤》）

叹—门外楼头，悲恨相续。（王安石《桂枝香》）

看—槛曲萦红，檐牙飞翠。（姜夔《翠楼吟》）

叹—腰围带剩，点鬓霜新。（陆游《沁园春》）

由上面诸例看来，一字豆都是仄声。这是定格。

（二）二字句。二字句颇不多见。比较常用的只有平仄一种，偶然也有平平和仄仄。它有一个特点：不用则已，用则以入韵为常，例如：

调笑令 冯延巳

明月！明月！照得离人愁绝！更深影入空床，不道帏屏夜长。长夜！长夜！梦到庭花阴下！

如梦令 秦 观

莺嘴啄花红溜，燕尾剪波绿皱。指冷玉笙寒，吹彻小梅春透。依旧！依旧！人与绿杨俱瘦！

这是叠句，恰和一字句的叠句相似。其非叠句者，则往往在后阕的起句。《双双燕》《暗香》《锁窗寒》《换巢鸾凤》《瑞鹤仙》《喜迁莺》等词的后阕起句是平仄，《沁园春》《凤凰台上忆吹箫》的后阕起句是平平，《翠楼吟》的后阕起句是仄仄（参看下节）。至于既非叠句，而又不在后阕起句者，则较为罕见。现在试举出《醉翁操》《河传》《南乡子》《戚氏》四调为例：

醉翁操 苏 轼

琅然，清圆。谁弹？响空山。无言！惟翁醉中和其天。月明风露娟娟。人未眠。荷蒉过其前，曰有心也哉此贤！（后阕略）

河 传 李 珣

春暮，微雨，送君南浦。愁敛双蛾；落花深处，啼鸟似逐离歌。粉檀珠泪和！

南乡子　　孙道绚

晓日压重檐。斗帐春寒起未饮。天气困人梳洗懒，眉尖，淡画春山不喜添。　闲把绣丝挦。认得金针又倒拈。陌上游人归也未？恹恹！满院杨花不卷帘。

戚　氏　　柳　永

晚秋天，一霎微雨洒庭轩。槛菊萧疏，井梧零乱，惹残烟。凄然，望江关。（下略）

（三）三字句。三字句最常见者为平平仄、平仄仄、仄平平，其次为仄仄仄、仄平仄、仄仄平，最罕见者为平平平（几乎可说没有）。

三字律句对仗是最普通的情形，例如：

（1）平仄仄——仄平平

惊塞雁，起城乌。（温庭筠《更漏子》）
深院静，小庭空。（南唐后主《捣练子》）
思往事，惜流光。（欧阳修《诉衷情》）
花露重，草烟低。（欧阳修《阮郎归》）

（2）仄平平——平仄仄

碧云天，黄叶地。（范仲淹《苏幕遮》）
鬓云松，罗袜刬。（秦观《河传》）
剪红情，裁绿意。（吴文英《祝英台近》）
月临窗，花满树。（顾敻《酒泉子》）

（3）平仄仄——平平仄

红杏了，夭桃尽。（苏轼《占春芳》）
梅雨过，蘋风起。（谢逸《千秋岁》）

平仄仄与平平仄往往通用，例如：

《忆江南》兰烬落（皇甫松）—厌厌醉（吴文英）

《谒金门》风乍起(冯延巳)—空相忆(韦庄)
《渔家傲》千障里(范仲淹)—寻花去(欧阳修)
《天仙子》愁未醒(赵令畤)—伤流景(张先)
《洞仙歌》幽梦觉(刘光祖)—金波淡(苏轼)
《蓦山溪》春未透(黄庭坚)—登云屿(晁补之)
《凤凰台上忆吹箫》多少事(李清照)—刚刚踢(赵文)
《满江红》清镜里(陆游)—薰风动(刘过)

仄仄仄与仄平仄往往通用,例如:

《鹊桥仙》　又岂在(秦观)—倒添了(范成大)
《祝英台近》　便老去(史达祖)—倩谁唤(辛弃疾)
《玉漏迟》　已换却(周密)—漫空倩(吴文英)
《东风第一枝》做弄出(史达祖)—照花影(史达祖)
《柳梢青》　误几度(张元干)—酒醒后(秦观)
《解佩令》　自剪下(晏几道)—是情事(晏几道)
《暗香》　正寂寂(姜夔)—送帆叶(吴文英)

注意:平㊥仄多用于三字句,仄㊥仄多用于三字豆。

(四)四字句。四字句,若就仄脚律句而论,仄平平仄最为常见,平平平仄次之,平平仄仄又次之,仄平仄仄最为罕见。若就平脚律句而论,仄仄平平最为常见,平仄平平次之,平仄仄平和仄仄仄平都是罕见的。

仄平平仄和平平平仄是一类,往往可以通用,例如:

《玉漏迟》紫箫声杳(周密)—花飞时节(程垓)
《满庭芳》暖风摇曳(宋徽宗)—高堂芳树(秦观)
《暗香》　锦机云密(张炎)—梅边吹笛(姜夔)
《念奴娇》晚妆才罢(赵长卿)—人生行乐(曾觌)
《瑞鹤仙》绮罗丛里(康与之)—笙簧声里(张元干)

《水龙吟》绕云萦水(苏轼)—罗裙零乱(晁补之)

《永遇乐》海棠零乱(赵师侠)—西园支径(蒋捷)

它们又常常与平平仄仄通用。例如:

《祝英台近》五更魂梦(程垓)—都无人管(辛弃疾)—相招晚醉(高观国)

《一斛珠》晚妆初过(南唐后主)—轻云微月(苏轼)—天教命薄(晏几道)

这些都应该以仄平平仄为正格(上述宋徽宗《满庭芳》"暖风摇曳"这一句的地方,依《历代诗余》所载一百十五首中,有八十五首是用仄平平仄的)。词谱上规定限用平平平仄的地方,依我们猜想,原则上是可以与仄平平仄(实际上是上平平仄)互易的;只因资料较少,无从参证罢了。至于规定限用仄平平仄的地方,却不该随便变为平平平仄,尤其是不能用平平仄仄,平平仄仄另属一类,它在宽律里虽可与仄平平仄相通,在严律里却是各不相犯的。

6.8 平平仄仄和仄平仄仄是一类,它们应该是通用的。不过,因为后者颇欠和谐,所以在多数的词调里,平平仄仄是独用的。最普通的情形是拿平平仄仄来对 ㊀仄平平,例如:

非惟我老,更有人贫。(陆游《沁园春》)
仙肌胜雪,宫鬓堆鸦。(吴激《人月圆》)
当庭月暗,吐焰如虹。(赵长卿《潇湘夜雨》)
风销绛蜡,露浥红莲。(周邦彦《解语花》)
草脚愁苏,花心梦醒。(史达祖《东风第一枝》)
灯火烘春,楼台浸月。(刘镇《高阳台》)
月冷龙沙,尘清虎落。(姜夔《翠楼吟》)
万里飞霜,千山落木。(张炎《绮罗香》)
露湿铜铺,苔侵石井。(姜夔《齐天乐》)

载酒园林，寻花巷陌。（陆游《沁园春》）

凉月横舟，银潢浸练。（张野《夺锦标》）

注意：仄仄平平，平平仄仄，多见于慢词前阕起二句。

6.9 仄平仄仄在律句里虽然颇欠和谐，但它可以当拗句用。有些地方是以用拗句为宜的，在那种情形之下，却是限用仄平仄仄，不得与平平仄仄相通，尤其不得和仄平平仄或平平平仄相通，例如：

《凤凰台上忆吹箫》这回去也（李清照）；几回淡月（赵文）；旧时胜赏（张翥）。

《暗香》翠尊易泣……几时见得（姜夔）；粉英落尽……再调玉鼎（赵以夫）；软红路接……两堤翠匝（吴文英）；藓碑露泣……小舟泛得（陈允平）；料应太液……卧横紫笛（张炎）；故园梦接……此时共折（张炎）；石床冷落……几曾忘却（张炎）。（“忘”读去）

《双双燕》过春社了（史达祖）。

《新雁过妆楼》（一名《瑶台聚八仙》）绀云暮合（吴文英）；素娥惯得（吴文英）；顿凉骤觉（陈允平）；故人念我（张炎）；倩人醉里（张炎）；底须谢屐（张炎）；翠微唤酒（张炎）。

《瑞鹤仙》洞天自乐（周邦彦）；甚时是足（赵长卿）；未容退避（赵长卿）；盛传巩洛（张元干）；太平再见（康与之）；纵欢细酌（曾觌）；自歌自送（杨无咎）；甚时去得（侯寘）；恼人睡足（侯寘）；数声画角（辛弃疾）；欲归未得（辛弃疾）；有时梦去（袁去华）；浅如故否（赵彦端）；恨长怨永（王千秋）；醉扶玉腕（杨炎）；怎生意稳（陆淞）；万缘自得（高观国）；又成瘦损（史达祖）；旧家姊妹（史达祖）；钿车宝马（李昴英）；看谁瘦损（陆睿）；剩追笑乐（方千里）；几时觅得（吴文英）；耸秋井干（吴文英）；镜中未晚（吴文英）；未如鬓白（吴文英）；半帘晚照（吴文

英);为谁自绿(毛开);素娥未识(蒋捷);半廊界月(蒋捷);碎蛩诉月(蒋捷);又还醉也(蒋捷);梦中更乐(陈允平);向人晛晥(陈允平);正调弦促(欧良);夜长自语(张炎),绛纱万烛(刘澜);等闲过了(葛长庚)。

注意:在《历代诗余》所载四十首《瑞鹤仙》中,只有两个例外:其一是康与之的"偷弹泪血"(平平仄仄),另一是张榘的"汎埽六合"(仄仄仄仄)。后者是拗句,仍可以不必认为例外的。

6.10　此外,真正的四字仄脚拗句,最常见的是平仄平仄,多用于慢词里。当它被采用的时候,偶然和 ㊀ 平平仄相通(变例)。它的第三字必平,第一第二两字平仄偶然可以对换,例如:

《解语花》嬉笑游冶(周邦彦);明艳容冶(方千里);曾试纤指(吴文英);春态容冶(陈允平);变例:苦无分晓(周邦彦)。

《换巢鸾凤》一帐春晓(史达祖)。

《桂枝香》天气初肃……悲恨相续……衰草凝绿(王安石);蛩韵凄切……犹未成眉……非雨非雪(陈允平);松炬如昼……潇洒如旧……容易消瘦(唐艺孙);霜老枯荻……一醉秋色("一"字作平)……空记行迹(唐珏);归梦溪曲……清泛佳菊……谩怀幽独(变例)(练恕可);辟寒金粟(变例)……花影堪掬……芳杜为屋(张翥);一见秋色……休问何夕……几分消息(变例)(张炎)。

《齐天乐》离思何限(周邦彦);愁绪无限(杨无咎);相和砧杵(姜夔);容易堕去(史达祖);还被吹醒(史达祖);曾倩排遣(史达祖);春翠偷聚(史达祖);诗思谁领(史达祖);烟际沉鹭(吴文英);玉(作平)干金蕊(吴文英);坡静诗卷(吴文英);雪(作平)面波镜(吴文英);同剪灯语(吴文英);乐(作平)事常少(吴文英);云外别墅(吴文英);芳艳流水(吴文英);兰蕙疏绮(吴文英);曾共谁倚(陈允平);旧兴无限(陈允平);芳意偷变

(周密);春到多少(周密);清致谁识(周密);依旧眉妩(周密);双鬓如雪(周密);心事谁表(周密);难贮零露(王沂孙);芳意今少(张炎);犹是迟了(张炎);翻笑行乐(张炎);都是愁处(张炎);空被花恼(张炎);还记游历(张炎);如听风雨(张炎);独(作平)抱凄楚(张炎);书画船小(张炎);飞梦湘楚(张炎);书带题扇(刘澜);丝鬓无数(李莱老);双鬓何许(王易简);银露千顷(唐艺孙);频报秋信(吕同老);如许幽抱(练恕可);犹记娇鬓(唐珏)。

《永遇乐》春尚留恋(赵师侠);云气凝聚(蒋捷)。

《疏影》枝上同宿……飞近蛾绿(姜夔);还更清绝……独(作平)抱孤洁(张炎)。

《戚氏》蛩响衰草(柳永);玄圃清寂(苏轼)。

比较少见的是平仄仄仄,例如:

《声声慢》眠又未得(刘泾);吹断晓笛(高观国);多占秀碧(蔡松年);花下秉烛(张翥);愁字了得(李清照)。

最罕见的自然是仄仄仄仄,像吴文英《莺啼序》"傍柳系马"这种例子恐怕很少很少。

6.11 讲到平脚的四字律句,应该以仄仄平平为正格,它是和平仄平平通用的,例如:

《点绛唇》凤管云笙(赵长卿)—来是春初(曾允元)
《减字木兰花》月破黄昏(王安国)—凉气侵楼(吕渭老)
《丑奴儿》绣带双垂(和凝)—长闭帘栊(晏几道)
《诉衷情》最断人肠(欧阳修)—谁伴朝云(晏几道)
《画堂春》睡损红妆(黄庭坚)—无奈春归(徐俯)
《醉花阴》宝枕纱厨(李清照)—帘卷西风(李清照)
《踏莎行》密约沉沉(寇准)—春色将阑(寇准)

平仄仄平和仄仄仄平是一类，它们颇为罕见，例如：

《河传》何处梦回（徐昌图）；常记那回（秦观）；巧笑靓妆（黄庭坚）。

《感皇恩》回首旧游（贺铸）；熟睡起来（晁冲之）；把酒劝君（晁冲之）；凭远下临（葛郯）；蝴蝶满园（葛郯）；往事旧欢（周邦彦）；千里断肠（赵企）；席上看君（辛弃疾）；一壑一丘（辛弃疾）；温诏鼎来（陆游）；黄阁紫枢（陆游）；尘世利名（韩玉）。

《暗香》寄与路遥（姜夔）；月湿断矶（赵以夫）；雁水夜清（吴文英）；雁渚渡闲（陈允平）；向人弄芳（张炎）。

《声声慢》（平韵）犹在禁街（宋徽宗）；犹自未知（宋徽宗）；犹自未归（赵长卿）；终待共游（赵长卿）；枕畔数枝（李弥逊）；人似旧游（辛弃疾）；泪落塞边（吴潜）；影入画檐（吴文英）；行雨梦中（吴文英）；人在小楼（吴文英）；分与雁声（蒋捷）；还赋小山（周密）；千缕碎云（周密）；闲过此秋（王沂孙）；船过剡溪（王沂孙）；如雁也无（王沂孙）；犹自未逢（张炎）；却是故乡（张炎）；都付与秋（张炎）；依旧燕来（张炎）；犹自未闲（张炎）；垂幔过墙（史可堂）；犹在杏花（尹济翁）；肠断数声（张翥）。

注意：此系与上文三字豆仄平平合成一句，则七字共成仄平平㊥仄仄平，两个或三个平声之后，应有两个仄声。这可以说是受了上面仄平平的影响。参看下文七字句条论《锁窗寒》。

《喜迁莺》著意绊春（蒋捷）；稔岁闰正（吴礼之）。

《望海潮》金谷俊游（秦观）；鸳瓦雉城（秦观）；山倚断霞（折元礼）。

这一类应以平仄仄平为正格，仄仄仄平为变例。

6.12　平脚四字拗句，以平平仄平为较常见。在极偶然的情形下，它可以和仄平仄平相通，但绝对不能用仄平平平（第三字必

仄),例如:

《醉太平》长亭短亭,春风酒醒……芙蓉绣裀,江山画屏(戴复古);情高意真,眉长鬓青……思君忆君,魂牵梦萦(刘过)。

《凤凰台上忆吹箫》从今又添(李清照);诗人案头(赵文)。

第七节　词字的平仄(二)
——五字至六字句

7.1　五字句。五字句可分为律拗二种。律句是普通的五言律诗的句子。仄脚的五言律句以(仄)仄平平仄为最常见,平平平仄仄为较少见;平脚的五言律句以(仄)仄仄平平为最常见,平平仄仄平为最罕见,例如:

(1)仄仄平平仄。《生查子》前后第二第四句。《卜算子》前后第二第四句。《误佳期》前后第四句及后第二句。《惜分飞》前后第三句。《南歌子》前后第一句。《醉花阴》前后第二第五句。《虞美人》前后第二句。《蝶恋花》前后第三句。《河传》后第三句。《苏幕遮》前后第四第七句。《锦缠道》前后末句。《青玉案》前后末句。《千秋岁》前后第六句及前第一句。《御街行》前后末句。《蓦山溪》前后第二第九句。《烛影摇红》第四句。

(2)(平)平平仄仄。《菩萨蛮》后第一句。《谒金门》前后第四句。《临江仙》前后第四句。《感皇恩》前后第六句。《千秋岁》前后第五句。《洞仙歌》后第一句。《满庭芳》后第一句。《换巢鸾凤》前第四句。《翠楼吟》前第四后第五句。《瑞鹤仙》前第一句。《齐天乐》后第二句。

(3)(仄)仄仄平平。《忆江南》第二句。《如梦令》第三句。《昭君怨》前后第三句。《生查子》前后第三句。《菩萨蛮》前后第三句。《卜算子》前后第一句。《诉衷情》前第二句。《好事近》前第一句。《误佳期》后第一句。《人月圆》前第二句。《眼儿媚》前第二句。《醉花阴》前后第三句。《浪淘沙》前后第一句。《南乡子》前后第一句。《临江仙》前后第五句。《感皇恩》前第一句。《风入松》前后第二句。《蓦山溪》前后第三第六句。

(4)平平仄仄平。此式除与仄平平仄平通用外,很少独用者。譬如《白香词谱》中,就只有《南歌子》一谱第二句是用这种形式的。当其与仄平平仄平通用时,亦以后者为正例。这和律诗的情形大不相同。参看下文。

在五言律诗,每句第一字的平仄是不拘的;但是,在词里,有些地方的五字句,连第一字的平仄也是固定的。词律比诗律更严,由这种地方可以见得,例如:

(1)平仄平平仄(不作仄仄平平仄)。

《解语花》灯市光相射(周邦彦);多买莺莺笑(周邦彦);香润残冬被(吴文英);星斗寒相射(方千里)。

(2)仄平平仄仄(不作平平平仄仄)。

《玉漏迟》杏香消散尽(宋祁);一春浑不见(程垓);絮花寒食路(吴文英);雁边风信小(吴文英);老来欢意少(周密);竹多尘自扫(张炎);浙江归路杳(元好问);故园平似掌(刘因);病怀因酒恼(张翥);碧梧深院悄(白朴);桂香浮绿酒(张野);海榴花似火(刘基)。

《陌上花》满罗衫是酒(张翥)。

《齐天乐》但愁斜照敛(周邦彦);画船喧叠鼓(周邦彦);为谁眉黛敛(杨无咎);岁添长命缕(刘圻父);一声声更苦(姜夔);更苍烟白鹭(张辑);楚峰烟数点(高观国);有愁谁为寄(高观国);为谁簪短鬓(高观国);奈何诗更苦(史达祖);树头喧夜永(史达祖);帕罗香自满(史达祖);待归听俊语(史达祖);九秋宫殿冷(史达祖);雁衔千里月(方岳);晓醒春梦稳(翁孟寅);倩人

传此意(洪瑹);料应眉黛敛(方千里);骤飞沧海雨(吴文英);炼颜银汉水(吴文英);暮天菱唱远(吴文英);晚风吹半醒(吴文英);画旗飘赛鼓(吴文英);乱鸦溪树绕(吴文英);洞箫谁院宇(吴文英);乱蛩疏雨里(吴文英);种花招燕子(吴文英);唤人吟思远(陈允平);四山烟翠敛(陈允平);梦随春去远(周密);看花人自老(周密);醉歌浮大白(周密);细将梅蕊数(周密);暮烟声更咽(周密);恨春容易老(周密);柳丝千万缕(王沂孙);笑人归较晚(王沂孙);甚时重去好(张炎);乱红休去扫(张炎);露凉鸥梦阔(张炎);故山空放鹤(张炎);抱琴归去好(张炎);近来无杜宇(张炎);问春何处好(张炎);傍江横峭壁(张炎);此心游太古(张炎);翠帘深几许(张炎);渭滨人未老(张炎);晋人清几许(张炎);感时花泪溅(刘澜);一声声是怨(王月山);解随人去远(储泳);砌蛩终夜语(李莱老);小楼今夜雨(王易简);半窗留鬓影(唐艺孙);怕翻双翠鬓(吕同老);粉奁双鬓好(练恕可);苦吟清夜永(唐珏)。

《绮罗香》夜窗听暗雨(张炎);做成情味苦(张翥)。

《词律》云结句与《齐天乐》平仄吻合。

(3)仄仄仄平平(不作平仄仄平平)。

《离亭燕》此处忽相逢……梦去倚君旁(黄庭坚);烛下小红妆……怅望采莲人(晁补之);蓼屿荻花洲……怅望倚层楼(张升)。

律句拗救,在诗里是被认为和一般律句同其功用的。譬如平平仄平仄,是和平平平仄仄相通的。在词里就不然了:这些由律句小变的句子可以认为准律句,但是这些准律句往往是不和那些真律句相通的,例如:

(1)平仄仄平仄(不作 ㊀ 仄平平仄,但偶然可作仄仄仄平仄;第一字不拘,第三字必仄)。

《祝英台近》还过钓台路……敧枕听鸣橹……心事两无据

(苏轼);新燕近帘语……灯火小桥路……风雨暗花圃(吕渭老);离恨惨歌舞……开遍小春暮……知解怨人否(赵长卿);烟柳暗南浦……十日九风雨……哽咽梦中语(辛弃疾);深院又春晚……无语小妆懒……羞怕泪痕满(程垓);梅雪印苔絮……易散苦难聚……吹恨正无数(赵彦端);花里控金勒;都在画阑侧……飞上鬓云碧(刘过);欲起病无力……一日近一日("一"字作平)……憔悴小楼侧(刘过);风日共清美……湘绿涨沙嘴……争似且留醉(张辑);更向别离处……香雪照尊俎……淮海谩千古(张辑);沙路净如洗……花柳自多丽……无处倩双鲤(黄机);花影暗南浦……兰艇采香去……端的此心苦(高观国);独自个春睡……不似旧风味……春在可怜里(高观国);前事怕重记……新梦又溱洧……春草更憔悴(史达祖);春到断肠处……欲过大堤去……不敢寄愁与(史达祖);云暖翠微路……浅约昼行处……莺漏汉宫语(吴文英);竹冷翠微路……沙印小莲步……归梦趁风絮(吴文英);低卷绣帘半……扰扰似情乱……剪烛记同看(蒋捷);瑶草四时碧……花气透帘隙……莺燕似曾识(周密);愁与病相半……丝竹静深院……羞见看花伴(周密);寂寞汉南树……芳事顿如许……心事已迟暮(张炎);船舣水村悄……生气覆瑶草……五色散微照(张炎);人醉万花醒……白发半垂领……乐事在瓢饮(张炎);空谷饮甘露……萧艾遽如许……山鬼竟无语(张炎);苔老旧时树……童子更无语……还赋断肠句(张炎);忆得旧游戏……同在彩云里……都是去时泪(无名氏);好梦总无据……敧枕听残雨……清瘦自羞觑(吴淑姬)。

注意:这种形式偶然又与平平仄平仄通用,如张榘"天香渍冰露",吴文英"无尘涴流水""还迷镜中语",张炎"逢迎断桥路",汤恢"无人扫红雪……琼枝为谁折""浓香半狼籍……元无片云隔",

李彭老“轻阴小庭院”。然此已非北宋旧法。且此谱前阕第三句仍必须用平仄仄平仄，不过于前阕第五句及后阕第五句偶然可变为平平仄平仄罢了。

《水调歌头》潇洒太湖岸……落日暴风雨(苏舜钦)；离别一何久……鼓吹助清赏(苏轼)；明月几时有……起舞弄清影(苏轼)；河汉下平野……莫恨岁华晚(叶梦得)；霜降碧天静……叠鼓闹清晓(叶梦得)；渺渺楚天阔……危槛对千里(叶梦得)；物我本虚幻……寄语旧猿鹤(李纲)；凉吹送溪雨……倚枝饱山阁(侯寘)；我饮不须劝……一笑出门去(辛弃疾)；造物故豪纵……老子旧游处(辛弃疾)；岁岁有黄菊……君起更斟酌(辛弃疾)；落日暗尘起……季子正年少(辛弃疾)；长记与君别……有酒径须醉(朱熹)。

注意：此谱虽不如《祝英台近》那样严格，然仍该以平仄仄平仄为正例。说见《词律》。

(2)平平仄平仄(不作㊥平平仄仄；第三字必仄，第一字不拘)。

《瑞鹤仙》斜阳映山落(周邦彦)；碧天净如水(赵长卿)；纤歌遏云际(赵长卿)；东风夜来恶(张元干)；冰轮桂华满(康与之)；兰釭半明灭(康与之)；萦风度池阁(曾觌)；霜华弄初日(侯寘)；溪奁照梳掠(辛弃疾)；舟人好看客(辛弃疾)；斜阳挂深树(袁去华)；十年漫回首(赵彦端)；楼台竟装点(杨炎)；屏间麝煤冷(陆淞)；提携远尘境(高观国)；回头翠楼近(史达祖)；冰霜一生里(史达祖)；鳌山海云驾(李昴英)；千金买光景(陆睿)；威声际沙漠(张榘)；无风自花落(方千里)；乘槎上银汉(吴文英)；天边岁华转(吴文英)；林声怨秋色(吴文英)；人生断肠草(吴文英)；轻纱睡初足(毛开)；风檠背寒壁(蒋捷)；梅花太孤洁(蒋捷)；山川梦凄切(蒋捷)；层帘四垂也(蒋捷)；楼危万山落(陈允平)；蛾眉画来浅(陈允平)；何人抱幽独(欧良)；匆匆话离绪(张

炎）；江空珮鸣玉（刘澜）；孤村带清晓（葛长庚）。

《祝英台近》何曾梦云雨（苏轼）；别来负情素（赵长卿）；才簪又重数（辛弃疾）；风前问征路（赵彦端）；欢声动阡陌（刘过）；无田种瓜得（刘过）；后期几重水（张辑）；丹砂有奇趣（张辑）；殷红斗轻草（黄机）；娇姿黯无语（高观国）；梅花煞憔悴（高观国）；柔条暗萦系（史达祖）；风标较消瘦（史达祖）；霞腴污尘土（张榘）；新妆趁罗绮（吴文英）；柔香系幽素（吴文英）；晴和晓烟舞（吴文英）；轻阴便成雨（吴文英）；珠帘卷幽月（汤恢）；清光最先得（汤恢）；生绡合欢扇（李彭老）；余香半憔悴（无名氏）。

注意：张炎在这种地方用平仄仄平仄，非北宋旧法。然平平仄平仄与㊀仄仄平仄颇有相通之理，故郑獬《好事近》“红靴踏残雪”，蒋子云作“酒病煞如昨”。

（3）仄平仄仄仄（第三字拗，第四字不救）。

《疏影》那人正睡里（姜夔）；为容不在貌（张炎）。

（4）仄平平仄平（第一字偶然不拘，第三字必平）。

《菩萨蛮》还乡空断肠……画船听雨眠（李白?）；有人楼上愁……长亭连短亭（李白?）；一行书也无……也无书寄伊（李白?）；弄妆梳洗迟……双双金鹧鸪（温庭筠）；雁飞残月天……玉钗头上风（温庭筠）；暂来还别离……月明花满枝（温庭筠）；雨青红满枝……玉关音信稀（温庭筠）；觉来闻晓莺……镜中蝉鬓轻（温）；送君闻马嘶……绿窗残梦迷（温）；鬓轻双脸长……社前双燕回（温）；背窗灯半明……燕飞春又残（温）；泪痕沾绣衣……燕归君不归（温）；驿桥春雨时……此情谁得知（温）；杏花零落香……无憀独倚门（独字作平，否则是例外）（温）；卧时留薄妆……锦衾知晓寒（温）；满庭萱草长……凭阑魂欲消（温）；绿檀金凤凰……画楼残点声（温）；秋波浸晚霞（例外)……罗衣无此痕(温);游丝狂惹风……相思难重陈(和凝);美人和泪辞……绿窗人似花(韦庄);画船听雨眠……还乡须断肠(韦庄);满楼红袖招……白头誓不归(例外)(韦庄);酒深情亦深……人生能几何(韦庄);此时心转迷……忆君君不知(韦庄);玉郎犹未归……锦屏春昼长(牛峤);脸波和恨来……鸳鸯谁并头(牛峤);窗寒新雨晴……羡他初画眉(牛峤);向他情漫深……梦回灯影斜(牛峤);一枝红牡丹……回头应眼穿(牛峤);画屏山几重……问郎何日归(牛峤);敛眉含笑惊……尽君今日欢(牛峤);双双飞鹧鸪……望中烟水遥(李珣);杜鹃啼落花……泪流红脸斑(李珣);心随征棹遥……旧欢何处寻(李珣);手提金缕鞋……教君恣意怜(例外)(南唐后主);绣衣闻异香……相看无限情(南唐后主);秋波横欲流……魂迷春梦中(南唐后主);更长人不眠……微风凉绣衣(冯延巳);画船听雨眠……绿窗离别难(冯);双蛾枕上颦(例外)……玉筝如泪弹(冯);关山人未还……轻风花满檐(冯);碧笼金锁横……宝筝悲断弦(冯);翠屏烟浪寒……落梅飞晓霜(冯);流萤残月中……梦随寒漏长(冯);落梅生晚寒……江南春草长(冯);楚歌娇未成……画桥东复东(冯)。

注意:有些词调的句子虽也是仄平平仄平,但它的意义节奏是三二,即仄平平—仄平,如刘过《醉太平》“写春风—数声”,宋祁《锦缠道》“向郊原—踏青”等。

有些词句,虽然表面上是律句和准律句相通,实际上是以用准律句为原则的。例如《长相思》《更漏子》《阮郎归》,其中的㊀平平仄平虽偶然可作平平仄仄平,究以前者为正:

《长相思》吴山点点愁〔变〕……月明人倚楼(白居易);阳台行雨回……空房独守时(“独”字作平,否则是变例)(白居易);闲庭花影移……相逢知几时(冯延巳);休教成鬓霜……如何留醉翁（刘光祖）。

《更漏子》画屏金鹧鸪……梦长君不知（温庭筠）；满庭堆落花……旧欢如梦中（温）；此情须问天……觉来更漏长（温）；待郎熏绣衾……玉签初报明（温）；两行征雁分……一声村落鸡（温）；落花香露红……待郎郎不归（韦庄）；月明杨柳风……玉钗横枕边（牛峤）；两乡明月心……告天天不闻（牛）；马嘶霜叶飞……觉来江月斜（牛）；红纱一点灯（"一"字作平）……梁间双燕飞（毛文锡）；露华浓湿衣……怎生瞋得伊（欧阳炯）；明月上金铺（例外）……镜尘鸾影孤（欧阳炯）；博山香炷融……映帘悬玉钩（毛熙震）；灯花结碎红（"结"字作平）……窃香私语时（毛熙震）；此情千万重……寒江天外流（冯延巳）；暮潮人倚楼……酒醒空断肠（冯）；离人殊未归……谁家夜捣衣〔变〕（冯）；萧条渐向寒〔变〕……风摇夜合枝〔变〕（冯）；西风寒未成……前欢泪满襟〔变〕（冯）；夜来衾枕寒……空阶滴到明〔变〕（冯）；满庭喷玉蟾……此情江海深（孙光宪）；无言泪满襟〔变〕……断肠西复东（孙）；相思魂欲消……别来情更多（孙）；此生谁更亲……霜天暖似春〔变〕（孙）；孤心似有违〔变〕……漏移灯暗时（孙）；花时醉上楼〔变〕……相思魂梦愁（孙）。

注意：温庭筠《更漏子》五首，前后阕末句皆 ⓪ 平平仄平，无一例外；或以为"空阶滴到明"一首亦温所作，则为唯一之例外。南唐以后，例外较多，终当以 ⓪ 平平仄平为正格。

《阮郎归》风和闻马嘶……日长蝴蝶飞……人家帘幕垂……画堂双燕归（欧阳修）；春如日（作平）堕西……花深十（作平）二梯……隔城闻马嘶……秋千教放低（吴文英）。

注意：《词律》云："'日、十'二字，《梦窗》必以入作平，盖此等句法以平仄平为妙。作者不尽然……然高明者必能用平也。"

真正的五言拗句较常见者只有两种：第一种是仄平平平仄，第二种是平平仄平平。它们都不是普通的五言句子。

仄平平平仄的意义节奏是一四或三二。前者等于一字豆加四字句，但这种形式往往是和“三二”互用的，例如：

《贺圣朝》莫—匆匆归去……更—一（作平）分风雨……且高歌—休诉……再相逢—何处（叶清臣）；有—一（作平）枝先白……更—清香堪惜……早—纷纷籍（《词律》云作平）籍……任—叫（宜平）云横笛（赵师侠）。

《好事近》按—凉州初彻……有—山头明月（郑獬）；入—薰风池阁……任—杨花飘泊（蒋子云）。

注意：此式偶然可用仄仄平平仄，然其节奏仍是一四，或一二二。

《洞仙歌》自—清凉无汗（苏轼）；怪—重阳菊（作平）早（晁补之）；但—凉蟾如昼（王安中）；锁—山城清晓（刘一止）；望—青葱无路（辛弃疾）；放晓（宜平）晴—庭院（李元膺）；渐—秋光凄切（沈端节）；最难忘—杯酒（蒋捷）；挂—飞来孤剑（张炎）。

平平仄平平往往与三字豆合成八字句，如苏轼“但屈指—西风几时来”。参看下文八字句条。

7.2 六字句。六字句是四字句的延长：它是从四字句的上面加上一节（两音），而不是从五字句的上面加上一字。由此看来，仄脚的六字律句第二第六字必仄，第四字必平；平脚的六字律句第二第六字必平，第四字必仄。恰和四字句一样，仄脚六字律句以㊥仄仄平平仄最为常见，㊀仄平平平仄次之，仄仄平平仄仄又次之，㊀仄仄平仄仄最为罕见。若就平脚律句而论，㊥平仄仄平平最为常见，㊥平平仄平平次之，㊥平平仄仄平和平平仄仄仄平都是罕见的。

㊥仄仄平平仄和㊀仄平平平仄是一类，往往可以通用，

例如：

《河传》背锁落花深院（黄庭坚）—早被东风吹散（秦观）
《感皇恩》未肯等闲分付（周邦彦）—又被春风吹醒（周邦彦）
《离亭燕》云际客帆高挂（张升）—携手松亭难又（晁补之）
《御街行》吹尽一帘烦暑（辛弃疾）—伴我情怀如水（李清照）
《声声慢》帘外燕喧莺寂（刘泾）—惟有寒沙鸥熟（李演）
《陌上花》一看一回肠断（张翥）—重整钗鸾筝雁（张翥）
《瑞鹤仙》盛集宝钗金钏（康与之）—祓禊嬉游行乐（张元干）
《谒金门》金烬暗挑残烛（韦庄）—重叠关山歧路（牛希济）

但当其严格时，是限定(平)仄仄平平仄独用，例如：

《如梦令》遥夜月明如水……风紧驿亭深闭……霜送晓寒侵被……门外马嘶人起（秦观）；莺嘴啄花红溜……燕尾剪波绿（作平）皱……吹彻小梅春透……人与绿杨俱瘦（秦观）。

《摸鱼儿》天气嫩寒轻暖（张翥）；惟有绮罗香散（张翥）。

《玉漏迟》绣陌乱铺芳草（宋祁）；数曲暮云千叠（程垓）；愁满画船烟浦（吴文英）；定怯藕丝冰腕（吴文英）；依旧故人怀抱（周密）；世累苦相萦绕（元好问）；人去月斜云杳（张翥）；钝笔近来如帚（张野）；断续一庭金奏（刘基）。

当其从宽时，却又非但(仄)仄平平平仄可通，甚至仄仄平平仄仄也可以通用了，例如：

《鹊桥仙》灵汉旧期还至（欧阳修）—万里银河低挂（李之仪）—开遍红莲万蕊（张先）

《河满子》溪女送花随处（张先）—见说岷峨凄怆（苏轼）—怅望浮生急景（孙洙）

《风入松》愁夜黛眉颦翠（侯寘）—红杏香中歌舞（于国宝）—料峭春寒中酒（吴文英）

《洞仙歌》吹落九天风露（葛郯）—柳发离离如此（张炎）—轧轧朱扉暗叩（王安中）

《水调歌头》畴昔此山安在（辛弃疾）—富贵何时休问（辛弃疾）—余既滋兰九畹（辛弃疾）

(仄)仄平平仄仄本不与(仄)仄仄平平仄同类；从宽的时候虽可相通，从严的时候它却是独用的，例如：

《玉漏迟》门外星星柳眼（程垓）；蕙圃妖桃过雨（宋祁）；彩挂秋千散后（吴文英）；净洗浮云片玉（吴文英）；犹想乌丝醉墨（周密）；寒木犹悬故叶（张炎）；长苦冰霜压尽（何梦桂）。

《暗香》何逊而今渐老（姜夔）；为问玉（作平）堂富贵（赵以夫）；天际疏星趁马（吴文英）；弥望澄光练净（陈允平）；一见依然似语（张炎）；一笑东风又急（张炎）；不信相如便老（张炎）。

《桂枝香》千里澄江似练（王安石）；寂寞天香院宇（陈允平）；犹记灯寒暗聚（李彭老）；还见沙痕雪外（唐艺孙）；还是秦星夜映（练恕可）；还见青筐似绣（唐珏）。

平脚六言律句，普通只有(平)平仄仄平平和(平)平平仄平平两种，而它们又是通用的，例如：

《醉太平》无端惹起离情（戴复古）—小楼明月调筝（刘过）
《清平乐》红楼桂酒新开（晏几道）—春无踪迹谁知（黄庭坚）
《画堂春》弄晴小雨霏霏（徐俯）—雨余芳草斜阳（黄庭坚）
《临江仙》小楼雾縠空濛（和凝）—更深星斗还稀（赵长卿）
《西江月》更来玉界乘风（史达祖）—有情还似无情（司马光）
《凤凰台上忆吹箫》浪游惯占花深（张炎）—巫山行雨方还（侯寘）
《高阳台》天教绾住闲愁（蒋捷）—翠微高处幽居（李彭老）
《东风第一枝》背阴未返冰魂（张翥）—素盟江国芳寒（高观国）
《风入松》梨花梦与云销（张翥）—轻罗初试朝衫（虞集）

六言律句第一字的平仄，原则上虽可不拘，然而在许多情形之下，仍是固定的。它比五言第一字更显得严格，因为六言是词句的特色，在平仄上往往是一字不苟的，例如：

仄脚

(1)仄仄仄平平仄

《过秦楼》巷陌雨声初断……惹破画罗轻扇……渐懒趁时匀染……一架舞红都变（周邦彦）。

(2)仄仄平平平仄

《夺锦标》万里秋容如拭……冉冉鸾骖鹤（作平）驭……独抱一（作平）天岑寂……忍记穿针亭榭（张野）。

(3)平仄仄平平仄

《离亭燕》风物向秋潇洒……烟外酒旗低亚（张升）；天禄故人年少……争看庾楼人小（黄庭坚）。

(4)仄仄㊥平平仄

《离亭燕》霁色冷光相射……尽入渔樵闲话（张升）；看即锁窗批诏……寄得诗来高妙（黄庭坚）；映水雕甍华牖……背立西风回首（晁补之）。

注意：由《离亭燕》及其他许多词调看来，第一字比第三字更为重要。

(5)平仄平平仄仄

《双双燕》还相雕梁藻井……应是栖香正稳（史达祖）；帘外余香未卷……多少呢喃意绪（吴文英）。

平脚

(1)平平仄仄平平

《双双燕》飘然快拂花梢(史达祖);相将占得雕梁(吴文英)。

《南浦》追思旧日恩情(程垓)。

《望海潮》西园夜饮鸣笳(秦观);何人览古凝眸(秦观);西风晓入貂裘(折元礼)。

(2)仄平㊉仄平平

《满庭芳》为开临御端门(宋徽宗);故园欢事重重(晏几道);画堂别是风光(苏轼);算来着甚干忙(苏轼);晓来到处花飞(黄庭坚);便嫌柳巷花街(黄庭坚);翠光交映虚亭(黄庭坚);夜深玉露初零(秦观);画船天上来时(晁补之);小桥横过松间(晁补之);梦回三岛波间(晁补之);梦中庐阜嵯峨(晁补之);浩然归兴难收(晁补之);举头羞见婵娟(李之仪);梦中还是扬州(李之仪);小晴初断香尘(毛滂);练光浮动余霞(舒亶);几年目断鸡翘(舒亶);使君高会群贤(米芾);阿谁昔仕吾邦(葛胜仲);楚台烟霭空濛(周紫芝);九天春意将回(周紫芝);一枝烟笛谁横(周紫芝);雁飞秋影斜阳(葛郯);梦魂飞绕烟峰(葛郯);午阴佳树清圆(周邦彦);暮云如阵搴开(周邦彦);夜来暑雨初收(晁端礼);分甘抛弃簪缨(晁端礼);晚来天气尤寒(沈会宗);别尊同倒寒晖(陈瓘);断桥流水溶溶(蔡伸);万家帘卷青烟(王庭珪);马头微雪新晴(叶梦得);又还准备佳期(赵长卿);小山愁绝天南(刘子翚);画阑淑景初长(曾觌);怪公喜气轩眉(辛弃疾);物华不为人留(辛弃疾);小园别是清幽(黄公度)。

这是《满庭芳》前阕第三句,与仄仄平仄平平通用。

7.3 六言拗句很多,仄脚平脚都可大别为两类:第二字与第四字平仄相同者;第四字与第六字平仄相同者。兹分别举例如下:

(一)仄脚,第二字与第四字平仄相同者

(1)平平仄平平仄(拗句之中以此类为较常见)

《声声慢》光风荡摇金碧……输他五陵狂客(高观国);尊前渔(宜仄)歌樵曲(李演);冰壶雁程寂寞(陈郁);新醅醉眠凉月(蔡松年);多情怎禁幽独(张翥);如今有谁堪摘(李清照)。

《翠楼吟》今年汉酺初赐(姜夔)。

《齐天乐》殊乡又逢秋晚(周邦彦);佳节(作平)又逢重午(周邦彦);疏蝉又还催晚(杨无咎);凄凄更闻私语(姜夔);扁舟雨晴呼渡(张辑);澄霄卷开清霁(高观国);霜华又随香冷(高观国);斑斑遽惊如许(史达祖);年年怕吟秋兴(史达祖);低低趁凉飞去(史);天东放开金镜(史);萧萧雨声悲切(方岳);如今旧游重省(翁孟寅);霜寒又侵鸳被(洪瑹);声声似愁春晚(方千里);歌蝉暗惊春换(吴文英);疑收楚峰残雨(吴文英);十(作平)年断魂潮尾(吴文英);秋风夜来先起(吴文英);临江暮山凝紫(陈允平);轻霞未匀酥脸(周密);依稀正闻还歇(周密);年年翠阴庭树(王沂孙);重逢可怜俱老(张炎);人行半天严壑(张炎)。

(2)仄平仄平平仄

《喜迁莺》露添牡丹新艳……梦回昼长无事(蒋捷)。

此式与㊥仄仄平平仄通用。

《永遇乐》暗中引雏飞去(蒋捷)。

此式亦与㊥仄仄平平仄通用。

(3)平平仄平㊀仄

《声声慢》池塘彩鸳戏水(刘泾);歌传翠帘尽卷(高观国);徘徊旧情易冷(李演);花神更裁丽质(陈郁);遥怜几重眉黛(蔡松年)。

此式可与平平仄仄仄仄通用,如张翥"相思尚带旧恨"、李清照"三杯两盏淡酒"。

(4)仄平仄平仄仄

《东风第一枝》应时已鞭黛土……菜甲(作平)嫩怜细缕(高观国);旧约(作平)汉宫梦晓……更怜素娥窈窕(高观国);信知暮寒较浅……后盟遂妨上苑(史达祖);大酺绮罗几处……倚窗小梅索句(史达祖);阳梢已含红萼("阳红"宜仄)……倚阑怕听画角(张翥)。

(5)平平㊥平仄仄

《新雁过妆楼》宜城当时放客(吴文英);谁知壶中自乐(吴文英);还思骖鸾素约(陈允平);登临试开笑口(张炎);竹篱几番倦倚(张炎);三十六(皆作平)梯眺远(张炎);湘潭无人吊楚(张炎)。

旧法第三字似但作平;张炎改为平仄不拘。

注意:第二、第四字皆用平声者,第三字必仄,惟《新雁过妆楼》为例外。

(一)仄脚,第四字与第六字平仄相同者

(1)平平仄仄平仄

《诉衷情》临行属付真意(赵长卿);都缘自有离恨(欧阳修);碧(作平)云又阻来信(王益)。

《疏影》无言自倚修竹(姜夔)。

与仄仄㊥平平仄通用。

《雨霖铃》都门帐饮无绪(柳永);西风万里无限(黄裳)。

《南浦》春酲一枕无绪(程垓)。

(2)平平平仄平仄。

《摸鱼儿》曲(作平)尘波外风软……如今游兴全懒(张翥)。

注意:仄韵《声声慢》前阕第三句可以(1)(2)两类通用,例如(1)"还成暮径寒色"(蔡松年);"嫣然困倚修竹"(张翥);"凄凄惨惨戚戚"（李清照）；(2)"园林烟雾如织"（刘泾）；"六年遗赏新续"（李演）。但它又与平平仄平平仄通用，见上文。

(3)平平平仄仄仄

《齐天乐》荆州留滞最久（周邦彦）；沉湘人去已远（周邦彦）；暌离鳞雁顿阻（杨无咎）；溪蒲堪荐绿醑（刘圻父）；风流江左久客（高观国）；孤光天地共影（高观国）；南山依旧翠倚（高观国）；悠然魂堕故里（史达祖）；并刀寒映素手（史）；阑干斜照未满（史）；江南朋旧在许（史）；飞棚浮动翠葆（翁孟寅）；相思情绪最苦（洪瑹）；鳞鸿音信未睹（方千里）；西山横黛瞰碧（吴文英）；南花清斗素靥（吴）；当时湖上载酒（吴）；流红江上去远（吴）；桃溪人住最久（吴）；坡翁诗梦未老（陈允平）；还思前度问酒（陈允平）；东风千树易老（周密）；天寒宫怨赠远（周）；萧台应是怨别（周）；轻鬟犹记动影（周）；铜仙铅泪似洗（王沂孙）；欢游曾步翠窈（张炎）；销忧何处最好（张）；寒香深处话别（张）；幽寻闲苑邃阁（张）；相逢何事欠早（张）；阳关须是醉酒（张）；泉源犹是故迹（张）；鱼龙吹浪自舞（张）；依依心事最苦（张）；寻泉同步翠杳（张）；当年曾见汉馆（张）；刘郎今度更老（刘澜）；文园憔悴顿老（李莱老）；微薰庭院昼永（练恕可）。

《绮罗香》长安谁问倦旅（张炎）；熏篝须待被暖（张翥）。

注意：《齐天乐》和《绮罗香》都在后阕起句用此式，大约是后者模仿前者而成的。

(4)平平㊀仄仄仄。

《新雁过妆楼》琴心锦意暗懒（陈允平）；明朝柳岸醉醒（张炎）；寒香应遍故里（张炎）；十（作平）年孤剑万里（张炎）。

注意：此式与平平仄平仄仄通用，例如吴文英"江寒夜枫怨落""红牙润沾素手"，张炎"香深与春暗却""朝来自然爽气"。参看上文(一)(3)。

(5)仄平平仄平仄

《念奴娇》算应局(作平)上销得……烂柯应笑凡客(宋徽宗);为谁消遣愁目……梦游天柱林屋(葛郯);又还淑(作平)景催逼……万般都在胸臆(周邦彦);绿杨依旧南陌……寸肠千恨堆积(沈公述);镜中空叹华发……为君肠断时节(蔡伸);尽凭枝上莺语……恨随江水东注(赵师侠);数声时颤窗纸……故乡江上鱼美(赵长卿);卷帘留伴明月……一枝当为君折(张纲);背人无计留得……月华空照相忆(李弥逊);鼎来同醉孤绝……梦回犹悚毛发(张元干);有人偷记新阕……金瓯千古无缺(曾觌);为谁高卧烟渚……浩然吾欲高举(王自中);恍然飞上空碧……为君重喷霜笛(陆凝之);万苞空间黄竹……但余诗兴天北(侯寘);晓来衣润谁整……夜深花睡香冷(辛弃疾);满空凝淡寒色……梦魂飘荡南北(范成大);定知天相行色……旧楼何处西北(陈三聘);广寒宫殿长笛……画檐高挂虚碧(张孝祥);为谁依旧佳色……未知何处相忆(袁去华);倚阑疑匪人世……明朝犹可同醉(刘克庄);郁葱环拱吴越……海门飞上明月(吴琚);嫩莺啼破春昼……断肠空叹诗瘦(张镃)。

(三)平脚,第二字与第四字平仄相同者

(1)平仄仄仄平平

《新雁过妆楼》都是惜别行踪(吴文英);难破万户连环(吴文英);犹带数点残萤……双鬓半已星星(陈允平);乐(作平)意稍稍渔樵……飞梦便觉迢遥……清气顿扫花妖(张炎);墨(作平)晕净洗铅华……时到素壁檐牙(张炎);无限古色苍寒……尘事竟不相关(张炎);春事正满东篱……聊伴老圃斜晖(张炎)。

注意:此式偶然可与平平仄仄平平通用,如吴文英“浑疑珮玉丁东”、陈允平“微茫水满烟汀”、张炎“秋风冉冉吹衣”。

《过秦楼》人静夜久凭阑(周邦彦)。

(2)仄仄仄仄平平

《玉漏迟》早是赋得多情(宋祁);不是惯却春心(程垓);夜久绣阁藏娇(吴文英);扰扰马足车尘(元好问);且唱一曲渔歌(刘因);浪走紫陌红尘(张野);缅想那日欢娱(刘基)。

注意:此式偶然可与仄平仄仄平平通用,如吴文英“每圆处即良宵”、周密“雨窗梦短难凭”。

(3)仄仄平仄平平

《满庭芳》万里家在岷峨(苏轼);上有千仞嵯峨(苏);算只君与长江(苏);万里烟浪云帆(苏);万里名动京关(黄庭坚);画角声断谯门(秦观);败叶零乱空阶(秦);骤雨方过还晴(秦);帝所分落人间(陈师道);院落槐午阴晴(毛滂);败叶飞破清秋(程令時);上有苍翠千峰(葛郯);又是秋满平湖(程垓);小小佳处西安(石孝友);偏惹蝶骇莺猜(沈麐)。

注意:此式在北宋本是正例,其后渐与仄平仄仄平平通用,终被后者所代。参看上文。

《洞仙歌》一点明月窥人(苏轼);翠羽不称标容(晁补之);杳霭碧落天高(葛郯);玉管吹彻伊州(王安中);已恨飞镜欢疏(晏几道)。

注意:此式与三字豆合成九字句,第三字可仄。参看下文。凡第二第四字俱仄者,第五字必平。

(四)平脚,第四字与第六字平仄相同者

㊥仄平平仄平

《调笑令》谁复商量管弦(王建);依旧楼前水流(冯延巳);

醉卧谁家少年(冯延巳);不道帏屏夜长(冯延巳)。

《过秦楼》谁信无聊为伊(周邦彦)。

注意:凡第三、四、六字俱平者,第五字必仄。

7.4 六字句的意义节奏如果是二—四,或四—二,就和音律节奏相配合,没有什么特别的地方;如果是三—三,和六言的音律节奏不相配合,就值得特别注意了。词谱对于后者,往往在第三字的后面注一个“豆”字。现在试举数例(以—代“豆”)如下:

(1)仄㊀仄—平平仄

《青玉案》遣黄耳—随君去(苏轼);极目送—归鸿去(黄庭坚);这身世—如何去(李之仪);但目送—芳尘去(贺铸);向醉里—添姿媚(毛滂);暗凄断—伤春眼(周紫芝);送秋水—连天去(谢逸);久没个—音书去(廖行之);向三径—开桃李(赵长卿);小院里—春如许(侯寘);恰洗尽—黄茅瘴(陆游)。

(2)㊀㊀仄—平平仄

《御街行》夜寂静—寒声碎……酒未到—先成泪(范仲淹);惟只爱—梅花发……最嫌把—铅华拭(杨无咎);供望眼—朝与(宜平)暮……更旎旎—真香聚(辛弃疾);向客里—方知道……忍双鬓—随花老(程垓);说不尽—无佳思……人催下—千行泪(李清照);来夜半—天明去(张先);夜耿耿—如年永(刘基)。

《薄幸》自过了—烧灯后(贺铸);怎忘(《词律》云去声)得—回廊下(吕渭老)。

(3)平平仄—平平仄

《水龙吟》除非是—真仙子(柳永);知辜负—秋多少(苏轼);红成阵—飞鸳甃(秦观);高歌下—青天半(晁补之);今憔悴—东风里(晁补之);冰壶莹—真无价(李之仪);空零落—愁莺燕(孔武仲);偏勾引—黄昏泪(周邦彦);先催趁—朱颜老(叶

梦得）；须信道—忘来去（李纲）；无从诉—心中喜（杨无咎）；争妆点—潇湘好（侯寘）；无人会—登临意（辛弃疾）；真儒事—君知否（辛弃疾）；知谁伴—风前醉（韩元吉）；风流在—尚堪继（“尚”字不合）（袁去华）；茶瓯外—惟贪睡（刘克庄）；还疑是—相逢晚（卢祖皋）。

注意：南宋以后，渐变为平仄仄—平平仄。

（4）㊀仄仄—仄平平

《诉衷情》故画作—远山长（欧阳修）。

第八节　词字的平仄（三）——七字句

8.1　七字句。七字句也像五字句一样，可分为律拗二种。律句就是普通的七言律诗的句子。仄脚的七言律句以㊥平㊀仄平平仄为最常见，㊀仄㊥平平仄仄为较少见；平脚的七言律句以㊥平㊀仄仄平平为最常见，㊀仄平平仄仄平为较少见，但不像五字句平平仄仄平那样罕见，例如：

（1）㊥平㊀仄平平仄

《菩萨蛮》前第一、第二句。《丑奴儿》前后第一句。《忆秦娥》前后第二句及后第一句。《桃源忆故人》前后第一句。《眼儿媚》后第一句。《贺圣朝》前第一句。《惜分飞》前后末句。《虞美人》前后第一句。《一斛珠》前后第二、第三句。《踏莎行》前后第三、第五句。《蝶恋花》前后末句。《河传》后第一句。《渔家傲》前后第二、第五句。《青玉案》前后第一句。《千秋岁》前后末句。《风入松》前后第三句。《御街行》前后第一句。《满江红》前后第七句。《烛影摇红》前后第二句。《换巢鸾凤》后第九句。《庆春泽》前后第六句及后第一句。《桂枝香》前后第六句。《齐天乐》前第一句。

(2) ㊀仄仄㊁平平仄仄

《谒金门》前后第三句。《醉花阴》前后第一句。《浪淘沙》前后第四句。《南乡子》前后第三句。《一斛珠》后第一句。《临江仙》前后第一句。《蝶恋花》前后第一、第四句。《渔家傲》前后第一、第三句。《苏幕遮》前后第五句。《青玉案》前后第三句。《天仙子》前后第一、第二、第六句。《离亭燕》前后第三句。《何满子》前后第三句。《满江红》前第六句及后第七句。《念奴娇》前第三句及后第四句。

(3) ㊁平㊀仄仄平平

《忆王孙》第一句。《诉衷情》前第一句。《好事近》后第一句。《误佳期》前后第三句。《阮郎归》前后第三句及前第一句。《画堂春》前后第三句及前第一句。《摊破浣溪沙》前后第二句。《眼儿媚》前第一句。《贺圣朝》前第三句及后第四句。《南歌子》前后第三句。《浪淘沙》前后第三句。《虞美人》前后第三句。《鹊桥仙》前后第四句。《踏莎行》前后第四句。《临江仙》前后第三句。《一剪梅》前后第四句。《天仙子》前后第三句。《风入松》前后第一句。《御街行》前后第三句。《潇湘夜雨》前第四句。《烛影摇红》前后第三句。《换巢鸾凤》前第六句。《多丽》前后第九句。

注意:有些词调是像律诗或绝句,以(2)(3)两式对着用的(并不一定是对仗),例如南唐后主《忆江南》"还似旧时游上苑,车如流水马如龙";《捣练子》"无奈夜长人不寐,数声和月到帘栊";南唐中主《摊破浣溪沙》"细雨梦回鸡塞远,小楼吹彻玉笙寒"。

(4) ㊀仄平平仄仄平

《卜算子》前后第三句。《摊破浣溪沙》前第一句。《南乡子》前后第二、第五句。

注意:有些词调是以(1)(4)两式对着用的,例如晏几道《鹧鸪天》"舞低杨叶楼心月,歌尽桃花扇影风";又"今宵剩把银釭照,犹恐相逢是梦中”。另有些词调的(4)式七言句第五字是平仄通用的,例如《捣练子》第三句,《长相思》前后第三句,《减字木兰花》前后第四句,《丑奴儿》前后第四句,《鹧鸪天》前第一句及前后末句,《一剪梅》前后第一句,等。

8.2 七言准律句,仄脚的有 ㊀ 仄平平仄平仄(第三字必平),平脚的有 ㊀ 仄平平平仄平。关于前者,在少数词调里是和律句 ㊀ 仄 ㊉ 平平仄仄通用的,例如:

《摊破浣溪沙》还与韶光共憔悴(南唐中主)—风里落花谁是主(南唐中主)

《清平乐》玉帐鸳鸯喷兰麝(李白?)—百草巧求花下斗(李白?)

然而在多数情形之下,㊀ 仄平平仄平仄是独用的,例如:

《感皇恩》欢喜梅梢上春信……佳景闲过舞衣褪(晁补之);罗袜尘生步迎顾……花底深朱户何处(贺铸);江月娟娟上高柳……小小微风弄襟袖(毛滂);年少衔杯可追记……何似归来醉乡里(毛滂);小院重帘燕飞碍……不惜罗襟揾眉黛(晁冲之);水阁桥南路凝伫……存取笙歌住休去(晁冲之);绛蜡烧残暗催晓……富贵应须致身早(周紫芝);山北山南共来去……飞下彤庭伴鹓鹭(周紫芝);云共谁来共谁去……记取孤飞水边鹭(周紫芝);绿遍池塘夜来早……数点烟中水村小(葛郯);空羡青青岸边草……睡起流莺语声小(葛郯);独占春光最多处……凭仗青鸾道情愫(周邦彦);斗柄垂寒暮天静……自叹多愁更多病(周邦彦);人面依然似花好……回首高城似天杳(赵企);轻袅腰肢妒垂柳……罗袂残香忍重齅(蔡伸);椎鼓鸣桡送君去……听不能终泪如雨(王庭珪);门掩苍苔锁寒径……一片飞花堕红影(康与之);只恐尊前被花笑……今古销沉送人老(曾觌);唤得笙歌劝君酒……待与青春斗长久(辛弃疾);会说忘言

始知道……白发多时故人少(辛弃疾);正好春盘细生菜……凤阁鸾台看除拜(陆游);漠漠孤云未成雨……莫怕功名欠人做(陆游);云断巫阳梦能到……点点繁红又多少(韩淲);月榭风亭更霞牖……一斗谁能问千首(韩淲);拈起诗人旧公案……佳处何妨小留款(黄升);云海微茫露晴岫……老去去涯殢尊酒(韩玉);喜鹊桥成渺云步……回首星津又空渡(党怀英)。

《洞仙歌》水殿风来暗香满……时见疏星度河汉(苏轼);满槛煌煌看霜晓……因甚东君意不(作平)到(晁补之);紫绂丹麾彩鸾驭……一枕风轻自无暑(葛郯);八极浮游气为驭……碧树秋来暗消暑(葛郯);鹊起高槐露华透……怎不相寻暂携手(王安中);冷蕊疏枝为谁好……绮思凭花更娟妙(刘一止);独倚胡床酒初醒……惆怅明妆晓鸾镜(刘光祖);待足人生甚时足……杳杳归鸦去鸿逐(韩淲);梦破初闻竹窗响……醉帽冲风自来往(沈端节);宿雨初收好风景……木落淮南见山影(沈端节);唯是停云想亲友……短烛心悬小红豆(蒋捷);轻掷诗瓢付流水……不见当时谱银字(张炎);苍雪纷纷堕晴藓……消得梅花共清浅(张炎)。

《暗香》不管清寒与攀摘……红萼无言耿相忆(姜夔);得意西湖酒初醒……孤鹤长鸣夜方永(赵以夫);公馆青红晓云湿……涂粉闹深早催入(吴文英);闲数河星手堪摘……时拊遗踪暗嗟忆(陈允平);学舞波心旧曾识……三十六(作平)宫土花碧(张炎);寂寂行歌古时月……花暗闲门掩飞蝶(张炎);极目凝思倚江阁……闲扫松阴与谁酌(张炎)。

《雨霖铃》暮霭沉沉楚天阔(柳永);送两程愁作行色(黄裳)。

关于后者(⑥仄平平平仄平),除了与律句⑥仄平平仄仄平通用之外,像下列的两种词调,是以⑥仄平平平仄平为正则的。这与五言准律句稍有不同:前者是孤平拗救,所以是仄平平仄平;

后者并非孤平拗救，所以第三字仍须是平声，不过第五字也用平声罢了，例如：

《忆王孙》柳外楼高空断魂……杜宇声声不(《词律》云作平)忍闻……雨打梨花深闭门(秦观？李重元？)。

《沁园春》当日何曾轻负春……短艇湖中闲采莼(陆游)。

8.3　在七言律诗，每句第一字和第三字的平仄是不拘的(B式句是例外)；但是，在词里，有些地方的七字句，连第一、第三两字的平仄也是固定的，例如：

(一)律句

(1)平平仄仄平平仄

《贺新郎》东君自是人间客(毛开)；江南旧事休重省(李玉)。

《疏影》昭君不惯胡沙远……还教一片随波去(姜夔)；依稀倩女离魂处……还惊海上燃犀去(张炎)。

《薄幸》轻嚬浅笑娇无奈(贺铸)；花间隔雾遥相见(吕渭老)；人间昼永无聊赖(贺铸)。

《雨霖铃》多情自古伤离别(柳永)；飞帆过浙西封域(黄裳)。

《摸鱼儿》兰舟同上鸳鸯浦……山容水态依然好(张翥)。

《摸鱼儿》第三字不拘平仄。

(2)仄平平仄平平仄

《南浦》断肠唯有流莺语……问谁犹有凭阑处(程垓)。

(3)仄仄平平平仄仄

《惜分飞》钏阁桃腮香玉溜……碧唾春衫还在否(陈允平)；泪湿阑干花着露……断雨残云无意绪(毛滂)。

注意：《词律》虽云第一字可平，究以用仄为正则。

(4)平平平仄㊀平平

《春风袅娜》邻墙桃影伴烟收（冯艾子）；终愁人影隔窗纱（朱彝尊）。

（5）仄平平仄仄平平

《望海潮》乱分春色到人家……暗随流水到天涯（秦观）。

《望海潮》又一体　苎萝村冷起闲愁（秦观）；五更残角月如钩（折元礼）。

《南浦》又一体（平韵一百二字）两眉余恨倚黄昏（鲁逸仲）；阑（宜平）干空际水波明（喻综）。

（二）准律句

（1）仄仄平平仄平仄

《春风袅娜》隔院兰馨趁风远（冯艾子）；纵许悠扬度朱户（朱彝尊）。

（2）仄仄仄平仄平仄

《雨霖铃》泪眼竟无语凝咽（柳永）；去即去多少人惜（黄裳）。

注意：柳词或云“泪眼”二字当连上读，黄词“去即去”是三字豆。

（3）仄仄平平平仄平

《春风袅娜》笑挽罗衫须少留（冯艾子）；惹却黄须无数花（朱彝尊）。

真正的七言拗句颇为罕见，现在只举两个例子：

㊀仄㊁平平平仄

《贺新郎》落尽一番新桃李……况是单栖饶惆怅……走马插花当年事……杳隔天涯人千里（毛开）；芳草王孙知何处……月满西楼凭阑久（李玉）。

注意:毛幵于前后阕第四、第七句皆用拗,李玉仅于前后第四句用拗,高观国则全用律句。由此看来,《贺新郎》应共有三体。

㊣仄平平仄平平

《换巢鸾凤》天念王昌忒多情(史达祖)。

8.4　七字句的意义节奏如果是四—三,就和音律节奏相配合,没有什么值得特别注意的;如果是三—四,和七言的音律节奏不相配合,就显得是两句合成一句了。《词律》对于后者,在第三字的后面注一个"豆"字。现在试举出若干例子(以—代"豆"),如下:

(一)平脚加仄脚

(1)仄平平—仄平平仄

《桂枝香》背西风—酒旗斜矗(王安石);幻清虚—广寒宫阙(陈允平);且开颜—共倾芳液(李彭老);望明河—月残疏柳(唐艺孙);任年年—褪筐微绿(练恕可);怅东流—几番潮汐(唐珏);倚秋风—乍惊郎目(张翥);怕群花—自嫌凡俗(陈亮);一分秋——分憔悴(张辑);共飘零—几年霜雪(张炎)。

《摸鱼儿》涨西湖—半篙新雨(张翥)。

《解佩令》点丹青—画成秦女(晏几道);怎禁他—孟婆合(作平)皂(蒋捷)。

(2)仄平平—平平平仄

《解佩令》最难忘—遮灯私语(史达祖);忍霜纨—飘零何处(晏几道)。

(3)仄平平—㊈平平仄

《水龙吟》待佳人—新妆初试(柳永);笑纷纷—落花飞絮(苏轼);怅佳期—参差难又(秦观);贺家湖—千峰凝翠(晁补之);怪春衣—雪沾琼缀(章楶);污残妆—不胜娇凤(孔平仲);

正前村—雪深幽曙(孔武仲);更冥冥——帘花雨(向子諲);下瑶台—醉魂初醒(曾觌);到如今—凛然生气(辛弃疾)。

《声声慢》露荷翻—千点(宜平)珠滴(刘泾);误惊回—瑶台仙迹(高观国);但溶溶—翠波如縠(李演);涨江波——奁梳掠(陈郁);恨相逢—少于行役(蔡松年);甚凄凉—未忺妆束(张翥);怎敌他—晚来风急(李清照)。

(4)仄平平—平平仄仄

《烛影摇红》更那堪—频频顾盼……凭阑干—东风泪眼(周邦彦);记当日(作平)—朱阑共语……悄无人—舟横野渡(廖世美);向雕梁—初成对偶……要消遣(宜平)—除非殢酒(赵长卿);怪今年—春归太早……宴亲宾—团栾同(宜仄)笑(张镃);傍垂杨—行行缓辔……对尊前—高情暂寄(赵善扛),镂冰丝—红纷绿闹……喜搀先—椒盘竹爆(方岳);映罗图—星晖海烂……贺朝霖—催班正殿(吴文英);驾飞虬—罗浮路远……又晴霞—惊飞暮管(吴文英);彩旗翻—宜男舞遍……素娥愁—天长信远(吴文英)。

《贺新郎》最惊心—春光晼晚……暂时来—匆匆却去(毛开);醉沉沉—庭阴转午……遍天涯—寻消问息(李玉)。

注意:《词律》虽于毛词“春”字下注云“可仄”,究以用平为正。

(5)仄平平—㊥平㊀仄

《多丽》正参差—烟凝紫翠……待苏堤—歌声散尽(张翥)。

注意:《词律》云第四字可仄,第六字可平。

(6)仄平平—平仄平仄

《桂枝香》但寒烟—衰草凝绿(王安石);洒西风—非雨非雪(陈允平);拚今生—容易消瘦(唐艺孙);但沙痕—空记行迹(唐珏);葺湘荷—芳杜为屋(张翥);看尊前—双鬓仍绿(吴子孝);

听商歌—归兴千里(张辑)。

(7)仄平平—仄仄平仄

《换巢鸾凤》醉芙蓉——帐春晓(史达祖)。

(8)仄平平—平仄仄仄

《声声慢》照黄昏—眠又未得(刘泾);怕南楼—吹断晓笛(高观国);约间峰—多占秀碧(蔡松年);且莫(作平)辞—花下秉烛(张翥)。

(二)仄脚加仄脚

(1)㊀㊀仄—平平平仄

《双双燕》又软语—商量不(作平)定(史达祖);共斜入—红楼深处(吴文英)。

《玉漏迟》弄笑脸—红筛碧(作平)沼(宋祁);看谁是—当时风月(程垓);胜花影—春灯相乱(吴文英);惊醉语—香红围绕(周密);更说甚—风标清窈(何梦桂);又不与—巢由同调(元好问);又怕听—啼花莺晓(张翥);辜负却—花前欢笑(白朴);恍夜色—明于晴昼(张野)。

(2)仄平仄—平平平仄

《翠楼吟》听毡幕—元戎歌吹……叹芳草—萋萋千里(姜夔)。

《夺锦标》早收拾—新愁重织……又依稀—行云消息(张野)。

注意:《夺锦标》此处第三字不拘平仄。

(3)仄仄仄—平平仄仄

《桂枝香》念自昔—豪华竞逐(王安石);甚赋得—仙标道骨(陈允平);与那日—新诗换得(李彭老);渐嫩菊—初蓊绿酒(唐艺孙);叙旧别—芳笾荐玉(练恕可);更喜荐—新笾玉液(唐珏);记旧日—凡葩枉逐(吴子孝);料此去—清游未歇(张炎);

甚两两—凌风驾虎（詹正）；看万里—跳龙跃虎（王学文）。

《薄幸》更滴滴—频回盼睐（贺铸）；昼寂寂—梳匀又懒（吕渭老）。

《柳梢青》误几度—回廊夜色（张元干）。

(4)仄仄仄—平平㊉仄

《鹊桥仙》映夹岸—星榆点缀……恁恐把—欢娱容易（欧阳修）；别泪作—人间晓雨……共一访—痴牛骏女（黄庭坚）；便胜却—人间无数……又岂在—朝朝暮暮（秦观）；无计学—双鸾并驾……怎奈向—月（作平）明今夜（李之仪）；又冷落—一（作平）时吹醒……更肯被—游丝牵引（毛滂）；忍便拥—双旌归去……早晚是—西楼望处（舒亶）；喜共浥—初筵清露……为一洗—朦胧今古（葛胜仲）。

(5)仄仄仄—㊉平平仄

《疏影》但暗忆—江南江北……又却怨—玉龙哀曲（姜夔）；缓步出—前村时节……照水底—珊瑚疑活（张炎）。

《解佩令》奈燕子—不曾飞去（史达祖）；自剪下—机中轻素（晏几道）。

(6)平仄仄—㊉平平仄

《暗香》都忘（去声）却—春风词笔……千树压—西湖寒碧（姜夔）；分付与—元晖才笔……今古但—双流一（作平）碧（陈允平）；流水远—几回空忆……无数满—汀洲如昔（张炎）；犹未减—当时行乐……轻误了—灯前深约（张炎）。

《薄幸》都不见—踏青挑菜（贺铸）；携手处—花明月（作平）满（吕渭老）。

(7)仄仄仄—平平平仄

《贺新郎》但燕子—归来幽寂……奈老去—流光堪惜（毛开）；渐玉枕—腾腾春醒……又只恐—瓶沉金井（李玉）。

（8）仄平仄—㊀平平仄

《祝英台近》酒阑后—欲行难去……对鸾镜—终朝凝伫（赵长卿）；更谁劝—流莺声住……却不（作平）解—带将愁去（辛弃疾）；又都被—杜鹃催攒……奈依旧—夜寒人远（程垓）；为花醉——鞭春色……乱红碎——庭风月（刘过）。

（9）㊥㊀仄—㊥平㊥仄

《解语花》看楚女—纤腰一（作平）把……惟只见—旧情衰谢（周邦彦）；几曾放—好春闲了……都缘是—那时年少（周邦彦）；对好景—芳尊满把……愁万炬—绛莲分谢（方千里）；空点点—年华别泪……应剪断—红情绿意（吴文英）；爱雪柳—蛾儿笑把……东风里—万红初谢（陈允平）。

注意：《词律》未云第六字可仄。

《满江红》曾记得—少陵旧语（晏几道）；笑粉蝶—游蜂未觉（张先）；无非是—奇容艳色（柳永）；愁目断—孤帆明灭（苏轼）；雪又满—晚来风急（周紫芝）。

（10）㊥㊀仄—㊥平平仄

《东风第一枝》看洒落—仙人风表……好赞助—清时廊庙（高观国）；怕烦恼—诗边心绪……愿岁岁—春风相遇（高观国）；做弄出—轻风纤软……便放慢—春衫针线（史达祖）；想占断—东风来处……怎忍俊—天街酥雨（史达祖）；照花影——（作平）天春聚……念娇俊—知人无据（史达祖）；谁惊起—晓来梳掠……记半面—浅窥珠箔（张翥）。

注意：第四字本当用平，张翥改为用仄。

(11)平仄仄—仄平仄仄

《东风第一枝》香梦醒—几花暗吐(高观国);青未了—柳回白眼(史达祖);今夜觅—梦池秀句(史达祖);云淡淡—粉痕渐薄(张翥)。

注意:这是后阕首句,与(10)异。

《暗香》吹尽也—几时见得(姜夔);催去也—再调玉鼎(赵以夫);湖上柳—两堤翠匝(吴文英);蓑共笠—小舟泛得(陈允平);烟浪里—卧横紫笛(张炎);堤上柳—此时共折(张炎);归未得—几曾忘(去声)却(张炎)。

(12)平仄仄—仄平平仄

《雨霖铃》杨柳岸—晓风残月(柳永);新谷破—雪堆香粒(黄裳)。

(13)仄仄仄—仄平平仄

《换巢鸾凤》谩几度—泪痕相照(史达祖)。

(14)仄㊥仄—㊀平㊥仄

《多丽》未弹了—昭君遗怨……竟叹赏—檀槽倚困(晁补之);自湖上—爱梅仙远……见一片—水天无际(张翥);画堂迥—玉簪琼佩……忍分散—彩云归后(聂冠卿)。

注意:第四、第六两字虽不拘平仄,但不能两字俱仄;上文(9)同。

(三)仄脚加平脚

(1)平㊥仄—㊀仄平平

《满庭芳》空回首—弹铗悲歌……应烂汝—腰下长柯(苏轼);悠悠过—烟渚沙汀……尘劳事—有耳谁听(秦观);空自

许—激烈寒讴……丹枫外—江色凝秋(晁补之);东篱下—黄菊阑珊……留不住—当日朱颜(舒亶);星桥外—香霭霏霏……嫦娥怨—底事来迟(赵长卿);依旧是—萍满春池……空肠断—怎得春知(辛弃疾)。

《凤凰台上忆吹箫》风细细—云日斑斑……清世里—曾共人闲(晁补之);秋较浅—不似情深……人间事—独此难禁(吴元可);香细细—粉瘦琼闲……花似我—蓬鬓霜斑(侯寘);多少事—欲说还休……应念我—终日凝眸(李清照);刚刚踢—误挂花间……春去也—欲转何官(赵文)。

(2)平仄仄—仄仄平平

《过秦楼》空见说—鬓怯琼梳(周邦彦)。

注意:此亦可认为十一字句,因下文“容销金镜”四字可连上读。

(3)平仄仄—平仄仄平

《喜迁莺》君听取—莺啭绿窗(蒋捷);天意教(宜仄)—人月更圆(吴礼之)。

(4)仄平仄—仄仄平平

《春风袅娜》万千事—欲说还休(冯艾子)。

(5)㊀仄仄—㊀仄平平

《暗香》但怪得—竹外疏花(姜夔);向岁晚—竹翠松苍(赵以夫);尽换却—吴水吴烟(吴文英);烟溆阔—云远波平(陈允平)。

(四)平脚加平脚

(1)仄平平—㊀仄平平。

《瑞鹤仙》有邦人—万口同声……看封留—亘古功名（赵长卿）；把铜壶—暖泛金杯……看流芳—继踵韦平（张元干）；卷珠帘—尽日笙歌……喜皇都—旧日风光（康与之）；又谁知—天上黄姑……最难禁—扇底横枝（侯寘）；倚东风—一笑嫣然……但伤心—冷落黄昏（辛弃疾）；自箫声—吹落云东……对南溪—桃萼翻红（史达祖）。

《绮罗香》甚荒沟—一片凄凉……记阴阴—绿遍江南（张炎）；渐惊他—秋老梧桐……一声声—滴在疏篷（张翥）。

《高阳台》叹飘零—亭上黄昏……最愁人—啼鸟晴明（吴文英）；未归来—应恋花洲……杏园诗—应待先题（吴文英）；好伤情—春也难留……莫思量—杨柳湾西（蒋捷）；更凄然—万绿西泠……莫开帘—怕见飞花（张炎）；夜沉沉—不信归魂……更关情—秋水人家（张炎）；尽萧闲—浴研临池……照窗明—小字珠玑（李彭老）。

(2)仄㊥平—仄仄平平

《声声慢》（平韵的）宝舆还—花满钧台……共乘欢—怎忍归来（宋徽宗）；笑等闲—桃李芳菲……殢东君—只索饶伊（宋徽宗）；有许多—潇洒清奇……尽忙时—也不相离（李弥远）；占冷妆—不为人妍……对翠禽—依约神仙（吴潜）；趁西风—不响云尖……映风林—钩玉纤纤（吴文英）；染征衫—点点红滋……散春红—点破梅枝（石孝友）。

(3)仄平平—仄仄平平

《锁窗寒》到归时—定有残英（周邦彦）；再相逢—拚解雕鞍（方千里）；踏青归—醉宿兰舟（陈允平）；最难禁—向晚凄凉（王沂孙）；傍新晴—隔柳呼船（张炎）；倚何时—再觅珍丛（萧允之）；望瑶阶—窣地双鸳（无名氏）。

《夺锦标》恨人间—会少离多……听窗前—泪雨浪浪(张野)。

(4)仄平平—㊣仄仄平

《声声慢》(平韵的)听行歌—犹在禁街(宋徽宗);算百(作平)花—犹自未知(宋徽宗);怨王孙—犹自未归(赵长卿);到成阴—终待共游(赵长卿);胆瓶儿—枕畔数枝(李弥远);愿年年—人似旧游(辛弃疾);怕征人—泪落塞边(吴文英);带黄花—须插满头(周密);望并州—却是故乡(张炎);甚闲人—犹自未闲(张炎);怕东风—犹在杏花(尹济翁);听江头—肠断数声(张翥)。

(5)仄平平—平仄仄平

《锁窗寒》想闲窗—针线倦拈(杨无咎);待何时—重睹太平(张先);想东园—桃李自春(周邦彦);算章台—杨柳尚存(方千里);问如今—山馆水村(王沂孙);那知人—弹折素弦(张炎);想竹间—高阁半间(张炎);似无情—重雾又垂(无名氏)。

注意:此系《锁窗寒》后阕第七句,偶然与前阕第六句的平仄相通,下四字变为仄平仄平,如吴文英"比来时—瘦肌更消"、萧允之"斜(宜仄)阳又西"。参看下文(6)。

(6)仄平平—仄平仄平

《锁窗寒》洒空阶—夜(或作"更",误)阑未休(周邦彦);奈春光—困人正浓(方千里);傍秋千—红(宜仄)云半湿(作平)(陈允平);看梅阶—雪痕乍铺(王沂孙);想曲(作平)江—水边丽人(张先);渺征槎—去乘阆风(吴文英);想如今—醉魂未醒(张炎);爱空纹—巧匀曲波(无名氏);怕依然—旧时燕归(张炎)。

注意:此系《锁窗寒》前阕第六句,偶然与后阕第七句的平仄相通,下四字变为平仄仄平,如杨无咎"忆前回—庭树未春"、萧允之"对东风—回首旧游"。

(7)仄仄平—仄⃝仄平平

《疏影》想佩环—月夜归来……等恁时—重觅幽香(姜夔);看夜深—竹外横斜……做弄得(作平)—酒醒天寒(张炎)。

(8)平仄平—平仄平平

《解语花》箫鼓喧—人影参差……清漏移—飞盖归来(周邦彦);芳意阑—可(宜平)惜香心……惊梦回—懒(宜平)说相思(周邦彦);花雾浓—灯火荧煌……更漏残—惊听西楼(方千里);花鬓愁—钗股笼寒……沈醉归—残角霜天(陈允平)。

(9)仄平⃝平—平仄平平

《薄幸》记画堂—风月逢迎(贺铸);记年时—偷掷春心(吕渭老)。

(五)平脚或仄脚加仄脚

(1)仄平⃝平⃝—平平⃝仄仄

《瑞鹤仙》过短亭—何用素约(周邦彦);念当年—悲伤宋玉(赵长卿);拥南斗—光中一醉(赵长卿);怕韶光—容易过却(张元干);见银烛—星毬有烂(康与之);索新词—犹自怨别(康与之);认残梅—吹散画角(曾觌);更晓来—云阴雨重(杨无咎);更何堪—临岐送客(侯寘);叹何时—重见桂菊(侯寘);更重重—龙绡衬著(辛弃疾);正遐想—幽人泉(宜仄)石(辛弃疾);尚岩花—娇黄半吐(袁去华);种桃花—亲烦素手(赵彦端);甚偏与—芒鞋相(宜仄)称(高观国);便不念—芳盟未稳(史达祖);恨别来—辜负厚约(方千里);暮砧催—银屏剪尺(吴文英);似追昔—芳销艳灭(蒋捷);尚隐约—当时院宇(张炎)。

(2)仄平平(或仄⃝仄⃝仄)—平⃝平平⃝仄

《蓦山溪》剪红莲—满城开遍……问归期—相思望断(欧阳

修);照文星—老人星聚……雁不来—啼鸦无数(黄庭坚);尽湖南—山明水秀……绿成阴—青梅如豆(黄庭坚);堪一饮—霜毛却翠……倒尊空—烛堆红泪(晁补之);过西风—飞鸿去后……看一曲—尊前舞袖(晁补之);悄无个—眼中翘秀……把相思—翻成红豆(李之仪);更忍把——杯重劝……应醉恋—曲江池馆(李元膺);拊轻榔—游鱼惊避……泛一棹—夷犹未已(周邦彦);是当年—仙翁手植……更愁入—山阳夜笛(姜夔);好一个—无聊底我……落梅村—篮舆夜过(陆游);又还傍—绿杨轻避……问此恨—何时是已(方千里);雨初晴—娇云弄暖……想怕晚—贪春未惯(石孝友)。

(3)仄㊣㊀—㊀平平仄

《绮罗香》似花绕—斜阳芳树……尽化作—断霞千缕(张炎);藕花外—嫩凉消暑……又怎禁—夜深风雨(张翥)。

(六)平脚或仄脚加平脚

仄仄㊣—平仄平平

《东风第一枝》意转新—无奈吟魂……要等得—明日新晴(高观国);似妙句—何逊扬州……羡韵高—只有松筠(高观国);料故园—不(作平)卷重帘……怕风靴—挑菜归来(史达祖);暗惹起——(作平)掬相思……待过了——(作平)月灯期(史达祖);看翠光—金缕相交……想袖寒—珠络藏香(史达祖);是月斜—窗外幺禽……甚时(宜仄)得—重写鸾笺(张翥);喜凤钗—才卸珠幡……好趁闲—共(宜平)整吟鞯(赵崇霄)。

这种上三下四的七字句也可用十四个字造成对仗,例如:

(1)仄平平—㊣平㊀仄;㊣㊣㊀—㊀仄平平。

《多丽》馆娃归—吴台游鹿;铜仙去—汉苑飞萤。……藕花深—雨凉翡翠;菰蒲软—风弄蜻蜓(张翥)。

(2)平仄仄—平平仄仄;平仄仄—平仄平平。

《潇湘夜雨》香渐远—长烟袅穟;光不定—寒影摇红。……开正好—银花照夜;堆不尽—金粟凝空(赵长卿)。

8.5 凡上三下四的七字句,原则上应该在第三字作一个小停顿;它们的音律节奏,也就是三字句和四字句的音律节奏。普通七字句的节奏点在第二、第四、第六、第七字,至于上三下四的七字句,它的节奏点却在第三、第五、第七字,因此,第一、第二、第四、第六等字的平仄较宽,第三、第五、第七字的平仄较严。

上三下四,只是一个便宜的说法;严格地说,有些意义节奏是上一下六的。譬如上面所举诸例,有些若认为上一下六,反觉较妥:

怕—群花自嫌凡俗。　正—前村雪深幽曙。
恨—相逢少于行役。　但—溶溶翠波如縠。
记—当日朱阑共语。　更—那堪频频顾盼。
怪—今年春归太早。　又—晴霞惊飞暮管。
待—苏堤歌声散尽。　但—寒烟衰草凝绿。
看—尊前双鬓仍绿。　但—沙痕空记行迹。
怕—南楼吹断晓笛。　且—莫辞花下秉烛。
看—谁是当时风月。　又—不与巢由同调。
听—毡幕元戎歌吹。　渐—嫩菊初蓊绿酒。
忍—便拥双旌归去。　更—滴滴频回盼睐。
喜—共浥初筵清露。　但—燕子归来幽寂。
看—楚女纤腰一把。　渐—玉枕腾腾春醒。
笑—粉蝶游蜂未觉。　奈—依旧夜寒人远。
愿—岁岁春风相遇。　空—点点年华别泪。
记—半面浅窥珠箔。　谩—几度泪痕相照。
见—一片水天无际。　但—伤心冷落黄昏。

恨—人间会少离多。　甚—闲人犹自未闲。
想—东园桃李自春。　奈—春光困人正浓。
叹—何时重见桂菊。　更—晓来云阴雨重。
怕—韶光容易过却。　正—遐想幽水泉石。
记—画堂风月逢迎。　甚—偏与芒鞋相称。
问—此恨何时是已。　尚—岩花娇黄半吐。
想—怕晚贪春未惯。　尚—隐约当时院宇。
看—翠光金缕相交。　尽—湖南山明水秀。

但是，变了一—六之后，它的音律节奏仍旧不变，因为它的节奏点仍旧是在第三、第五、第七字（即六言第二、第四、第六字）的缘故。

第九节　词字的平仄（四）——八字至十一字句

9.1　八字句。八字以上的句子，往往可认为两句复合而成，如上三下五为八字句，上三下六为九字句，上三下七为十字句，上四下七为十一字句，等等。偶然也有加一两个字在前面作微逗，如上二下六为八字句等。现在先就八字句举例如下：

（一）上三下五

（1）仄平平—㊀仄平平仄

《雨霖铃》更那堪—冷落清秋节（柳永）；到秋深—且舣荷花泽（黄裳）。

《解佩令》掩深宫—团扇无情绪（晏几道）。

注意：《白香词谱》所载朱彝尊《解佩令》"把平生涕泪都飘尽"，则是上一下七。上一下七之与上三下五相通，恰像上一下六之与上三下四相通。

《贺新郎》尽无聊—有梦寒犹力……念无凭—寄语长相忆(毛开);倚高情—预得春风宠……算群花—正作江山梦(高观国);镇无聊—殢酒恹恹病……枉教人—立尽梧桐影(李玉)。

(2)仄㊀平—㊀仄仄平平

《满江红》与人间—世味不相投……问先生—何处更高歌(晏几道);记画桥—深处水边亭……但只愁—锦绣斗妆时(张先);自别来—幽怨与闲愁……便不成—长遣似如今(柳永);对此间—风物岂无情……愿使君—还赋谪仙诗(苏轼);问此中—何处芰荷深……便楚乡—风景胜吾乡(晁补之);向小窗—时把彩笺看……听掀帘—疑是故人来(赵师侠);试侧身—回首望京华……借春纤—缕鲙捣香齑(张孝祥);算鬓边—能得几春风……念老来—于此兴无穷(陈三聘)。

注意:这八个字往往和下面三个字连成十一字句,如张先"记画桥—深处水边亭—曾偷约……但只愁—锦绣斗妆时—东风恶";但一般人只认为八字句。姑且依照一般的说法。

(3)仄平仄—平平平仄平(第六字偶然用仄)

《新雁过妆楼》怕流作—题作肠断红(吴文英);听一(作平)曲—清歌双雾鬟(吴文英);又争奈—西风吹恨醒(陈允平);又知在—烟波第几桥(张炎);且休把—江头千树夸(张炎);更好(宜平)[?]—秋屏宜晚看(张炎);想鹤(作平)怨—山空人未归(张炎)。

注意:《词律》认为上三下五,其实都可认为上一下七。

(4)仄仄仄—平平平仄平

《沁园春》又岂料—如今余此身(陆游)。

(5)仄仄仄—平平仄平平

《洞仙歌》但屈指—西风几时来（苏轼）；也何必—牛山苦沾衣（晁补之）；怨早促—分飞霎时休（王安中）；更细把—繁英祝姮娥（赵长卿）；叹客里—经春又三年（刘一止）；且应记—临流凭阑干（刘光祖）；待石鼎—煎茶洗余醺（沈端节）；但目送—孤鸿傍危阑（沈端节）；想南浦—潮生画桡归（康与之）；待与子—相期采黄花（蒋捷）；更长啸—余声振林溪（赵君举）；问杨（宜仄）柳—梢头几枝青（姚云文）；待罗（宜仄）袖—明朝酒消痕（周用）；又岂识—情怀苦难禁（李元膺）；但莫使—情随岁华迁（晏几道）；又莫是—东风逐君来（晏几道）；又只恐—伊家忒疏狂（李邴）；怕夜半—罗浮有时还（辛弃疾）；总不道—江头锁清愁（蒋捷）；是曾约—梅花带春来（段弘章）；我只是—相思特特（作平）来（蔡伸）；看天阔—秋高露华清（赵长卿）；料别馆—西湖最情浓（吴文英）；纵百卉—千花已离披（吕直夫）；早占取—韶光共追游（李元膺）；便添起—寒潮卷长江（谢懋）。

（6）仄仄⃝平—平⃝仄仄平平

《洞仙歌》（又一体）更老仙—添与笔端春（吴文英）；终不如—归去在苕川（葛郯）；任角声—吹落小梅花（葛郯）；待雪天—月夜我还来（韩淲）；梦沉沉—知道不归来（张炎）；望蓬莱—知隔几重云（张炎）；便关防—不放贵游来（汪元量）。

注意：《词律》所载《洞仙歌》共十体，除其中三体为百字以上的长调，体制迥异外，其余七体在同一地方都有八字句，第一体为一派，用仄仄⃝平—平⃝仄仄平平；第二体至第七体共为一派，用仄仄⃝仄—平平仄平平。这两派绝不相混，例如第三字用平，则第五字必仄；若第三字用仄，则第五字必平。但同一人可作两体，如吴文英。这一体与上文（2）大致相同。

（二）上四下四

（1）平⃝平平⃝仄—仄平平仄

《陌上花》归来还又—岁华催晚(张翥)。

(2)仄平仄平—平平仄平

《换巢鸾凤》定知我今—无魂可销(史达祖)。

(三)上一下七

(1)仄—㊀平㊉仄平平仄

《锦缠道》问—牧童遥指孤村道(宋祁)。

《七娘子》奈—玉壶难叩鸳鸯语(贺铸);更—绮窗临水新凉入(毛滂);忆—去年舟渡淮南岸(谢逸);恨—密云不下阳台雨……但—长江无语东流去(向子諲)。

(2)仄—㊀平㊉仄仄平平

《连理枝》望—水晶帘外竹枝寒(李白?);纵—青天白日系长绳(程垓);送—旧巢归燕拂高帘(晏殊);况—兰堂逢著寿筵开(晏殊)。

(四)上二下六

平仄—平平仄仄平仄

《雨霖铃》应是—良辰好景虚设(柳永)。

注意:上四下四的句子,往往也可认为上二下六。参看上面(二)所引《陌上花》与《换巢鸾凤》的例子。

9.2 九字句。九字句多数是上三下六,其次是上五下四和上六下三,此外还有上四下五等。现在分别举例如下:

(一)上三下六

(1)平平仄—㊀仄仄平平仄

《解语花》纤云散—耿耿素娥欲(宜平)下……相逢处—自有暗香随马(周邦彦);浑无奈—一掬醉乡怀抱……蓝桥路—深掩半庭斜照(周邦彦);天风动—冉冉佩环高下……归来路—缓

逐杏鞯娇马(方千里);凌波步—暗阻傍墙挑荠……征帆去—似与东(宜仄)风相避(吴文英);星河际—缥缈绣帘高下……香尘过—禁陌宝? 骄马(陈允平)。

《南浦》东风外—吹尽乱红飞絮……伤春恨—都付断云残雨(程垓)。

(2)仄平⃝ 平⃝—平⃝仄平⃝平平仄(上三字亦作平仄仄)

《念奴娇》浪淘尽—千古风流人物(苏轼);正金波—翻动玉壶新绿(周紫芝);看西来—新拥石城双旆(周紫芝);霁霞明—高拥一轮寒玉(吕渭老);洗千岩—浓翠层峦森列(蔡伸);映秋山—隐隐秋眉横绿(李邴);见早梅—吐玉裁琼妆白(赵长卿);逢上巳—生怕花飞红雨(张元干);问经年—何处收香藏白(朱敦儒);正黄昏—供断一窗愁绝(程垓);问群芳—谁是真香纯白(朱熹);弄清光—常共山青水(宜平)绿(赵彦端);压孤城—临瞰并吞空阔(毛开);风(宜仄)露洗—寥廓珠宫琼阙(毛开);望东南—千里湖山佳色(毛开);正日长—娇困不烦匀扫(沈端节);淡秋容—横写鲛绡十幅(沈端节);径松存—仿佛斜川深意(张炎);笑当年—底事中分南北(张炎);透阳春—挺挺林间英物(张炎);更消得—风雨几番零落(何梦桂);乱随风—飞堕杨花篱落(何梦桂)。

注意:此式又作上五下四,见下文。

(3)仄仄平—平平平仄平仄

《南浦》向晚来—春醒(作平)枕无绪(程垓)。

《瑞鹤仙》冻云垂—缤纷飞雪初落(曾觌)。

注意:《瑞鹤仙》中此式罕见。

(4)仄平平—仄仄仄平平仄

《春风袅娜》倚红阑—故与蝶围蜂绕(冯艾子)。

(5)平㊋仄—㊋仄㊉平㊋仄

《洞仙歌》人未寝—攲枕钗横鬓乱(苏轼);潇洒意—陶令诗中能道(晁补之);微云淡—点破瑶阶白露(葛郯);应似画—小景生绡一幅(韩淲);仍更是—骨体清英雅秀(晏几道);须著我—醉卧石楼风雨(辛弃疾);知谁见—愁与飞红流处(段弘章);仍共赏—蜀锦堆红炫昼(京镗);成个甚—只道人间小草(元好问)。

《瑞鹤仙》行路永—客去车尘漠漠(周邦彦);山樱晚——树高红争熟(毛幵)。

注意:《瑞鹤仙》此式罕见。

(6)平㊉仄—平㊉仄仄平平

《新雁过妆楼》风檐近—浑疑佩玉丁东(吴文英);金枢动—冰宫桂树年年(吴文英);初过雨—微茫水满烟汀(陈允平);千日酒—乐(作平)意稍稍渔樵(张炎);先得月—玉(作平)楼宛若笼纱(张炎);青未了—凌虚试一凭阑(张);深院悄—清事正满东篱(张);人正远—鱼雁待拂吟笺(张)。

注意:此式上三下六之间连系极松,几与两句无别。

(7)仄平平—㊋仄㊉仄平平

《洞仙歌》绣帘开——点明月窥人(苏轼);起徘徊—时有香气吹来(刘光祖);最无端—小院寂历春空(张炎);自当年—诗酒客里相逢(张炎);问古今—底事留此空光(赵君举);记当时—已恨飞镜欢疏(晏几道);细腰肢—自有入格风流(晏几道);望孤村—三两茅屋疏篱(无名氏)。

注意:此式亦作上五下四,见下文。

(一)上四下五

仄平平仄—平平仄平仄

《解蹀躞》夜寒霜月—飞来伴孤旅……泪珠都作—秋宵枕前雨(周邦彦);又还撩拨—春心倍凄黯……可堪风雨—无情暗亭槛(周邦彦);自怜春晚—漂流尚羁旅……旧欢如昨—匆匆楚台雨(方千里);倦蜂刚著—梨花惹游荡……会稀投得—轻分顿惆怅(吴文英);谢他终日—亭前伴羁旅……如(宜仄)今憔悴—黄花惯风雨(陈允平)。

注意:此式九字往往一气呵成,不容分割。而且,有许多句子与其说是上四下五,不如说是上二下七,例如这里所举的"夜寒"句、"泪珠"句、"又还"句、"可堪"句、"自怜"句、"谢他"句、"如今"句,等。

(三)上五下四(实际上是一—四—四)

(1)仄—仄仄平平—㊥平平仄

《瑞鹤仙》正—绛阙春回—新正方半(康与之);动—院落清秋—新凉如水(赵长卿);教—小玉添香—被翻宫襭(康与之);正—护月云轻—嫩冰犹薄(辛弃疾);爱—露节霜根—从他孤劲(高观国);过—杜若芳洲—楚衣香润(史达祖);更—暮草萋萋—疏烟漠(宜平)漠(方千里);记—旋草新词—江头新雁(吴文英);渐—碎鼓零钟—街喧初息(蒋捷);爱—树色参差—湖光(宜平)渺漠(陈允平)。

注意:这是前阕第二句,与下文(2)式互用。

(2)仄—㊀平㊥仄—㊀平㊥仄

《瑞鹤仙》湛—一溪晴绿—四郊寒色(侯寘);对—燕寝香润—棠阴寒薄(张元干);故—倡条冶叶—恣情丹绿(侯寘);问—画堂乐事—燕鸿难偶(赵彦端);怅—悲秋人老—浑无佳兴(王千秋);为—助妆酒暖—脸霞轻腻(史达祖);渐—酒阑烛暗—犹分香泽(吴文英);正—漏云筛雨—斜捎窗隙(吴文英)。

(3)仄—平平㊥仄—㊥平平仄

《瑞鹤仙》溢—花衢歌市—芙蓉开遍……闹—蛾儿满路—成团打(宜平)块(康与之);听—几(宜平)声归雁——帘微月……怅—姑苏台上—征帆何许(康与之);正—美(宜平)人翻曲—阳春轻丽……定—丹书飞下—彤墀归去(赵长卿);似—东邻北(作平)里—都无贞淑……纵—青门瓜美—江陵橘老(宜平)(侯寘);映—浓愁浅黛—遥山眉妩……纵—收香藏镜—他年重到(袁去华);指—鸳鸯沙上—暗藏春恨……奈—春风多事—吹花摇柳(史达祖);厌—重来冷淡—粉腮重洗……被—高楼横管——声惊断(史达祖)。

注意:这是前阕第四句和后阕第八句。

(4)仄—㊥平㊥仄—㊥平平仄

《念奴娇》见—长空万里—云无留迹(苏轼);被—鲛人水府—织成绡縠(葛郯);听——声啼鸟—幽斋岑寂(周邦彦);正—花光夺目—动人春色(沈瀛);映—湖光如练—山光如染(赵师侠);算—乾坤许大—着身无处(刘过);记—金汤形胜—蓬瀛佳丽(赵鼎臣);渐—霞收余绮—波澄微绿(韩驹);正—海棠临水—嫣然幽独(曾纡);正—露荷擎翠—风槐摇绿(张元干);奈——番好景——番悲戚(朱敦儒);问—凌风一笑—翩然何许(曾惇)。

注意:这是《念奴娇》前阕第二句,又可作上三下六,如上文(一)(2)所举苏轼"浪淘尽—千古风流人物"。

(5)仄—㊥平㊋仄—㊋仄平平

《洞仙歌》唤—金钱翠羽—不称标容(晁补之);看—朝餐沆瀣—暮饮醍醐(葛郯);听—曲楼玉管—吹彻伊州(王安中);对—斜桥孤驿—流水溅溅(刘一止);问—临流情味—倚遍斜晖

(韩滮);正—干戈耆定—禾黍丰登(沈端节);念—旧巢燕子—飞傍谁家(汪元量);向—楚宫一梦—多少悲凉(李元膺);恨—春风将了—染额人归(吴文英);自—长亭人去—烟草凄迷(李邴);怅—空山岁晚—窈窕谁来(辛弃疾);自—鹅黄千缕—数到飞绵(蒋捷);对—翠蛟盘雨—白凤迎风(段弘章)。

注意:这是《洞仙歌》前阕第四句,又可作上三下六,如上文(一)(7)所引苏轼"绣帘开——一点明月窥人"。

(四)上六下三

(仄)仄(仄)平平仄—仄平平

《虞美人》依旧竹声新月—似当年……满鬓清霜残雪—思(去声)难任(南唐后主);故国不堪回首—月明中……恰似一江春水—向东流(南唐后主);薄晚春寒无奈—落花风……谁佩同心双结—倚阑干(冯延巳);谁信东风吹散—彩云飞……尘掩玉筝弦柱—画堂空(冯延巳);门外鸭头春水—木兰船……应恨不题红叶—寄相思(晏几道);更伴东溪流水—过秦楼……暗恨玉颜光景—与花同(晏);长向月圆时候—望人归……犹有两行闲泪宝筝前(晏);一夜满枝新绿—替残红……醉后满身花影—倩人扶(晏);又似陌头风细—恼人时……只有杏梁双燕—每来归(晏);惟有雁边斜月—照关山……说与小云新恨—也低眉(晏);还是碧云千里—锦书迟……今夜落梅声里—怨关山(晏);愁见曲中双泪—落千金……长是好风明月—暗知心(晏);眼力不知人远—上江桥……正是节趋归路—近沙堤(张先);一曲石城清响—入高云……月照玉楼依旧—似当时(张先);俗耳只知繁手—不须弹……应有开元遗老—泪纵横(苏轼);便使尊前醉(宜平)倒—且徘徊……惟有一江明月—碧琉璃(苏);只载一船离恨—向西州……酝造一场烦恼—向人来(苏);惟有游丝千丈—袅晴空……我亦多情无奈—酒阑时

(苏);帘外潇潇微雨—做轻寒……独自行来行去—好思量(苏);且愿花枝长在—莫禽披……对月逢花不(作平)饮—待何时(苏);莫笑醯鸡歌舞—瓮中天……惭愧诗翁清些—与招魂(黄庭坚);不道晓来开遍—向南枝……去国十年老(宜平)尽—少年心(黄);只有柳花无数—送归舟……争奈无情江水—不西流(秦观);可惜一枝如画—为谁开……只怕酒醒时候—断人肠(秦);知为阿谁凝恨—背西风……柳外一双飞去—却回头(秦)。

注意:这是《虞美人》前后阕末句,五代时本是两句,上七下三,如毛文锡"蛛丝结网露珠多,滴圆荷……相思空有梦相寻,意难任"。自南唐后主、冯延巳改为九字句后,宋人多依新式,但冯词亦有三首系依旧式的。

《相见欢》(《乌夜啼》)无奈朝来寒雨—晚来风……自是人生长恨—水长东(南唐后主);寂寞梧桐深院—锁清秋……别是一般滋味—在心头(南唐后主);敧枕残妆一(作平)朵—卧枝花……翠阁银屏回首—已天涯(冯延巳);细草平沙蕃马—小屏风……暮雨轻烟梦(宜平)断—隔帘栊(冯延巳)。

《南歌子》深院晚堂人静—理银筝……杨柳杏花时节—几多情(毛熙震);窈窕一枝芳柳—入腰身……只为倾城著(作平)处—觉生春(孙光宪);爱道画眉深浅—入时无……笑问双鸳鸯字—怎生书(欧阳修);不羡竹西歌吹—古扬州……声绕碧山飞去—晚云留(苏轼);细草软溪沙路—马蹄轻……只有多情流水—伴人行(苏轼);正是一年春好—近清明……此乐无声无味—最难名(苏);住在潮头来处—渺天涯—写取余声归向—水仙夸(苏);我也逢场作(作平)戏—莫相疑……不见阿婆三五—少年时(苏);北客明朝归去—雁南翔……惟有落花芳草—断人肠(苏);门外月华如水—彩舟横……回首水云何处—觅孤城

(苏);闲驾彩鸾归去—趁新年……莫忘(去声)故人憔悴—老江边(苏);只恐暗中迷路—认余香—何物与侬归去—有残妆(苏);一朵彩云何事—下巫峰……怕被杨花勾引—嫁东风(苏);行尽江南南岸—此淹留……凭仗挽回潘鬓—莫教秋(苏);无奈一帆烟雨—画船轻……今夜月明江上—酒醒初(黄庭坚);坐想罗浮山下—羽衣轻……应梦池塘春草—若为情(黄);已被邻鸡催起—怕天明……天外一钩残月—带三星(秦观);天外不知音耗—百般猜……只恐又抛人去—几时来(秦);独倚玉阑无语—点檀唇……又是一钩新月—照黄昏(秦);楼上一天春思—浩无涯……薄幸只知游荡—不思家(秦)。

上六下三,是词中最古的九字句式。《相见欢》《南歌子》和《虞美人》都产生在五代,因此,这一种九字句显然是由诗中的律句变来的(最早的词句和诗句最相近似,见本章第一节)。它们虽被一般人认为上六下三,但实际上有些应该被认为上四下五:

薄晚春寒—无奈落花风。	翠阁银屏—回首已天涯。
我亦多情—无奈酒阑时。	写取余声—归向水仙夸。
对月逢花—不饮待何时?	回首水云—何处觅孤城?
去国十年—老尽少年心。	一朵彩云—何事下巫峰?
攲枕残妆—一朵卧枝花。	

尤其是多数可认为上二下七:

恰似—一江春水向东流。	只怕—酒醒时候断人肠。
谁信—东风吹散彩云飞。	不道—晓来开遍向南枝。
门外—鸭头春水木兰船。	爱道—画眉深浅入时无。
应恨—不题红叶寄相思。	笑问—双鸳鸯字怎生书?
暗恨—玉颜光景与花同。	不羡—竹西歌吹古扬州。
又似—陌头风细恼人时。	莫忘—故人憔悴老江边。

愁见—曲中双泪落千金。
楼上—一天春思浩无涯。
莫笑—醯鸡歌舞瓮中天。
薄幸—只知游荡不思家。
争奈—无情江水不西流。

这更显然是七言诗句的延长(顶节上再加一节)了。《词律》于《虞美人》的九字句认为一气呵成(不于第六字作豆),于《相见欢》与《南歌子》又分为截然两句(于第六字下注“句”字),一嫌太紧,一嫌太松,都不大妥当。但是,一般人认为上六下三,也自有音律上的理由(他们自己未必意识到)。这种九字句,第五字必须用平声。词里的六字句,以第五字用平声为最常见(大多数的六字句,不是(仄)仄仄平平仄,便是(仄)仄平平平仄),因此,在上六下三的九字句里,第五字也须得用平声,然后念得“响”。即以《虞美人》和《南歌子》而论:《历代诗余》所载《虞美人》(有九字句的)一百二十七首,每首两个九字句,总共二百五十四句,其中第五字用平声者一百九十七句,用入声者三十五句(入声可作平声),用上声或去声者仅廿二句;《南歌子》一百廿四首,每首两个九字句,总共二百四十八句,其中第五字用平声者三百零一句,用入声者廿二句(可作平),用上声或去声者仅廿五句。由此看来,用平声者已占绝大多数,偶然有不用平声的,我们只能认为“不讲声律”,或一时没有适当的字可用。此外,还有传抄之误:例如《词律》和《白香词谱》所载欧阳修《南歌子》“笑问鸳鸯两字怎生书”,《历代诗余》作“笑问双鸳鸯字……”,应以《历代诗余》为准。《词律》于《相见欢》前后阕末句第五字不注云“可仄”,那是对的;它于《虞美人》则引蒋捷一首,前阕末句“几度和云飞去觅归舟”,“飞”字下注云“可仄”,后阕末句“才卷珠帘却又晚风寒”,“却”字下注云“可平”,那就不对了。“飞”字处不可用仄,“却”字只是以入作平。又于《南歌子》引欧阳修一首,前阕末句“爱道画眉深浅入时无”,“深”字下注云“可仄”,那也不对;尤其是后阕末句“笑问鸳鸯两字怎生书”,

“两”字下竟没有注明“可平”，更是误中之误。《词律》在另一些地方，并不以例外害正例；而它在这些地方却糊涂了，这是不容不纠正的。

9.3　十字句。十字句颇为罕见。据我们所注意到的，只有《摸鱼儿》一词，前阕第六句和后阕第七句是十字的。其形式是仄⃝仄仄—平平仄⃝仄平平仄，上三下七，例如张翥的《摸鱼儿》前阕第六句“度一缕—歌云不碍桃花扇”，后阕第七句“歌舞地—青芜满目成秋苑”。《白香词谱》于“云”字下作豆，则前阕的十字句成为上五下五，就意义节奏而论，固然不错；若就音律节奏而论，仍应以《词律》为准。前后两阕的十字句是平行的两句（前阕的十字句本该是第七句，只因起二句合为一句，所以变了第六句），它们的形式可能不是参差的。

有人把《摊破浣溪沙》前后阕的末二句认为一句，于是成为“平⃝仄仄⃝平平仄仄（或平⃝仄平平仄平仄）——仄平平”，上七下三，例如：

> 风里落花谁是主—思悠悠……回首渌波三楚暮—接天流（南唐中主）；还与韶光共憔悴—不堪看……多少泪珠无限恨—倚阑干（南唐中主）。

注意：第五至第七字若用仄平仄，则第三字必平。譬如“还与韶光共憔悴”，“韶”字处不得用仄。认为一句或两句，都是无关宏旨的，要紧的是它的节奏和平仄。

9.4　十一字句。这是词句中最长的一种。据我们所注意到的，只有《水调歌头》里面用它。它共有两种形式：一种是上六下五，另一种是上四下七，例如：

（1）仄⃝平平⃝仄平仄—平⃝仄仄平平

> 不知天上宫阙—今夕是何年（苏轼）；中年亲友难别—丝竹缓离愁……故乡归去千里—佳处辄迟留（苏轼）；六朝文物何

在—回首更凄然……莫愁艇子何处—烟树杳无边(周紫芝);倚空千嶂横起—银阙正当中……遥知玉斧初斫—重到广寒宫(叶梦得);平田坡岸回曲——目望难穷……云林城市层列—知有几重重(赵师侠);奈何酒薄愁重—越醉越愁多(赵长卿);暮天空阔无际—层巘绿蛾浮……甘棠空有余荫—谁解挽公留(侯寘);渊明漫笑重九—胸次正崔嵬(辛弃疾);有时来照清浅—鬓雪似潘安……旁人笑我痴计—管钥费防闲(刘克庄);古今多少遗恨—俯仰已尘埃……试问先生归否—茅屋欲生苔(方岳);一筇拄上高绝—便觉眼前宽……少年正尔行乐—谁复顾华颠(冯取洽);西山光翠依旧—影落酒杯中……孙郎前日豪饮—颐指五都雄(王以宁);十年长短亭里—落日冷边笳……安期玉舄何处—袖有枣如瓜(王庭筠);群心思答神贶—吉日复良辰……一年好处须记—此乐最难忘(段克己)。

注意:偶有例外,如蔡伸"征裘泪痕浥遍—眸子怯酸风",叶梦得"堤外柳烟深浅—碧瓦起朱楼……登临漫怀风景—佳处每难酬","悠然政须两字—长笑退之诗"。然此不过百中之一二而已。

(2)仄平㊉仄—㊉㊀㊉仄仄平平

不应有恨—何事偏向别时圆(苏轼);故人千里—西望双剑黯回眸……参横月落—耿耿河汉近人流(曾觌);汉家组练—十万列舰耸层楼……倦游欲去—江上手种橘千头(辛弃疾);沧江翠壁—佳处突兀起红楼……山高月小—霜降凛凛不能留(张孝祥);赏心亭上—唤客追忆去年游……去年明月—依旧还照我登楼(张孝祥);试寻高处—携手蹑屐上崔嵬……仙人跨海—休问随处是蓬莱(韩元吉);携壶结客—何处空翠渺烟霏……人生如寄—何事辛苦怨斜晖(朱熹);赏心千里—明镜入座玉光寒……层梯影转—亭午信手展缃编(吴文英);台城游冶—襞笺能赋属宫娃……旧时王谢—堂前双燕过谁家(贺铸);谁吹尺八—寥亮

嚼徵更含宫……青鞋黄帽—此乐谁肯换千钟(葛胜仲);餐霞吸露—何事佳处辄迟留……森罗万象—与渠诗里一时收(葛郯);翠光千顷—为谁来去为谁留……跳珠翻沫—轰雷掣电几时收(葛郯);醉魂何在—应骑箕尾列青天……黄粱未熟—经游都在梦魂间(吕渭老)。

上四下七的句式,至南宋而始盛。在某一些词里,前阕用上六下五,后阕用上四下七,如苏轼“不知天上宫阙—今夕是何年……不应有恨—何事偏向别时圆”;辛弃疾“渊明漫笑重九—胸次正崔嵬……此心高处—东望云气见蓬莱”;或前阕用上四下七,后阕用上六下五,如朱熹“归来故里—愁思怅望渺难平……与君吟风弄月—端不负平生”。《词律》于第六字下注云“可平”,但是,上六下五式的第六字决不可平;只有上四下七式可平。即以上四下七式而论,第六字用平声者,亦至南宋而始盛,北宋只有贺铸、吕渭老少数人这样做罢了。

句和豆的分别是很难定的。有些一气呵成的,根本不应认为有“豆”,例如“不知天上宫阙今夕是何年”;有些非但可认为“豆”,简直可认为句(旧所谓“句”),例如“不应有恨,何事偏向别时圆”。那么,像后者,我们何不索性认为两句呢?我们不能认为两句,因为:(一)同人同调,时而分为两句,时而一气呵成,如辛弃疾《水调歌头》“别离亦复何恨?此别恨匆匆!”本可分为两句,而另一首在同一地方却是“等闲更把万斛琼粉盖玻璃”,一气呵成。由此看来,一气呵成应该是原则,而中间有“豆”只算是权宜。八字句、九字句、十字句等,有许多情形都可以依此看法。(二)同人同调,时而上六下五,时而上四下七,如朱熹《水调歌头》“与君吟风弄月—端不负平生”,是上六下五,而另一首在同一地方却是“人生如寄—何事辛苦怨斜晖”,则变成了上四下七。由此看来,必是因为原则上是十一字一气呵成,不得已而于句中作“豆”,就随便用上六下五或上四下七都行了。九字句也有同样的情形,参看上文。

第十节 词的对仗及语法上的特点

现在我们要谈一谈对仗。词的对仗和律诗的对仗颇有不同:(一)词是长短句,许多地方不适宜于用对仗,故必须一连两句字数相同的时候,对仗才是可能的;(二)律诗的对仗有一定的地方;词的对仗没有一定的地方;(三)律诗在原则上是以平对仄,以仄对平,词则不拘。现在依次叙述如下:

(一)相连的两句字数相同,即有成为对仗的可能。其以用对仗为常者,例如:

《阮郎归》后第一、二句 花露重,草烟低(欧阳修)。

《摊破浣溪沙》后第一、二句 细雨梦回鸡塞远,小楼吹彻玉笙寒(南唐中主)。

《西江月》前后第一、二句 宝髻松松挽就,铅华淡淡妆成……相见争如不见,有情还似无情(司马光)。

《南歌子》前后第一、二句 日薄花房绽,风和麦浪轻……已改煎茶火,犹调入粥饧(苏轼)。

《何满子》前后第一、二句 无语残妆淡薄,含羞亸袂轻盈……笑靥嫩疑花坼,愁眉翠敛山横(毛熙震)。

《踏莎行》前后第一、二句 碧海无波,瑶台有路……绮席凝尘,香闺掩雾(晏殊)。

《凤凰台上忆吹箫》前第一、二句 香冷金猊,被翻红浪(李清照)。

《解语花》前第一、二句 行歌趁月,唤酒延秋(周邦彦)。

《东风第一枝》前第一、二句及第四、五句 烧色回青,冰痕绽白……纵寒不压葭尘,应时已鞭黛土(高观国)。

《高阳台》前第一、二句 宫粉雕痕,仙云堕影(吴文英)。

《齐天乐》前第三、四句及后第四、五句　角黍包金，香蒲泛玉……慢转莺喉，轻敲象板（周邦彦）。

由此看来，对仗多在前阕起二句或后阕起二句（称为虾须格），这除了修辞上的理由之外，恐怕和词调的模仿颇有关系。有许多新调并不是凭空杜撰出来的，只是脱胎于某一旧调，因此，对仗的位置往往就照旧了。

但是，相连的两句字数不相同的时候，也有可以用对仗的。那就是上五下四的两句。上句虽有五个字，实际上是四字句前面再加一字豆，所以就不妨用对仗了，例如：

《玉漏迟》后第二、三句　奈新燕传情，旧莺饶舌（程垓）；记掩扇传歌，剪灯留语（吴文英）。

《满庭芳》后第四、五句　渐酒空金榼，花困蓬瀛（秦观）；且莫思身外，长近尊前（周邦彦）；命玳簪促席，云霙分行（晁端礼）；问横空皎月，匝地寒霙（葛立方）；有新翻杨柳，细抹丝簧（汪莘）；但身为利锁，心被名牵（吴潜）。

《凤凰台上忆吹箫》前第四、五句　爱箫声缥缈，帘影玲珑（马洪）。

同上，后第五、六句　奈堪同玉手，难插云鬟（赵文）；惯倚歌花月，按舞娉婷（张翥）；想清江泛鹢，紫陌游骢（马洪）。

《暗香》后第三、四句　想月湿断矶，云弄疏影（赵以夫）；正雁水夜清，卧虹平帖（吴文英）；怅雁渚渡闲，鹭汀沙积（陈允平）。

《声声慢》（平韵）后第二、三句　正烟横岭曲，月浸溪湾（吴潜）；几传杯吊甫，把酒招潜（吴文英），正风吟莎井，月碎苔阴（吴文英），想莼边呼棹，橘后思书（王沂孙）；任露沾轻袖，月转空梁（史可堂）。

《锁窗寒》后第三、四句　怅玉笥埋云，锦袍归水（张炎）；待移灯剪韭，试香温鼎（张炎）。

《换巢鸾凤》前第二、三句　正愁横断坞，梦绕溪桥(史达祖)。

《高阳台》后第二、三句　问谁调玉髓，暗补香瘢(吴文英)；正十分皓月，一半春光(吴文英)；但苔深韦曲，草暗斜川(张炎)；任船依断石，袖里寒云(张炎)；渐潮痕雨渍，面色风皴(王亿之)；旋安排玉勒，整顿雕轮(僧晦)；对一川平野，一片闲云(张翥)。

《瑞鹤仙》前第二、三句　正梅雪初消，柳丝新染(杨炎)；更暮草萋萋，疏烟漠漠(方千里)；渐翠减凉痕，腥浮寒血(蒋捷)；爱树色参差，湖光渺漠(陈允平)。正漏约琼签，笙调玉琯(陈允平)。

《齐天乐》前第七、八句　叹重拂罗裀，顿疏花簟(周邦彦)；更钗袅朱符，臂缠红缕(周邦彦)；记云辨瑶山，粉融珍簟(杨无咎)；正玉管吹凉，翠觞留醉(高观国)；望舟尾拖凉，渡头笼暝(史达祖)；想橘友荒凉，木奴嗟怨(史达祖)；过柳影闲波，水花平渚(史达祖)；看风动疏帘，浪铺湘簟(方千里)；便阊阖轻排，虹河平溯(吴文英)；渐尘扑冰纨，浪收云簟(陈允平)。

《齐天乐》后第八、九句　想月好风清，酒登琴荐(杨无咎)；叹壁月空檐，楚云飞观(高观国)；对风鹊残枝，露蛩荒井(史达祖)；但翠黛愁横，红铅泪洗(洪瑹)；但闲觅孤欢，强宽秋兴(吴文英)；有眠月闲僧，醉香游子(陈允平)；叹篱菊初开，涧莼堪荐(陈允平)；看半砚蔷薇，满鞍杨柳(文天祥)；怕鹤怨山空，雁归书少(周密)；纵鸣壁犹蛩，过楼初雁(王沂孙)；看飘忽风云，晦明朝夕(张炎)。

这种带一字豆的对仗却不能在每阕的起二句；它们多数在第二、三句。而且这种对仗只是随便的，不是必需的。

(二)词的对仗并不像律诗那样有硬性的规定；因此，即使相连的两句字数相同，也不一定要用对仗。像下面诸例，某一些词人用对仗的地方，另一些词人是不用的：

用对仗的

思往事,惜流光。(欧阳修《诉衷情》)

宝篆烟销龙凤,画屏云锁潇湘。(黄庭坚《画堂春》)

碧云天,黄叶地……黯乡魂,追旅思。(范仲淹《苏幕遮》)

恨杀河东狮子,惊回海底鸥儿……柳岸犹携素手,兰房早掩朱扉。(蒋捷《风入松》)

挂轻帆,飞急桨。(苏轼《祝英台近》)

江流清浅外,山色有无中。(赵师侠《水调歌头》)

有东南佳气,西北神州。(辛弃疾《声声慢》)

永昼端居,寸阴虚度。(苏轼《水龙吟》)

不用对仗的

还更毒,又何妨。(赵长卿《诉衷情》)

柳外画楼独上,凭阑手捻花枝。(徐俯《画堂春》)

老相邀,山作伴……似惊鸿,吹又散。(周紫芝《苏幕遮》)

没处与人消遣,倚阑情寄斜阳……唤取客帆聊住,将予同下潇湘。(侯寘)

记临岐,销黯处。(赵长卿《祝英台近》)

离愁晚如织,托酒与消磨。(赵长卿《水调歌头》)

叹周郎老去,鬓改花羞。(周密《声声慢》)

清净无为,坐忘遗照。(苏轼《水龙吟》)

这种自由的情形,以带一字豆的句子为尤甚;它们在原则上是不用对仗的,不过词人可以随便运用罢了。

(三)最重要的一点是不限定平仄相对。在律诗的对仗里,所谓一三五不论,二四六分明,第二第四及第六字是必须以平对仄,以仄对平(特拗是例外)的;在词的对仗里却不然,非但普通第二第四字不必平仄相对,甚至对仗的句脚也可以俱仄或俱平,例如:

《醉太平》 情高意真,眉长鬓青(刘过)。

《鹊桥仙》 纤云弄巧，飞星传恨（秦观）。

《青玉案》 一川烟草，满城风絮（贺铸）。

《千秋岁》 花影乱，莺声碎（秦观）。

《千秋岁》 齐歌云绕扇，赵舞风回带（黄庭坚）。

《潇湘夜雨》香渐远，长烟袅穟；光不定，寒影摇红（赵长卿）。

《满江红》 书底青瞳如月样，镜中黑鬓鬓霜处（晏几道）。

《满江红》 风入户，香穿箔；花似旧，人非昨（侯寘）。

《玉漏迟》 晴丝罥日，绿阴吹雾（吴文英）。

《水调歌头》 庾公阁，子猷舫（葛胜仲）。

《高阳台》 翠被余香，锦瑟清尘（张翥）。

《桂枝香》 翠橙丝雾，玉葱涴雪（李彭老）。

《水龙吟》 龙须半剪，凤膺微涨（苏轼）。

《喜迁莺》 花市又移星汉，莲炬重光人海……巷陌笑声不断，襟袖余香犹在（吴礼之）。

《绮罗香》 正船舣，流水孤村；似花绕，斜阳芳树（张炎）。

《永遇乐》 海棠零乱，梨花淡泞（赵师侠）。

《望海潮》 秦峰苍翠，耶溪潇洒（秦观）。

《沁园春》 念累累枯冢，茫茫梦境……幸眼明身健，茶甘饭软（陆游）。

还有更特别的现象，就是韵脚和韵脚相对。在律诗里，除首联外，韵脚绝不能与韵脚相对，因为诗的韵脚是句子的终点，于对仗是不相宜的；至于词呢，韵脚不一定表示句子的终点，于是对仗就变为可能的了。试看下面的一些例子：

《醉太平》（平韵） 芙蓉绣裀，江山画屏（戴复古）。

《醉太平》（仄韵） 态浓意远，眉颦笑浅（辛弃疾）。

《一剪梅》 春到三分，秋到三分（吴文英）。

《相见欢》 剪不断，理还乱（南唐后主）。

《天仙子》 衣未解，心先快……山一带，水一派（沈会宗）。

《谒金门》 斗鸭阑干独倚，碧玉搔头斜坠（冯延巳）。

《离亭燕》 云际客帆高挂，烟外酒旗低亚（张升）。

《天仙子》 堂阜远，江桥晚……旗影转，鼙声断（张先）。

《如梦令》 莺嘴啄花红溜，燕尾剪波绿皱（秦观）。

《千秋岁》 密意无人寄，幽恨凭谁洗（谢逸）。

《连理枝》 不恨残花䙰，不恨残春破（程垓）。

《一剪梅》 江上舟摇，楼上帘招……风又飘飘，雨又潇潇……银字筝调，心字香烧……红了樱桃，绿了芭蕉（蒋捷）。

《满江红》 天黯澹，催残日；波浩渺，添寒力（周紫芝）。

《东风第一枝》 香梦醒，几花暗吐；绿睡醒，几枝偷舞（高观国）；青未了，柳回白眼；红欲断，杏开素面（史达祖）。

《最高楼》 只少个，绿珠横玉笛；更少个，雪儿弹锦瑟（刘克庄）。

《解佩令》 春晴也好，春阴也好……梅花风悄，杏花风小（蒋捷）；人行花坞，衣沾香雾……相思一度，浓愁一度（史达祖）。

这种同声相对可细分为两类：第一类是同字相对；第二类是异字相对。同字相对又可细分为两类：(1)相同的字不在韵脚者，如“红了樱桃，绿了芭蕉”；(2)相同的字在韵脚（或同时有不在韵脚）者，如“春到三分，秋到三分”。有些词调是以同字相对为常者，如《一剪梅》；有些却是不拘同字或异字，如《东风第一枝》和《解佩令》；但就一般的词说起来，还是异字相对占大多数。

* * *

由同字相对，我们联想到同字叶韵。这和诗里同字异义的叶韵不同（参看第一章第二十二节和第二章第十三节）；词里的同字叶韵，非但同字，而且同义。诗里同字叶韵，只是两个韵脚偶然相同；词里的同字叶韵却是全篇自始至终，用同一的韵脚。这种体裁，叫做福唐独木桥体（“福唐”义未详），例如：

声声慢 蒋 捷

黄花深巷，红叶低窗，凄凉一片秋声。豆雨声来，中间夹带风声。疏疏二十五点，丽谯门，不锁更声。故人远，问谁摇玉珮，檐底铃声。 彩角声吹月坠，渐连营马动，四起笳声。闪烁邻灯，灯前尚有砧声。知他诉愁到晓，碎哝哝，多少蛩声。诉未了，把一半分与雁声。

此外，像刘克庄《转调二郎神》五首都是全篇用“省”字做韵脚，石孝友《惜奴娇》全篇用“你”字做韵脚，辛弃疾《柳梢青》全篇用“难”字做韵脚，都是这一类。但若全篇用一个虚字煞韵，则虚字的前面一个字也还须要押韵；《诗经》《楚辞》都是这个办法，词人们就是摹仿《诗经》《楚辞》的押韵法的，例如：

瑞鹤仙寿东轩 蒋 捷

玉霜生穗也，渺洲云翠痕，雁绳低也。层帘四垂也；锦堂寒，早近开炉时也。香风递也，是东篱花深处也。料此花伴我仙翁，未肯放秋归也。 嬉也，缯波稳舫，镜月危楼，酾琼酡也。笼鹦睡也，红妆旋舞衣也。待纱灯客散，纱窗月上，便是严凝序也。换青毡，小帐围春，又还醉也。

注意：这是摹仿《诗经》的押韵法。“也”字前一字非但平仄通押，而且支鱼通押（参看本章第四节），这是因为它们不在句末，所以从宽。

水龙吟咏瓢泉 辛弃疾

听兮，清珮琼瑶些，明兮，镜秋毫些。君无去此，流昏涨腻，生蓬蒿些。虎豹甘人，渴而饮汝，宁猿猱些。大而流江海，覆舟如芥，君无助狂涛些。 路险兮山高些，予块独处无聊些。冬槽春盎，归来为我制松醪些。其外芬芳，团龙片凤，煮云膏些。古人兮既往，嗟予之乐，乐箪瓢些。

注意：这是摹仿《楚辞》的押韵法。词中杂以“兮”字，更像

《楚辞》。

*　　*　　*

词的语法和近体诗的语法没有什么分别。唯有一字豆为近体诗所无，于是它所表现的语法也有特殊的地方。依普通语法，副词总是置于主语之后及其所修饰的谓词之前的，如"人渐老、花正开"等。在词里，副词可提到主语的前面，如秦观《满庭芳》"渐酒空金榼，花困蓬瀛"，王安石《桂枝香》"正故国晚秋，天气初肃"。现在再举出一些例子：

正水落晚汀，霜老枯荻。（唐珏《桂枝香》）
渐暝色朦胧，暗迷平楚。（叶小鸾《桂枝香》）
又乱叶打窗，蛩韵凄切。（陈允平《桂枝香》）
渐翠减凉痕，腥浮寒血。（蒋捷《瑞鹤仙》）
便阊阖轻排，虹河平溯。（吴文英《齐天乐》）
方春意无穷，青空千里。（张先《庆春泽》）
漫红绫偷寄，孤被添寒。（李之仪《满庭芳》）
正前村雪深幽曙。（孔武仲《水龙吟》）
又晴霞惊飞暮管。（吴文英《烛影摇红》）
谩几度泪痕相照。（史达祖《换巢鸾凤》）

此外，还有一种情形，是副词后面有所省略。譬如"但"等于"但有、但见"或"但觉"，"更"等于"更有"，"空"等于"空余"，"尽"等于"尽有"，"甚"等于"为甚"，等等，例如：

但寒烟衰草凝绿。（王安石《桂枝香》）
但溶溶翠波如縠。（李演《声声慢》）
但梦魂迢递，长到吴门。（周邦彦《满庭芳》）
更冥冥一帘花雨。（向子諲《水龙吟》）
更一番雨过，彩云无迹。（刘克庄《满江红》）
更短坡烟竹，声碎玲珑。（周紫芝《满庭芳》）

更谁家横笛，吹动浓愁。（李清照《满庭芳》）
空点点年华别泪。（吴文英《解语花》）
尽湖南山明水秀。（黄庭坚《蓦山溪》）
甚闲人犹自未闲？（张炎《声声慢》）
甚等闲却为鲈鱼归速？（辛弃疾《满江红》）
甚此夕偏饶对歌临怨！（吴文英《玉漏迟》）

本来，唐五代的词里还没有一字豆，因此，上述的两种情形只能产生于宋代：北宋还是很少，南宋渐渐多起来。最特别的要算下面这一类的例子：

尚岩花娇黄半吐。（袁去华《瑞鹤仙》）
尚隐约当时院宇。（张炎《瑞鹤仙》）
几传杯吊甫，把酒招潜。（吴文英《声声慢》）
湛一溪晴绿。（侯寘《瑞鹤仙》）
渺平芜烟阔。（吴文英《尾犯》）

“尚岩花娇黄半吐”等于说“岩花尚娇黄半吐”，这是词序的变换；“尚隐约当时院宇”大致等于说“尚隐约可见当时院宇”，“几传杯吊甫”大致等于说“几度传杯吊甫”，这是省略。至于“湛一溪晴绿”等于说“一溪湛然晴绿”，“渺平芜烟阔”等于说“平芜渺渺烟阔”，则又是二者兼而有之了（吕渭老《苏武慢》“瘦一枝梅影”与此近似，只“瘦”字是形容词而非副词）。

另有一种一字豆是用动词的，例如陈允平《瑞鹤仙》“爱树色参差，湖光渺漠”，“爱”字后面八个字是它的目的语。这种目的语就作用上说大致等于拉丁所谓受格（accusative case）；但是还有一种近似拉丁所谓与格（dativecase）的，例如康与之《瑞鹤仙》“怅姑苏台上征帆何许？”比“怅”字更近于费解者，则有“快”字，例如：

快晚风吹帽，满怀空碧。（辛弃疾《满江红》）

快酒兵长俊，诗坛高筑。（同上）

这“快”是“愉快”的“快”。

还有“恍”字，例如：

恍夜色明于晴昼。（张野《玉漏迟》）

但“恍”字也许该认为状语。总之，这种句法，非但是唐人所未有，连宋人的近体诗中，也非常罕见。

两个极端。一般说起来，词比律诗更接近口语；但是，也有少数的词调是古文式的。这样，就形成了两个极端：一个极端是纯粹的白话，另一个极端非但是文言，而且近似散文（不像韵文）。

纯粹白话的词虽不很多，但是部分白话的词却不很少。柳永、苏轼、黄庭坚、秦观等人的词里，都尽量地运用口语里的语汇。像下面的几个例子，差不多竟是全用白话写出的：

品　令　　　　秦　观

幸自得。一分索强，教人难吃。好好地，恶了十来日！恰而今，较些不？　须管啜持教笑，又也何须肐织？衡倚赖脸儿得人惜。放软顽，道不得！

竹香子　　　　刘　过

一项窗儿明快，料想那人不在。熏笼脱下旧衣裳，件件香难赛。　匆匆去得忒煞，这镜儿也不曾盖。千朝百日不曾来，没这些儿个采！

感皇恩　　　　周紫芝

无事小神仙，世人谁会？着甚来由自萦系！人生须是做些闲中活计，百年能几许？无多子！　近日谢天，与片闲田地，作个茆堂待打睡。酒儿熟也，赢取山中一醉。人间如意事，只此是！

且坐令　　　　韩　玉

闲院落。误了清明约。杏花雨过胭脂绰。紧了秋千索。斗草人归，朱门悄掩，梨花寂寞。　　书万纸，恨凭谁托？才封了，又揉却。冤家何处贪欢乐？引得我心儿恶！怎生全不思量着！那人人情薄！

古文式的词调和这种恰恰相反，它是努力避免白话的字眼，模仿着古文的格调，多用散文里的虚字如“之乎者也矣耳”之类。在内容上，它和一般的词也不相同：一般的词是写情或写景的，古文式的词却是说理的。这种说理的词可以《哨遍》为代表。《哨遍》往往是把古文一篇改为一首词，如王安中《哨遍》演孔稚珪《北山移文》，苏轼《哨遍》演陶潜《归去来辞》，刘克庄《哨遍》演韩愈《送李愿归盘谷序》，辛弃疾《哨遍》演庄周《秋水》篇，等等。兹试举辛弃疾一首为例：

哨　遍　　辛弃疾

蜗角斗争，左触右蛮，一战连千里。君试思：方寸此心微。总虚空，并包无际，喻此理，何言泰山毫末，从来天地一稊米！嗟小大相形，鸠鹏自乐，之二虫又何知？记跖行仁义孔丘非！更殇乐长年老彭悲！火鼠论寒，冰蚕语热，定谁同异？　　噫！贵贱随时，连城才换一羊皮！谁与齐万物？庄周吾梦见之。正商略遗篇，翩然顾笑，空堂梦觉题秋水。有客问洪河，百川灌雨，泾流不辨涯涘。于是焉，河伯欣然喜，以天下之美尽在己，渺沧溟，望洋东视，逡巡向若惊叹。谓我非逢子，大方达观之家未免，长见悠然笑耳！此堂之水几何其？但清溪一曲而已！

第十一节　词谱举例（上）

11.1　普通的词谱，都是举出某人的一首词来，作为示范，而于字之平仄不拘者，则加以注明。这种办法自然有它的好处，例如非但可见其平仄，而且可见用上用去或用入；非但可仿其声调，而且可仿其对仗或叠字的地方。但是它的缺点则是：（一）全词录出而后加注，则篇幅太繁，如能制为简谱，可省篇幅数倍，乃至数十倍;(二)词的平仄变化虽多,然而那些最常用的形式可以归纳成为若干种,若仅录词句,就不容易看出相同的地方来。本书因篇幅关系,决定改用简谱。

11.2 普通词谱标注平仄的办法,大致可分为两种:一种是文字的,例如注明可平可仄;另一种是符号的,例如以。代平,以△代仄,以·表示平仄不拘。无论文字或符号,都是附刻于词句的旁边的(中华书局所印的《词律》把“可平、可仄”等字夹入句中,是为了印刷的便利)。后一种办法较便于初学,因为每一字的平仄都标明了。但是,这两种办法有一个共同的缺点,就是当一句之中,平仄不拘的字太多了的时候,就容易引起误会来了,例如《词律》所载《江城子》第一体(卅五字),于第四句“越王宫殿”四个字都注明“可平、可仄”,这样,若用符号表示,就是····了。依照这种表示,则下面的十六种形式都是可用的:

1. 平平平平　2. 平平仄平　3. 平平平仄　4. 平平仄仄
5. 仄平平平　6. 仄平仄平　7. 仄平平仄　8. 仄平仄仄
9. 平仄平平　10. 平仄仄平　11. 平仄平仄　12. 平仄仄仄
13. 仄仄平平　14. 仄仄仄平　15. 仄仄平仄　16. 仄仄仄仄

但是,我们遍查诸家的《江城子》,只有五种形式可用,就是上列的3、4、7、9、13五种,其中第三、四两种还是后起的呢!这显然是方法上的不善。实际上只要有“平平仄仄”和“仄仄平平”两种形式可用,依照普通词谱的标调法就非弄成了····不可!所以这种标调法是必须改良的。

11.3 我们的办法是这样:大约对于最常见的形式(律句),我们都用数目字和罗马字母来表示。例如5a表示仄⃝仄平平仄,5b表示平⃝平平仄仄。平脚的句子,我们改用大写的字母,例如5A表示仄⃝仄仄平平,5B表示平平仄仄平(注意使大写的字母和小写的字母不要成为一样大小)。现在详细地叙述于下:

(一)一字句　仄a

平 A

一字豆皆系仄声，省去 a 号，变作 1 +

（二）二字句 平仄 2a 仄仄 2b（罕用）

平平 2A 仄平 2B（罕用）

（三）三字句 平平仄 3a 仄平仄 3a′

平仄仄 3b 仄仄仄 3b′

仄平平 3A 平平平 3A′（非常罕用）

仄仄平 3B 平仄平 3B′

（四）四字句 仄平平仄 4a 平平平仄 4a′

平平仄仄 4b 仄平仄仄 4b′

仄仄平平 4A 平仄平平 4A′

平仄仄平 4B 仄仄仄平 4B′

（五）五字句 ㊀仄平平仄 5a

㊀仄仄平仄 5a′

㊥平平仄仄 5b（第一字以平声为正例）

平平仄平仄 5b′（第一字必平）

㊀仄仄平平 5A

㊀仄平平平 5A′（非常罕用）

平平仄仄平 5B（第一字必平）

㊀平平仄平 5B′（第一字以用仄声为正例）

（六）六字句 （与四字句的标调法取得一致）

㊥仄仄平平仄 6a

㊀仄平平平仄 ba′

㊀仄平平仄仄 6b

㊥仄仄平仄仄 6b′（比较地罕用）

㊥平仄仄平平 6A

(平)平平仄平平 6A′

(平)平平仄仄平 6B

(平)平仄仄仄平 6B′(非常罕用)

（七）七字句　（与五字句的标调法取得一致）

(平)平(平)仄平平仄 7a

(平)平(平)仄仄平仄 7a′

(仄)仄(平)平平仄仄 7b(第三字以平声为正例)

(仄)仄平平仄平仄 7b′(第三字必平)

(平)平(仄)仄仄平平 7A

(平)平(仄)仄平平平 7A′

(仄)仄平平仄仄平 7B(第三字必平)

仄仄(平)平平仄平 7B′(第三字以平声为正例)

11.4　八字句可认为上三下五、上二下六，等等；九字句可认为上三下六、上五下四，等等；十字句可认为上四下六、上三下七，等等；十一字句可认为上六下五、上四下七，等等。

11.5　当两式均可应用的时候，则用添注法，例如平平仄和平仄仄均可时，就标作 3a(b)。但是，为了更简化起见，我们将更运用下列的一些罗马字母：

a + a′ = x　　b + b′ = y　　x + y = s

A + A′ = X　　B + B′ = Y　　X + Y = S

11.6　只有两种情形是要用旧法标调的：（一）当其非律句时，例如《天香》后段起句平平仄平仄仄，只能标作[∘∘△ ∘△△]；（二）当其比普通律句平仄更严时，例如《玉漏迟》前段起句仄平平仄仄，只能标作[△ ∘∘△△]，不能标作 5b，因为 5b 的第一字是平仄不拘的。这样参用旧法也有它的好处，因为凡用旧法标调的地方，就是特别值得注意的地方。

11.7 六字至十一字的句子,有时候是分为两个豆的,尤其是八字以上的句子为然。当其分为两个豆时,我们把它们标成两句,然后用括弧把它们合起来。例如七字句[3b4a],九字句[6a3A],等等。

11.8 凡用韵的地方,用直线隔开,结束处则用双直线,例如《摘得新》是 3B|5B|5b3A|7a3A ‖(共二十六字)。如系双调而前后段完全相同者,则于开始及结束处均用双直线,例如《后庭花》是 ‖7a|4a|7a|4a ‖(共四十四字)。至于虽系双调而前后段大同小异者,则用平行式,例如:

<table>
<tr><td rowspan="2">《太平时》</td><td>7Y|3A</td><td>7A</td><td>3A</td><td rowspan="2">‖(共四十字)</td></tr>
<tr><td>7b　〃</td><td>〃</td><td>〃</td></tr>
<tr><td rowspan="2">《散余霞》</td><td>7a</td><td>1 +4s</td><td>6X1 +4b</td><td rowspan="2">‖(共四十五字)</td></tr>
<tr><td>6s</td><td>〃　〃</td><td>〃〃 〃</td></tr>
</table>

又若前后段相似处甚少,则不用平行式,只于前后之间留一个空隙,例如:

《天门谣》 5a|[3b′(a′)4a]|3b|1 +4a|　1 +7b|7b|3b|[3b′4b(a′)] ‖

11.9 如果是换韵的,就依照西洋记韵的通例,把韵式附于词谱的后面,例如:

《中兴乐》 7B′|6A|3a′5A|　7a|3a|4a|3b3A ‖　韵式 aaa bbba

《恋情深》 7b|4a|7A|3A|　7A|5A|6a3A ‖　韵式 aabb bbb

如果是叠句,则用 r 或 R 表示,例如:

《如梦令》 6a|6a|5A6a|2a|2r|6a ‖

11.10 此外,如有特别值得注意的地方,还另加注释。尤其是意义节奏,必须注明。

11.11 《词律》共载六百六十调,一千一百八十余体;《拾遗》

补载一百六十五调，一百七十九体，又补体三百十六，连《词律》原书合计，共八百二十五调，一千六百七十余体。现在我们为篇幅所限，不想把这一千六百七十余体完全录出。况且有些词调非常罕见，也不值得录出；有些虽在唐五代颇为常见，后代却变为罕用，也没有为它们制谱的必要了。起初，我们想根据《白香词谱》共取词百首，后来觉得，以词谱而论，这书并非一部好书，因为有时候它只顾收录"好的"词，却不管那词是否可作为声律上的轨范。譬如《声声慢》以平韵为最常见，《白香词谱》偏要录取仄韵的；即以仄韵的而论，高观国的一首较合准绳的不取，却偏要了李清照的不讲声律的一首。他如《荆州亭》《锦缠道》《陌上花》《潇湘夜雨》《换巢鸾凤》《翠楼吟》等调，在宋词中殊为罕见，而《白香词谱》录取了，甚至宋词所无的《误佳期》也被收录了；而真正宋人常用的《朝中措》《少年游》《霜天晓角》《八声甘州》《汉宫春》《六幺令》《扫花游》《江城子》《千秋岁》《行香子》《定风波》《唐多令》《玉楼春》《安公子》《花心动》《解连环》《夜飞鹊》《风流子》《霜叶飞》《兰陵王》《六州歌头》《宝鼎现》《哨遍》，等等，倒反被摒弃了。现在我们共录词谱二百零六调，比《白香词谱》多出一倍。取录的标准大致如下：

1. 凡《历代诗余》于某调共收十首以上者，录入。

2.《历代诗余》所收，虽未满十首，然在五首以上，而作者又多系名家者，录入。

3.《历代诗余》所收，虽在十首以上，然多系元明作品，或非名家作品者，不录。

4.《历代诗余》所收仅一二首，甚至不收，然为《白香词谱》所已录者，因其为一般人所熟知，姑亦录入。

5. 凡一调有多体者，录其最常用者一体或数体，其罕见者不录。同时录数体的时候，以最常用者居前。其较为少见者，即使字数较少，亦列于其后，作为附录。

6. 凡词牌与形式皆不同者，认为两调。如《浣溪沙》与《摊破浣溪沙》分列，《玉楼春》（《木兰花》）与《减字木兰花》及《木兰花慢》分列，《一落索》（《上林春》）与《上林春慢》分列。

11.12 这些标准不一定是妥当的标准，但是我们的目的既在“举例”，就不必求全责备了。

词谱

1.《忆江南》（《望江南》） 廿七字 3b(a)5A|7b7A|5A ‖

又一体双调五十四字，即依上式作双叠。另有第三体，不录。

2.《渔歌子》 廿七字 7B|7A|3b3A|7A ‖

又一体五十字 ‖ 3A3b|7a|3b3A6s ‖

3.《捣练子》 廿七字 3b3A|7Y|7b7A ‖

4.《忆王孙》 卅一字 7A|7Y|7Y|3A|7Y ‖ 又一体不录。

5.《调笑令》 卅二字 2a|2r|6s|6S|6B|2a|2r|6s ‖ 韵式 aaabbccc

注意：第三句可拗作仄平仄平平仄，第五句可拗作平仄㊣仄仄平或仄仄平平仄平。第六句 2a 系第五句 6B 末二字倒置而成，故第五句第五字必须用仄。

6.《如梦令》 卅三字 6a|6a|5A6a|2a|2r|6a ‖

7.《归国谣》（《归自遥》） 卅四字

3b	7b	7a ‖
7a	3a	〃 ‖

又一体四十三字

3b	7b	6x	△∘∘△△ ‖
6a	△∘∘△△	6a	〃 ‖

又一体四十二字不录。

8.《定西番》 卅五字 6s3b3A|3A| 6s5Y|6s3A ‖

9.《相见欢》 卅六字

6S	3A	[6x3A] ‖
3s|3x	〃	〃〃 ‖

韵式 aaa bbaa

10.《长相思》 卅六字 ‖ 3S|3S|7Y|5Y ‖

注意：前后阕起二句往往用叠韵（韵脚相同）。《词律》云“后首句可不叶韵”。按《历代诗余》所载《长相思》共四十八首,除其中三首是后阕首句不入韵外,其余都入韵。

11.《醉太平》　卅八字　‖ ·∘△∘|∘∘△∘|6X|△∘∘△∘‖

注意:每阕末句的意义节奏是三二。

12.《昭君怨》　四十字　‖6s|6s|5A|3A‖　韵式 aabb ccdd

13.《生查子》　四十字　‖5A5a|5A5a‖

14.《女冠子》　四十一字　4s|6s|3A|5a5B|5b5A|5a3A‖

韵式 aabb aa

注意:另有长调《女冠子》,不录。

15.《点绛唇》　四十一字
4X[△∘·△∘∘△] | – | 4a | 5a ‖
〃　5a | 3a | 〃 | 〃 ‖

16.《浣溪沙》　四十二字
7B | 7A | 7A ‖
7b | 〃 | 〃 ‖

17.《清商怨》　四十二字
∘∘∘△△△ | 1+4a | 4A | 5b ‖
〃 | [3b′4a]([3B∘△∘△]) | 〃 | 〃 ‖

又一体后段次句作[3b5a],共成四十三字;又一体前段首句作平平平仄仄仄仄,亦共成四十三字。

18.《霜天晓角》　四十三字
4s | 5a | 6x[3a(b)3a(a′)] ‖
5b | 5b | 6a　〃　〃 ‖

注意:后段首句可破为两句,且于首句第二字叶韵,即 2a(b)3b,又可用平韵。此调共有六体,不备录。

19.《诉衷情》　四十四字　7A|5A| ·∘△△∘△(∘∘△∘∘△或6x)5A|3b3A|3A|4x4X4X‖

注意:《词律》共列《诉衷情》七体,今但录其最常见者一体。万氏云“宋人皆用此体”。《白香词谱》录欧阳修词则于前段末句破为两句,即 3b′3A,共成四十五字。

20.《采桑子》(《丑奴儿》)　四十四字　‖7a4X|4X|7Y‖

21.《卜算子》　四十四字　‖5A5a|7B5a‖

22.《菩萨蛮》（《菩萨鬘）　四十四字　7a | 7a | 5A | 5B′ ‖
5b | 5a | 〃 | 〃

韵式 aabb ccdd

注意：前后段末句皆当作仄平平仄平，惟李白原词后段末句是“长亭连短亭”（依《词律》），所以也有人学他，作平平平仄平。但无论如何，第三字当作平，《词律》云第三字可仄，究非正例。

23.《减字木兰花》　四十四字　‖ 4s | 7b | 4X | 7Y ‖

韵式 aabb ccdd

24.《巫山一段云》　四十四字　‖ 5a5Y | 7A | 5A ‖

又一体四十六字　5a5B | 7A | 5Y ‖
6a6a′ | 〃 | 〃

25.《酒泉子》　四十五字　4A 7b7A | 3A ‖
7A | 〃〃 | 〃

注意：《词律》共录《酒泉子》十六体；今但录其最常见者一体。

26.《好事近》　四十五字　5A6x | 6x△ ○○○△ ‖
7A5b′（a′） | 〃　〃

注意：前后段末句的意义节奏都是一四。

27.《谒金门》　四十五字　3s | 6x | 7b | 5b ‖
6s | 〃 | 〃 | 〃

28.《更漏子》　四十六字　‖ 3A3b | 6s | 3b3A | 5Y ‖

韵式 aabb ccdd，或 aabb aabb，或 aabb ccbb

注意：前后段末句都以仄平平仄平为正例。温庭筠《更漏子》后段起句入韵，宋人不然。又唐人于后段起二句多用 3b3a′，与前段异。

29.《一落索》（《上林春》）　四十六字　‖ 6x | 4a | 7A | 3y3a ‖

余体不录。

30.《忆秦娥》　四十六字　3s | 7a | 3r | 4s4a ‖
7a | 〃 | 〃 | 〃〃

注意：前段第二句，李白原词是“秦娥梦断秦楼月”，于是有人误会,以为必须用辘轳体(第一字与第五字为同字)。其实大多数词人都不拘泥这个。3r 是和上面一句的末三字相重。此调共六体,余不录。

31.《清平乐》 四十六字 4s|5a|7y|6s|6X|6X|6s6X‖

韵式 aaaa bbb

注意:李白(?)《清平乐》四首,温庭筠两首,孙光宪两首,后阕首句都是(仄)仄(仄)仄平平;直至韦庄六首,才有四首是用 6X 的。尹鹗、欧阳炯、毛熙震、李后主,则完全用 6X 了。宋人以用 6X 为正例。这是时代的关系。《词律》以为第四字平仄亦可不拘,那是不分别时代的缘故。

32.《琴调相思引》 四十六字 7B|7A | 4x5A ‖
7b 〃 | 〃〃

33.《荆州亭》 四十六字 ‖6s|6s|5A6s‖

注意:宋人此调非常罕见。

34.《误佳期》 四十六字 6s|6s | 7A5a ‖
5A5a | 〃〃

注意:《词律》云:“旧词无此体。”

35.《画堂春》 四十七字 7A|6X | 7A | 4X ‖
6s 〃 | 〃 | 〃

36.《阮郎归》 四十七字 7A | 5Y | 7A | 5Y ‖
3b3A | 〃 | 〃 | 〃

37.《摊破浣溪沙》 四十八字 7B|7A | 7b3A ‖
7b 〃 | 〃〃

注意:前段第三句,南唐中主作 7b′,但宋人皆作 7b。

38.《人月圆》 四十八字 7a 5A | 4x4b4X ‖
4s4b(a′)4X | 〃〃〃

39.《桃源忆故人》 四十八字 ‖7a|6x|6x|5a‖

40.《眼儿媚》 四十八字 7A|5A | 4s4s4X ‖
7a 〃 | 〃〃〃

注意:《词律》所举王雱《眼儿媚》前段首句平仄平平仄平平是例外。

41.《朝中措》 四十八字

7A丨5A	6s6X ‖
4s4s4X	〃〃

42.《秋蕊香》 四十八字

6s	6x	7a	6s ‖
7a	3x	〃	〃

43.《武陵春》 四十八字 ‖7b5A丨7B丨5A‖

44.《锦堂春》 四十八字 ‖6x6X丨7a5A‖

45.《贺圣朝》 四十九字

7a	△∘∘∘△	7A△∘∘∘△ ‖
4s4s	〃	〃 〃

余体不录。

注意:《词律》载《贺圣朝》共五体,实则其第三体所举叶清臣词四十八字,若依《历代诗余》及《白香词谱》所载,则当为四十九字(后段首句破为两句)。今依《历代诗余》。前段第二、第四句及后段第三、第五句,它们的意义节奏都是三二。

46.《柳梢青》 四十九字

4x 4s 4x	4X4s4x ‖
6X[3a′(b′)4b]	〃〃〃

另一体不录。

47.《太常引》(《太清引》) 四十九字

7 A 5A	5A	[3a′(b′)∘∘△∘] ‖
4s 4s 〃	〃	〃 〃

又一体五十字,就是把前段第二句改为六字,成为[3s3A]。

48.《留春令》 五十字

4a4a(b′)4x	·△∘∘△∘∘[3a′(b′)3a] ‖
7 b 5 a	〃 〃 〃

又一体不录。

49.《西江月》 五十字 ‖6s6X丨7A丨6s‖ 余体不录。

注意:此乃平仄通叶之体。

50.《少年游》　五十字　7A|5A | 4X4s5A ‖
7a 〃 | 〃〃〃

注意:前段第二句首字平仄不拘,《词律》未注明,误。后段第三句如系平脚,第三字宜用平声,《词律》所录毛滂词“庭下早梅”句,“早”字仄声是例外。但前后段第三句皆可改用仄脚,即 4s。

又一体五十一字,就是把后段第二句变为六字,成为[3b3A]。前后第三句改用仄脚。

又一体亦五十一字　4b 4b 5A | 4s 4s 5A ‖
〃 〃 〃 | 7A 〃

又一体亦五十一字,就是依照上式,把后段起二句合成 7a,而第四句的 7a 又破为两句,成为 4s4s。

又一体五十二字　‖4b4b5A|4s4s5A‖　余体不录。

51.《惜分飞》　五十字　‖ ·△∘∘∘△△|6b|5a|7a‖

52.《燕归梁》　五十一字　7 B|5A(1 +4X) | 7A | 3b3A ‖
4s4s 5 A | 〃 | 〃〃

余体不录。

53.《醉花阴》　五十二字　‖7b|5a|5A4X5a‖

54.《雨中花》(《夜行船》)　五十二字　6s | 6x
7b | 〃

| 4 X 4s5a / 1 +4X(5A)〃 〃 ‖

又一体五十四字　‖7b|[3s4s]|4X4s5a‖　余体不录。

55.《迎春乐》　五十二字　7a | [3x3a′]|[3A5a]
7b | – |[3a′4a′]

| –3b3a / 5A〃 〃 ‖　余体不录。

56.《南歌子》　五十二字　‖5a5B|7A|[6x3A]‖

注意:此调九字句第五字以平声为正例;《词律》注云可仄,非。

57.《怨王孙》 五十三字 △△◦△|4x|4X4b′|◦△◦△◦◦|3A|7a|3a(b)5a|4y ·△·△◦◦|3A‖ 韵式 aaabb cccdd

注意:此调与《忆王孙》无涉。《词律》云:“《怨王孙》一词与唐腔《河传》无异。”按韦庄、张先《怨王孙》后段与上式同,前段则作 2a(b)|2a|4x|4X|4x△△·△◦◦|3A|,确与《河传》相似(参看下文《河传》条)。宋人于前段第二字不复叶韵,但仍用仄声。

《历代诗余》云《怨王孙》亦名《月照梨花》,《词律》另列《月照梨花》,五十五字。它的前段系依普通《怨王孙》,但第二字叶韵,后段第二句 3a 改为 4b′,第四第五句改为仄平平仄平仄平,仄仄平平。

58.《恋绣衾》 五十四字
◦◦◦△·△◦|[3A4B]
7 A 〃 〃
|[3a′(b′)3a][3A4B]‖
〃 〃 〃 〃

59.《端正好》(《于中好》《杏花天》) 五十四字
7 a |[3s4s]|7a|[3B(3b′)3a](6s)‖
7a([3s4s]) | 〃 〃 | 〃 |[3b′3a] (6s)

注意:杜安世在前后段首句多用拗句,后人则于前段首句皆用律句,后段首句则往往变为上三下四。前后段末句自辛稼轩以后皆作 6s,《词律》以为末句用 6s 者是《杏花天》,不与《端正好》同调。

60.《浪淘沙》 五十四字 ‖5A|4X|7A|7b4X‖

注意:《浪淘沙》本系单调,二十八字,即七言绝句一首。这里变为双调,且变为长短句。另有仄韵一体,不录。

61.《鹧鸪天》 五十五字
7 Y |7A|7a7Y‖
3b 3A| 〃 | 〃 〃

62.《河传》 五十五字 2a|2a|3A| ·△··△◦|△◦△·◦△◦(◦△△△△△◦)|2A(B)|△◦◦△◦|7b(◦△◦△△◦△)|3b|5x|3A|3B

(B′)|2B|△◦◦△◦‖　韵式　aabbbbb cccdddd

又一体亦五十五字　2a|2a|4x|4A′|4s|◦△△△◦◦|△◦◦△◦|　7a|3a(b)|5a|1+4x　1+4X|3A‖　韵式 aaababb cccdd

又一体亦五十五字，前段与上式全同，后段第三、第四、第五句改为 5a|6X4A|。

又一体五十七字　4a(◦△△△)|4b4a′|4b6x|5b|7a|3a|5a|6s4a′|5b‖

又一体六十一字

4s1 +4y4s	4Y 6x	3A(B)3b ‖
7a 4X 5a	〃〃	〃　〃

余体不录。

注意：《词律》所载《河传》共十七体，实际上不止此数。但大致可分为两大类：第一类是共用四个韵脚，而且是仄平韵脚互换的，前段第二字入韵；第二类是一韵到底，前段第二字不入韵，而且改为平声。唐五代两类都有，宋人则多用后者。

63.《品令》　五十五字

4　a	[3x4a′]	◦△△△◦◦△	4a◦△◦◦△ ‖
◦△△◦◦△△	△◦◦◦△	△◦◦△◦◦△	4a|〃

又一体六十四字　‖4x|[3b′3a]|4s△◦·△4x|6s△◦·△‖

余体不录。

64.《夜行船》　五十五字

6x	[3A(a)4a]	7A[3A(a)4a] ‖
7b	〃　〃	〃　〃　〃

又一体五十六字　‖7b|[3A(a)4a]|4X4s6a‖

注意：《词律》与《历代诗余》皆云《夜行船》即《雨中花》，但《历代诗余》却以《夜行船》与《雨中花》分列。今按二者在结构上殊异颇大，不妨分列。惟加以注明，使知其渊源而已。

65.《鹊桥仙》五十六字　‖4s4s6s|7A|[3b′(a′)◦◦·△]‖

又一体不录。

66.《虞美人》 五十六字 ‖7a|5a|7A|[6a3A]‖ 韵式 aabb ccdd

注意：九字句第五字以用平声为原则，第三字则以仄声为较宜。

又一体五十八字，即依上式，每段末句变为两句，上七下三，即7A3A。

67.《南乡子》 五十六字 ‖5A|7B|7b2A|7B‖

余体不录。

68.《玉楼春》(《木兰花》《春晓曲》《惜春容》) 五十六字 ‖7a|7b|7A7b‖

69.《步蟾宫》 五十六字 ‖7a|[3a′(b′)4x]|7A[3a′(b′)4s]‖ 余体不录。

70.《一斛珠》 五十七

<table><tr><td>4s
7b</td><td>7a
〃</td><td>7a
〃</td><td>4X5x
〃〃</td><td>‖</td></tr></table>

又一体亦五十七字，只后段首句用7a为异。宋人多用此体。

71.《夜游宫》 五十七字

<table><tr><td>6b
5a</td><td>[3a′4x]
〃 〃</td><td>7b′
〃</td><td>3A 3A 3b
〃 〃 〃</td><td>‖</td></tr></table>

注意：前后段第三句偶然有作7b者，甚至第五、六两字俱仄者，都非正例。

72.《小重山》 五十八字

<table><tr><td>7Y
5A</td><td>[5b3A]
〃〃</td><td>7A
〃</td><td>3a(b)5A
〃 〃</td><td>‖</td></tr></table>

73.《踏莎行》 五十八字 ‖4X4s|7a|7A7a‖

74.《临江仙》 六十字 ‖7b6X|7A|5b5A‖

又一体五十八字，即依上式，唯前段首句用7A，入韵，又前后段第四句都用四字句，即4a(偶然用4a′或4b)。

又一体亦五十八字 ‖6s6X|7A|5b5A‖ 余体不录。

75.《唐多令》 六十字 ‖5A|5Y|[3A4X]|7b3s3A‖

76.《一剪梅》 六十字 ‖7Y|4X|4X|7A|4X|4X‖

注意:这一体于 4X4X 处用对仗,而且是同字相对。普通是后三字相同,如吴文英“春到三分,秋到三分”,但也有重一二四字者,如吴文英“知是花村,知是前村”,又有只重两字者,如吴文英“春到一分,花瘦一分”。

又一体亦六十字,但每段第二第五句不入韵,也不一定用对仗,更不须同字相对(偶然有两体参用者,如刘儗一首于后阕第二、三句依此式,其余则依上式)。余体不录。

77.《七娘子》　六十字　‖ 7a | 1 + 7a([3A5a]) | 4X4s7a ‖

又一体五十八字,即依上式,每段第二句改用七字句,即 7a。

78.《钗头凤》(《玉珑璁》《折红英》)　六十字　‖ 3a | 3a | △ ◦◦ △ ◦◦△ | 3a | 3a | 4A(a)4a | 1a | 1r | 1r ‖

韵式 aaabbbbrr aaabbbbrr

79.《蝶恋花》(《鹊踏枝》《一箩金》)　六十字　‖ 7b | 4X5a | 7b | 7a ‖

注意:《词律》注云:“《寿域》(杜安世)首句‘新月羞花影庭树’,末三字仄平仄(7b′),此系偶然,不可从。又有一首前第四句‘画阁巢新燕声喜’,后第四句‘冉冉光阴似流水’,又一首前第四句‘衰柳摇风尚柔软’,后第四句‘独倚阑干暮山远’,则全用仄平仄,或有此体,然作词但从其多者可耳。”力按:这是杜氏个人的作风,后人则皆用 7b,应该分别看待。

80.《十拍子》(《破阵子》)　六十二字　‖ 6s6X | 7b7B | △ ◦◦△ ◦(5B) ‖

81.《定风波》　六十二字

7B	–	7A	7b	2a	7A ‖
7b	2a	〃	〃	〃	〃 ‖

韵式 aabba ccadda。又一体不录。

82.《苏幕遮》　六十二字　‖ 3A 3b | 4X 5a | 7b | 4X 5a ‖

83.《渔家傲》　六十二字　‖ 7b | 7a | 7b | 3b | 7a ‖

84.《垂丝钓》　六十六字

<table><tr><td>△○△○
4 s</td><td>○○○△○△
〃</td><td>4A ·△○△(4b)
– 4 b′</td><td>3 b
○△○○△</td><td>5a
〃</td><td>3a
3b</td><td>1 +4y
1 +4b′ ‖</td></tr></table>

85.《行香子》　六十六字　‖4X|4X|[3A 4X]|4s 4X|1 +3A(a)3a(b)3A‖

注意:后段起句可不入韵,或起二句皆不入韵亦可。每段之末,系由一字豆贯三句,例如苏轼"向望湖楼,孤山寺,涌金门……有湖中月,江边柳,陇头云",又如蒋捷"过窈娘堤,秋娘渡,泰娘桥"。

86.《锦缠道》　六十六字

<table><tr><td>4 A 6a
△○○△△4a</td><td>[3A4a]
〃〃</td><td>7a|4A5a
1 +7a4a〃 ‖</td></tr></table>

注意:后段首句的意义节奏是三二。

87.《青玉案》　六十六字　‖7a|[3b′(a′)3a]|7b|4x4x|5a‖

注意:每段第五句亦可不入韵。

又一体六十七字,即依上式,惟后段第二句[3b′3a]变为7b′,每段第五句可入韵,可不入韵。其不入韵者,甚至与下文并成九字句,如苏轼"莫惊鸥鹭,四桥尽是老子经行处",周紫芝"西州重到,可怜不见华屋生存处";或与上文并成八字句,如苏轼"春衫犹是小蛮针线,曾湿西湖雨"。

注意:六十七字较六十六字为常见。第五句不入韵者较入韵者为常见。尚有六十八字者,罕见,不录。

88.《感皇恩》　六十七字

<table><tr><td>5A4s
4Y〃</td><td>7b′
〃</td><td>4s6x
〃〃</td><td>5b3a
〃〃 ‖</td></tr></table>

余体不录。

89.《解佩令》　六十七字

<table><tr><td>4s4a′(b)
〃　〃</td><td>[3A5a]
[〃4a′]</td><td>4X[3b′4x]
〃　〃　〃</td></tr></table>

| [3A△∘·△]
〃　〃 ‖　余体不录。

注意:前段第二句应入韵;《白香词谱》举朱彝尊词此句不入韵,非宋人旧法。

90.《天仙子》　六十八字　‖7b|7b|7A3(b)|3(b)|7b‖

注意:这调本是三十四字,后来变成双叠。

91.《江城子》　七十字　‖7A|3A|3A|4A5A|7b3b3A‖

注意:这调本是三十五字,后来变成双叠。每段第四、五两句也可以并成九字句,如苏轼“曾见青鸾翠凤下层城”。

92.《千秋岁》　七十一字　4s
5a | 5a
〃 | 3y3a
〃〃 | 5b5a
〃〃 | 3a(b)7a
〃　〃 ‖

又一体亦七十一字,只前段首句不入韵为异。此体较少见。余体不录。

93.《粉蝶儿》　七十二字　4X∘∘·∘·△[3A4a]
4y(X)〃　〃　〃 | 3A3b4X
〃　〃　〃

| [3A∘·△∘∘△]
〃　〃 ‖

94.《离亭燕》　七十二字　‖6x|∘△△∘∘△|7b△△·∘∘△|△△△∘∘6s‖

95.《隔浦莲》　七十三字　∘∘∘△△△|△△∘∘△|[△△∘∘△]∘∘∘△∘△(3a3a)|∘△∘△△(5a或5b)|3a|△△∘△|3a′|　4b∘∘∘△∘△|4b(a′)△△△∘∘△|∘△∘∘△△△|2a|∘∘∘△∘△‖

注意:此调平仄之严,殊为罕见。

96.《传言玉女》　七十四字　4A　6a
〃[3A3b′](6a)

| 4a(A)1+4s(5a)
〃　〃 | ∘△△△(4b)6x
∘∘△∘(4b)〃 | 4x4a
〃〃 ‖

注意:每段第三、四两句可以并为九字句,第七、八两句可以并为八字句。

97.《河满子》(《何满子》) 七十四字 ‖6s 6X|7b 6X|6s 6X‖

注意:《河满子》本系单调六句,每句六字,共三十六字;后来第三句变为七字,共三十七字。又增成双叠,如上式。

98.《解蹀躞》 七十五字 6a′ 5a
3a′|〃|∘∘△∘△|

△∘∘△∘∘△∘△″| ·△·△∘∘[△∘·△∘∘]4a‖
〃| [〃] 〃‖

注意:每段末二句可并为十字句。又可改作4b′ 3b 3a

99.《风入松》 七十六字 ‖7A|5A|7a[3a′(X)4X]|6s(6)X‖

又一体七十四字,即依上式,惟前后第二句改为四字句,4X。

又一体七十三字,即依七十四字体,再将前段第四句改为六字句,6X。

又一体七十二字,即依七十三字体,再将后段第四句改为六字句,6X。

注意:七十六字最为常见,七十四字次之,七十三字与七十二字不多见。

100.《婆罗门引》 七十六字 4s7A|6X|6s5A|1 +4b(a′)4X| ·∘△∘|[3b′(a′)3A]|6b(a′)4X|4s[3a′(b′A)5A]|[3b4X]‖

101.《荔枝香近》 七十六字 △△∘∘∘△3b(x)|△·△△∘∘|5a|∘∘△△∘∘(6a′)5a|2a△·∘∘△∘△|3b[3b′3a]|4A6a|4X△△∘∘△∘△|△△·∘·△(·∘∘△∘△)‖

注意:《词律》载《荔枝香近》共两体:一体七十三字,又一体七十六字。《历代诗余》以七十六字者为《荔枝香》,七十三字者为《荔枝香近》。今但录七十六字者。

102.《于飞乐》 七十六字 ‖3A3b4X|3A(a)4X|

3A3b4X4s3a(AB)4X‖ 余体不录。

103.《祝英台近》 七十七字 3A 3b|5a′ / 3a′|6X5b′ | 4X5a′ / 〃 〃 | 6X4s[3a′4x] / 〃 〃 〃 〃 ‖

注意:前段第二句或入韵,或不入韵。两种情形是同样常见的。后段第五句偶然亦作5b′。

104.《侧犯》 七十七字 4b′△○△△○○△|2a|1+△△○○△○△|○○△△△5a|2a|3b5b′| 4b△△○○△|3b|3A○△△○△|4A4a|2a|6x(○○△○○△)‖

105.《御街行》 七十八字 ‖7a|[3y 3a]|7A 6x|4s 4x 5a‖

又一体七十六字,即依上式,惟第二句为五字句5a。余体不录。

106.《一丛花》 七十八字 ‖7A|5A|○○△△○○△[3a′4X]|4B4b(a′)5A‖

107.《金人捧露盘》 七十九字 3A3a(b)3A / 〃 〃3b〃 | [3b′(a′)4X] / 〃 〃 | 4s 7A / 〃 〃 | 4s[3A(a′)4X] / 〃 〃 〃 ‖

注意:尚有七十八字一体,八十一字一体,不录。

108.《红林檎近》 七十九字 5a△○○△○|5a○○△○○|○·○○△△[△△△△○○]△·△△○○|○△△○○|·△○△△5A|4b6A′|1+4a′4b(a′)△○·△○△○‖

第十二节 词谱举例(下)

109.《最高楼》 八十一字 3a (b) 5A / [3s5b][3s5b] | 5A / 3b3A | 7a7A / 〃〃 | 3A3b3A / 〃〃〃 ‖ 韵式 aaaa bbaaa

注意：后段起二句用同字对仗，例如刘克庄“只少个—绿珠横玉笛，更少个—雪儿弹锦瑟”；又可以是上五下三，如蒋捷“一片片雪儿—休要下，一点点雨儿—休要洒”；又可以是八字一气呵成，如辛弃疾“也莫向竹边辜负雪，也莫向柳边辜负月”，元好问“问华屋高赀谁不恋，问美食大官谁不羡？”余体不录。

110. 《新荷叶》　八十二字　‖4X6X|4X6X|4s[3B(A,a,b)4X]|4s6X‖

111. 《早梅芳》(《早梅芳近》)　八十二字

<table>
<tr><td>3S3a</td><td>|△△∘∘△</td><td>|4a′△△∘∘△∘△</td><td>|△∘∘△△[△△∘∘△]</td><td>|1 +4b5a′</td><td>‖</td></tr>
<tr><td>3A3y</td><td>|〃</td><td>|〃　〃</td><td>|〃　〃</td><td>|3A△∘∘△△</td><td>‖</td></tr>
</table>

又一体不录。

112. 《蓦山溪》　八十二字　‖4s|5a|5A[3A(s)4s]|4s5A3a(b)|3x|5a‖

注意：前后段首句或入韵，如石孝友“莺莺燕燕，摇荡春光懒”“小鬟微盼，分付多情管”；或不入韵，如张元干“一番小雨，陡觉添秋色”“钱塘江上，冠盖如云积”；或前段不入韵，后段入韵，如黄庭坚“鸳鸯翡翠，小小思珍偶”“寻芳载酒，肯落他人后”；或前段入韵，后段不入韵，如贺铸“楚乡新岁，不放残寒退”“江南芳信，目断何人寄？”前后段第七、八两句或皆入韵，如晁补之“登云屿，临烟渚，狂醉成怀古”；或第七句不入韵，第八句入韵，如贺铸“上帘栊，招佳丽，置酒成高会”。但多数却是七、八两句都不入韵。在这情形之下，它们的平仄多变为3a(b)3A，如李之仪“流水外，落花前，岂是人能致？”偶然也有3A3b之类。此外又有前段于此处两用韵，而后段两不用韵者，如黄庭坚“斜枝倚，风尘里，不带风尘气”“书漫写，梦空来，只有相思是”。《词律》以二七八句入韵者为一体，不入韵者为另一体，不知变化复杂，两体是不足以尽其变的。

113. 《洞仙歌》　八十三字　4s△∘∘·△|7b′|[3A ·△∘△∘∘](1

+4a′(b)4X)[3b6s]| 5b4X7b′|5A4X[3a(b)4s]|[3b′(a′) ·∘△∘∘]([3B5A])△·△∘∘4a ‖

注意:前段第二句的意义节奏是一四,如苏轼“自—清凉无汗”,或三二,如刘光祖“小池塘—荷净”,但亦有用普通诗句 5a 者,如辛弃疾“大半成新贵”。第四句九字,《词律》依苏词定为上三下六,但普通的形式却是上五下四,严格说起来是 1 +4a′(b)4X,如葛郯“看朝餐沆瀣,暮饮醍醐”,刘一止“对斜桥孤驿,流水溅溅”。后段末句该是九字句,但《词律》分为两句,上五下四。严格说起来,它的意义节奏该是三六,如苏轼“又不道—流年暗中偷换”,晁补之“算只好—龙山醉狂吹帽”,蒋捷“又未卜—重阳果然晴否”;甚至是一八,如张炎“料—只隔中间白云一片”。不过,它的音韵节奏仍该是五四,所以仍旧依照《词律》定谱。

又一体八十四字,即依上式,惟后段第四句 5A 改为 3b3A 或 3B3b。

又一体八十五字,即依八十三字体,惟后段第四句 5A 改为 1 +4s,第六句[3a4s]改为 3b6a′(b)。余体不录。

114.《满路花》 八十三字 ∘∘△△∘5a / 4a′(b)〃 | [∘∘∘△△3a] / 〃 〃 | 4s5a / 〃〃

| 5b / 〃 | 4X△∘·△∘△ / 〃 〃 ‖ 余体不录。

115.《江城梅花引》 八十七字 7 A / 2B|2R|3A | 3A / 3Y | 3A / 3Y

| –△△– – / △·[3b′(a′)4X] | ·△∘∘△△△∘∘(2 +7) / 〃 |

7b3b(a′)3A3B / 〃〃 〃〃 ‖ 余体不录。

注意:后段起二句不必用叠句,如张翥“忆卿,恨卿”,又可另换一韵,如陈允平“相思,为谁? 兰恨销!”(“销”字回到原韵),又可换仄叶,如王观“怨极,恨极”,周密“酒醒? 未醒”。

116.《探芳信》 九十字 3a′|1 +4A(△△∘∘∘)4b(△△∘△)|1 +4a5b′(a′)|7a7a|3A4A4a| 5a′(b′)|1 +4X4x|4X3a′ 3a′|7a5a|3A6b‖

又一体八十九字，即依上式，惟后段第五、六两句 3a′3a′并为五字句，平仄仄平仄。

117.《意难忘》 九十二字

4X	1 +4s4X	∘∘∘△△5A	3b3A	5A(1 +4X)	3B4s4X ‖
6X	〃 〃	〃 〃	〃〃	〃	〃〃〃

注意：前后第八句的意义节奏往往是一四，例如苏轼“肯—亲度瑶觞”，周邦彦“拌—剧饮淋浪”。

118.《塞翁吟》 九十二字 5a∘△△△∘∘(6A)|3b′3A|1 +4x(5A)|∘∘△△∘∘△[∘△△△∘∘(6A)]|3b′3A|1 +4A′(5A)|2A|3a4s[3b ∘∘△∘]|[3b′(a′)4b][3a′4A]4A|4b4A4A′‖

119.《法曲献仙音》 九十二字 4A′4a△△∘∘∘△|4A4a∘∘△∘∘△|3b′3a5b′|3a′|[3A4a][3b∘∘△∘△△]|△△△∘∘[3A∘△∘△]|4A[3A∘△∘△]|1 +4b(a′)△△△∘∘△‖

120.《潇湘夜雨》 九十三字

4X4b(a′)6X	7 A	[3b4b][3b4A′]	3a4b4A ‖
4b4a 4X	1 +4x4X	〃 〃 〃〃	〃〃 5A

注意：此调与《满庭芳》相似，见下文。

121.《满江红》 九十三字

4 X 3s 4s	[3s4s]4a	7b7a	[3B(A)5A]3a ‖
3a(b)3a|3s 3a	1 +4x 〃	〃〃	〃 〃 〃

注意：此调以用入声韵为常。

又一体九十一字，即依上式，惟于前段第四句[3s4s]改为1

+4a。

又一体九十四字，即依九十三字式，惟于后段第七句(7b)改为八字句[3b5b]，而且系用“君不见”，例如苏轼“君不见《周南》歌《汉广》”。余体不录。

122.《六幺令》 九十四字

4 x 5x |
6b(∘∘∘△△△)5a |

6 a 5x | 6a′(b)5a | 4x | 4s7b′ ‖
•△•△∘∘[△△∘∘△] | ″ ″ | ″ | ″ ″ ‖

123.《玉漏迟》 九十四字

| [△∘∘△△] |4b 4x | 4X6a |
| [△△△△∘∘](6A)1 +4X″ | ″ ″ |

6b[3b′(a′)4a′] | 3b | 4y4x ‖
″ ″ ″ | ″ | 6a – ‖

注意：后段首句以仄仄仄仄平平为正例，6A为变例。末句本当作平平仄平平仄，如宋祁“东风泪零多少”，但张炎以后，却多作6a。

124.《尾犯》 九十四字

5A4B∘△∘△ | 4A1 +4a′ |
5b∘△△△∘△(6a) | ″ ″ |

[3b(a′)4b(a′)][3A4b] | 4a4B(X)5x ‖
[3a′ 4a′] [″″] | ″ 7b(a) ‖

又一体九十五字，即依前式，将后段第二句改成[3b′△△∘△]。

125.《扫花游》 九十五字

4b′1 +4A4a | 4b′ | 1 +4b4a |
∘△∘△△|″″ | ″ | ″ ″ |

4X△△∘∘△△ | 3a′ | 1 +4y∘△∘△ ‖
″ ″ | ″ | [3A 4a] ‖

126.《水调歌头》 九十五字

5 a′ 5 A |
3s(A,B)3s3A |

•∘•△∘△•△△∘∘ | 6s6a′(b)5A | 5a′5A ‖
″ | ″″ ″ | 5x ″ ‖

注意:前后段十一字句或作上六下五,或作上七下四。后段第八句亦可用5b或5b′,例如辛弃疾“在家贫亦好”“江湖有归雁”。按贺铸《水调歌头》除照叶平韵外,并掺杂仄韵,《词律》未录,徐本立录入《拾遗》中。又何梦桂《水调歌头》九十六字,见《历代诗余》,《词律》及《拾遗》均未录。此二别体皆罕见,故亦不录。

127.《凤凰台上忆吹箫》 九十五字 2A | 4X4s 6X / 4b′∘·△∘∘4X |

1+4a4X / ″ ″ | 6b(a′)[3a(b)4X] / ″ ″ ″ | 3a4b4A / ″∘∘△∘″ ‖ 余体不录。

注意:后段末二句可依前段末二句之平仄,如张翥“吴音朔调,尽与吹听”。但此系后人的变体。

128.《满庭芳》 九十五字 4X4b(a′)△∘·△∘∘(△△∘△∘∘) / 5b ″ 4X |

4x 5 A / 1+4s(A′)4X | 6b[3s4X] / ″ ″ ″ | 3a4b5A / ″ ″ ″ ‖

注意:前段第三句有仄平㊀仄平平和仄仄平仄平平两种形式。苏轼自己既有“画堂别是风光”,又有“万里家在岷峨”。后段第四句有平脚、仄脚两种:仄脚如程垓“问故乡何日,重见吾庐”,平脚如黄庭坚“且留取垂杨,掩映厅阶”。若有对仗,则在前段起二句,如程垓“南月惊乌,西风破雁”,或后段第四、五两句,如秦观“渐酒空金榼,花困蓬瀛”。但用对仗的很少。

129.《烛影摇红》 九十六字 ‖4X 7a|7A 5a|6s|[3A4b]|4a(b′)4X4a′‖

注意:前后段第二句首字以仄声为正例,第五句第五字亦以仄声为正例,第七句第三字以平声为正例。此词有单调,名《忆故人》。

130.《天香》 九十六字 4X4y∘∘△△∘△|4A4y6a|4y[3y4b(a′)]|6b∘∘△∘∘△| ∘∘△∘△△|[3A4a]|6a4a|6b|△△△∘∘

△∘△|4A4b‖

注意：后段第六句（八字）多可认为1＋7b′，如吴文英“但—未识韩郎旧风味”，但也有上三下五者，如李彭老“消未尽—当时爱香意”。

131.《汉宫春》　九十六字　
4X1 ＋4s 4X | ∘∘△∘△△4X |
6s　〃　〃 | 　〃　〃 |

4b[3A4X] | 3b4b(a′)6X ‖
〃 [〃　〃] | 〃　〃　　〃 ‖

注意：《词律》载又一体用仄韵，其实只有康与之一首用入声韵，此乃以入代平，并非另有一体。

132.《八声甘州》　九十七字　1＋7a·∘△∘∘|1＋4a′(b)4b(a′)4X|6s5A|5x4X|　6s1＋4s4X|1＋4s5A|[3A4s][3B5A]|[3a4x]4X‖　余体不录。

注意：《词律》以《八声甘州》载于《甘州曲》《甘州子》《甘州遍》《甘州令》之后，其实它们在形式上并无相似处。今于《甘州曲》等调亦不录。

133.《声声慢》（《胜胜慢》）　九十七字　
4　s　4X　6X |
6b(a′)1＋4s4X |

4X6X | [∘∘△∘·△][3A(B)4A] | 3s1＋4s4X ‖
〃〃 | 　〃　　[〃　　　〃] | 〃[3A′　4y] ‖

又一体入声韵九十七字　4s4X∘∘∘△∘△（∘∘△∘∘△）|4S6x|∘∘△∘·△[3A4x]|3b′1＋4a′4x|6b(a′)3s(S)∘∘△∘∘△(6a)|4X6a|∘∘△∘·△3A··∘△|3B[3A∘△△△]‖　余体不录。

注意：此词以平韵为常见，而《白香词谱》举李清照一首为例，却是入声韵，而且是超出常轨的。

134.《醉蓬莱》　九十七字　
1＋4s4X4x | 4X1＋4x |
4x 4a〃〃 | 〃　　〃 |

4X4s1 +4x |4X4s4x ‖
〃 〃 〃 |〃 〃 〃 ‖

注意:此式4x处以仄平平仄(4a)为正例。

135.《暗香》(《红情》) 九十七字 2a |4s |
3a′(b′) |

1 +4b(a′b)4x |4A(B′)7b′ |6b[3b(aa′)4x] |
1 +4B′(B) 〃 |4b′ 〃 |〃 [〃 〃] |

[3y4X] ·△△∘△ ‖
[〃 3b]4 b′ ‖

注意:前段第八句三字豆3y,张炎用3B(A),后段第八句三字豆3b,第九句三字豆3y,张炎有一首都改为3A,这些都不是旧规。

136.《长亭怨慢》(或无“慢”字) 九十七字 [3a′4a′]|

4A4a|4A[4a3a′]|4a[3b3a]|5A[3b4a′]|2a|5b6a|4b

[3a′4a]|[3b′4A][3a′4a′]|1 +4A6a′ ‖

注意:后段第二句的意义节奏以三二为正例。

137.《倦寻芳》(或加“慢”字) 九十七字

4 b′4A′∘△∘△ |4A6a |7b7a |3A1 +4b 4a ‖ 又一体不录。
[3b′4x′]4X〃 |〃 〃 |〃 〃 |〃 3A 〃 ‖

138.《庆清朝》(或加“慢”字) 九十七字

4A 4b 6X |4b6A′(·△∘△∘∘) |6b′7A |3a4b′4A′ ‖
6b′|+4a4A |〃 〃 〃 |〃 〃 |〃 〃 〃 ‖

又一体不录。

139.《雨中花慢》 九十七字

4A4X6X |1 +4x 4X |6b6X |1 +4x4X4X ‖ 余体不录。
4b 〃 〃 |[3y4b] 〃 |〃 〃 |4 a 〃 〃 ‖

140.《双双燕》 九十八字 2a |4b′[△∘△∘∘]4a |4s6a |
4b|1 +4A 〃 |〃 〃 |

[∘△∘∘△△] [3b′(a′)4a′] | [∘∘△△ ∘∘] 6x ‖
〃　〃　〃 | [∘•△△ ∘∘] 〃 ‖

又一体九十六字，不录。

141.《应天长》　九十八字　4y4B ∘∘△•∘△ | △△△ ∘∘△5a′ |
5A4A ∘△△△ ∘△ | 〃　〃 |

3a3b | [3b′4a] | [3a′4A] •△∘△(4a) ‖
| [〃　〃] | [〃　〃]　〃 ‖

注意：后段首句5A 可改用 ㊥ 仄仄平仄(5a′)，改用此式后，同时即须入韵。

142.《琐窗寒》(《锁窗寒》)　九十九字　4A4b4a | 4b△△ ∘∘∘ △ [3A△∘△∘] △∘△△ ∘∘△ | 1 +4s4a′(b)4a | 2a | 3a | 1 +4A4b′ | 4b△△ ∘∘△△ | [3A4B] △∘△△ ∘△△ | [3A4A] sa ‖

余体不录。

注意：前段第四句和后段第五句有用韵者。

143.《玉蝴蝶》　九十九字　2A | △△•∘∘△4s4X |
| 4　s　〃　〃 |

4S　6X | [3A(a′)4s] [3s4X] | 3A4s4X ‖
4A△ ∘∘△△ ∘∘ | [〃　〃] [〃　〃] | 〃　〃　〃 ‖

又一体九十八字，即依上式，惟后段第六句变七字为6X。

注意：唐五代有《玉蝴蝶》，四十一字或四十二字，与此全异，不录。

144.《三姝媚》九十九字　∘∘∘△△ | 1 + ∘∘∘∘4x | 4A1 +4a4a |
6a′ | 1 +4　A〃 | 〃　〃　〃 |

4A [3b4a′] | 4X4A′4a ‖
〃　[〃　〃] | △△ ∘∘∘△4b ‖　又一体不录。

145.《玲珑四犯》　九十九字　4X | 1 +4A ∘△∘△ | 4A6a | ∘△△△ ∘∘ [3b′4a] | [3B ∘△∘△] | 6a | 7a | [3A4a] | 7a5a | ∘△△△△

∘[3y4s]|1 +4a3b3a ‖　余调不录。

146.《新雁过妆楼》(《瑶台聚八仙》)　九十九字　4X|[3a(b)∘∘△△∘∘]|4a∘△△△∘∘|[·△∘∘∘△△][·∘△△△∘∘]|3A|4b′4B′|[∘∘·∘△△]1 +4b′4A|4A∘△△△∘∘|∘∘·△△△(∘∘△∘△△)[3a′5Y]|3a5a4A ‖

147.《陌上花》　九十九字

4y[　4s4a] | 4X6a | 7a6x |
△∘∘△△ 4s6x | 〃　〃 | 〃 〃 |

1 +4y4x4a ‖
3　A 6x〃 ‖

148.《念奴娇》(《百字令》《醉江月》《壶中天》)　一百字

4x[3A(a′)6x](1 +4s4a′) | 7b6x |
6X4　b(a′)　5　a | 〃　〃 |

4X4S5a | 4X[△∘∘△∘△] ‖　平韵罕见,不录。
〃　〃　〃 | 〃　　〃 ‖

注意:此调以用入声韵为最常见。前段第二句可作上三下六,如苏轼“浪淘尽—千古风流人物”,亦可作上五下四(即一—四—四),如刘一止“对—秋容凄紧—松阴幂幂”。前后段7b6x处,七言第三字,六言第三字,皆以用平声为常。前后段末句首字则以用仄声为正例。

149.《解语花》　一百字

4b4A　∘△∘∘△ |
6y|1 +4a∘△∘△ |

4a | [3a6a] | 4b | [3s 4x] | [3B′4A′]5a ‖
〃 | [〃　〃] | 〃 | [〃　〃] | [〃　〃　]〃 ‖

注意:后段末句的意义节奏可以是一四,如周邦彦“任舞休歌罢”;亦可以是寻常诗句,如周邦彦“毕竟如何老”。

150.《渡江云》　一百字　5b4y5A|5b4A5A|4b[3b′(A)4X]|[3B′4x]5A|　2A|4b(a′)4A1 +4a′(b)|[3b(B)4b(a′)]4X|7a[3B(y)4A′]|3b6X ‖

韵式:平仄通押;后段第四句用仄韵。余体不录。

151.《锋都春》 一百字 4b|1 +4Y—— 4a
2a|4b[△∘△△△(1 +4s)〃]|

4B′4X3a|∘∘·△∘∘△|[3a′(b′)4a′]|4a 4b4a‖
〃 〃 〃| 〃 |[〃 〃]|6 X〃‖

注意:后段第三句的意义节奏可以是上五下四,如吴文英“庆三殿共赏,群仙同到”,又可以是上三下六,如吴文英“冻云外,似觉东风先转”“背灯暗,共倚宝屏葱倩”。

152.《高阳台》(《庆春泽》) 一百字 4X 4 b 6X|
7a1 +4a(b)4X|

4X6X|7a3B(A)4X|[3A4X]4X‖
〃 〃|〃 〃 〃|[〃 〃]〃‖

注意:《高阳台》即《庆春泽》,二者形式全同;《历代诗余》分列,误。《白香词谱》举朱彝尊一首为例,于前后段倒数第二句3A处用韵,与宋词违异。不知朱氏何所依据。

153.《东风第一枝》 一百字 4 A 4b 6x|
[3b4b′][3b4a(b′)]|

6X△∘△∘·△(6b′)|4b(a′)[3s4x]|[3B(b′)4A]6a‖
〃 〃 〃|〃 [〃 〃]|[〃 〃]〃‖

注意:前后段倒数第二句可作上三下四,如史达祖“暗惹起一一掬相思”;亦可作上一下六,如史达祖“看一翠光金缕相交”;甚至与末句成为对仗,如史达祖“是一月斜窗外幺禽,霜冷竹间幽鹤”。

154.《万年欢》 一百字 4 X 1 +∘∘△·[·△∘△]|
∘∘△∘△△|〃 〃 〃|

4X∘△△∘∘△|6b|[3b′(a′)4a′]|[3a4X]△∘∘△∘△‖
〃 〃|〃|[〃 〃]|[〃 〃] 〃‖

又一体不录。

155.《换巢鸾凤》 一百字 4X|1 +4y4X|5b5A|7A|[△∘△∘,∘∘△∘]|3a[3b′(a′)4a]|2a|3b|4B(A′)5a|4X4x6x|△△∘∘△∘∘7a|3A′[3A△△∘△]‖

注意:此调平仄通押,自前段末句起换用仄韵。

156.《木兰花慢》 一百零一字

<table>
<tr><td>△∘∘△△3s3A</td><td>1 +4 X 4s 4X</td><td>2A</td><td>4b′[3A5A]</td><td>6b6X</td></tr>
<tr><td>2A| 7a3A</td><td>1 +4X(4b′)〃〃</td><td>〃</td><td>〃 [〃 〃]</td><td>〃 〃</td></tr>
</table>

又一体亦一百零一字,即依第一体,惟前后段第七句不入韵,与第八句合为一句,如吕渭老“知他故人甚处……新愁暗生旧根”。

又一体亦一百零一字,即依第二体,惟后段第二、三两句改为4X|3a(b)3A,如卢祖皋“烟水淼淼,回首处,只君知”。

又一体亦一百零一字,即依第二体,惟后段起三句改为两句,即7A|5A,如辛弃疾“古来尧舜有巢由,江海去悠悠”。

又一体亦一百零一字,即依第一体,唯后段第二、三两句改为5A|5A|。

又一体亦一百零一字,即依第二体,惟后段起三句改为6X|3b3A|。

注意:第四体最为常见,第一、二、三体次之,第五体少见,第六体尤为罕见。《词律》仅举后二体,最为不妥。《拾遗》仅补第一、二两体,亦未备。且于第一体后段第二、三两句认为4s3b3A,误。

157.《桂枝香》 一百零一字

<table>
<tr><td>4 b</td><td>1 +4X∘△∘△</td><td>6b4a</td><td>7a[3A4a]</td><td>4a4b(a′)4a</td></tr>
<tr><td>[3b′4b]</td><td>〃 〃</td><td>〃 〃</td><td>〃 [〃∘△∘△]</td><td>〃 〃 〃</td></tr>
</table>

注意:前段第三句有作4x者,第四句有作6a′者,第七句后半有作4b者,后段第一句前半有作3A者,第二句有作1 +4x者,第三句有作4x者,第四句有作6a′者,第七句后半有作4x者,皆非正例,且多非北宋旧法。

158.《真珠帘》(《珍珠帘》)　一百零一字　7　a
△△∘∘∘△ |

3A(a′)6a′	5A△△∘∘∘△	7b[3b′(B)4a′]	2a	1+4X4x ‖
1+4b　4a′	〃　〃	〃　[〃　〃　]	〃	〃　〃 ‖

注意:后段首句又可作平仄仄仄平平,不入韵。后人多如此。前后段第五句的意义节奏可以是三二,又可以是一四。

又一体九十八字,即依上式,减去前段第二句3A,罕见。

159.《翠楼吟》　一百零一字　4A4b∘∘△∘∘△
2b|4X1+4a4a |

5b[3a′4a′]	4a′	1+4A4a′	3a	4a4a ‖
〃　〃　〃	〃	〃　〃　〃	〃	〃　〃 ‖

160.《瑞鹤仙》　一百零二字　5b|[1+4A4x]|5b′|[1+4a′(A′)4x]|4b|[3A(B,a′)4b(∘△△△)]|[3A4X]6x|　2a|4x4A4a|4b|3s3a′|[1+4a′(b)4a′]6b|[3A4X]4b′‖

注意:此调变化甚多。前段首句的意义节奏可以是一四,如周邦彦"悄郊原带郭",张元干"喜西园放钥",又可以是二三(像诗句),如赵长卿"败荷擎沼面"。第二句九字,其节奏可以是上五下四,如史达祖"过杜若汀洲,楚衣香润",又可以是上三下六,如周邦彦"行路永,客去车尘漠漠",其平仄又可以是1+4a(b)4a,如侯寘"湛一溪晴绿,四郊寒色"。第四句前半可以是1+4a′,如史达祖"指鸳鸯沙上",又可以是1+[∘△△△],如杨无咎"漫瀛得别恨",又可以是三二,[△∘∘∘△],如张元干"禁烟时天气",又可以是二三,即5b′,如赵长卿"金风透帘幕"。后段第五句除赵长卿不用韵外,余人皆用韵。第六、七两句或又并为一句,如康与之"重来是甚时节",辛弃疾"邻翁更仗谁托?"第九句又可用平平平仄仄仄,如周邦彦"东风何事又恶?"

又一体一百零三字,不录。

161.《水龙吟》 一百零二字

6 X 7 a | 4s4s4s |
6a′(b) | [3A4x] | 〃〃〃 |

4X4s4x | 1 +4s 4s[3a3a] ‖
〃〃〃 | 〃 〃 〃 4a ‖ 又一体不录。

注意:后段结句的意义节奏往往是一三,如柳永“有一和羹美”,或三一,如周邦彦“与何人一比?”

162.《石州慢》(《石州引》) 一百零二字

2a | 4X 4B ○△○△ |
| 4s 4X 4a |

○○·△○○6a′ | 4b△△·△○○[○○·△○○·] | 5A△○○○△ ‖
4X 〃 | 〃 〃 〃 | 〃 〃 ‖

注意:前后段末句的意义节奏可以是三二,如贺铸“两厌厌一风月”,又可以是一四,如张元干“是愁来时节”。但无作二三者。

163.《宴清都》 一百零二字

5a | [3a△○○△○△] |
6A 4b(a′) ·△○△ |

4b4b4a | ○○△△○△ | [3b′(a′)4b] | [3B4X] ·○·△○△ ‖
〃 〃 〃 | 〃 | [〃 〃] | [〃 〃] 4 b ‖

注意:前段第六句与后段第七句(○○△△○△)或作平平仄仄平平,不入韵。

164.《齐天乐》(《台城路》) 一百零二字

7 a ○○△○○△ | 4a4b6s | 4b | 1 +4X4a | 4A△○○△△○△ ‖
○○○△△△5b○△○△ | 〃〃〃 | 〃 | 〃 〃 〃 | 〃 △○○△△ ‖

又一体不录。

注意:此词平仄很严。后段第二句的意义节奏可以是一四,如史达祖“奈一闲情未了”,方岳“尽一鹭翘鸥倚”;但仍以普通诗句为最常见。

165.《忆旧游》 一百零二字

2A | 1 +4b 4A4X |
| 3a′1 +4A〃 |

△△∘∘△1 +4a′4X | △∘△∘∘△［∘△△∘∘］ | 1 +4A　4b　4X ‖
〃　〃 〃 〃 | △△△∘∘△　〃 | 〃　〃∘∘△△∘△∘ ‖

注意:前段第四句与后段第五句(△△∘∘△)的意义节奏可以是上二下三(诗句),又可以是上一下四,如方千里“奈—可怜庭院”。

166.《庆春宫》　一百零二字　4X4a′6A | 6A|4A′4X |

4X4s△∘·△∘∘ | 4a［3a′∘∘△∘］ | 4x4A′4X ‖
〃　〃　〃 | 〃［〃　〃　］ | 〃　〃　〃 ‖

又一体用入声韵,大致系依上式,惟后段首句不入韵。韵脚一律以入代平。后段第三句及前后段末句4X改为4a

167.《画锦堂》　一百零二字　2a | 4A4b△△∘△∘∘ | 3b3b∘∘∘△∘∘ |

△△·∘∘△4X | ·∘∘∘∘△△［△∘·△△∘∘］ | 3a4A6A ‖
〃　〃 | △∘∘△∘∘△　〃 | 〃6a　4A ‖

注意:后段首句用仄韵,平仄通押。

168.《安公子》　一百零二字　‖5a|7a|4X［3b4a′］|4X5a|［3b(B′)5a］|1 +4a6b(a′)‖　余体不录。

169.《上林春慢》　一百零二字　4X　4B△△·∘∘△ | ［3A4a］［3a△△·∘·△］ |

△∘△∘4b∘∘△∘∘△ | 4a(b′)3a′4a | 3A1 +4B′4a ‖
〃　〃 〃 | 〃　〃 〃 | 〃 3a′ (b′)〃 ‖

170.《喜迁莺》　一百零三字　4x | 1 +4Y4a′ | 2a | ［3b4B］5a |

4X4s6a | 6x(△∘△∘∘△)6x | 3s1 +4s4a′ ‖
〃〃〃 | 〃　〃 | 〃　〃　〃 ‖

171.《探春慢》(或无“慢”字)　一百零三字

4X4s6a′(∘∘∘△∘△) | 4A4s6x | 5a3b′(a′)4x |
6s|5A(1 +4A)4a | 〃〃〃 | 〃　3a(a′)〃 |

△∘•△∘∘[•∘∘△•△]
4x 〃 ‖ 余体不录。

172.《雨霖铃》(《雨淋铃》) 一百零三字 4a′
∘∘△△∘∘△ |

4a△•∘△
[3A 5a] | ∘∘△△∘∘4b4a′
〃 [3b4a] | 4A△△△∘△∘△
〃∘△∘∘△△∘△ | 3b′4A′7b′
〃 〃 5a ‖

注意:前段第七、八两句或云当作仄仄平平仄仄,仄平仄平仄,上六下五。

173.《花心动》 一百零四字 △△∘∘△△ | 4A′[3A(a)]∘∘△∘∘△
∘△△∘∘ 4 a |

4Y4X6x
〃〃〃 | △∘∘△∘∘△[3s4x]
〃 [〃 〃] | [3a′4b]4x
[〃∘∘△∘△△] ‖

注意:后段第二句的意义节奏往往是一四。

174.《归朝欢》(《菖蒲绿》) 一百零四字 ‖7b|7b|7A7a|△•∘△△7a|3A4s5a′‖

175.《绮罗香》 一百零四字 ∘∘∘△△△ | 4A 4b 6a′
∘△∘∘△△4a′ |

4X6a
〃 〃 | [3s(S)4X][3s(A,B)4x]
[〃 〃][〃 〃] | [3A4X]7a
〃〃 5b ‖

176.《永遇乐》 一百零四字 4X4a(b′)∘△∘△(4a)
4s 4x 6 x |

4X4s5a
〃〃〃 | 4x4s6a
〃〃〃 | [3a(A)4b]△∘△∘∘△
[〃 〃]4 b′ ‖

177.《西河》(《西湖》) 一百零五字 3b
3a′〃 | •∘△△∘△
〃 |

•∘∘∘△∘∘4b′
〃 〃 | △∘•△△∘∘[∘∘∘△∘△]
〃 〃 | △∘△△△△△|[3a(A)∘△∘△]|6a′|[△∘∘△△4b]|•△∘∘∘∘△‖

注意：此调共分三段，第一段卅三字，第二段卅六字，第三段卅六字。第三段第四句上半的意义节奏往往是一四或三二。

又一体一百零四字，即依上式，唯第三段第四句改为[3A5a]。

又一体一百零四字，即依上式，唯首段第一句3x不入韵，末段变为：[3b′(a′)·△·△]|[3A4a′(∘△∘△)]|△△△∘∘△|[3A4A]△△△∘∘3a‖。

178.《二郎神》　一百零五字　2a |4b[3y4a] / 〃 4 a′|

1 +4A4a·△∘∘△△ / 〃 〃 4b(a) 〃 |△△∘∘∘∘△[3b′4a′] / 4X 4s ∘△△∘∘△ |∘△△△∘4a′4a / 3y∘△∘∘△△″‖

注意：前段第八句的意义节奏往往是一四。余体不录。

179.《南浦》　一百零五字　5A[3B∘∘·△∘△] / ∘∘△△∘∘1 +4A′4x |

5A[3a6a] / 〃 [〃〃] |4b△∘∘△∘∘△ / 〃 〃 |4b′ / 〃 |1 +4X4x / 〃 〃 〃‖

又一体一百零二字，系平韵。不录。

180.《倾杯乐》　一百零六字　4X4s4s|[3a′4b]4x4x|7a|4x6x|4a(b′)△△∘∘·△|　[3b4s]|1 +7b|[3a′(A)4X]6x|[3b′4b]|[3b(a)4s]|3b′[3b4b]‖

注意：《词律》载《倾杯乐》共八体。余体不录。

181.《解连环》(《望梅》)　一百零六字　4a / 6b′ |

·∘∘△△4a(∘△∘△) / 〃 〃 |[3b(B)4X]1 +4A′(B)4a(△△∘△) / [〃 〃] 〃 〃 |

4A[3a′(b′)4x] / 〃 〃 〃 |1 +4b4A(B′)△△∘△ / [3A4b′] 4b′‖

注意：前后段第二句的意义节奏往往是三二或一四。

182.《夜飞鹊》　一百零七字　5b′4A′|∘△△△∘∘|∘∘∘△△∘

△6A′|○○△○△△1+4a′4A|4b[3A4X]|　6a5A4A′|6a′4b4A′|4b′[3A4A]|1+4a′4b4X‖

183.《苏武慢》　一百零七字　4X4b(a′)○△△○○△ | [3b4A]4b(a′)〃 |

4b4A6a | 4B4X4x | 1+4x4a4a ‖
〃〃〃 | 〃〃〃 | 〃　〃　6b ‖

注意：此调又名《选冠子》，与《过秦楼》极相似，参看下文《过秦楼》条。余体不录。

184.《望海潮》　一百零七字　4　x　4　a′(b)6X | ○○△△○○|1+4b(a′)4X |

4B4b6X | 5A | 1+4s 4X | 4X△○○△△·○ ‖
〃〃〃 | 〃 | 〃　〃　〃 | 6b 5　　A ‖

又一体亦一百零七字，即依上式，唯后段末两句改为上四下七，与前段末两句一致。

185.《一萼红》　一百零八字　3A|1+4s　5A | 6a′(b)1+4a′4X |

4X 4s ·△○△○○(6a′) | [3a′(B)4b(a′)][3b(A)○△△○○] |
〃　〃　　　〃 | [〃　　〃　　][〃　　　〃　] |

4X4s4X6s ‖
6　s　〃 ‖

186.《一寸金》　一百零八字　4A′△△○○△○△ | 4X4a′ 5b′ |

1+4a4a′(b)4b(a′)4a′ | ○△○○△ | [3A4b′] |
〃　〃　〃　　〃　　〃 | 〃 | [〃　〃] |

[3a4X]△△○○△○△ ‖
[〃　〃]△○○△△ ‖

注意：后段第八句(○△○○△)可以不入韵。

187.《夺锦标》　一百零八字　4A′4b△△·○○△ |
6b|4A　〃 |
△△○○○△4A′4a | 1 +4b[3a′(A)4a′] | [3A4A]△△○○○△ ‖
〃　〃 〃 | 〃 〃 [〃　〃] | [〃 〃]　〃 ‖

188.《薄幸》　一百零八字　4x|[3b′(a′)4b]|[3b′(a′)4b]
6a(b)|[3S′4A′]○○△△ ○○△|1 +4A4s6a′(b)|[3y3a]
[3b4x]|·○· ·△(1 +4s)4a′(b)7a|4a|1 +4a′(b)○○△△
○○△|4b6b(a′)‖

189.《风流子》(《内家娇》)　一百十字　·○△△△[3a5A]|
1 +4A′(b)4x4x4A′|3a′5b5A|4B4x4x4A′|○○○○△[○○
△△△]4A|○△△○△○4A′|1 +4A′(b)4s4b′4A′|○△△○○
△4A′‖

又一体单调卅四字,不录。

190.《疏影》(《绿意》)　一百十字　4　b|1 +4B′(b′)○△○△ |
○△○○△△[△○△△△]〃 |
4X4X6x(○○△△○△) | ○○△△○○△[3b′4x] | [3B(A)4X]6a ‖
〃〃〃　〃 | 〃　[〃 〃] | [〃　〃]〃 ‖

191.《大圣乐》　一百十字　4A′4x4a|[3b′4A]6a4A′|△○○○○
△△[3a′○○○△○]|3a1 +4b4A′|　○○△△△△[3a′(b′)○○○△
○]|1 +4a4b′4A′|4A4a′·△○○○△○|3a1 +4b4A′‖

又一体仄韵不录。

注意:此调平仄通押。第一个韵脚用仄,余皆用平。

192.《过秦楼》(《选冠子》)　一百十一字　4　A4x△△△○○△ |
[3b4A]〃　〃 |
4b4X△△△○○△ | ○△△△○○4A′4x | 1 +4b4a′4a ‖
〃 〃 〃 | ○△○○△○〃 〃 | 〃 〃 −6b ‖

余体不录。

193.《霜叶飞》　一百十一字　△∘∘△∘∘△[∘∘∘△∘△]
∘△△△∘∘4b(a′)△△∘△∘△ |

△∘∘△△∘∘5a(1+4a) | [3b′4b] | ∘∘∘△∘∘△ |
〃　〃 | [〃　〃] | 〃 |

1+4A[3b′4b]4a(△△∘△) ‖
[3b′(B)3a]4X 4　a ‖

注意：前段首句第四字是句中韵，或称暗韵，如周邦彦“露迷衰草疏星挂，凉蟾低下云表”，吴文英“断烟离绪关心事，斜阳红隐霜树”，张炎“故园空杳霜风劲，南塘吹断瑶草”，又“绣屏开了惊诗梦，娇莺啼破春悄”。其实即在第四字断句，亦未尝不可。后段第三句，《词律》引吴文英“断阕经岁慵赋”，于“阕”字下注云“作平”，恐未必是。周邦彦于此处云“度日如岁难到”，“日”字亦用入声，张炎有一首云“坐对真被花恼”，则竟用去声，惟另一首云“可怜都付残照”，“怜”字用平罢了。疑旧法此字当用入声。

194.《沁园春》　一百十四字　2A | 4X4A　4B′
〃[3b′(a′)5Y] |

1+4s4s4s4X | 4X4s7B′ | 3a1+4s4X ‖　又一体不录。
〃　〃　〃　〃　〃 | 〃　〃　〃 | 〃　〃　〃 ‖

注意：前后段7B′句第五字必平。后段起句二字或连下面4X合成一句，即第二字不入韵。《词律》举陆游“交亲散落如云”，注云“亲字可以不叶，其叶者亦一二而已”。力按：陆词三首中，有两首不叶，但后人叶者却不止一二首。此当认为句中韵，叶否可以自由。第二句为八字句，《词律》认为上三下五，今姑从之；其实往往是上一下七。

195.《贺新郎》（《贺新凉》《金缕曲》《乳燕飞》）　一百十六字　5　a | [3A4b]4a | ·△·∘∘∘△[∘△∘∘△△] |
∘∘△△∘∘· | [〃　〃]〃 | 〃　〃 |

[3b′4a′] | ·△·○○○△[3A5a] | 3b3a′ ‖
[″　″] |　″　[″　″] | ″　″ ‖

注意：前后段共有四个 ⓩ仄 ⓟ平平平仄，都可变为仄仄平平平仄仄。前者是拗句，后者是律句。词人于此等处有全用拗句者，如《词律》所举毛幵的一首；有全用律句者，如《词律》所举高观国的一首；有拗句与律句并用者，如《白香词谱》所举李玉一首。

196. 《摸鱼儿》(《摸鱼子》《买陂塘》)　一百十六字

[3A4a]○○○△○△ | ○○·△○○△6a | 3b[3y○○○△○○△] |
3a　6b |　″ |　″　″ | ″　[″　″] |

4b | 1 +4X4s5a′ ‖
″ | ″　″　″　″ ‖

197. 《春风袅娜》　一百廿五字　1 +4a′4A | 3b3A | [3A△△△○○△]4b4A | 4A4a′△△○○○△○ | △△○○△○△[○○○△△○○] | ○△○○△△4b[3a′4A] | 3a3A | 4b4A | 4A4a′4a4A | 4a′1 + 4a′4b4A′ ‖

198. 《十二时》　一百卅字[3A4a]○△○○○△ | [3b′4a′] | △△·○○△ | 4A(B′)4b(a′)△△○○△ | [3b4A]4B′○△○○○△ |

[3Y4b(a′)]△△·○○△ | 4A(B′)4b(a′)△△○○△ |
[″″]″ | ″　″　″ |

△△○△△[○○△··△] ‖
″　″ ‖

注意：此调共三叠(三段)，多用于告神。首段第七句的意义节奏往往是三二；中段与末段第五句的意义节奏也往往是三二。

199. 《兰陵王》　一百卅字　3a′ | 6b | [3a4B]7b′ | ○○△△△ | 2a | 4b | [3a4B]△△○○△○△ | ○○△○△ | 1 +4A○△○△ | 7a | ·△△○△(1 +4b′)4a○○·△△△△ | △○△○△ | 2a | 3a′ | 1 +4A○△○△ | 7a | △△△○△4a | 4a′3b′3b′ ‖

注意：此调亦共三叠。《词律》注云末段末句 3b′上二字必须用去声；杜文澜加按语云：“此调后结必用六仄声，以‘仄去仄’‘去去入’为最合。”

200.《瑞龙吟》　一百卅三字

3a	6A4a	6X4y4b	∘△∘∘∘
3a′	6a〃	〃 〃 〃	

△4a4a′|∘△△∘∘∘[∘△∘△]|4b5a|[3a4b]4a′|5a|4b′4b|5a|[3b∘∘∘∘∘△]|4b4a‖

注意：此调共三叠，与《水龙吟》（《龙吟曲》）毫无关系。

201.《大酺》　一百卅三字　4A3a∘△∘∘∘△|∘∘·△△1＋4a′4a(b′)|4X4b∘△·∘∘△|∘∘·∘△1＋4b4a|1＋4A′(a′)4x4x|5y|[3a′∘△·∘△]|[3b′(B)4a′(b)]4x[3A(B)4s(∘△∘△)]|5a(b′)[3y4x]|[3x3a]|∘△∘△(4a)6a′|6b′‖

202.《多丽》（《绿头鸭》）　一百卅九字　3A6X|

[3A(B)4s]6X	[3A4s][3s 4X]	4X4s7A
[〃　〃]　〃	[〃　〃][〃　〃]	〃〃〃

[3a′(b′)4s]5A	[3A4s]4X‖
[〃　〃]　〃	[〃　〃]〃‖

203.《六州歌头》　一百四十三字

4b(a′)　5　A
1＋3a 3x 3a(b)3A

3s 3a 3A	3A	5a 3s 3a 3y 3s 3A	4S 5a 4X	1＋4s 5A	4X3A‖
〃 〃 〃	〃	〃 〃 3A|〃〃 〃	6s[3x 4X]	〃 〃 〃	〃 －‖

余体不录。

204.《宝鼎现》　一百五十五字

4　x　·△∘△　4a′
△△∘△∘∘△|[3A·△∘△]

[3y4x]·△∘∘∘△△	[3b′1＋4a′(b)]6b(a′)	[3b′4b]6a′
[〃4y]　〃	[〃 〃 〃　]〃	[〃　〃]6b

4A[3b4a′]|1＋4b(a′)∘△∘∘△△|[3b′4a]|△△∘∘△|[3b′(B)4A′]△△∘∘·△‖　余体不录。

注意:此调共三叠。末段第五句[3b′4a]上三下四,《词律》作上四下三,当系误刻;依《词律》凡例,上四下三则成普通七字句,不须注一"豆"字。

205.《哨遍》(《稍遍》)　二百零三字　4Y4Y5a|3S|5X|[3A4x]|3B(b′)|6a(b)|7a|1+4A4b(a′)∘∘∘△∘△(△△∘∘△△)|1+7A|[3s∘∘△∘∘](1+∘△∘∘△∘∘)|4X4A4a(b′)|1A|4X7A(a)|∘△∘△△(5a)[3A′3a′(A)](∘∘∘△△∘)|1+4X4b′(a)7a(A)|1+4X4s∘∘∘△∘△|[3b′(a′)5A]|[3b∘∘△∘∘](△∘△∘△△△△)|[3A4x]|∘∘∘△∘△5x|△∘∘△∘∘△△6b(a′)|7A|[3A(B)·△∘△(4b)]‖

注意:此调在语法上可认为古文式的词(参看上节)。往往用支微齐韵,平仄通叶。其所以用支微齐韵者,因为后段首句为一字句,诸家都用"噫"(或"嘻")字,而且入韵。再者,既仿古文,就不免用助字煞句,助字则以支微齐韵为最多,如"之其耳已矣只兮"等字皆是。前段第四句3S可以不入韵,第八句6a可不入韵,后段第二句4X可以不入韵。后段八字句(△∘∘△∘∘△△)的意义节奏可作上二下六,如苏轼"但知—临水登山啸咏",又可作上四下四,如刘克庄"嗟盘之乐—谁争子所",又可连下六字,共成十四字句,一气呵成,如辛弃疾"大方达观之家未免长见悠然笑耳"。

206.《莺啼序》　二百四十字　6　b(a)1+4b(a)
4X····(4b)　〃〃 |

[3x4X]·△·△∘△(△∘∘△∘△)
[〃　〃]·∘·△∘△—— |

[3a′(b)4b]7a([3A∘△∘△]) | [3A4X]4a
[3A　〃][3a′(b)4x](7a) | [〃　〃]〃 |

4b 4A1+4b′(△∘△△△) | [3b′4a′]4A4A4a
〃　〃　〃　〃　〃 | [〃　〃　]〃　〃　〃 |

4b4a′7a(∘∘∘△∘∘△)[3A5a] |
″″″(∘∘∘△∘△△)[″ ″] |
4b∘∘△△∘∘[△∘△△∘△(△∘△∘∘△)] ‖
6X 4 A △ ∘△△ (4a) ‖

注意:《词律》云:“词调最长者惟此序,而最难订者亦惟此序;盖因作者甚少,惟梦窗数阕与《词林万选》所收黄在轩一首耳。”力按:依照唐圭璋先生所辑《全宋词》,《莺啼序》共十首,除吴梦窗三首及黄在轩一首外,尚有高似孙、徐宝之各一首(均录自《阳春白雪》),汪元量一首,刘辰翁三首。现在参照各家,把规律定得宽些,但大致仍以梦窗为准。依刘辰翁的三首看来,《莺啼序》也可以是古文式的。

以上所录词谱共二百零六调,大致共有二百五十余体,比之《词律》所录,约及三分之一,然因利用简谱,其所占篇幅则减少数十倍。这些词谱大致是依照《词律》的,但有时候参照各家词句,不免有所补充。《词律》有呆板处,又有错误处。呆板处,是因为某调只有一二首为参考的资料,不免就把平仄的规律定得严些;不知假定作者增加,情形也就不同。试看《满江红》《念奴娇》和《水调歌头》等调,作者既多,《词律》也就定得宽了。万红友最推重方千里,其实方千里只是一个呆板的模仿者,他和周邦彦唱双簧,但我们并不能凭着他来呆板地定下词谱。《词律》的错误处虽然不多,也不是没有。读者如果细心比对这书和《词律》,就会发现的。

第四章　曲

第一节　曲的概说

1.1　词和曲，这两个名称都选择得不很好。现在普通所谓词，唐代叫做曲。因此，唐崔令钦《教坊记》所录的曲名，如《望江南》《浪淘沙》之类，也就是词名；而且有些词牌简直就叫做“曲”，例如《金缕曲》。现在普通所谓曲，元明两代却又有许多人叫做词，例如周德清《中原音韵》里面所谓词，都是指曲而言（周氏有《作词十法疏证》）；李玉《北词广正谱》，宁献王《涵虚子词品》，徐渭《南词叙录》等书所谓词，也都是曲；菉斐轩《词林韵释》和戈载《词林正韵》所谈的韵其实是曲韵。

1.2　但是，我们实在不必追究那些名称混乱的情形；只须就一般人所谓词和曲而去寻求它们的定义。实际上，词和曲是有分别的。我们在第三章第一节里，已经说明了什么叫做词；现在我们将要说明什么是曲。

1.3　依一般人看来，词和曲的最大分别是：前者只是一种变相的诗（最初是配音乐的，后来连音乐也不配了）；后者却是一种可以表演的戏剧，所以除了曲调之外还有科白。但是，我们不愿从这上头去说明词和曲的分别，因为：（一）科白之类不是诗，而我们只想从诗的本质上去分辨词和曲；（二）曲中有一种散曲，是和戏剧没有关系的，因此咱们不能说曲就是戏剧。

1.4　从诗的本质上看，词和曲的分别是：

1. 词的字句有一定；曲的字数没有一定，甚至本章在有些曲调里，增句也是可以的（参看本章第二节）。

2. 词韵大致依照诗韵；曲韵则另立韵部（参看本章第三节）。

3. 词有平上去入四声;北曲则入声被取消了,归入平上去三声(参看本章第五节)。

1.5 曲有北曲南曲之分。依王易《词曲史》所论(页424),它们的主要分别在乎:板式;谱式;套数;宫调。这些都和诗的本质没有关系。实际上,假使不管上述的四种情形,北曲和词的分别大,南曲和词的分别小。因此,我们为节省篇幅起见,预备撇开南曲不谈。现存的元曲中,除《琵琶记》外,都是北曲。本章所论,一律以元曲为标准,因为每一种诗体在首创的时代,它的规律总是比较严格的。正像我们论诗宗唐、论词宗宋一样,我们论曲不能不宗元。

1.6 曲有杂剧、散曲之分。杂剧就是一种带着科白的歌剧(南曲里称为传奇),其中的曲调是剧中人唱的(往往是主角唱,而且往往全剧只有一个人唱);散曲不是戏剧,没有科白,只是一种吟咏,较近于词。到底先有杂剧还是先有散曲呢?依我们猜想是先有杂剧,因为衬字是由歌曲而生的,没有歌曲则无所谓衬字了。

1.7 曲又有小令和套数之分。小令等于一首单调的词,套数则是几个或十余个曲调的组合。杂剧里只有套数,没有小令。散曲里有小令,也有套数。它们的关系如下图:

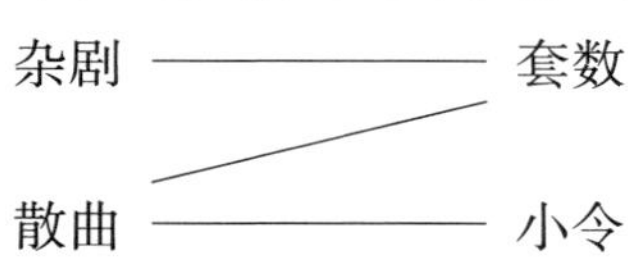

1.8 曲一套,称为一折。普通全剧只有四折,或再加楔子。北曲共分为十二个宫调(大概说来是十二类的调子)。原则上,同套者必须同一宫调。十二宫调的名称如下:

1. 黄钟	2. 正宫	3. 大石调	4. 小石调
5. 仙吕	6. 中吕	7. 南吕	8. 双调
9. 越调	10. 商调	11. 商角调	12. 般涉调

这十二宫调当中,最常用的是正宫、仙吕、中吕、南吕和双调,其次是越调和商调(第一折往往用仙吕,其他三折随便),又其次

是大石和黄钟，最罕见的是小石、商角和般涉。现在依照《中原音韵》，把七种常用的宫调里面的曲牌录出如下：

1. **正宫**　端正好　滚绣球　倘秀才　灵寿杖（呆骨朵）　叨叨令　塞鸿秋　脱布衫　小梁州　醉太平　伴读书（村里秀才）　笑和尚　白鹤子　双鸳鸯　货郎儿　蛮姑儿　穷河西　芙蓉花　菩萨蛮　黑漆弩（学士吟、鹦鹉曲）　月照庭　六幺遍（柳梢青）　甘草子　三煞　啄木儿煞

2. **仙吕**　端正好　赏花时　八声甘州　点绛唇　混江龙　油葫芦　天下乐　那吒令　鹊踏枝　寄生草　六幺序　醉中天　金盏儿（醉金钱）　醉扶归　忆王孙　一半儿　瑞鹤仙　忆帝京　村里迓鼓　元和令　上马娇　游四门　胜葫芦　后庭花（亦作煞）　柳叶儿　青哥儿　翠裙腰　六幺令　上京马　妖神急　大安乐　绿窗怨　穿窗月　四季花　雁儿　玉花秋　三番玉楼人　锦橙梅　双雁子　太常引　柳外楼　赚煞尾

3. **中吕**　粉蝶儿　叫声　醉春风　迎仙客　红绣鞋（朱履曲）　普天乐　醉高歌　喜春来（阳春曲）　石榴花　斗鹌鹑　上小楼　满庭芳　十二月　尧民歌　快活三　鲍老儿　红芍药　剔银灯　蔓菁菜　柳青娘　道和　朝天子（谒金门）　四边静　齐天乐　红衫儿　苏武持节（山坡羊）　卖花声（升平乐）　四换头　摊破喜春来　乔捉蛇　煞尾

4. **南吕**　一枝花　梁州第七　隔尾　牧羊关　菩萨梁州　玄鹤鸣（哭皇天）　乌夜啼　骂玉郎　感皇恩　采茶歌（楚江秋）　贺新郎　梧桐树　红芍药　四块玉　草池春（斗虾蟆）　鹌鹑儿　阅金经（金字经）　翠盘秋（干荷叶）　玉交枝　煞　黄钟尾

5. **双调**　新水令　驻马听　乔牌儿　沉醉东风　步步娇（潘妃曲）　夜行船　银汉浮槎（乔木查）　庆宣和　五供养月上海棠　庆东原　拨不断（续断弦）　搅筝琶　落梅风（寿阳曲）　风入松　万花方三叠　雁儿落（平沙落雁）　德胜令（阵阵赢、凯歌回）　水

仙子(凌波仙、湘妃怨、冯夷曲) 大德歌 镇江回 殿前欢(小妇孙儿、凤将雏) 滴滴金(甜水令) 折桂令(秋风第一枝、天香引、蟾宫曲、步蟾宫) 清江引 春闺怨 牡丹春 汉江秋(荆襄怨) 小将军 庆丰年 太清歌 小阳关 捣练子(胡捣练) 秋莲曲 挂玉钩序 荆山玉(侧砖儿) 竹枝歌 沽美酒(琼林宴) 太平令 快活年 乱柳叶 豆叶黄 川拨棹七兄弟 梅花酒 收江南 挂玉钩(挂搭沽) 早乡词 石竹子 山石榴 醉娘子(醉也摩挲) 驸马还朝(相公爱) 胡十八 一锭银 阿纳忽 小拜门(不拜门) 慢金盏(金盏儿) 大拜门 也不罗(野落索) 小喜人心风流体 古都白 唐元夕 河西水仙子 华严赞 行香子 锦上花 碧玉箫 妖神急 骤雨打新荷 驻马听近 金娥神曲 神曲缠 德胜乐 大德乐 楚天遥 天仙令 新时令,阿忽令 山丹花 十棒鼓 殿前喜 播海令 大喜人心 醉东风 间金四块玉 减字木兰花 高过金盏儿 对玉环 青玉案 鱼游春水 秋江送 枳郎儿 河西六娘子 皂旗儿 本调煞 鸳鸯煞 离亭燕带歇指煞 收尾离亭燕煞

6. **越调** 斗鹌鹑 紫花儿序 金蕉叶 小桃红 踏阵马 天净沙 调笑令(含笑花) 秃厮儿(小沙门) 圣药王 麻郎儿 东原乐 络丝娘 送远行 绵搭絮 拙鲁速 雪里梅 古竹马 郓州春 眉儿湾 酒旗儿 青山口 寨儿令(柳营曲) 黄蔷薇 庆元贞 三台印(鬼三台) 凭阑人 要三台 梅花引 看花回 南乡子 糖多令 雪中海 小络丝娘 煞 尾声

7. **商调** 集贤宾 逍遥乐 上京马 梧叶儿(知秋令) 金菊香 醋葫芦 挂金索 浪来里(亦作煞) 双雁儿 望远行 凤鸾吟 玉抱肚 秦楼月 桃花浪 高平煞 尾声

1.9 有同一曲而入两种以上的宫调者,例如:

仙吕双雁子(双燕子)即商调双雁儿(根据《北词广正谱》)。但是,有些完全同名的曲子,内容倒反是不同的:

端正好:正宫与仙吕不同。　斗鹌鹑:中吕与越调不同。
上京马:仙吕与商调不同。　红芍药:中吕与南吕不同。
妖神急:仙吕与双调不同。

其他各曲异同,有《北词广正谱》等书可考。

1.10　在原则上,同一套内的曲,必须同一宫调,但有时也可以借宫。借宫是有相当限制的。普通借宫的情形如下:

正宫:叫声(借中吕)　鲍老儿(借中吕)　十二月(借中吕)　尧民歌(借中吕)　快活三(借中吕)　朝天子(借中吕)　村里迓鼓(借仙吕)　元和令(借仙吕)　上马娇(借仙吕)　胜葫芦(借仙吕)

仙吕:得胜乐(借双调)

南吕:水仙子(借双调)　荆山玉(借双调)　竹枝歌(借双调)　神仗儿(借黄钟)

中吕:脱布衫(借正宫)　小梁州(借正宫)　啃遍(借般涉)　耍孩儿(借般涉,最常见)　六幺遍(借正宫)　六幺序(借仙吕)　白鹤子(借正宫)　滚绣球(借正宫)　倘秀才(借正宫)　蛮姑儿(借正宫)　穷河西(借正宫)　呆骨朵(借正宫)　伴读书(借正宫)　笑和尚(借正宫)　后庭花(借仙吕)　双鸳鸯(借正宫)　墙头花(借般涉)

双调:干荷叶(借南吕)　梧桐树(借南吕)　金字经(借南吕)　金盏儿(借仙吕)　卖花声煞(借中吕)

越调:醉中天(借仙吕)　醉扶归(借仙吕)

商调:后庭花(借仙吕)　青哥儿(借仙吕)　春闺怨(借双调)　雁儿落(借双调)　得胜令(借双调)　小梁州(借正宫)　牡丹春(借双调)　秋江送(借双调)　双雁儿(借仙吕)　柳叶儿(借仙吕)　上京马(借仙吕)　山坡羊(借中吕)　四季花(借仙吕)　元和令(借仙吕)　上马娇(借仙吕)　游四门(借仙吕)　胜葫芦(借仙吕)　节节高(借黄钟)　四门子(借黄钟)

1.11 由上所述,可见借宫也不是随便可借的,大约须宫调相近,然后可借。譬如正宫与中吕、仙吕相近,中吕与正宫、般涉相近,双调与南吕相近,商调与仙吕、双调相近,等等。散曲的套数则不借宫。

1.12 有些曲子是有连带关系的,往往是两三个曲子共成一组,不可分割。每套的开始第一组大致如下:

正宫:端正好　滚绣球　倘秀才

仙吕:点绛唇　混江龙　油葫芦　天下乐(偶有例外)

中吕:粉蝶儿　醉春风

南吕:一枝花　梁州第七

双调:新水令　驻马听(或步步娇)

越调:斗鹌鹑　紫花儿序

商调:集贤宾　逍遥乐

其他各组如下:

正宫:倘秀才与滚绣球(这两个曲子叫做子母调,可以轮流连用至数次)　脱布衫与小梁州

仙吕:那吒令与鹊踏枝、寄生草(寄生草较有独立性)

中吕:快活三与朝天子(或鲍老儿)　剔银灯与蔓菁菜　石榴花与斗鹌鹑　十二月与尧民歌

南吕:隔尾与牧羊关　玄鹤鸣(哭皇天)与乌夜啼　红芍药与菩萨梁州　骂玉郎与感皇恩、采茶歌

双调:雁儿落与得胜令　滴滴金(甜水令)与折桂令　川拨棹与七弟兄　梅花酒与收江南(往往跟着上一组)　沽美酒与太平令

越调:调笑令与小桃红(多数)　秃厮儿与圣药王　东原乐与绵搭絮(多数)　黄蔷薇与庆元贞

商调:金菊香与醋葫芦(或凤鸾吟)

因此,在小令里,有带过的办法(或简称带或兼),例如骂玉郎带过感皇恩、采茶歌,雁儿落带过得胜令,黄蔷薇带庆元贞,齐天乐带红衫儿等。

1.13　一个剧本的开始,可以先来一个楔子;甚至一折的开始也可以有楔子,不过罕见罢了。楔子往往是仙吕《赏花时》,或仙吕《端正好》。一个曲子完了,如果意有未尽,可以来一个幺篇。幺篇大概就是前腔的意思,有时候字句稍有增减。

1.14　现在谈到小令。并非每一个曲牌都可用为小令。滚绣球、倘秀才之类是限用于杂剧和套数的。普通常见的元人小令只有下列这些曲子(最常见者加点为号):

正宫:塞鸿秋　醉太平　小梁州　六幺遍　叨叨令　鹦鹉曲

仙吕:寄生草　醉中天　一半儿　游四门　后庭花　青哥儿　四季花　锦橙梅　三番玉楼人　太常引

中宫:朝天子(谒金门)　红绣鞋　山坡羊　迎仙客　喜春来(阳春曲)　上小楼　满庭芳　乔捉蛇　鹘打兔　醉春风　快活三　尧民歌　摊破喜春来　卖花声(升平乐　齐天乐带过红衫儿)

南吕:四块玉　阅金经(金字经)　干荷叶　玉娇枝　骂玉郎带过感皇恩、采茶歌

双调:大德歌　大德乐　沉醉东风　碧玉箫　庆东原　驻马听　拨不断　寿阳曲(落梅风)　折桂令(蟾宫曲)　百字折桂令　清江引　殿前欢　水仙子　雁儿落带得胜令　新时令　秋江送　十棒鼓　妖神急　楚天遥　播海令　青玉案　殿前喜　华严赞　山丹花　鱼游春水　骤雨打新荷　步步娇　太平令　梅花酒　小将军　阿纳忽　捣练子　春闺怨　快活年　皂旗儿　枳郎儿　庆宣和　风入松

越调:天净沙　小桃花　凭阑人　寨儿令(柳营曲)　黄蔷薇带庆元贞　糖多令　小络丝娘

商调:梧叶儿(知秋令)　百字知秋令　望远行　玉抱肚　秦楼月(忆秦娥)　满堂红　商调水仙子　芭蕉延寿　蝶恋花

黄钟:人月圆　刮地风　书夜乐

曲牌和词牌相同者颇多,也许当初同出一源(不一定都是);

但就事实上看来，有些虽然相同，有些却大不相同。就北曲而论，曲与词名同而实亦同者，有下列各曲（曲皆单调，不似词有双阕）：

点绛唇　太常引　忆王孙　风入松（同词的第一体）　糖多令　秦楼月（同前阕或后阕均可）　南乡子　念奴娇　鹊踏枝（双调）　青杏儿　鹧鸪天

大致相同者，有下列各曲：

青玉案　忆帝京　粉蝶儿　昼夜乐　喜迁莺　女冠子　归塞北（望江南）　醉春风　夜行船　梅花引　集贤宾　瑞鹤仙

名同而实不同者，有下列各曲：

捣练子　调笑令　醉太平　贺圣朝　鹊踏枝（仙吕）　感皇恩　离亭宴（燕）　六幺令　八声甘州　哨遍　踏莎行　应天长　后庭花　望远行　乌夜啼　贺新郎　满庭芳　剔银灯　最高楼（醉高歌）　女冠子　滚绣球　天下乐　金盏儿　朝天子　齐天乐　卖花声　四换头　玉交枝　驻马听　滴滴金　豆叶黄　川拨棹（拨棹子）　减字木兰花　雁过南楼　金蕉叶　逍遥乐　黄莺儿　玉抱肚　垂丝钓

1.15　有些曲子，名称虽不和词相同，实际上是词的变相。最显明的例子是《一半儿》。它是《忆王孙》的变相。试比较下面的两个例子：

忆王孙（香闺）　　秦　观

萋萋芳草忆王孙。柳外楼高空断魂。杜宇声声不忍闻。欲黄昏，雨打梨花深闭门。

一半儿（野桥）　　张可久

海棠香雨污吟袍；薜荔空墙闲酒瓢，杨柳晓风凉野桥。放诗豪，一半儿行书，一半儿草。

“儿”是衬字；除了“儿”字不算，字数和格式都和《忆王孙》相同。《一半儿》普通在末句仄煞，《忆王孙》普通在末句平煞，这是小小的区别。但《一半儿》亦有平煞者，如赵善庆《寻梅》“一半儿衔着一半儿开";《忆王孙》入曲后亦有仄煞者，如白仁甫《梧桐雨》"苔浸凌波罗袜冷"。总之，它们的关系是很明显的。

1.16　单就诗的本质来说，曲实在就是词的一种，在杂剧和传奇里，它是戏剧中的词。再溯得远些，词又是诗的一体，所以杂剧和传奇又是一种诗剧。就散曲说，曲和词的界限更难分了。咱们不能以曲牌与词牌的名称之不同来把它们分成两种诗体。在上文我们以韵部的不同和声调的不同来辨别曲和词，也只不过是一种说法。其实，到了元代，实际口语和唐代的语音相差得太远了，作曲的人不能不顺着自然的趋势，去变更曲的韵部和调类。严格地说，在诗的本质上，这声韵方面并不能说有很大的关系。那么，曲和词的最大分别就在于有无衬字。这就是下节所要讨论的了。

第二节　衬字和字句的增损

2.1　衬字，就是在曲律规定必需的字之外增加的字。就普通说，这种衬字在歌唱时，应该轻轻地带过去，不占重要的拍子；尤其北曲是如此。试比较下面的一首词的《念奴娇》和一首曲的《念奴娇》：

萨都剌**《石头城》**	郑德辉**《㑳梅香》**
石头城上，	惊飞幽鸟，
望天低，	荡残红，
吴楚眼空无物。	扑簌簌胭脂零落。
指点六朝形胜地，	门掩苍苔书院悄，
惟有青山如壁。	润破窗纸偷瞧。
蔽日旌旗，	则为一操瑶琴，
连云樯橹，	一番相见，
白骨纷如雪。	又不曾道闲期约。
大江南北，	多情多绪，
消磨多少豪杰！	等闲肌骨如削！

曲中的“扑、则为、又不”，都是衬字。就意义上说，衬字往往是些无关重要的字。就音韵上说，衬字不能用于重音，因此，衬字不能用于句末（这里的句指 sentence），尤其是不能用做韵脚。

2.2 要知道句末无衬字，必须先知曲子的句末无轻音。情貌词和语气词如“着、了、啊（呵）”等字，及词尾“儿”字，在现代普通话里念轻音的，在元曲里的句末都念重音，例如：

霍霍的揭动朱帘时你等着（韵），剥剥的弹响窗棂时，痴痴的俺来了。（郑德辉《㑳梅香》）

则这夜到明，明到夜，夜到晓（韵），可早刮马也似光阴过了。（王仲文《张子房》）

欲审旧题诗（韵），支关上阁门儿。（无名氏《游四门》小令）

待推来怎地推（韵）？不招承等甚的？（孙仲章《勘头巾》）

我则道拂花笺，打稿儿（韵），元来他染霜毫，不勾思。（王实甫《西厢记》）

不是见吃闪着亏你劝不的（韵），把俺死央及。（王伯成《天宝遗事》）

势到来如之奈何（韵）！若是楚国天臣见了呵（韵），其实难回避，怎收撮？（无名氏《气英布》）

2.3 非但句末的衬字不可能，连一个停顿处（pause）普通也不用衬字。像上文所举郑德辉《㑳梅香》里“弹响窗棂时”的“时”字用为衬字，是罕见的例外。

2.4 最常见的衬字自然是用于句首的（这里的句是指句子形式）。这种衬字有虚字，有实字，最不拘，例如：

石榴花

大师一一向行藏，小生仔细诉衷肠：自来西洛是吾乡；宦游四方，寄居咸阳。先人拜礼部尚书多名望，五旬上因病身亡。平生

正直无偏向，止留下四海一空囊！（王实甫《西厢记》）

上小楼

小生特来见访，大师何须谦让？这钱也难买柴薪，不勾斋粮，且备茶汤。你若有主张，对艳妆，将言词说上，我将你众和尚死生难忘！（王实甫《西厢记》）

至于句中，原则上只能用虚字。这里所谓虚字，包括情貌词“了”和“着”，助动词“将”和“把”，副词“也”和“又”，后附号“的、行”，以及“里、般、来、这、那、他、我”等字，又叠字的第二字亦可归入此类。现在分别举例如下：

“了”字：

游了洞房，登了宝塔。（王实甫《西厢记》）

且休泄漏了天机。（曾瑞卿《留鞋记》）

泄漏了春光。（无名氏《杜鹃啼》）

“着”字：

腕鸣着金钏，裙拖着素练。（关汉卿《玉骢丝控》）

你则合小心儿镇守着夹山寨。（李直夫《虎头牌》）

我向竹篱茅舍枕着山腰。（李寿卿《叹骷髅》）

殿阶前空立着正直碑。（尚仲贤《王魁负桂英》）

“将”字和“把”字：

不向村务里将琴剑留，仓厫中把米麦收。（无名氏《丽人天气》）

将耳朵儿撅了把金莲蹰。（无名氏《乔捉蛇》小令）

“也”字：

便是铁石人也意惹情牵。（王实甫《西厢记》）

壮志也消磨。（张云庄《梅花酒》小令）

"又"字：

行者又嚎，沙弥又哨。（王实甫《西厢记》）
更俄延又恐怕他左猜。（马致远套数《集贤宾》幺篇）

"的"字：

我是他亲生的女。（关汉卿《金线池》）
送女的霜毫笔，守亲的石砚台。（王实甫《芙蓉亭》）
以此上不免的依随。（王伯成《天宝遗事》）
眼脑里嗤嗤的采揪捽。（关汉卿《调风月》）

"行"字：

不是我兄弟行傒落，婶子行熬煎，向侄儿行埋怨。（李直夫《虎头牌》）

"里"字：

每日向茶坊酒肆勾阑里串。（李直夫《虎头牌》）
猛可里见姨夫。（无名氏《翠楼红袖》）
少不得北邙山下丘土里埋。（无名氏《秋江送》小令）

"般"字：

有韦娘般风度，谢女般才能。（商政叔《拈花惹草心》）
蠹鱼般不出费钻研。（王实甫《西厢记》）
黑锭般髭须。（明贾仲明《金童玉女》）
有一千般歹斗处。（王伯成《天宝遗事》）

"来"字：

向前来推那玉兔鹘。（关汉卿《调风月》）
若得他来双双配偶。（白仁甫《御水流红叶》）
度量来非为人诡谲。（朱庭玉《既不知心》）

气昂昂九尺来彪躯。(王伯成《天宝遗事》)

“这”字:

你看这迅指间乌飞兔走。(不忽麻《身卧糟丘》)
曲卖了这庄田。(张酷贫《汗衫记》)

“那”字:

他越把那庞儿变。(关汉卿《玉骢丝控》)

“他”字:

料应他必定是个中人。(张小山《锦橙梅》小令)

“我”字:

闪的我孤单。(无名氏《鱼游春水》小令)
不着我题名儿骂。(无名氏《三番玉楼人》小令)

“俺”字:

兀的不思量杀俺也么天。(关汉卿《玉骢丝控》)
大古是知重俺帝王家。(白仁甫《梧桐雨》)

“个”字:

谁是谁非辨个清浊。(康退之《黑旋风负荆》)
但见个客人,厌得倒褪。(王实甫《西厢记》)
留下这买路钱,别有个商议。(白仁甫《箭射双雕》)
虽是个女流辈。(商政叔《拈花惹草心》)

“些”字:

玉容上带着些寂寞色。(马致远套数《集贤宾》幺篇)
无些儿效功。(白仁甫《东墙记》)

“和”字:

古和今都是一南柯。(张云庄《急流勇退》)

“价”字:

我每日价枕冷衾寒。(关汉卿《绯衣亭》)

“厢”字:

耳边厢金鼓连天。(王实甫《西厢记》)

叠字:

相公又恶噷噷乖劣。(白仁甫《墙头马上》)
醉醺醺酒淹衫袖湿。(无名氏《四季花》小令)
则见那瘦岩岩影儿可喜杀。(马致远《汉宫秋》)
败叶儿淅零零乱飘。(明杨景言套数《二郎神》)
那绿依依翠柳。(同上)

2.5 每句可衬多少字,并没有一定的规律。大致说来,小令衬字少,套数衬字多,杂剧衬字更多。与词名实都同的曲子,衬字也往往较少,甚至不衬字(如《鹧鸪天》《秦楼月》《粉蝶儿》《太常引》)。有些专为小令的曲子,如《干荷叶》《金字经》之类,也是不衬字的。

2.6 衬字既没有一定,因此由衬一字至衬十余字都有。现在分别举例如下:

衬一字:

想莺莺意儿,怎不教人梦想眠思?(王实甫《西厢记·贺圣朝》)
早是俺多病多愁。(关汉卿套数,《鲍老三台滚》)
又不疼不痛病萦萦。(曾瑞卿《闷登楼》套数,《醋葫芦》)
他一派胡言都是空。(白仁甫《东墙记·东原乐》)

衬二字:

立呵丹青仕女图,坐呵观世音自在居,睡呵羊脂般卧着美玉,吹

呵韵轻清彻太虚，弹呵抚冰弦断复续，歌呵白苎宛意有余，舞呵彩云簇掌上珠。（明贾仲明《金童玉女》）

正值暮春时节。（商政叔套数，《玉抱肚》）

则被这一片野云留住。（王实甫《丽春堂·东原乐》）

则今番不和你调喉舌。（花李郎《勘吉平·圣药王》）

衬三字：

我为他使尽了心，他为我添消瘦。（庾吉甫《迤里秋来到》套数，《凤鸾吟》）

眼见的枕剩帏空，怎教的更长漏永？（白仁甫《东墙记·斗鹌鹑》）

瘦岩岩香消玉减，冷清清夜永更长，孤另另枕剩衾余。（宋方壶《落日遥岑》套数，《紫花儿序》）

我着你但去处行监坐守，谁着你迤逗的胡行乱走。（王实甫《西厢记·金蕉叶》）

只恐怕嫦娥心动，因此上围住广寒宫。（王实甫《西厢记·小桃红》）

便似亲引领着侵疆入界。（王伯成《天宝遗事·耍三台》幺篇）

衬四字：

自从在我山林住，惯纵的我礼数无。（王实甫《丽春堂·东原乐》）

伴着的是茶药琴棋笔砚书。（白仁甫《东墙记·绵搭絮》）

论文呵有周公礼法，论武呵代天子征伐。（乔梦符《两世姻缘·绵搭絮》）

到闪得我三梢末尾。（郑德辉《月夜闻笛》）

共娘娘做取个九月九。（关汉卿《哭香囊·绵搭絮》）

衬五字：

遮莫拷的我皮肉烂。（关汉卿《金线池》，仙吕《端正好》幺篇）

不想驴背上吃了一交。（无名氏《纸扇记·鹌鹑儿》）

则这的便是玄关一窍。(邓玉宾《丫髻环绦·后庭花》)

大刚来则是夫妻福齐。(郑德辉《月夜闻笛》)

那厮分不的两部鸣蛙。(马致远《青衫泪·红芍药》)

直睡到红日三竿未起。(吴止庵套数,《逍遥乐》)

俺这一对儿美爱夫妻宿缘招。(明贾仲明《金童玉女·四块玉》)

又被这半凋谢的垂杨树间隔。(马致远《黄粱梦·高过浪来里》)

怕的是灯儿昏月儿暗雨儿斜。(无名氏《望远行》小令)

听不得凤嘴声残冷落了玉笙。(乔梦符《两世姻缘》,商调《上京马》)

衬六字:

俺先人甚的是浑俗和光。(王实甫《西厢记》,越调《斗鹌鹑》)

兀的不送了他三百僧人。(同上,《六幺序》幺篇)

那厮每贩的是紫草红花。(马致远《青衫泪·红芍药》)

子母每轮替换当朝贵。(宫大用《范张鸡黍·六幺序》)

他每一做一个水山浮沤。(关汉卿《救风尘·逍遥乐》)

甚几曾素闲了半日。(朱庭玉套数,《梁州第七》)

吃酒的问甚么九担十瓶。(无名氏《您为衣食》套数,越调《斗鹌鹑》)

自从那盘古时分天地,便有那汉李广养由基。(白仁甫《李克用·蔓菁菜》)

好把他那听是非的耳朵儿揪着。(明杨景言《景萧索》套数,商调《尾声》)

忽惊起潇湘外塞雁儿叫破汀沙。(明李唐宾《望远行》小令)

衬七字:

写不就碧云笺上锦字书缄。(无名氏《鸳鸯冢·哭皇天》)

不索问转轮王把恩仇论。(李取进《栾巴噀酒·草池春》)

寡人亲捧一盏儿玉露春寒。（白仁甫《梧桐雨》）

老则老老不了我一片忠心贯白日。（无名氏《不伏老·耍三台》）

动羁杯西风禾黍秋水蒹葭。（白无咎《百字折桂令》）

我怎肯跟将那贩茶的冯魁去？（关汉卿《金线池》，仙吕《端正好》幺篇）

我也曾拳到了倒了碑亭。（无名氏《浮沤记·四季花》）

衬八字：

他醉呵晚风前垂柳翠扶疏。（明贾仲明《金童玉女·河西后庭花》）

可则又冻的我这脚尖儿麻。（李文尉《燕青博鱼·喜秋风》）

你看我再施呈生擒王世充当日威风，你看我重施展活挟雷世猛当时气力。（无名氏《不伏老·耍三台》）

我道来胜似你心肠儿的敢到处里有。（庾吉甫《迤里秋来到》套数，商调《尾声》）

衬九字：

这的是爱小妇休前妻到头下梢。（无名氏《纸扇记·鹌鹑儿》）

三行两行写长空呖呖雁落平沙。（白无咎《百字折桂令》小令）

衬十字：

有几多说不尽人不曾的偏僻，风流，是非。（朱廷玉套数，《梁州第七》）

险些儿不忧的咱忧的咱意攘心间。（无名氏《连环记·草池春》）

哎那颜咬儿只不毛几赖你与我请过来。（无名氏《罟罟旦·古竹马》）

衬十九字：

你是个揪不折拽不断推不转揉不碎扯不开慢腾腾千层锦套头。（关汉卿《出墙花朵朵》，南吕《收尾》）

衬二十字：

我正是个蒸不熟煮不烂炒不爆捶不碎打不破响当当一粒铜菀豆。(同上)

2.7 由上面这些例子看来,衬六七个字颇为常见,甚至有衬二十字的。大约衬字越多,音节越促。譬如上面所举衬十九字和衬二十字两个例子,我们可以想象得到它们极端迅速地一连串念下去的。因此,曲子的断句,有时候是和散文不同的。譬如上面所举的无名氏《望远行》小令:"怕的是灯儿昏,月儿暗,雨儿斜。"《北词广正谱》注云:"灯儿三叠只作七字句看。"意思是说,除了衬字之外,就只剩一个七字句:"灯昏月暗雨儿斜。"

2.8 以全首而论,有些曲子是衬字比曲字还多的。现在我们试举出两个最明显的例子:

百字知秋令(小令) 王和卿

绛蜡残半明不灭寒灰看时看节落,沉烟烬细里末里微分明日里渐里消。碧纱窗外风弄雨昔留昔零打芭蕉;恼碎芳心近砌下啾啾唧唧寒蛩闹,惊回幽梦丁丁当当檐间铁马敲。半欹单枕乞留乞良挨彻今宵,只被这一弄儿凄凉断送的愁人登时间病了。

曲字卅九,衬字六十一。

播海令(杂剧《詈詈旦》) 无名氏

哎你个淹答的官人你便休怪:若有俺那千户见了你个官人这其间,杀羊也那造酒宰马敲牛为男儿不在。帐房里没甚么甚么东西东西这的五隔。一来是为人做客,二来甫问年高三来是看上敬下敢道小觑俺这腰间明滴溜的虎头牌。

曲字廿八,衬字六十六。

又据《北词广正谱》所述孔文卿《东窗事犯·醉春风》里面的一段:

我单道着你,你休笑我秽,我这里面倒干净似你!

曲字三,衬字十六。

原注云:"三字衬作三句,然只作三字看。"可见衬字有比曲字多到五倍以上的。

2.9　周德清《中原音韵》所载曲调三百十五章当中，有十四章是注明“句字不拘，可以增损”的：

正宫：　端正好　货郎儿　煞尾

仙吕：　混江龙　后庭花　青哥儿

南吕：　草池春　鹌鹑儿　黄钟尾

中吕：　道和

双调：　新水令　折桂令　梅花酒　尾声

依《北词广正谱》所载，正宫《端正好》句字不可增损，而是仙吕《端正好》句字可以增损。又《广正谱》于此十四章外加仙吕《六幺序》，南吕《玄鹤鸣》《收尾》，双调《搅筝琶》，共成十八章。

2.10　这所谓句字可以增损，是和衬字不同的。衬字是曲字以外的字；而周德清所谓句字可以增损，则是曲字本身可以增损。试看下面的两首《后庭花》（增加的句字以·为号）：

后庭花（小令）　　吕止庵

湖山曲水重，楼台烟树中。人醉苏堤月，风传贾寺钟。冷泉东，行人频问，飞来何处峰？

后庭花（《西厢记》）　　王实甫

我则道拂花笺打稿儿，元来他染霜毫不勾思。先写下几句寒温序，后题着五言八句诗。不移时，把花笺锦字，叠做个同心方胜儿。忒风流忒煞思；忒聪明忒浪子。虽然是假意儿，小可的难到此。

“我则道”和“元来他”之类是衬字，只有“拂”和“染”是增字，增和衬的分别是很显然的。“忒风流”以下是增句。又如（增处用·号，减处用。号）：

新水令　第一式（杂剧《箭射双雕》）　　白仁甫

晚风寒峭透窗纱，控金钩绣帘不挂。门阑凝暮霭，楼阁敛残霞。恰对菱花，楼上晚妆罢。

这首当做正则的《新水令》；所谓增损，以此为准。

新水令 第二式(套数) 元好问

一声啼鸟落花中,惜花心又还无用。〇〇深院宇,〇〇小帘栊。点检春工,夕阳外绿阴重。

新水令 第三式(杂剧《浮沤记》) 无名氏

正黄昏庭院景凄凄,哭啼啼,泪双垂。走的软兀剌一丝无两气。淅零零的小路险,昏剌剌的晚风吹。脚步儿刚移,一步步行来到枉死地。

新水令 第四式(套数) 无名氏

闲争夺鼎沸了丽春园,久排场不堪久恋。时间相敬爱,端的怎团圆? 〇〇〇〇白没事教人笑惹人怨。

新水令 第五式(套数) 无名氏

大明开放九重天,拜紫宸玉楼金殿。红摇银烛影,香袅玉炉烟。奏凤管冰弦,唱大曲梨园,列文武官员,降玉府神仙,齐贺太平年。

2.11 句字可以增损的曲调决不止如周德清所指出的十四章,例如:南吕《玄鹤鸣》(《哭皇天》)就是《北词广正谱》所谓“句字不拘,可以增损,周德清失注”的。这些都用不着多举例,因为在下文第八节的《曲谱举例》里,对于句字可以增损的曲调,我们是另作一谱或加以说明的。

2.12 此外,另有一种语法上的衬字。普通的口语里是用不着这种衬字的;在曲子里,有时候需要这种闲字来凑足字数,或显出一种特殊的风趣。这种语法上的衬字,最显明的就是用于句末的,例如《叨叨令》的“也么哥”:

兀的不冻杀人也么哥! 兀的不冻杀人也么哥! (无名氏《杀狗劝夫》)

老了人也么哥! 老了人也么哥! (张可久小令)

及《醉娘子》的“也么天”或“也摩挲”(较罕见):

你莫不真的待要去也么天…兀的不思量杀俺也么天！（关汉卿套数《玉骢丝控》）

真个醉也摩挲，真个醉也摩挲。（王伯成套数《四时湖水》）

但最特别的还是夹在一个仂语的中间，例如：

因此上瘸臁跛足践尘埃。哀也波哉！（岳伯川《铁拐李·尧民歌》）（“哀也波哉”等于说“哀哉”）

则俺这村也波坊，不比那府共州。（无名氏《桃花女·天下乐》）（“村也波坊”等于说“村坊”）

抡的柄铜锹分外里险。（宋方壶套数《落日遥岑》）（“分外里险”等于说“分外险”）

沉烟烬细里末里微分间日里渐里消。（王和卿《百字知秋令》）（“细里末里”等于说“细末”，“日里渐里”等于说“日渐”）

闷拂银筝暂也那消停。（明李唐宾《望远行》小令）（“暂也那消停”等于说“暂消停”）

听了些晨钟的这暮鼓。（王实甫《西厢记》）（“晨钟的这暮鼓”等于说“晨钟暮鼓”）

凤凰台下凤凰台，也波台；凤凰台上凤凰来，也波来。天籁地籁闻人籁，也波籁。（明贾仲明《金童玉女》杂剧，《满堂红》）（多了一个“台”字、一个“来”字和一个“籁”字，与上面那些例字稍有不同）

这种语法上的衬字，有些可以当作曲字，有些只能当作普通的衬字。这也值不得仔细去追究了。

第三节　曲　韵（上）

3.1　周德清的《中原音韵》和卓从之的《中州音韵》都把曲韵分为十九部，连韵部的名称也完全相同（周的第十七部侵寻，卓作寻侵，这种小异是不足注意的），大约卓是抄袭周的。这是元朝北方的实际语音系统，当时的曲调确是依照实际语音去用韵的，因此，与其说周氏创造曲韵，不如说他根据既成事实来著成一书。不过，自从周书流传以后，北曲用韵更有准绳，很少有不依它的韵部的。《中原音韵》和《中州音韵》之于曲，竟像《广韵》（后来平水韵）之于诗，一样地有势力。我们谈曲韵，就拿《中州音韵》来做标准（《啸余谱》后面附有《中州音韵》，北京大学亦有石印本）。

3.2 此外有《词林韵释》（一名《词林要韵》），据说是宋绍兴二年菉斐轩刊本，大约是伪托的。这书的出世大约在《中原音韵》之后，所谓“词林”的“词”，应该当作“曲”字讲。书中也把曲韵分为十九部；虽然韵部的名称和《中原音韵》多不相同，但其内容几乎完全是一样的。

3.3 曲韵和词韵大不相同的地方，是入声取消，原来的入声字都分别归入了平上去三声（下节将叙述怎样归并）。在《广韵》里，入声字是配阳声韵（即收音于-ng、-n、-m 的韵）的；在《中原音韵》和《中州音韵》里，入声字改隶阴声韵，即收音于-a、-i、-e、-o、-u等。

3.4 《中原音韵》的十九个韵部如下（括弧内附《词林韵释》的韵目）：

一　东钟（东红）。相当于《广韵》东冬钟（包括平上去声，下同）。又庚耕登的一小部分字。

二　江阳（邦阳）。相当于《广韵》江阳唐。

三　支思（支时）。只有《广韵》支脂之三韵中的照穿床审禅日精清从心邪开口字。又入声字“虱涩瑟塞则”。

四　齐微。《广韵》支脂之三韵中的照精两系及日母合口字，知彻澄娘及喉牙唇音字，齐微灰祭废韵字，泰韵合口字，又入声质迄缉职德韵字，陌麦昔锡开口三四等字及“龁纥核吓”等。

五　鱼模（车夫）。相当于《广韵》鱼虞模。又尤侯一部分唇音字，又入声屋沃烛术物没。

六　皆来。《广韵》皆咍夬。又佳泰韵开口字。又入声陌麦职的开合口二等字。

七　真文。相当于《广韵》真谆臻文欣魂痕。

八　寒山（寒闲）。相当于《广韵》寒删山。又元凡韵的轻唇字。

九　桓欢（鸾端）。相当于《广韵》的桓。

十　先天（先元）。相当于《广韵》的先仙，又元韵的喉牙音字。

十一　萧豪（箫韶）。《广韵》萧宵肴豪。又入声觉药铎。

十二　歌戈（和何）。相当于《广韵》歌戈。又入声末，及曷合盍觉药铎一部分字。

十三　家麻（嘉华）。《广韵》麻韵中的二等字，及佳韵合口字。又入声黠辖洽狎，又月乏韵的轻唇字，合盍曷的舌齿音字。

十四　车遮（车邪）。《广韵》麻韵中的三、四等字。入声屑薛葉帖业，又月韵的喉牙音字。

十五　庚青（清明）。《广韵》庚（“兄”等例外）耕（“轰”等例外），清青蒸登（“弘”等例外）。

十六　尤侯（幽游）。《广韵》尤侯幽。又入声屋烛一小部分字。

十七　侵寻（金音）。相当于《广韵》的侵。

十八　监咸（南三）。相当于《广韵》的覃谈咸衔。

十九　廉纤（占炎）。《广韵》盐添严。又凡韵牙音字。

3.5　曲韵是平上去三声通押的，所以不另立上去两声的韵目。如果拿这十九部的曲韵和第三章第三节所述的十九部的词韵相比较，在声调上，前者非但把入声的系统弄乱了，甚至还把它取消。但是，若专就舒声（平上去三声）而论，曲韵却比词韵分得更

细。曲韵的舒声共有十九部,而词韵的舒声只有十四部,因为:

1. 词韵第三部支脂之微齐灰在曲韵里分为支思和齐微两部;

2. 词韵第七部元寒桓删山先仙在曲韵里分为寒山桓欢和先天三部;

3. 词韵第八部麻韵(及佳韵合口字)在曲韵里分为家麻和车遮两部;

4. 词韵第十四部覃谈盐添严咸衔凡在曲韵里分为监咸和廉纤两部。

3.6 这并不是实际语音的韵部变为分得更细,而是因为词韵是一种不今不古的东西。词家尽量往宽的一方面用韵,所以只有舒声十四部,曲韵则因为须要实际歌唱的缘故,不能不按照当代语音把韵部定得严些。其所以比词韵多五部者,大约有两种原因:

第一,实际语音已经显然分为两韵,若勉强合成一韵,一定弄到不谐和。在这样的情形之下的韵部有支思和齐微、家麻和车遮、寒山和桓欢。支思的音值大约是[ʅ][ɿ]。齐微的音值大约是[i](或包括[ei]在内)。家麻的音值是[a],车遮的音值是[e]。寒山的音值是[an],桓欢的音值大约是[on]。

第二,实际语音和宋代虽然一样(或差不多),但是曲家要求把韵分得更细,所以把寒删山和先仙元分开,为寒山、先天两部;又把覃谈咸衔凡和盐添严分开,为监咸、廉纤两部。这四部的音值大约是[an][ien][am][iem]。

3.7 现在我们试依照第一章第四节对于诗韵宽窄的分类,把曲韵也分为四类,如下:

1. 宽韵:齐微　鱼模　萧豪
2. 中韵:真文　尤侯　江阳　庚青　先天　皆来　家麻
歌戈　车遮　东钟
3. 窄韵:寒山　监咸　支思
4. 险韵:桓欢　侵寻　廉纤

3.8　齐微、鱼模、萧豪之所以成为宽韵，因为有入声字加入的缘故；尤其是齐微韵，舒声字本来就很多，再加入声字，更是庞大到了极点。真文、江阳、庚青、先天、东钟因为没有入声，所以只能成为中韵。皆来、家麻、歌戈、车遮的舒声字不够多，虽有入声，加起来也只算中韵。尤侯舒声字颇多，但入声字太少，所以也是中韵。寒山与监咸字不多，又没有入声；支思字更少，虽有几个入声也无济于事，因此它们是窄韵。桓欢、侵寻、廉纤，本来就够窄的，又没有入声，所以就变了险韵了。

3.9　各韵常用的程度，是否与其宽窄的程度相当呢？我们曾就《北词广正谱》作了一个统计，如下：

1. 占九十首以上者：齐微（90）
2. 占六十首以上者：尤侯（61）
3. 占五十首以上者：鱼模（55）　萧豪（53）　先天（53）
4. 占四十首以上者：家麻（43）　皆来（42）
5. 占三十首以上者：庚青（38）　江阳（35）
6. 占二十首以上者：歌戈（28）　真文（27）　寒山（24）　东钟（23）
7. 占十首以上者：支思（16）　车遮（16）　监咸（11）
8. 不满十首者：廉纤（3）　侵寻（2）　桓欢（1）

原书未标明韵部者不计。

3.10　常见的程度出于意料之外者有尤侯和寒山，罕见的程度出于意料之外者有真文和车遮。由此可见，韵的宽窄虽有关系，韵字合用与否也有关系。正如诗韵中的微支删三韵虽窄，却十分合用，曲韵中的寒山也是如此；甚至于支思，它的字数虽然很少（只有七种声母的字），却也相当常用，就是这个缘故。元曲杂剧中很少用监咸、侵寻、廉纤三韵，因为全折必须同韵，比较散曲更不便于用险韵。桓欢韵则索性完全避免了。

3.11　现在我们逐个地讨论这十九部的曲韵，并举出若干例子。

1. 东钟。这一韵部很简单;大致就是《广韵》东冬钟三韵的合并。不过,庚耕登三韵的重唇开口字和喉牙合口字,都变入了东钟韵了。依照《中州音韵》,这些字是:

(1)重唇开口字:崩绷,盲氓甍甍萌,朋彭膨鹏棚,烹閛;猛艋蜢,祊;孟,趟迸。

(2)喉牙合口字:肱觥,泓,轰薨儚,荣,横弘纮宏嵘,兄;永,矿,泳詠莹咏永。

此外,清青两韵的喉牙合口字(即撮口)也有一部分变入东钟:莹,琼,炯冋迥,罃,敻诇("莹琼"兼入庚青)。

这种混合,除"莹、矿"二字外,和现代西南官话的情形大致相同。至于现代普通话,则"横"字及重唇字仍读入庚青,但它的东钟韵的唇音字也跟着读入庚青,所以庚青东钟的唇音字仍是相混的。

兹举例如下:

越调·斗鹌鹑(杂剧《东墙记》) 白仁甫

眼见的枕剩帏空,怎教的更长漏永!桃蕊飘霞,杨花弄风;翠袖生寒,乌云不拢。恰配合凤友鸾交,又见的离别西东。似这等离恨千端,怎支吾闲愁万种?

2. 江阳。江阳韵更为简单,只是江阳唐三韵的合并,例如(有·号的是江韵字):

鹊踏枝(杂剧《赤壁赋》) 费唐臣

且休说翰林忙,暂入他绮罗乡。则见烛影摇红,月色昏黄。他教酒吃得倒垂莲,小生却甚么检书幌敛银釭?

3. 支思。上文说过,这韵里只包括支脂之三韵里的精照两系及日母的开口字和五个入声字。其中最常用的字只有一百几十个:

(1)精系:资姿髭赀兹滋耔孜鶿缁淄訾辎谘,雌,慈疵玼磁茨,词祠辞，思偲司斯丝缌厮私；此仳泚，子仔訾紫姊梓，死；寺兕俟似祀巳饲嗣笥汜禩耜姒四泗思赐驷肆伺，恣胔眥滓渍，自字牸，次刺厕。

(2)照系：支枝脂卮之芝肢，嗤嗤鸱差，时匙鲥莳，师尸施狮屍诗；纸砥旨徵祉沚趾止芷指阯址咫枳黹，齿侈，史始弛矢豕使驶屎；至志痣誌踬，是氏示视侍恃豉嗜谥柹士仕市事莳筮噬使施试弑啻，翅帜。

(3)日母：儿而洏輀；尔迩耳饵珥；二贰珥饵。

(4)入声：虱；涩瑟，塞，则。

元代的曲家确曾严守着这一个韵部，不让它和齐微相混，例如：

梁州第七(套数《拈花惹草心》)　　商政叔

甘不过轻狂子弟，难禁受极纣勤儿。撞声打怕无淹润；倚强压弱，滴溜着官司。轰盆打甑，走踢飞拳，查核相万般街市。待勉强过从枉费神思。是他惯追陪济楚高人，见不得村沙谎厮。钦不定冷笑孜孜，可人举止。为他十分吃尽不肯随时。变除此外没瑕玼。聚少离多信有之。古今如此！

4. 齐微。此韵舒声包括齐微灰祭废韵字及泰韵合口字（“外”字例外），又支脂之韵字之不入支思者。但最值得注意者还是由入声变来的字。现在分别举例于下：

(1)质韵：窒桎帙秩，实，姪，疾嫉，弼；质骘，悉膝，匹，吉，诘，失室，必毕筚跸，咥叱，笔，壹，一乙；日驲，逸轶镒溢佾，栗慄，密蜜。

(2)迄韵：吃讫，乞，迄。

(3)痕韵入声：龁纥麧。

(4)缉韵：十什拾，集，袭习隰，及给笈汲；执汁，缉葺楫，急，泣，湿，吸翕，邑揖，笠立粒。

(5)职韵：食蚀植殖，直，极，逼愎；职织陟，息熄，棘，识式拭轼饰，即唧鲫稷，勅，愊；匿翼翊弋忆域，力。

(6)德韵:或惑,劾,贼蠈;北,得德,则(亦入支思),忒慝,克尅刻,国,黑;勒肋泐,墨默,蔔。

(7)陌麦昔锡齐齿字:石射(以弓射物),掷,藉籍寂,夕席穸汐蓆,甓,狄荻觌逖笛翟籴敌迪;只跖炙摭,昔惜舄析锡晳,戚刺,僻辟劈癖,戟击激,绤隙,释适,跡积绩勣脊踖蹐迹蹟,碧壁璧,尺赤斥,阋檄,的滴镝嫡,剔惕涤;逆溺奕译掖腋绎益,剧屐,曆歷沥枥霹砾轹。

(8)陌麦开口二等晓匣母字:核覈吓赫。

曲调的例子如下:

蔓菁菜(杂剧《李克用》) 白仁甫

自从那盘古时分天地,便有那汉李广养由基,他也不似这般快射。(本属昔韵,平水韵在陌韵)我则见他拱手舒心便服低,喏喏连声退。

道　和(杂剧《魔合罗》) 孟汉卿

却则端的!却则端的!虚事不能实!忒跷蹊!教俺难根缉。(本缉)天数张鼎,忽使机脱灾危,啜脱出是和非。难支吾,难支对;难分说,难分细。那些那些自欢喜咱伶俐。一行人取情招状讫。(本迄,平水物)那些那些他愁戚。(本锡)当初指望成家计,到如今番做得落便宜。

5. 鱼模。这是鱼虞模的合并,又尤侯的一部分唇音字,再加上由入声屋沃烛术物没变来的字:

(1)尤韵:谋,浮蜉,桴枹;否缶,副富妇负阜覆。

(2)侯韵:母拇某亩;部篰埠,戊。

(3)屋韵:育,孰熟塾淑,独髑读渎匵牍犊,斛縠,族,镞,仆濮曝匐幞瀑,伏服復鵩茯袱,逐轴;蹙,澳,矗,宿粟肃,速蔌觫餗簌,缩叔蹜倏俶菽束谡,蔟簇,福腹幅蝠覆復,菊掬鞠踘鞫,曲,祝粥筑竺竹筑,畜蓄,屋,哭,谷穀彀,秃,扑醭,卜不(准作);郁育,六陸戮,鹿漉禄麓醁,木睦穆目沐牧。

(4)沃韵:毒纛笃督;沃,酷,梏告,笃督启。

(5)烛韵:局,蜀属赎,俗续,躅;足,促,触,曲,烛嘱,旭项勖;玉欲浴狱欲峪,辱褥,绿录箓。

(6)术韵:術述,术;卒捽,戌恤邮,橘谲,出黜怵;聿,律。

(7)物韵:熨,佛;鬱蔚,拂绋髴绂韍芾,屈,窟,物勿。

(8)没韵:突,鹘,卒,勃字,兀杌,核;骨汩,忽笏惚,咄,没殁,讷。

(9)缉韵(例外):入。

这种情形和现代普通话大致相同,只有没韵的"勃字没殁咄"普通话读入歌戈,是其不同之点。"讷"字,普通话有[na][nə]两音,亦不同。"佛"字,今西南官话正是读入鱼模,唯普通话读入歌戈。《中原音韵》的"佛"字兼收于鱼模和歌戈两韵里。

曲调的例子如下:

梅花酒(杂剧《岳阳楼》)　　马致远

想你个匹夫,不识贤愚;蠢蠢之物,(本物)落落之徒。休猜我做左道术:(本术,平水质)我自拿着捩鼻木,(本屋)你拽着我布道服,(本屋)俺急切里要回去,您当街里缠师父。我为甚的不言语?您心下儿自踌躇。

6. 皆来。此韵等于《广韵》平声皆咍(及其上去),又佳的开口字("佳罣"除外)。去声夬("话"字例外),又泰的开口字;入声陌麦职的二等字(包括开合口)。又支韵的一个"衰"字(微也,减也),及质韵"率蟀捽"等字,栉韵"栉"字,黠韵"杀"字,洽韵"筴"字,锡韵"劈"字。

(1)陌韵二等:白帛舶,舴蚱,宅泽翟择;伯百柏迫,窄,索(山戟切),客,拆,拍魄珀,格骼,虢;陌蓦貊佰,额,掴。

(2)麦韵(只有二等):获画剨;擘檗,责箦帻,摘谪,策册,愬(山责切)摵溹,隔膈革,蝈帼掴馘;麦脉,厄搤。

(3)职韵二等:侧仄昃,色啬穑濇嫱,测恻。

(4)德韵(不规则):塞;刻(读如客);墨。

这一个韵部的入声字有一个特色,就是它们都属于二等(参看陈澧《切韵考·外篇》),连"率蟀摔栉杀筴"等字也都是二等字("衰"字虽非入声,却也是二等)。只有"劈"字是唯一的例外,但《词林韵释》皆来韵不收"劈"字。依照这个原则,"核覈赫吓"也该归皆来,然而事实上它们是变入齐微了,但《词林韵释》"吓"字兼入皆来。德韵"塞"字已入支思,"刻墨"已入支微,现在皆来兼收,只能算是例外了。

在现代普通话的白话音里,上述这些入声字仍有一些读入皆来,例如:

白,百柏伯(大伯子);拍;麦脉;

获(获虎县读如"淮");

摘,宅择,窄;拆,册(样册子);

色(又"骰");摔(音衰,又去声同"甩")率蟀。

又"塞"字白话音既读入皆来(sai)复读入支思(sei),也和曲韵相同。平声方面,现代普通话"衰"字读入皆来,也和曲韵一致。

曲调的例子如下:

点绛唇(杂剧《西厢记》) 王实甫

伫立闲阶。夜深香霭,横金界潇洒书斋,闷杀读书客!(本陌)

寄生草(杂剧《西厢记》) 王实甫

多丰韵,忒稔色!(本职)乍时相见教人害;霎时不见教人怪;些儿得见教人爱。今宵同会碧纱厨,何时重解香罗带?

一半儿(小令《寻梅》) 赵善庆

寻香曾到葛仙台,踏雪今泛和靖宅。(本陌)横斜数枝僧寺侧。(本职)动吟怀,一半儿衔着,一半儿开。

醉中天(小令《佳人黑痣》) 白 朴

疑是杨妃在,怎脱马嵬灾?曾与明皇捧砚来。美脸风流杀。(本黠)叵耐挥毫李白。(本陌)觑着娇态,洒松烟点破桃腮!

殿前欢（小令《次酸斋韵》）　　张可久

唤归来，西湖山上野猿哀。二十年多少风流怪！花落花开。望云霄拜将台，袖星斗安邦策，（本麦）破烟月迷魂寨。酸斋笑我，我笑酸斋。

7. 真文。此韵就是平水韵十一真与十二文的合并，再加上十三元的开口呼与合口呼（十三元的齐撮归先天），另加“肯品”二字。现在只简单地举一个例：

天下乐（杂剧《黄粱梦》）　　马致远

他每得到清平有几人？（真）俺炉中香满焚，（文）尽白云满溪洞锁门。（元，《广韵》魂）诵一卷《道德经》，讲一会《齐鲁论》，（元去，《广韵》魂去）这的是清闲真道本。（元上，《广韵》魂上）

8. 寒山。此韵就是平水韵十五删，再加上十四寒的开口呼（寒的合口呼另成桓欢一韵），和十三元、十五咸的轻唇字。现在举例如下：

青哥儿（杂剧《绯衣梦》）　　关汉卿

我和你难凭鱼雁，我每日价枕冷衾寒。则俺这宿世姻缘休等闲。直等到夜静更阑，人离雕栏，柳影花间。我则怕别时容易见时难，则将这佳期来盼。

梅花酒（杂剧《追韩信》）　　金志甫

虽然是暮景残，恰夜静更阑，对绿水青山，正天淡云闲。明滴溜银蟾出海山，光灿烂玉兔照天关。撑开船，挂起帆，（咸，《广韵》凡）俺红尘中受涂炭；您绿波中觅衣饭。（元去）俺乘骏马惧登山；您驾孤舟怕逢滩。俺锦征袍怯衣单；您绿蓑衣不曾干。俺空熬得鬓斑斑；您枉守定水潺潺。俺不能勾紫罗襕；您空执着钓鱼竿。喒都不到这其间。

试看上面两个例子里，寒韵的“寒阑栏难残阑炭滩单干襕竿”都是开口呼的字，并没有杂着合口呼（《广韵》桓）的字，可见寒山和桓欢的界限颇严，曲家是不肯让它们相混的。

9. 桓欢。这是险韵中之最险者；元人杂剧没有用桓欢韵的（明贾仲明所著《萧淑兰》一剧专用险韵，故第四折用桓欢，是例外）。至于散曲，用桓欢韵的也很少。这一个韵就是《广韵》的桓韵；若以平水韵而论，它是十四寒的合口呼。现在把它所有的常用字照录于下：

平声：桓，丸纨完垣洹岏，欢驩欢獾，观官冠棺，端，酸痠狻，宽，钻，般搬，鸾銮栾峦圝滦，瞒谩镘墁蹒漫鳗蔓馒，剜豌智蜿，湍，团慱漙，攒，撺，盘瘢磻鞶蟠槃般胖磐弁，潘拌。

上声：短断，碗椀，疃，管馆琯脘盥筦，款窾，澣，暖煖馔，纂缵酇，满懑，卵。

去声：唤奂涣焕换睆，换缓逭，翫玩惋浣，钻，锻碫断段煅，算蒜，贯冠盥灌瓘鹳观祼，半绊，伴畔叛，幔镘曼漫谩墁，窜撺爨，乱，段断，彖，判泮。

不过区区百余字，其中比较合用的只有数十字。因此，这一个韵部差不多变了备而不用的了。现在我们只举出元人小令一首为例：

拨不断 马致远

立峰峦，脱簪冠。夕阳倒景松阴乱，太液澄虚日影宽，海风汗漫云霞断。醉眠时小童休唤。

10. 先天。这是平水韵下平声的一先（《广韵》先仙），再加上上平声十三元的齐撮两呼的字（轻唇字除外），又盐韵的一个“贬”字，所以也很简单，例如：

忽都白（套数《玉骢丝控》） 关汉卿

我受了半载孤眠，你如今信口胡言，（元）枉了把我冤也么冤！（元）你若是打听得真实有人曾见，妳妳根前，您儿情愿，（元去）一任当刑宪，（元去）死而心无怨！（元去）

醉中天（小令） 无名氏

泪溅端溪砚，情写锦花笺。日暮帘栊生暖烟，睡煞梁间燕。

人比青山更远，(元上)梨花庭院，月明闲却秋千。

小喜人心(杂剧《虎头牌》)　　李直夫

今朝别后，再要相逢，只除是看时节梦见！梦见也不似这遍！不是我兄弟行傒落，婶子行熬煎，向侄儿行埋怨：(元去)好弱难分辨；贵贱难褒贬。(盐去)

第四节　曲　韵(下)

11. 萧豪。这一个韵部等于《广韵》的萧宵肴豪，又入声觉药铎的一部分字。关于舒声方面，这是和词韵相同的；只有入声方面和词韵大不相同。因此，我们应该详细地研究那些由入声变到这韵里的字：

(1)觉韵：浊擢濯镯，学嶨鷽，雹扑；角觉，壳确，卓琢啄捉，渥握幄喔，朔槊数，剥驳；岳嶽乐，荦，倬。

(2)药韵：着，杓，嚼，醵，籰，缚；脚，却郤恪，鹊，谑，酌斫灼缴妁，约，绰婥，削，爵雀，铄烁；药跃钥瀹，略掠，弱箬若蒻，虐疟。

(3)铎韵：铎度，薄泊亳箔博膊，鹤涸貉，凿昨酢怍，镬获；各阁，托魄箨橐拓饦託，郭椁，廓扩鞹，作，错，索，壑郝，恶；诺，莫摸瘼幕漠，洛落骆乐络烙珞酪，锷鹗萼鳄恶。

在现代普通话的白话音里，上述这些入声仍有一些是读入萧豪的，例如：

剥，雹薄；烙(烙饼)，落，酪，络(络子)。

鹤貉，郝，涸(涸干)；嚼，觉脚角；

雀鹊，壳；削，学(动词)。

着；杓芍；凿，药疟(发疟子)钥。

曲调的例子如下：

上京马(杂剧《黑旋风负荆》)　　康进之

咱每都来到，众人休闹，谁是谁非辨个清浊，(本觉)不索我拔着村嗓子高声叫。

念奴娇(杂剧《㑳梅香》) 郑德辉

惊飞幽鸟,荡残红扑簌簌胭脂零落。(本铎)门掩苍苔书院悄,润破窗纸偷瞧:则为一操瑶琴,一番相见,又不曾道闲期约。(本药)多情多绪,等闲肌骨如削。(本药)

感皇恩(杂剧《金童玉女》) 贾仲明

花枝般淹润妖娆,笋条般风流年少。你着我跨青鸾,乘丹凤,驾玄鹤。(本铎)看了这花柔柳嫩,端的是玉软香娇。恨不的心窝儿放,手心中擎,眼板儿上阁!(本铎)

12. 歌戈。这一个韵部就是《广韵》的歌戈,和入声末;又合盍曷的喉牙音字。其余的字都可认为有特别原因的,详见下文。

(1)曷韵:褐;葛割,渴,喝,曷遏。

(2)末韵:活,夺,钹跋魃;拨钵蕟,聒括适,阔,豁,撮,掇裰,脱蜕,泼,抹,斡;末秣沫抹,捋。

(3)合韵:合盒;阁鸽蛤。

(4)盍韵:阖嗑;磕搕。

(5)觉韵:浊濯镯啄;朴璞扑,浞龊,卓捉,数。

(6)药韵:缚;弱蒻。

(7)铎韵:镬,博,薄泊箔,铎度;阁各,膊博,郭,阔扩廓,粕,藿霍,恶,作,索,涸;莫摸寞膜幕漠,落洛络酪烙乐,诺,萼,鹗,鳄,薄。

(8)没韵:勃渤。

(9)物韵:佛。

其中觉药铎三韵诸字都是萧豪韵里已经有了的,没韵的"勃渤"和物韵的"佛"又都是鱼模韵里已经有了的。我们猜想萧豪和鱼模里的是白话音,而这里的是文言音。若不是文言白话的分别,决不会有这许多又读的。

现在举例如下:

四块玉(小令《闲适》) 关汉卿

旧酒没,("没"字本属没韵,有鱼模、歌戈两读,应补入)新

醅泼。(本末,平水曷)老瓦盆边笑呵呵。共山僧野叟闲吟和。他出一对鸡,我出一个鹅。闲快活!(本末,平水曷)

齐天乐(小令)　　张可久

潜身且入无何,醉里乾坤大。("大"字有皆来、歌戈、家麻三读)蹉跎!和邻友相合,(本合)就山家酒嫩鱼活。(本末,平水曷)当歌!百无拘逍遥,千自在快活。(本末,平水曷)日日朝朝,落落跎跎。酒瓮边行,花丛里过,沉醉后由他!("他"字兼入歌戈、家麻)

南吕·煞尾(杂剧《酷寒亭》)　　杨显之

润纸窗把两个都瞧破,拽后门将三簧锁纳合。(本合)捕巡军快拿捉,(本觉)急开门走不脱。(本末;平水曷)到官司问甚么?取了招带枷锁。建法场把了市廓,(本铎,平水药)上木驴着刀剁。万剐了尧婆,兀的不痛快杀我!

13. 家麻。这是《广韵》麻韵的二等字(即开口字)及佳韵合口字又"佳"本字及"罢"字。入声曷合盍三韵的舌齿音字,及黠辖洽狎四韵字,又月乏的轻唇字。

(1)麻韵:家牙茶巴麻瓜誇等等。

(2)佳韵:蜗娲,蛙洼窪鼃娃哇;卦挂掛诖罣,画;佳罢。

(3)夬韵(不规则):话。

(4)曷韵:达妲靼;闼獭挞跶,萨撒,笪;辣剌。

(5)合盍韵:沓踏,杂;塔榻塌阘遢,飒,匝咂,答搭,哈;纳捺衲,腊蜡拉邋。

(6)黠辖韵:黠辖辖,拔,滑猾;戛,札扎,八,察,杀煞,刮,刷;帓抹(读入)轧。

(7)洽狎韵:狭匣柙狎洽峡;闸霅;夹甲胛,劄,锸插,霎歃翣箑,恰掐,呷;鸭压押。

(8)月韵:伐垡罚筏阀;髪發,韈袜。

(9)乏韵:乏;法。

这些都和现代普通话的韵部相符，没有什么可以讨论的。现在举例如下：

绵搭絮（杂剧《两世姻缘》） 乔梦符

论文呵有周公礼法；（本乏）论武呵代天子征伐。（本月）你不学云间翔凤，他便似井底鸣蛙。（佳）你这般摇旗纳喊，簸土扬沙。踅踅磨磨，叫叫喳喳，你这般握武兴威待甚么？（"么"字兼入家麻，宜补）将北海尊罍做了两事家。你卖弄你那挡咤；你若是指一指该万剐。

雁过南楼煞（杂剧《燕青博鱼》） 李文慰

你道是他打了我呵似屋檐上揭瓦，不信道我打了他呵着我便带锁披枷。轮动我这莽拳头，逞动我这长稍靶，我绕着那前街后巷寻他。（"他"字本属歌戈，其后转入家麻）一只手揪住那厮黄头发，（本月）一只手将裩靶来牢掐，（本洽）我可便滴溜扑活撺在那厮马直下。

三番玉楼人（小令） 无名氏

风摆檐间马，雨打响碧窗纱，枕剩衾寒莫乱煞。（本黠）不着我题名儿骂！暗想他，忒情杂！（本合）等来家，好生的歹斗咱！我将那厮脸儿上不抓，耳轮儿揪罢。我问你昨夜宿谁家！

14. 车遮。这是麻韵的三、四等字（即齐齿呼）。入声屑薛葉帖业，及月韵的喉牙音字。

（1）屑薛韵：杰桀，迭垤凸瓞耋跌轶绖，襭颉，穴，截，别蹩瘪，舌折，绝，辍哲撤，踅蹩；屑楔偰绁薛亵绁，缺阕，咽噎，血，结讦桔洁孑，节疖，切窃，决抉诀谲抉觖，铁餮，鳖挈，瞥撇，浙，雪，说，拙辍，设，啜；列烈裂，悦阅，热，捏臬孽，灭蔑，爇，拽。

（2）葉帖业韵：叠牒喋堞碟谍蝶蹀，侠，挟胁协叶，捷婕睫，涉，辄；燮屧躞媟，劫颊铗荚筴，浃接楫，妾唼，贴帖怗，怯箧惬，摺，摄；猎鬣躐，聂蹑镊，葉业邺。

（3）月韵：掘，竭揭碣；阙，谒暍，歇蠍，羯，蕨蹶厥瘚，月刖越樾钺粤。

(4)陌韵(不规则):嚇;客;额。

在现代普通话里,上述的入声字,除知照系读与歌戈混外,其余都仍读车遮。“吓”字已见于齐微,“客、额”已见于皆来,今重见,是例外。大约是文言音;也许是纯粹的又读。这样是读入齐齿,恰像庚韵的“更”字现在既读如“庚”,又读如“京”。

车遮的舒声字甚少,因此曲调中差不多全靠入声字撑场面。假使没有入声字,它将变为第一险韵了。现在举例如下:

望远行(小令)　　无名氏

紫燕金莺弄也喉舌,(本薛,平水屑)我这里妆点得西园内红英儿翠重叠。(本帖,平水葉)梅香你与我掩上门儿着,瘦庞儿不耐春风烈。(本薛)霎时间,花初谢,这凄凉怎生受也?怕的是灯儿昏,月儿暗,雨儿斜。愁则愁到晚时节;(本屑)没划地又早是黄昏夜!

玉抱肚(套数)　　商政叔

好风光,又逢花谢;美姻缘,又遭离缺。(本薛)似无情一派长波,声声渐替人呜咽。(本屑)这一声保重言未绝,(本薛)珠泪痛流双颊。(本帖)怨满怀,恨万叠,(本帖)愁千结!(本屑)两情牵惹,玉纤捧杯,星眸擎泪,羞蛾蹙损,檀口咨嗟!

15. 庚青。这一个韵部大致就是平水韵下平声八庚、九青和十蒸的合并,但须注意下面这三个例外的情形:

(1)重唇开口字,如“崩盲朋烹猛”等,归东钟;

(2)喉牙一、二、三等合口字,如“肱轰横弘兄荣永”等,归东钟;

(3)“肯”字归真文,另从侵寻收入“禀”字。

这三个例外和现代一般官话的情形大致相同(参看上节东钟条)。现在我们于庚青韵只举一个例子:

朝天子(小令《同文子方泛洞庭湖》)　　刘　致

月明,浪平。看远峰秋沙净。轻舟漾漾水澄澄,天水明如镜。范蠡归舟,张骞游兴,在渔歌三四声。耳清,体轻,漫不省乾坤剩。

16. 尤侯。这一个韵部就是平水韵的下平声十一尤(《广韵》尤侯幽)。可以说它没有专有的入声字,因为除“肉”字外,都是已见于鱼模韵的。

(1)屋韵:轴逐,孰熟淑,舠粥;叔倏;祝竺竹,宿;六陆,肉。

(2)烛韵:烛;褥。

这是根据《中州音韵》的。《词林韵释》则稍有不同:“肉”字鱼模、尤侯兼收,“陆”字尤侯不收。

一字两读。显然又是文言、白话的分别。但是,这一回我们却认为鱼模韵里的它们是文言音,这里的它们是白话音,因为在现代普通话的白话音里还有它们的遗迹,例如:

齐齿呼:“六”读如“溜”。

开口呼:“粥”读如“州”。“轴妯舳”读“州”字阳平。“熟”读“收”字阳平。“肉”读“柔”字去声。

注意:这只是知照系及来日二母的字,可见其他的屋烛韵字是没有读入尤侯的。现在举例如下:

高平煞(杂剧《范张鸡黍》) 宫大用

则被这君璋子徵将我来紧逼逐,(本屋)并不肯相离了左右。今日不得已也,且随众还家,到来日绝早到坟头,我与你庐墓丁忧。一片心虽过当无虚谬。早是这朔风草木偃,落日虎狼愁。你觑这四野田畴,三尺荒丘,魂魄悠悠,谁问谁偢?欲去也伤心再回首。

柳青娘(杂剧《御水流红叶》) 白仁甫

也曾道是谁趁逐?(本屋)天赐这场厮谂逗。看了他诗中意头,料应是个俊儒流,裁冰剪雪忒惯熟。(本屋)若得他来双双配偶。尽今生共结绸缪。我去年间红叶上把诗修。

17. 侵寻。这一个韵部最简单,就是整个的侵韵字(只有“品”

字变入真文，“禀”字变入庚青）。侵韵在诗中本是一个常用的韵，到了曲韵里却变了险韵，因为：（一）阴声韵如微等扩大了，又加上了入声，而侵则依然故我；（二）阳声韵如文等虽没有入声，却也和真魂痕合并而扩大了，不像侵仍独立；（三）曲韵系平上去三声通用，侵韵上去声字太少，所以吃了亏。总之，别的韵扩大了之后，侵韵因为相形见绌，于是变了险韵，杂剧里非常罕用。散曲里用侵寻的也不很多，现在只举一个例子：

一枝花（套数）　无名氏

蔷薇满院香，菡萏双池锦。海榴浓喷火，萱草淡堆金。暑气难禁，天地炎蒸甚。闲行绿绿阴。纳清风台榭开怀，傍澄流亭轩赏心。

18. 监咸。这就是平水韵下平声十三覃（《广韵》覃谈）和十五咸（《广韵》咸衔）的合并。它虽也被人认为险韵（见王伯良《曲律》第二十八《论险韵》），但是，以平水韵而论，它是由两韵合并而成，毕竟比侵寻、廉纤之由一个韵，桓欢之由半个韵好些，所以它也比较地常用些。我们认为窄而不险。现在也只举一个例子（有·号的是十五咸字）：

乌夜啼（杂剧《鸳鸯冢》）　无名氏

望夫石当过过衡铜錾，畅好是眼黑心馋，有苦无甘。临川县双渐将撅其搀，浔阳岸商妇把兰舟缆。志诚心，你须鉴。相思易感，哑迷难参。

19. 廉纤。这就是平水韵的十四盐（《广韵》盐添严，又凡的齐齿字），但“砭贬窆”等字变入先天。它和侵寻桓欢同属险韵，杂剧中非常罕见。现在只举散曲中的一个例子：

紫花儿序（套数《落日遥岑》）　宋方壶

无嫌，大排场俺占，乔风月咱兼，闲是非人呫。强做科撒沾，硬热恋白沾。相签，抡的柄钢锹分外里险，撅坑撅堑。潘岳花挦，韩寿香苫！

*　　*　　*

曲有所谓借韵、赘韵、暗韵和重韵。这些都不是正常的规律，但也不能不顺便谈一谈。

借韵，实际上就是通韵。就十九部的曲韵而论，凡出韵而又声音相近的字都该认为借韵；但若就平水韵而论，既然许多韵都可以合并，所谓借韵也不过是把韵部再扩大一些罢了。

首先咱们应该注意有些旁韵相通的情形。本来，词韵是以元寒桓删山先仙合用的，曲韵虽把它们分为三部，也不免偶然相通，例如无名氏《调笑令》以“宽桓冠断玩纂援”为韵，这是桓欢韵中借用先天的一个“援”字；李直夫《忽都白》（杂剧《虎头牌》）以“田院椽线缘面绵燃面换”为韵，这是先天韵中借用桓欢的一个“换”字；无名氏《草池春》（杂剧《连环记》）以“愿转然见便天现权贱闲煎环战免蝉圆”为韵，这是先天韵中借用寒山的“闲环”两个字。词韵以覃谈盐添严咸衔凡合用，曲韵把它们分为两部，也有偶然相通的情形，例如止轩《离亭燕煞》（套数《半生花柳》）以“厌陷南忐减胆”为韵，这是盐咸韵中借用廉纤的“厌“字。这种情形非常罕见。一部《北词广正谱》中，只不过这四个例子而已。

其次，咱们应该注意到 in、ing 和 im 的相通，又 ien 和 iem 的相通。上文说过，曲韵十九部是元代北方的实际语音系统。咱们试看闭口韵的唇音字在元代已发生变化，所以《中原音韵》《中州音韵》和《词林韵释》都把侵韵上声的“品”字改隶真文，“禀”字改隶庚青，盐韵上声的“贬”字改隶先天，凡韵平上去的“凡帆犯范”等字改隶寒山。甚至零星一个“肯”字由庚青变入了真文，也被据实地记载了。由于变了的被据实地记载，咱们可以从反面证明那些没有改编的都是未变的，这就是说，-n、-ng、-m 三个系统在元代的北方仍旧是保存着的了。曲是配音乐的，用韵必须十分谐和才行。如果 in 和 im 叶，ing 和 in 叶，ien 和 iem 叶，就只是一种协音（assonance），不是一种韵（rhyme），而不谐和了。由此看来，除非是南方人或后代的人,否则应该是不用这种借韵的了。

但是,-n、-m 的相混,元代正在进行中,说不定有极少数的方言已经开始混了,所以在元曲里,-n、-m 的界限偶然也被打破,例如杨西庵《赏花时》(套数)以"衾人春褙分"为韵,这是真文韵中借用侵寻的"衾"字;无名氏《梁州第七》以"惯按弹观颜眼鬟间雁堪还"为韵,这是寒山韵中借用桓欢的"观"和监咸的"堪";无名氏《哭皇天》(杂剧《鸳鸯冢》)以"蘸删含冉缄搀担陷揽"为韵,这是盐咸韵中借用廉纤的"冉"和寒山的"删";王伯成《耍孩儿》(套数《过隙驹》)以"感惨龛庵冠"为韵,又《般若调煞》(套数同上)以"监缆患贪渰"为韵,这是监咸韵中借用廉纤的"渰"、寒山的"患"和桓欢的"冠";无名氏《新时令》(小令)以"缘边年鞭穿鹣毡钱千田仙"为韵,这是先天韵中借用廉纤的"鹣";无名氏《乌夜啼》(《鸳鸯冢》)以"线圆殿源见眠搀莲燕眷轩"为韵,这是先天韵中借用监咸的"搀"。这里值得注意者,是除王伯成外,我们对于杨西庵和那些无名氏,都无法断定他们是北方人。而王伯成《耍孩儿》的末句原文是"鬅鬆髩,不分髻角,焉用簪冠";我们疑心它本来是"焉用冠簪";又他的《般若调煞》的"患"字也许是不入韵(《北词广正谱》即不以为韵)。这样,也许我们可以说,元曲中几乎没有-n、-m 混用的情形。

至于 in 和 ing 通用,更没有理由了。宋词中有些真庚通用的例子,因为有些词家是南方人,南方官话及吴语都是真庚不分的,他们有时候不免受了方音的影响。至于北方官话呢,直到现在仍是真庚分明的,所以北曲不该有真庚相混的现象。凡真庚相混的元曲作者,我们都怀疑他是南方人,至少是生长于南方的,例如滕玉霄《百字令》(小令)以"尽应引品"为韵,幺篇以"韵并听冷"为韵,这是真文与庚青通韵,不分宾主;无名氏《阳关三叠》(小令)以三句"客舍青青"与"尘新分人人"为韵,这是真文中杂一庚青字;另一无名氏的《驻马听》(套数《闲风吹散》)以"情损闷心裙问春甚”为韵，“情”属庚青，“损闷裙问”属真文，“心甚”属侵寻，于是 in、ing 和 im 三大界都混了。又蒲察善长《驻马听》（套数《楼头书鼓》）以“成春醒硬经症”为韵，也是把真文的“春”混入庚青韵里去的。

唯一令人发生疑问的，是关汉卿的《郓州春》（杂剧《调风月》）以“争临承行”为韵，这是庚青韵中借用侵寻的“临”字。关汉卿显然是元初的北方人，而且属于元曲的正统派。若不是传抄之误，就只好认为一种协韵了。

有一种情形是不能认为借韵的，就是曲家因为依照诗韵而致与曲韵不符。《中原音韵》之流行，是元末的事了；在此之前，并无所谓曲韵，只不过曲家各凭实际语音去用韵就是了。偶然有一两位讲究诗韵的人，作起曲来，仍不惜违反口语，以求根据书本（平水韵）。在后人以曲韵的眼光看来，就认为借韵了，例如曾瑞卿《醉春风》（小令）以“谄贬兼险箝占严”为韵，因为“贬”本属盐上声；又《醋葫芦》（套数《闷登楼》）以“宁萦肯静荧”为韵，因为“肯”本属登（平水蒸）上声；无名氏（《中和乐章》）《双燕子》（套数）以“熙侈贵美里”为韵，因为“侈美里”在平水韵里同属四支的上声，并未分为支思（“侈”）与齐微（“熙贵美里”）。《北词广正谱》于“贬”字注云“诗叶”，对极；但于“肯”和“侈”则注一“借”字，那就错了。

总之，曲里借韵的情形远不如词里之多。一部《北词广正谱》，只是十二处是被认为借韵的，而真正的借韵恐怕只有一二处。所以不值得十分注意了。

赘韵，就是本来可以不用韵的地方，而作者因为一时之便，就多押了一两个韵脚，例如：

六国朝（杂剧《㑳梅香》） 郑德辉

这生他不思献赋，不想题桥。则庵那卓文君本无心，把这个汉相如干病倒。教解元善服汤药，（赘韵）把贵体和调。且只去苦志攻经史，休把那文章来堕落。你省可里胡言乱语，谁教你梦断魂劳？着碗来大的艾焙烧，（赘韵）把你来火葬了！

前调（同剧同折）

梅香噤，省闹；（赘韵）小姐哎，你休焦！你道是那物件要归着，（赘韵）这东西索寻个下落……这须是先相国的深宅院，怎敢将小姐来便搬调？小姐是未出嫁的闺中女，怎敢将淫词来戏谑？至如那风火的夫人性紧，把我这坏家门罪犯难招。请侍长快疾行，教奴胎吃顿拷！

试把这两首《六国朝》来互相比较，赘韵是容易证明的，因为这首有赘韵的地方却正是另一首不用韵的地方（但《北词广正谱》所注的赘韵不一定是靠得住的，譬如他说《仙吕赏花时》第四句用韵是赘，事实并不如此）。

有些情形和赘韵非常近似，就是在可以不用韵的句子里，用邻韵煞句。由此可见曲家度曲时，尽可能使它谐和，不肯放过一些机会，例如：

六国朝（套数《冰肌胜雪》）　无名氏

梅梢馥郁，月影横斜。玉笋不知寒，牙筹相接。六掷分红黑，（准赘韵）点点俱别。慷慨怀豪侠，（赘韵）常慕此英杰。金兰芙蓉间隔，（准赘韵）桃花柳叶重叠。休临老入花丛，趁青春先去折。

“黑隔”二字疑当兼入车遮，然则直是赘韵，不是邻韵。

六幺令（套数《天宝遗事》）　王伯成

把拄杖随时掷起，夺尽鬼神权。俄尔瞅窥，虹桥千丈碧空悬。月色如银灿烂，（准赘韵）隐隐远相连。急令天子，紧瞑双眼，（准赘韵）恍然将近斗牛边。

这后一首曲子处处寻求谐和。主韵是先天，而以寒山为衬（“烂眼”）；副韵是齐微（“起窥”），而以支思为衬（“子”）。再仔细观察，“尽神千银灿隐远天紧然近”都是和主韵相应的，“随时掷鬼急”都是和副韵相应的，真可以称为奇观了。

和赘韵相反的是本应用韵而不用;这可以叫做失韵。失韵的情形很是少见。再说,曲韵本来是很密的,偶然一处不用韵也不显得十分严重,例如商政叔《玉抱肚》(套数):“渭城客舍,微雨过,陌尘轻浥;丝丝嫩柳摇金,情袅为谁牵惹。”《北词广正谱》于“浥”字注云“应韵”;又如李取进《草池春》(杂剧《栾巴噀酒》)“不索问转轮王把仇论,平等王算子摊,神不容奸,则为诸行百户斯攒,零碎杂物衔贩,金银器合挥踏”,《北词广正谱》于“踏”字注一“失”字(失韵)。失韵自然是避免的好。

暗韵,本来宋词中就有了的,到了元曲里,更是常见了。所谓暗韵,就是在句子的中间插进一个韵字,这个韵字的所在,也就是一个节奏的所在。现在我们先依照《北词广正谱》所指出的暗韵,举出一些例子:

仙吕·六幺遍(套数《晓来雨过》) 关汉卿

乍凉时候(暗叶)西风透,碧梧脱叶余暑才收。香生凤嘴,帘垂玉钩。小院深闲清昼,清幽,听声声蝉噪桃梢头。

首句如果是对仗,像“有林泉约,云山乐”,则第四字被认为韵,而不是暗韵。

忆帝京(套数《天宝遗事》) 王伯成

银烛荧煌不夜天,列两边(暗叶)见世神仙,偷降蕊珠宫,私出清云殿,双按碧云轩,(力按:疑是赘韵)对饮蟠桃宴。欲使人心暗牵。各把精神斗显。一赌输赢先共言。数款规条尽写全。拈下紫霜毫,磨下端溪砚。

小科门(套数《玉骢丝控》) 关汉卿

酒入愁肠怎生言?疏竹潇潇西风战。如年(暗叶)如年(暗叶)似长夜天,正是恰黄昏庭院。

有些《北词广正谱》所未认为暗叶的地方,在我们看来也还是暗叶,例如:

早乡词（套数《四时湖水》）　　王伯成

纳凉时，波涨沙；满湖香，芰荷蒹葭。倒金杯，斟玉斝。恁般楼台正宜夏。都输他（暗）沉李浮瓜。

油葫芦（杂剧《西厢记》）　　王实甫

情思昏昏眼倦开；单枕侧，梦魂飞入楚阳台。早知道无明无夜因他害，想当初不如不遇倾城色。人有过，必自责（暗或赘），勿惮改。我却待（暗）贤贤易色（暗）将心戒，怎禁他兜的上心来！

东原乐（杂剧《西厢记》）　　王实甫

帘垂下，户已扃；我恰才个悄悄相问（准赘），他那里低低应。月朗风清（暗）恰二更，厮傒幸，他无缘，小生薄命。

暗韵有些是故意的，有些是无意的，所以很难断定。但我们可以说，的确有些曲家是有意识地这样做。周德清《作词十法》中有论"六字三韵"的一条，举《西厢记》"忽听一声猛惊"和"本宫始终不同"为例。《辍耕录》所载虞集的《折桂令》："鸾舆三顾茅庐，汉祚难扶。日暮桑榆。深渡南泸，长驱西蜀，力拒东吴。美乎周瑜妙术，悲夫关羽云殂！天数盈虚，造物乘除，问汝何如笑赋归欤？"虽为周德清所讥，但是由此可见暗韵确是有的。

有些情形并非暗韵，而是句中韵。因为用韵在那本该有韵的地方，所以该说是明韵了；不过句读的终点和韵脚不相配合，所以仍是句中韵。这有点儿像西洋诗的跨行（enjambement）。上文所述《西厢记》的"本宫始终不同"的"宫"字就只是句中韵，而不是暗韵：

麻郎儿（幺篇）　　王实甫

这一篇与本宫始终不同。又不是清夜闻钟，又不是黄鹤醉翁，又不是泣麟悲凤。

上节所举王实甫《点绛唇》的"夜深香霭横金界"，张可久《齐天乐》的"和邻友相合"，都是此理。又如：

六幺序(套数《天宝遗事》) 王伯成

今日个从实对你分析:不是见吃闪着亏(暗)你劝不的,把俺死央及,及对面又难为。以此上不免的依随。偷方觅便虽做美,得回避,您偎香抱玉无了期。世着迷则管着迷,直到落便宜!

末了,我们谈到重韵,就是在同一首曲子里有两个以上相同的韵脚。诗和词都忌重韵,唯有曲不忌重韵。这大约有三个理由:第一,有些曲韵比诗韵更窄(如支思、桓欢),不得不以重韵为抵偿;第二,在杂剧里,每折一韵,套数也是每套一韵,需用的韵脚比诗词多数倍;第三,曲是比较大众化的东西,一般民众是不忌重韵的。本章第二节里所举王实甫《后庭花》叶"儿思诗时儿思子儿此",第三节里所举金志甫《梅花酒》叶"残阑山闲山关帆炭山滩单乾斑潺襕竿间",第四节里所举张可久《齐天乐》叶"何大跎和合活歌活跎过他",无名氏《三番玉楼人》叶"马纱煞骂他杂家咱抓罢家",都是重韵的例子,我们可以不必再举例来证明了。

第五节 入声和上声的变迁

5.1 在官话系里,入声大约是先经过-p + -t + -k = -ʔ 的阶段;宋末的时代,很可能是像现代吴语的入声,只念促音,不复分为-p、-t、-k 三大系统。第三章第四节里我们已经举了许多例子来证明这一点。到了元代,连收尾的促音也消灭了,实际上,入声已经并入了平上去三声;只不过元代的词家为传统词律所限制,不敢贸然把它和三声通押罢了。曲家的见解却不相同,周德清根本否认入声的存在,斥入声为吴音,非中原旧韵。其实多数的曲家不管吴音不吴音,他们只知道依照实际语音去押韵。尤其是像赵明镜、张酷贫、红字李二和花李郎等人,他们"俱系娼夫"(《元曲选》卷首录涵虚子语),更不会知道本来有入声这一回事了。

5.2 入声消灭以后,并入了平上去三声。《中原音韵》虽把平声分为阴阳,但是入声只有归阳平的,没有归阴平的;因此,《中州音韵》不分阴阳,只云"入声作平声",也没有什么不妥。现在我们想详细地从《中州音韵》里,把常用的入声字,按照它所归的声调,一一抄下来。因为它们所归的声调,非但现代有入声的方言区域的人们不能猜想得到,甚至于现代官话区域的人也有许多猜想不到的地方。现代西南官话入声一律转入阳平,固然和元曲不同,就是现代普通话(北京话)的入声系统,也和元曲的入声系统大有分别。这是值得特别注意的。

5.3 有些入声字是转入两种声调的。我们在这种地方,将分辨出哪一种是正读(依原则应该如此读),哪一种是变音,而于变音的字加上一个括弧。其理由将见于下文。

5.4 有些入声字之读入某种声调,似乎是不规则的情形。我们对于这些不规则的入声字,将在字的下边加·号,而在下文再说明其理由。

(甲)入声作平声

1. 见母:(给)(汲)。

2. 群母:极及,局醵掘,竭揭碣杰桀。

3. 疑母:兀杌屼。

4. 端母:(笃)(督),妲靼。

5. 透母:逖。

6. 定母:狄笛荻觌翟启迪籴,独读髑渎匵牍犊毒纛突,度铎夺,达沓踏,垤耋跌凸迭瓞轶绖叠牒堞喋碟谍蝶。

7. 知母:(啄)(哲)辄。

8. 彻母:(彻)。

9. 澄母:秩帙姪直掷,逐轴躅,宅择泽翟,浊镯擢濯着,霅闸,辙彻蛰。

10. 帮母:(逼)濮,博(膊)。

11. 滂母:瘪。

12. 并母:弼愎甓,曝仆暴瀑孛勃,白帛舶,雹泊亳薄箔,钹跋魃拔，别。

13. 奉母：伏服復鵩袱茯佛，缚，伐垡筏阀罚乏。

14. 精母：镞（卒）。

15. 清母：（蔟）。

16. 从母：疾嫉贼蠽藉集，族，嚼昨怍炸，杂，绝截捷睫婕。

17. 邪母：席夕汐穸席习袭隰，俗续。

18. 庄母：舴蚱。

19. 山母：虱。

20. 照母：桎，（粥）。

21. 神母：实食蚀，赎術述术秫，舌。

22. 审母：（叔）（倏）。

23. 禅母：殖植石十什拾，蜀属孰熟塾淑，杓，折涉。

24. 晓母：（赫）吓，劼，胁。

25. 影母：（熨）。

26. 喻母：（育）。

（乙）入声作上声

1. 见母：吉吃讫戟击激急给汲棘国，菊鞠掬鞫蘜踘谷縠毂梏告，桔，格骼隔膈革虢掴帼馘，角觉脚，各阁郭椁，葛割阁鸽蛤括聒适，戛甲夹胛刮，结讦桔羯揭洁劫孑颊铗荚筴决玦谲抉觖诀厥蕨蹶瘚。

2. 溪母：乞诘肸喫隙绤郤克尅刻，曲麴哭酷屈，客，殼确却恪廓扩，渴咳磕阔，恰掐，缺阙阕怯箧惬挈。

3. 群母：佶姞。

4. 疑母：（兀）。

5. 端母：的滴镝嫡德得，笃督启，掇，答搭搨笪。

6. 透母：剔惕倜忒慝，秃，托魄箨橐拓饦托脱蜕，塔闼獭榻塌阘遢挞，帖怗贴铁餮。

7. 定母：涤。

8. 知母:竹竺筑築,摘谪,卓琢啄,哲辍。

9. 彻母:啀,矗蓄畜黜怵,拆,彻撤。

10. 帮母:必毕筚跸笔碧北壁璧躄愊,卜不,伯百柏迫擘蘗,剥驳钵拨蕟膊搏,八,龟。

11. 滂母:匹疋僻劈癖,扑醭,拍魄珀,泼璞粕,撇瞥。

12. 並母:辟。

13. 明母:(抹)。

14. 非母:福腹幅辐複蝠弗绂黻绋芾,髪發法。

15. 敷母:覆拂鬅。

16. 精母:则,积脊蹐踖蹟即鲫稷跡禝勣绩迹,足卒捽焌,作,匝咂,节疖接浃楫。

17. 清母:七漆戚刺铖缉葺,促蹙促簇蔟,鹊错,撮,擦,切窃妾唼。

18. 心母:塞,膝蟋息熄昔惜舄析锡蜥淅皙,宿肃粟速蔌悚觫邮恤戌,索削,萨撒飒偛,屑楔偰绁泄薛亵燮屧绁躞媟雪。

19. 庄母:责箦帻窄侧昃仄,捉,札扎劄。

20. 初母:策册栅测恻,龊,察插锸。

21. 床母:浞。

22. 山母:瑟涩,缩谡,色啬嫱穑,率蟀,朔槊数,杀煞霎歃箑刷。

23. 照母:质骘只隻炙蹠摭职织执汁,粥祝烛嘱,灼酌妁斫缴,折浙拙摺慴。

24. 穿母:叱尺赤斥勅,触俶出,绰婥啜,掣。

25. 审母:失室奭释适式识饰拭轼,叔倏菽束,烁铄,说设摄。

26. 晓母:汔虢阋翕黑,旭顼勖畜熇,谑壑郝,藿霍豁喝呷,歇蝎血嚇。

27. 匣母:砚(檄),曷涸。

28. 影母:一壹乙,澳鬱蔚熨屋沃,握渥幄喔约恶,遏斡曦,咽谒饐。

（丙）入声作去声

1. 群母：剧屐。

2. 疑母：逆鹢，玉狱，额，岳嶽乐虐疟锷萼鳄谔，月刖臬啮孽蘖业邺。

3. 泥母：溺，讷肭，诺，纳衲捺，涅捏苶捻。

4. 知母：倬。

5. 娘母：匿，搦，聂蹑镊。

6. 並母：匐，（薄）。

7. 明母：密蜜宓谧觅墨默，木沐穆睦目鹜牧殁没，陌貊佰麦脉蓦，莫摸漠膜幕寞瘼，末秣沫抹，灭蔑蔑蠛。

8. 微母：物勿，韈襪。

9. 影母：（一）益憶楫邑浥郁（蔚）厄搤（恶）鸭压押轧，（谒）（噎）。

10. 喻母：奕弈斁绎疫译掖液射役溢逸翼腋域翊轶镒弋亦易驿佾，育欲慾浴鹆峪。

11. 来母：勒肋泐笠力立栗慄篥曆歷枥沥雳疬砾轹，绿录箓陆六戮鹿漉麓禄醁逯律，洛落荦乐骆络珞酪略掠，捋，辣剌粝，腊蜡邋拉，列烈冽裂捩猎鬣躐劣埒。

12. 日母：日驲，入褥蓐辱，弱若箬蒻，热爇，肉。

5.5 咱们试仔细观察上面这一个表，则见入声之归入平上去三声，是有条理可寻的。现在把我们归纳的结果，叙述如下：

1. 清音入声字变上声；
2. 全浊入声字变平声；
3. 次浊入声字变去声。

依音韵学上的说法，见溪端透知彻帮滂非敷精清心庄初山照穿审晓影诸母属于清音，群定澄並奉从邪床神禅匣诸母属于全浊，疑泥娘明微喻来日诸母属于次浊。依照这个清浊的条理去看入声

变化的规律,可见例外非常之少。只有一个影母颇成问题。关于影母入声字的变化,应该把规律定得更细些,如下:

1. 原属东钟江阳真文寒山桓欢先天诸韵入声的字变为上声;

2. 原属庚青侵寻监咸廉纤诸韵入声的字变为去声。

这样就只有"郁、轧"二字是例外,而可以说得通了。

5.6　由上表看来,入声作上声者最多,作平声者次之,作去声者最少;这正因为事实上清音字最多,全浊字次之,次浊字最少。到了现代普通话里,清音入声又分为两类:全清的见端知帮非精庄照大都变为阳平,次清的溪透彻滂敷清心初山穿审大都变为去声。其中(全清与次清)只有一极小部分保存着上声的,如"百尺"之类。本来,元代的入声作平声只是阳平,到了现代普通话又有属阴平的,例如"一七八剥逼龟拍匹摸发答滴贴忽激掐曲吸"等等。总之,入声归入舒声,虽为元代北曲和现代普通话之所同,然而它们所隶属平上去声的系统则大不相同。到了现代普通话,入声作上声的字差不多完全消灭了,而入声作去声的字和作平声的字则大量地增加。而且,现在它们的系统已经不像元代那样地有条不紊了。

5.7　现在举例如下,每例所注的反切或直音都是照抄臧晋叔《元曲选》的"音释"的。

(甲)入声作平声

点绛唇(杂剧《神奴儿》)　　无名氏

我可也自小心直(征移切),使钱不会学经纪。但能勾无是无非,便休说黄金贵!

醉太平(杂剧《荐福碑》)　　马致远

争些儿把我撞着(池烧切),可着我心痒难揉。扬州太守听消耗,你这其间莫不害倒。第一封书已自无着落(去)第二封书打发谁行要?我将这第三封扯做纸题条,则好去深村里教学(奚交切)。

黄钟尾(杂剧《蝴蝶梦》) 关汉卿

见銮舆(赘韵),便唐突(东庐切);呆老婆,唱今古;又无人肯做主。则不如觅死处,眼不见鳏寡孤独(东庐切),也强如没归着痛煞煞哭啼啼活受苦!

赚煞(杂剧《青衫泪》) 马致远

哎,你个俏多才,不是我相择(池斋切),你更怕辱没着俺门前下马台。

斗鹌鹑(杂剧《青衫泪》) 马致远

一个待咏月嘲风,一个待飞觞走斝。谈些古是今非,下学上达(当加切)。一个球子心肠到手滑(呼佳切)。和贱妾勾勾搭搭(上)。但得个车马盈门,这便是钱龙入家。

折桂令(杂剧《举案齐眉》) 无名氏

却元来晏平仲善与人交。难道他掩耳盗铃,则待要见世生苗!掩和你夫妇商量,休教外人把俺评跋(巴毛切)。你是个君子人不念旧恶(去),想一双哀哀的父母劬劳。他虽然不采分毫,我如今怎敢轻薄(巴毛切)?且只索做小伏低,从今后望爹爹权把掩耽饶!

"跋"字本在歌戈,今入萧豪,可见二韵入声字全可相通。

黄钟尾(杂剧《范张鸡黍》) 宫大用

我和他一处行,一处歇(上),生同堂死同穴(胡靴切),到黄昏厮守者(平)。据平生心愿彻(上),着后人向墓门前高耸耸立一统碑碣(其耶切),将俺这死生交范张名姓写。

(乙)入声作上声

随煞尾(杂剧《渔樵记》) 无名氏

我直到九龙殿里题长策(钗上声),五凤楼前骋壮怀。我若是不得官和姓改,将我这领白褴衫脱在玉阶。金榜亲将姓氏开,敕赐宫花满头戴,宴罢琼林微醉色(筛上声),狼虎也似弓兵两下排,水罐银盆一字儿摆。

隔　尾（杂剧《扬州梦》）　　乔梦符

锦机织就传情帕，翠沼栽成并蒂花。何日青鸾得同跨？锦衾绣榻（汤打切），弓鞋罗袜（去），玉软香温受用煞（双鲊切）。

四块玉（杂剧《鲁斋郎》）　　关汉卿

将一杯醇糯酒十分的吃（音耻），更怕我酒后疏狂失了便宜。扭回身刚咽的口长吁气，我乞求得醉似泥，唤不归，我则图别离时不记得（当美切）！

后庭花（杂剧《黑旋风》）　　高文秀

那厮绿罗衫，绦是玉结（饥也切）；皂头巾，环是减铁（汤也切）。他戴着个玉顶子新椶笠，穿着对锦沿边干皂靴。那厮畅好是忒啤嗻！且莫说他鹹儿小鹞吹筒粘竿有诸般来摆设（商者切），只他马儿上更驮着一个女艳冶！

斗鹌鹑（杂剧《酷寒亭》）　　杨显之

俺家里少东无西（赘韵），可着我走南嚎北（邦每切）。俺哥哥才娶的偏房，新亡了正室（伤以切）。撇下个幼女娇男，可又没甚的远亲近戚（仓洗切）。我这里仔细的寻思起，他则待卧柳眠花，怎知道迷妖着鬼！

滚绣球（杂剧《桃花女》）　　无名氏

则你这媒人一个个啜人口似蜜钵（波上声），都只是随风倒舵，索媒钱嫌小争多。男亲家会放水，女亲家点着火。你将那好言语往来收撮（搓上声），则办得两下里挑唆。你将那半句话搬调做十分事，一尺水翻腾做百丈波，则你那口似悬河！

（丙）入声作去声

古水仙子（杂剧《魔合罗》）　　孟汉卿

他他他走将来展脚舒腰，我我我向前来仔细观了相貌。是是是我兄弟间别身安乐（音涝），请请请免拜波，李文道！

小梁州（杂剧《陈州粜米》）　　无名氏

谢圣人肯把黎民救，这剑也到陈州，怎肯干休！敢着你吃一会家生人肉(柔去声)！哎，看那个无知禽兽，我只待先斩了逆臣头！

倘秀才(杂剧《鸳鸯被》) 无名氏

他大字儿将咱镇压(羊架切)，我恰才小胆的争些儿吓杀(上)！哎，你个撒滞殢的先生也那假，若是有人见，若是有人拿，登时间事发(上)！

粉蝶儿(杂剧《来生债》) 无名氏

若论着今日风俗(平)，正好宜太平箫鼓。有一等寒俭的泛泛之徒，他出来的不诚心，无实行，一个个强文假醋。怕不他表德相呼，你问波，可甚的是那衣冠文物(音务)！

甜水令(杂剧《薛仁贵》) 张国宾

我经了些冉冉年华；萧萧冬月，炎炎的那长夏。盼的我心切切，眼巴巴！这其间干运供给，执畬捥菜，缝衣补衲(囊亚切)，多亏你这柳氏浑家！

* * *

5.8 上声的一部分字也变了去声。这种情形大约在宋代就开始了的；因为上去同属仄声，不大用得着分别，所以上声变去声的痕迹也不很明显。到了元曲里，上去两声需要更清楚的界限(见下节)，而且《中原音韵》等书又是依据实际语音的，所以就彻底地把那一部分上声字搬到去声里去了。

5.9 这些变去声的上声字就是全浊字(“全浊”见上文)。我们试把常用的举例如下：

1. 东钟：动，重，奉，澒。

(《中州音韵》“迥炯”仍读上声，是例外)

2. 江阳：棒蚌，项，像象，丈杖仗，上(登也)，荡，沆，晃幌滉。

3. 支思：是氏视，兕，市恃，似祀姒巳耜汜，士仕柹，俟。

4. 齐微：被(寝衣也)跪，技伎妓，婢，雉，峙痔畤，荠，弟娣，陛，罪，汇。

5. 鱼模:伫竚苎杼,巨拒距炬,叙绪序溆,聚,父腐釜,妇阜负,柱,竖树(动词),窭,杜肚,簿部,户扈怙岵祜戽。

6. 皆来:蟹(又读上声)獬,廌豸,待殆怠迨,亥,在。

(《中州音韵》"骇"字仍读上声,是例外)

7. 真文:肾蜃,尽,盾,愤,近,混,囤沌遁。

(《中州音韵》"牝窘"二字仍读上声,是例外)

8. 寒山:范犯範,旱,但诞,栈,限。

9. 桓欢:缓,伴,断(绝也)。

(《中州音韵》"澣"字读王管切,是例外)

10. 先天:键,辫,践,善蟺,件,辩辨,圈,篆。

(《中州音韵》"殄"读如"腆",他涟切,是例外)

11. 萧豪:窕诮,赵兆肇旐,鳔,鲍,皓浩昊镐颢灏,抱,道稻,造皂。

12. 歌戈:堕惰垛,坐,祸。

13. 家麻:下(降也)夏厦,踝。

14. 车遮:灺,社。

15. 庚青:杏,幸,静靖。

(《中州音韵》"挺"读"听"上声,是例外)

16. 尤侯:舅臼咎,纣,受寿绶,厚後后。

17. 侵寻:朕,甚椹。

18. 监咸:颔撼菡萏,澹淡啗憺啖,槛舰。

19. 廉纤:俭芡,渐椠,簟。

这些上声变去声的情形,和现代普通话差不多完全相同,甚至例外字也相同。官话区域的人,对于这一点是容易知道的。

第六节　曲字的平仄(上)

6.1　曲字的平仄比诗词更严。依《中原音韵》看来,共有阴平、阳平、上、去四声。周德清认为阴阳两平声非但在实际口语中有分别，在曲律中也应该有分别，例如他对于白朴《寄生草》"但知音尽说陶潜是"注云"最是陶字属阳，协音"；又于郑德辉《迎仙客》"望中原，思故国，感慨伤悲"注云"原字属阳，思字属阴，感慨上去，尤妙"；又于无名氏《普天乐》"鸿雁来，芙蓉谢"注云"妙在芙字属阳，取务头"；又于张可久《满庭芳》"修禊羲之"注云"喜羲字属阴，妙"。其实这只是从技巧上说，不是从曲律上说。从元曲的实际情形看来，阴阳两平声仍是当作一类看待的。

6.2 但是，上声和去声的分别就很严了。该上的不能用去；该去的不能用上。我们说曲的平仄比诗词更严，就是指这一点说的。在诗词里，上去入三声同属仄韵。宋诗里已经有平仄通押的情形（参看第二章第三节）；词里此种情形更为常见（参看第三章第四节）。至于非韵脚的字，无论在诗在词，都是上去入一例看待的。在曲调里就不然了：曲调虽也有些地方是只讲仄声不讲上去的分别的，但另有些地方则上声和去声的界限非常分明，尤其是在用于韵脚的时候。周德清《作词十法》论末句的平仄，其中有指定必须用上声或去声的：

《庆宣和》末句：去上；

《山坡羊》与《四块玉》末句：平去平；

《醉太平》末句：平平去上；

《呆骨朵牧羊关》与《德胜令》末句：平平上去平；

《乔牌儿》末句：仄平平去平；

《凭阑人》末句：上平平去平；

《红绣鞋》与《黄钟尾》末句：仄平平去上；

《醉扶归》《迎仙客》《朝天子》《快活三》《四换头》《庆东原》《笑和尚》《白鹤子》《尧民歌》《碧玉箫》《端正好》与《步步娇》的末句：仄仄平平去；

《越调尾》与《离亭宴》末句：平平去平上；

《落梅风》《上小楼》《夜行船》《拨不断》与《卖花声》末句：仄

平平仄平平去；

《太平令》末句：平仄仄平平平去；

《村里迓鼓》《醉高歌》《梧叶儿》《沉醉东风》《愿成双》与《金蕉叶》的末句：平仄仄平平去上；

《搅筝琶》末句：平平仄平平去平；

《江儿水》末句：平去仄平平去上；

《寄生草》《塞鸿秋》与《驻马听》末句：平平仄仄平平去；

正宫，中吕，双调《尾声》末句：仄仄平平去平上。

6.3　上面周氏所定的规矩，我们分为两种情形来看：第一，句末的上声或去声乃是曲律所规定，所以元人大致普遍地遵守着。又句末为上声，则其上一字必去；句末为去声，则其上一字必上，这也是曲律所规定，因为要避免重复的缘故。第二，句中的上声或去声，除了上述避复的情形之外，只是技巧上的需要，或周氏个人的主张如此，所以元人并没有普遍地遵守。下面是一些严格地遵守上去声的例子（都是每曲的末句，上声以·为号，去声以＊为号，其不合周氏标准者加注说明）：

闲快活。（关汉卿小令《四块玉》）

嫩茶舒凤爪。（张可久小令《红绣鞋》）

一夕渔樵话。（白朴小令《庆东原》）

听雨。（张可久小令《庆宣和》）

老圃秋容淡。（马九皋小令《庆东原》）

小池明月昏。（乔梦符小令《凭阑人》）

与人添鬓华。（同上）

乱云山外山。（徐再思小令《凭阑人》）（“乱”字不合周氏标准）

6.4　周德清以为末句的平仄是最重要的。除了上面所举之外，还有一些仅讲平仄而不必分别上去的末句：

《雁儿》与《汉东山》：仄平平；

《折桂令》《水仙子》《殿前欢》《乔木查》与《普天乐》：仄仄平平；

《金盏儿》《贺新郎》《喜春来》《满庭芳》《小桃红》《新水令》《胡十八》《寨儿令》《小梁州》《赏花时》：仄仄仄平平；

《天净沙》《醉中天》《调笑令》《风入松》与《呵神急》：平平仄仄平平；

《赚煞尾声》与《采茶歌》：平平仄仄仄平平。

其实，曲韵平仄之严并非特严于末句；再说，周氏所定末句的平仄也并非元代曲家所公认的曲律（他自己所举的小令定格就有不少是和他所定的形式不合的）。这是他所认为最理想的形式；他的主张是否合理还成问题；即使完全合理了，也只是技巧，而不是规律。如果我们评论度曲的艺术，也许可以接纳周氏的理论；但是，现在我们要客观地叙述元代的北曲，把它当做历史的事实去分析，就决不能拿周氏的主观的理论来做根据了。

6.5 一般地说，曲的每句（不管它是不是末句）的末一字的声调总是固定的，尤其是当它被用为韵脚的时候。例如《落梅风》（即《寿阳曲》），共五句，首句末字去声，不叶韵，第二句末字平声，第三句末字去声，第四句末字上声，第五句末字去声，都是叶韵的。下面是马致远的小令《寿阳曲》四首：

远浦归帆

夕阳下，酒旆闲。两三帆未曾着岸。落花水香茅舍晚。断桥头卖鱼人散。

平沙落雁

南传信，北寄书。半棲迟岸花汀树。似鸳鸯失群迷伴侣。两三行海门斜去。

潇湘夜雨

渔灯暗，客梦回。一声声滴人心碎。孤舟五更家万里。是离人几行情泪。

渔村夕照

鸣榔罢，闪暮光。绿阳堤数声渔唱。挂柴门几家闲晒网。都撮在捕鱼图上。

周德清的小令定格对于《落梅风》举的模范是：

切　鲙　　李寿卿

金刀利，锦鲤肥。更那堪玉葱纤细？若得醋来风韵美。试尝着这生滋味！

《北词广正谱》举的模范是：

落梅风（小令）　　张可久

桃花面，柳叶眉。小庭堂镇红开翠。孤帏玉人初睡起。不平他锦莺成对。

6.6　非但句末的上去声有一定，连句中的上去声，在某一些情形之下，也有一定的。周德清说："锦鲤二字若得上去声，尤妙。"事实上，曲家于第二句第一、二两字，确是尽可能地用上去声（"锦鲤"二字是违反常规的），例如上文所举：《远浦归帆》的"酒旆"，《平沙落雁》的"北寄"（"北"邦每切），《潇湘夜雨》的"客梦"（"客"揩上声），《渔村夕照》的"闪暮"，和张可久的"柳叶"（"叶"音夜），无一不是合于这个标准的。上面六个例子里，"舍伴万晒韵睡"六个字都是合式的。

6.7　有些地方只论平仄，仄声之中，不必细分上去。譬如《落梅风》第三句和第五句都是仄平平、仄平平去，这是 3 + 4 = 7 的句式，第四字极当注意，一个不当心就误用了平声。上面六个例子在这一点上都是堪为模范的，因为《远浦归帆》的"末"和"卖"，《平沙落雁》的"岸"和"海"，《潇湘夜雨》的"滴"和"几"，《渔村夕照》

的“数”和“捕”,《切鲙》的“玉”和“这”,张可久的“镇”和“锦”都是仄声。上文所述周德清《作词十法》认为《落梅风》《上小楼》《夜行船》《拨不断》和《卖花声》的末句都应作仄平平仄平平去,但是,咱们试看,第三句和第五句的平仄一样严格,可见只注重末句是不合理的事了。

6.8 《落梅风》第四句的格式是平平仄平平去上,马致远《远浦归帆》的“落花水香茅舍晚”只有“落”字不合,我们疑心元初入声的归类与《中原音韵》稍有不同。《平沙落雁》“似鸳鸯失群迷伴侣”,“似”字是衬字,其余平仄都合。《潇湘夜雨》“孤舟五更家万里”,都合;《渔村夕照》“挂柴门几家闲晒网”。除“挂”字为衬字外,也都合。张可久的“孤帏玉人初睡起”也一字不差。只有李寿卿《切鲙》“若得醋来风韵美”,“得”字入声作上声,未合。这是变例,下文另有解释。但是,《切鲙》的“锦鲤”与“得”都不甚合式,而周德清举为定格,可见那些定格是不很靠得住的;也许他要兼顾到意境方面,就不能不稍为牺牲声律方面了。

6.9 由上所述,《落梅风》的平仄应如下式:

平平去,上去平。
仄平平仄平平去。
平平仄平平去上。
仄平平仄平平去。

可见曲的平仄比诗词都严得多了。诗中七字句第一字的平仄是不拘的,而曲中有些七字句第一字的平仄是固定的(例如《落梅风》);诗和词的上去声不必细分,尤其是在非韵脚的时候,而曲中有些地方的上去声是必须分辨的。

6.10 曲有律句和非律句的分别。律句就是律诗中所容许的句式(参看第一章第六节及第三章第七至八节),反之则为非律句。《落梅风》第一、二两句可认为律句,因为他们是五字句的后三字。第三、五两句表面上像是 7a,其实不是的:7a 的标准形式是平平仄仄平平仄，而《落梅风》第三、五两句第一字不得用平，第三字不得用仄；7a 的正常节奏是四三，而《落梅风》第三、五两句的正常节奏是三四（断桥头—卖鱼人散）。第四句平平仄平平去上，越发不是律句了。

6.11　凡不是律句，我们认为特殊形式。曲句的特殊形式，最常见者有下列几种：

（一）平平仄平

（1）《庆东原》第四、五两句，例如：

眉攒翠娥，裙拖绛罗。（《中原音韵》所引，作者未详）。
一个冲开锦川，一个啼残翠烟。（张养浩）（“一个”二字衬）
乌骓漫嘶。（马致远《叹世》）
黄花又开，朱颜未衰。（马九皋《西皋亭适兴》）
调羹鼎咸，攒齑瓮甘。（同上）

（2）《满庭芳》首句，例如：

西窗酒醒。（张可久小令）（“醒”字平声）
江天晚霞。（赵显宏《渔》）
你承当了怎推？（李寿卿杂剧《伍员吹箫》）

（二）仄仄仄、平平仄平。这是上三下四的句式，也就是（一）的上面再加三个字。上三字可以改用平仄仄或仄平仄。

（1）《沉醉东风》首句，例如：

伴夜月银筝凤闲。（关汉卿小令）
题红叶清流御沟。（王鼎小令《秋景》）
杜陵路烟迷雾昏。（任昱小令《寻春值雨》）
花月下温柔醉人。（孙周卿小令《宫词》）

（2）《折桂令》第一式第七句，第二式第六句，例如：

缥缈见梨花淡妆。（郑德辉小令）

若倚竹佳人看时。（卢挚小令）
向司马家儿向他。（卢挚《洛阳怀古》）
恰鼓板声中太平。（卢挚《夷门怀古》）
快寻趁王家醉乡。（卢挚《咸阳怀古》）
记游宦三川故乡。（卢挚《颍川怀古》）
有客子经过汝坟。（卢挚《汝南怀古》）（“过”字平声）
更谁看桥边月明？（卢挚《广陵怀古》）
口昭代车书四方。（卢挚《京口怀古》）
那柳外青楼画船。（卢挚《钱塘怀古》）
谁种下吴宫祸胎。（卢挚《吴门怀古》）
问江左风流故家。（卢挚《金陵怀古》）
空目断苍梧暮云。（卢挚《长沙怀古》）
谁醉着花间接䍦？（卢挚《襄阳怀古》）
曲岸西边近水湾鱼网纶竿钓艖。（白无咎《百字折桂令》）（《百字折桂令》因衬字多，故“湾”字可平）
但合眼鸳鸯帐中。（卢挚《咏别》）
山溜响冰敲月牙。（孙周卿《自乐》）
摇玉辔春风满街。（王元鼎《桃花马》）

（三）㊣平仄平平去上。这是在（一）的下面再加三字，用上声收尾。

（1）《落梅风》第四句，见前。

（2）《清江引》首句，例如：

萧萧五株门外柳。（《中原音韵》所引，作者未详）
红尘是非不到我。（张可久《幽居》）
西风信来家万里。（张可久《秋怀》）
黄莺乱啼门外柳。（张可久《春思》）
平安信来刚半纸。（张可久《春晚》）

相思有如索债的。（徐再思《相思》）（“的”字作上声）

西村日长人事少。（马致远小令）

昨先话儿说甚的？（钟嗣成《情》）

梦回昼长帘半卷。（钱子云小令）

高歌一壶新酿酒。（同上）

春归牡丹花下土。（同上）

恩情已随纨扇歇。（同上）

碧云欲低香雾阻。（李致远《即席赠妓》）

（四）平平仄平平去平。这也是在（一）的下面加三字，但第七字变为平声。

《寨儿令》第三句，例如：

梅花老夫亲自栽。（张可久《鉴湖上寻梅》）

渔翁醉醒江上还。（查德卿《渔夫》）（“醒”字平声）

青门几年不种瓜。（张可久小令）（“不”字读平声）

古来丈夫天下多。（马谦斋《叹世》）

二人到今香汗青。（鲜于去矜小令）（“二”字宜平）

（五）㊀仄平平仄平平。这是律句 7B 的变相；7B 第六字本是仄声，现在改为平声。但也可认为［4A3A］。

（1）《四块玉》第三句，例如：

得遇知音可人心。（《中原音韵》所引，作者未详）

一点芳心怨王孙。（张可久小令）

满眼云山画图开。（马致远《恬退》）

一点相思几时绝。（关汉卿《别情》）

老瓦盆边笑呵呵。（关汉卿《闲适》）

怨感刘郎下天台。（马致远《天台路》）

人海从教斗张罗。（马致远《叹世》）（“教”字平声）

俺这一对儿美爱夫妻宿缘招。（明贾仲明杂剧《金童玉女》）

（2）《红绣鞋》（《朱履曲》）第三句，例如：

百尺云帆洞庭秋。（张可久《隐士》）
眼底殷勤座间诗。（张可久《春日湖上》）
只恐范蠡张良笑人痴。（张养浩《警世》）
直引到深坑里恰心焦。（同上）
客子飘零尚天涯。（张可久《春日湖上》）
妆点西湖似西施。（张可久《湖上》）
战骑冲云猛奔驰。（王伯成套数《天宝遗事》）

《红绣鞋》第二句有另一形式，就是㊥平㊦仄仄平平，即7A。小令中多用仄仄平平仄平平，杂剧中则多用7A。

（六）㊦仄平平仄平仄。这就是第一章第九节里所谓特拗。在某一些曲子里，只能用这种拗句，不能用律句，第一字不拘平仄。

（1）《小桃红》第三句，第七字限用去声，不用上声，例如：

事到头来不由自。（《中原音韵》所引，作者未详）
此外虚名要何用？（马致远《春》）
酒病十朝九朝嵌。（乔梦符《春闺怨》）（“十”作平声，“嵌”读去声）
露冷蔷薇晓初试。（乔梦符《晓妆》）
不似年时鉴湖上。（张可久《寄鉴湖诸友》）
一曲哀弦泪双下。（张可久《离情》）
今日尊前且休唱。（周文质小令）
待别千星娘小除授。（刘致《代文子方赠武昌歌妓》）
宝枕轻堆粉痕渍。（赵善庆《佳人睡起》）（渍，资四切）
兰麝香中看鸾凤。（盍西村《鲸川八景》）
烟柳新来为谁瘦？（同上）

舞凤翔鸾势绝妙。(同上)(绝,藏靴切)
暮折朝攀梦中怕。(同上)
官课今年九分办。(同上)
梨叶新来带霜重。(同上)
星斗栏干雨晴后。(同上)
头上闲云片时过。(同上)
茜蕊冰痕半浮动。(卢挚小令)
雨歇云收那情况。(王和卿小令)

(2)南吕《隔尾》第三句或第四句,例如:

感恨无言漫搔耳。(商政叔套数《拈花惹草心》)
业眼朦胧暂交睫。(朱庭玉套数《慵铺翡翠衾》)

(七)仄平平仄平。这就是五字句的孤平拗救(参看第一章第五节)。第一字不得用平,第三字不得用仄。

(1)《凭阑人》第三、四两句。

宝奁余烬温,小池明月昏。(乔梦符《香押》)
扑头飞柳花,与人添鬓华。(乔梦符《金陵道中》)
海棠开未开,粉郎来未来。(徐再思《春情》)
逆流滩上滩,乱云山外山。(徐再思《江行》)
鸟啼芳树丫,燕衔黄柳花。(张可久《暮春即事》)
隔江和泪听,满江长叹声。(张可久《江夜》)

(2)《挂金索》第二式第六句,例如:

我十分态娇。(明杨景言套数《景萧索》)("十"字作平声)

这句的节奏是一四,与《凭阑人》颇有不同。

(八)平仄仄平平仄平。这就是七字句的孤平拗救。第一字平仄不拘。惟第三字不得用平,第五字不得用仄,故与律句不同。它又和(二)不同,因为(二)是上三下四,而它是上四下三。

(1)《一半儿》第三句,例如:

输与海棠三四分。(查德卿《春妆》,《中原音韵》引作陈克明)

池上好风闲御舟。(张可久《秋日宫词》)

杨柳晓风凉野桥。(张可久《野桥酬耿子春》)(《北词广正谱》引作“晓风杨柳赤栏桥”,非)

泪点儿只除衫袖知。(王鼎《题情》)

花卜鸟啼三四声。(查德卿《美人八咏》)

斜倚绣妆深闭门。(同上)

拈起绣针还倒拈。(同上)

笑倚玉奴娇欲眠。(同上)

翠被麝兰熏梦醒。(同上)

绣到凤凰心自嫌。(同上)

欲写又停三四遭。(同上)

(2)《忆王孙》第三句,例如:

按舞楚台人断肠。(马致远杂剧《岳阳楼》)

(3)《迎仙客》第三句,例如:

谁家隐居山半崦?(张可久《括山道中》)

深院垂阳轻雾中。(李致远《暮春》)(“垂”字宜仄)

只疑是九重天谪来人世间。(白仁甫《梧桐雨》)

(4)《山坡羊》第七句,例如:

一片世情天地间。(乔梦符《寓兴》)

投至有鱼来上钩。(乔梦符《冬日写怀》)

按:此句第七字以用仄声为较常见。

(九)仄平平、仄平平去。第四字必仄,第六字必平。

(1)《落梅风》第三、五两句,见前。

(2)《拨不断》第一式末句,例如:

醉眠时小童休唤。(马致远小令)
更那堪竹篱茅舍!(马致远套数《秋思》)

(3)《上小楼》末句,例如:

恨分开凤钗鸾镜。(任昱《题情》)
倒喳的俺老虔婆血糊麻刺!(马致远杂剧《青衫泪》)
我将你众和尚死生难忘。(王实甫《西厢记》)("尚"字宜平)

(4)《夜行船》末句,例如:

病恹恹粉憔烟淡!(无名氏套数)

(5)《卖花声》(《升平乐》)末句,例如:

掩青灯竹篱茅舍。(乔梦符《悟世》)
问前村酒家何处。(徐再思小令)

(6)《粉蝶儿》第二句与末句,例如:

正堂堂大元朝世……喜氤氲一团和气。(马致远套数)
冷清清绿窗朱户……叫离人不如归去。(白仁甫《墙头马上》)
眼睁睁一宵无寐……只那椿最耽干系。(郑廷玉杂剧《后庭花》)

(十)仄平平、㊀仄平平。

(1)《粉蝶儿》第三句,例如:

应乾元九五龙飞。(马致远套数)
御园中夏景初残。(白仁甫《梧桐雨》)

(2)《太平令》第二句,例如:

翠盘中彩袖低垂。(无名氏小令)

(3)《红绣鞋》第二式第二句,例如:

乐云村投老生涯。(张可久《宁元帅席上》)
试罗衣玉减香销。(任昱《春情》)
古云山宜淡宜浓。(任昱《湖上》)

(九)(十)两种可认为两个律句并合而成的特殊形式;(九)是[3a 4a],(十)是[3A 4A]。并合的方式很多,决不止这两种。下文第八节的曲谱里将有更详细的描写。

6.12 上述的这些特殊形式,在小令里是严格遵守的;到了杂剧里则比较自由些,但大致仍是不差的。

第七节 曲字的平仄(下)

7.1 依我们仔细研究的结果,曲字的声调可分为两大类:平声和上声为一类;去声自为一类。上声常常可以代替平声。这大约有调值上的原因。照我们猜想,在元代的北方口语里,阴平是一个中平调,阳平是一个中升调,上声是一个高平调(《中原音韵》常说"上声起音","起音"就是转高音),去声是一个低降调。上声凭它那不升不降的姿态,和阴平相似;而阳平升到高处的一段又和上声相似,因此,上声和平声就往往通用了。在诗词里,上声和去声通用是正常的,因为它们同属仄声;至于上声和平声通用,乃是不堪想象的事。在曲里,情形恰恰相反:上声和去声虽也因传统的关系仍旧通用,但是它们通用的情形竟不及平上通用来得普通,尤其在韵脚是如此。

7.2 周德清在他的《中原音韵》里,常常提及某一些该用上声的地方,说"用平声属第二着",又于该用平声的地方,说"用上声属第二着"。周氏的判断是否正确,自是另一问题;但是,这里已经足以证明:平上两声在元曲里常被混用,所以才引起周氏的批评。现在试引周氏的话如下:

《庆宣和》末句宜去上，去平属第二着。

《山坡羊》《四块玉》末句宜平去平，平去上属第二着。

《村里迓鼓》等末句宜平仄仄平平去上，去平属第二着。

《喜春来》“谁唤起”注云：“‘起’字平上皆可。”

《满庭芳》“知音到此”注云：“若‘此’字是平声，属第二着。”

《醉太平》“人皆嫌命窘”注云：“‘窘’字若平，属第二着。”

《梧叶儿》“殃及杀愁眉泪眼”注云：“‘眼’字上声，尤妙；平声属第二着。”

《寨儿令》“渔翁醉醒江上还”注云：“‘还’字平声，好；若上声，属下下着。”

《落梅风》“若得醋来风韵美”注云：“紧要‘美’字上声，以起其音，切不可平声。”

《清江引》“萧萧五株门外柳”与“白见不来琴当酒”注云：“‘柳、酒’二字上声，极是，切不可作平声。”

《折桂令》“诗句就云山失色”注云：“妙在‘色’字上声，以起其音；平声便属第二着。平声若是阳字，仅可；若是阴字，愈无用矣！”

力按：依我们猜想，阳平是中升调，与上声的高平调较近。

7.3 依周氏的意思，有些上声字是用得最好的，若用平声就只算“次好”（属第二着），或简直要不得（属下下着）。反过来说，也有些平声字是妥当的，若用上声反是“次好”。但是，咱们应该把“上着”和通例分开来看。好的未必是普通的，普通的未必是好的。我们讲诗律的态度，是寻求通例，不讲工拙。若就通例来看，周氏所谓《山坡羊》《四块玉》和《折桂令》的第二着反是通例！《北词广正谱》于《四块玉》批评周氏说：“末句周德清谓必要平去平，平去上属第二着。余谓必平去上方别于《骂玉郎》之平平去，《感皇恩》之去平平。”可见周氏的话也未能成为定论。

7.4 总之，上声是和平声接近的。《中州音韵》于车遮韵有上声作平声一项,“者、也”二字都作平声(上声兼收),可见接近到了混合的程度。为了要证明上声和平声是一类,我们将毫不惮烦地举出许多证据。

7.5 同一个人所度的曲,必有其一定的规律,决不会有时候合律,有时候又违律。尤其是同人同时,在同一题目之下,决不会让它一部分“上着”,另一部分却又“属第二着”! 因此,我们先从同人同时并且同一题目的情形说起。

7.6 马九皋用《山坡羊》作《西湖杂咏》二首,第一首末两句是“船,休放转;杯,休放浅”;第二首末两句是“风,满座凉;莲,入梦香”。“转”和“浅”是上声;“凉”和“香”却是平声。卢挚用《折桂令》作《怀古诗》十八首,依《中原音韵》的说法,第七句应该是㊥仄仄平平仄上(模范句是赵天锡的“诗句就云山失色”),末字若用平声,便“属第二着”,但卢氏在十八首中,只有五句是依照这个规矩的:

算只有韩家书锦。(《邺下怀古》)
快吹尽陵峰暮霭。(《宣城怀古》)
琵琶冷江空月惨。(《浔阳怀古》)
有越女吴姬楚酒。(《武昌怀古》)
五柳庄瓷瓯瓦钵。(《箕山怀古》)

“钵”字入声作上声。

其余十三首的第七句第七字都用平声(见上节“仄仄仄平平仄平”条)。如果以上声为是,则平声为非;以平声为是,则上声为非。同一个人在同一曲调同一题目之下,不应矛盾至此。再说,用平声者共十三首,占三分之二强,若非当时曲律所容许的形式,卢氏一定不肯这样做。因此,我们的结论是:《折桂令》第七句末字以用平声为常,但上声得替代平声。

7.7 观于上面所述十八首《怀古诗》第七句末字非用平声即

用上声,绝无用去声者,可见平上是一类,去声自成一类的话是可信的。咱们再看,上节所举的特殊形式,凡平声之处几乎全可代以上声,又上声之处几乎全可代以平声(参看上节,以资比较):

(一 A)平平仄平可改用平平去上(第四字变)。

(1)《庆东原》第四、五两句,例如:

那里也能言陆贾,那里也良谋子牙。(白仁甫小令)

第四句末字用上,第五句末字用平,可见平上互通。

嗔忿忿停鞭立马,恶噷噷披袍贯甲。(白仁甫杂剧《梧桐雨》)

"立"字入声作去声,"甲"字入声作上声。

诗题小景,香销方鼎。(曹明善小令)

"小、方"二字宜去。

(2)《满庭芳》首句,例如:

知音到此。(张可久《春晚》,《中原音韵》引)

(一 B)平平仄平可改用平上仄平(第二字变)。

(1)《满庭芳》首句,例如:

你文武两班。(白仁甫杂剧《梧桐雨》)

(二)仄仄仄平平仄平可改用仄仄仄平平去上(第七字变)。

(1)《沉醉东风》首句,例如:

双拂黛停分翠雨。(孙周卿《宫词》)

《宫词》另一首首句是"花月下温柔醉人",这又是同一题目而平上互用的例子。

挂绝壁松梢倒倚。(王鼎《秋景》)

"倒"字去声。

恰离了绿叶青山那塔。(王鼎《闲居》)

“塔”字入声作上声。

籴陈稻新舂细米。(汪元亨小令)
任平地风波浪滚。(汪元亨《归田》)
二十载江湖落魄。(同上)

“魄”字入声作上声。

(2)《折桂令》第七句,例如:

诗句就云山动色。(赵天锡《金山寺》)

此词或云张养浩作。“色”字入声作上声。“动”字《中原音韵》引作“失”字,而云“歌者每歌失色字为用色,取其便于音而好唱也”。按:依通例此字当用去声,“失”字入声作上声,不合;“动用”二字皆去声。

恰滚滚桑田浪起。(马九皋《题烂柯石桥》)
留客醉鱼肥酒美。(张可久《别怀》)

“酒”字宜去。

按锦瑟佳人劝酒。(卢挚《扬州汪右丞席上即事》)
随柳絮吹归那答。(贯云石《送春》)
空一缕余香在此。(徐再思《春情》)
柴门外春风五柳。(张养浩小令)

“五”字宜去。

(三A)平平仄平平去上可改用平平仄平平去平(第七字变)。《清江引》首句。例如,

若还与他相见时。(贯云石《惜别》)

“若”字不拘。

樵夫觉来山月低。(马致远《野兴》)

东风又来供暮愁。(李致远《即席赠妓》)

(三B)平平仄平平去上可改用平平仄平上去平(第五、七两字变)。

《清江引》首句:

夜长怎生得睡着。(钟嗣成《情》)

"得"字作上声,"着"字作平声。

(三C)平平仄平平去上可改用平平仄上平去平(第四、七两字变)。

(1)《清江引》首句:

春光荏苒如梦蝶。(刘时中小令)

"蝶"字入声作平声。

(2)《落梅风》第四句:

尽蜀鹃啼血烟树中。(阿鲁威小令)

"血"字入声作上声。

(三D)平平仄平平去上可改用上上仄平平去上(第一、二两字变)。

《清江引》首句:

一写粉香堪爱惜。(周文质《咏笑靥儿》)

(四)平平仄平平去平可改为平平仄平平去上(第七字变)。

《寨儿令》第三句:

潇潇几株霜后柳。(周文质小令)

(五)(六)无可举例。

(七A)仄平平仄平可改用仄平上去平(第三字变)。

《凭阑人》第四句：

断肠几辈人。（赵善庆《春日怀古》）

（七B）仄平平仄平可改用去上上去平（第二、三两字变）。

寄与不寄间。（姚燧《寄征人》）

（八A）平仄仄平平仄平可改用平仄仄平平去上（第七字变）。

（1）《一半儿》第三句，例如：

司马哭痛如商妇泣。（周文质小令）

“泣”字作上。

横斜数枝僧寺侧。（赵善庆《寻梅》）

“侧”字作上，“斜”字宜平。

（2）《迎仙客》第三句，例如：

十二玉兰天外倚。（郑德辉《登楼》，《中原音韵》引）

（八B）平仄仄平平仄平可改用平仄仄平上去上（第五、七两字变）。

（1）《一半儿》第三句：

吟笔未成贾谊策。（赵善庆《述忆》）

“策”字作上。

（2）《忆王孙》第三句：

消遣此时此夜景。（白仁甫杂剧《梧桐雨》）

（八C）平仄仄平平仄平可改用平仄仄上上去上（第四、五、七字变）。

《一半儿》第三句：

羞禁奶奶唵面色。（周文质小令）

（九A）仄平平仄平平去可改用仄平平仄上平去（第五字变）。《上小楼》末句：

你是必休题着长老方丈！（王实甫杂剧《西厢记》）

（九B）仄平平仄平平去可改为仄平上仄平平去（第三字变）。《夜行船》末句：

急罚盏夜筵灯灭。（马致远套数《秋思》）

“急”字作上，“罚”字作平。此乃《中原音韵》所引，而周德清论末句时，却云当作仄平平仄平平去。这又是平上通用之一例。

谁当得恁般丰韵？（无名氏套数《纵有阳台》）

“得”字作上。第三字变上声后，第一字可作平声。

（十）无例可举。

7.8　以上所述，只是和上节特殊形式比较而论的。除此之外，例子到处都有。现在试再举出一些全首的例子：

天净沙四首　　马致远

其　一

枯藤老树昏鸦；小桥流水人家；古道西风瘦马。夕阳西下，断肠人在天涯！

其　二

长途野草寒沙；夕阳远水残霞；衰柳黄花瘦马。休题别话，今宵宿在谁家？

以上两首，第三句是㊀仄平平去上。

其　三

江南几度梅花，愁添两鬓霜华。梦儿里分明见他！客窗直下，觉来依旧天涯！

其　四

西风渭水长安；淡烟疏雨骊山。不见昭阳玉环！夕阳楼上，无言独倚阑干。

以上两首，第三句是仄仄平平去平。

水仙子四首

其一　夜雨　　　　**徐再思**

一声梧叶一声秋，一点芭蕉一点愁。二更归梦三更后！落灯花棋未收，叹新丰逆旅淹留。枕上十年事，江南二老忧，都到心头！

其二　寻梅　　　　**乔梦符**

冬前冬后几村庄，溪北溪南两履霜。树头树底孤山上。冷风来何处香？忽相逢皓袂绡裳。酒醒寒惊梦，笛凄春断肠。淡月昏黄。

以上两首，第七句末字"忧、肠"皆用平声。

其三　红指甲　　　　**徐再思**

落花飞上笋牙尖，宫叶犹将冰箸粘。抵牙关越显得樱唇艳。怕伤春不卷帘，捧菱花香印妆奁。雪藕丝霞十缕，镂枣斑血半点。掐刘郎春在纤纤。

其四　游越福王府　　　　**乔梦符**

笙歌梦断蒺藜沙，罗绮香余野菜花。乱云绕树夕阳下。燕休寻王谢家，恨兴亡怒杀㊤鸣蛙。铺锦地埋荒甃，流杯亭堆破瓦。何处㊤繁华？

以上两首，第七句末字"点、瓦"皆用上声。注意：作者仍是徐、乔二人。

庆宣和二首

其一　五柳庄　　　　**作者未详**

五柳庄前陶令宅，（宅字入声作平声）大似彭泽！（泽字入声作平声）无限黄花有谁戴？去来！去来！

这是《中原音韵》所引，末两句叠句用平声煞句。

其二　壮岁乡间（套数）　秦竹村

引个奚童跨蹇驴，竟至皇都！只道功名掌中物，笑取！笑取！

周德清论末句时，云《庆宣和》末句当用去上，去平属第二着。此首正合标准，而《小令定格》所举则末句用去平，反属第二着。若不承认平上通用，就是自相矛盾了。

一半儿三首

其一　秋日宫词　张可久

花边娇月静妆楼；叶底沧波冷翠沟；池上好风闲御舟。可怜秋：一半儿芙蓉，一半儿柳。

第二、三两句末字平声，末句末字上声，这是正例。

其二　题情　王　鼎

鸦翎般水鬓似刀裁，小颗颗芙蓉花额儿窄。（"窄"字入声作上声）待不梳妆怕娘在猜。不免插金钗：一半儿鬅松，一半儿歪。

这一首第二句末字变上声。

其三　述忆　赵善庆

太平楼馆醉金钗，老迈情怀悲倦客。（"客"字入声作上声）吟笔未成贾谊策。（"策"字入声作上声）鬓毛衰：一半儿苍苍，一半儿白！（"白"字入声作平声）

这一首，第二、三两句末字宜平而用上，末句末字宜上而用平。赵氏另有《寻梅》一首，末句"一半儿衔着一半儿开"，末字亦是用平声。

山坡羊二首

其一　潼关怀古　张养浩

峰峦如聚，波涛如怒，山河表里潼关路。望西都，意踟蹰，伤心秦汉经行处，宫阙万间都做了土。兴，百姓苦！亡，百姓苦！

末二句末字用上声，这是正例。

其二 苦雨 **马九皋**

孤山云树，六朝烟雾，景濛濛不比江潮怒。淡妆梳，浅妆梳，西湖也怕西施妒。天也为他巧对付。（“付”字宜去）晴，也宜画图！阴，也宜画图！

末二句末字用平声，是变例。

梧叶儿三首

其一 别情 **关汉卿**

别离易，相见难，何处锁雕鞍？春将去，人未还。这其间，殃及杀愁眉泪眼！（“杀”字入声作上声）

其二 **卢 挚**

低攀话，娇唱歌，韵远更情多。筵席上，疑怪他。怎生呵，眼搓里频频觑我！

以上两首末句 ㊦ 平上平平去上，这是正例。

其三

鸳鸯浦，鹦鹉洲，竹叶小渔舟。烟中树，山外楼，水边鸥。扇面儿潇湘暮秋。

末句仄仄平平平去平，这是变例。

越调·斗鹌鹑二首

其一 套数 **宋方壶**

落日遥岑，淡烟远浦。萧寺疏钟，戍楼暮鼓。一叶扁舟，数声去橹。那惨戚，那凄楚！恰待欢娱（赘韵），顿成间阻！

全首用上声韵脚，这是正例。

其二 倩女离魂（杂剧） **郑德辉**

人去阳台，云归巫峡。（“峡”字入声作平声）不争他江渚停舟，几时得门庭过马？悄悄冥冥，潇潇洒洒。我这里踏岸沙（赘韵），步月华。我觑这万水千山，都只在一时半霎！

第一、四两韵以平代上。

中吕·斗鹌鹑三首

其一　抱妆盒(杂剧)　　无名氏

不承望似水如鱼(赘韵),只要得殢云殢雨。陪伴他绣榻香茵,出入在华堂锦屋。("屋"字入声作上声)你只看月色无心照索居,("居"字以平代上)也别做一段的苦。空熬他漏水更长,听了些晨钟的这暮鼓。

其二　西厢记(杂剧)　　王实甫

俺先人甚的是浑俗和光(赘韵),衠一味风清月朗。小生无意去求官,有心待听讲。量着穷秀才人情则是纸半张!又没甚七青八黄,尽着你说短论长(赘韵),一任待掂斤播两。

第三、四两行韵脚以平代上。

其三　您为衣食(套数)　　无名氏

我想这醋淡薄梨(赘韵),你看承似龙肝凤髓。尽意儿盛添,有半停来下水。抑而十分的取了利息,("息"字入声作上声)损人安己!吃酒的向甚么九担十瓶,似恁钱东物西!(韵脚以平代上)

7.9　例子已经够多了。由此我们可以断言:上声的声调形状一定和平声十分近似,以致它们可以互易。我们甚至于疑心上声和去声的偶然通用乃是传统的,因为在汉语诗律学中,向来以上去两声同属仄声;但是,就元代的实际语音来说,上声和平声通用才是顺其自然。因此,上去通用处往往是不重要的地方(即非节奏点,如七言的第一字和第三字),而平上通用处常常是重要的地方,甚至于是韵脚。曲家非常看重末句尤其最后一字的平仄(所谓诗头曲尾),但是平声和上声在这种地方也还可以互易,可见它们二者之间的关系是如何密切了。

*　　*　　*

7.10　曲韵可以平仄互叶,上文已经说过了。事实上,也仍旧有些曲调的韵脚是一声到底的。至于仄脚,则大多数须分别上声和去声。现在试就《中原音韵·小令定格》所列的曲,举列如下,

以见一斑(括弧内的韵脚可不叶,有·号者可平可上):

1. 仙吕

《寄生草》(去),平,去,去,去,去。

《醉中天》去,平,平,上,平,去,平。

《醉扶归》上,平,平,去,平,去。

《雁儿》去,平,平,平。

《一半儿》平,平,平,平,上。

《金盏儿》平,平,去,平,平,平。

2. 中吕

《迎仙客》平,平,上,上,平,去(《中原音韵》例)。

《朝天子》平,平,去,平,去,去,平,平,平,去。

《红绣鞋》去,平,平,(上或去),平,上。

《普天乐》去,平,去,去,平,上,上,平。

《喜春来》去,平,平,上,平。

《满庭芳》上,平,去,平,上,平,去,上,平。

《十二月》《尧民歌》上,平,平,去,平;平,平,平,平,平,平,去。

《四边静》去,平,平,上,平,去。

《醉高歌》平,上,去,上。

3. 南吕

《四块玉》平,上,平,去,平,平,上。

《骂玉郎》《感皇恩》《采茶歌》去,平,去,(平),(平),去;平,平,平,(上),平,(平),平;平,平,平,(上),平。

4. 正宫

《醉太平》上,平,平,上,去,去,平,上。

《塞鸿秋》去,去,去,去,(平),去,去。

这可算是一声到底的韵,因为第五个韵脚可认为赘韵。

5. 商调

《山坡羊》去，去，去，平，去，上，平，上，平，上。

《梧叶儿》平，平，平，平，上。

6. 越调

《天净沙》平，平，上，去，平。

《小桃红》平，去，去，平，去，去，平。

《凭阑人》平，平，平，平。

《寨儿令》平，平，平，平，平，平，平，平，平，平，平。

7. 双调

《沉醉东风》上，平，上或去，平，平，上。

《落梅风》（去），平，去，上，去。

《拨不断》平，平，去，平，去，去。

第三、五两韵皆宜用去声，《中原音韵》引马致远“惹缺”二字皆上声，不合通例。

《水仙子》平，平，去，平，平，平，平。

《庆东原》平，去，平，平，平，去。

《雁儿落》《德胜令》平，去，去；平，平，（去），平，平，去，平，平。

《殿前欢》平，平，去，平，平，去，去，去，平。

第七韵用去声，但入声作上声的字亦可用，大约是转作去声。

《庆宣和》平，平，去或平上，平，平。

《卖花声》上，平，平，（上或去），去，去。

《卖花声》本在中吕。

《清江引》上，去，去，上。

《折桂令》平，平，平，平，平，平，平，平。

7.11　在上面这三十六个曲调里头，有三个是全用平声韵的，有一个是全用去声韵的（此外也有全用上声韵的，如《斗鹌鹑》，《定格》未录），有三个是平上兼用的，有十二个是平去兼用的，有一个是上去兼用的。有十六个是平上去兼用的。上声和去声的界线很严，足见曲调中只分平声和仄声是不够的。

第八节 曲韵举例

8.1 关于曲谱的描写,我们仍旧像词谱的描写一样办理。符号尽量依照第三章第十一节所列的,只增加下面四个条例:

1. 凡仄脚的句子,有分别上声去声的必要时,其符号改变如下式:

(1)限用上声者,a 改为 c,例如 3a:3c,4a:4c,5a:5c,6a:6c,7a:7c;又 b 改为 d,例如 3b:3d,4b:4d,5b:5d,6b:6d,7b:7d。

(2)限用去声者,a 改为 e,例如 3a:3e,4a:4e,5a:5e,6a:6e,7a:7e;又 b 改为 f,例如 3b:3f,4b:4f,5b:5f,6b:6f,7b:7f。

a′改为 c′、e′;b′改为 d′、f′。由此类推。

2. 凡平声与上声同样地可做韵脚的时候,有下列两种不同的处理方式:

(1)其以平声为正例(通例)者,A 改为 G,例如 3A:3G,4A:4G,5A:5G,6A:6G,7A:7G;又 B 改为 H,例如 3B:3H,4B:4H,5B:5H,6B:6H,7B:7H。

(2)其以上声为正例者,c 改为 g,例如 3c:3g,4c:4g,5c:5g,6c:6g,7c:7g;又 d 改为 h,例如:3d:3h,4d:4h,5d:5h,6d:6h,7d:7h。

最常见的情形是:

3G 正例:仄平平; 变例:仄平上。
4G 正例:仄仄平平; 变例:仄仄平上。
5G 正例:仄仄仄平平; 变例:仄仄仄平上。
6G 正例:平平仄仄平平; 变例:平平仄仄平上。
3H 正例:平去平; 变例:平去上。
5H 正例:平平平去平; 变例:平平平去上。
7H 正例:仄仄平平平去平;变例:仄仄平平平去上。
4h 正例:平平去上; 变例:平平仄平。

5h　正例:平平平去上；　　变例:平平平去平。

6h　正例:仄仄平平去上；　变例:仄仄平平仄平。

7h　正例:仄仄平平平去上;变例:仄仄平平平仄平。

有时候,平平仄平倒反是正例,平平去上是变例,在这情形之下,我们的曲谱是◦◦·◦(4d)。

3. 遇逐字表示平仄时,上声作△,去声作＊,例如平平上去平标为◦◦△＊◦,等等。

4. 遇韵脚可叶可不叶者,以虚线为号,例如:3B⋮3A|。

8.2　就普通说,凡用上声煞句,则倒数第二字忌用上声;凡用去声煞句,则倒数第二字忌用去声。叠字与联绵字则为例外。作谱时,不再一一注明。

8.3　《中原音韵》共列曲调三百十五章,《太和正音谱》《北词广正谱》等书所载尚不止此;现在只选常用者一百四十九章作谱。谱式大致依照《北词广正谱》,但也有我们修正的地方,也不一一注明。曲牌下加·号者,表示它们常被用于小令。

仙吕第一

1.《赏花时》7B|7A|5A|4a|5A‖　此调通常用作楔子。它往往用在全剧的开始,下面跟着就是第一折第一曲仙吕《点绛唇》。偶然也用在第二、三、四各折的开始,下面跟着的就不是仙吕的曲调了。第一句偶然改作[3b4a′],第四句可以不用韵,末句可以分成两句,即3b⋮3A。这是指基本字而言;杂剧中衬字颇多,不能一一举例。下仿此。

2.《点绛唇》4X|4a|3a|4X|5a‖　第二句偶然可作5a。第二、三两句可不用韵;或第三、四两句不叶亦可。

3.《混江龙》4e|7A|4b4X|7b7A|3A3e|4b4X‖　此调前四韵各家颇得一致。第五韵(3A3e)变化最多,普通有下列各式:(一)两句并成一个7e;(二)两句引长为7A7e;(三)两句变为三句,即3X3B7e;(四)两句变为三句,即4b4X7e;(五)两句变为五句,即

4b4X|3s3s7e|;(六)两句变为五句,即 4b4X|4b4X|7e|。第六韵(4b4X)偶然也有减为一句(4X)者。尽量用对仗是此调的特色。

4.《油葫芦》7B|3Y|7A|7a7a|3b3b|7a|5A‖　第四、五两韵用对仗;第一、二两句可用上声煞句;第二句甚至有用去声煞的。

5.《天下乐》7B|5Y|7Y|3B3b|5H‖　第四韵往往用对仗。5H 是平平仄仄平和平平平去上通用。后仿此。

6.《村里迓鼓》4e⋮4e|4b3a4e|3B3a4e|3B3b3D|[3B ∘∘∗△]‖　末字可平。

7.《元和令》5Y · · · · ∗|7A5H|7A5H‖

8.《上马娇》3B′3B′|5A|7e|1A|5B‖

9.《游四门》7A|5A|7e|5A|5A‖

10.《胜葫芦》7D|5A|7b|4a4a5H‖

11.《那吒令》第一式:4Y|4Y|4Y|4Y|4Y|4Y|[3B3e]|4A‖

第二式:2b|∘∘·∘|2b|∘∘·∘|2b|∘∘·∘|2b|∘∘·∘|[3B3e]|4A‖

第二式和第一式不同之点在多了几个二字句。《那吒令》以一连串的四字句为主,四字句第三字必仄,其余三字平仄不甚拘,故第一式亦可用平平仄平,第二式亦可用平仄仄平。此外如仄仄仄平、仄仄仄仄、平平仄仄,都是可能的形式。倒数第二句[3B3e]亦可改用 4e,第四字用去声。末句偶用 5A。

12.《鹊踏枝》3A|3A|4X4A|[3s4x]|[3A4A]‖　第五句[3s4x]可有变化。

13.《寄生草》3e⋮3H|7e|7e|7e|7A∘∘· ·∘∘∗‖首二句可作[3b3e][3A3B]|或 7e|7B|。

14.《六幺序》3a3B|[3A4A]|4A|4A|[3A4A]|7e|[3A4A]|7e|4b4A‖　余体不录。

15.《后庭花》5Y|5Y|5a5B|3A|4e|5H‖　第一、二两句可变为[3A3B]|[3A3B]|,或 5s|5D|;第三、四句可变为 5a[3A3b]|,或 5a|5A|;第五句可变为四句,即 3a|3B|3a|3B|;第六句(末字)

后面可以跟着二至四个六字句，如［3A3B］|［3A3s］|［3a3B］|［3S3b］|之类；有时候，先把第六句 5H 取消了，再把那些六字句加上。

16.《青哥儿》⊙ ∘⊙ ∘∘* | ⊙ ∘⊙ ∘∘* |7B|4A|4A| · ·∘∘·∘∘|3e ‖　首二句例如王实甫《西厢记》“（都）一般啼痕湮透，（似这等）泪斑宛然依旧”；又如乔梦符《两世姻缘》“（人在这）离亭离亭开宴，（酒和愁）怎生怎生吞咽”。但第二句可改为 4A，第一、二两句又可改为［3a4e］|［3s4X］|。第六句可改为 7A。此曲句字不拘，可以增损。增损处往往系在 4A 处，或减为一个 4A，或加至三四个。甚至加些三字逗，弄成长句。

17.《醉扶归》5g|5A|7B|5e|7Y|5e ‖　第二句可改用 2A。

18.《柳叶儿》［3s4b］|［3A4A］|7a|3a|3A|［3B4A］‖

19.《金盏儿》3A|3A|7a|7A|5b5A|5b5A ‖　第四句可分两句，即 3s3A；第五、六两句可并为一句，即 3D；第七、八两句可改用 7b7A。

20.《醉中天》5e|5A|7Y|5b|6h|4e|4A ‖　第六句可改为 2e；第七句可改为 6A。第五句 6h 是仄仄平平去上，但偶然也作仄仄平平去平。后面凡有 h 之处仿此。

21.《雁儿》［4a3e］|［3H3A］|1A|3A ‖　第二、三两句可改为 5H5A|。

22.《一半儿》7A|7Y|7B′|3A|7h ‖　第三句可改作［4x3b］。第二、三两句偶然可用上声煞句。末句 7h 是仄仄平平平去上，但偶然也作仄仄平平仄仄平。后面凡有 h 之处皆准此。此调与诗余《忆王孙》相似（曲调亦有《忆王孙》），其不同处在每首的最后一句都有两个“一半儿”，例如“一半儿行书一半儿草”（九字只当七字看待，“儿”字是衬字）。

23.《赚煞》3A3e|［3s4g］|7d|［3A4A］|［3A4A］|7B|5B|4e|7A ‖　凡煞尾皆颇自由，兹仅举一例。

南吕第二

24.《一枝花》5B5a|5b5A|4A|5a|5Y|[3A4A][3s4g]‖　第三、四两句可并为一句，即[3s3A]|；第六句可变为[3X3S]|；第七句可变为[3s4x]|；末二句可变为4A6c‖。4g表示平平去上，偶然也可作平平仄平，后仿此。《一枝花》与《梁州第七》常连用，居一折之首。

25.《梁州第七》[3s4A][3A4A]|7a|4B|4A|[4a4A]|[3A4a]|[3A4X]|[3a4A][3b4a]|[3A4X]|⊙◦•◦|7a|5X|7B|4X‖　此调字句不拘，可以增损。只录一体。

26.《四块玉》3Y|3c|[4X3A]|7e|3Y⋮3Y|3H‖

27.《贺新郎》7A|4b4x|7a|[3s4b]|[3A4X]|5b5A|7a|5b••
•◦◦‖　与诗余不同。

28.《梧桐树》5a|5A|7a|[3s3a]‖

29.《牧羊关》3a3B|[3A3X]|4A◦◦•◦|5b5A|5x◦◦△＊◦‖　第五句平平仄平可改用去声或上声煞句，即4b。末句平平上去平，系依照《北词广正谱》的说法，事实上曲家并不完全这样做。

30.《骂玉郎》7e|5A|7e|3Y|3Y|3e‖　第二句可分为两句，即3f|3A|。

31.《感皇恩》4X|4X|3A⋮3b3A|4b4A|3A3f⋮3G‖此与诗余不同。第二句可用4x，第八、九两句3A3f可改为3a3A。第六句偶然可用平平仄平。

32.《采茶歌》3A|3A|7A|7d7A‖　小令中往往与前二首并合，名为《骂玉郎带过感皇恩采茶歌》。杂剧中虽不并合，亦必三首相连。

33.《隔尾》7d|7B|7b′|2B|2B|7d′‖　第四、五两句在意义上应并为一句，例如李致远套数《白云留故山》"快还九山"，有时候是叠句，例如陆仲良套数《春风柳吐金》"自今自今"；有时候共叠四句；有时候又并成一句，即4b′。

34.《哭皇天》(《玄鹤鸣》)5e|5B|5b5A|[3s4b]|7B|4x|4h‖ 第四句[3s4b]处可以容许很多的变化,例如一句变为三句,即4b|4A|7A|;或变为六句,即4A|4b4A[3B4b]|[4b4b][4a4A]|。诸如此类,不可备举。第五句7B偶然变为7b;第六句4x偶然变为6x。末句以收上声为正例;偶然以平声煞句,则成为仄仄㊥平。

35.《乌夜啼》7a|[3A4a]|7a|4A|4A‖7A|7a|3B3a|4b4A‖ 此与诗余不同。仄韵处上声或去声不拘,但最好是一律用上,或一律用去。第二句可改用7A。《哭皇天》与《乌夜啼》在杂剧中常连用。

36.《红芍药》7A|4A|7A|4A|5b|7A|7A|4A‖

37.《菩萨梁州》4A|4b|∘∘·∘|4A|7A|7a|7a|[3s3s]|7B|4A‖ 《红芍药》与《菩萨梁州》在杂剧中往往连用。

38.《干荷叶》3x3A|5e|3A|7A|5e‖ 第一句可改用3A,与第二句成为半叠句,如刘秉忠小令:"南高峰,北高峰。"

39.《金字经》(《阅金经》《西番经》)5a·∘∘·∘|7Y|1A|·∘∘·∘|3e|·∘∘·∘‖ 第二、第五、第七句限用孤平拗救。《金字经》与《干荷叶》平常只用于小令。

40.《黄钟尾》7a|7B|[3B⋮3B]|[3B⋮3B]|[3A4X]|7d‖ 句字不拘,可以增损。

41.《三煞》7a|7B|7A|4A|6s|5A|5b|4A‖ 此调系借用般涉调,变化颇多。今仅录一体。

42.《煞尾》7a|∘∘∘∘· ·∘|[3A3s]|[3A3s]|[3A3s]|[3A3s]|[3A3s]|[4A⋮3s] 句字不拘,可以增损。

中吕第三

43.《粉蝶儿》4A|[3A4e]|[3A4A]|3A3a4e|4A|[3A4e]|

44.《醉春风》5A5d|7a7d|1r|4A4a4e‖ 此调《北词广正谱》所举数式都非常例,今另依白仁甫《梧桐雨》作谱。第一句偶然可

用5a，并叶韵，第四句偶然被删去，而于第三句叶韵，甚或不要韵。第五句为一字句，即叠前句末字。有时候，也并不叠前句末字，但是有人倒反叠三个一字句，如“险，险，险”。

45.《叫声》5A|[2B|2R|3e]|5A5A ‖ 第一句可改用[3s3A]，第二句3e处可改为[3A3e]，第三、四两句可并为一句，即7B。其特色在二字叠句。

46.《喜春来》(《阳春曲》)7e|7B|7A|3d|5A ‖ 第一句用去声煞，第四句用上声煞；偶然反过来，第一句用上声煞，第四句用去声煞。切忌都用上声，或都用去声。

47.《红绣鞋》[3s4e]|[3A4A]|[4X3A]|3b⋮3A|5d ‖ 第一句可改用6e；第二句可改用6A；第四句3b可改为5b。

48.《朝天子》2B|2B|5e|7A|5e|4A4e|5Y|2B|2B|· ·∘∘* ‖ 第一、二两句2B|2B|大致可有三种不同的形式：(一)四个字不相同，往往是对仗，如“月明，浪平”；(二)半叠句，叠上字者如“有钱，有权”；叠下字者如“早霞，晚霞”；(三)从意义上看来只是一句，如“近来越骇”“愿天可怜”。第九、十两句的情形也相同(甚至完全叠句，如“汉家，汉家”)。这些2B偶然也可以用2d替代。

49.《四边静》4e|7B|4A|5d|∘∘·∘|5e ‖ 余体不录。

50.《迎仙客》 3H⋮3A|7D′|3c3h|4A|5e ‖ 首二句可作五字句。第一句如用平煞，往往叶韵；用上则往往不叶。第三、四、五诸句以平声煞句为较多见；但偶然也用上声。

51.《石榴花》5a|5A|7A|4b|4A|7e|[3a4A]|7e|5G ‖ 第四、五句都偶然可作仄平仄平或仄平平平，或两句并为一个七字句，即仄平仄、仄平平平。

52.《斗鹌鹑》 4A⋮4d|4A4d|7B|4d|4A|4h ‖ 第五句偶然可用仄煞。第六句可作仄平仄平，或6s，或3B。末两句可变为[3A4A][3s4d]，两句中间不用韵。此调与越调《斗鹌鹑》不同。

53.《快活三》5B|5A|7A|· ·∘∘* ‖

54.《鲍老儿》7e|5e|7e|5e|4b4b4A|4b4b4A ‖

55.《剔银灯》[3b ◦◦·◦]|[3b4f]|7e|[3A4A]|3A|3B|4h ‖ 第一句可改用[3s4b],第五句可改用3a,同时不叶韵。

56.《蔓青菜》3e|3A|4f|[4A3B]|5e ‖

57.《红芍药》4A|4A|[4A3A]|4A|3e3H|6e|4A|4A|[3s4A] ‖ 第七句六字可改为七字,即[3B4e];末句可取销。此调与南吕《红芍药》不同。

58.《普天乐》3A3e|4f4A|3B3e|[4A3e]|[3A4X]|◦◦·◦(4d)|4d ⋮ 4A ‖

59.《满庭芳》◦◦·◦(4d)|4b4A|7e|4A|[3b4h]|[3A4A]|3e|4h|5A ‖ 第二、三两句用对仗。第六、七两韵虽隔韵,亦用对仗。与诗余不同。

60.《上小楼》4h|4e|4A4A ⋮ 4A|3B ⋮ 3B ⋮ 4e|[3y4e] ‖ 第一、二两句可变为3B3B或3s3s,中间不用韵。第四、六、七诸句虽不是规定叶韵的地方,但曲家喜欢用赘韵;第六、七两句又可变为3A|3A|。

61.《醉高歌》(《最高楼》)6X|6d|6e|6d ‖ 末句或作[3B ◦◦ *△]。

62.《十二月》4h|4A|4d4A|[3s4f(h)]|[3s4A] ‖

63.《尧民歌》7A|[4A3A]|7A|[4A3A]◦△ ◦◦|5B|5e ‖ 第五句平上平平,第二、三两字是“也波”,例如“踌也波蹰”“伤也波怀”“哀也波哉”。但也可减为二字句,如“今春”,或变为叠句,如“寒更寒更”。然终不敌“也波”式之常见。《十二月》与《尧民歌》在杂剧中必连用;在小令中则索性并合。

64.《耍孩儿》(借般涉调)7a|6d|7A ⋮ 6A|7a ⋮ 7B|3a|4s4x ‖

65.《山坡羊》4f|4f|7e|3A|3A|7e|7h|1A|3h|1A|3h ‖ 《山坡羊》多用对仗及重叠语。末四句共八字,用重叠语如“白,也是眼;青,也是眼”;“高,高处苦;低,低处苦”;用对仗语如“闲,天定

许;忙,人自取”。此调只用于小令。

66.《卖花声》(《升平乐》)7e|7B|7A|4x⋮4e|[3A·∘∘*]‖ 此调亦入双调。第四句如用韵,则用去声煞,否则用平上声煞。

67.《齐天乐》6G|5e|2A|1A|4A|[3A4A]|2A|∘∘∘∘,· · ·∘| 4A4A|3B3e|4A‖ 第三、四、五句可并为一句,而用句中韵,如“读书图驷马高车”。

68.《红衫儿》5e5e|3A|3A(R)|5e|3A|3A(R)|6d‖ 《齐天乐》与《红衫儿》往往只用于小令,叫做《齐天乐带过红衫儿》。

69.《尾声》(亦入正宫,南吕,般涉,越调)5B5h|7e|· ·∘∘* ∘△‖ 第三句可变为6e,下面偶然可加一个七字句,平煞,叶韵。

双调第四

70.《新水令》7A|[3A4e]|5b5A|4A|⊙*△∘*‖ 第二句偶然可分为两句,即3A|3A|,第三、四两句偶然可改为3b3A,或在前面加一句,即[3s5b]。第五句的4A可扩充为几个4A,每句叶韵。末句必要㊣去上平去;周德清说应作仄仄仄平平,绝非事实。

71.《驻马听》4A|7h|4e|7A|7A|7e|3H∘∘·∘∘*‖ 第二句偶然可作[3A3b];第四句偶然可作[3b3A];第三、四两句又可作[3A4b][3b4A],中间不用叶。第一、二两句中间亦有不叶者。

72.《驻马听近》4A⋮7h|4e⋮7A|7A|7e|3A3e3A‖ 或有幺篇,首三句缩为一句,即7f。

73.《沉醉东风》[3a4h]|[3A4A]|[3B3b]|[3A4A]|7B|3s4d‖ 第一句偶然可改为6h,第二句也跟着改为6X,第三、四两句可作[3s3B][3s3s]|,中间用韵。第六句偶然可用上声煞,末句也可用平声煞,但因太少见了,所以不入谱。

74.《雁儿落》(《平沙落雁》)5Y|5e|5Y5e‖

75.《得胜令》5A|5A|5e|5B|2A|5e|2A∘∘△*∘(·∘∘*∘)‖ 第二句偶然可用5e;第五、六两句在意义上可并为一句,如“离情闪得人孤零”;第七、八两句亦然。《雁儿落》与《得胜令》在杂剧

中常常连用（偶有《雁儿落》独用者），小令中称为《雁儿落带过得胜令》。

76.《乔牌儿》5e|5e|5e| ·∘∘* ∘‖ 首句偶有平煞者；末句有上煞者。

77.《甜水令》（《滴滴金》）4A4a4e|5G|4A4a4e|3A4G‖ 末句有用去煞者。

78.《折桂令》（《蟾宫曲》《步蟾宫》）6X|4X ⋮ 4X|4X4X4X|[3s∘∘·∘(4d)]|[3A4X]|4A|4A‖ 第一句可变为七字，即[3A4A]或7A。第二句偶然可用4d。第四、五、六句可变为3B3A4A；或减为两句，即4X6X，或4X4X，或4X[3A ⋮ 4X]。第七句可变为6d。第八句可增为八字，即[3A5A]，或减为6A。末二句可增为三四个4A。

79.《百字折桂令》[3A4A]|4A4A|4A|4A|4A|[3B∘∘·∘]|[3A4A]|4b4A|4b4A‖ 共基本字五十七个，另加衬字四十三个，凑够百字。

80.《碧玉箫》4A|5e|4A|5A|3d|5B′|3B′|3e|5e‖ 余体不录。

81.《搅筝琶》3e|5A|4A4h|3a3A|4A|2A|7B|4A‖ 第二句可增为六字，即[3s3A]，又可减为4A。第五、六、七句可改为3b4A4A，中间不叶韵。第八句2A偶然被删去，或与第七句对调。第九句常被改为㊣平仄仄㊣仄仄。此调有增格，就是在第七句或第八句的后面任意增加几个四字句，平煞仄煞均可。

82.《清江引》（《江儿水》）∘∘·∘∘*△(∘∘·∘∘·∘)|5e|5B|5e|∘* ·∘∘*△(∘∘·∘∘*△)‖ 此调多用于小令。

83.《步步娇》（《潘妃曲》）4X3e|5e|3h|[4X3A]|3A|5e‖

84.《落梅风》（《寿阳曲》）3a ⋮ 3B|[3A4e]|∘∘·∘∘* ∘(∘∘·∘∘·∘)|[3A4e]‖

85.《乔木查》（《银汉浮槎》）4d|5d|5d|5e4A(4c)‖ 首句偶然作5d。

86.《庆宣和》7B|4A|7b(A)|＊△(＊∘)|2R‖　末句作半叠亦可。

87.《水仙子》(《凌波仙》《湘妃怨》《冯夷曲》)7A|7B|7e|5B′|6A|5a5H|4X‖　第六、七两句偶然减为三字句,即3a|3B|,中间叶韵;或减为四字句,即4b∘∘·∘|,中间不叶韵。又有增字者,从第四句起增成[3A3B′]|[3A4A][3b3a][3A3d]|5A‖。

88.《庆东原》3e⋮3B|7e|∘∘·∘(4d)|(∘∘·∘4d)|4X|5A5e‖　第七句偶然减为四字,即4X,并叶韵。

89.《沽美酒》(《琼林宴》)5A|5A|7d|∘∘·∘|[3s3e]‖　第一句可改用5B;第二句可改用5e;第三句可改用·∘·∘∘·∘|;末句偶然可用[3A3A]。

90.《太平令》[3b4x]|[3A4A]|[3s4x]|[3b4b]|2B|2B|2B|3b4e‖

91.《夜行船》7H|3a4A(4c)|4A4e|[3G4e]‖　与诗余颇不同。

92.《挂玉钩》7d|5e|7B|5e|3B3e|4A4A‖　或在第四句5e的后面增加一个[3s4e];或非但不增,倒反删去第五、六两句的3B3e。

93.《川拨棹》3A|5h|4X|4X|[3A4Y]|5h‖

94.《七弟兄》2B|2R|3A|7e|7A|7e‖　首二句也可用半叠句,如"指空,话空";或完全不叠。但第三句又可与首二句对调,而且并成一句,用句中韵,如"也不索左猜右猜"。《川拨棹》与《七弟兄》往往连用。

95.《梅花酒》3b′|4A|4A|4A|4A|[3a3A][3b3A]|3b′|[3b3A]|[3b3A]|[3b3B′]|[3b3A]‖　此章句字不拘,可以增损。余体不录。

96.《收江南》7A|7A|7A|·　·　·∘|7A‖

97.《拨不断》(《续断弦》)3A|3A|7e|7H|7e|4e‖　周德清论末句时,云《拨不断》末句当作仄平平仄平平去([3a4e]),马致远

小令“醉眠时小童休唤”,正合此格。但普通末句却只有四字;《中原音韵·小令定格》所录马致远套数“竹篱茅舍”亦是四字。也有人在第五句的后面加 4b4A 两句,而末句用[3s4e],但甚为罕见。

98.《风入松》7A|5A|7a[3A(b)4A]|6s6X ‖　与诗余第一式同。

99.《胡十八》3b⋮3A|3b3A|7A|2B|2B|5A ‖　余体不录。

100.《大德歌》3A|3A|5B|5e|[3s3B]|7e|5A ‖

101.《德胜乐》(《得胜乐》)3d|3e|[3s4h]|[3A4e]|[3b3A] ‖　第一句可不叶;第一、二两句可并成一句,即[4A3e];第三句可变为 6h;第四句可变为 6e′。《德胜乐》与《得胜令》不同。

102.《殿前欢》3A|7A|7e|4x|5B ‖ 3e|5e|4f⋮4X ‖

103.《鸳鸯煞》7e|7e|4x4A|[2b4X]4d|[4A3e]|4A|7d′ ‖　第五句 2b 处是“畅道”二字,认为衬字亦可。末句必要仄仄平平去平上,余体大同小异,不录。

104.《离亭宴煞》7e|7e|4Y|7e[3b3e]|6d|5A5d ‖　余体不录。

105.《歇指煞》7e|7e|[2a2b]|[2a5A][2a5d][2a5e]|5B5e|[3s4d]|5A5d′ ‖　双调煞尾时,除上述三煞外,尚有《鸳鸯带离亭宴煞》《离亭宴带歇指煞》等,不具录。

正宫第五

106.《端正好》3A⋮3a|[3A4A′]|7a|5e ‖　第二句与第四句用上声或去声煞句均可,但以去声为较常见。末句限用去煞。按仙吕亦有《端正好》,与正宫大致相同;但正宫句数有定,仙吕则可任意增句。小令中不用《端正好》。在杂剧中,仙吕《端正好》只用于楔子,不入套数;正宫《端正好》则但入套数,不作楔子用。仙吕与正宫《端正好》都和诗余不同。

107.《滚绣球》3A⋮3B|[3A4s]|[3B4X]|3B⋮3B′|6a|[3A4X]|7a7B|4X ‖　第二句后面偶然加一句 3Y 或 3d;第三句可改用[3A3Y]。

108.《倘秀才》 [3b∘∘·∘∘(4d)]|[3b∘∘∘∘(4d)]|7h|5b5A|4h‖ 第四、五两句可并成一句,即[3A3B]或[3s3B]。《滚绣球》和《倘秀才》被称为子母调,因为它们是“两腔迎互循环”的。刘时中套数《上高监司》其一是《端正好》《滚绣球》《倘秀才》《滚绣球》《倘秀才》《滚绣球》《倘秀才》《滚绣球》《伴读书》《货郎儿》《叨叨令》等,其二是《端正好》《滚绣球》《倘秀才》《滚绣球》《倘秀才》《滚绣球》《倘秀才》《滚绣球》《倘秀才》《滚绣球》《倘秀才》《滚绣球》《倘秀才》《塞鸿秋》《呆骨朵》《脱布衫》《小梁州》等。这是典型的循环。此外如秦简夫《赵礼让肥》第二折是《端正好》《滚绣球》《倘秀才》《脱布衫》《小梁州》,幺篇,《倘秀才》《滚绣球》《二煞》《一煞》《煞尾》,无名氏《马陵道》第二折是《端正好》《滚绣球》《倘秀才》《滚绣球》《白鹤子》《脱布衫》《醉太平》《倘秀才》《滚绣球》《二煞》《煞尾》,也是变相的循环。

109.《呆骨朵》(《灵寿杖》)7e|[3B3A]|4A4e|5e⋮5e|5B⋮5B‖ 第二句可改为4A,[3a3A]。第四句可改为“平平仄平”。末二句可改用[3s3B][3a3A],或5b5B。

110.《叨叨令》[3A5e]|[3A5e]|[3A5e]|[3A5e]|[4s3A]|7R|7e‖ 此曲名符其实,真有叨叨的意味。因此,首四句全用一样的句法,尤其是第五、六两句用叠句,而且必须用“也么哥”(或“也波哥”),叠句前面往往先称呼人一声,如马致远《青衫泪》:“相公呵,你元来死了也么哥!你元来死了也么哥!”更显得缠绵。首四句也可改作四个7e。

111.《塞鸿秋》7e|7e|7e|7e|5B⋮5e|7e‖ 末句有人作两句,即7A7e,或5A7e;周德清反对这种形式(他以为是衬字太多),但作者却不少。此调若在第五、六两句改为“也么哥”煞句,即变为《叨叨令》。

112.《脱布衫》[3A4A′]|[3A4A′]|[3A4h]|[3A4f]‖ 每句前三字也可以作3s。

113.《小梁州》7A|4A|7A|3e5A|7e|[3A4X]|3b3e|4e|5A‖ 第二句四字可变为七字,即[3A4A];第八句三字可变为六字,即[3B′BB];第九句3e后面可任意再加两三句,如[3b3e][3A4e]等。另一式只有首五句。

114.《醉太平》5h|5A|7A|5h|7e|7e|7A|5h‖　五字句皆可改用四字句。

115.《伴读书》(《村里秀才》)[3s3e]|[3B3e]|[4A3e]|7e|7e|4A‖　首二句可作5e|5e|。

116.《笑和尚》(《笑歌赏》)1b|1r|1r|[3a3B]|1b|1r|1r|[3a3e]|1b|1r|1r|[3B3e]|1b|1r|1r|[3A3e]|1b|1r|1r|3s3A|1A|1R|1R|5e‖　《笑和尚》的特色是每句之前连叠三字,如:"你你你将文卷细细翻。"叠字处多用仄声,但也用平。此谱事实上只算六句。第四句的六字句[3A3e]可减为三字句3B;第五句的六字句也可减为3A;末句的前面可增三字句,成为3A|5e‖。

117.《白鹤子》5b5A|5A5e‖　往往有衬字。

118.《六幺遍》(《柳梢青》)3e|3e|4b4A|∘∘·∘,∘∘·∘|7e|2A|7A‖　与《六幺序》不同。

119.《三煞》(与南吕不同)7e|7B|4A4b4b4A|4b4A4A|4a⋮5A‖　第五句可改用4A。

120.《啄木儿煞》3B3h|7e|4e|7A‖

越调第六

121.《斗鹌鹑》(与中吕不同)4X4h|4X4h|4X4h|3B3h|4X4h‖　此曲本系上声韵,但是每一个韵却可改为平脚,由平平去上而变为平平仄平。第三字必须用仄。第四韵3B3h偶然也可改作4X4h。

122.《紫花儿序》4b⋮4A|4X|4X|4b4A|2A|7B|4x|4A4A‖ 第七句2A或作叠句,或径删去,都不如单用2A为常见。第九句可用平煞。

123.《金蕉叶》[3s4h]|[3s4h]|[3s ∘∘·∘(4d)]|[3s ∘∘·∘(4d)]‖

124.《调笑令》3B|3A|5A|7a|[3A4A]|∘∘·∘∘·∘|[3A4A]‖ 第一句可用2B；第三句5A的后面可加一个3B；第六句可用仄煞。

125.《小桃红》7A|5e|7f′|3A|7e|4h⋮4e|5A‖ 第三句必须用拗句仄仄平平仄平去；第六句虽可不叶，但以叶韵为较常见；第七句偶然亦有不叶的。

126.《秃斯儿》3s ∘∘·∘|3s4A|∘∘·∘∘＊△|[3s3A]|2A‖ 首二句可用六字句。

127.《圣药王》3B|3B|7A|3B|3B|7A|5A‖

128.《麻郎儿》∘∘·∘(4a)|4A|[3s ∘∘·∘(4d)]|[3s4e]‖

129.《络丝娘》[3B(s)4h]|[3A(s)4h]|7B|4e‖ 末句偶然可作4A。

130.《东原乐》3e⋮3B|[4A(4b)3e]|7B|3e|[3A4e]‖ 第四句可改为[3A3B]。

131.《绵搭絮》4b4X|4b4X|7B|7B|4A5B‖ 末句可用上声煞。

132.《拙鲁速》3A⋮3A|3A⋮3A|∘∘·∘|∘∘·∘|[4A3A]|[3A ·∘∘∘]|4e|4e|[3A3B]‖ 余体不录。

133.《天净沙》6X|6X|6h|4e|6X‖

134.《鬼三台》3e|3e|∘∘·∘(4d)|5A|4h|∘∘·∘· ·∘|∘∘·∘· ·∘|4A4d‖ 第六句可用上声煞；第七句可用去声煞。

135.《耍三台》[3A3e]|[3s ∘∘·∘(4d)]|[3b4f][3A4A]|7B7e|[3A4A][3b ∘∘·∘(4d)]‖

136.《寨儿令》(《柳营曲》)3B|3A|∘∘·∘∘·∘|4X|4X|5A|[3A4A]|[3A4A]|5b5A|1A|5A‖ 第三句可用上声煞句，第六句偶然亦可用上声煞；第七、八两句都可改用六字句，即6X。此曲多

用于小令。

137.《黄蔷薇》4d|4A|6d|6h ‖　首二句可改作5d|5A|

138.《庆元贞》7A|7A|7A|5B|5A　第四句5B的前面往往加一个感叹词，如“哎、呸”之类。在杂剧里，《黄蔷薇》与《庆元贞》常连用。在小令里，它们并成一调，称为《黄蔷薇带庆元贞》。

139.《凭阑人》7B′|7B′|5B′|5B′ ‖　四句共用两对仗。七言第三、五两字必须用平声；五言第一字用仄，第三字用平。若严格作谱，应该是：⊙·∘∘∘·∘|⊙·∘∘∘·∘|·∘∘·∘|·∘∘·∘‖

凡不依此谱者皆当认为例外，惟上声偶可替代平声。《凭阑人》只用于小令。

140.《收尾》7e|[3s4h]|5A∘∘·∘△ ‖

商调第七

141.《集贤宾》∘∘·∘∘*△|5A|6b4A|[3A4A][3A4A]|[3s4s]|3b3a|5b5A ‖　第二句可改用[3b4X]；第四句可改6A；第六句可变为仄煞；第七句可变为7b；第八句可变为[3s4X]。

142.《逍遥乐》4e|4A4d|4X|[3s4A]|7H|[3b4f]|4X(A)4A4X(4d) ‖　《集贤宾》常与《逍遥乐》连用，且往往居一折之首。

143.《挂金索》4X5e|4X5e|4X5e|4X5e ‖

144.《金菊香》7A|7B|∘∘·∘∘*△|4A|5A ‖　第三句末字可用平声，第四字偶然也可用上声。这是平上通用的道理。

145.《醋葫芦》3s3B|7A|7b|4X|7A ‖　首句可用3B，并且押韵。

146.《梧叶儿》(《知秋令》)3a3Y|5A|3b3Y(3d)|3A|[3s∘∘·∘(4d)] ‖　首二句可用5a5Y；末句可减为六字，即6g(包括仄仄平平去上与仄仄平平仄平两式)。

147.《双雁儿》7a|3A3d|7e′|[3A3d]|[3A3d] ‖

148.《柳叶儿》[3s4f]|[3A4A]|7e|3e|3A|[3B4A] ‖　《双雁儿》与《柳叶儿》本属仙吕，亦入商调。杂剧中，商调多收此二

曲,故收入商调谱。

149.《浪来里煞》[3B3B][3B3e]|7A|7B|[3b4e]|7A‖ 《浪来里》,《元曲选》中皆称为《浪来里》(或《浪里来》);《浪来里煞》亦称为《浪里来煞》。今但录一体。《北词广正谱》于《浪来里煞》举乔梦符《两世姻缘》为例,今按《两世姻缘》第二折虽有《浪里来》一曲,但煞处系用《高过随调煞》。《北词广正谱》所录者是《高过随调煞》原文,疑未合。

8.4 以上所录曲谱共一百五十一调。《黄钟》《大石》两宫颇为罕见,所以没有录入。至于《般涉》《小石》《商角》三宫,元代杂剧中完全不用;又有所谓《道宫》及《高平调》,并为《中原音韵》所不录,自然更不必为它们作谱了。

第五章　白话诗和欧化诗

第一节　自由诗

1.1　五四运动以后，白话文盛行，同时白话诗也盛行。白话诗是从文言诗的格律中求解放，近似西洋的自由诗（free verse）。初期的白话诗人并没有承认他们是受了西洋诗的影响，然而白话诗的分行和分段显然是模仿西洋诗，当时有些新诗在韵脚方面更有模仿西洋诗之处（见本章第六节）。由此看来，白话诗和欧化诗的界限是很难分的。现在为叙述的便利起见，姑且把近似西洋诗的自由诗的叫做白话诗，模仿西洋诗的格律的叫做欧化诗。

1.2　简括地说，凡不依照诗的传统的格律的，就叫自由诗。在西洋，虽然有人说自由诗发生得很古，但是，韵的谐和与音的整齐毕竟被认为诗的正轨，所以自由诗常常被人訾议，而诗人们也没有写过极端自由的诗。直至美国诗人惠特曼（Walt Whitman，1819—1892），才真正地提倡诗的极端自由，一时蔚为风气。

1.3　在中国，白话诗既然要从旧诗的格律中求解放，如果再模仿西洋诗的格律，就难免被人嘲为脱了旧脚镣而又带上新手铐。恰巧西洋有提倡解放的一派，中国白话诗人正好引为同调。因此，当时的诗人们在诗的解放上可说是“迎头赶上”，有些地方几乎可说是走在惠特曼他们的前面了。

1.4　分析地说，西洋的自由诗和普通诗的不同有下列的三点：

（一）普通诗是有韵的，自由诗是无韵的；

（二）普通诗每行的音数或音步是整齐的（见本章第五节和第六节），自由诗每行的音数或音步是不拘的；

(三)普通诗每段的行数是整齐的,自由诗每段的行数是参差的。

如果对于这三点只有一点或两点和普通的格律违反,可认为相对的自由诗;如果同时具备了这三个特征,就算是绝对的自由诗了。中国初期的白话诗,大多数是属于绝对的自由诗的。现在仍分三方面叙述,并举例于下,自然,多数的例子都是兼备三种特征的。

(甲)无韵诗。最使一般人感觉不惯,甚至不承认是诗的,乃是无韵诗。非但中国旧派诗人有这种感想,西洋有一部分诗人仍旧是这种看法。但是,密尔敦的《失乐园》(Paradise Lost)和莎士比亚的《哈孟雷特》(Hamlet)都不容否认是诗;而它们是没有韵脚的。所以咱们不能否认无韵诗的存在。

不过,莎士比亚和密尔敦诸人的无韵诗,和后代惠特曼他们所提倡的无韵诗,在结构上有很大的分别。莎士比亚和密尔敦诸人的无韵诗虽然不用韵脚,却是讲究音步的。关于音步,我们在下文第六节里细谈。现在暂时把讲究音步当做讲究每行的长短一律。就普通说,往往是每行十个音(ten syllables)。这种音数或音步整齐的无韵诗叫做素诗(blank verse)。下面是莎士比亚的《哈孟雷特》当中的一段:

If thou didst ever hold me in thy heart,
Absent thee from felicity awhile,
And in this harsh world draw thy breath in pain,
To tell me story.

除最后一行未完之外,其余每行都是十音。

下面是密尔敦《失乐园》的一段:

He, above the rest
In shape and gesture proudly eminent,
Stood like a tower; his form had not yet lost

All its original brightness; nor appeared

Less then archangel ruined, and the excess of glory obscured.

除首行与末行不足一行外,其余每行都是十音。

这种素诗并没有被中国诗人模仿。中国现代初期的白话诗每行的长短是不拘的;当其不用韵的时候,诗行的长短更可以不拘了,例如:

晚　风　　　　俞平伯

晚风在湖上,
无端吹动灰絮的云团,
又送来一缕笛声,几声弦索。
一个宛转地话到清愁,
一个掩抑地诉来幽怨。
这一段的凄凉对语,
暮云听了,
便沉沉的去嵯峨着。
即有倚在阑干角的,
也只呆呆的倚啊!

灯　光　　　　朱自清

那泱泱的黑暗中熠耀着的,
一颗黄黄的灯光啊,
我将由你的熠耀里,
凝视她明媚的双眼。

洋车夫的儿子　　　　冯文炳

"爸爸! 你为什么不睬我呢?
只要一个铜子,
那个糖,阿五吃的那个糖。"
"拉去罢? 拉去罢?"
"走了,走了,

也，也不睬你哩！”

有一种情形，在有韵与无韵之间，就是有些诗行的末一字用重字。有时候非但末字相同，甚至于大半句相同，例如：

In youth my wings were strong and tireless,
But I did not know the *mountains*.
In age I knew the *mountains*,
But my weary wings could not follow my vision – Genius is wisdom and youth.

—From“Spoon River Anthology”,
by Ed. L. Master(1869—?)

在初期的白话诗里，这种情形最为常见，例如：

落　叶　　　　刘　复

秋风把树叶吹落在地上，
它只能悉悉索索，
发几阵悲凉的声响。

它不久就要化作泥；
但它留得一刻，
还要发一刻的声响，
虽然这已是无可奈何的声响了，
虽然这已是它最后的声响了。

偏　是　　　　王志端

我原不想见他，
偏是梦里见着！
既然梦里见着，
偏是夜鸟叫着！
夜鸟关我甚事，
偏是闹得我睡不着！

睡不着也罢了，

偏是那月亮儿又淡淡的照着！

江　边　　郭绍虞

云在天上，

人在地上，

影在水上，

影在云上。

这种末字相同的诗句颇有替代韵脚的效果。但是，在西洋，偶然也有所谓句首韵（initial rime），例如：

White-armd Astrid,-ah,but she was beautiful! —

Nightly wandered weeping thro'the ferns in the moon,

Slowly,weaving her strange garland in the forest,

Crowned with white violets,

Gowned in green.

Holy was that glen where she glided,

Making her wild garland as Merlin had bidden her,

Breaking off the milkwhite horns of the honey – suckle,

Sweetly dripped the dew upon her small white Feet.

—From"Astrid",by A. Noyes(1880—)

因此，如果在句首用相同的词，也颇有句首韵的效果。自由诗不用韵，就往往在句首用相同的字，以为抵偿，例如泰戈尔的《为印度祈祷》：

A PRAYER FOR INDIA

Where the mind is without fear and the head is held high;

Where knowledge is free;

Where the world has not been broken up into fragments by narrow domestic walls;

Where words come out from the depths of truth;

Where tireless striving stretches its arms towards perfection;

Where the clear stream of reason has not lost its way into the dreary desert sand of dead habit;

Where the mind is led forward by thee into everwidening thought and action—

Into that heaven of freedom, my Father, let my country awake.

Rabindranath Tagore(1861—1941)

在初期白话诗里,这种情形不胜枚举,例如上文所举俞平伯的《晚风》里:"一个宛转地话到清愁,一个掩抑地诉来幽怨。"直到近年,这种作风还是很盛,例如:

圆宝盒 卞之琳

我幻想在哪儿(天河里?)
捞到了一个圆宝盒,
装的是几颗珍珠:
一颗晶莹的水银
掩有全世界的色相,
一颗金黄的灯火
笼罩有一场华宴,
一颗新鲜的雨点
含有你昨夜的叹气……
别上什么钟表店
听你的青春被蚕食,
别上什么骨董铺
买你家祖父的旧摆设。
………………

(乙)参差诗。这是指诗行的长短不齐者而言。有些诗行是不整齐中的整齐,例如每隔若干长行有一个短行,等等(见下文第二节);这里所指的却是完全不整齐的诗行。诗行的参差,不一定就是无韵诗,例如第二章第一节所举李白的《飞龙引》,如果分行书写,就成为长短行的自由诗(参差诗),不过它却是有韵的。西洋也有这一类的自由诗,例如:

THE NEW WORLD

Somebody called Walt Whitman
Dead!
He is alive instead,
Alive as I am. When I lift my head,
His head is lifted. When his brave mouth speaks,
My lips contain his word. And when his rocker creaks
Ghostly in Camden, there I sit in it and watch my hand grow old
And take upon my constant lips the kiss of younger truth…
It is my joy to tell and to be told
That he in all the world and me,
Cannot be dead,
That I, in all the world and him, youth after youth
Shall lift my head.

W. Bynner.

在初期白话诗里,这一类的自由诗也很不少。例如:

死的诱惑 郭沫若

我有一把小刀
倚在窗边向我笑,
她向我笑道:
沫若,你别用心焦!
你快来亲我的嘴儿,
我好替你除却许多烦恼。

但是,更多的却是音数参差的无韵诗,例如:

悲　语　　叶绍钧

一个朋友的妻死了，
他敛抑着悲痛
对我说：
"现在换衣服要常常找寻了！"
我的亲戚
死了个六岁的孩子，
来信说：
"完了！只剩他的像片了！"

微雨中的山游　　王统照

当我们正下山来；
槭槭的树声，已在静中响了，
迷蒙如飞丝的细雨，也织在淡云之下。
羊声曼长地在山头叫着，
拾松子的妇人，也疲倦的回来。
我们行着，只是慢慢地走在碎石的斜坡上面。
看啊！
疏林中春末的翠影，
为将落的日光微耀。
纷披的叶子，被雨丝洗濯着，更见清丽。
四围的大气，都似在雪中浴过。
向回望高塔的铎铃，似乎轻松的摇动，
但是声太弱了，
我们却再听不见它说的甚么。
…………

这里要牵涉到诗行和诗句的关系（参看下文第二节）。在西洋，无论有韵诗或无韵诗，一行不一定和一句相当。如果是有韵诗，一行之末就是韵脚；如果是无韵诗，然而讲究音数或音步，有时候只好牺牲诗句来迁就诗行,像上文所举的《失乐园》。像这后一种的情形,就发生了一个问题:既然没有韵脚,何不索性依照诗句的自然停顿(pause)来分行呢? 惠特曼一派的自由诗,就是依照诗句的自然停顿来分行的,于是诗行的长短就变了参差不齐的样子了。如果说得更彻底一些,自由诗之所以成为诗,只在于诗的境界,不在于分行书写。因此,散文分行书写并不能变为诗;反过来说,诗不分行仍不失其为诗。所谓散文诗(prose poetry)或诗的散文(poetic prose),就是不讲音步的无韵诗。它可以分行写。像上面所举叶绍钧和王统照的例子;也可以不分行,像下面的两个例子:

三　弦　　沈尹默

中午时候火一样的太阳没法去遮阑,让他直晒着长街上。静悄悄少人行路,只有悠悠风来,吹动路旁行树。

谁家破大门里,半院子绿茸茸的草,都浮着闪闪的金光。旁边有一段段低低土墙,挡住了个弹三弦的人,却不能隔断那三弦鼓荡的声浪。

门外坐着一个穿破衣裳的老年人,双手抱着头,他不声不响。

匆　匆　　朱自清

燕子去了,有再来的时候;杨柳枯了,有再青的时候;桃李谢了,有再开的时候。但是,聪明的,你告诉我,我们的日子为什么一去不复返呢?——是有人偷了他们罢:那是谁? 又藏在何处呢? 是他们自己逃走了罢:现在又到了那里呢?

我不知道他们给了我多少日子;但我的手确乎是渐渐空虚了。在默默里算着,八千多日子已经从我手中溜去;象针尖上一滴水滴在大海里,我的日子滴在时间的流里,没有声音,也没有影子。我不禁头涔涔而泪潸潸了。

………………

大概短些的诗喜欢分行，长些的喜欢不分行，但也不一定。总要看诗人的高兴罢了。

（丙）长短章。诗的一段也叫做一章。西洋诗如果分段，各段的行数必须相等。最普通的是每段四句或每段八句，其余如两句、三句、五句、六句、七句，以至于十句，都是可以的。现在分别举例如下：

（1）每段两句。例如 R. Frost（1875—）的"The Tuft of Flowers"，共廿一段，是 21×2。

（2）每段三句。例如 H. van Dyke（1852—）的"Tennyson"，共三段，是 3×3（此类最为少见）。

（3）每段四句。例如 Th. Gray 的"Elegy Written in a Country Churchyard"，共三十二段，是 32×4；又如 A. Tennyson 的"Break, Break, Break"，共四段，是 4×4。

（4）每段五句。例如 Ed. Waller（1606—1687）的"Go, Lovely Rose"，共四段，是 4×5。又如 P. B. Shelley 的"To a Skylark"，共廿一段，是 21×5。

（5）每段六句。例如 R. Burns（1759—1796）的"A Bard's Epitaph"，共六段，是 6×6。

（6）每段七句。例如 W. Morris（1834—1896）的"An Apology"，共六段，是 6×7（参看下文第七节"皇家诗"）。

（7）每段八句。例如 W. Wordsworth（1770—1850）的"Ode to Duty"，共七段，是 7×8；又如 R. Kipling（1865—）的"The White Man's Burden"，共七段，也是 7×8。

（8）每段九句。例如 Byron 的"Childe Harold's Pilgrimage"（参看本章第十节论"史本赛式"）。

（9）每段十句。例如 S. Lanier（1842—1881）的"The Song of the Chatta-hoochee"，共五段，是 5×10。

汉语的白话诗，分段整齐的虽也不少（参看下文第六节所举刘复的《教我如何不想她》，等等），但是分段参差的长短章更多，例如：

弃　妇　　李金发

长发披遍我两眼之前，
遂隔断了一切羞恶之疾视，
与鲜血之急流，枯骨之沉睡。
黑夜与蚊虫联步徐来，
越此短墙之角，
狂呼在我清白之耳后，
如荒野狂风怒号，
战栗了无数游牧。

靠一根草儿，与上帝之灵往返在空谷里。
我的哀戚唯游蜂之脑能深印着；
或与山泉长泻在悬崖，
然后随红叶而俱去。

弃妇之隐忧堆积在动作上，
夕阳之火不能把时间之烦闷
化成灰烬，从烟突里飞去，
长染在游鸦之羽，
将同栖止于海啸之石上，
静听舟子之歌。

衰老的裙裾发出哀吟，
徜徉在邱墓之侧，
永无热泪，
点滴在草地
为世界之装饰。

1.5　自由诗的作风，直到现在仍旧非常盛行。但是，从下节起，直至本章之末，我们都将叙述欧化诗。这因为我们对于自由诗没有许多话可说。既然自由，就不讲究格律，所以我们对于自由诗的叙述，只是对于各种格律的否定而已。

第二节　诗行的长短

2.1　汉语诗句的长短以字数为标准；西洋诗行的长短，不以字母的数目为标准，而以音节（syllables）的数目为标准。这里，中西的标准是可认为相同的，因为汉语里一个字恰是等于西洋的一个音节。

2.2　在没有轻重音的语言里，诗行的结构比较简单。在欧洲，这可以法语为代表。古代汉语也可认为属于这一类。现代汉语仍有许多方言是没有轻重音或轻重音不大显著的，因此，多数诗人都不大理会轻重音的关系，他们的诗可认为每字都该重念的。至于在有轻重音的语言里，诗行的结构是复杂多了。在欧洲，这可以英语为代表。现代汉语普通话也属于这一类。因此，有些汉语诗人仿效英诗的轻重律或重轻律（见下节），这样构成的诗行另有讲究，下节再谈。

2.3　法语和其他罗马语系的诗，其音数以整齐为原则。所谓整齐，有两种意义：第一，每行的音数相同；第二，每行的音节须成偶数（evenumber），如十二音、十音、八音等。如果不是每行音数相同，或不用偶音，可以认为变例。现代中国许多欧化诗都可以用这个标准去看它们。现在分别说明，并尽可能举些汉语诗的例子。

（一）偶音行

（1）十二音。十二个音一行的诗的来源很古。它的名称叫做alexandrine，因为12世纪有一首《亚历山大故事诗》（Romand' Alexandre），那诗首创十二个音一行的格式，这是“亚历山大式”得名之由来。现在试举梁宗岱在其所著《屈原》里所引意大利雕刻大师米珂朗杰罗（Michael Angelo. 1475—1564）为但丁刻的一首诗为例：

无人说得出关于他应说的话。
太大的光荣环绕着他的名字；
贬责那些冒犯他的比较容易，
却很难表出他最微弱的光华。

为启迪我们他不惜亲自践踏，
罪恶的深渊；然后又升向上帝；
天堂底门大开来迎接他进去，
他底国门却紧闭起来拒绝他。

忘恩的民族！你把他摧残迫害
结果只是自作孽。你指给人看
最完善的人要受最大的苦难。

一千个证据中只这便足证明：
没有比他底放逐更大的虐待，
世上也没有比他更伟大的人。

译文的音数和原诗的音数相同。

英诗里的亚历山大式比较罕见，也许因为词尾的辅音（consonants）太多，如果用十二音，就令人有比罗马语系的十二音的诗行更长了的感觉。现代汉语诗人也有用十二音的诗行的，例如冯至的《十四行集》的第十三首：

你生长在平凡的市民的家庭，
你为过许多良家的女孩流泪，
在一代雄主的面前你也敬畏；
你八十年的岁月是那样平静。
好像宇宙在那儿寂寞地运行，
但是不曾有一分一秒的停息，

随时随处都演化出新的生机，
不管风风雨雨，或是日朗天晴。

从沉重的病里换来新的健康，
从绝望的爱里换来新的发展，
你懂得飞蛾为什么投向火焰，

蛇为什么脱去旧皮才能生长；
万物都在享用你的那句名言，
它道破一切生的意义：死和变。

恰巧我们所举的例子都是十四行诗，但亚历山大式并不一定是十四行；只要每行用十二个音，无论多少行，都算是亚历山大式。

（2）十音。十个音一行的诗，在西文叫做 decasyllable。在法诗里，这种诗比亚历山大式为少见；在英诗里恰恰相反，它是诗人的宠儿，大多数的诗都是十音的，但是，英语的十音诗有轻重律的关系，留待下节再说。现在试举现代汉语诗人的几个例子：

十四行集（第十一首）　　冯　至

在许多年前的一个深夜
你为几个青年感到一觉，
你不知经验过多少幻灭，
但那一觉却永不曾凋谢。

我永久抱着感谢的深情
望着你，为了我们的时代：
它被些愚蠢的人们毁坏，
但是它的维护人却一生

被摒挤在这个世界以外，
有几次望出来一线光明，
转过头来又有乌云遮盖。

你走完你的艰险的行程，
艰苦中只有路旁的小草
曾经引出你希望的微笑。

水　分　　卞之琳

蕴藏了最多水分的，海绵，
容过我童年最大的崇拜，
好奇心浴在你每个隙间，
我记得我有握水的喜爱。

忽然我关怀出门的旅人：
水瓶！让骆驼再多喝几口！
愿你们海绵一样的雨云
来几朵，跟在他们的尘后！

云在天上，熟果子在树上！
仰头想吃的，凉雨先滴他！
谁教挤一滴柠檬，然后尝
我这杯甜而无味的红茶？

我敬你一杯。酒吧？也许是。
昨夜我做了浇水的好梦：
不要说水分是柔的，花枝
抬起了，抬起了，你的愁容！

(3)八音。在法诗里，八音诗比十音诗更为少见些。英语八音诗虽也比十音诗少些，然而比法语的八音诗却是多些。现代汉语诗人似乎并不十分喜欢八音诗。现在只举出一个例子：

寂　寞　　卞之琳

乡下小孩子怕寂寞，
枕头边养一只蝈蝈；
长大了在城里操劳，

他买了一个夜明表。

小时候他常常羡艳，
墓草做蝈蝈的家园；
如今他死了三小时，
夜明表还不曾休止。

在西洋古代的十二音诗里，每行分为相等的两个半行（hemistiches），每一个半行是六个音，两个半行之间有一个短短的停顿，叫做诗逗（caesura）。不是诗逗的地方自然也可以停顿，但应该是诗逗的地方却必须停顿。这个规矩，在古代是很严格的；至于近代，虽仍旧有人这样做，但也有别样的节奏，例如每四字一顿或每三字一顿，等等。十音诗，就法国而论，古代多数是四六，偶然也用六四，这样两个半行是一短一长，音数是不相等的。19 世纪，才偶然有五五式的十音诗。八音诗则因音数较少，可以一气念完一行，所以可以没有诗逗。

所谓诗逗，有时是用逗号（，）的；有时不用逗号，但因意义上的关系，到那里也可以略顿一顿。前者如冯至的“不管风风雨雨，或是日朗天晴”（十二音），又如卞之琳的“云在天上，熟果子在树上”（十音）；后者如冯至的：

从沉重的病里]换来新的健康，
从绝望的爱里]换来新的发展，

又如冯至的：

我永远抱着]感谢的心情。

但法诗里的诗逗是全篇一律的（至少在 18 世纪以前是如此），现代汉语诗人的诗逗是偶然的和随意的。这是大不相同之点。

（二）奇音行

（1）十三音。十三音比亚历山大式还多了一音，这在古典派的诗里是没有的。法国象征派的诗人魏尔伦(Verlaine,1844—1896)等,他们嫌亚历山大式太呆板了,于是创为十三音和十一音。在现代汉语诗人的诗集里,全篇十三音的非常罕见,只偶然有一段十三音的,例如卞之琳《慰劳信集》第二首第二段:

空中来捣乱的给他空中打回去,
当心头顶上降下来毒雾与毒雨。
保卫营,我们也要设空中保卫营,
单保住山河不够的,还要保天宇。

(2)十一音。十一音在法诗里是非正则的。现代的汉语诗人,也很少有全篇十一音的诗,只偶然有一段十一音的,例如:

口 供 闻一多

我不骗你,我不是什么诗人,
纵然我爱的是白石的坚贞,
青松和大海,鸦背驮着夕阳,
黄昏里织满了蝙蝠的翅膀,
你知道我爱英雄还爱高山,
我爱一幅国旗在空中招展,
自从鹅黄到古铜色的菊花。
记着我的粮食是一壶苦茶!

可是还有一个我,你怕不怕?——
苍蝇似的思想,垃圾桶里爬。

(3)九音。九音的诗比十一音、十三音更值得注意;法国中世纪诗人如 Malherbe、Segrais 等,他们都有九音诗。现代汉语诗人像冯至也很喜欢做九音诗,例如他的《十四行集》第三首:

你秋风里萧萧的玉树
是一片音乐在我耳旁

筑了一座严肃的庙堂，
让我小心翼翼地走入。

又是插入晴空的高塔
在我的面前高高耸起，
有如一个圣者的身体，
升华了全城市的喧哗。

你无时不脱你的躯壳，
凋零里只看着你生长；
在阡陌纵横的田野上
我把你看成我的引导：
祝你永生，我愿一步步
化身为你根下的泥土。

（三）短行

从七音至二音，叫做短行。汉语的七言诗甚至五言诗都不嫌短，为什么在西洋七音以下就算是短行呢？这因为汉语每字就有一个意义，西洋则往往几个音才合成一个意义。就普通说，汉语的七言所能表示的意义比西洋七音所能表示的意义多了许多。这是就文言诗而论的。若就白话诗而论，加上了许多复音词和许多虚字，也就和西洋相等了。因此，在白话诗里，七音以下的诗行也可以认为短行。

（1）七音。法国的 Malherbe、La Fontaine，和浪漫主义派，都相当喜欢写七音诗。汉语白话诗里的七音诗，就其所能表示的意义而论，大致等于文言诗里的五言诗，或四言、三言，例如：

长　途　　　　卞之琳

一条白热的长途
伸向旷野的边上，
像一条重的扁担

压上挑夫的肩膀。

几丝持续的蝉声
牵住西去的太阳，
晒得垂头的杨柳
呕也呕不出哀伤。

快点走，快点走吧，
那边有卖酸梅汤，
去到那绿荫底下，
喝一杯，再乘乘凉。

几丝持续的蝉声，
牵住西去的太阳，
晒得垂头的杨柳，
呕也呕不出哀伤。

暂时休息一下吧，
这儿好让我们躺，
可是静也静不下，
又不能不向前望。

一条白热的长途
伸向旷野的边上，
像一条重的扁担
压上挑夫的肩膀。

（2）六音。六音诗在法国，较七音诗为罕见，现代汉语诗里六音诗较法国六音诗为多见，大约因为含义较为丰富的缘故，例如：

十四行集（第七首）　　冯　至

和暖的阳光内
我们来到郊外，

像不同的河水
融成一片大海。

有同样的警醒
在我们的心头,
是同样的运命
在我们的肩头。

共同有一个神
他为我们担心:
等到黄昏到了,

那分歧的街道
又把我们吸回,
海水分成河水。

(3)五音。五音诗,无论在西洋诗或汉语欧化诗里,都是罕见的。除了掺杂着长行者外,我们只看见了下面一个例子:

慰劳信集(第十六首) 卞之琳

要保卫蓝天,
要保卫白云,
不让打污印,
靠你们雷电。

与大地相连,
自由的鹫鹰,
要山河干净,
你们有敏眼。

也轻于鸿毛,
也重于泰山,
责任内逍遥,

劳苦的人仙，
五分钟死生，
千万颗忧心。

(4)四音。四音太短了，所以非常罕见。汉语古诗中有四言，因为言简意赅的缘故；现代白话诗就很难做到全篇四音的了。在西洋，自然也是极少见的。现在只举出一段法文诗为例：

Un vaste et tendre
Apaisement
Semble descendre
Du firmament
Que l'astre irise.

—Verlaine.

这只是一句话(一种广大而温柔的安慰似乎从那被太阳施以七彩的苍穹降下来了)，不过分为五行罢了。

(5)三音。三音诗，在古代汉语只见于歌谣(如"千里草，何青青！十日卜，不得生")，现代恐怕是没有。在西洋，这种诗也近于游戏，例如嚣俄的一首小诗：

Ç̣à qu'on selle
Écuyer,
Mon fidèle
Destrier.

—V. Hugo.

这也只有一句话(马童，把我那忠心的战马装起鞍来)，不过分为四行，而且每行入韵就是了。

(6)二音。这是每行最低限度的音数，更是近于游戏。汉语诗里没有看见过，恐怕将来也不大可能。西洋语言因为有复辅音和词尾破裂音或摩擦音之类，音素丰富些，所以二音还是可能的，只不过非常罕见罢了，例如：

UPON HIS DEPARTURE HENCE

Thus I
Pass by
And die
As one
Unknown
And gone—

—Herrick(1591—1674)

这也只有一句话(我这样走过去,死了,像一个不认识的人走了),分为六行。

上面所述四音、三音、二音等,在现代汉语的欧化诗里虽不是每行都这样短,但短行杂在长行当中是有的。因此我们举些西洋的短行诗,以资比较。

(四)长短行

毫无规则的长短行,那就是自由诗了。现在说的是整齐的长短行。

全篇音数完全相同的诗行,叫做等度诗行(isometric verses),上面所举,都是等度诗行的例子。但是,非等度的诗行也可以造成整齐的局面,因为一首诗往往分为若干诗段(stanza),每段的行数又往往相同,这样,如果各段的长短行的排比方式是一致的,就造成了不整齐之中的整齐了。

法文诗里有所谓 ïambe 的,它的音数是十二音和八音递用:第一行和第三行是十二音,第二行和第四行是八音。这 ïambe 又有一种变体,就是十二音和六音递用。这样,都能成为很整齐的局面。英语诗里也有种种很整齐的长短行,不过它们是论音步而不论音数的(见下节)。现代汉语诗人也喜欢整齐的长短行,兹试举出几个例子如下:

十四行集(第八首)　冯　至

是一个旧日的梦想，
眼前的人世太纷杂，
想依附着鹏鸟飞翔，
去和宁静的星辰谈话。

千年的梦像个老人
期待着最好的儿孙——
如今有人飞向星辰，
却忘不了人世的纷纭。

他们常常为了学习
怎样运行，怎样陨落，
好把星秩序排在人间，

便光一般投身空际。
如今那旧梦却化作
远水荒山的陨石一片。

每段末行用九音，其他各行都是八音。

远　行　卞之琳

如果乘一线骆驼的波纹
　涌上了沉睡的大漠，
当一串又轻又小的铃声
　穿进了黄昏的寂寞，

我们便随地搭起了篷帐，
　让辛苦酿成了酣眠，
又酸又甜，浓浓的一大缸，
　把我们浑身都浸遍；

不用管能不能梦见绿洲，

反正是我们已烂醉；
一阵飓风抱沙石来偷偷
把我们埋了也干脆。

单行用十音，双行用八音。

夜　风　　卞之琳

一阵夜风孤零零
爬过了山巅，
摸到了白杨树顶，
拨响了琴弦，
奏一曲满城冷雨，
你听，要不然
准是诉说那咽语——
冷涧的潺湲；
你听，潺湲声激动
破阁的风铃，
仿佛悲哀的潮涌
摇曳着怆心；
啊，这颗心丁当响
莫非是，朋友，
是你的吗？你这样
默默的垂头——
你听，夜风孤零零
走过了窗前，
踉跄的踩着虫声，
哭到了天边。

单行用七音，双行用五音。

后二例也可以认为 ïambe 的变体，因为 ïambe 在希腊原文 ïambos 里本只有一长一短相间的意思。普通对于 ïambe 的写法，喜欢把短行写低些(若就横行文字说,是靠右些)。

2.4 末了,我们顺便谈一谈诗句和诗行的关系。在许多地方,一行就是一句,或一个句子形式,或一个可以停顿的单位;总之,是可以用句号或逗号或分号的。在法文诗的初期,诗行之末必须停顿;后来渐渐不受这种拘束。到了十六七世纪之间 Malherbe 和 Boileau 都主张维持古诗的规矩,但他们终于失败了,于是有所谓跨行法(法文 enjambement,英文借用法文,但也有写成 enjambment 的)。跨行法就是一个句子分跨两行或多行,例如:

But the pleasure gives way
To a savour of sorrow.

—A. Dobson(1840—1921)

有时候,这句子是从甲行的中间开始,直跨到乙行之末,例如:

Good night! I have to say good night
To such a host of peerless thing!

—Th. B. Aldrich(1836—1907)

有时候,这句子是从甲行第一词开始,跨到乙行的中间,例如:

The fichu that helps everything
By gay;and then,my shoes.

—J. P. Peabody(1874—)

有时候,某句从甲行跨到乙行,另一句从乙行跨到丙行,又另一句从丙行跨到丁行,几乎是连绵不断,例如:

—E'en then would be some stooping;and I choose
Never to stoop. Oh sir. she smiled,no doubt,
Whene'er I passed her;but who passed without
Much the same smile? This grew;I gave commands;
Then all smiles stopped together. There she stands
As if alive. Will't please you rise? We'll meet
The company below,then,I repeat...

—R. Browning(1812—1889)

有一种最短的跨行,叫做抛词法(法文 rejet)。其法是只留一个词抛到另一行,例如:

Comme ils parlaient, la nue éclatante et profonde
S'entr'ouvrit, et l'on vit se dresser sur le monde...

—V. Hugo.

抛词法的作用有二:是求节奏的变化;是把重要的词的价值显现出来。法国浪漫主义派最喜欢用此法;英诗中则颇为罕见。

2.5 中国新派诗人对于抛词法虽然罕用,他们对于跨行法却是大量地运用。上面所举冯至、卞之琳诸例,已经充分地表现了这一点。本来,汉语旧诗里也有简单的跨行法。第二章第二节里所述的十字句和十四字句,假使我们把五言诗的每五个字写作一行,七言诗的每七个字写成一行,就显得出是跨行了,例如:

从此,辞乡泪
双垂不复收。

(李嘉祐《登秦岭》)

莫使沧浪叟
长歌笑尔容。

(刘长卿《洞庭驿逢郴州使》)

明年,塞北诸蕃落
应建生祠请立碑。

(张籍《送裴相公赴镇太原》)

像这些地方的出句之末,依汉语习惯虽然应加逗号,若依西洋习惯,却是不该加逗号的。至于出句的中间,若依西洋习惯,却有些地方可加逗号。

由此看来,有些白话诗的跨行法应认为汉语诗所原有的,例如:

朋友穿了新大褂
同我出去吃晚饭。

（卞之琳《工作的笑》）

我如今知道，死和老年人
并没有什么密切的关连。

（冯至《给秋心》）

但是汉语诗原有的跨行法只限于若干形式；较复杂的跨行法是汉语旧诗中所没有的，尤其是像下面这些情形：

1. 连跨三行以上，例如（卞之琳《无题三》）：

我在门荐上不忘记细心的踩踩，
不带路上的尘土来糟蹋你的房间
以感谢你必用渗墨纸轻轻的掩一下
叫字泪不沾污你写给我的信面。

2. 句子在次行的中间终结，例如（卞之琳《长》）：

啊！老人，这道儿你一定
觉得是长的，这冬天的日子
也觉得长吧？是的，我相信。

冯至《十四行集》第十首：

你的姓名常常排列在
许多名姓的中间，并没有
什么两样，但是你却永久
保持了一种异样的光彩。

3. 非但跨行，而且跨段，例如：

只在过渡的黎明和黄昏
认识你是长庚，你是启明，

到夜半你和一般的星星
也没有区分：多少青年人

赖你宁静的启示才得到
正当的死生。如今你死了，
我们深深感到你已不能

参加我们将来的工作，
如果这个世界能够复活，
歪扭的事能够重新调整。

（同上）

2.5 由于跨行法的大量运用，于是欧化诗就和民国初年的白话诗发生了绝大的差异。普通白话诗和欧化诗的异点虽多（见本章第三至十节），但是跨行法乃是欧化诗最显著的特征之一。

第三节 音 步

3.1 西洋诗的讲究音步（foot），是由希腊诗开始的。希腊语里有长短音的分别：一个长音和一个或两个短音相结合（或他种结合），成为一个节奏上的单位，叫做音步。拉丁语里也有长短音的分别，所以拉丁诗里也有音步的讲究。法语里没有长短音的分别，现在法国人把诗中的一个音认为一步（pied），完全失去原来的意义了。英语里也没有长短音的分别，然而它有轻重音的分别，于是英国诗论家把重音和希腊的长音相当，把轻音和希腊的短音相当，就承受了希腊关于音步的各种术语。在本节里，我们先把英诗的音步理论叙述清楚，然后看它对于汉语欧化诗产生了些什么影响。

3.2 由两音或三音构成音步，再由若干音步构成诗行，这叫做步律（meter）。英诗中的步律的构成，普通只有四种：

（甲）轻重律（asscending or rising meters）

1. 一轻一重律（iambic or iambus）

2. 二轻一重律(anapest)

(乙)重轻律(descending or falling meters)

1. 一重一轻律(trochee)

2. 二重一轻律(dactyl)

为叙述的简便起见,下面我们将用音译,把这四种音步分别称为“淹波律、阿那贝律、特罗凯律、德提尔律”。淹波律在法文的意义和英文的意义不同:法文所谓 ïambe,保存原来希腊的一长一短的意义,指的是一个长行和一个短行相间;英文所谓 iambic,保存原来希腊的音步的音义,指的是一个轻音和一个重音相结合。至于阿那贝律原来指的是二短一长,特罗凯律原来指的是一长一短,德提尔律原来指的是二长一短,现在是把重轻去代替长短了。

3.3 另有一种分类法,是按音数而分的。淹波律和特罗凯律属于双音律(duple or double meters),阿那贝律和德提尔律属于三音律(triple meters)。普通用 a 表示重音,用 x 表示轻音,例如:

(甲)淹波律

x　a　|x　a　|x　a
The　wind　is　fresh　and　free

(乙)特罗凯律

a　x　|　a　x　|　a　x　|　a　x
Happy　field or　mossy　cavern

(丙)阿那贝律

x　x　a　|　x　x　a|x　x　a|x　x　a
And his cohorts were gleaming in　purple and gold.

(丁)德提尔律

a　x　x|　a　x　x
Take　her up　tenderly.

3.4 上节所称的八音诗、十音诗等,那是法国派的说法;若依英国的说法,应该称为几步诗,不该称为几音诗。例如一首淹波律的诗,如果每行有十个音,恰好是五个音步,就该称为五步诗。又如一首阿那贝律的诗,如果每行有十二个音,恰好是四个音步,倒反该称为四步诗。像上节所举 Herrick 的二音诗,严格地应该称为一步诗。就诗行的长短说,有所谓一步诗(monometer)、二步诗(dimeter)、三步诗(trimeter)、四步诗(tetrameter)、五步诗(pentameter)、六步诗(hexameter)、七步诗(heptameter)、八步诗(octameter)、九步诗(nonameter)等。其中以双音律的五步诗最为常见,四步诗次之,一步诗与七步、八步、九步最为罕见。

3.5 淹波律是英诗中最普通的一种步律。它是双音律,而英语里的词多是单音,和冠词、介词之类配起来恰是双音;它是轻重律,冠词、介词之类都是轻音(冠词永远是轻音,连、介词和领有代名词之类以念轻音为常),它们的位置恰该是在名词(重音)之前的。因此,淹波律就成为英国诗人的宠儿了,例如:

SHE WALKS IN BEAUTY

```
 x     a   |x    a  |x   a   |x   a
She  walks   in  beauty,  like  the night

 x     a     |x    a  |x    a    |x    a
Of  cloudless    climes and starry     skies;

 x   a  |x   a |x   a  |x   a
And  all that's best of dark and bright

 a   x |x   a    a   |x a
Meet  in her aspect  and  her eyes:

x    a  |  x   a|x   a|  x  a

Thus mellow'd     to that  tender  light

  x     a  |  xa|x  a| x  a

  Which heaven to gaudy day denies.
```

x a | x a |x a| x a
One shade the more, one ray the less,
  x a | x a| x a |x a
  Had half impair'd the nameless grace
x a | x a |x a|x a
Which waves in every raven tress,
  x a | x a|x a|x a
  Or softly lightens o'er her face;
x a |x a| x a|x a
Where thoughts serenely sweet express
  x a | x a |x a| x a
  How pure, how dear their dwelling – place.

x a |x a |x a|x a
And on that cheek, and o'er that brow,
  x a |x a|x a|x a
  So soft, so calm, yet eloquent,
x a |x a |x a |x a
The smiles that win, the tints that glow,
  x a|x a| x a |x a
  But tell of days in goodness spent,
x a|x a|x a|x a
A mind at peace with all below,
x a|x a|x a|x a
A heart whose love is innocent!

—Byron(1788—1824)

3.6 凡读一首诗,须先分析它的音步。这种工作,叫做 scansion。分析音步是一件不很容易的事。譬如这诗第一段里,第六行的 to 是一个轻音,第五行的 to 却是一个重音;第二、第三两行的

and 是轻音，第四行的 and 却是重音。又如第二段第三行的 raven 算两个音，第一段第六行的 heaven 却只算一个音。然而我们有一种便利，就是每行的音数大致是有一定的，而一首诗中往往只有一种步律，或以一种步律为主。有了这种限制，我们综观全行，再加分析，就容易得多了。譬如这首诗，每行都是八个音，也就是四步的淹波律；只有第一段第四行的第一个音步是特罗凯律，这是为了加上一点变化，以免单调，同时也可以加强语气。这也是仔细观察得出来的（见下文）。

3.7 在分析音步的时候，应注意下列各点：

（一）名词和动词大致总是重音。由此，我们可以断定这诗第四行的 meet in 是特罗凯律。如果是双音的名词或动词，就要看这词的重音所在而定（看词典便知），例如 beauty 和 mellow 是重音在前，轻音在后；deny、impair 和 express 却是轻音在前，重音在后。因此，诗人是必须着意选词，来配合他的步律的。

（二）形容词也往往读重音。如系双音词，情形和名词、动词一样。如系单音词而后面又紧跟着名词，有时候读轻音。

（三）副词如系单音，大致读轻音。如系双音，情形和名词、动词、形容词一样。

（四）无论名动形副，如系三音以上的词，应先找出重音所在，例如三音词在双音律里，若重音在第一音，则第二音为轻音，第三音为重音（因它比第二音重些），像这诗里的 eloquent 和 innocent；若重音在第二音，则第一、第三都是轻音，像这诗里的 serenely。至于三音词在三音律里，若重音在第一音，其余两音自然都读轻音了。

（五）代名词读轻读重，须视情形而定；但读轻的时候较多。

（六）连、介词以读轻音为原则。但在淹波律里，连、介词前面如系双音词，而这双音词的第二音又是轻音，则此连、介词可变为重音，像这诗第四行的 aspect and 和第五行的 mellow'd to。

（七）诗中有所谓略音法（elision），就是省去一个元音（母音）或一个音节，不念出来。被略去的元音往往是一个轻音 e，用一个省略号（,）来表示，像这诗里的 mellow'd（mellowed）、impair'd（impaired）；偶然有些特别的写法，像 over 省写为 o'er，但其减少一个音节则是一样的。有时候，诗人并不用省略号，而读诗的时候仍该省略，像这诗里的 like、climes、shade、more、waves、serenely、smiles、whose、love，末一个 e 在平常语音里就不念出，所以不必用省略号；至于 heaven 和 every，有些诗人也写作 heav'n 和 ev'ry，但这诗里还是用全写。这个道理非常重要。譬如这诗里的 heaven 如果误读为双音，就会把后面的 to 念为重音（依照上面第六则），而把音步破坏了。

3.8　特罗凯律往往用名动形等实词为一行的开始；这样，就形成了先重后轻的音步，例如：

a　x| a　x　|　a　x|a　x
Give me of your bark, O Birch-tree;
a　x　|a　x　|a　x|a　x
Of your yellow bark, O Birch-tree!
a　x　|a　x|a　x| a　x
Growing by the rushing river,
a　x　|a　x|a　x|a　x
Tall and stately in the valley!
a x|a　x|a　x　|a　x
I a hight canoe will build me...
a　x　|a　x|a　x　|a　x
That shall float upon the river,
a　x|a　x|a　x|a　x
Like a yellow leaf in Autumn,
a　x|a　x　|a　x　|ax

Like a yellow water-lily!

From"Hiawatha",by H. W. Longfellow(1807—1882)

3.9 但这种完全的特罗凯律是颇为罕见的;比较常见的乃是一种歇后律(catalectic)。歇后律是希腊诗里就有了的。有了所谓歇后律,于是像上面所举郎斐罗的诗就称为不歇后律(acatalectic)。

3.10 所谓歇后律,就是缺少末一个音节,使每行最后的一个音步成为不完全的,例如:

a x | a x| a x |a

Queen and Huntress,chaste and fair,

a x| a x|a x| a

Now the sun is laid to sleep,

a x|a x|a x| a

Seated in thy silver chair

a x|a x|a x| a

State in wonted manner keep…

From"Hymn to Diana",by B. Jonson(1573—1673)

这样,仍旧像淹波律那样用重音收尾,显得更谐和些。假使把每行第一个音节读成一个音步,后面再按轻重律读下去,简直就像一个淹波律。但是,除了偶然有一两个音步变化之外,淹波律和特罗律总是不相混的。

3.11 阿那贝律是二轻一重,这样可以多容纳些冠词和连、介词之类。不过,阿贝尔律很少是纯粹的;往往杂着少数的淹波律,例如:

O TALK NOT TO ME

x a |x x a |xx a| x x a|x

O talk not to me of a name great in story;

x　a | x　x　a　| x　x a |　x　x　a | x
The days of our youth are the days of our glory;
x　x　a | x　x　a | x　x　a |　x　x　a | x
And the myrtle and ivy of sweet two-and-twenty,
x　a　| x　x　a | x　x　a | x　x a | x
Are worth all your laurels, though ever so plenty.

x　x　a　| x　x　a　| x　x　a | x　x　a　| x
What are garlands and crowns to the brow that is wrinkled?
x　x　a　| x x　a | x　x　a　| x　x　a　| x
'Tis but as a dead flower with May dew besprinkled:
x　x　a　| x　x　a　| x　x　a　| x　x　a | x
Then away with all such from the head that is hoary,
x　x　a | x　x　a | x　x　a | x　x　a | x
What care I for the wreaths ten can only give glory?

x　a　|　x　x　a　| x　x　a　| x　x　a　| x
O FAME! -if I e'er took delight in thy praises,
x　a　| x　x　a　| x　x　a　| x　x　a | x
'Twas less for the sake of thy high-sounding phrases,
x　x　a　| x　x　a　| x　x　a　| x　x　a|x
Than to see the bright eyes of the dear one discover
x　a　|　x　x　a　| x　x　a | x　x　a　| x
She thought that I was not unworthy to love her.

x　a　| x　x　a　| x　x　a　| x　x　a　| x
There chiefly I sought thee, there only I fund thee;
x　a　| x　x　a　| x　x　a　| x　x　a　| x
Here glance was the best of the rays that surround thee;

x　x a | x　x　a | x　x　a | x x　a | x

When it sparkled o'er aught that was bright in my story,

x　a | x x a | x x a | x x　a | x

I knew it was love, and I felt it was glory.

—Byron

3.12　第一件事值得注意的，就是每行之末，有一个多余的轻音。这叫做外加律（hypercatalectic）。照通常的说法，在轻重律（包括淹波律和阿那贝律）里，一行的末一个词如果是个复音词，而这个词的末一个音又是轻音，那么，这个轻音就被认为外加的，不算入音步之内。像上面所举拜伦的诗里，story、glory、twenty、plenty、wrinkled、besprinkled、hoary、praises、phrases、discover，都是合于这个说法的。但是，有时候末一个词也不一定是复音词，例如诗中的 her 和 thee，它们都只有一个音，也可以构成外加律。还有一点应该注意：末一音段既是外加的，就不能单靠它来押韵，必须最后一个重音同时也押韵。像下面的韵脚是不足为训的：

x　a | x　a | x a | x

That no life lives forever

x　a | x　a | x a | x

That dead men rise up never

x　a | x　a | x　a | x

That even the weariest river

x　a | x a | x　a |

Winds somewhere safe to sea.

From"The Garden of Proserpine", by A. Ch. Swinburne (1837—1909)

这里 river 和 never 为韵，是因为一时找不着适当的韵字，不得已而用之的。

3.13　此外，还有值得注意的两点：第一，阿那贝律因为每步三音，所以显得特别长，其实像拜伦这首诗每行十三音，也不过是一首四步诗而已。第二，只要每行的音步数目相同，音节的数目却不必相同，例如拜伦这首诗，第一段第三行是十三音，第一、二、四各行都是十二音，仍旧显得很整齐的。

3.14　德提尔律是一重二轻，它是最罕见的一种。本来，特罗凯律没有淹波律那样自然，阿那贝律没有淹波律那样常用，德提尔律上重下轻像特罗凯，三音一步像阿那贝，所以更不自然，更罕见了，例如：

a　x x|a　x x|a　x x| a　x
Just for a handful of silver he left us,
a　x　x　| a x x|　a　x　x　| a
Just for a riband to　stick in her coat –
a　x　x|　a　x　x　|　a　x　x|a　x
Found the one gift of　which fortune bereft us,
a　x　x　|a　x　x|　a　x　x|a
Lost all the others she lets us devote;
a　x　x　|　a　x　x　|　a　x　x　|a　x
They, with the gold to give, doled him out silver,
a　x　x　|a　x　x|a　x　x|　a
So much was　theirs who　so little　allowed
a　x　x　|　a　x　x　|　a　x　x|　a　x
How all our copper had　gone for　his service!
a　x　x　|a　x　x　|　a　x　x　|　a
Rags – were they purple, his heart had been proud!
a　x　x　|　a　x　x　|　a　x　x|　a　x　x
We that had loved him so,　followed him, honored him,
a　x　x|　a　x　x|a　x　x　|　a
Lived in his mild and　magnificent eye,

a x x |a x x | a x x | a x

Learned his great language,caught his clear accents,

a x x|a x x|a x x | a

Made him our pattern to live and to die!...

From“The Lost Leader”,by R. Browning(1812—1889)

3.15 德提尔律因为是轻重律,所以也像特罗凯律一样有歇后律。白朗宁这首诗比较复杂,其中有纯粹的德提尔,如第九行...honored him;有末一音步用特罗凯的,如第一行...left us、第三行...bereft us、第五行...silver、第七行...service、第十一行...accents,有歇后律,如第二行...coat、第四行...devote、第六行...allowed、第八行proud、第十行...eye、第十二行...die 等。凡逢双行都用歇后,所以显得非常整齐。

3.16 音步的分野,和意义的分野并不一定相符。像 followed him、honored him,是音步和意群(sense grouping)并行的,但这种地方不很多。若像 lived in his,就是音步和意群不合了。至于像 fortune be|reft us,简直是把 bereft 一个词割裂了。

3.17 以上说的是英诗的步律,现在回头来看我们的欧化诗是怎样地模仿它。

3.18 在普通话里,有所谓轻音字,如“我的书、打了他、拿着伞、枇杷、亲家”等。实际上,有些轻音字如“的、着”之类很像略音(elision),所以有人怀疑单凭字数的一律是否就能取得音步的一律,例如冯至《十四行集》第十五首:

风从千万里外也会
掠来些他乡的叹息。

这里如果把“些、的”二字认为近似略音,则第一行有八音,第二行只有六音,倒反不整齐了。因略音的问题,又牵连到韵脚的问题,西洋的略音不算入音步之内,只当一个辅音(子音)看待,在押韵时,不能单靠这个辅音相同便算押韵,例如上面所举白朗宁的诗里,proud 和 allowed 押韵,这韵并不在词尾的辅音 d(但这 d 也必须相同),而在词中的元音[au](ow、ou)。若依这种看法,像下面的几个例子就不妥了:

我们的生命在这一瞬间,
仿佛在第一次的拥抱里
过去的悲欢忽然在眼前
凝结成屹然不动的形体。

(冯至《十四行集》第一首)

把树叶和些过迟的花朵
都交给秋风,好舒开树身
伸入严冬,我们安排我们
在自然里,象蜕化的蝉蛾

把残壳都丢在泥里土里
我们把我们安排给那个
未来的死亡,象一段歌曲,

歌声从音乐的身上脱落,
归终剩下了音乐的身躯
化作一脉的青山默默。

(冯至《十四行集》第二首)

共同有一个神
他为我们担心:
等到黄昏到了,

那分歧的街道
又把我们吸回,
海水分成河水。

(冯至《十四行集》第七首)

行走的人们，他们也是
向高处呼吁的火焰；
但是初春一棵枯寂的
小树，一座监狱的小院……

（冯至《十四行集》第十四首）

自然，这只是依照轻声的读法才觉得不妥；如果每字都重读，那又无所谓不妥了。

3.19 如果把“的、了”一类的字认为不能构成音步，那么，当它们被用于一行之末的时候，就不能认为韵脚，必须它们前面的字押韵才行。例如“的”字不该和“利、细”等字押韵，“了”字不该和“小、鸟”等字押韵。如果一行的末两字是“红的”，就该拿“空的、通的、松的”之类和它押韵；如果是“好了”，就该拿“老了、到了、糟了”之类和它押韵。现代诗人有些是这样做的，例如：

傍晚 卞之琳

倚着西山的夕阳，
和呆立着的庙墙
对望着：想要说什么呢？
怎又不说呢？
驮着老汉的瘦驴
匆忙的赶回家去，
忒忒的，足蹄敲着道儿——
枯涩的调儿！

半空里哇的一声
一只乌鸦从树顶
飞起来，可是没有话了，
依旧息下了。

这首诗里，如果把“么”字重读（照常例该是轻音），就完全合于略音或外加律的规矩。又如卞之琳《慰劳信集》第五首：

> 这条路上哪儿的，我想问——
> 将来是来了，不用等。
> 尉迟恭，秦琼都变了，
> 就算是梦罢，我见了
> 新天地的两员门神。

“变”和“见”押韵，也是同样的道理。

3.20　汉语和英语，毕竟有许多不相同的地方，譬如“的、了”等字，如果当做一个音节看待，自然该认为轻音；又如果依照英诗的办法，一行的轻音的位置须和其他各行的轻音的位置相当，那就颇嫌单调而呆板。因为英语里的复音词总只有一个重音，所以轻重相配，有许多变化；我们的复音词，除了“枇杷、葡萄”等词之外，其他像“国家、银行、图书馆、攻击、斗争”之类，总是字字重读的，这样，绝对的轻声字太少了，变化也就太少了。

3.21　不过，除了绝对的轻音之外，我们还可以分别出相对的轻音，譬如“国家”，我们可以假定“国”字比较重些，“家”字比较轻些（虽然不像“张家”的“家”那样绝对的轻）；又如“吃饭”，我们可以假定“吃”字比较重些，“饭”字比较轻些。相对的轻音可算入音步之内；绝对的轻音有时候不必算入音步之内。

3.22　本来，在英诗里，绝对的轻音[ə]也是有伸缩余地的。譬如 She Walks in Beauty 里，heaven 的-ven 不算入音步，而 raven 的-ven 却算入音步；又如 Hymn to Diana 里，seated 和 wonted 的-ed 算入音步，而 The Lost Leader 里，loved 和 lived 的-ed 却不算入音步。因此，“的、了”一类的字是否算入音步，是可以看情形而定的。

3.23　这样，如果还嫌呆板，那就索性不拘音步的一致，而只求节奏的一致。这种办法，英诗里也有，譬如上文所举拜伦的 She

Walks in Beauty 一诗中，meet in 是重轻律，而和轻重律参用，又如拜伦的 O Talk not to Me 一诗中，the days 是双音律，而和三音律参用。这样，只论音步的多少，不论音步的性质，那么，字数不整齐的诗行，若以音步的数目而论，却很整齐。不过，咱们应该注意，读到三音律或四音律的时候，声音应该快些，读到单音律（罕见）的时候，声音特别拉长，就是了。现在我们试举出一个字数不整齐而音步整齐的例子（五步诗）：

慰劳信集（第二首）　　卞之琳

a　x|a　x|　　a　x|x　a|x　a
母亲给孩子　　铺 床 总要铺得平，
a　x　x|a　x　x|a　x　|x　a　|x　a
哪一 个不 爱 护自 家的小鸽儿，小鹰？
a　x|a x|a x x |a x|　ax
我们的飞机也需要平滑的场子，
a　x　|　a　x　|a　x|　a　x　|x　a
让它们　息　下来舒服，飞　　出去得劲

a　x x|　a　x|ax|　a x|　a x x
空中来　捣乱的给他空中　打回去
a　x|a　x　x|a　x　x|x　a|x　x　a
当心头顶上　降下来　毒雾 与毒雨。
x　x　a　|a　x|a x x|　a　x|x x a
保卫 营，我们 也要设　空中 保卫营，
a x x|　a　x|a　x　|x　　a|x　x　a
单保住 山 河不 够的，还要　保天宇。

a　x　|x　a|x　x　a　|x　a|x　x　a
我们的前　方有后　方，后方 有前方，

a　x　x|a　x　x|a　x　|x x a　|x x a
强盗　把我们土地　割成了　东一方，西一方。
a　x|a　x　x|a　x|a　x|a　x x
我们正　要　把　一块　一块　拼起来，
x　a|x　a|a　x　|a　x　x　|x　x　a
先用飞　机穿梭子　结成　一个联络网。

a　x|a　x　x|a　x　x　|a　x　x|x　x　a
我们有　儿　女在　华　北，有　兄　妹在　四　川，
a　x　x|a　x　x　|a　x　x|x　x　x　a　|x　x　a
有亲戚　在江浙，　有朋　友在　黑　龙　江，在　云　南……
a　x　|a　x|x　a　|a　x　x　x|a　x
空中的　路　程是　短的，捎　几　个　字　去　罢：
x　a　|x　a　|x　x　a　|a　x　|a
“你好吗？我好，　大　家　好。放　心吧。干！”

a　x|a　x|a　x　|a　x|a　x　x
所　以　你　们　辛　苦了，忙　得像　蚂　蚁，
a　x|a　x　|x　a　|a　x　|x　a
为了保　卫的　飞机，　联络的　飞机。
a　x|a　x　x　x|a　x|a　x|a　x
凡是　会　抬　起　来　向　上看　的眼　睛
a　x　x|a　x|a　x　|x　x　a|x　x　a
都　感　谢你　们翻　动的　一　铲　土　一　铲　泥。

3.24　这样，可以说是拿意义的节奏来做步律的节奏。在汉语律诗里，意义的节奏，五言是二三律最多（见第一章第二十一节后半节），七言是四三律最多（包括二二三律）。有些欧化诗人着意造成新形式，所以在五言喜欢用三二律，例如：

慰劳信集(第十六首) 卞之琳

a x x|x a

要 保 卫蓝 天,

a x x|x a

要 保 卫白 云,

a x x|x a

不 让 打污 印,

a x x|x a

靠 你 们雷 电。

在七言喜欢用三二二律、二三二律、三三一律,等等,例如:

白螺壳 卞之琳

a x |x x a |a

空 灵的白 螺 壳, 你,

a x x|x a|x a

孔 眼 里不 留纤 尘,

a x| a x|a x

漏 到了我 的手 里

a x|a x x|x a

却 有一 千 种感 情:

a x x|a x|a x

掌 心 里波 涛汹 涌,

a x x|a x|x a

我 感 叹你 的神 工,

a x|a x x|x a

你的慧 心 啊,大 海

a x x|a x|a x

你 细 到可 以穿 珠——

a　x|a　x|a　x　x
可 是我 也禁 不 住:
a　x　x|a　x　x|a
你 这 个洁 癖 啊,唉!

自然,旧诗中也有这种意义上的节奏,例如“淑女诗长在,夫人法尚存”“泉声咽危石,日色冷青松”(参看第一章第二十一节),“春水船如天上坐,老年花似雾中看”“顾我老非题柱客,知君才是济川功”(参看第一章第二十二节),不过颇为罕见罢了。

3.25　总之,欧化诗在音步一方面,似乎还没有达到十分完善的地步。将来诗人们也许还要有所改进的。

第四节　韵脚的构成(上)——常韵　贫韵

4.1　在西洋诗里,如果押韵,通常总是在一行的最后一个音节。所谓押韵,依常例说,就是甲行的最后音节里的元音(母音)和乙行的最后音节的元音(母音)完全相同,例如:

“You are in the china-closet!”
He would cry, and laugh with glee——(ee = [iː])
It wasn't the china-closet;
But he still had Two and Three (ee = [iː])

From“One, Two, Three”, by H. C. Bunner(1855—1896)

如果是一个复合元音(diphthong),就必须和相同的复合元音相押,例如:

Maud Muller all that summer day (ay = [ei])
Raked the meadow sweet with hay (ay = [ei])

From“Mrs Judge Jenkins”, by F. B. Harte(1836—1902)

如果那元音后面带着一个或两个辅音(子音),那一个或两个辅音(子音)也必须相同,例如:

Oh where did hunter w<u>in</u>

So delectable a skin

For her feet ?

From"My Mistress's Boots",by F. Locker-Lampson(1821—1895)

A baby's feet,like sea-shells pink,

Might tempt,should heaven see meet,

An angel's lips to kiss,we think,

A baby's feet.

From"A Baby's Feet",by A. Ch. Swinburne(1837—1909)

假使咱们拿 thing 和 skin 押韵,或拿 thinks 和 pink 押韵,或拿 speed 和 feet 押韵,就是不对的,或不正常的。

4.2 如果词的收尾是一个哑音 e(即形式上有这个字母,实际上不发音的),仍旧该把它当做辅音收尾的字看待,哑音 e 前面的元音也必须相同,例如:

He knew to bide his time,

And can his fame abide,

Still patient in his simple faith sublime,

Till the wise years decide.

From"Ode Recited at the Harvard Commemoration",by J. R. Lowell

假使咱们拿 time 和 same 押韵,或拿 decide 和 prelude 押韵,就是不对的,或不正常的。

4.3 这里所谓元音的相同或辅音的相同,是指实际的语音相同而言,字母相同与否,是可以不拘的。语音相同,字母也相同的,这是最常见的情形;上面所举 day: hay;win: skin;pink: think;meet: feet,都是这一类的例子。此外,语音虽同,而字母不同或不全同者,叫做耳韵(ear rime);至于字母虽同,而语音不同或不全同者,叫做眼韵(eye rime)。耳韵例如:

Of all the rides since the birth of time,

Told in story or sung in rhyme.

From "Skipper Ireson's Ride", by J. G. Whittier(1807—1892)

I went to turn the grass once after one,

Who mowed it in the dew before the sun.

From "The Tuft of Flowers", by R. Frost(1875—)

眼韵例如：

Stern Daughter of the Voice of God!

O duty! if that name thou love(o = [ʌ])

Who art a light to guide, a rod

To check the erring, and reprove(o = [u])

From "Ode to Duty", by W. Wordsworth(1770—1850)

诗是要吟哦的，不是专为阅看的，所以耳韵是合理的，眼韵是不合理的。普通的诗人总是避免眼韵，但没有人避免耳韵。

4.4　说到这里为止，西洋诗的押韵(riming)和汉语诗的押韵规矩大致相同。如果把汉字译音成为英文字母，就可以证明。不过，因为汉字不是拼音文字，所以没有耳韵和眼韵的分别罢了。

4.5　贫韵。凡不完全依照正常的押韵规矩，押韵的地方不够谐和的，叫做贫韵。贫韵又可分为两种：第一，只有元音相同，词的收尾的辅音并不相同，叫做协音(assonance)；第二，只有辅音相同，元音并不相同，叫做协字(alliteration)。

4.6　协音的情形多见于古代，例如：

Mak'hast mak'hast, my merry men all,

Our guid ship sails the morn:

O say na sae, my master dear,

For I fear a deadly storm...

Haf owre, half owre to Aberdour,

It is fifty fad om deep,

And there lies guid Sir Patrick Spens,

Wi'the Scots lords at his feet.

这里 morn 和 storm 押韵，一个收音于 n，另一个收音于 m；deep 和 feet 押韵，一个收音于 p，另一个收音于 t。这是后代诗律所不容许的。虽然法国象征派诗人和少数英国诗人有时候也故意用协音，那毕竟不是正则。

协字也是法国象征派故意违犯的诗戒，例如：

Ame sentinelle

Murmurons l'aveu

De la nuit si nulle

Et du jour en feu.

—Rimbaud

前面所述的眼韵也可认为协字之一种。

4.7 在汉语诗里，像 en 和 eng 押韵、in 和 ing 押韵、an 和 ang 押韵，可认为协音；又像 in 和 en 押韵、in 和 ün 押韵、eng 和 ong 押韵，都可认为协字。现代汉语诗人大约没有故意用协音的。他们有时候押韵像是协音，其实只是方音的关系：依普通话念起来是协音，依作者的方音念起来却是极和谐的韵，例如：

别以为软心肠没有力，
骑车的小流氓真发昏：(hun)
“要走就不停，看你办！”
看来你奈何他不成——(普通话 cheng，吴方言 zen)
车轮瘫下了人恍然，
谢谢你闪电样一针！(普通话 zhen，吴方言 tsen)

(卞之琳《慰劳信集》第七首)

不怕进几步也许要退几步，
四季旋转了岁月才运行。(普通话 xing，吴方言 'in)

身体或不能受繁叶荫护，
树身充实了你们的手心，（普通话 xin，吴方言 sin）
一切劳苦者，为你们的辛苦
我捧出意义连带着感情。（普通话 qing，吴方言 zin）

（卞之琳《慰劳信集》第二十首）

至于协字，却大约是故意的了，因为这样韵部可以放宽些，思想不太受韵脚的拘束，例如：

我们赞颂那些小昆虫：（chong）
它们经过了一次交媾
或是抵御了一次危险，

便结束了它们美妙的一生。（sheng）
我们整个的生命在承受
狂风乍起，彗星的出现。

（冯至《十四行集》第一首）

共同有一个神（shen）
他为我们担心。（xin）

（冯至《十四行集》第七首）

可怜以浮华为食品，（pin）
小蠓虫在灯下纷坠，
不甘淡如水，还要醉，
而抛下露养的青身。（shen）

（卞之琳《灯虫》）

你在战场上像不朽的英雄（xiong）
在另一个世界永向苍穹，（qiong）
归终成为一只断线的纸鸢：
但是这个命运你不要埋怨，
你超越了他们，他们已不能（neng）

维系住你的向上，你的旷远。

（冯至《十四行集》第九首）

4.8 另有一种贫韵，是不属于上面两类的，这就是韵脚以元音或复合元音收尾，而这元音或复合元音只是相近似，并不相同。如果是单纯的复合音，就是 u 和 ü 押韵，u 和 i 押韵，i 和-i 押韵，e 和 o 押韵等；如果是复合元音，末一个音素必须相同，如 ai 和 ei 押韵，例如：

把树叶和些过迟的花朵(duo)
都交给秋风，好舒开树身
伸入严冬；我们安排我们
在自然里，像蜕化的蝉蛾(e)

把残壳都丢在泥里土里；(li)
我们把我们安排给那个(ge)
未来的死亡，像一段歌曲(qu)

歌声从音乐的身上脱落，(luo)
归终剩下了音乐的身躯(qu)
化作一脉的青山默默。(mo)

（冯至《十四行集》第二首）

我时常看见在原野里(li)
一个村里，或一个农妇，
向着无语的晴空啼哭，
是为了一个惩罚，可是(shi)

（冯至《十四行集》第五首）

为了再见，好像初次相逢，
怀着感谢的情怀想过去(qu)
像初晤面时忽然感到前生。

一生里有几回春几回冬，
我们只感受时序的轮替，(ti)
感受不到人间规定的年龄。

(冯至《十四行集》第十九首)

可是融合了许多的生命，
在融合后开了花，结了果？(guo)
谁能把自己的生命把定
对着这茫茫如水的夜色，(se)

(冯至《十四行集》第二十首)

现在又到了灯亮的时候，(hou)
我喝了一口街上的朦胧，
倒像清醒了，伸一个懒腰，(yao)
挣脱了怪沉重的白日梦。

(卞之琳《记录》)

4.9 但是，有些情形虽然像是贫韵，若依诗人的方音，却是很和谐的韵，例如：

小时候我总爱看夏日的晴空，
把它当作是一幅自然的地图：(普通话 tu，吴方言 d'u)
蓝的是一片大洋，白云一朵朵(普通话 duo，吴方言 tu)
大的是洲，小的是岛屿在海中。

(卞之琳《望》)

门荐有悲哀的印痕，渗墨纸也有，
我明白海水洗得尽人间的烟火。(普通话 huo，吴方言 hu)
白手绢至少可以包一些珊瑚吧，
你却更爱它月台上绿旗后的挥舞。(普通话 wu，吴方言 vu)

(卞之琳《无题三》)

淘气的孩子，有办法：
叫游鱼啮你的素足，(普通话 zu，吴方言 tso)

叫黄鹂啄你的指甲，
野蔷薇牵你的衣角(普通话 jiao，jue，吴方言 ko)

(卞之琳《淘气》)

会装年青的只有狐狸精；
你一对眼睛却照旧奕奕，(普通话 yi，吴方言 'i)
夜半开窗当无愧于北极星。

"以不变驭万变"又上了报页，(普通话 ye，吴方言 'i)
你用得好呵！你坚持到底
也就在历史上嵌稳了自己。

(卞之琳《慰劳信集》第十一首)

4.10 依汉语传统的押韵方法，韵字的主要元音虽必须相同(协字是不合于传统的诗律的)，但是主要元音前面的 i、u、ü(可称为韵头)却不必相同，例如麻韵 a、ia、ua 可以互押，泰韵 ai、uai 可以互押，微韵 ei、ui(uei)可以互押，阳韵 ang、iang、uang 可以互押，尤韵 ou、iu(iou)可以互押等。到了欧化诗里，不再受诗韵的限制，这种地方更自由了，例如：

1. 寒覃删韵的 an、uan，和先盐删咸韵的 ian、üan 互押。

如今，正像是老话的沧海桑田，(tian)(先)
满怀的花草换得了一把荒烟，(yan)(先)
就是此刻我也得像一只迷羊
辗转在灰沙里，幸亏还有蔚蓝，(lan)(覃)
还有仿佛的云峰浮在缥缈间，(jian)(删)
倒可以抬头望望这一个仙乡。

(卞之琳《望》)

2. 真文韵的 en 和元文韵的 un(uen)、ün 互押。

我如今知道，死和老年人(ren)(真)
并没有什么密切的关连，

在冬天我们不必区分(fen)(文)
昼夜,昼夜都是一般疏淡;
反而是那些黑发朱唇(chun)(真)
时时潜伏着死的预感,
你像是一个灿烂的春(chun)(真)
沉在夜里,宁静而阴暗。

(冯至《给秋心》)

忽然我关怀出门的旅人:(ren)(真)
水瓶,让骆驼再多喝几口!
愿你们海绵一样的雨云(yun)(文)
来几朵,跟在他们的尘后!

(卞之琳《水分》)

3. 豪肴韵的 ao 和萧肴韵的 iao 互押。

我这八阵图好不好?(hao)(豪上)
你笑笑,可有点不妙,(miao)(萧去)
我知道你还有花样!

(卞之琳《淘气》)

4.11 旧韵部还没有和新诗人完全脱离关系,譬如“亲”和“身”叶(qin: shen),“兵”和“耕”叶(bing: geng),依现代普通话是贫韵,但若依旧韵部却是谐韵:前者用真韵,后者用庚韵。又如“离”和“斯”叶(li: si),“归”和“机”叶(gui: ji),也是这个道理。由这个角度去看,有些似乎奇怪的韵脚才得到了解释,例如:

我们招一招手,随着别离(li)(支)
我们的世界便分成两个,
身边感到冷,眼前忽然辽阔,
像刚刚产的两个婴儿。(er)(支)

(冯至《十四行集》第十九首)

触目尽是幢幢的魑魅和魍魉,

左顾是无底的洞,右边是悬崖,(yai)(读如涯,入麻韵)
灵魂迷惘到忘了啜泣和悲嗟。——(jie)(麻)
一片光华忽飘然像从天下降。

(梁宗岱《商籁》第三首)

我梦见你的阑珊:
檐溜滴穿的石阶,(jie)(佳)
绳子锯缺的井栏……
时间磨透于忍耐!(nai)(灰去,佳灰邻韵通押)

(卞之琳《白螺壳》)

4.12 在汉语里,声调是字的主要成分之一。因此,同音不同调的韵也该认为贫韵。但是,在词曲里已经是容许平上去三声通押了(入声读入平上去时,容许四声通押);欧化诗既是效法西洋,而西洋诗又是没有声调的分别的,更应该容许三声通押,例如:

看这一队队的驮马(上)
驮来了远方的货物,(入,读去)
水也会冲来了一些泥沙(平,与“马”押)
从些不知名的远处。(去,与“物”押)

(冯至《十四行集》第十五首)

像座新的岛屿呈在天边。(平)
我们的身边有多少事物(入,读去)
在向我们要求新的发现:(去,与“边”押)
不要觉得一切都已熟悉,(入,读平)
到死时抚摸自己的发肤(平,与“物”押)
生了疑问:这是谁的身体?(上,与“悉”押)

(冯至《十四行集》第廿六首)

第五节　韵脚的构成(下)——富韵　阴阳韵

5.1 富韵。富韵和贫韵恰恰相反:非但一行的末一个音节的元音与另一行的相同，而且那元音前面的辅音也相同，例如：

C'est le moment crepusculaire.
J'admire, assis sous un portail,
Ce rest de jour dout s'eclaire
La dernière heure du travail.

—V. Hugo

第一行的-laire 和第三行的-laire 押韵是富韵，因为非但-aire 相同，连 l 也是相同的。第二行的-tail 和第四行的-vail 押韵是恰够的韵，因为-ail 虽相同，t 和 v 却不相同。

有时候更进一步，非但末一个音节整个相同，倒数第二个音节的元音也相同，例如：

Celui-la, fut-il grand de Castille, fut-il
Suivi de cent clairons sonnant des tintamarres,
Fut-il tout harnaché d'ordres et de chamarres…

—V. Hugo

5.2　在英诗里，如果一行的末一个词包含着一个重音和一个轻音，本来照规矩就应该非但末一个音节整个相同，而且倒数第二个音节的元音也相同（参看下文论阴阳韵）。因此，还有更富的韵，就是末两个音节整个相同，倒数第三个音节的元音也相同，例如：

Lydia, why do you run by lavishing
Smiles upon Sybaris, filling his eye
Only with love, and the skillfully ravishing
Lydia. Why?

Ringing his voice was; above all the clamorous
Throng in the play - ground his own would be high.
Now it is changed; he is softened and amorous.

Lydia, Why?

From "Questioning Lydia", by L. Untermeyer (1885—?)

There's really much harm in a
Large number of his carmina.
But this people find alarm in a
Few records of his acts;
…

From "The Truth about Horace", by E. Field (1850—1895)

5.3 在汉语诗里,同音字互押是自古容许的,白话诗也就不避免同音字互押。这也可以认为一种富韵,例如:

夏禹,只把手中的斧暂停,(ting)
笑说道:"那只是虚无的幻影!
宇宙便是我的家,
我还有什么个私有的家庭?(ting)

但是,字形相同的字互押却是一般文言诗所避免的(参看第一章第二十二节)。白话诗里有时不避免,例如冯至《十四行集》第廿四首:

这里几千年前
处处好像已经
有我们的生命;
我们未降生前

这和英诗的情形不尽相同。英诗里虽也有同词相押的例子,但那往往是一种外加律,除了那词相同之外,它前面的词还是要押韵的,例如:

Thou wast that all to me, love,
For which my soul did pine:

A green isle in the sea,love.

From“To One in Paradise”,by Ed. A. Poe(1809—1849)

I never saw a Purple Cow,
I never hope to see one;
But I can tell you,anyhow,
I'd rather see than be one.

From“The Purple Cow”,by G. Burgess(1866—)

Jenny kissed me when we met,
Jumping from the chair she sat in;
Time,you thief,who love to get
Sweets into your list,put that in!
Say I'm weary,say I'm sad,
Say that health and wealth have missed me,
Say I'am growing old,but add
Jenny kissed me.

From“Rondeau”,by L. Hunt

在汉语诗里,如果勉强要造成这类的情形,只有以“窗前”和“堂前”押韵,“贤人”和“仙人”押韵等等。冯至有一首诗是合于这个条件的:

你说,你最爱看这原野里
一条条充满生命的小路,(xiao lu)
是多少无名行人的步履
踏出活活泼泼的道路。(dao lu)

5.4　这种富韵有一个特点:如果一连两个音节入韵,则倒数第二音节的声母(元音前的辅音)不相同;如果一连三个音节入韵,则倒数第三个音节的声母不相同;等等。否则,甲行的后数字和乙行的后数字完全相同,就成为一种半叠句,不必再认为富韵了，例如：

> 啊啊，
> 我们是呀动也不敢一动！
> 我们到兵间去罢，
> 我们到民间去罢，
> 朋友哟，怆痛是无用，
> 多言也是无用！

这种情形在西洋是罕见的。西洋的 refrain 与此不同。

5.5 阴阳韵。韵脚如果只有一个音节，叫做阳韵；如果含有两个或三个音节，叫做阴韵。在英诗里，如果押韵的一行末一个词是一个双音词或三音词，而末一个音节属于轻音，而且这诗又是轻重律的诗，那么，这末一个音节是不能算入音步之内的。这是叫做外加律（参看本章第三节）。外加律的轻音节和前面的重音节共同构成一个阴韵。英诗里最常见的阴韵就是收音于-ing 的词。例如 Masefield 的“On Growing Old”：

> Be with me, Beauty, for the fire is dying,
> My dog and I are old, too old for roving,
> Man, whose young passion sets the spindrift flying,（与 dying 为韵）
> Is soon to lame to march, too cold for loving.（与 roving 为韵）

其他的外加律例如：

> Then star nor sun shall waken,
> Nor any change of light:
> Nor sound of waters shaken,
> Nor any sound or sight.

From“The Garden of Proserpine”, by A. Ch. Swinburne (1837—1909)

> And yet no Libyan lion I,—
> No ravening thing to rend another;

Lay by your tears, your tremors by—
A Husband's better than a brother;
Nor shum me, chloe, wild and shy
As some stray fawn that seeks its mother.

From "Vitas Hinnuleo", by A. Dobson (1840—1921)

Alas, what brought such dread disaster!
"your pretty lover's dead!" he cries—
The fierce Sultan, her lord and master.
"Neath yonder tree his body lies."

From "In the Sultan's Garden", by C. Scollard (1860—)

5.6　在汉语里，适宜于外加律的字不多，只有"了、着、的、呢、吗(么)、儿、子"等字。有些诗人便用这些字来造成阴韵，例如：

"知了"不要叫了，
他在房中睡着；
"知了"叫了，刻刻心头记着。
太阳去了，"知了"住了——还没有见他，
待打门叫他——锈铁链子系着。

(鲁迅《他》)

思念的味道是酸的吧；为什么我思念你时心里就有一种酸味呢？

思念的路道是黑暗而且朦胧的吧；为什么我思念你时就昏昏入睡呢？

(徐玉诺《思念》)

喜悦他们所见到的；
希望找着他们所要的。

(徐玉诺《小诗》)

"我知道今日个不早了，(zao le)

没想到一下子睡着了。(zhao le)
这叫我怎么办,怎么办?
回头一家人怎么吃饭?"
老头儿拾起来又掉了,(diao le)
满地是白杏儿红樱桃。

(闻一多《罪过》)

不才十来岁儿吗? 干吗的?
脑袋瓜上不是使枪扎的?

(闻一多《天安门》)

我说飞毛腿那小子也真够瘪扭,
管包是拉了半天车得半天歇着,
一天少了说也得二三两白干儿,
醉醺醺的一死儿拉着人谈天儿。
他妈的谁能陪着那个小子混呢?
"天为啥是蓝的?"没事他该问你。
还吹他妈什么箫,你瞧那副神儿,
窝着件破棉袄,老婆的,也没准儿,
再瞧他擦着那车上的俩大灯罢,
擦着擦着问你曹操有多少人马。
成天儿车灯车把且擦且不完啦,
我说:"飞毛腿你怎不擦擦脸啦?"
可是飞毛腿的车擦得真够亮的,
许是擦得和他那心地一样的!"

(闻一多《飞毛腿》)

你们不是的,是你们的孙子;
我也不是我现在的身子。

(卞之琳《慰劳信集》第六首)

5.7 还有些诗人偶然用乙行的倒数第二字和甲行的末字押

韵,例如:

距离的组织　　　卞之琳

想独上高楼读一遍罗马衰亡史,
忽有罗马灭亡星出现在报上。
报纸落,地图开,因想起远人的嘱咐。
寄来的风景也暮色苍茫了。(“茫”与“上”押韵)
(醒来天欲暮,无聊,一访友人吧。)
灰色的天。灰色的海。灰色的路。
哪儿了?我又不会向灯下验一把土。
忽听得一千重门外有自己的名字。
好累呵!我的盆舟没有人戏弄吗?
友人带来了雪意和五点钟。(“钟”与“弄”押韵)

5.8　法诗里所谓阴阳韵又和英诗里的不同。阴韵是词的收尾有一个轻音 e 的,阳韵则否,例如:

L'empire, votre coeur, tout condamne Octavie, (阴)
August votre aieul soupirait pour Livie: (阴)
Par un double divorce ils s'unirent tous deux; (阳)
Et vous devez l'empire a ce divorce heureux. (阳)

—Racine

现代法语读音里,轻音 e 已经不发音了,于是无所谓阴阳韵,只有所谓元音韵和辅音韵。元音韵是以元音收尾的,辅音韵是以辅音收尾的,于是他们所谓元音韵恰又等于中国清代音韵学家所谓阴韵,辅音韵等于所谓阳韵。无论阴阳韵或元音韵和辅音韵,在法诗里都往往是相间着用的。在现代汉语欧化诗里,元音韵和辅音韵相间恐怕只是偶然的,不是诗人着意造成的,例如:

幸福来了又去:像传说的仙人,(ren)(辅音韵,阳)
他有时扮作肮脏褴褛的乞丐,(gai)(元音韵,阴)

瘦骨嶙峋，向求仙者俯伏叩拜，(bai)(元音韵，阴)

看凡眼能否从卑贱认出真身。(shen)(辅音韵，阳)

(梁宗岱《商籁》第一首)

5.9 由此看来，阴阳韵共有三种：英国的、法国的、中国的。这是术语上的纠缠，必须分别清楚的。

第六节 韵脚的位置(上)——随韵 交韵

6.1 上节只谈到韵脚的构成；但是，韵脚是放在什么地方的呢？在欧化诗里，除了无韵诗之外，关于韵脚的位置，有两个问题：哪一行同哪一行押韵？是否每行都须有韵？这就是本节所要讨论的。

6.2 在未讨论以前，让我们先叙述西洋的记韵法。这种记韵法是用 a、b、c、d 等字母来表示的；现在略为变通如下：

(一)字母相同，表示韵脚相同，例如一首诗有四行，它的韵脚是 abab，表示第一行和第三行押韵，第二行和第四行押韵。

(二)如果一首诗分为几段，每段的韵脚完全相同，就可以加一个数目字来表示，例如诗共四段，每段都是 abab，就记作 4abab。

(三)如果一首诗分为几段，每段的押韵方式虽然相同，但下段的韵脚并不就和上段的韵脚一样。这种情形，我们再加星点来表示，例如 * 4abab。如果连每段的押韵方式也不相同，则记作 abab * aabb * * abcb 等。

(四)大写的字母表示全行的重叠，例如 AbbaA，表示第一行和第五行全行相同。

(五)大写的 R 表示每段煞尾的叠句，例如 aabR aabbaR。

6.3 在白话诗的初期，诗人们多数不喜欢用韵；如果用韵，却又往往沿用汉语的旧押韵法。试看下面的两种情形：

(1)西洋诗里，aaba 的四行非常罕见。这是波斯(伊朗)的韵法。汉语的七绝的通常韵法却正是 aaba，所以有些诗人不知不觉

地还沿用它,例如:

我坐在岸上的舟中,
思慕着古代的英雄,
他那刚毅的精神
好像是近代的劳工。

(郭沫若《洪水时代》)

岩上如茵的碧草,
坐一个翩翩的年少,
着一件淡红色的衬衣,
罩一身天鹅绒的夹袄。

(田汉《春月的下面》)

如果他肯愉快地歌舞起来,
请把我的孤独与我的悲哀,
化阵风儿把她的翅儿扛起,
使她可以如意地飞绕旋回。

(成仿吾《静夜》)

暮秋的田野上照着斜阳,
长的人影移过路中央,
干枯了的叶子风中叹息,
飘落在还乡人旧的军装。

(朱湘《还乡》)

(2)西洋诗里,很少有一段里共用四个以上相同的韵脚的。而我们的初期白话诗人有时这样做,这因为汉语旧诗正是以一韵到底为常的,例如:

嗟嗟,念余载飘泊之春天随寂寞而复来,
只我在野岸长吁,徘徊,将忧心抛于烟海。
倦了,在此黑黝黝之中途梦之蓓蕾未开,

惨毁于苦酒之生命永饰着苍灰的悲哀。

噫，溪流边无人吊扫之墓只我个人徘徊，
这寂寂之草下长眠着无语的青春，情爱。
我惨笑了，将桂冠投于万丈幽黯之荒崖，
休休，何须杨花装饰我飘泊灵魂之墓台。

（于赓虞《飘泊之春天》）

6.4 近二十年来，白话诗渐渐更趋欧化，诗人们渐渐模仿西洋诗的韵式。现在将西洋诗的韵式叙述于下。如果汉语欧化诗对于这些韵式是类似的，就引来互相印证；如果没有相类似的，也作极简略的叙述，以便将来有类似的作品时可以比较。

6.5 西洋诗以每段四行为最常见；如果每段八行，往往可认为两个四行的结合。而四行的韵式大致可分为三种：

（1）第一行和第二行押韵，第三行和第四行押韵（aabb），叫做随韵（法文 rimes suivies）；

（2）第一行和第三行押韵，第二行和第四行押韵（abab），叫做交韵（法文 rimes croisées）；

（3）第一行和第四行押韵，第二行和第三行押韵（abba），叫做抱韵（法文 rimes embrassées）。

其他各种韵式都可认为这三种韵式的变相。现在先叙述这三种韵式，再叙述各种变式。

（1）随韵

四行随韵。在法诗里，随韵乃是古典悲剧（tragedy）里的韵式。近代英诗里，四行随韵不算多见。现在试举一个例子：

THE DESTRUCTION OF SENNACHERIB

The Assyrian came down like the wolf and the fold,
And his cohorts were gleaming in purple and gold;
And the sheen of their spears was like stars on the sea,

when the blue wave rolls nightly on deep Galilee.

George Noel Gordon, Lord Byron(1788—1824)

全诗是 * 6aabb,这是第一段。

中国新派诗人的四行随韵也不十分多。现在试举出一个例子:

逐　客　　朱木柟

自从你搬到我心里居住,
苦恼就是你给我的房租;
但我总渴想有一天闲静,
心里没有你的舞影歌声。

我几时贴过招租的帖子?
我一生爱好的就是空虚。(“子、虚”押韵是贫韵)
去罢,你乘隙闯入的恶客,(川音:[ke])
你镇日歌舞着无昼无夜!(“客、夜”押韵是方音韵)

你舞蹈的震撼你的叫嚣
我心可受不住这样搅扰!
去,你不用向我装痴装傻,
有一天我就要赶你搬家!

这种随韵自然有许多变式,例如司各脱(Scott 1771—1832)的一首 Lochinvar,共八段,它的韵式是 aabbcc ddeecc ffggcc hhiicc jjkkcc llmmcc nnoocc,ppqqcc,虽每段有六行,但它们末两行的韵是相同的。汉语欧化诗里,有些也可以认为随韵的变式,例如:

教我如何不想她　　刘　复

天上飘着些微云,
地上吹着些微风。(“云、风”押韵,是贫韵)
啊!
微风吹动了我的头发,
教我如何不想她?

月光恋爱着海洋，
海洋恋爱着月光。
啊！
这般蜜也似的银夜，
教我如何不想她？

水面落花慢慢流，
水底鱼儿慢慢游。
啊！
燕子你说些什么话？
教我如何不想她？

枯树在冷风里摇，
野火在暮色中烧。
啊！
西天还有些儿残霞，
教我如何不想她？

比随韵多了“啊”字的一行，又每段末句遥用叠句。

爱 刘大白

如其你愿长住在我的爱里，
我用我满心的爱底神光，笼罩住你。
吾爱，你只在我的爱里，你只受我的笼罩！
我心里的密眼，看你沿着光波舞蹈。

全诗共七段，韵式是 aabb aacc aadd aaee aaff aagg hii。这是第一段。除末段外，其余各段都是四行随韵。

偶体诗。每两行一韵，叫做偶体诗（couplet）。在英诗里，五步的淹波律的偶体，称为英雄偶体（heroic couplet），例如：

THE TUFT OF FLOWERS

I went to turn the grass once after one
Who mowed it in the dew before the sun.

The dew was gone that made his blade so keen
Before I came to view the levelled scene.

I looked for him behind an isle of trees;
I listened for his whetstone on the breeze.

—R. Frost(1875—)

全诗共二十段,录三段。

偶体诗也可认为随韵之一种,不过它的写法不是四行一段,而是两行一段。有时候,也可以把全诗写在一起,不分段。甚至可以依照意义分段,段的长短不等,例如 Wheelock 有一首 Earth,第一段是十行(五偶),第二段是十六行(八偶),第三段是十行(五偶),第四段是十二行(六偶),第五段是二行(一偶),第六段是十行(五偶),第七段是十四行(七偶),第八段是四行(两偶)。偶体诗的行数没有一定,每行的音数也没有一定,英雄偶体只是偶体诗之一种而已。

新派诗人模仿偶体诗的很不少。本来,汉语的转韵古风里也有几乎全首用偶体的,例如第二章里所举岑参的《轮台歌》。这种形式既不是完全欧化,就比较地容易为中国诗人所接受了,例如:

太阳礼赞　　郭沫若

青沉沉的大海,波涛汹涌着,潮向东方。
光芒万丈地,将要出现了哟,新生的太阳!

天海中的云岛都已笑得来一样地鲜明!
我恨不得,把我眼前的障碍一概划平!

出现了哟!出现了哟!耿晶晶地白灼的圆光!

从我两眸中有无限道的金丝向着太阳放!

全诗共七段十四行,今录前三段。

发 现 闻一多

我来了,我喊一声,迸着血泪,
"这不是我的中华,不对,不对!"
我来了,因为我听见你叫我;
鞭着时间的罡风,擎一把火,
我来了,不知道是一场空喜。
我会见的是噩梦,那里是你?
那是恐怖,是噩梦挂着悬崖,
那不是你,那不是我的心爱!
我追问青天,逼迫八面的风,
我问,拳头擂着大地的赤胸,
总问不出消息;我哭着叫你,
呕出一颗心来,你在我心里!

猫 诰 朱 湘

有一只老猫十分的信神,
连梦里他都咕哝着念经。("神"叶"经"是方言韵)
想必是夜中捉老鼠太累,
如今正午了都还是酣睡。
幸亏他的公子过来呼唤,
怕父亲错过了鱼拌的饭。

全诗共一百二十二行,今录六行。

在英诗里,偶体诗还有种种的变体,例如 Keats 的 Sleep and Poetry 多处用跨行,而末行又不入韵。又如 H. Long 的 Dead Men Tell no Tales,它的韵式是 a aa bb cc dd e ee ff。

三随式。三随式是每三行为一段,同在一段的三行是用同一韵脚的,例如 J. R. Lowell 的"For an Autograph"的韵式是 aaa bbb ccc ddd eee fff。中国诗人也有模仿这种韵式的，例如：

影 于赓虞

看，那秋叶在明媚的星月下正飘零，
与你相逢于此残秋荒岸之夜中，
星月分外明，忽聚忽散的云影百媚生。

看，那秋叶在明媚的星月下正飘零，
我沦落海底之苦心在此寂寂的夜茔
将随你久别的微笑从此欢快而光明。

苍空孤雁的生命深丧于孤泣的荒冢，
美丽的蔷薇开而后谢，残凋而复生，
告诉我，好人，什么才像是人的生命？

全诗共六段，录三段。此诗多用贫韵。

此外，英诗里有普通随韵和三随式并用的，例如 Ed. Allan Poe 的"The Sleeper"，韵式是 aabbccddeeffggghh * aabbccddeeffgghhiii * * aaabbccc * * * aaabbccddeeeffgg。又有二随三随与多随并用的，例如 Browning 的"Up at a Villa—Down in the City"，韵式是 aaa bbb ccc dddddd * aabb ccddd eeeee ffgghhh * * aaabbccddeeffgghh * * * aabbccccdd。但后者很是少见。

(2)交韵

双交。在西洋诗里，双交乃是交韵的正则。所谓双交，就是非但第二行和第四行押韵，而且第一行和第三行也押韵。在英诗里，一般的四行五步淹波律往往是用双交的，叫做英雄四行(heroic quatrain)，例如：

ELEGY WRITTEN IN A COUNTRY CHURCHYARD

The curfew tolls the knell of parting day,
To lowing herd winds slowly o'er the lea,
The plowman homeward plods his weary way,

And leaves the world to darkness and to me.

—Th. Gray(1716—1771)

全诗二十九段,加上铭文三段,共三十二段。韵式是 * 32abab。

英诗人 Shelley 的"To a Skylark",每段四个短行,段末一个长行,共二十一段,韵式是 * 21ababb。这可认为四行双交的变体。

有一种法国古代的形式,叫做巴律(Ballade)。这种诗共有三段,每段八行,再加上一段尾声(envoy),四行。总共二十八行,韵式是 3ababbcbc + bcbc,这样,1、3、9、11、17、19,各行的韵脚相同,2、4、5、7、10、12、13、15、18、20、21、23、25、27,各行的韵脚相同,6、8、14、16、22、24、26、28,各行的韵脚相同。这是古代很占势力的一种形式。巴律传入了英国之后,有些诗人取消了尾声。

八行双交可认为由巴律变来的,它可以有许多段,例如 Robinson 的"The Master"(* 8ababbcbc),又可以只有一段,例如 Hardy 的"Her Initials"(* ababbcbc)。由此再变就是 ababcdcd,近代诗人多采此式,例如:

HER LETTER

I'm sitting alone by the fire,
Dressed just as I came from the dance,
In a robe even you would admire, —
It cost a cool thousand in France;
I'm be – diamonded out of all reason,
My hair is done up in a queue:
In short, sir, "the belle of the season"
Is wasting an hour upon you.

—F. B. Harte(1836—1902)

全诗共六段,韵式是 * 10 ababcdcd。

此外,英诗中又有十二行双交、十六行双交,等等。

现代汉语诗人的诗集中,颇少用双交的。据我们所见到的,除偶合的情形（如各段都用单交，只其中一段用双交，就是偶合）和“商籁”的又式之外，只有徐志摩和卞之琳是用过双交的。例如上文所举的卞之琳的《远行》，它的韵式是＊3abab，又如：

他怕他说出口　　　　徐志摩

（朋友，我懂得那一条骨鲠，
难受不是？——难为你的咽喉；）
“看，那草瓣上蹲着一只蚱蜢，
那松林里的风声像是箜篌。”

全诗共十段，韵式是＊6abab。

大　车　　　　卞之琳

拖着一大车夕阳的黄金，
骡子摇摆着踉跄的脚步，
穿过无边的疏落的荒林，
无声的扬起一大阵黄土，
叫坐在远处的闲人梦想
古代传下来的神话里的英雄
腾云驾雾去不可知的远方——
古木间涌出了浩叹的长风！

卞氏又做过一首二十行的双交，就是上文所举的《夜风》，它的韵式是 ababcbcbdedefgfgabab。

在西洋诗里，另有一种每段三行的交韵，叫做 terzarima。这是但丁《神曲》所用的韵式。共五段：首段第一行和第三行押韵，第二行和次段第一第三两行押韵，由此类推，到末段只有两行。这样，就是 aba bcb cdc ded ee。这种形式，还没有看见中国诗人模仿过。

单交。在西洋的交韵诗中，单交比双交为罕见。所谓单交，就是偶行押韵，奇行不押韵。四行单交，例如：

LA BELLE DAME SANS MERCI

"O what can ail thee, knight - at - arms,"
Alone and palely loitering!
The sedge has wither'd from the lake,
And no birds sing.

—J. Keats(1795—1821)

全诗十二段,韵式是 * 12abcb。

此外,还有八行单交、十二行单交,等等。

汉语的绝句,很像西洋的四行单交。五绝以 abcb 为正则,七绝偶然也用 abcb。如果四行单交共有几段,就等于几个绝句的总合,或近似一篇新体的古风(四句一转韵)。因此,在白话诗的初期,单交的诗相当盛行,例如:

瓶(第三十八首第六段) 郭沫若

像这样半冷不温,
实在是令人难受。
我与其喝碗豆浆,
我情愿喝杯毒酒。

直到近年,单交的形式仍旧是占优势的一种,例如:

妆 台 卞之琳

世界丰富了我的妆台,
宛然水果店用水果包围我,
纵不费力而俯拾即是,
可奈我睡起的胃口太弱?

全诗共四段。

【附注】《诗经》已有交韵,例如:

召南·野有死麕

野有死麕,

白茅包之；
有女怀春，
吉士诱之。

“麕”与“春”协，“包”与“诱”协。

周南·兔罝

肃肃兔罝，
椓之丁丁；
赳赳武夫，
公侯干城。

“罝”与“夫”协，“丁”与“城”协。

肃肃兔罝，
施于中逵；
赳赳武夫，
公侯好仇。

“罝”与“夫”协，“逵”与“仇”协。

肃肃兔罝，
施于中林；
赳赳武夫，
公侯腹心。

“罝”与“夫”协，“林”与“心”协。

鄘风·鹑之奔奔

鹊之强强，
鹑之奔奔；
人之无良，
我以为君。

“强”与“良”协,“奔”与“君”协。

曹风·下泉

洌彼下泉,
浸彼包稂;
忾我寤叹,
念彼周京。

“泉”与“叹”协,“稂”与“京”协。

洌彼下泉,
浸彼苞萧;
忾我寤叹,
念彼京周。

“泉”与“叹”协,“萧”与“周”协。

洌彼下泉,
浸彼苞蓍;
忾我寤叹,
念彼京师。

“泉”与“叹”协,“蓍”与“师”协。

小雅·鱼丽

鱼丽于罶,
鲿鲨;
君子有酒,
旨且多。

“罶”与“酒”协,“鲨”与“多”协。

鱼丽于罶,
鲂鳢;

君子有酒，

多且旨。

“罶”与“酒”协，“鳢”与“旨”协。

鱼丽于罶，

鰋鲤；

君子有酒，

旨且有。

“罶”与“酒”协，“鲤”与“有”协。

小雅·节南山

方茂尔恶，

相尔矛矣；

既夷既怿，

如相酬矣。

“恶”与“怿”协，“矛”与“酬”协。

小雅·桑扈

交交桑扈，

有莺有领；

君子乐胥，

万邦之屏。

“扈”与“胥”协，“领”与“屏”协。

小雅·白华

白华菅兮，

白茅束兮；

之子之远，

俾我独兮。

“菅”与“远”协,“束”与“独”协。

鸳鸯在梁,
戢其左翼;
之子无良,
二三其德。

“梁”与“良”协,“翼”与“德”协。

小雅·瓠叶

有兔斯首,
炮之燔之;
君子有酒,
酌言献之。

“首”与“酒”协,“燔”与“献”协。

有兔斯首,
燔之炙之;
君子有酒,
酌言酢之。

“首”与“酒”协,“炙”与“酢”协。

大雅·思齐

雝雝在宫,
肃肃在庙。
不显亦临,
无射亦保。

“宫”与“临”协,“庙”与“保”协。

大雅·大明

殷商之旅,

其会如林。
矢于牧野，
维予侯兴。
上帝临女，
无贰尔心。

“旅、野、女”协，“林、兴、心”协。

大雅·桑柔

四牡骙骙，
旟旐有翩。
乱生不夷。
靡国不泯。
民靡有黎，
具祸以烬。
於乎有哀，
国步斯频。

“骙、夷、黎、哀”协，“翩、泯、烬、频”协。

忧心殷殷，
念我土宇。
我生不辰，
逢天僤怒。
自西徂东，
靡所定处。
多我觏痻，
孔棘我圉。

“殷、辰、东、痻”协，“宇、怒、处、圉”协。

第七节　韵脚的位置(下)
——抱韵　杂体　叠句

抱韵

抱韵是纯然西洋的形式。商籁(西洋最占势力的诗式,见下节)以用抱韵为正则;此外,别的诗也有用抱韵的,例如:

WHEN YOU ARE OLD

When you are old and gray and full of sleep,
And nodding by the fire, take down this book,
And slowly read, and dream of the soft look
Your eyes had once, and of their shadows deep.

How many loved your moments of glad grace,
And loved your beauty with love false or true;
But one man loved the pilgrim soul in you,
And loved the sorrows of your changing face.
And bending down beside the glowing bars
Murmur, a little sadly, how love fled
And paced upon the mountains overhead
And hid his face amid a crowd of stars.

—W. B. Yeats(1865—?)

中国诗人,除了近年的商籁作家之外,用抱韵的很少。在白话诗的初期,恐怕只有下面这唯一的例子:

他(第三首)　　鲁　迅

大雪下了,扫出路寻他;
这路连到山上,山上都是松柏,
他是花一般,这里如何住得!
不如回去寻他,——啊!回去还是我家。

1926 年以后,用抱韵的人渐渐多些。例如:

雨晨游龙潭　　塞先艾

游人冒着料峭的寒意低回,
漫空里不见一丝云彩,
漫空里画出无限阴霾,
青鸦也跨着萧凉的海天飞。

这林壑间映有雄浑伟大,
悠长的驴嘶和着流泉,
交互啸响在寥寞空山,
这山旁洒遍了点点的梨花。

哦! 山道上充溢水色春光,
迷蒙的毛雨飘落纷纷,
远峰织着翡翠的树影,
仿佛我又一度地回到故乡。

杂体

凡不完全依照上面的三种韵式的诗,我们叫做杂体。杂体本来不必分类,但为叙述的方便起见,姑且分为下面的几类:

(1)遥韵。凡不止隔开两句押韵的,叫做遥韵。有时候,是每段的末句互相押韵,例如:

BRUCE'S ADDRESS TO HIS ARMY

Scots, wha hae wi' Wallace bled
Scots, wham Bruce has often led;
Welcome to your gory bed,
Or to Victorie!
Now's the day, and now's the hour;
See the front ó battle lour;

See approach proud Edward's pow'r —

Chains and slaverie!

—Robert Burns(1759—1796)

全诗共六段,韵式是 aaab cccb dddb eeeb fffb gggb。

有时候,遥韵不一定在每段的末句,例如 E. Field 的"The Truth about Horace",韵式是 * 4aaabcccb;又如 A. Tennyson 的"Flower in the Crannied Wall",韵式是 adccab;又如 Ed. St. Vincent Millay 的"Elegy"(from"Second April"),韵式是 abccbacdddc * abcdefafecbed * * abcdedbdaecffc;又如 M. Arnold 的"Dover Beach",韵式是 abacdbdcefcgfg * abacbc * * abcdbadceffeghhgg。

现代汉语欧化诗里,似乎很少有用遥韵的,我们还没有看见过,因此无可举例。

(2)交随相杂。交韵和随韵杂用的情形,在英诗里是很常见的。这里限于篇幅,不能多举例。但是其中有三种颇重要的韵式:第一种是八句一段的,叫做 ottava rima(八行诗),韵式是 abababcc;第二种是七句一段的,叫做 rime royal stanza(皇家诗),韵式是 ababbcc;第三种是九行一段的,叫做 Spenserian stanza(史本赛式),韵式是 ababbcbcc。

汉语欧化诗里,交随相杂的情形也不少。现在只举一个例子,如下:

答 梦 朱 湘

我为什么还不能放下?

因为我现在漂流海中,

你的情好像一粒明星

垂顾我于澄静的天空,

吸起我下沉的失望,

令我能勇敢的前向。

全诗共四段,韵式是 abcbdd * abcbdd * * ababcc * * * abcbbb。

(3)交抱相杂。交韵和抱韵杂用的情形,在英诗里较为罕见,例如 A. Ch. Swinburne 的“To Walt Whitman in America”,韵式是 ababccb。汉语诗里似乎不曾见过这种形式。

(4)随抱相杂。随韵和抱韵杂用,在英诗里比交抱相杂的情形多些。例如 A. Noyes 的一篇长的叙事诗“The Highwayman”,每段的韵式是 aabccb。又 F. Locker-Lampson 的“My Mistress's Boots”,和 O. W. Holmes 的“The Last Leaf”,和 R. Burn 的“Epitaph on John Dove”,也都用同一的韵式。

在中国,我们只看见徐志摩的一首《呻吟语》是随抱杂用的,它的韵式是 aabba aacca,如下:

我亦愿意赞美这神奇的宇宙,
我亦愿意忘却了人间有忧愁,
像一只没挂累的梅花雀,
清朝上歌唱,黄昏时跳跃;——
假如她清风似的常在我的左右!

我亦想望我的诗句清水似的流,
我亦想望我的心池鱼似的悠悠;
但如今膏火是我的心,
再休问我闲暇的诗情?——
上帝!你一天不还她的生命与自由!

(5)交随抱相杂。交韵、随韵和抱韵三种韵式杂用,在英诗里如 Th. Hood 的“The Bridge of Sighs”,韵式是 * 2abab * * laabc△bc * * * 2aabc△c△b…又如 Byron 的“Requiescat”,韵式是 aabba * ababb * * ababcc△。

在汉语欧化诗里，偶然也有这种韵式，例如上文所举卞之琳的《白螺壳》，韵式是 * 4ababccdeed。又如：

你指着太阳起誓 闻一多

你指着太阳起誓，叫天边的凫雁
说你的忠贞。好了，我完全相信你，
甚至热情开出泪花，我也不诧异。
只是你要说什么海枯，什么石烂……
那便笑得死我。这一口气的工夫
还不够我陶醉的？还说什么"永久？"
爱，你知道我只有一口气的贪图，
快来箍紧我的心，快！啊，你走你走……
我早算就了你那一手——也不是变卦——
"永久"早许给了别人，秕糠是我的份，
别人得的才是你的菁华—不坏的千春。
你不信？假如一天死神拿出你的花押，
你走不走？去去！去恋着他的怀抱，
跟他去讲那海枯石烂不变的贞操！

韵式是 abbacdcd * abbacc。

慰劳信集（第五首） 卞之琳

交给了你们来放哨，
虽然是路口太冲要，
打仗的在山外打仗，
屯粮的在山里屯粮，
算贴了一对活封条。

可是松了，
不妨学学百灵叫。

把棍子在路口一叉，
“路条！”要不然，“查！”：
认真，你们就不儿戏，
客气，来一个“敬礼！”
再不然，“村公所问话！”

可是松了，
不妨在地上画画。

全诗共五大段五小段，韵式是 5aabba ca。这里只录两大段两小段。

叠句

所谓叠句（refrain），不一定是同样的两句连在一起。恰恰相反，在西洋诗里，叠句总不是相同相连的两句：最普通的是甲乙丙丁各段末句互相雷同，其次就是隔若干句相雷同，不限于一段之末。

关于叠句诗的韵式的记号，另有特殊的记法，如下：

（1）叠句的地方用大写的字母为记，例如 AbbaA，表示一段的首行和末行雷同（但第四行仅与首行末行押韵，而不雷同）。

（2）大写字母后面加一撇，表示另一叠句，例如 ABA′B′BCB′C′……表示第一段第二行和第二段第一行雷同，第一段第四行和第二段第三行雷同（但这两段第一行和同段第三行，第二行和同段第四行，只押韵而不雷同）。

（3）有时候，用大写的 R 来表示段末的叠句。

叠句最多的诗是所谓旧法国式的诗（old French forms）当中的几种。其中比较常见的是：

（1）回环曲（rondeau）。韵式 aabda aabR aabbaR。其中的叠句往往和诗题相同，例如：

IN AFTER DAYS

In after days when grasses high
O'er-top the stone where I shall lie
Though ill or well the world adjust
My slender claim to honoured dust
I shall not question nor reply.

I shall not see the morning sky;
I shall not hear the night wind sigh
I shall be mute, as all men must
In after days!

But yet, now living, fain were I
That some one then should testify,
Saying—He held his pen in trust
To Art, not serving shame or lust.
Will none? Then let my memory die
In after days!

—A. Dobson(1840—1921)

(2)小回环(rondel)。韵式 ABab baAB ababAB,或 abbaA。注意这种诗只用两个韵,诗的头两行构成叠句,但末段可以只叠一句。不举例。

(3)伦电(roundel)。韵式 abaB bab abaB。这是回环曲的变式("伦电"也是小回环的意思),所以其中的叠句也和诗题相同。不举例。

(4)三叠曲(triolet)。韵式 ABaAabAB。因为第一行共叠三次,所以叫做三叠曲,例如:

A KISS

Rose kissed me to-day

Will she kiss me to-morrow?
Let it be as it may
Rose kissed me to-day.
But the pleasure give way
To a asvour of sorrow;—
Rose kissed me to-day,—
Will she kiss me to-morrow?

—A. Dobson

(5)村歌(villanelle)。韵式 AbA′abAabA′ abAabA′abAA′。注意这种诗共有十九行,但只有两个韵。第一段的第一行和第二、四两段的末行相叠;第一段的第三行和第三、五两段的末行相叠;然后这两种叠句一齐放在第六段之末作收。不举例。

(6)潘敦(pantoum)。韵式 ABA′B′BCB′C′CDC′D′DED′E′EFE′F′FGF′G′GBG′A。这种诗的特色是每行都叠。上一段的第二、四两行也就是下一段的第一、三两行,这样连绵交互,直到末段第二、四两行,才回到与首段的第一、二两行相同,作为结束。音步和诗段的数目都没有一定。若追溯到原始,潘敦不是法国的诗式,而是马来的诗式。

除了以上六种古式之外,当然还可以任意创造各种叠句的新形式。例如 Baudelaire 的"Reversibilitè",韵式是 5AbbaA;他的《夜之谐和》(Harmonie du Soir),韵式是 aBbA BA′AB′A′B″B′A″B″aA″b;Scott 的"Hunting Song",韵式是 AabbccaA AabbddaA AaeeffaA aAgghhaA;Pinkney 的"A Health",共五段,每段八行,首段的前四行和末段的前四行相叠;Kipling 的"For All We Have and Are",共四段,第一、三两段各八行,第二、四两段各十二行,第二段的末四行和第四段的末四行相叠;J. Masefield 的"The Yarn of the Loch Achray"共十段,第一、四、六、七段各八行,第二、第十两段各六行,第三段十二行,第五、第九两段各七行,第八段九行,除第九段外,其余各段末两行相叠(即 aabbabCD 等)。诸如此类,不胜枚举。

上文第五节里所谓半叠句也是叠句之一种,不过两行虽相叠,却不必每词都相同。有些诗是全叠和半叠杂用的,例如:

SWEET AND LOW(**song**)

Sweet and low, sweet and low,
Wind of the western sea,
Low, low, breath and blow,
Wind of the western sea!
Over the rolling waters go,
Come from the dying moon, and blow,
Blow him again to me:
While my little one, while my pretty one, sleeps.

Sleep and rest, sleep and rest,
Father will come to thee soon;
Rest, rest, on mother's breast,
Father will come to thee soon;
Father will come to his babe in the nest,
Silver sails all out of the west
Under the silver moon;
Sleep, my little one, sleep, my pretty one, sleep.

—A. Tennyson(1809—1892)

每段的第一、三两句是全叠,第一段的末句和第二段的末句是半叠。如果以小型的大写 R 表示半叠,这诗的韵式是 aBaB aabR cD-cDccdR.

叠句诗往往用极简单的韵式,无论长至十余行或数十行,总只用两三个韵,交替着押韵。又歌曲之类往往用叠句,因为语句的重叠更显得缠绵缱绻;尤其是段末的合唱(chorus),更以用叠句为常。

汉语的白话诗，在自由诗的时代，已经有了许多半叠和全叠的形式，例如冰心的《倦旅》（《中国新文学大系》第八集，页134—135），共四段，每段之末用“一切的心都淡了”作叠句；左舜生的《南京》（同书，页48），共三段，每段之末用“我要和你小别了”作叠句。

在有韵的诗里，也不乏用叠句的例子，例如：

忘掉她　　闻一多

忘掉她，像一朵忘掉的花，——
　那朝霞在花瓣上，
　那花心的一缕香——
忘掉她，像一朵忘掉的花！

忘掉她，像一朵忘掉的花！
　像春风里一出梦，
　像梦里的一声钟，
忘掉她，像一朵忘掉的花！

忘掉她，像一朵忘掉的花！
　听蟋蟀唱得多好，
　看墓草长得多高；
忘掉她，像一朵忘掉的花！

忘掉她，像一朵忘掉的花！
　她已经忘记了你，
　她什么都记不起，
忘掉她，像一朵忘掉的花！

忘掉她，像一朵忘掉的花！

　　年华那朋友真好，
　　他明年就教你老；
忘掉她，像一朵忘掉的花！

忘掉她，像一朵忘掉的花！
　　如果是有人要问，
　　就说是没有那个人；
忘掉她，像一朵忘掉的花！

忘掉她，像一朵忘掉的花！
　　像春风里一出梦，
　　像梦里的一声钟，
忘掉她，像一朵忘掉的花！

韵式：RaaR RBB′R RccR RddR RccR ReeR RBB′R。

末了，我们想顺带谈一谈由于韵脚的不同而生出的诗行的高低写法。在法诗里，诗行的高低只是由于它们的长短；至于英诗，除了有时候是由于它们的长短之外，多数是由于它们的韵脚的不同。如果一段共有两个韵，则甲韵的诗行写高些（靠左些），乙韵的诗行写低些（靠右些），例如：

My boat is on the shore,
　　And my bark is on the sea;
But, before I go, Tome Moore,
　　Here's a double health to thee!

—From "To Thomas Moore", by Byron

Navies nor armies can exalt the state,—
　　Millions of men, nor coined wealth untold:
　　Down to the pit may sink a land of gold;
But one great name can make a country great.

—From "Lowell's Birthday", by R. W. Gilder

We are the music-makers,
　And we are the dreamers of dreams,
Wandering by lone sea-breakers,
And sitting by desolate streams;—
World-losers and World forsakers,
　On whom the pale moon gleams:
Yet we are the movers and shakers
　Of the world forever, it seems.

—From "Ode", by O'Shaughnessy (1844—1881)

如果一段共有三个韵,也可以分为三层高低,例如:

And think, this heart, all evil shed away,
　A pulse in the eternal mind, no less
　　Gives somewhere back the thoughts by England given;
Her sights and sounds; dreams happy as her day;
　And laughter, learnt of friends, and gentleness,
　　In hearts at peace, under an English heaven.

—From "The Soldier", by R. Brooke (1887—1915)

Tis said of certain poets, that writ large
　Their somber names on tragic stage and tome,
　　They are gulfs or estuaries of Shakespeare's sea.
　　Lofty the praise; and honour enough, to be
As children playing by his mighty marge
　Glorious with casual sprinkling of the foam.

—From "Written in Mr. Sidney Lee's 'Life of Shakespeare'", by W. Watson (1858—?)

We are the Dead. Short days ago
We lived, felt dawn, saw sunset glow,
　Loved and were loved, and now we lie

In Flanders fields.

—From"In Flanders Fields",by J. Mc Crae(1872—1918)

但是,只有商籁和回环曲可以这样写;至于别的诗,无论一段里共有三韵或四韵,都只有两层高低,例如:

Well yes,—if you saw us out driving
　Each day in the park,four in hand,—
If you saw poor dear mamma contriving
　To look supernaturally grand,—
If you saw papa's picture,as taken
　By Brady,and tinted at that,—
you'd never suspect he sold bacon
　And flour at Poverty Flat.

—From"Her Letter",by F. B. Harte(1836—1902)

中国新派诗人,也有把诗写成高低行的,但他们大多数是由于诗行的长短而分高低,不是由于韵脚的不同而分高低。有时候,短行和长行不同韵,于是高低的写法成为一举两得。但是,也有专为韵脚的不同而分高低的,例如:

城　上　　　　程侃声

天半铺着几片薄云,
　微风涟漪似的荡漾。
旁过垒垒枯寂的荒坟,
　我们登到永定门西的城上。

城内深没人的芦荻
　浩浩,潇潇;
遥想故乡此日,
　正连阡谷绿迢迢。

城下绕流着径直的小溪,

　　溪畔青翠的菖蒲丛丛；
遥想故乡曲曲的水湄，
　　正蒲钱点点，水蓼花红。

城外广袤无限的平原，
　　只有单调的黍和稷；
遥想故乡的塘里田间，
　　红白的荷花正香风习习。

平原中只有矮小的茅屋，
　　几片干燥的土的房顶；
却不见故乡那葱茏的林木，
　　萧疏处露出断续炊烟，迷离树影。

全诗共十五段，韵式是＊15abab，今录五段。

致某某　　刘梦苇

雀鸟喧噪在门前树间，
　　晨光偷进我深沉的梦境；
惊醒后起来奔赴到院前，
　　领略朝阳初现时的美景；
但我重忆起了你底华颜，
　　你比朝阳还要娇艳几分！

炎日燃烧在清朗的中天，
　　树荫下只有我独在纳闷；
碧澄澄的池水蒸发升烟，
　　我春情的海潮已经沸腾，
但我重忆起了你的情焰，
　　你比炎日还要热烈几分！

夕照悬挂在幽邃的林边，
　向人间赠送最后的离情；
叹气似的吐轻雾在树巅，
　缕缕袅绕穿过黄昏的心；
但我重忆起了你底爱恋，
　你比夕照还要缠绵几分！

韵式是 3ababaB。

有一点值得注意：在西洋诗里，诗行分高低并不是必要的。依韵脚的不同而分高低，虽是英诗的常例，却也不是毫无例外。这点可以说明为什么中国新派诗人对于诗行高低的写法不尽一致，甚至有人误会以为是随意的了。

第八节　商籁（上）——正式

8.1　在白话诗的初期，诗人们刚从文言诗的束缚里解放出来，大家倾向于自由诗。等到 1926 年《晨报诗镌》出版，闻一多等提倡诗的音步和韵脚，于是诗人们渐渐接受了西洋诗的格律。从此以后，有些诗人更进一步而模仿西洋诗里最重要的而格律又最严的一种形式——商籁（the sonnet）。这样，汉语的欧化诗似乎走向一条由今而古的道路，虽然直到现代还有许多诗人在写自由诗。

8.2　商籁共有十四行，所以也有人译为“十四行诗”。商籁发源于意大利，其后法、英、德各国的大诗人莫不纷纷模仿。直至今日，商籁仍旧是盛行的一种诗式。

8.3　在法国，另有一种古典诗叫做巴律（ballade）。巴律在古代，它的势力可以和商籁相抗衡。后来巴律渐渐衰微，诗人们往往只模仿它的八行一段的格式（韵式 ababbcbc），而省去了它的尾声（envoy）；甚至韵式也有了变化（例如 ababcdcd）。注意：英诗里有一种故事诗叫做 ballad，和 ballade 完全是两回事；虽然也有人把二者都混称为 ballad,究竟以分别为是。这些形式,我们在本章第七节里已经约略地谈过了,现在本节里就只专讲商籁了。

8.4　中国人模仿商籁,似乎以戴望舒为最早,但戴氏的诗并不是商籁的正则(见下节所引戴氏的《十四行》)。现在我们将商籁的正变各式分别叙述于后,而把中国诗人的商籁依类举例,以帮助读者的了解。

8.5　商籁的分段。商籁共十四行,若就意大利体(italian sonnet)而言,这十四行可以分为四段(4+4+3+3)、两段(8+6)、三段(4+4+6),或一段(14)。意大利式是分为四段的,法国式模仿意大利式。至于英国式,普通是分为两段,偶然也合作一段,或分为三段,又可以依意法的规矩写成四段。法国的商籁,前半是两个四行(two quatrains),后半是两个三行(two tercets);英国的商籁,前半是八行(octave),后半是六行(sestet)。中国诗人的商籁,差不多总是依照4+4+3+3的写法的,例如:

商　籁(第二首)　　梁宗岱

多少次,我底幸福,你曾经显现
给我,灵幻飘缈像天边的彩云,——
又像幻果高悬在危崖上,鲜明
照眼,却又闪烁不定,似近还远,

嘲讽一切攀摘的企图和妄念!
但今天,正当我在忧思里逡巡,
你却姗姗地下降,蹁跹如浮云,
眼中燃着永恒底光明和火焰!

来,我的幸福,让我们,胸贴着胸,
静看白昼底蓝花徐徐地谢去;
任那无边的黑暗,流泉和夜风

低说万千神秘的名字和谜语—

什么都不能惊扰我们底心，
我底灵魂既找着了你底灵魂！

只有极少的诗人是依照8+6的写法，例如：

望　　卞之琳

小时候我总爱看夏日的晴空，
把它当作是一幅自然的地图；
蓝的一片是大洋，白云一朵朵
大的是洲，小的是岛屿在海中；
大陆上颜色深的是山岭山丛，
许多孔隙裂缝是冷落的江湖，
还有港湾像在望风帆的归途，
等它们报告发现新土的成功。

如今，正像是老话的桑海沧田，
满怀的花草换得了一把荒烟，
就是此刻我也得像一只迷羊
辗转在灰沙里，幸亏还有蔚蓝，
还有仿佛的云峰浮在缥缈间，
倒可以抬头望望这一个仙乡。

8.6　商籁的音数。法国派的商籁，以用亚历山大式为最常见。所谓亚历山大式，就是每行十二音，例如：

LE COUVERCLE

En quelque lieu qu'il aille, ou sur mer ou sur terre,
Sous un climat de flamme ou sous un soleil blanc,
Serviteur de Jèsus, courtisan de Cythère,
Mendiant ténébreux ou Crésus rutilant,

Citadin, compagnard, vagabond, sedentaire,
Due son petit cerveau soit actif ou soit lent,

Partout l'homme subit la terreur du mystire,
Et ne regarde en haut qu'avec un oeil tremblant.

En hant le Ciel! ce mur de caveau qui l'étouffe,
Plafoud illuminé pour un opéra bouffe,
Où chaque historien foul un sol ensanglanté;

Terreur du libertin, espoir du fol ermite;
Le Ciel! couvercle noir de la grande marmite
Où bout l'imperceptible et vaste Humanité.

中国诗人中,梁宗岱比较地喜欢用十二音,例如:

商　籁(第一首)　梁宗岱

幸福来了又去:像传说的仙人
他有时扮作肮脏褴褛的乞丐,
瘦骨嶙峋,向求仙者俯伏叩拜,
看凡眼能否从卑贱认出真身;

又仿佛古代赫赫的至尊出巡,
为要戒备暴徒们意外的侵害,
簇拥着旌旗和车乘如云如海,
使人辨不清谁是侍卫谁是君。

但今天,你这般自然,这般妩媚,
来到我底身边,我光艳的女郎,
从你那清晨一般澄朗的眸光,

和那嘹亮的欢笑,我毫不犹豫
认出他底灵光,我惭愧又惊惶,——
看,我眼中已涌出感恩的热泪!

英国派的商籁以五步淹波律为最常见,也就是每行十音,例如:

THE SONNET'S VOICE

Yon silvery billows breaking on the beach
　Fall back in foam beneath the star-shine clear,
　The while my rhymes are murmuring your ear,
A restless lore like that the billows teach;
For on this sonnet-waves my soul would reach
From its own depths, and rest within you, dear,
As, through the billowy voices yearning here,
Great Nature strives to find a human speech.

A sonnet is a wave of melody:
　From heaving waters of the impassioned soul
　A billow of tidal music one and whole
Flows in the "octave" then, returning free,
　Its ebbing surges in the "sestet" roll
Back to the deeps of Life's tumultuous sea.

—Th. Watts-Dunton(1836—1914)

中国诗人的商籁,用十音的较多,例如:

十四行集(第二十一首) 冯　至

我们听着狂风里的暴雨
我们在灯光下这样孤单,
我们在这小小的茅屋里
就是和我们用具的中间

也生了千里万里的距离:
铜炉在向往深山的矿苗
瓷壶在向往江边的陶泥,
它们都像风雨中的飞鸟

各自东西。我们紧紧抱住,

好像自身也都不能自主。
狂风把一切都吹入高空

暴雨把一切又淋入泥土，
只剩下这点微弱的灯红
在证实我们生命的暂住。

自然，除了十二音和十音之外，十一音、九音、八音、七音、六音，乃至五音都是可能的（参看下文所举诸例）。但是，有一点必须注意，就是商籁各行的音数必须相同。这是它的谨严的格律之一。

8.7　商籁的韵式。商籁的韵式，可分为正式和变式两种。所谓正式，大致是指最常见的形式而且为名家所采用的形式而言。凡不合于正式者就是变式。又前八行多用正式，后六行可用变式，于是前正后变者可称为正中之变。如果前八行用变式，则后六行无论用什么韵式，都该认为纯粹的变式。现在分别叙述如下：

（1）正式。意大利体的商籁，前八行的韵式总是 abbaabba，若写作两段就是 abba abba，也就是两个抱韵。注意，这里总共只有两个韵脚，第一、四、五、八行互相押韵，第二、三、六、七行互相押韵。

后六行的韵式，在原则上容许有各种的变化，但实际上仍有所谓正式。法国派的正式共有两种：第一种是继承意大利派的正式，后六行是 ccd eed，第一、二行押韵，第四、五行押韵，第三、六行押韵，例如：

LES REGRETS

O qu' heureux est celui qui peut passer son âge
Entre pareils a soi! et qui sans fiction,
Sans crainte, sans envie, et sans ambition,
Règne paisiblement en son pauvre ménage!

Le misérable soin d'acquérir davantage
Ne tyrannise point sa libre affection;
Et son plus grand désir, désir saus passion,
Ne s'étend plus avant que son propre héritage.

Il ne s'empêtré point des affaires d'autrui;
Son principal espoir ne dépend que de lui,
Il est son cour, son roi, sa faveur et son maître;

Il ne mange son bien en pays étranger,
Il ne met pour autrui sa personne en danger,
Et plus riche qu'il est ne voudrait jamaisêtre.

—J. Du Bellay(1522—1560)

中国诗人依照这个韵式而作商籁者,例如上文所举卞之琳的《望》。又如:

商　籁(第六首)　　梁宗岱

孤寂的大星! 你在黄昏的边沿
像一滴秋泪晶莹欲坠,我每次
抬头望见你,心里便蓦地掀起
一阵爱底悸动和怅望底晕眩:

你这脉脉的清辉可是在预占
我将临的幸福? 还是忆念过去
一个湮远的黄昏(生前或梦里)
你底温光曾照着我俩底抚怜? ——

爱人啊,我底爱人! 如果你和我
灵魂里不曾有过深契的应和,
怎么这不解的狂渴在我舌根,

(自从见了你,)还有冰冷的寂寞

和乡思的烦燥在我心里焚灼，
令我迷羊似地向你怀里投奔？

第二种是法诗自己的正式，后六行的 ccd ede，第一、二行押韵，第三、五行押韵，第四、六行押韵。例如：

SUR LE LIVRE DES AMOURS DE P. DE RONSARD

Jadis plus d'un amant, aux jardins de Bourgueil,
A gravé plus d'un nom dans l'écorce qu'il ouvre;
Et plus d'un coeur, sous l'or des hauts plafonds du Louvre,
A l'éclair d'un sourire a tressailli d'orgueil.

Qu'importe? Rien n'a dit leur ivresse ou leur deuil;
Ils gisent tout entiers entre quatre ais de rouvre,
Et nul n'a disputé, sous l'herbe qui les couvre,
Leur inerte poussière a l'oubli du cercueil.

Tout menrt. Marie. Hélène et toi, fière Cassandre,
Vos beaux corps ne scraient qu'une insensible cendre,
—Les roses et les lys n'out pas de lendemain. —

Si Rousard, sur la Seine ou sur la blonde Loire,
N' eût tressé pour vos fronts, d'une immortelle main,
Aux myrtes de l' Amour le laurier de la Gloire.

—J. -M. de Heredia(1842—1905)

中国诗人依照这个韵式而作商籁者，例如：

商　籁（第五首）　　梁宗岱

我们并肩徘徊在古城上，
我们的幸福在夕阳里红。
扑面吹来袅袅的枣花风，
五月的晚空向我们喧唱。

陶醉于我们青春的梦想，
时辰的呼息又那么圆融，
我们不觉驻足听——像远钟——
它在我们灵魂里的回响。

我们并肩在古城上徘徊，
我们的幸福脉脉地相偎：
你无言，我的灵魂却没入

你那柔静的深黑的眼睛……
像一瓣清思，新生的霁月，
向贞洁的天冉冉地上升。

英国派的正式商籁共有两种：第一种可称为弥尔敦式（Milton's sonnet），后六行是 cde cde，成为三韵的双交，例如：

ON HIS BLINDNESS

When I consider how my light is spent
  Ere half my days in this dark world and wide,
  And that one talent which is death to hide
  Lodged with me useless, though my soul more bent
To serve therewith my Maker, and present
  My true account, lost He returning chide,
  "Doth God exact day-labour, light denied?"
  I fondly ask: But Patience, to prevent
That murmur, soon replies, "God doth not need"
  Either man's work, or His own gifts: who best
  Bear His mild yoke, they serve Him best. His state
Is kingly: thousands at His bidding speed,
  And post o'er land and ocean without rest:—
They also serve who only stand and wait."

—J. Milton(1608—1674)

中国诗人依这种韵式作商籁者,似乎无例可举。第二种可称为济慈式(Keats' sonnet),后六行是cdcdcd,成为两韵双交,例如:

ON FIRST LOOKING INTO CHAPMAN'S HOMER

Much have I travell'd in the realms of gold,
　And many goodly states and kingdoms seen;
　Round many western islands have I been
Which bards in fealty to Appollo hold.
Oft of one wide expanse had I been told
　That deep-brow'd Homer ruled as his demesne;
　yet did I never breathe its pure serene
Till I heard Chapman speak out loud and bold:

Then felt I like some watcher or the skies
　When a new planet swims into his ken;
Or like stout Cortez when with eagle eyes
　He stared at the Pacific—and all his men
Look'd at each other with a wild surmise—
　Silent,upon a peak in Darien.

—J. Keats(1795—1821)

中国诗人依照这种韵式而作商籁者,例如:

商　籁(第四首)　梁宗岱

我摘给你我园中最后的苹果:
看它形体多圆润,色泽多玲珑,
从心里透出一片晶莹的晕红,
像我们那天远望的林中灯火。

因为当它累累的伙伴一个个
争向太阳去烘染它们底姿容,

它却悄然着——在暗绿的浓影中——
自己的微焰，静待天风底掠过：

像我献给你的这缱绻的情思，
它那么恳挚，却又这样地腼腆，
只在我这幽寂的心园里潜滋，

从不敢试向月亮或星光窥探，
更别说让人（连你自己，爱啊！）知。
受了它罢：看它尽在风中抖颤！

当然，英国诗人也有学法国派的；但法国诗人学英国派的却很少。

正式的商籁全首只有五个韵（abcde），甚至像济慈式只有四个韵（abcd）。凡不超过五个韵，前八行又用抱韵，只后六行的韵式稍有变化者，可认为正中之变，凡超过五个韵，或前八行用交韵或随韵的，就都是纯粹的变式了。

第九节　商籁（中）——变式

（一）正中之变。本来，意大利体的商籁的后六行比前八行的韵式可以自由；上面所说法英两派对于后六行共有四种不同的韵式，已经可以显示这一点。总之，只要韵脚不隔三行以上（例如 cddeec 或 cdedce），其他各式都是可能的。现在略依常见的次序，分别叙述如下：

（1）韵式 abba abba cdc dee，例如法国波特莱尔的《黄泉梅》（Remords Posthume）和《罪书卷头语》（Epigraphe pour un Livre condamné）。又如上节所举梁宗岱的《商籁》第二首，和第五章第二节所举卞之琳的《慰劳信集》第十六首。又如：

慰劳信集（第四首）　　　　卞之琳

不唤你，发明的，起来发挥

三点一直线的冲锋战术:
嘴上一块肉,筷上一块肉,
眼睛钉住了盘里另一块——

如果你睡了,睡眠更可贵:
案卷里已经跋涉了一宿。
“起身号。那我要睡了,”你说,
问明了是什么角声在吹。

多睡一会儿。让他们去闹:
熹微中一朵朵紧张的面孔,
跑步,唱歌,练跳舞,喊口号……

我不会说笑,送你一个梦:
从你参加了种植的树林
攀登了一千只飞鸟的翩翎。

(2)韵式 abba abba cdd cee,例如波特莱尔的《烟斗》(LaPipe)。原文不录。

(3)韵式 abba abba cdd cdc,例如梁宗岱《商籁》第一首,见上节所引。

(4)韵式 abba abba cdd ccd。不举例。

(5)韵式 abba abba ccd cdc。例如:

十四行集(第十二首) 冯 至

你在荒村里忍受饥肠,
你常常想到死填沟壑,
你却不断地唱着哀歌
为了人间壮美的沦亡:

战场上有健儿的死伤,
天边有明星的陨落,

万匹马随着浮云消没……
你一生是他们的祭享。

你的贫穷在闪烁发光
像一件圣者的烂衣裳,
就是一丝一缕在人间

也有无穷的神的力量。
一切冠盖在她的光前
只照出来可怜的形象。

(6)韵式 abba abba cdc ede。不举例。

(7)韵式 abba abba ccd dee。不举例。

以上(1)、(2)、(6)、(7)四式的后六行共用三个韵,(3)、(4)、(5)三式的后六行只用两个韵。都不是商籁的正则。然而它们的前八行只用 ab 两个韵,又用抱韵,却是合于正则的。

(二)变式。为叙述的便利起见,我们姑且把商籁的变式分为小变和大变两种。正式的商籁的前八行是用韵脚相同的两个抱韵的,如果虽用两个抱韵,然而共用四个韵脚(即 abba cddc),三个韵脚(如 abba acca),或两个参差的韵脚(即 abba baab),可以叫做小变;如果不用抱韵而用交韵或随韵,无论韵脚如何,都可以叫做大变。兹分别叙述如下。

小变。小变又可细分为三种:

(甲)前八行用四个韵脚者,即 abba cddc。

(1)韵式 abba cddc eef ggf,后六行和法国派的第一种正式相同,例如波特莱尔的《蹇运》(Le Guignon)、《赠潘畏尔》(A Théodore de Banville)、《瞽人们》(Les Aveugles)、《独居者之酒》(Le Vin du Solitaire)。又如第五章第二节所举冯至的《十四行集》第十首。又如:

十四行集(第廿二首)　冯　至

深夜又是深山
听着夜雨沉沉。
十里外的山村
念里外的市廛

它们可还存在?
十年前的山川
念年前的变幻
都在雨里沉埋。

四围这样狭窄
好像回到母胎;
神,我深夜祈求

像个古代的人:
"给我狭窄的心
一个大的宇宙!"

(2)韵式 abba cddc eef gfg,后六行和法国派的第二种正式相同,例如波特莱尔的《猫》(Les chats)和《鸱》(Les Hiboux)。

(3)韵式 abba cddc efg efg,后六行和弥尔敦式相同,例如:

十四行集(第十九首)　冯　至

我们招一招手,随着别离
我们的世界便分成两个,
身边感到冷,眼前忽然辽阔,
像刚刚产生的两个婴儿。

啊,一次别离,一次降生,
我们担负着工作的辛苦,
把冷的变成暖,生的变成熟,

各自把个人的世界耘耕，

为了再见，好像初次相逢，
怀着感谢的情怀想过去
像初晤面时忽然感到前生。

一生里有几回春几回冬，
我们只感受时序的轮替，
感受不到人间规定的年龄。

（4）韵式 abba cddc efe fgg，后六行和正中之变的（1）式相同，例如波特莱尔的《交感》（Les Correspondances）、《美神》（La Beauté）、《一个鬼》（Un Fantôme）和《为过街女客作》（A Une Passante）。又如：

灯　虫　　　　卞之琳

可怜以浮华为食品，
小蠓虫在灯下纷坠，
不甘淡如水，还要醉，
而抛下露养的青身。

多少艘艨艟一齐发，
白帆篷拜倒于风涛，
英雄们求金羊毛
终成了海伦的秀发。

赞美吧，芸芸的醉仙
光明下得了梦死地，
也画了佛顶的圆圈！

晓梦后看明窗净几，
待我来把你们吹空，
像风扫满阶的落红。

(5)韵式 abba cddc eff egg,后六行和正中之变的(2)式相同,例如波特莱尔的《无形之曙光》(L' Aube Spirituelle)。又如本章第二节所举冯至的《十四行集》第三首。又如:

慰劳信集(第十四首)　　卞之琳

竟受了一盒火柴的夜袭,
你支持北方的一根大台柱!
全与你发挥的理论相符,
热坑是民众,配合了这一击。

你不会受凉的,也无大碍:
只烧了皮大衣、毯子、棉军服。
然而这是你全部的长物,
难怪你部下笑话着"救灾"。

请原谅爱护到过火的热心——
我们,民众,宁愿意这样想,
看你檐头的冰箸有多长!

仿佛冬寒里不缺少春信,
意外里你也有意外的微笑。
愿你能多多重复"有味道"。

(6)韵式 abba cddc eef fgg,后六行和正中之变的(7)式相同,例如波特莱尔的《深谷怨》(De Profundis Clamavi)。原文不录。

(7)韵式 abba cddc eef eff,例如波特莱尔的《炼苦》(Alchimie de la Douleur)。原文不录。

(8)韵式 abba cddc efe fef,后六行和济慈式相同。不举例。

(9)韵式 abba cdde eee eff,后六行恐怕是 eef fgg 的变相,例如:

十四行集(第廿五首)　　冯　至

案头摆设着用具

架上陈列着书籍，
终日在些静物里
我们不住地思虑，

言语里没有歌声
举动里没有舞蹈，
空空问窗外飞鸟
为什么振翼凌空。

只有睡着的身体
夜静时起了韵律，
空气在身内游戏

海盐在血里游戏——
梦里可能听得到
天和海向我们呼叫。

（乙）前八行用三个韵脚者，即 abba acca，或 abba cbbc 或 abba bccb 等。这种情形是介于正变之间的。现在只举六种的例子。

（1）韵式 abba acca dee dff，后六行和正中之变的（2）式相同，例如波特莱尔的《恶之花》第三十三首（无题）。又如本章第二节所举冯至的《十四行集》第十三首。

（2）韵式 abba acca dee daa，例如：

十四行集（第四首） 冯 至

我常常想到人的一生，
便不由得向你祈祷。
你一丛白茸茸的小草
不曾孤负了一个名称；

但你躲避着一切名称，
过一个渺小的生活，

不孤负高贵和洁白，
默默地成就你的死生。

一切的形容，一切喧嚣
到你身边，有的就凋落，
有的化成了你的静默：

这是你伟大的骄傲
却在你的否认里完成。
我向你祈祷，为了人生。

（3）韵式 abba acca ded ede，后六行和济慈式相同，例如：

十四行集（第二首）　　冯　至

什么能从我们身上脱落，
我们都让它化作尘埃：
我们安排我们在这时代，
像秋日的树木一棵棵

把树叶和些过迟的花朵
都交给秋风，好舒开树身
伸入严冬；我们安排我们
在自然里，像蜕化的蝉蛾

把残壳都丢在泥土里；
我们把安排我们给那个
未来的死亡，像一段歌曲，

歌声从音乐的身上脱落，
归终剩下了音乐的身躯
化作一脉的青山默默。

（4）韵式 abba acca ddd dee，后六行和（甲）（9）相同，例如：

十四行集(第六首)　　冯　至

我时常看见在原野里
一个村童,或一个农妇
向着无语的晴空啼哭,
是为了一个惩罚,可是

为了一个玩具的毁弃?
是为了丈夫的死亡,
可是为了儿子的病创?
啼哭得那样没有停息,

像整个的生命都嵌在
一个框子里,在框子外
没有人生,也没有世界。

我觉得他们好像从古来
就一任眼泪不住地流
为了一个绝望的宇宙。

(5)韵式 abba cbbc aba cbc,例如:

十四行集(第十八首)　　冯　至

我们常常度过一个亲密的夜
在一间生疏的房里,它白昼时
是什么模样,我们无从认识,
更不必说它的过去未来。原野

一望无边地在我们窗外展开,
我们只依稀地记得在黄昏时
来的道路,便算是对它的认识,
明天走后,我们也不再回来。

闭上眼吧!让那些亲密的夜

和生疏的地方织在我们心里：
我们的生命像那窗外的原野，

我们在朦胧的原野上认出来
一棵树，一闪湖光；它一望无际
藏着忘却的过去，隐约的将来。

(6)韵式 abba bccb cde cde，例如：

十四行集(第廿四首)　　冯　至

这里几千年前
处处好像已经
有我们的生命；
我们未降生前

一个歌声已经
从变幻的天空，
从绿草和青松
唱我们的运命。

我们忧患重重，
这里怎么竟会
听到这样歌声？

看那小的飞虫，
在它的飞翔内
时时都是永生。

注意：(2)(5)(6)三种韵式有一个特别之点，就是后六行的韵脚和前八行的韵脚可以相同。

(丙)前八行用两个参差的韵脚者，即 abba baab。这种情形更是介于正变之间的。现在只举四种例子：

(1)韵式 abba baab ccd eed，后六行和法国派第一式相同，例如波特莱尔的《深渊》(Le Gouffre)。原文不录。

(2)韵式 abba baab ccd ede,后六行和法国派第二式相同,例如波特莱尔的《恶之花》第四十首(无题)。原文不录。

(3)韵式 abba baab cdd cee,后六行和正中之变的(2)式相同,例如波特莱尔的《前生》(La Vie Antérieure)和《一个鬼》第二首。原文不录。

(4)韵式 abba baab cac dad,例如:

十四行集(第廿六首) 冯 至

我们天天走着一条熟路
回到我们居住的地方;
但是在这林里面还隐藏
许多小路,又深邃,又生疏。

走一条生的,便有些心慌。
怕越走越远,走入迷途,
但不知不觉从树疏处
忽然望见我们住的地方

像座新的岛屿呈在天边。
我们的身边有多少事物
在向我们要求新的发现:

不要觉得一切都已熟悉,
到死时抚摸自己的发肤
生了疑问:这是谁的身体?

第十节 商籁(下)——变式 莎士比亚体和史本赛体

10.1 大变。大变又可分为交韵和随韵两种,如下:

第一,前八行用交韵。

(一)前八行用两个韵脚者,即 abab abab。现在只举九种例子。

（1）韵式 abab abab ccd eed，后六行和法国派的第一式相同，例如波特莱尔的《劣僧》（Le Mauvais Moine）、《愁》（Spleen），和《镬盖》（Le Couvercle）。原文不录。

（2）韵式 abab abab ccd ede，后六行和法国派的第二式相同，例如波特莱尔的《逍遥死》（Le Mort Joyeux）、《被侮辱的月亮》（La Lune Offensée）、《情侣之死》（La Mort des Amants）和《求知者之梦》（Le Rêve d'un Curieux）。原文不录。

（3）韵式 abab abab cdd cee，后六行和正中之变的（2）式相同，例如波特莱尔的《丑恶之同情》（Horreur Sympathique）。原文不录。

（4）韵式 abab abab cdd cbb，这是（3）式的变相，例如：

十四行集（第十六首）　　冯　至

我们并立在高高的山巅
化身为一望无边的远景，
化成面前的广漠的平原，
化成平原上交错的蹊径。
哪条路，哪道水，没有关连，
哪阵风，哪片云，没有呼应；
我们走过的城市，山川
都化成了我们的生命
我们的生长，我们的忧愁，
是某某山坡的一棵松树，
是某某城上的一片浓雾；
我们随着风吹，随着水流，
化成平原上交错的蹊径，
化成蹊径上行人的生命。

（5）韵式 abab abab ccd dee，后六行和正中之变的（7）式相同，例如波特莱尔的《藐子有疾》(La Muse Malade)。原文不录。

(6)韵式 abab abab cdd cdc,后六行和正中之变的(3)式相同,例如波特莱尔的《秋兴》(Sonnet d'Automne)。原文不录。

(7)韵式 abab abab ccc ddc,例如波特莱尔的《赠土生白种女子》(A une Dame Créole)。原文不录。

(8)韵式 abab abab ccd ccd,例如波特莱尔的《贫人之死》(La Mort des Pauvres)。原文不录。

(9)韵式 abab abab bab bab,这是用韵最少的形式,例如:

十四行集(第十七首) 冯 至

你说,你最爱看这原野里
一条条充满生命的小路,
是多少无名行人的步履
踏出活活泼泼的道路。

在我们心灵的原野里
也有一条条宛转的小路,
但曾经在路上走过的
行人多半已不知去处:

寂寞的儿童,白发的夫妇,
还有些年纪青青的男女,
还有死去的朋友,它们都

给我们踏出来这些道路;
我们纪念着他们的步履
不要荒芜了这几条小路。

(二)前八行用两个参差的韵脚者,即 abab baba,例如波特莱尔的《收心》(Recueillement)。全诗的韵式是 abab baba ccd ede。原文不录。

(三)前八行用三个韵脚者,如 abab acac 或 abab cbcb。现在只举两种例子：

（1）韵式 abab acac dde ded，后六行和正中之变的（5）式相同，例如：

十四行集（第廿一首）　　冯　至

我们听着狂风里的暴雨
我们在灯光下这样孤单，
我们在这小小的茅屋里
就是和我们用具的中间

也生了千里万里的距离：
铜炉在向往深山的矿苗
瓷壶在向往江边的陶泥，
它们都像风雨中的飞鸟

各自东西。我们紧紧抱住，
好像自身也都不能自主。
狂风把一切都吹入高空

暴雨把一切又淋入泥土，
只剩下这点微弱的灯红
在证实我们生命的暂住。

（2）韵式 abab cbcb ded eff，后六行和正中之变的（1）式相同，例如波特莱尔的《音乐》（La Musique）和《恨之桶》（Le Tonneau de-la Haine）。原文不录。

（四）前八行用四个韵脚者，即 abab cdcd，现在只举八个例子：

（1）韵式 abab cdcd eef ggf，后六行和法国派第一式相同，例如波特莱尔的《理想》（L'Idéal）、《常如是》（Semper Eadem）、《月愁》（Tristesse de la Lune）、《被诅咒诗人之墓》（Sépulture d'un poète Maudit）和《叛徒》（Le Rebelle）。又如：

十四行集(第十五首) 冯　至

看这一队队的驮马
驮来了远方的货物,
水也会冲来一些泥沙
从些不知名的远处,

风从千万里外也会
掠来些他乡的叹息:
我们走过无数山水,
随时占有,随时又放弃,

仿佛鸟飞翔在空中,
它随时都管领太空,
随时都感到一无所有。

什么是我们的实在?
从远方什么也带不来,
从面前什么也带不走。

(2)韵式 abab cdcd eef gfg,后六行和法国派的第二式相同,例如波特莱尔的《仇》(L'Ennemi)、《巨人》(La Géante)、《恶之花》第四十三首(无题)和《破坏》(La Destruction)。又如:

淘　气 卞之琳

淘气的孩子,有办法:
叫游鱼啮你的素足,
叫黄鹂啄你的指甲,
野蔷薇牵你的衣角……

白蝴蝶最懂色香味
寻访你午睡的口脂。
我窥候你渴饮泉水

取笑你吻了你自己。

我这八阵图好不好？
你笑笑，可有点不妙，
我知道你还有花样！

哈哈！到底算谁胜利？
你在我对面的墙上
写下了“我真是淘气”。

(3)韵式 abab cdcd efg efg，后六行和弥尔敦式相同，例如：

十四行集(第一首)　冯　至

我们准备着深深地领受
那些意想不到的奇迹，
在漫长的岁月里忽然有
彗星的出现，狂风乍起：

我们的生命在这一瞬间，
仿佛在第一次的拥抱里
过去的悲歌忽然在眼前
凝结成屹然不动的形体。

我们赞颂那些小昆虫：
它们经过了一次交媾
或是抵御了一次危险，

便结束它们美妙的一生。
我们整个的生命在承受
狂风乍起，彗星的出现。

(4)韵式 abab cdcd efe fgg，后六行和正中之变的(1)式相同，例如波特莱尔的《猫》(Le Chat)、《决斗》(Duellum)、《一个鬼》第四首、《活炬》(Le Flambeau Vivant)和《闲谈》(Causerie)。又如：

慰劳信集(第十一首)　　　　卞之琳

你老了！朝生暮死的画刊
如何拱出了你一副霜容！
忧患者看了不禁要感叹，
像顿惊岁晚于一树丹枫。

难怪呵，你是辛苦的顶点，
五千载传统，四万万意向
找了你当喷泉。你活了一年
就不止圆缺了十二个月亮

会装青年的只有狐狸精；
你一对眼睛却照旧奕奕，
夜半开窗当无愧于北极星。

“以不变驭万变”又上了报页，
你用得好呵！你坚持到底
也就在历史上嵌稳了自己。

(5)韵式abab cdcd eff gff，后六行和正中之变的(2)式相同，例如波特莱尔《恶之花》第二十八首，和《魔迷》(Obsession)。又如：

十四行集(第廿三首)　　　　冯　至

接连落了半月的雨，
你们自从降生以来
就只知道潮湿阴郁，
一天雨云忽然散开

太阳光照满了墙壁，
我看见你们的母亲
把你们衔到阳光里，

让你们用你们全身

第一次领受光和暖，
等到太阳落后，它又
衔你们回去。你们没有

记忆，但这一幕经验
会融入将来的吠声，
你们在深夜吠出光明。

(6)韵式 abab cdcd eef fgg，后六行和正中之变的(7)式相同，例如波特莱尔的《破钟》(La Cloche Fêlée)和《教外人之祷语》(La Prière d'un Païen)。又如本章第三节里所举冯至的《十四行集》第七首。

(7)韵式 abab cdcd efe ffe，例如波特莱尔的《一日之末》(La Fin de la Journée)，原文不录。

(8)韵式 abab cdcd bbe ebe，例如：

十四行集(第九首) 冯 至

你长年在生死的中间生长，
一旦你回到这堕落的城中，
听着这市上的愚蠢的歌唱，
你会像是一个古代的英雄

在千百年后他忽然回来，
从些变质的堕落的子孙
寻不出一些盛年的姿态，
他会出乎意外，感到眩昏。

你在战场上，像不朽的英雄
在另一个世界永向苍穹，
归终成为一只断线的纸鸢：

但是这个命运你不要埋怨，

你超越了他们，他们已不能
维系住你的向上，你的旷远。

第二，前八行用随韵。此类比较上最为罕见。

（一）前八行用两个韵脚者，即 aabb aabb。现在只举两个例子。

（1）韵式 aabb aabb cdd cee，后六行和正中之变的（2）式相同，例如波特莱尔的《雾雨》（Brumes et Pluies）和《血泉》（La Fontaine de Sang）。原文不录。

（2）韵式 aabb aabb ccc ddd。这是格律最差的一种，例如：

十四行　戴望舒

微雨飘落在你披散的鬓边，
像小珠碎落在青色的海带草间
或是死鱼飘翻在浪波上，
闪出神秘又凄切的幽光，

诱着又带着我青色的灵魂
到爱和死底梦的王国中睡眠，
那里有金色的空气和紫色的太阳，
那里可怜的生物将欢乐的眼泪流到胸膛：

就像一只黑色的衰老的瘦猫，
在幽光中我憔悴又伸着懒腰，
流出我一切虚伪和真诚的骄傲，

然后，又跟着它踉跄在轻雾朦胧：
像淡红的酒沫飘在琥珀钟，
我将有情的眼藏在幽暗的记忆中。

这首诗各行的音数极为参差不齐，也不合于商籁的规矩。

（二）前八行用四个韵脚者，即 aabb ccdd。现在只举两个例子：

（1）韵式 aabb ccdd eef ggf，后六行和法国派第一式相同，例如波特莱尔的《夜归魂》（Le Revenant）。原文不录。

（2）韵式 aabb ccdd efe fgg，后六行和正中之变的（1）式相同，例如波特莱尔的《情侣之酒》（Le Vin des Amants）。原文不录。

10.2 以上所述的都是意大利体的商籁。此外还有莎士比亚体（Shakespearean sonnet）和史本赛体（Spencerian sonnet）。这两种诗体在分段和音步上都是相同的：全诗共十四行，分为四段，前三段是三个英雄四行（五步的四行），末一段是一个英雄偶体（五步的两行）。它们的相异点只在乎韵脚上稍有不同罢了。

（一）莎士比亚体的韵式如下：

abab cdcd efef gg

莎士比亚共有一百五十四首商籁，现在只举其中的一首为例：

XVIII

Shall I compare thee to a summer's day?
　Thou art more lovely and more temperate:
Rough winds do shake the darling buds of May,
　And summer's lease hath all too short a date:

Sometimes too hot the eye of heaven shines,
　And often is his gold complexion dimm'd:
And every fair from fair sometime declines,
　By chance or nature's changing course, untrimm'd.

But thy eternal summer shall not fade
　Nor lose possession of that fair thou ow'st;
Nor shall death brag thou wand'rest in his shade,
　When in eternal lines to time thou grow'st:

So long as men can breathe, or eyes can see,
So long lives this, and this gives life to thee

—W. Shakespeare（1564—1616）

梁宗岱有一篇译文，其行数、段数、韵式，完全依照莎士比亚的原

诗,只有音数改为亚历山大式(十二音)。兹照录于下:

十　八

我怎么能够把你来比作夏天?
你不独比他可爱也比他温婉;
狂风把五月宠爱的嫩蕊作践,
夏天出赁的期限又未免太短:

骄阳底眼睛有时照得太酷烈,
他那炳耀的金颜又常遭黯晦;
给机缘或无常的天道所摧折,
没有芳艳不终于凋残或销毁。

但你的长夏将永远不会凋落,
或者会损失你这烨烨的红芳,
或死神夸口你在他影里漂泊,
当你在不朽的诗里与时同长。

只要一天有人类,或人有眼睛,
这诗将长生,并且赐给你生命。

这种韵式和前面所述意大利体的变式(甲)(四)(4)相同,但分段不同,而意义上的关系也就大不相同了。

(二)史本赛体的韵式之所以不同于莎士比亚者,仅在前三段用钩韵(interlocked by rime),就是:

abab bcbc cdcd ee

现在从史本赛的《爱情诗》(Amoretti)中举出一首为例:

XXXVIII

What guile is this, that those her golden tresses
　She doth attire under a net of gold;
And with sly skill so cunningly them dresses,
　That which is gold, or hair, may scarce be told?

Is it that men's frail eyes, which gaze too bold,
　She may entangle in that golden snare;
And, being caught, may craftily enfold
　Their weaker hearts which are not well aware?

Take heed, therefore, mine eyes, how ye do stare
　Henceforth too rashly on that guileful net,
In which, if ever ye entrappèd are,
　Out of her hands ye by no means shall get.

Fondness it were for any, being free,
　To covet fetters, though they golden be!

—Ed. Spenser(1552—1599)

莎士比亚体和史本赛体,中国诗人似乎都没有模仿过,无例可举。此外还有薛德耐(Sir Philip Sidney,1554—1586)的商籁,韵式是 abab abab cdcd ee,似乎也没有模仿的例子。

商籁之所以成为谨严的格律,因为它具有下列的几种特质:

(1)每一首商籁必有十四行,无论分为四四三三,或八六或四四六,或四四四二,或不分段,十四行的总数决不至于有变化。

(2)商籁每行的音数或音步是整齐的,譬如第一行是十二音,以后各行都是十二音。十音、九音、八音以下,都由此类推。音数不整齐的只是极少的例外。

(3)商籁的韵脚也是整齐的,特别是正式的商籁,譬如前八行的第一段是抱韵,第二段决不会是交韵或随韵;如果第一段是 abab,第二段也决不会是 abba,或 cddc,或 acca aabb,等等。

由此看来,商籁可认为西洋的律诗。近二十年来,中国一部分的诗人确有趋重格律的倾向,而最方便的道路就是模仿西洋的格律。纯粹模仿也不是个办法;咱们应该吸收西洋诗律的优点,结合汉语的特点,建立咱们自己的新诗律。

主要术语、人名、论著索引

A

B

C

D

E

F

G

H

I

J

K

L

Q

R

S

T

U

V

W

X

Y

Z